중국 현당대시가론

류성준

푸른사상

中國 現當代詩歌論

柳 晟 俊

머리말

세월이 흘러가는 것을 안타깝게 생각하는 마음은 평소 소박한 의식을 가지고 살아가는 사람이라면 누구나 같다고 할 것이다. 그런데 노년에 들어있는 사람이라면 그 마음은 더욱 짙다고 봐도 무리한 말은 아닐 것이다. 流水같은 시간을 공자도 가고 또 간다고 한탄하지 않았던가! 이런 심정을 이 글 첫머리에 토로하는 나의 심리상태로 보아서 어쩌면 당연하고 그리고 응당 그럴만한 나이에 들어가 있다고 자위할 만도 하다. 어언 대학교수로서 정년퇴임할 시기를 불과 서너 학기만 남겨놓은 상태이기 때문이리라. 교수로서의 생활이 1966년부터 시작하여 중간에 2년 반의 타이완 유학생활을 제외하면 38년이란 긴 세월로 점철되어 있으니 충분히 지나간 나날을 넋두리처럼 외울만 하지 않겠는가! 그 기나긴 시간을 어떻게 지내왔는지를 다시 생각해 보니 그 또한 이상하리만큼 아쉽기도 하고 서운하기도 하지만 한편으론 다소 보람되기도 하다. 여하튼 별 탈 없이 아직도 그런 대로 강단에서 고성으로 흥분하며 떠드는 관례의 기질을 유지하고 있으니 여러 모로 감사할 따름이다.

요즈음 나는 중문학도로서 평생을 살아오면서 아직까지 너무 교만하지 않았나 하고 반성하곤 한다. 젊어서부터 자기가 하는 것만이 가장 가치 있다는 상식 밖의 의식을 지니고 살아온 데다가, 항상 객관성 없는 我執을 가지고 자기도취 속에 빠져있었다고 고백한다. 그러니 삶의 질량이 과락점수를 넘기 어려웠다고 자평하고, 이제라도 나의 얼마 안 남은 삶을 겸손하고 객관성 있게 영위하기 위해서라도 나의 부족한 점을 자인하게 된 것이 다행스럽고 고맙게 생각한다. 그러면서 한 평생을 단 하루도 학교 밖 세상을 겪어보지 못한 근시안적이며 소아병적 인생관에서 오는 소이라고 변명하기로 하자.

나는 왜 그런지는 몰라도 나의 주된 영역을 벗어나는 일을 가끔 저질러 놓곤 한다. 그렇다고 충분히 준비하여 남들이 긍정적으로 봐주기엔 어림도 없는 줄 알면서도 그렇게 하는 것이다. 나로 말하면, 그 동안의 공부한 실적으로 보아서 唐詩를 주축으로 한 고전시와 시화, 그리고 한국한시 정도가 전공영역이라고 할 수 있는데, 이번에 다시 그 어림도 없는 일을 저질러서 이 책을 꾸미게 되니, 저절로 얼굴이 붉어지고 송구스러우며 부끄럽다는 마음이 든다. 이런 점을 솔직히 고백하며 제현의 넓은 아량과 관용이 있기를 바라는 바이다.

내가 시를 공부하게 된 동기라면 대학 3학년 시절로 소급해야 하는데 그 당시 최창규 선생님의 『唐詩選讀』을 수강하면서 깊은 감명을 받은 것이다. 그리고 대학원에서 차상원 선생님께서 王維 시를 학위논제로 선정해주신 일이 나를 당시에 묶어놓는 붙박이로 만든 것이다. 그러나 나로서는 여러 면에 관심과 흥미를 가지고 다양하게 두리번거리는 시행착오를 해오곤 하였다. 한 때는 원대 雜劇에 심취하여 수십 편의 작품을 다 열독한 적도 있고, 宋詞에 깊이 침잠도 하였으며, 그리고 경서 특히 논어와 시경에 많은 시간을 쏟기도 하고 심지어는 楚辭를 역주하는 일도 한 것이다. 그런 중에 성운학의 기초를 다진다는 명분 하에 몇 편의 논문도 발표하다가, 나중에는 현대문학의 붐을 타고 시집이니 소설집을 번역하는 소위 내가 흔히 써서 눈총을 받던 말 즉 '막간'으로 하는 짓을 서슴치 않고 해온 것이다. 그래서 1997년에 『중국 현대시의 이해』(한국 외대 출판부)를 펴낸 바, 그 목차와 내용이 서명에 맞지 않은 부분이 많았으니 그것은 간간이 써본 글들을 모아서 편의상 책이름을 붙여서 냈기 때문이다. 그러니 이 또한 웃기는 짓이요 교만한 마음의 행태라고 하겠다.

2003년 봄부터 명색이 환갑을 기념한다는 취지로 시가론 시리즈로 6권의 책을 기획하여 출판사와 계약을 하였는데 그 중의 하나로서 현대시가론을 넣어서 그 해에 5권을 차례로 출간하고 아무래도 비전공분야인 현대시 부분은 차일피일 원고 마감일을 연기해오다가 대충 꾸려서 넘겨줄까 하는 마음도 먹어 보았다. 그러나 하는 일이 그렇게 어물쩍해서야 되겠는가라는 미안한 생각이 금년 여름 방학 전부를 北京대학에 머물게 한 것이다. 그러니까 이 책의 원고를 다소간 보완하여야 한다는 다급한 심정이 나를 해외로 내몰아서 채찍질하였고 그나마 이렇게 비슷하게나마 꾸미게 되니, 이 또한 너무나 감사한 일이다. 여하튼 이 책은 기존의 글에서 반 정도를 뽑아서 대폭 수정보완하고, 새로이 반 이상을 집필해서 만든 물건이라는 사실을 먼저 밝혀둔다. 특히 北京에 체류하는 동안 당대시인으로 하이즈(海子)의 삶과 시에 심취되어 그 부분의 양이 비교적 많아지게 된 것은 보람된 일이었다고 하겠다. 그래서 책제목도 '현당대시가'라는 명칭을 붙이는데 주저하지 않게 되고 내용상으로도 어색하지 않게 보인다.

이제 유난히도 무덥던 금년 여름이 시들해지고 새학기를 눈앞에 두고 있다. 심신의 평안을 추구하면서 나의 노년을 조용히 마지하고 싶다. 세상의 물정들일랑 다 벗어 던지고 싶고 나름대로의 길을 걸어가고 싶다. 아직은 여러 가지로 매여 사는 신세를 면치 못하고 있기 때문이다. 아마도 죽기까지 완전한 避免이 가능할지는 자신이 서지 않는다. 그러기에 종교에 귀의하게 되고 신을 찾는 마음이 더 강해지나 보다. 현실을 긍정하고 더불어 살아가는 모나지 않는 삶의 자세를 언제나 갖출 수 있겠는지! 항상 면구스러운 심정으로 오늘도 그럭저럭 지내고 있는 것이다. 이 책을 펴내면서 내가 알고 있는 모든 이들에게 감사하며, 쉽지 않은 여건 하에서도 나의 글이라면 항상 흔쾌히 출판해 주는 한봉숙 사장에게 특히 감사하면서 부족한 이 사람을 이해하고 가르쳐주기를 거듭 부탁드린다. 여기에 陶淵明이 62세에 지은 만년시 「形影神」 중에서 「神釋」의 한 소절을 읊조려서 나의 오늘의 심정을 피력한다.

> 그대들과 서로 다른 것이면서도
> 나면서부터 서로 의지하며 살았소.
> 가까이 맺어 이미 함께 기뻐하며 지냈으니
> 어찌 서로 말하며 지내지 아니 하리?
> 세 분 황제 큰 성인께서는
> 지금은 어디에 계신가?
> 팽조는 오래 살기 바랬건만
> 머물고 싶어도 더는 못하였다오.
> 늙던 젊던 한 번 죽긴 같거늘
> 똑똑하다 어리석다 따질 것 없오.
> 날마다 술에 취해 잊을 수도 있겠지만
> 그건 목숨 재촉하는 짓이 아닐까?
> 선한 일은 늘 기쁜 것이나
> 누가 그대 위해 기려 주겠오.
> 깊은 시름은 우리네 삶 아프게 하니
> 그저 운명에 맡겨서 사는 게 옳아요.

세상 변화 속에 물결치는 대로 살지니
기쁜 것, 두려운 것 다 없다오.
응당 다할 목숨, 그냥 맡겨 둘지니
홀로 많이 근심하지 마시오.[1]

2006년 8월 말일
류 성 준

---

1) 與君雖異物, 生而相依附. 結托旣喜同, 安得不相語. 三皇大聖人, 今復在何處. 彭祖
愛永年, 欲留不得住. 老少同一死, 賢愚無復數. 日醉或能忘, 將非促齡具. 立善常所
欣, 誰當爲汝譽. 甚念傷吾生, 正宜委運去. 縱浪大化中, 不喜亦不懼. 應盡便須盡,
無復獨多慮.

목차

머리말

1장 원이두어(聞一多)와 시집의 주제사상

　　신문학 시기의 시는 몇몇 작가에 의해서 문체의 백화화와 사조의 서양화 추세를 추구하면서 사명감을 가지고 바람직한 수준에 도달하는 작품을 창조해 내지는 못하였지만 나름대로 초기문학의 신풍조를 일으킬 만한 역할을 하는 작가군이 형성되어가고 있었다. 그 중에 신시의 정착을 추구하는 서양문물을 익힌 작가 중의 하나가 원이두어(1899∼1946)인데, 그의 역량과 위치는 자못 주시의 대상이었으며 도외시할 수 없는 비중을 지니고 있었다. 그의 시는 활화산처럼 저절로 터져 나오는 주체할 수 없는 당위적인 창작열에 의해 만들어진 것이니, 그 자신이 말하기를

　　　　시인은 가슴속에 있는 감촉이 비록 발효할 때라 할지라도 가벼이
　　　방출되지 않으니 반드시 뜨겁게 팽창하고 절로 폭발하여 흐르는 불
　　　이 돌에 솟고 돌을 일구고 비를 내리어 마치 화산 같아야 한다.[1]

---

1) 詩人胸中底感觸, 雖則釀酵底時候, 也不可輕易放出, 必使他烈度膨脹, 自己暴裂, 流火噴石, 興石致雨, 如同火山一樣(≪淸華週刊≫「評本學年週刊裡的新詩」1921年 6月)

라고 한 바 그의 시는 폭발적인 창작력을 바탕으로 낭만과 상징, 유미와 현실을 조화시키는데 심혈을 기울인 것을 보게 된다. 역사는 증명하고 증명은 불멸의 가치를 낳는 것을 상기하면 원이두어는 분명히 범상하지 않으면서 결코 지울 수 없는 작가로 인각되어 있음을 알게 된다. 그래서 장삐라이(張畢來)는 ≪신문학사강(新文學史綱)≫에서 이르기를,

> 원이두어는 5·4시기에 정치감정상 열렬한 애국주의자이며 예술 사상적으로는 극단적인 유미주의자였다. ─ 유미주의는 예술을 위한 예술의 유파의 하나이다.2)

라고 한 평가는 매우 적절한 표현이라 할 것이다. 신문학은 높은 이상과 원대한 실천력을 지닌 그 당시의 선험적 작가군에 의해 설정이 가능하고 태동이 있었다는 것은 중국문학 자체의 시대적 조류를 조화롭게 유도했음을 의미한다.

Ⅰ. 원이두어의 생애

원이두어의 원명은 가화(家驊)이고, 자는 우삼(友三)으로서, 호북(湖北)성 희수하파하진(浠水下巴河鎭) 진가령(陳家嶺)인이다. 청말 광서(光緖) 25년 11월(1899)에 태어나서 1946년 7월 15일 국민당에 의해 곤명(昆明)에서 47세를 일기로 암살 당하였다. 그의 부친 문정정(聞廷政)은 만청의

---

2) 聞一多五四時期在政治感情上是一個熱烈的愛國主義者, 在藝術思想上, 是一個極端的唯美主義者.- 唯美主義是爲『藝術而藝術』的流派之一.(≪新文學史綱≫ p.79 北京作家出版社 1955)

수재이었고 조부인 문자감(聞子淦)은 장서가로서 서방 면갈헌(綿葛軒)을 열어 손자교육을 맡기어서 원이두어는 어려서 이미 한서(漢書) 등을 배우면서 문학적 소양을 배양한 것이다. 회수 지역의 전설에 의하면 문가(聞家)는 남송 문천상(文天祥)의 후대로 알려져 있다.

1912년 가을 원이두어 13세에 무창민국공교(武昌民國公校)에서 북경청화학교(北京淸華學校)에 합격하니 이는 청화대학(淸華大學) 전신으로 미국 유학 예비학교격이었다. 그는 여기서 1922년까지 10년 간 학습생활을 하며 재능과 학식을 배양하고 문예에 대한 조예도 깊이 갖추게 된다. 첫째 그는 탁월한 편집재능을 갖추었으니 청화에 머무는 동안 청화주간(淸華週刊)의 중문편집(1914), 청화학보(淸華學報)의 학생부 편집(1919~1920) 등을 맡아서 문예활동을 주도하였다. 둘째로 그는 탁월한 희극예술재능을 갖추었으니 재학 중 유예사(遊藝社)를 설립하고(1916), 1919년에는 유예사를 신극사(新劇社)로 개명하여 연출책임을 맡기도 하였고, 셋째로 그는 탁월한 연설과 변론의 재능을 갖추어서 각종 변론반의 주석을 맡아서 활동하였다. 그리고 넷째로는 회화적 예술재능을 지니고 있었으니 1919년 가을에 미술사(美術社)를 창립하여 회화능력을 기르면서 청화주간(192기)에 「예술전문 동료를 찾는 호소(徵求藝術專門同業者的呼聲)」(1920년 10월) 등 다양한 글을 발표하기도 하였다.

1922년 8월 원이두어는 쉬카고 미술학원으로 유학을 가서 이듬해에는 콜로라도대학 미술과로 전학하고 1924년에는 뉴욕미술학생연합회로 다시 전학하였다가 1925년 여름 귀국하게 된다. 이 3년간 그는 미술학습을 하면서 시창작에 몰두하면서 특히 중국고시와 영국근대시를 연찬하게 된다. 두보와 이백, 육유(陸游), 셸리, 키츠 등 시인은 그에게 직접적인 영향을 준다. 1923년 9월 상해에서 그의 시집 ≪홍촉(紅燭)≫을 출판하는데 거기에 1920년부터 3년 간의 작품을 수록하고 있다. 그의 시 <뜰안(園內)>은 그의 청화시절을 회고하고 활기찬 학원의 생기를 노래하고 있다.

> 일찍 일어난 소년이 가석산 위에 바로 서면,
> 붉은 연꽃이 그의 발아래 펼쳐지고,
> 빛나는 해는 찬란히 그의 머리 위에 있는데,
> 일찍 일어난 소년이 갓 나온 태양을 대하고서,
> 장자와 굴원의 큰 글을 외우고,
> 셰익스피어의 큰 작품을 외우고, …
> 그의 생명의 교과서를 외우고 있다.[3]

그의 미국유학은 그에게 애국사상을 더욱 깊이 심어주었고 그것은 그의 시의 주요사상이 한 것이다.

1925년 귀국 후에 북경예술전과학교(北京藝術專科學校)의 교무장으로 부임하여 신시의 창작에 몰두하여 일련의 반제반봉건정신을 담은 시를 발표하게 된다. 그리하여 1928년 시집 ≪사수(死水)≫를 출판하게 되니 여기에는 자유체시 보다는 격율에 시와 역시, 그리고 전기식의 산문 두보(杜甫)를 발표하고 있다. 그 해 가을 남경을 떠나서 무한(武漢)으로 가서 무한대학 문학원장겸 중문계 주임을 맡게 되면서 중국고전문학 연구에 전념하는 전환점을 맡게 된다. 2년 후(1930)에는 다시 청도(青島)대학 문학원장겸 국문계 주임으로 갔다가 다시 2년 후(1932)에 북경 청화대학 중문계 교수로 부임하여 1937년 소위 칠칠(七.七)사변까지 지내게 된다. 이런 10년 간의 학술연구기간에 괄목할만한 성취를 하게 된다. 여기서

---

3) 早起的少年危立在假石山上, 紅荷招展在他脚底. 旭日燦爛在他頭上, 早起的少年對著新生的太陽, 如同對著他的嚴師, 背誦莊周, 屈子底鴻文, 背誦沙翁, 彌氏的巨制,… 背誦著他的生命底課本.(≪聞一多全集≫Ⅰp.198 湖北人民出版社 1993)

그는 ≪두소릉년보회전(杜少陵年譜會箋)≫, ≪잠가주계년고증(岑嘉州系年考證)≫, ≪광재설시(匡齋說詩)≫, ≪천문석처(天問釋天)≫, ≪신시대홍자서설(新詩臺鴻字說)≫, ≪이소해고(離騷解沽)≫ 등 일련의 중요 저작을 발표하여 학술적 지위를 얻게 된 것이다.

1937년 칠칠사변으로 항일전쟁이 발발하자 청화, 북경, 남개(南開) 등 대학들이 이듬해 곤명(昆明)에서 서남연합대학(西南聯合大學)이란 이름으로 임시대학을 운영하니 원이두어는 여기서 그의 일생중 가장 왕성한 연구업적을 남기게 되니, 주요업적으로는 ≪초사교보(楚辭校補)≫, ≪악부시전(樂府詩箋)≫, ≪장자내편교석(莊子內篇校釋)≫, ≪종인수사신도용여도등(從人首蛇身到龍與圖騰)≫, ≪당시잡론(唐詩雜論)≫ 등이 있다. 그는 고적(古籍)을 위시하여 당시(唐詩), 초사(楚辭), 장자(莊子), 시경(詩經), 주역(周易), 신화(神話)는 물론, 금석갑골문(金石甲骨文)까지 넓고 깊게 연구하였으니, 꿔모뤄(郭沫若)는 ≪聞一多全集≫ 서문에서 「그의 안광의 예리함과 고찰의 해박함, 입설의 신선하고 박실함은 전에 고인에게도 없으며 아마도 후에도 올 자가 없을 것이다.」[4]라고 언급한 바가 있다.

1945년 8월 일본이 항복하고 국민당 정부는 날로 부패하니, 원이두어는 내전을 그치고 인민을 구하기 위해서는 민주주의를 주창하는 운동이 전개되는데 앞장을 서고 이로 인해 국민당정부는 마침내 1945년 12월 1일 총격으로 곤명학생을 참살하는 사건을 일으키게 된다. 원이두어는 분노하여, 인민이 죽음을 두려워 아니 한데 어찌 죽기로 두려워하리오라는 만사를 써서 희생된 4명의 학생에게 바치고 아울러 「121운동시말기(運動始末記)」를 써서 장엄한 선언을 한다. 즉 「죽지 않은 전사로 네 열사의

---

4) 他那眼光的犀利, 考索的賅博, 立說的新穎而翔實, 不僅是前無古人, 恐怕還是後無來者的.

피의 흔적을 밟도록 하고 거대한 피의 흐름을 거두어서 그 면전에서 한 멍한 사람도 정신 차리고 한 나약한 사람도 용감히 일어나며, 한 지친 사람도 떨쳐 일어나며 한 반동자도 떨며 넘어지게 하리라.」5)라고 외친 것이다. 1946년 7월 15일 오후 5시 곤명에서 강연하고 귀가 도중에 국민당 특무암살자에 의해 저격을 당하여 희생되고 그 아들 원리허(聞立鶴)는 중상을 입은 것이다.

II. 시집 ≪진아집(眞我集)≫의 주제

원이두어는 첫시집 ≪진아집(眞我集)≫6)을 내면서 1920년과 1921년 사이에 지은 시 15수를 담고 있다. 그리고 1923년 9월에 출판한 ≪홍촉(紅燭)≫에는 103수를 담았고, 1928년 1월에 출판한 ≪사수(死水)≫에는 28수를 담았다. 그리고 ≪집외시(集外詩)≫라고 하여 후에 발견된 시 33수7)를 모아서 별도로 시집으로 삼으나 중요 시집이라면 위의 3종의 시

---

5) 始末記의 일부:「就讓未死的戰士們踏著四烈士的血跡, 再繼續前進, 並且不惜匯成更巨大的血流, 直至在它面前, 每一個糊塗的人都淸醒起來, 每一個怯懦的人都勇敢起來, 每一個疲乏的人都振作起來, 而每一個反動者都戰慄地倒下去!」

6) 시집의 15수 시제는 다음과 같다. 雨夜(1920. 1. 14), 月亮和人(1920. 11. 14), 讀沈尹默小妹想起我的妹來了(1020. 11. 16), 雪片(1921. 5. 14), 率眞(1921. 5. 14), 朝日(1921. 5. 12), 雪(1921. 5. 14), 忠告(1921. 5. 14), 志願(1921. 5. 17), 傷心(1921. 5. 17), 一個小囚犯(1921. 5. 15), 黃昏(1921. 5. 22), 所見(1921. 7), 南山詩(1921. 7), 晩霽見月(1921. 7)

7) 시 33수의 제목은 다음과 같다. 漁陽曲(1925), 長城下之哀歌(1925), 我是中國人(1925), 醒呀(1925), 七子之歌(1925), 愛國心(1925), 秦始皇帝(1925), 抱怨(1925), 欺負著了(1926), 鳥語(1926), 比較(1926), 唱詞- 紀念三月十八日的慘劇(1926), 答辯(1928), 回來(1928), 園內(1923), 南海之神(中山先生頌)(1925), 敎授頌(1948년 발표), 政治家(1948년 발표), 徵志(1919), 愛底風波(1921), 蜜日著律詩底硏究稿脫賦感(1922), 進貢

집을 거론하게 된다. 그러므로 위의 3종 시집을 중심으로 그 주제사상을 살피려 한다.

1920년부터 1921년 사이에 지은 시 15수를 수록한 시집으로서 사회의 암흑과 냉혹을 토로하고 있다. 시인은 상징적 수법과 함축적인 필조로 자연계의 암흑을 묘사하여 구세계의 암흑을 기탁한다. 그 내용을 보면, 첫째로 사회의 기만과 간교를 지적한다. 사람과 일의 진실성을 노래하며 허위에 물들지 않은 인간의 영혼을 경모한다. 「달과 사람(月亮和人)」의 일단을 보면,

> 등불이 꺼졌다,
> 달 선녀가 은물결을 창문에 들이밀어,
> 잠자는 사람의 양 보조개에 비친다.
> 그 얼굴의 감정의 표상을 모두 깨끗이 쓸고
> 단지 그 고요한 환상의 천진함만을 지니고,
> 그 이목구비도 분명치 않은 흰 얼굴을 감싸고 있다.[8]

여기서 진실한 영혼의 철리성이 드러나 보인다. 그리고 암흑의 현실에 대해서는 다음 그의 <충고(忠告)>의 일단을 본다.

> 남이 말한다: 「달아, 너는 둥글기가 탄환 같고 이질어지기가 활의 줄 같다; 둥글 때는 아름답지만 이질어지면 보기 어렵다!」
> 내가 말한다: 「달아, 둥글고 이질어지는 것은 너의 일상의 일이니, 너는 곱고 미운 관념에 있지 마라! 너는 이질어져 반원이 되든 이질어져 고운 눈섶이 되든 나는 여전히 너의 그 맑은 빛의 찬란함을 사

者(1922), 晚秋(1922), 笑(1923), 閨中曲(1925), 故鄕(1925), 回來了(1925), 叫賣歌(1925), 相遇已成過去(1925), 大暑(1924), 貢獻(1927), 奇蹟(1931)

8) 燈光滅了, 月娥把銀潮放進窗子裡, 射到睡覺的人的雙靨上. 把他臉上的感情的表象都掃淨了, 只有那寂靜靈幻的天眞, 籠罩在那連耳目口鼻也分不清的素面上.

랑한다.」9)

위에서 강조한 점은 眞자에 있다. 곧 진솔한 점이다. 여기서의 眞은 참된 자아뿐 아니라 사회에 대한 반항과 압박에 대한 반발, 그리고 기만에 대한 비판적인 민주의식의 발로인 것이다.

둘째로는 해방추구의 외침을 들 수 있다. <한 작은 죄수(一個小囚犯)>은 시인의 반봉건적이며 해방을 요구하는 강렬한 사상 감정을 표현한다. 이 시는 가장의 의해 방에 갇혀서 나오기를 바라는 아이를 통하여 작가의 이러한 심경을 표현한다. 다음에 그 시의 일단을 보면,

> 나를 풀어다오,
> 이 기약 없는 구금, 내가 어찌 받아들일 수 있을까?
> 나를 풀어다오, 그 썩은 잔재들을 일시에 쓸어버리오.
> 한 밝은 별, 길이 너의 어둔 밤의 긴 길의 길잡이가 되어,
> 나를 풀어주지 않고, 내가 뜯들어, 더 취해 혼몽해지길 기다리니,
> 내가 감옥을 쳐부수고 이 세상에 동서로 나자빠져도 이상타 말라!
> 나를 풀어다오!10)

이 시는 1921년 5월 五四운동 이후, 국내외정세가 급박하게 변화하고 새로운 사조가 밀려들어오는 상황에서 작자는 시대의 요구에 따라 개성의 해방과 교육제도의 모순점을 지적하는 의미에서 지은 것이다. 그래서 감옥을 부수고 잔재를 제거하자고 시에서 호소하는 것이다. 시인은 이어서 쓰고 있다.

---

9) 人說:「月兒, 你圓似彈丸, 缺似弓弦; 圓時雖美, 缺的難看!」我說:「月兒, 圓缺是你的常事, 你別存美醜底觀念! 你缺到半規, 缺到娥眉, 我還是愛那淸光燦爛.」

10) 放我出來, 這無期的幽禁, 我怎能受得了? 放我出來, 把那腐朽渣滓, 一齊刮掉, 還是一顆明星, 永做你黑夜長途底響導, 不放我出來, 待我鬱發了酵, 更醉得昏頭昏腦, 莫怪我撞破了監牢, 鬧得這個世界東顚西倒! 放我出來!

이후부터는 나는 매일 창가에 서서 외친다:
노래하는 사람, 우리는 함께 나오라!
노래할 줄 모르는 사람은 듣지 못한다.[11]

　여기서 노래하는 사람이란 五四운동의 반제반봉건(反帝反封建)적인
혁명가를 지칭한다. 매일 창가에서 외치는 소리는 시인의 절박한 사회개
선의 긍적적인 요구인 것이며 새로운 세계를 추구하는 희망의 노래인
것이다.

　셋째는 중국사회를 개조하려는 결심의 표현이다. 원이두어는 경물을
빌려서 감정을 서술하고 나아가서 낡은 사회를 개조하려는 심정을 지닌
것이다. 눈을 읊은 <눈(雪)>은 세 가지 면으로 분석할 수 있으니, 첫째
는 세상은 차고 어두운데 푸른 연기가 눈에 눌린 지붕을 뚫는 것을 묘사
하는데 푸른 연기는 시인의 위로 향하는 영혼을 의미한다. 그것은 자신
의 육신을 극복하고 개인의 생명을 포기하여 곧장 천당으로 향한다. 이
천당은 하늘에 있지 않고 지하에 있다. 둘째는 수풀 속에서 전투하는 중
생이 갖은 풍상을 이기는 것을 묘사한다. 그리고 셋째는 인애의 봄을 통
해 광명을 받아들인 것을 묘사한다.

아! 자연의 인애의 결정체!
그의 발자취가 닿는 곳은 바로 광명이다.
세계의 모든 악이 그의 목욕제계를 거쳐서,
모두 하늘의 해를 다시 볼 수 있고, 다시 생명을 창조할 수 있다![12]

---

11) 從此以後, 我便天天站在窓口喊: 唱歌的人兒, 我們倆一塊兒出來罷! 不曉得唱歌的
　　人兒聽見沒有.
12) 啊! 自然底仁愛底結晶! 他底足跡所到, 就是光明. 世界底百惡, 一經他底齋戒沐浴,
　　都可以重見天日, 再造生命!

시인은 위로 향한 한 줄기 푸른 연기로 화해서 춥고 어두운 사회를 쳐부수고 세상에 봄을 가져오고 겨울은 백기를 들고 투항하게 한다. 이것은 五四운동 이후 청년들이 제국주의와 봉건주의의 울타리를 부수고 중국사회를 개조하려는 의지를 보인 것이다. 이러한 혁명적 결심은 인민에게 향하여 외치고 있다. <아침해(朝日)>시에서 이침의 태양을 묘사한다.

> 몰래 각 창문 앞으로 가서
> 그 잠자는 교만한 아이를 일으켜 일하게 한다.
> 아! 이러한 고요한 환상적인 잠자는 모습,
> 그는 어찌 감히 놀라 일어날까?
> 그는 감히 놀라 일어나지 못하고 단지 그가 웃는 것을 바라볼 뿐,
> 그러나 그의 웃음은 뜨거운 빛을 흩어낸다……13)

시 중의 사상은 풍부하고 열렬하다. 아침태양이 일하는 사람에 대해 사랑과 존경을 보내고 포용한다. 시는 시인의 아침 태양 같은 마음을 그려내고 일하는 사람을 동정하는 감정을 서술한다.

Ⅲ. 시집 ≪홍촉(紅燭)≫의 주제

청화에서 수학하던 원이두어의 창작활동은 문학사적으로 부정적인 평가를 하고 있는데 이러한 점은 객관성을 인정받기 어려울 것이다. 그것은 이 시집이 이 시기에 지어진 시로 꾸며진 관계로 더욱 문제시된다.

---

13) 偸偸地走到各個窗子前來, 喊他的睡覺的驕兒起來做工. 啊! 這樣的寂靈幻的睡容, 他那裡敢驚動呢? 他不敢驚動, 只望著他笑, 但他的笑散出熱炙的光芒…

먼저 한 현대문학사의 기록을 보기로 한다.

> 원이두어가 받은 것은 자산계급의 교육이므로 유미주의적인 영향
> 을 받은 것이다. 그래서 청화에서의 독서기간의 대부분 시들은 모두
> 정도가 다른 불건전한 정조를 드러낸다.[14]

이러한 부정적 견해는 객관성이 부족하다. 사실상 이 시기는 원이두어
로서는 혁명적 민주주의사상과 인민을 위한 헌신적 정신이 충만했던 만
큼 ≪홍촉(紅燭)≫의 주제사상도 건강하고 선진적인 경향을 지닌 것으로
평가하면서 그 주제를 보고자한다.

첫째는 생명청춘에 대한 애정과 광명전도에 대한 추구인 것이다. 그
사상의 내용을 다음 4가지 면으로 본다. 이 시집을 읽으면 흔히 삶의 고
동을 느낀다. 그는 인도 시성 타골의 시가 인생과 생활을 이탈하고 있다
고 비판하면서, 「타골의 문예의 최대 결점은 현실을 포착하지 못한다는
것이다. 문학은 생명의 표현이며 형이상적인 시도 예외는 아니다. 보편
성은 문학의 바탕이며 생활 속의 경험은 가장 보편적인 것이다. 그래서
문학의 궁전은 반드시 생명의 기초 위에 세워져야 한다.」[15]라고 하였다.
그리고 이어서 「인생은 타골의 문예의 대상이 아니라 단지 그의 종교의
상징이다.」[16]라고 하여 타골과 달리 시를 생명과 생활의 기초 위에 세워
서 인생을 논하고 있는 것이 이 시집의 주된 의미이다. 그래서 그 서시

---

14) 由聞一多接受的是資産階級的教育, 在藝術思想上又受到唯美主義的影響, 所以也在
清華讀書期間的大部分詩作都程度不同地流露出不健康的情調.(江蘇人民出版社刊
≪中國現代文學史≫, p.148, 1979)

15) 泰戈爾底文藝底最大的缺憾是沒有把捉到現實. 文學是生命底表現, 便是形而上的詩
也不外此例. 普遍性是文學底要質而生活中的經驗是最普遍的東西, 所以文學底宮殿
必須建在生命底基石上.(湖北版≪聞一多全集≫ p.126)≫

16) 人生也不是泰戈爾底文藝底對象, 只是他的宗教底象徵.(상동 p.127)

(序詩)에서 「붉은 촛불아! 흘러라! 너는 어째서 흐르지 않니? 바라건대 너의 기름을 쉬지 않고 인간을 향해서 위로의 꽃을 배출하여, 쾌락의 과실을 맺어다오!」[17] 라고 하여 강렬한 진취심과 생명의 찬미, 그리고 혁신적 목적을 시에서 찾으려 하였다. 그의 ≪태평양 배에서 밝은 별을 보며(太平洋舟中見一明星)≫에는 그가 삶의 진정한 가치를 어디에 두고 있는지를 알게 한다.

> 생활아! 아득한 생활아!
> 그리고 파도가 험한 큰 바다야!
> 정든 자의 눈물의 파도이며,
> 장사의 혈액의 파도이다.
> 붉고 고운 별, 광명의 결정!
> 너도 나의 큰 꿈을 불러 깨웠다—
> 꿈 밖에서 한 층의 꿈을 안는다!
> 생활아! 아득한 생활아!
> 그리고 파도가 험한 큰 바다야!
> 정든 자의 눈물의 파도이며,
> 장사의 혈액의 파도이다.
> 생명의 바다 속의 등대!
> 나를 비추어라! 나를 비추어라!
> 나로 좌초에 부딪게 말라!
> 나로 항해선을 넘게 말라;
> 나는 스스로 나의 한 주걱의 더운 눈물을 가하여,
> 이 눈물의 바다를 더욱 짜게 하라;
> 나는 스스로 한 가닥의 뜨거운 피를 기우려,
> 이 피의 파도로 더욱 붉게 하라![18]

---

17) 紅燭! 流吧! 你怎麼不流呢? 請將你的脂膏, 不息地流向人間, 培出慰藉底花兒, 結成快樂的果子!(상동 1집 p.9)
18) 生活呀! 滄茫的生活呀! 也是波濤險阻的大海呦! 是情人底眼淚底波濤, 是壯士底血

광명한 미래를 향한 즐거운 인생에 대한 확신이 시구 속에 우미하고 감동적으로 표현된다. 마치 밤하늘의 혜성이 대해에 추락하듯이 의상이 기험하고 사상이 준일하다. 시인은 생활목표를 정하여 생활이란 험한 대해에 투신한다. 그리고 둘째는 암흑사회에 대한 저주와 구식사회에 대한 비판을 가하고 있다. 여기서 더욱 그의 광명에 대한 열애와 추구를 표명한다. 현실사회로부터 사회제도와 문화에 이르기까지 총체적으로 구식사회에 대해서 부정적 태도를 취한다. 1922년 7월 원이두어는 미국 유학을 간다. 그는 거기서 미국의 물질문명을 부러워하기보다는 자본주의에 비평을 가하고 그의 순진성과 직감으로 오히려 생명과 미래에 대해 강한 집착을 한다. 그의 다음 <홍두편(紅豆篇 35)>은 그것을 노래한다.

> 밤 솔개가 외치며 짖는다;
> 북풍이 문 테두리 때리고,
> 창호지를 당기고,
> 담벽을 치고,
> 집기와를 들고,
> 비집고 들어가지 않으면 안 된다.
> 붉은 촛불은 오직 쉬지 않고 피눈물을 흘러내어,
> 큰 언덕의 적색 석종유에 엉겨있다.
> 애인아! 너는 어디 있느냐?
> 빨리 그 검은 구름 같은 촛불 꽃을 잘라내고
> 빨리 너의 흰 손을 보듬어서
> 이 떨리는 촛불 꽃을 막아주리!

淚底波濤. 鮮艷的星, 光明底結晶啊! 你又喚醒了我的大夢— 夢外包著的一層夢! 生活呀! 滄茫的生活呀! 也是波濤險阻的大海啊! 是情人底眼淚底波濤, 是壯士底血淚底波濤. 生命之海中底燈塔! 照著我罷! 照著我罷! 不要讓我碰了礁灘! 不要許我越了航線; 我自要加進我的一勺溫淚, 敎這淚海更鹹; 我自要傾出的一腔熱血, 敎這血濤更鮮!

  시인은 또 말한다, 「우리 약자는 물고기 살로서……예교의 탑 앞에 놓여 있다.」<홍두편 25>라고 하니 이것은 구사회의 수많은 청년은 암흑사회에 불만이고 그리고 광명한 혁명의 길을 찾지 못하고 오직 개인의 세계에서 헤매이고 있다는 말이다. 그래서 시인은 그 더러운 데서 벗어나 오염되지 않은 정신세계를 노래하려 한다. 그러면서 우국애민의 고뇌를 떨치지 못하고 헤매인다. 시인은 그러한 갈등 속에서 저항하고 비판한다. 셋째는 조국에 대한 열애와 고향에 대한 그리움이 시집에 담겨 있다. 이 시집의 일부는 미국에서 쓴 것이다. 리광티엔(李廣田)은 ≪원이두어선집(聞一多選集)≫ 서(序)에서 이르기를 「그는 친구에 보낸 서신 중에서 말하기를, 『현실의 생활은 시시각각 나를 시의 경지로부터 먼지 즉 속된 경지로 잡아끈다.』라고 하였으니 당시에 소위 시경(詩境)과 진경(塵境)은 조화롭지 못한 것이며 극히 모순적인 것이다. 이 소위 현실생활 속의 진경에 가장 중요한 것은 민족에 대한 갈등이며 여기서 민족주의적 정서가 격동하고 자라서 그는 애국주의자로 변한 것이다.」라고 하였다. 그가 이렇게 된 이유라면 오랜 중국문화와 고난의 중국대지를 그는 항상 그리워하였고 원초적 본능으로 동방의 색채를 그리워하고 거기서 절대미와 운율미를 찾고자 한 것이다. 그의 사랑은 중국 조국과 문화에 집중되어서 노래한다. 그의 <국화를 생각하며(憶菊)>는 동방의 꽃이며 중국의 꽃으로 승화시킨다. 겉으론 국화이지만 실제론 국화 같은 아름다운 조국과 그 역사와 풍속을 찬미한다. 그 시를 보기로 한다.

---

19) 夜騰號咷地叫著; 北風拍著門環, 撕著窗紙, 撞著墻壁, 掀著屋瓦, 非闖進來不可. 紅燭只不息地淌著血淚, 凝成大堆赤色的石鐘乳. 愛人啊! 你在那裡? 快來剪去那烏雲似的燭花, 快窩著你的素手 遮護著這抖顫的燭焰! 愛人啊! 你在那裡?

너는 여기의 뜨거운 장미 같지 않고,
그 미천한 자라난초는 너보다 훨씬 못하다.
너는 역사가 있고 풍속이 있는 꽃이다.
아! 4천 년의 귀족자제의 명화!
너는 고초한 역사가 있고, 너는 우아한 풍속이 있지!
아! 시인의 꽃아! 나는 너를 생각한다,
나의 마음도 경각의 꽃을 펴서,
찬란하게 너와 똑같이;
나는 너를 나의 고향같이 생각한다,
우리의 장엄하고 찬란한 조국,
나의 희망의 꽃도 너처럼 핀다.
솔솔 부는 가을바람아! 불고, 불어라!
나는 나의 조국의 꽃을 찬미하련다!
나는 나의 꽃과 같은 조국을 찬미하련다![20]

우리의 조국은 얼마나 아름다운가! 시구 하나 하나가 수정같이 빛나서 장엄하고 찬란한 조국의 형상이 광채가 나고 애국심이 넘쳐난다. 넷째는 애정에 대한 심복(心服)과 봉건예교에 대한 반항이다. 시인의 이러한 의식은 54시대의 반봉건적 정신을 반영한 것이다. 시인은 1911년 초 청화유미(淸華留美)예비학교에 입학하자 그의 이부(姨父) 고지(高志)가 그의 딸 고진(高眞)을 배필로 맺어주어 1922년 봄 혼인을 한다. 사청(史淸)은 ≪원이두어의 길(聞一多的道路)≫(생활서점 1947)에서 이르기를, 「두 사람은 일찍이 직접적인 왕래가 없었지만 서로의 열애는 전통적인 격리에 저지 받지 않았다. 그들 두 사람은 모두 위대한 혼인에 대해서

---

20) 你不像這裡的熱欲的薔薇, 那微賤的紫羅蘭更比不上你. 你是有歷史, 有風俗的花啊! 四千年的華胄底名花呀! 你有高超的歷史, 你有逸雅的風俗! 啊! 詩人底花呀! 我想起你, 我的心也開成頃刻之花, 燦爛得如同你的一樣; 我想起你同我的家鄉. 我們的莊嚴燦爛的祖國, 我的希望之花又開得同你一樣. 習習的秋風啊! 吹著, 吹著! 我要讚美我祖國底花! 我要讚美我如花的祖國

만족하고 있었다. 54이후의 표준으로 말하면 이러한 혼인은 다소간 도박적 의미를 지니지만 원선생은 자신의 시대를 이해한 것이다. 그는 진심으로 한 사람을 열애하고 남의 열애를 받았다.」라고 하였다. 시인은 결혼 다섯 달만에 유학을 떠난 것이다. 「<홍두편(紅豆篇)> 42수 애정시는 그녀를 사랑하는 감정을 기초로 해서 쓴 것이다. 홍두편 제7수를 본다.

> 나의 마음은 방패가 없는 빈 성이니,
> 한 밤에 문득 그리움으로 습격 받아서,
> 나의 마음의 깃발은
> 단지 한 조각 넘어져 내린다;
> 나는 오직 바란다—
> 그는 멋대로 한 바탕 태워 죽이고 갔다;
> 누가 그가 결국 영원히 점거하고,
> 궁궐의 담을 건설해낼 줄 알았겠는가?[21]

시인의 예술적 구사가 교묘하다. 애정의 영구성이 생동하게 체현되어 있다. 애정을 위해서 일체를 버리고 애정을 생명처럼 여기는 시인의 시심이 다음에 보인다.

> 두 모양의 물건이 있는데,
> 나는 항상 쳐서 열고 싶고,
> 또 항상 버리지 못한다:
> 나의 생명,
> 사랑하는 사람의 그리움과 같다.[22]

---

21) 我的心是個沒設防的空城, 半夜裡忽被相思襲擊了, 我的心旌 只是一片倒降; 我只盼望— 他恋情屠燒一回就去了; 誰知他竟永遠佔據著, 建設宮牆來了呢?

22) 有兩樣東西, 我總想撇開, 卻又總捨不得: 我的生命, 同爲了愛人兒的相思.(紅豆篇8)

생명과 애정은 하나로 결합되어 있다. 애정이란 애인의 영화로운 이별을 고한다고 해서 진정 이별할 수 없으며 초췌한 얼굴이라고 해서 그 초췌한 면만을 영상화시킬 수도 없다. 애정은 항상 양면성을 지닌다. 애증이 공존하고 이합이 동시에 가능하다. 애정은 무한한 가능성과 좌절감이 동시에 충동된다. 애정은 항상 두 개가 상반적으로 평행한다. 원이두어는 애정시를 묘사함에 있어서 도덕성을 강조하고 건전성을 중시한다. 그는 「겨울 밤의 평론(冬夜評論)」에서 「엄격히 말하자면, 남녀연애의 정감은 가장 뜨거운 정감이어서 가장 높고 참된 정감이라고 하겠다.」라고 하였다.

Ⅳ. 시집 ≪사수(死水)≫의 주제

사수(1928년 1월)의 사상내용은 건강하고 선진적이다. 그러나 홍두에 비하면 분명히 복잡하다. 이 시집은 새로운 시율격을 제시한 것이다. 시에 있어 예술적인 면과 감성적인 면 모두 격조를 높힌 시집이라 할 것이다. 이 시집의 중요한 주제사상에서 첫째로 조국인민의 고난을 호소한 점과 그에 대한 동정심을 들 수 있다. 시인은 그의 <문예와 애국-3월 18일을 기념하며(文藝與愛國-紀念三月十八日)>에서 「위대한 동정심은 예술의 참된 샘이다.」라고 하고 인민의 고난을 보고 냉담한 태도를 비판하였다. 이 시집은 이러한 시적 감정을 가득 담아 놓았다. 시인은 1926년 겨울 큰딸을 잃었다. 의약이 부족한 농촌에서 제대로 치료도 받지 못하고 요절한 것이다. 시인은 그 슬픔을 방성대곡하며 <그녀를 잊다(忘掉她)>라는 제목으로 다음과 같이 쓰고 있다.

그녀를 잊어버린다, 한 떨기 잊어버린 꽃처럼-
그 아침노을이 서리 긴 꽃받침 위에 있고,
그 꽃 속의 한 올의 향기-
그녀를 잊어버린다, 한 떨기 잊어버린 꽃처럼!

그녀를 잊어버린다, 한 떨기 잊은 꽃처럼!
봄바람 속의 한 꿈처럼,
꿈속의 한 종소리처럼,
그녀를 잊어버린다, 한 떨기 잊어버린 꽃처럼!

그녀를 잊어버린다, 한 떨기 잊어버린 꽃처럼!
귀뚜라미의 고운 노래를 들으며,
무덤의 풀이 높게 자란 걸 본다;
그녀를 잊어버린다, 한 떨기 잊어버린 꽃처럼!

그녀를 잊어버린다, 한 떨기 잊어버린 꽃처럼!
그녀는 벌써 너를 잊었고,
그녀는 아무 것도 기억하지 못한다;
그녀를 잊어버린다, 한 떨기 잊어버린 꽃처럼!

그녀를 잊어버린다, 한 떨기 잊어버린 꽃처럼!
그 친구 나이가 참 좋고,
그는 내년에 너에게 늙는다 일러줄 거다;

   이 시는 개인의 불행한 애가만이 아니라, 조국인민의 고난에 대한 호
소의 일부분이다. 사랑하는 딸의 요절은 전통적인 남아중시의 악습과 구
가정의 무지, 그리고 농촌의 빈궁과 낙후 때문에 생긴 일이므로 시인은
정신적으로 커다란 충격을 받은 것이다.
   그리고 시집의 두 번째 중요한 주제사상은 암흑사회에 대한 저주와
군벌매국노에 대한 반항을 들어야 한다. 그의 시 <구공(口供)>(죄를 기

록한 서류의 뜻)을 들어본다.

> 나는 너를 속인다, 나는 무슨 시인이 아니다,
> 비록 내가 사랑하는 것이 흰 돌의 견고함이지만,
> 푸른 소나무와 큰 바다, 까마귀 등에 석양을 태우고,
> 황혼 속에 박쥐의 날개를 채운다.
> 너는 내가 영웅을 사랑하고 높은 산을 사랑하는 줄 알고,
> 나는 한 폭의 국기가 바람에 펼쳐지는 것을 사랑하고,
> 노란색에서 고동색까지의 국화꽃을 사랑한다.
> 나의 양식이 한 잔의 쓴 차라고 기억한다!

> 그러나 하나의 내가 있으니, 너 두렵니?-
> 파리 같은 사상, 쓰레기통에서 기어간다.[23]

시인은 암흑사회를 부정하고 자신의 어두운 사상을 해부하여서 자신의 모순된 감정을 드러낸다. 조국에 대한 사랑이 충만하지만, 절망 중에 고통과 절망을 같이 한다. 이 시는 그 의식을 토로한 것이다. 이 시는 내심의 감정을 물질적으로 보여주면서 추상적으로는 함축적 의미를 보여준다. 푸른 소나무와 석양 그리고 파리와 쓰레기통 등은 구체적 형상인데 그것을 통하여 어두운 일면을 상징하려 한다. 주어진 사회에 대한 부정적 표현인 동시에 자기모순적 갈등이 어려 있다. 그 다음의 주제사상은 열렬한 애국사상인 것이다. 이것은 둘째 사상과 연결된다. 민족에 대한 연정을 다음 <기도(祈禱)>에서 보기로 한다.

---

23) 我不騙你, 我不是甚麼詩人, 縱然我愛的是白石的堅貞, 靑松和大海, 鴉背馱著夕陽, 黃昏裡織滿了蝙蝠的翅膀. 你知道我愛英雄, 還愛高山, 我愛一幅國旗在風中抬展, 自從鵝黃到古銅色的菊花. 記著我的糧食是一壺苦茶! 可是還有一個我, 你怕不怕?- 蒼蠅似的思想, 垃圾桶裡爬.

누가 중국인인지 나에게 말해주오
나에게 계시하오, 어떻게 기억을 지니고 있는가;
나에게 이 민족의 위대함을 말해주오,
가벼이 나에게 말해주오, 떠들지 말아요!

나에게 누가 중국인인지 말해주오,
누구의 마음에 요순의 마음이 있고,
누구의 피가 형가와 섭정의 피이며,
누가 신농과 황제의 후손인가요?

나에게 그 지혜가 기특하다고 말해주오,
하마가 바치는 예물이라고 말하오;
그리고 나에게 이 노래 소리의 절주를 말해주오,
원래 아홉 번 싼 봉황의 전수인 것을.

누가 나에게 고비의 침묵,
그리고 오악의 장엄을 말해주오?
태산의 돌 물방울이 인내에 젖어들고,
큰 강 황하도 조화롭게 흐르는지 말해주오?

다시 나에게 말해주오, 저 한 방울의 맑은 눈물은
공자가 죽은 기린을 애도하는 슬픔인가요?
저 미친 웃음도 나에게 말해줘야 되어요,-
장주와 순우곤, 동방삭의 웃음.

나에게 누가 중국인인지 말해주오,
나에게 계시하오, 어떻게 기억을 지니고 있는가;
나에게 이 민족의 위대함을 말해주오,
가벼이 나에게 말해주오, 떠들지 말아요!24)

---

24) 請告訴我誰是中國人，啓示我。如何把記憶抱緊；請告訴我這民族的偉大，輕輕地告
   訴我，不要喧嘩! 請告訴我誰是中國人，誰的心裏有堯舜的心，誰的血是荊軻，聶政的
   血，誰是神農黃帝的遺孽? 告訴我那智慧來得離奇，說是河馬獻來的饋禮；還告訴我

이 시에서 시인이 제기한 방식과 시의 형식은 애국주의적인 표준을 노래하고 있는데 그는 요순과 신농, 그리고 황제와 같은 애민적 심상을 강조하고, 아울러 형가 같은 폭정에 반항하는 정신도 강조하면서 중국의 유구한 역사를 사랑하는 의식을 상징하려 하였다. 그러니까 이 시는 중국의 역사와 영토를 지켜야 한다는 점을 제시한 것이다. 시인은 항상 기틀을 중국인이라는데 두고 그 안에서 모든 것을 영위해야 한다는 철저한 민족의식을 지니고 있는 것이다. 그래서 시인은 하나의 중국인이 되는 것은 하나의 문예가가 되는 것보다 더 중요하다고 주장하곤 한다.[25]

這歌聲的節奏, 原是九苞鳳凰的傳授. 誰告訴我戈壁的沈默, 和五岳的莊嚴? 又告訴我泰山的石霤還滴著忍耐, 大江黃河又流著和諧? 再告訴我, 那一滴淸淚是孔子弔唁死麟的傷悲? 那狂笑也得告訴我才好,- 莊周, 淳于髡, 東方朔的笑. 請告訴我誰是中國人, 啓示我, 如何把記憶抱緊; 請告訴我這民族的偉大, 輕輕地告訴我, 不要喧嘩!

25) 聞一多 「論文藝的民主問題」: 「做一個中國人比做一個文藝家更重要.」(≪聞一多全集≫3 開明版)

2장 꿔모뤄(郭沫若)의 시와 그 문학

　　중국의 풍운이 크고 작든 간에 한국의 사정과 연관되는 생각을 갖게
된다. 중국에 대한 관심이 깊어지고 그에 관한 연구 또한 적지 않은 어
제 오늘의 동향을 보아서 잘 알 수 있다. 이러한 추세에 맞추어 중국의
문화를 현세적인 입장에서 고찰하는 작업도 활발하게 진행되고, 특히 현
당대문학도 여기에서 같은 시기에 연구되고 있다.

　　꿔모뤄(郭沫若, 1892~1978)란 인물을 살펴보는 일은 그가 현대인이요
중국의 주요인물이었다는 점에서 필수적인 대상이라고 생각되어 한정된
자료로나마 깊이 고찰할 필요가 있다고 본다. 모뤄는 신문학 초기부터
문학활동을 전개한 의사이며 관직도 부주석까지 오를 만큼 인생의 폭이
컸으므로 그 소재 또한 다양하다. 그의 논저가 수백 종에 달하는 것도
그의 생애와 함께 금세기의 중국을 이해하는데 지나칠 수 없는 대상이
아닐 수 없다. 여기에서 그 인생의 전부를 다룰 수 없는 만큼, 그의 문학
을 형성한 초기사상을 고찰하고 아울러 시와 산문, 그리고 소설에 대한
시기별 특성을 음미하고자 한다. 다시 말하면, 시에는 <여신(女神)>을
그리고 소설에는 <기로(岐路)>를 중심적으로 분석하고자 한다. 본론에

앞서 모뤄에 대한 이해를 돕고자 관직을 중심으로 그의 생애를 개관하면 다음과 같다.

* 1892년: 12월16일 사천성(四川省) 낙산현(樂山縣)에서 중등지주의 아들로 출생. 모친은 두탁장(杜琢璋)의 딸.1)
* 1907년: 가정중학(嘉定中學) 입학.
* 1909년: 구교육제도에 반발하여 퇴학당함. 성도분설중학(成都分設中學)으로 전학.
* 1913년: 분설중학을 졸업하고 천진군의학교(天津軍醫學校)에 관비로 입학. 같은 해 일본으로 유학하여 구주제국대학 의과(九州帝國大學醫科)에 입학.
* 1918년: 위의 의대를 졸업하고 일본인 佐藤富子와 결혼.
* 1920년: 일본에서 귀국하여 공산당에 입당. 1차로 이탈. 일본의 福岡에서 중국유학생조직인 하사(夏社)에 참가하여 문학활동을 시작. 상해시사신보(上海時事新報) 부간(副刊)인 ≪학등(學燈)≫에 <죽음의 유혹(死的誘惑)>(처녀작)과 <화로의 석탄(爐中煤)>(처녀시)를 발표.
* 1921년: 위따푸(郁達夫) 등과 창조사(創造社)를 조직하여 낭만주의 성향을 추구하여 루쉰(魯迅)과 대조를 보임. 이 시기를 전후하여 상해태동서국총편집(上海泰東書局總編輯), 학예대학(學藝大學) 문과주임, 광동대학(廣東大學) 문학원장을 맡음.
* 1926년: 쪼우언라이(周恩來)의 소개로 떵옌따(鄧演達)가 주도하는 국민혁명 총정치부 선전과장에 임명됨.
* 1927년: 7월에 총정치부 부주임, 총정치부 주장판사처(駐贛辦事處) 주임을 맡음. 8월 남창(南昌)폭동에 참가했다가 실패 후에 홍콩으로 감.
* 1928년: 상해로 귀환하여 창조사를 재건하여 ≪여신≫집을 7·8판함. 프로문학을 고취하여 일본으로 감. 중국고대사, 고대사회 및 고문자학을 연구.
* 1932년: ≪창조십년≫, ≪중국고대사회연구≫ 등을 출판.
* 1937년: 항일전쟁 후에 귀국하여 정치부 제3청장 및 문화공작위원회 주임.
* 1945년: 소련의 과학원 220주년 기념대회에 참가 후 귀국하여 ≪소련유기≫를 씀.

---

1) ≪中共人名錄≫(國立政治大學國際關係研究所, 1978)에는 출생년을 1891년생으로 기재하고 아편을 파는 金臉大王이란 惡稱의 祖父를 두었다고 함.

* 1949년: 5월 정치협상회의비회의에 참가. 7월 중화전국사회과학공작자대표회담
    부주석. 9월 정치협상회의제1회전국위원회 부주석. 10월 중공정권 수립
    후에 정무원부총리, 문화교육위원회 주임, 과학원원장을 맡음.
* 1953년: 중국문학예술계연합회전국위원회 주석. 중국작가협회 이사.
* 1954년: 중국과학원 철학사회과학학부 주임.
* 1956년: 세계10대문화인기념회주비위원회 주석. 한어병음방안심정위원회 주임.
* 1958년: 중국과학기술대학 교장. 중국문학학술계연합회 주석.
* 1959년: 54 40주년기념주비위원회 주임위원.
* 1960년: 중국문학학술계연합회 주석.
* 1961년: 정치협상회의전국위원회 기념신해혁명주비위원회 부주임위원 및 노신
    탄신기념회주석단 성원. 몽고인민공화국과학원원사.
* 1964년: 제삼계전국인대회대표(사천).
* 1965년: 제삼계전국인대회상무위원회 부위원장. 기념손중산선생백년탄신주비위
    원회 부주임.
* 1967년: 문혁으로 직위를 박탈당함. 이후 각종 회의에 참가.
* 1969년: 당구계중앙위원.
* 1970년: 중일우호협회대표단장으로 일본사회당과 공산성명에 서명.
* 1973년: 당십계중앙위원.
* 1975년: 사계전국인민대표대회상무위원 부위원장.
* 1977년: 당십일계중앙위원. 오계전국인대회대표(사천).
* 1978년: 정협오계전국위원회. 오계전국인대회상무위원회 부위원장, 정협오계전
    국위원회 부주석, 중국과학원장 재임 중 6월12일에 사망.

Ⅰ. 초기의 사상형성

모뤄의 생활관을 위시한 사상의 형성분기를 보자면 1924년에 나온
<사회조직과 사회혁명(社會組織與社會革命)>을 기점으로 소위 그의 공

산사상 형성기로 보는 면과 1930년 전후에 발표된 <문학혁명의 회고(文學革命之回顧)>, <문예의 불후성에 관하여(關于文藝的不朽性)> 등의 글을 발표한 후에 맑스 사상을 추종하게 된 것으로 본다.[2] 그의 순수한 의식세계의 시기는 실지로 늦게 잡아도 1930년대 초까지 끝나고 그 이후는 시간과 함께 공산사상에 점차 빠져들게 되었다 하겠으니, 그의 저작시기가 그나마 1949년까지로 연장될 수 있어도 사실은 1930년대 초의 사상 변화기까지 그의 문학적 진실은 소실되었다고 말할 수 있고, 그 이후로는 하나의 당원으로 공산주의자로서 처세했다고 하겠다. 이러한 사상의 변화와 형성에 있어 몇 가지 주의할 점을 추출하고자 한다.

그의 초기사상이 진실하고 현실고백이란 한계를 지키는 문인으로서의 본분을 지키고 있다. 그의 <일본을 떠나며(留別日本)>(≪孤軍≫八・九期合刊, 1922년)의 일단을 보면,

> 가련하구나! 사마대의 형제여!
> 내 고향산 가시로 덮였어도
> 그곳은 청결한 끓인 차가 있고
> 그곳은 새 나는 푸른 하늘이 있고
> 그곳은 고기 노는 강과 호수가 있다.[3]

여기에는 하나의 계급을 의식한 변질사상의 요소가 없다. 다만 다소 자극적인 어구가 있으나 비교적 순진성을 표출하고 있다. 그의 사상의 변화는 일본을 여행하면서부터 급변하게 되어 <사회조직과 사회혁명>

---

2) 陳永志의「郭沫若前期思想發展硏究中的幾個問題」중의 (一) 참고. 이러한 分期는 1922년, 1924년, 1925년, 1926년, 1930년설 등 분분함.

3) 可憐呀, 邪馬台的兄弟, 我的故山雖然是荊棘滿途, 可是那兒有淸潔的山茶可煎, 那兒有任鳥飛的靑空, 那兒有任魚游的江湖.

(社會組織與社會革命)의 번역을 통하여 맑스주의를 배우고 또 직접 열독하면서 정착되었다. 그는 청팡우(成仿吾)에게 준 서신에서 자신의 사상변화를 토로하면서 맑스에의 깊은 심취와 문예의 현실생활화를 묘사하고 있음을 볼 수 있다.[4] 이러한 그의 사상 배경은 문예적인 면과 철학적인 면으로 살펴볼 수 있다.

1. 문예면

꿔모뤄는 정서란 문예의 세포이며 문예의 본질이라고 주창하면서 문학의 본질을 감정에서 시작되고 감정에서 끝난다라는 명제를 제시하였다. 그는 「문학의 본질은 절주가 있는 정서의 세계」(文學本質是節奏的情緒的世界)라느니, 「감정에 계절의 연장을 가미한 것이 정서」(感情加上時序的延長便爲情緒)라 하여[5] 정서와 감정을 동의어로 설정하였다. 앞서 말한 바 천융즈(陳永志)는 이를 두고 유심론에 입각한 것이라고 하지만[6] 그것은 어디까지나 편향적인 견해로 보면서, 이제 초기의 대표문집인 ≪여신(女神)≫(1921년)에 표출된 그의 의식을 통해 사상형성의 근거를 찾도록 하겠다.

먼저, ≪여신≫에서 그는 구세대에 대한 반항감이 있었으니, 소년기의 일반적 개성이라 말할 수 있는 강렬한 것으로 나타나고 있다.[7] 이것이

---

4) ≪沫若文集≫第十卷의 「孤鴻一致成仿吾的一封信」에 보면 「馬克思主義在我們所處的這個時代是唯一的寶筏. 物質是精神之母」 「科學的社會主義所告訴我們的各盡所能, 各取所需的時代, 我相信終久能够到來」 「文藝是生活的反映, 應診是只有這一種是眞實的」라 함.

5) ≪沫若文集≫의 「文學的本質」

6) 陳永志의 「前期思想發展研究中的幾個問題」 중에서 「像文學的本質是始于感情而終于感情的這種情況-按流行的見解看是唯心論, 而其實却是唯心論」이라 함.

위에 말한 바 일본에의 유학을 낳고 공산주의자가 되는 요인이 된다. 이 문집에서 그는 <산앵도나무꽃(棠棣之花)>에서 니체의 초인철학과 무정부관념을 내세우고, <여신의 재생(女神之再生)>에서는 농민의 노래를, <밤(夜)>에서는 빈부와 현명함과 우둔함의 일체화를, <눈 오는 아침(雪朝)>에서는 카알라일의 영웅심을 각각 강조하여 일종의 현실사회에 대한 초일성(超逸性) 내지는 정치현실에 대한 비감을 표출하였다고 할 것이다. 1921년 4월에 일본에서 귀국한 그 이튿날에 썼다고 하는 <상해인상(上海印象)>의 글귀를 보면,

> 난 꿈에서 놀라 깨었네!
> 환멸의 비애여!
> 노니는 시체,
> 음효한 곰,
> 긴 남포,
> 짧은 여자 옷깃,
> 보이는 건 온통 마른 뼈,
> 길가에 온통 영구.8)

이것은 상해에서 본 모국에 대한 저주라기보다는 일종의 연민의 정이라고 하겠다. 사회현상에 대한 부정의식이 해외생활에서 싹트고 그것이 그가 정치노선에 관심을 둔 계기가 되었을 것이다.

다음으로 문학 자체에서 꿔모뭐가 작품의 진정실감을 강구하고자 했음을 알게 된다. <논시삼찰(論詩三札)>에서,

---

7) ≪郭沫若文集≫自序에서 그는 「這改革社會的要求, 在初自然是不分質的, 只是朦朧地反抗舊社會, 想建立一個新社會.」라 함.

8) 我從夢中驚醒了! Disillusion的悲哀啊! 游閑的屍, 淫闇的肉, 長的男袍, 短的女袖, 滿目都是骷髏, 滿街都是靈柩.

나는 우리의 시가 단지 우리 마음의 시의와 시경의 순수한 표현이
며 생명원천에서 흘러나오는 스트레인이며, 심금에서 튀어나오는 멜
로디이며, 삶의 진동이며, 영적인 고함일 뿐이라고 생각한다. 그것은
참 시이며, 좋은 시이며, 곧 우리 인류환락의 원천이며, 취하는 맛좋
은 술이며 위안의 천국이다.9)

라고 하였으니, 이것은 중국의 전통적인 신운적(神韻的) 시정을 본받고
있음을 본다. 시의 오묘함은 홍취를 제1의로 두고(≪滄浪詩話≫의 논리),
이백·두보와 왕유·맹호연의 시취를 따랐다. 적어도 그의 문학에 있어,
초기의 주관은 자연유로를 향한 순수하고 건강한 면모를 지녔다고 하겠
다.10) 그러면서도 그는 시제의 구어화(口語化)를 주장한 것은 5·4문학
운동의 참여자로서의 동조이며, 후에 논자는 혁명이라는 말로 표현했지
만11) 이는 단지 꿔모뤄의 당시 입장에서 볼 때, 신문학조류에 대한 일치
된 소감이라고 하겠다.

2. 철학면

꿔쫑(顧炯)이 쓴 ≪문학평론≫(1979년 1기)의 <여신과 범신론(女神與
泛神論)>에서 보면,

---

9) 我想我們的詩只要是我們心中的詩意詩境之純眞的表現. 生命源泉中流出夷的Strain,
　　心琴上彈出來的Melody, 生之顫動, 靈的喊叫. 那便是眞詩, 好詩, 便是我們人類歡樂
　　的源泉, 陶醉的美釀, 慰安的天國.)

10) ≪女神≫ 중에서 「Venus」, 「司健康的女神」, 「死」 등을 예거할 수 있음.

11) 「論詩三札」에서 「古人用他們的言辭表示他們的情懷, 已成爲古詩, 今人用我們的言
　　辭表示我們的生趣, 便是新詩」라 하고, 卜廣華는 ≪郭沫若評傳≫(p.30)에서 「在詩體
　　革命的問題上」이란 용어를 쓰고, 「使他的某些詩歌存在着單調, 駁雜的缺點」이란
　　표현을 함.

꿔모둬가 범신론의 영향을 받은 것은 1914년에서 1919년까지의 일본유학 기간이다. 아울러 문학영역에서 시작된 것이다. 그는 먼저 1914년에 타골의 시를 읽으며 울렁대면서도 고요한 슬픈 가락과 열반적이며 쾌락적인 시행에 이삼 년 도취해 있었다. 1916년부터 괴테·하이네의 작품을 접하고 스피노자의 철학저서를 열독하였다. 그가 하트만의 초엽집을 읽은 것은 1919년 9월이었다. 꿔모둬가 범신론의 영향을 받은 과정은 마침 세계의 무산계급혁명이 팽창한 시대이다.[12]

여기에서 꿔모둬는 일본유학 시기인 즉 1914년부터 1919년 사이를 전후하여 타골과 스피노자의 사상에서 직접적 영향을 받고, 괴테·하이네 그리고 하트만 등의 문인에게 문학사상의 원류를 받은 것으로 밝히고 있다. 다만 이 범신론적 의식이 꿔모둬에게 무산계급적인 공산의식을 초기에 주입시켰는지에 대해서는 회의적이다.

꿔모둬는 타골의 범신사상에 대해 심취했던 면과 중국의 주진대에게도 이 사상이 실재했음을 다음과 같이 피력하고 있다.

이런 사상은 인도, 인도의 타골 뿐 아니라 우리 중국 주진대와 송대의 일부 학자와 서구의 고대와 중세기의 일부 사상가에게도 있었다. 다른 것은 단지 옷, 글자뿐이다.[13]

---

12) 郭沫若接受泛神論的影響, 主要是在一九一四年至一九一九年留日學習, 期間. 而且是從文學領域開始的. 他首先生一九一四年讀到泰戈爾的詩, 并在那蕩漾着怡靜的悲調和涅槃的快樂的詩行裏陶醉過二三年. 一九一六年開始又接觸了歌德, 海涅的作品, 由此又接近了荷蘭的斯賓諾莎, 幾乎閱讀過他的全部哲學著作. 他讀到惠特曼的草葉集已經是一九一九年九月. 郭沫若接收泛神論影響的過程, 正是世界無産階級革命高漲的年代.

13) 這種思想不獨印度有, 印度的泰戈爾有, 便是我們中國周秦代之際和宋時的一部分學者, 西歐的古代和中世紀的一部分思想家部有. 不同的只是衣裳, 只是字面罷了.: 泰戈爾來華的我兄, ≪創造週報≫23호, 1923

꿔모뭐는 이 사상이 중국에도 이미 있다고 하여 국수적인 경향을 보였다. 이 경향이란 장자를 지칭하는 것으로서 그의 <장자와 노신(莊子與魯迅)>(≪沫若文集≫卷十二)에 「그의 글을 좋아하며 그의 사상에 매료된다.」(不但喜歡他的文辭, 竝且還迷戀過他的思想.)라거나 「진한 이래의 일부 중국문학사는 대개 그의 영향 하에 발전되었다.」(秦漢以來的一部中國文學史差不多大半是在他的影響下之發展.)라고 까지 떠받들고 있다. 그의 장자사상에 대한 견해를 다음 몇 단의 문장 속에서 밝힐 수 있으니,(<莊子與魯迅>)

　　그는 생각하기를 우주만물의 모든 형상은 초감관의 잔재에서 나오니 곧 도의 연변이다. 도는 만물의 본체이니, 그것은 듣고 먹고, 숨쉴 수 있는 소위 신이 아니며, 순수추상의 이념도 아니며 단지 만상의 배후에 있는 보지도 듣지도 만지지도 못하는 직각으로 오는 실재로 있는 것일 뿐이다. 보지도 듣지도 만지지도 못하기 때문에 편의상 때때로 '무'라고 하지만 '참된 무'는 아니다. 시간으로 감쌀 수 없고 공간으로도 감쌀 수 없는 그것은 끝도 시작도 없고 다하거나 끝이 없어서 사방팔방을 두루 다니며 변화무쌍하니 이것이 그의 본체론의 개략이다.14)

여기서 꿔모뭐는 모든 현상이 물외(物外)의 신에 의한 창조가 아니고, 본체의 표상이므로 본체가 곧 신이며 이 표상들은 모두가 지닌 고유한 본체의 반영이라고 보았고, 자연과 자아가 바로 신이어서 천제와 인군의 지배를 받지 않는다고 장자를 풀이하였다. 꿔모뭐의 이러한 해석이 소위

---

14) 他是認爲宇宙萬物. 一切種種的形象都是出于一個超感官的眞宰, 卽是道的演變. 道是萬物的本體, 它固然不是能聽, 食, 息的所謂神, 也不是純粹抽象的理念, 而只在萬象背後的看不見, 聽不到, 摩不着, 却下以直覺到的實有. 因爲看不見, 聽不到, 摩不着, 故在便宜上有時稱之爲無, 但幷不是眞無, 時間也不能範圍它, 空間也不能範圍它, 它是無終無始, 無窮無際, 周流八極, 變化不居, 這是他的本體論的梗槪

범신론이란 점과 근접했기 때문에 범신론 사상에 대해 큰 매력을 느낀다. 그는 장자의 사상을 서양의 범신론에 대비하여 장자의 입장을 서양에 원용하므로 그의 문학사상의 근저를 밝히고 있다. 다음 글은 그 의식을 더 분명히 한다.

> 나는 우리나라의 장자를 사랑한다. 내가 그의 범신론을 사랑하기 때문이다. 세 개의 범신론을 논하는 자 나는 장자를 좋아하고 또 타골을 가까이 하기 때문에 범신론에 대한 사상은 커다란 견인력이 있다. 따라서 나는 유럽의 대철학자 스피노자의 저작과 독일 시인 괴테의 시에 접근해 있다.15)

꿔모뤄가 장자를 통해서 문학과 사상의 기반이 다져지고 초기 작품들이 자연주의적인 낭만성을 지닌 까닭도 바로 여기에 있음을 알게 된다. 그러나 후인들이 꿔모뤄가 말한 바 범신론을 가지고 유물주의와 연관시키는 것은 신중해야 할 것이다. 그는 단지 서양철학자들에 출입하면서 장자에 연관시켰으리라 보고 그 자신은 어디까지나 중국 전통사상의 테두리 안에서 볼뿐이다.

II. 문학세계

꿔모뤄의 문학은 양과 질에서 독보적인 위치를 점한 현대문학에서의 대가라고 지칭하는 데 누구나 동의하고 있다. 그의 모든 분야를 깊이 이

---

15) 我愛我國的莊子. 因爲我愛他的Pantheism. -「論三個泛神論者」我因爲喜歡莊子, 又因爲接近了泰戈爾, 對于泛神論的思想愛着莫大的牽引. 因此我便和歐洲的大哲學家斯賓諾莎的著作, 德國大詩人歌德的詩接近了. -「我的作詩經過」:≪沫若文集≫ 卷11

해하기 위해서 무엇보다 먼저 신문학운동의 시대적 맥락과 그의 문학형성에 좋은 관계가 있는 창조사의 이념을 개관하고자 한다.

신문학운동의 과정을 분기별로 5등분하여 보면, 제1시기는 오사운동기(五四運動期)인 1917년부터 1921년까지가 되겠다. 중국의 내외적 형세가 급변하면서 전통적인 구제도에 대한 반항과 새로운 구조의 긍정과 기대가 요구되면서 문학형성의 정립이 산생되기 시작하였다.

제2시기는 1921년부터 1927년까지의 신문학운동 전개 및 심입기로서 문학연구회와 창조사가 성립되어 사실주의와 낭만주의의 문풍(文風)이 되어 루쉰(魯迅)의 활동이 활발하였으며 항일 기미도 있었다. 이어서 제4시기는 1937년에서 1945년까지의 항일전쟁기이니, 항일역량을 위해 중화전국문예계항적협회(中華全局文藝界抗敵協會)(약칭 全國文協)를 결성하였다. 제5시기는 1945년에서 1949년의 대륙에 있어 혁명전쟁의 공산화 시기인데, 이는 사회 및 소위 현실주의 문학이 대두하고 마오쩌뚱(毛澤東)의 연안문예좌담회(延安文藝座談會)상의 강화를 통하여 그들이 방향이 구체화되어 농공을 주제로 한 창작이 등장하여 띵링(丁玲)의 <태양은 상건하 위에 비춘다(太陽照在桑乾河上)>, 쪼우리퍼(周立波)의 <폭풍의 소나기(暴風驟雨)>, 리찌(李季)의 <왕귀와 이향향(王貴與李香香)> 등은 그 점을 반영하고 있다.

그들은 신문학운동이 공산사상과 사회 및 현실주의 표출이라고 하지만16) 사실은 전통문학에서 대중화와 감성의 진실표현이 그 주된 의식이

---

16) 劉綬松은 「從各時期文學發展的歷史看來, 我們可以很淸楚地認識到兩點, 第一, 中國的革命文學, 是始終地在中國共産黨和馬克思列寧主義的領導和影響之下, 伴隨着中國革命形勢的進展而逐步地成長和壯大起來的, 它反映了各個歷史時期人民的生活, 願望和他們在黨的領導之下所進行的劇烈的革命鬪爭, 而且也以它的作爲文學藝術的特有的方法服務於和推動了這個鬪爭, 因此, 第二, 中國料文學的歷史, 也就不能不是社會主義現實主義文學的發生和發展的歷史.」(≪中國新文學史初稿≫緖論)

라 볼 것이다. 여기서 꿔모뤄 문학의 근원은 제2기인 1920년대의 활동지인 창조사와의 관계를 간과할 수 없다.

창조사는 3가지 면에서 그 주장하는 의미를 생각할 수 있다. 첫째, 낭만주의와 현실주의는 대치관계라기 보다는 낭만주의가 적극적인 흐름으로 작용할 때 정신적으로 현실주의와 상통한다는 주장이다. 둘째, 창조사는 예술의 자체는 목적이 없으나 시대적 사명을 지니며, '美'와 '全'을 추구하는 동시에 예술의 사회적 의의를 주장하였다. 그들은 경우에 따라서 현실도피의 사상을 토로하면서 불합리한 현실은 절대배격 하였으며, 셋째로 그들 멤버 구성상 후에 공산화의 요소가 많은 작용을 한 소위 대륙의 혁명문학의 주된 단체로 보는 점이다. 꿔모뤄가 청팡우(成仿吾)・위따푸(郁達夫) 등과 활동하면서 이 단체에서 자신의 기본적인 노선을 정립하기 시작한 것으로 본다. 창조사 전기의 중요한 논술로 꿔모뤄의 <우리의 문학신운동(我們的文學新運動)>・<문예의 사회적 사명(文藝之社會的使命)>・<신문학의 사명(新文學之使命)>・<예술의 사회적 의의(藝術之社會的意義)>・<사실주의와 세속주의(寫實主義與庸俗主義)> 그리고 위따푸의 <예술과 국가(藝術與國家)>・<문학상의 계급투쟁(文學上的階級鬪爭)> 등은 꿔모뤄의 문학이론 형성에 상관성을 지닌다. 꿔모뤄의 <문예의 사회적 사명(文藝之社會的使命)>(上海文學의 講演, 1923년 5월)을 보면,

> 문예는 봄날의 화초처럼 예술가의 내심에 있는 지혜의 표현이다. 시인의 시 한 편, 음악가의 곡조 한 곡, 화가의 그림 한 폭 모두가 그들 천재적인 자연스러운 표현이다. 한 바탕 봄바람이 불어 연못에 잔물결이 일 듯 소위 목적이란 없다.[17]

---

17) 文藝也如春日的花草, 乃藝術家內心之智慧的表現. 詩人寫出一篇詩, 音樂家譜出

라 하고, 청팡우(成仿吾)도 <신문학의 사명(新文學之使命)>에서 보면,

> 문학상의 창작은 본래 내심으로부터의 요구일 뿐, 어떤 예정된 목
> 적이 있을 리 없다.18)

라 하였으며 위따푸는 <예술과 국가(藝術與國家)> 중에서 기록하기를,

> 나는 유미주의자와 같은 지론의 편견에는 동의하지 않지만, 미의
> 추구가 예술의 핵심인 것은 인정한다. 자연의 미, 인체의 미, 인격의
> 미, 정감의 미 때론 추상적인 비장의 미, 웅대의 미 및 기타 모든 미
> 적 요소가 예술의 주요 성분인 것이다.19)

라 하였으니 이러한 설법을 통해서 꿔모뤄가 초기에 예술과 문학의 동
질을 강조하고 있음을 알 수 있다.

꿔모뤄의 문학관은 후기에 들면서 사회문제에 관심을 두게 되고 현실
에 대한 강렬한 의지로 반항적인 자세를 취하게 되니, 전기와는 매우 대
조적인 다음의 글에서 확인하게 된다.

> 우리는 위의 몇몇 파생된 문학상의 정취에 반항한다. 우리는 그런
> 정취에 찬 노예근성의 문학에 반항한다. 우리의 운동은 문학 속에서
> 무산계급의 정신과 적나라한 인성을 표현하는 데 있다. 우리의 목적
> 은 생명의 폭탄으로써 이 독용의 마귀궁전을 처부수려는 데 있다.20)

一個曲, 畵家繪成一幅畵, 都是他們天才的自然流露; 如一陣春風吹過池面所生的
微波, 是沒有所謂目的.

18) 文學上創作, 本來只要出自內心的要求, 原不必有什麼豫定的目的.

19) 我雖不同唯美主義者那樣持論的偏激, 但我却承認美的追求是藝術的核心. 自然的
美, 人體的美, 人格的美, 情感的美, 或是抽象的悲莊的美, 雄大的美, 及其他一切
美的情素, 便是藝術的主要成分.

여기서 그의 공산화된 사상적 일면을 읽을 수 있다. 이것이 1949년 중공의 등장과 함께 꿔모뤄가 중국학술원원장과 소위 중화전국문학예술공작자(中華全國文學藝術工作者) 대표대회의 총주석이 되면서 고착되어 그 이후의 창작은 중단되고 한 당인으로서의 정치생활을 하게 되니 꿔모뤄의 후반생은 문학과는 무관하다고 하겠다. 따라서 꿔모뤄의 문학세계는 전반생의 의식세계에 국한될 수밖에 없는 것이다.

1. 시 - 〈여신〉을 중심으로

꿔모뤄는 ≪비갱집(沸羹集)≫의 <나의 시의 서문(序我的詩)>에서 시를 논하여 「성정은 반드시 진실해야 한다(性情必眞)」라고 하였으니 1922년 12월 15일자로 동생에게 보낸 한 서신에서 작시의 원칙을 다음과 같이 기록하고 있어서 후에 시대와 여건의 변화로 인해 꿔모뤄의 작시관이 달라지지만, 초기의 이러한 논시법이 그의 시학을 평가하는 기준이 되었다고 본다.

1. 순진한 감촉이 있으며 정이 그 가운데에서 움직여 절로 쓰지 않을 수 없게 한다. 공백지에 의거하여 짓지 말라. 제목에 두어 시를 지을 것이 아니라 시가 되어진 후에 제목이 따를 것이다.
2. 표현은 힘써 진실함을 구하되 한 털이라도 부스러서는 안 된다.
3. 자신의 언사를 쓰되, 진부한 어투와 성어를 남용해서는 안 된다.
4. 압운에 얽매이지 말고 항상 자연스럽게 할 것이며 전체가 모두 운이 되게 한다.

---

20) 我們反抗由上種種所派生出的文學上的情趣. 我們反抗盛容那種情趣的奴隸根性的文學. 我們的運動要在文學之中爆發出無産階級的精神, 赤裸裸的人性. 我們的目的要以生命的炸彈來打破這毒龍的魔宮.: 「我們的新文學運動」, ≪創造週報≫ 第3期, 1923.

5. 시 한 수를 쓸 때, 전무후무할 만한 자의 심리를 지녀야 한다. 자기의 시의 생명이 신선한 산물이어서 영원히 불후한 것이 되도록 해야 한다. 이러한 것이 곧 창조이다.
6. ……서정적인 문자는 가장 자연적인 것만이 가장 심원한 것이다. 정감과 사물과의 관계는 가장 신기하고 불가사의한 천기이기 때문이다.
7. 여운이 있고 함축이 있어야 한다.21)

꿔모뤄의 근본은 참성정에 의한 체회를 하는 중에 창출되는 데서 그 요체를 구하고 있는데, 뒤에 밝히겠지만 시대와 지위에 따라 다양하게 외표하는 형상이 다르게 나타난다. 그러나 그 흐르는 내면은 일관되고 있다고 할 것이다.

꿔모뤄의 시에 대한 분기는 앞서 서술한 제2 · 3 · 4시기의 신문학시대에서 많이 나타나고 있다. 제2시기에 나온 시가로는 ≪여신(女神)≫ · ≪별의 하늘(星空)≫ · ≪병(瓶)≫ · ≪앞띠풀(前茅)≫ 등 시집을 내고 있다. ≪여신≫과 ≪성공≫은 꿔모뤄 조기의 용맹하고 거칠며 반항적인 정신과 대자연에 대한 열정이 표현되었고 ≪병≫은 애정을, ≪전모≫는 현실반항 의식을 각각 표출하고 있다.

≪여신≫에 대해서 다시 거론하겠지만, 이 시기에 있어 꿔모뤄를 대표하는 불후의 작품이기 때문에 별도로 기술하고자 한다. 꿔모뤄는 자

---

21) 一. 要有純眞的感觸, 情動于中令自己不「能」. 不寫不要憑空白地去「做」, 所以不是限題做詩, 是詩成後才有題.
二. 表現要力求眞切, 不許有一毫走碾. 我們到底是要作奴隸, 還是依然主人.
三. 要用自己所有的言詞, 不宜濫用陳套和成語.
四. 不要拘于押韻, 總要自然. 要全體都是韻.
五. 作一詩時, 須要有個前無古人後無來者的心理. 要使自家的詩之生命是一個新鮮的産物, 具有永恒的不朽性. 這麽便是「創造」.
六. ……抒情文字惟最自然者爲最深邃, 因爲情之爲物最是神奇不可思議的天機
七. 要有餘韻, 有含蓄.

신의 시에 대해 「시는 짓는 것이 아니고, 써내는 것이다.(詩不是做出來的, 是寫出來的.)」라고 단정하면서, 시의 순진한 의경을 강조하였는데 (≪三葉集≫의 「作我的詩」) 꿔모뤄의 이 사상이 그 문학의 가치가 되는 것이다. ≪여신≫의 서시(序詩)에서 폭발적인 감정과 지혜의 유출을 제시하였고 <여신의 재생(女神之再生)>에서는 「좀 새로운 광명을 창조한다(要去創造些新的光明)」, 「좀 새로운 열기를 창조한다(要去創造些新的溫熱)」, 「신선한 태양을 창조한다(要去創造個新鮮的太陽)」라고 하여 그의 ≪여신≫이 순진하고 생동하면서 열정적인 세계를 중시했음을 강조하고 있다.

　　≪별의 하늘(星空)≫중의 시가는 꿔모뤄가 인생의 고생을 맛본 후 다시 도일하는 시기에 나와서 전반적으로 ≪여신≫과는 달리 처철하면서 초탈적인 비애(「夜初」에서)와 담백한 태고에의 귀의(「南風」에서)를 표출하고 있다. <홍수시대(洪水時代)>를 보면,

　　　　너 위대한 개척자여!
　　　　너 길이 인류의 큰 빛,
　　　　너 미래의 개척자여!
　　　　지금 제2차의 홍수시대.22)

라 하여 하대의 우왕(禹王)을 찬미하고 있다.

　　≪앞띠풀(前茅)≫는 꿔모뤄 사상과 예술에 한 범신론적 입장에서 유물론적인 면으로 방향을 잡는 경향을 보이고 있다. 즉 현실에의 도전으로 표현되고 있으니, 그 문집 중의 <일본을 떠나며(留別日本)>를 보면

---

22) 你偉大的開拓者啲, 你永遠是人類的誇耀, 你未來的開拓者啲, 如今是第二次的洪水時代.

삼 억 이천 만의 낫이 있어,
우리 하루아침에 폭발하여,
이 세계의 철장을 때려부수리.[23]

그리고 <우리는 붉은 빛 속에서 본다(我們在赤光之中相見)>의 일단
을 보면,

쿵쿵하는 용수레의 소리,
이미 여명을 떠난 지 멀지 않네.
태양이여! 우리의 스승이여!
우리 붉은 빛 속에서 만나리.[24]

라 하여 열정과 자신에 넘치는 적극적인 행동의지를 토로하고 있다. 이
런 중에 제3시기에 들면서 신월파(新月派)와 현대파(現代派)의 시가 등장
하여 전자는 형식주의에 입각한 절주와 운격을 중시하여 형식의 완전미
를 추구하고 후자는 그 모든 격식을 떠나서 현대 생활 중에서 느낀 정서
와 현대의 사조(詞藻)로써 시형(詩形)을 배열하기를 주장하니 그 조류에
서 꿔모뤄는 「앞띠풀(前茅)」의 색채를 가지고 실제의 행동하는 시인으로
모습을 나타내기 시작한 것이다. 이 시기에 발표한 대표작 <회복(恢
復)>은 좌절과 병고에서 쓴 것으로 작품 속에는 오히려 낙관과 신심이
충만해 있다. <달을 대하고(對月)>의 일단을 보면,

내가 바라는 것은 광폭한 음악,
탕탕하는 북소리 하늘을 떠들썩하는 듯.[25]

---

23) 有三億二千萬的鎌刀, 我們有一朝爆發了起來, 不離把這座世界的鐵牢打倒.
24) 轟轟的龍車之音, 已離黎明不遠. 太陽喲, 我們的師喲. 我們在赤光之中相見.
25) 我所希望的是狂暴的音樂, 猶如鼕鼕的鼚鼓聲浪喧天.

라고 하여 사람을 고무하고 분발하게 하는 음성을 내고 있다. 자극적이고 선동적인 면까지 보임은 당시의 중진으로서 영향력이 크다고 하겠다. 그의 <피의 환영(血之幻影)>은 매우 투쟁적인 정신으로 일관되어 있어 전기의 견해와 너무 대조적임을 알 수 있다. 그 작품의 일단을 보면,

> 맹수에 대해 참을성을 갖고,
> 우리 빨리 우리의 횃불로 산림을 태워서,
> 우리 모든 치욕·인순·회의·고민을---
> 그 불에 태우리니, 아니면 우리 영원히 재생할 수 없으리.26)

라고 하여 자아표현의 설법을 폭발적인 방법으로 표현하였다. 이를 놓고 펑나이차오(馮乃超)는 꿔모뤄의 시를 평가하기를27)

> 꿔모뤄 선생은 중국신시의 창작에 있어서, 성취가 가장 높고 공헌이 가장 큰 사람이다. 30년대 이후의 청년학생은 모두 그의 독자이니, 그는 밝고 신선한 시구를 써서, 한 위대한 교사처럼 젊은 한 세대를 이끌고 있다.28)

라고 한 것을 보면 꿔모뤄의 시는 여신에서 회복까지의 흐름에서 상당히 변화하고 있음을 알 수 있다. 항일기인 제4시기에 들어서 일본에서 귀국하여 문화활동을 게을리 하지 않고 고무적인 작품을 발표하여 이들

---

26) 對於猛獸那還容得着片刻的容忍, 我們快擧我們的炬火消滅山林! 把我們一切的恥辱·因循·懷疑·苦悶 …… 投向那火中, 不然, 我們是永遠不能再生.

27) 馮乃超가 1942년 重慶文藝界에서 沫若創作生活 25주년에 쓴 「發歸震聲的雷霆」(≪抗戰文藝≫ 七卷六期)에서 인용.

28) 郭沫若先生在中國新詩的勞作上, 是成就最高, 貢獻最大的人. 三十年代以降的青年學生, 都是他底讀者, 他用琳琅新穎的詩句, 有如一偉大的教師, 薰陶着年青的一代.

을 모아 항전초기 시집인 ≪전성집(戰聲集)≫으로 남겼다. 그의 <전성 (戰聲)>시를 보면,

전성 긴장될 때 모두 쾌락을 느끼고,
전성 이완될 때 모두 소침해진다.

전쟁의 이완과 긴장은 민족의 운명에 관계하니,
우린 결국 노예 될까? 주인 될까?

일어서라! 만 분의 하나의 요행을 두지 말리니,
구차한 삶은 진정한 삶이 아니다.

평화를 추구하는 것은 본래 우리 민족의 천성이여,
그러나 평화의 모체여, 친구여, 도리어 전성이다.29)

여기서 항전에 대한 강한 결심과 나라를 위한 소망을 절실하게 표현하고 있다. 전성집이 주는 이미지는 분방과 호매(豪邁)의 기세 및 풍격인데 인간의 강인한 의지와 신뢰를 불어넣어 주며 정의감을 풍기고 있다. 같은 시기에 나온 ≪조당집(蜩螗集)≫은 분노와 견책을 나타내며 그 당시의 부패상을 묘사하고 있다. 이 중에 <죄악의 금자탑(罪惡的金子塔)>을 보면,

그대 아는가?
분노 뿐, 비애는 없고,
불 뿐 물은 없네.

---

29) 戰聲緊張大家都覺得快心, 戰聲弛緩大家都覺得消沈. 戰爭的一弛一張關於民族的命運, 站起來啊, 莫再存萬分之一的徼倖, 委曲求全的苟活決不是眞正的生. 追求和平, 本來是我們民族的天性, 然而和平的母體呢, 朋友, 却是戰聲.

장강과 가릉강도 불의 홍수로 변했네.
이 불
그 죄악이 쌓은 금자탑을 태울 수 없을까?[30]

　여기서 시인의 격앙된 포효를 듣는 듯하다. 항일시기에는 많은 작품을 남기지 않았으나, 현실과 역사의 현상을 통해서 강렬한 부정과 불의에 대한 거부와 타파의 정신을 발휘하였다고 본다.

　꿔모뤄의 시기별 특성을 개관한 위에서 그의 시가에서 가장 대표작이라 할 수 있는 <여신>에 대한 분석을 통해서 그의 시론을 밝힐 수 있으리라 본다.

　≪여신≫은 3집으로 분류하여 모두 57편의 작품을 수록하고 있는데 일부는 54운동 이전의 것이고 나머지는 그 이후 1921년 5월까지의 작품이다. 여신의 주제에 대해서는 남성이 독립 자립한 반면 전제독재의 유폐가 있지만 여성은 자애관서(自愛寬恕)와 민주화평을 상징하기 때문에 남성을 여성에 종속하게 함으로써 자애와 평화를 추구하는데 있다고 모뤄 자신은 서술하였다.[31]

　여신이 담고 있는 공통적인 시적 정신이 무엇인지 생각하지 않을 수 없다. 먼저 전통적으로 전래되어 온 봉건주의에 대한 혁명의식이라는 면에서 살필 수 있다. 「여신」은 외국시가의 영향을 많이 받아서 타골·하이네·휘트만·셸리의 시상이 그 한 요인이 되었으니, 그의 <작시의 경과(我的作詩的經過)>에서 「휘트만의 그러한 모든 구태를 깨끗이 벗어버

---

30) 心都跛了脚, 你們知道嗎? 祇有憤怒, 沒有悲哀, 祇有火, 沒有水. 連長江和嘉陵都變成了火的洪流, 這火 難道不會燒毀那罪惡砌成的金子塔麼?

31) 沫若은「浮士德簡論」에서 「大體上男性的象徵可以認爲是獨立自立, 其流弊是專制獨裁; 女性的象徵是慈愛寬恕, 其極致是民主和平. 以男性從屬于女性卽是以慈愛寬恕爲存心的獨立, 反專制獨裁的民主和平」이라 함.

린 시풍이 5·4시대의 돌풍적인 정신과 잘 어우러져, 나는 철저히 그의 웅혼한 율조에 의해 충동되었었다.」32)라고 한 표현에서 확인할 수 있으며, 또 한 요인으로는 그 수용하는 관점이 소위 암흑사회에 대한 반항이나 광명한 이상에의 추구, 그리고 구습에서 탈피하려는 어조의 활용을 택하면서도, 한편 외인과 내인을 구분하여 중국언어의 선율과 음절을 견지하는 주체성이 깃들어 있다. 이러한 문학적 요인이 사회사상적인 반항심과 결부될 때 그 농도는 더욱 짙어진다고 하겠다. 그 위에 모뭐의 범심론적 사상과 개성해방 의식이 반봉건의 무기가 되었으리라는 점을 용이하게 규명할 수 있다. 예컨대 <나는 우상숭배자(我是個偶像崇拜者)>를 보면,

> 나 태양 숭배하고 산악 숭배하고 해양 숭배하네.
> 나 물 숭배하고 불 숭배하고 화산 숭배하고 위대한 강하를 숭배하네.
> 내 삶과 죽음, 광명과 검은 밤을 숭배하네33)

라 하여 자연계와 세상의 규율을 숭배하는 내심이 표현되어 있어서, 인위적 규제인 봉건에 대한 반감을 더욱 자극했다고 본다. 5·4운동의 여건을 타고 모뭐는 「여신」에서 그 내면의 고루한 중국역사에 대한 불만을 그려 토로하기를,

> 오백 년 간의 눈물 폭포처럼 쏟아지고,
> 오백 년 간의 눈물 촛불처럼 흐르네.

---

32) 惠特曼的那種把一切的舊套擺脫乾淨詩風。和五四時代暴風突進的精神十分合拍, 我是徹切地爲他那渾雄豪放的宏郎的調子所動蕩了.

33) 我崇拜太陽, 崇拜山岳, 崇拜海洋. 我崇拜水, 崇拜火, 崇拜火山, 崇拜偉大的江河. 我崇拜生, 崇拜死, 崇拜光明, 崇拜黑夜.

마르지 않는 눈물,
씻기지 않는 더러움,
식지 않는 정염,
떨칠 수 없는 치욕,
우리 여기 유랑하는 뜬 인생
끝내 어디에 머물 것인가?34)

라고 하였고, 봉건에서 벗어날 때 환락과 희망이 넘치는 천지를 볼 수
있다고 다음과 같이 <빛의 바다(光海)>에서 외쳤다.

도처에 생명의 빛의 물결,
도처에 신선한 정감,
도처에 시,
도처에 웃음,
바다도 웃고 있고,
산도 웃고 있고,
태양도 웃고 있고,
지구도 웃고 있다.35)

이 시와 같은 내용의 시로는 <일출(日出)>·<바다에 목욕하고(浴
海)>·<밤에 십리 길 솔언덕을 걸으며(夜步十里松原)> 등을 들 수 있
다. 이것이 공산사상과 영합하여 그의 시는 애국사상이라는 미명 하에
무산계급을 강조하고 농공 대중을 고양하는 방향의 시를 짓고 그로 인
해 자신도 정치에 간여하는 계기를 만든 것이다.36) 다음으로 모뤄의 여

---

34) 五百年來的眼淚傾瀉如瀑, 五百年來的眼淚淋漓如燭. 流不盡的眼淚, 洗不盡的汚濁,
澆不息的情炎, 蕩不去的羞辱, 我們這縹緲的浮生, 到底要向哪兒安宿?

35) 到處都是生命的光波, 到處都是新鮮的情調, 到處都是詩, 到處都是笑, 海也在笑, 山
也在笑, 太陽也在笑, 地球也在笑.

36) 공산사상에 의한 농공자를 위한 예시로 <匪徒頌>·<巨浦敎訓>·<輟了課的第

신에게서 과학정신을 기리는 면을 찾을 수 있다. 원이두어(聞一多)는 <여신의 시대정신(女神之時代精神)>이란 글에서 「20세기는 움직이는 세기이다. 이러한 움직이는 정신이 여신 중에 비치는 것이 매우 분명하다. <필립산 머리에서 바라본다>가 가장 좋은 예가 된다.」[37]라고 지적하듯이 모뤄가 가지고 있는 독특한 문학 속의 과학의식을 보여준다. 이제 <필립산 머리에서 바라본다(筆立山頭展望)>을 보기로 한다.

> 대도시의 맥박!
> 삶의 고동!
> 때리고 있고, 불고 있고, 외치고 있고,
> 뿜고 있고, 날고 있고, 뛰고 있고,
> 사면의 하늘가에는 연막이 덮혔네!
> 우리의 심장 빨리 뛰어 나오라!
> 아아! 산악의 파도, 지붕의 파도,
> 용솟고 있고, 용솟고 있고, 용솟고 있고, 용솟고 있네!
> 온갖 소리가 공명하는 심포니,
> 자연과 인생의 혼례!
> 굽은 해안은 큐피드의 화살 같네!
> 생명 곧 화살이 해상에서 쏘네.
> 캄캄한 해안, 정박한 기선, 나아가는 기선,
> 수 없는 기선,
> 한 가닥가닥 연통에는 검은 모란이 피었네.
> 아아! 이십 세기의 명화!
> 근대문명의 어머니여![38]

  一點鍾> 등을 들 수 있다.

37) 二十世紀是個動的世紀. 這種動的精神, 映射于女神中極爲明顯. 筆立山頭展望最是一個好例.

38) 大都會的脈搏呀! 生的鼓動呀! 打着在, 吹着在, 叫着在, ……噴着在, 飛着在, 跳着在,……四面的天郊煙幕朦朧了! 我的心臟呀, 快要跳出來了! 哦哦, 山岳的波濤, 瓦屋

여기서 시제가 <필립산 머리에서 바라보다(在筆立山頭展望)>냐, <필립이 산머리에서 바라보다(筆立在山頭展望)>이냐 하는 의미가 어떠하든 모두 높은 산 위에 서서 아래의 형상을 내려다보는 감흥을 준다. 20세기의 대도회를 보며 근대 물질문명에 대한 열망과 인류과학의 창조를 특수한 절주언어를 가지고 신기한 의경으로 표출시켰다. 모뤄는 윤선이란 문명 이기와 모란이라는 자연물을 기묘하게 조화시키고 있는 기교를 발휘하고 있다. 작시의 기법에 또 특이한 작품으로 <신생(新生)>을 보면,

> 기차가
> 크게 웃는다.
> ……향하여 ……향하여
> ……향하여 ……향하여
> 황 ……를 향하여
> 황 ……를 향하여
> 황금의 태양을 향하여
> 날다…… 날다…… 날다……
> 날 듯 달린다.
> 날 듯 달린다.
> 날 듯 달린다.
> 좋다! 좋다! 좋다!39)

的波濤,湧着在, 湧着在, 湧着在, 湧着在呀! 萬籟共鳴的Symphony, 自然與人生的婚禮呀! 彎的海岸好像Cupid的弓弩呀! 人的生命便是箭正在海上放射呀! 黑沈沈的海灣, 停泊着的輪船, 進行着的輪船,
數不盡的輪船, 一枝枝煙筒都開着了朶黑色的牧丹呀! 哦哦, 二十世紀的名花! 近代文明的嚴母呀!

39) 火車 高笑. 向……向…… 向……向…… 向着黃…… 向着黃…… 向着黃金的太陽 飛……飛……飛…… 飛跑. 飛跑. 飛跑. 好!好!好!

이 시의 절주는 기차가 전진하는 속도와 소리를 보고 듣듯이 실감 있게 묘사하였다. ≪여신≫시집이 가지는 가치가 낭만성에 있다는 평범한 의미 이외에 바로 반봉건적 애국관과 과학적 문화의식이 보다 모뤄에게서 특성으로 부각될 수 있으리라 본다.

2. 산문

모뤄의 산문은 ≪감람집(橄欖集)≫(1926년 9월간)을 우수작으로 본다. 이 산문집에는 <길가의 장미(路畔的薔薇)> 등 24편이 수록되어 있는데, 상해 창조사출판부에서 초판된 이후, 1928년 5월까지 6판이 나오고 다시 상해 현대서국에 의해 6판이 나오는 기록을 보아서 그 독자의 선호도를 짐작할 수 있다. 그 가운데에 산문과 소설의 중간물(예: 「岐路」 본문에서는 소설에 넣음)이 있으며 <길가의 장미(路畔的薔薇)>의 6편의 문장, 즉 <저녁(夕暮)>·<수묵화(水墨畵)>·<산차(山茶)>·<무덤(墓)>·<백발(白髮)> 등은 미려하고 청신한 산문시라 할 수 있으니 <저녁(夕暮)>은 작가 개인의 쓸쓸하고 고요한 감회에 대해서, <백발(白髮)>은 가버린 청춘의 연정에 대해서, <수묵화(水墨畵)>는 그림 같은 대자연의 정취에 대해서, 각각 환락의 음파를 타는 듯이 묘사하고 있다.

그리고 ≪수평선 아래(水平線下)≫(1928년 5월간)라는[40] 산문집은 중시할 만한 수작으로서, 모뤄가 오주(五洲)운동 전후에 쓴 그로서는 사상의 좌경화를 즈음한 문집이기 때문이다. 이 문집의 수록 작품을 보면, 제

---

40) 「水平線下」란 題下의 集文은 ≪創造社叢書≫ 제26종으로 上海創造社出版部에서 초간되어 「到宜興去」 등 7편만이 실려 있는데, 「水平線下全集」이란 題下로 상기의 초판에 이어서 1930년 4월 上海聯合書店에서 재간되면서 제1부에 「盲腸炎」 등 9편이 실려 있으니, 본문의 「水平線下」는 후자임을 명기한다.

1부 <수평선 아래(水平線下)>에 <의흥으로 가서(到宜興去)>·<상유마을(尙儒村)>·<백합과 가지(百合與蕃茄)>·<정자 사이에서(亭子間中)>·<후회(後悔)>·<호심정(湖心亭)>·<모순의 조화(矛盾的調和)>와 제2부 <맹장염(盲腸炎)>에 <맹장염(盲腸炎)>·<한 위대한 교훈(一大偉大的教訓)>·<오주의 반향(五州的反響)>·<궁한 사나이의 궁한 이야기(窮漢的窮談)>·<한 소리 첩운(隻聲疊韻)>·<맑스의 문묘(馬克思進文廟)>·<독서 않고 더 이해를 구하다(不讀書好求甚解)>·<매음부의 다변(賣淫婦的饒舌)>·<자유왕국을 향한 비약(向自由王國的飛躍)> 등으로 구성되어 있다. 모뤄의 서인(序引)의 일단(1928년 2월 4일작)을 보면 본문집의 주제를 밝히 알 수 있다.

> 이것은 오주를 분수령으로 한다. 제1부의 <수평선 아래>는 오주이전 1924년과 1925년 사이의 내 개인 생활과 사회의 나에 대한 가볍고도 매우 통쾌한 반응이다. 제2부의 <맹장염>은 대개 오주 이후의 사회사상에 관한 논쟁이다. 이 책에는 구체적으로 한 인텔리겐챠가 사회변혁시기에 처하여 그가 나아가야 할 길을 제시해 주었다. 이것은 한 개인의 적나라한 방향전환이다. 그러나 우리는 이 한 개인의 변혁에서 그의 처한 사회적 변혁을 간과해서는 안 될 것이다.[41]

낙관과 믿음이 충일하고 있음을 알 수 있는데, ≪우서집(羽書集)≫(1941년)과 ≪포검집(蒲劍集)≫(1942년) 및 ≪금석집(今昔集)≫(1943년)에 대개 수록하였다.

---

41) 這兒是以五州爲分水嶺. 第一部的水平線下是五州以前一九二四年與一九二五年之交的我的私人生活及社會對於我的種輕淡的, 但很痛快的反應, …… 第二部的盲腸炎便大多是五州以後的關於社會思想的論爭. …… 在這部書裏面具體地指示了一個 intellegentia 處在社會變革的時候, 他應該走的路. 這是一個私人的赤裸裸的方向轉換. 但我們從這一個私人變革應該可以看出他所處的社會的變革.

≪우서집≫에는 일본에서 귀국하여 쓴 자신이 넘치는 기상을 담고 있으니, <항전의 각오(抗戰的覺悟)>·<살아 있는 규범(活的規範)>·<문화인의 희망에 대하여(對于文化人的希望)> 등은 정신과 지식의 고양이 승전의 길임을 강조하였고, ≪포검집≫에는 주로 예술과 문학에 관한 단문들이 실려 있어 <중국미술의 전망(中國美術的展望)>·<굴원고(屈原考)>·<장자와 루쉰(莊子與魯迅)> 등이 그 예가 된다. ≪금석집≫은 사상적으로 공산화의 의식이 개재된 작품이 많아, <笑早者, 禍哉>글은 러시아를 고쳐시켜 주는 내용이며 <深幸有一, 不望有二>는 위기에 처한 민족의 회생을 원하는 내용으로써, 그 중에 「나는 중국이 망하고 민족이 망하리라고는 절대로 믿지 않는다. 따라서 나도 예언할 수 있으니 나는 결코 굴원처럼 물에 뛰어들어 자살하지 않겠다.」42)라 하여 절망에서 재기하려는 굳은 열망을 담고 있다.

이들 이외에 1947년에 출간되었지만, 1940년 이후의 작품이 같이 실린 <끓는 국(沸羹集)>에는 역시 전투정신이 깃들어 있고 <노새, 돼지, 노루, 말(驢猪鹿馬)>(1942년)는 조고류(趙高流)의 인물에 대한 풍자를, <문예의 본질(文藝的本質)>(1942년)은 파시즘적 문예론의 반박을, <인류의 전위(人類的前衛)>(1945년)는 강한 민족의식을 각각 토로하였다. 다분히 연설적인 형식과 선동적인 내용으로 보아 문학 자체의 가치는 특이하지 못하다고 하겠다.

1945년 이후에 나온 <천지현황(天地玄黃)>(1947년 상해 문학출판공사 초판)은 마오뚠(茅盾)의 <잡담소련(雜談蘇聯)>과 펑쉐펑(馮雪峰)의 <뛰어넘는 세월(跨的日子)>와 함께 당시의 대작으로 지칭할 만하다.

---

42) 我是決不相信中國會亡, 中國的民族會滅的, 因而我也就可以自行預言, 我斷不會和屈原那樣跳水自殺.

<천지현황>의 문장은 전반이 학술논문인데, 투쟁적인 표현물로서 고난의 호소를 주제로 하고 있다. 이것은 「파시스 세균들은 자신이 생사존망의 관두에 있는 것을 알고 있으니, 그래서 그들은 죽기로 발버둥치고 있다.」[43] (聯合三日刊發刊詞, 1945년)라 한 것처럼 짱찌에스(蔣介石)의 국민당정부에 대한 정치적 대항이니, 모뤄가 정치인으로 확고한 지위를 열망하고 있었음을 1930년 이후의 작품에서도 읽을 수 있으며 이것도 그 한 예에 불과하다. 모뤄가 「中華全國文學藝術工作者代表大會」(1949년 7월)에서 주임으로서 발표한 담화문은 더욱 정치의식이 강하게 노출되어 있으니, 이제 그 일단을 보면,

　　이 대회는 인민해방군이 전면 승리하는 위대한 시기에 소집되니, 중국문학 예술의 종사자에게 역사적 의미가 큰 회의이다.[44]

라 하여 문인으로서의 문인신분을 떠나서 하나의 권력에 접근하는 당인이 되어서 만년의 행색이 순수하지 않아 따라서 1949년 이후에는 이미 서술한 바와 같이 문집이 전무한 것을 알게 된다. 그의 노후는 정치인의 행세로 일관한 것이다.

3. 소설 -〈기로(岐路)〉를 중심으로

1920년대에 소설을 창작하는 일을 주로 문학연구회의 왕통짜오(王統照)와 황뤼인(黃廬隱), 그리고 꿔모뤄(郭沫若)·위따푸(郁達夫), 그리고 장

---

43) 法西斯細菌們也知道他們自己到了生死存亡的關頭, 所以他們在死命地掙扎.

44) 這次大會在人民解放軍卽將獲得全面勝利的偉大時期中召開, 這在中國文學藝術工作者, 是富有歷史意識的空前盛大的會議.

꽝츠(蔣光慈)가 주도하였다. 모뤄의 소설은 다른 작가보다는 시인적 기질이 있어서 냉정하고 세밀한 사회생활을 묘사하는 능력은 부족하지만, 열정적인 자백으로 그 결점을 보완할 수 있었다. 그 작품의 주인공은 항상 작가 본인이며 행복을 유기 당한 수인(囚人)의 불만과 불평을 구사회에 공격하는 태도를 보였으니(대표적인 예 <岐路>) 그의 소설의 정신은 적극·반항·파괴적인 데에 있다.

이 1920년대의 소설집으로는 ≪탑(塔)≫(1926년)·≪올리브(橄欖)≫(1926년)·≪낙엽(落葉)≫(1926년)을 들 수 있는데, ≪낙엽≫은 서간체의 소설로 한 가련한 여인이 애인에게 보내는 42통의 열정적인 서신이다. 이 소설은 일본에서의 작가가 일본애인과의 고난과 애정을 기록한 것이라 할 것이니 홍스우(洪師武)라는 작중 인물을 빌어 토로하기를,

> 나는 중국으로 돌아가도 별 의미가 없고 단지 한 믿을만한 벗에게 부탁하여 대신 내 애인의 생명을 길이 남기도록 하고 싶다. 비록 단테처럼 내 자신이 내 애인을 영생케 할 수 없어도 난 만족할 것이다.[45)]

라고 하여 반봉건적인 저항을 강렬히 발산하였다. 주인공인 쥐즈(菊子)도 완강한 여성으로 가족을 버리고 전락(顚落)의 길로 빠져들면서 말하기를,

---

45) 我回到中國來並沒有什麽意思, 只是想拜托一位可信仰的友人替我把我愛人的生命永遠留傳下去. 我雖然不能如像但丁一樣, 由我自己來使我愛人永生, 但我也心滿意足了.

나는 역시 부모를 등지고 내 자신이 갈 길을 가지 않을 수 없다.
　　내 집에 돌아가면 내 인생 가장 편안하다는 것 손바닥 보듯 아는 일
　　인 줄 알면서도.46)

라 하여 현실환경에 대한 반항과 탈피를 기도하는 묘사로 일관하고 있
으니 이것이 바로 모뤄의 도덕정신을 살필 수 있는 근거이기도 하다.

　　그리고 ≪탑≫에는 7편의 단편소설이 있어서 그 제명을 보면 <로벤
니치의　탑(Lobenich的塔)>·<메추리(鵪鶉)>·<함곡관(函谷關)>·<예
루오티의 무덤(葉羅提之墓)>·<만인(萬引)>·<양춘별(陽春別)>·<도
나 카르멜라(Donna Karmela)>인데 이들은 유미적이며 낭만적인 소극성
을 표출하고 있어 모뤄의 초기사상이 짙은 편이다. 그 중에서 「만인」은
가난한 지식인의 고통을 묘사하고 <양춘별>은 두 국적이 다른 지식인
이 중국사회에 안주하기 어려운 상황을 묘사하고 있어서 현실에 대한
풍자물로 분류할 수 있다.

　　≪올리브(橄欖)≫에는 <표류삼부곡(漂流三部曲)>이라 하여 <기로(岐
路)>·<연옥(煉獄)>·<십자가(十字架)>등 3편의 소설로 구성되어 있
고 또 <행로난(行路難)>이 있는데, 이들은 공통적으로 당시의 빈곤과
표류생활을 묘사하였다. 여기서 <기로>를 살펴보고자 한다.

　　<기로>의 줄거리는 다음과 같다. 일본유학의 의학도인 「他」와 30세
미만의 일본목사의 딸인 부인, 그리고 세 아이들이 상해의 회산마두(滙
山馬頭)에서 「他」를 남겨 놓고 일본으로 돌아가며 이별한다. 7년 전에
자유 결혼하여 6년 만에 일본에서 상해로 귀향하면서 부인은 남편의 고
국에서 빈고를 떨칠 수 있기를 확신한다. 그러나 상해의 현실은 냉혹하

---

46) 我依然還是不能不背棄父母走我自己所走的路. 我如回家, 我的一生是最安全的, 這
　　是瞭如指掌的事情.

고 「他」의 의식은 오직 문학활동에만 전념하여 병원개업을 권하는 우인의 뜻도 자신에 차지 않으며 사천(四川)의 C성에서 적십자회병원의 원장으로 초청해도 거절하는 형편에서 가정을 유지하기 어려운 처지를 극복할 수 없었다. 부부의 불화는 깊어지고 삶의 묘안은 없으며 인간의 고결을 보장받을 수 없는 여건을 이기기 위해서 이들은 이별을 강행한 것이다, 송별하고 돌아온 他는 냉방에서 그녀를 베아트리체와 비유하면서 결광(潔光: 결백성)에의 집념 속에 희미한 정신 상태에 빠져들고 있었다. 전체의 흐름이 현실에의 부적과 도피, 그리고 방황과 좌절의 연속이라 하겠다. 이제 상기한 내용과 맞춰 작품에서의 실지의 묘사를 예로 든다면, 소설의 머리에서부터,

　　　일종의 슬픈 감정이 온통 그의 머리를 차지하고 있었다. 그는 맥없이 거처로 돌아와서 문에 이를 때면 평소의 발걸음이 유난히 빠른 편인데, 오늘 아침은 오히려 전혀 기운이 없었다.[47]

라 하여 방랑객의 행동을 제시하면서, 이어서 계속하기를

　　　정안사 길옆의 가로수는 이미 마른 잎이 다 지고 병색을 띤 햇빛이 창백하게 숫돌 같은 반질한 길에 쏘이고, 우뚝한 지붕 위에도 쏘인다. 그는 모자를 벗어 손에 들고 잎 진 나무 아래서 서성댄다. 한바탕 북녘에서 부는 찬바람이 그의 왼편 머리를 때리니 부스스 흩어진 머리는 동남으로 불린다. 그의 충혈된 눈은 앞을 응시하고 있다. 그러나 그가 보는 것은 길가의 번화가가 아니고 울긋불긋한 빌딩도 아니다. 이것들은 그에게 평소에는 흐르는 피를 보고 마음을 더 아프게 하지만 오늘은 전혀 그러한 기색이 없었다. 그는 앞을 직시하면서

---

47) 一種憎惱的情緒整據在他的心頭. 他沒精打采地走回寓所來, 將要到門的時候, 平堂的步武本是要分外的急馳, 在今朝却是十分無力.

오직 한 조각 희미한 허무만 볼뿐이다.48)

라 하여 낭인의 심정을 대변하듯 하는 자연의 현상들과 허무하게 보이는 시각을 클로즈업시켰다. 돈을 많이 벌 수 있는 의사이지만 빈민을 착취하기보다는 차라리 굶어 죽겠다는 괴리감을 노출시키면서 사회의 인정소멸을 고발하는 것이다. 그는 그녀와의 언쟁에서 말하기를,

> 의학이 무엇인가! 내가 돈 있는 자를 고쳐 준다는 것은 그들로 몇 천의 빈민을 착취하게 해 주는 것이다. 내가 빈민의 병을 고쳐 준다는 것은 오직 그들로 더 많이 부자의 착취를 당하게 하는 것이다. 의학이 무엇인가! 무엇인가! 나로 이 같은 하늘의 이치를 속이면서 돈 놀이를 하게 하는 것. 난 차라리 굶어 죽고 싶다.49)

라 하니 그의 편견이 자멸의 길로 걸어가게 하고 있다. 이 의식이 일본으로 가족을 보내는 결과를 낳았으니, 살기 위해 이별하는 것이다.

> 그의 부인은 할 수 없이 상해에서 일년 가까이 살았지만, 결국 생활의 압박에 고생하다가 세 아이 끌고 일본으로 되돌아가지 않을 수 없었다.50)

---

48) 靜安寺路旁的街樹已經早把枯葉脫盡, 帶着病客的陽光慘自自地酒在平明如砥的馬路上, 酒在參差競止的華屋上. 他把帽子脫了拿在手中, 在脫葉樹下屬走. 一陣陣自北吹來的寒風打着他的左鬢, 把他蓬蓬的亂髮吹向東南, 他的一雙充着血的眼睛凝視着前面. 但他所看的不是馬路上的繁華, 也不是些磚紅堊白的大廈. 這些東西在他平常會看成一道血的宏流, 增漲他的心痛的, 今天却也沒有呈現在他的眼底了. 他直視着前面, 只看見一片混茫茫的虛無.

49) 醫學有甚麼! 我把有錢的人醫好了, 只使他們更多搾取幾千貧民. 我把貧民的病醫了, 只使他們更多受幾天福我們的搾取. 醫學有甚麼! 有甚麼! 教我這樣欺天減理地去弄錢. 我寧肯餓死

50) 他的女人沒法, 在上海又和他住了將近一年, 但是終竟苦於生活的壓迫, 到頭不得不

이 소설은 현실을 고발하면서도 문장의 묘사는 유려하고 섬세하여 황포탄(黃浦灘)으로 가는 광경을 다음에 화폭처럼 그리고 있다.

떠날 때 가로등이 아직 꺼지지 않았고, 상해시의 번잡은 아직 혼몽한 꿈속에 자고 있었다. 수레가 황포탄에 이르자 동쪽 하늘에 금빛 서광이 일어났고, 무정한 태양이 떠나는 이의 눈물을 돌아보지도 않는다.[51]

자신의 처지와 같은 절박감을 그린 John Davidson의 시를 인용하여 비유한 방법은 당시의 외래사조를 닮으려는 일단면을 보는 듯하고 자신의 번뇌를 시화한 부분은 이것이 소설시가 아닌가 하고 비교해 볼 수 있다. 소설이 마지막에 가까워질수록 전개방법이 처절하고 고독해지니 최후의 체면과 명분을 「결광(潔光)」이라는 독백으로 구하려 했다.

그는 묵도하면서 붓을 탁자에 던졌다. 아이! 오늘 내 정신 일 못하겠군! 그는 겉옷을 던져 버리고 머리 박고 침상에 자려고 들었다. …… 말발굽이 닥닥 하는 소리, 기적소리, 기선 떠나는 소리, 귀에 맴도는 듯하다. 예수의 성모를 안고, 아이와 조개껍질, 둥지 잃은 새, 베아뜨리체, 솜옷, 결광(깨끗한 빛), 결광, 결광도 안고서, 쓸쓸한 찬 빛이 텅 빈 방에 스며들고 있는데, 이틀 간의 피곤한 정신은 점점 그 기능을 잃어가고 있었다.[52]

帶着三個兒子依然折回日本去了.

51) 起程時, 街燈還未熄滅. 上海市的繁囂還睡在朦的夢裏. 車到黃浦灘的時候, 東方的天上已漸漸起了金黃色的曙光, 無情的太陽不顧離人的眼淚.

52) 他一面默禱着, 一面把筆擲在卓上. 唉唉, 今天我的腦精間直是不能成事的了! 他脫去了身上的大衣, 一納頭便倒在一張床上睡我. …… 馬蹄的得得聲, 汽笛賣, 輪船起聲, 好像還在耳裏. 捕着耶蘇的聖母, 抱着破瓶的幼婦, 金蚌穀. 失了巢的甚雀, Beatrice, 棉布衣裳, 潔光, 潔光, 潔光, …… 凄寂寂寒光浸洗着空洞的樓房, 兩日來疲倦了的一個精神已漸漸失却了他的作用了.

이 소설에서 인간의 희망과 실의, 낭만과 감상, 그리고 고발과 자위가 고루게 표출되어 있어서 모뤄의 백미라 하겠다.

모뤄는 탁월한 문학흥취를 발휘하여 신문학의 항일기에도 ≪지하의 웃음소리(地下的笑聲)≫ 속에 <달빛 아래(月光下)>(1941년)·<물결(波)>(1942년)·<금강 언덕 아래(金剛坡下)>(1945년)를 발표하였다. <달빛 아래(月光下)>는 당시의 문예공작자가 정치·경제·문화면에서 어려운 생활을 겪는 것을 묘사하였는데 주인공 이오우(逸鷗)의 「결벽」을 기린 소설이며 「물결(波)」는 청년부부의 불행을 통하여 일본침략의 비행을 호소하였다. <금강 언덕 아래(金剛坡下)>는 사기꾼(騙子)에게 수난을 당한 두 여성을 묘사하면서 분노의 항전을 고양한 소설이다. 이러한 소설은 모뤄의 관점에서 볼 때, 예술의 진실을 지니면서 중국민의 반일투쟁을 묘사한 것으로 볼 수 있다.

꿔모뤄의 문학은 한 마디로 말해서 위대하다고 하겠다. 넓고 깊어서 그 범위를 정리하기도 매우 어렵다.

모뤄의 문학이 「성정은 반드시 참되다(生情必眞)」를 바탕으로 전개되었지만, 인간은 환경의 지배와 유혹을 받는 것이거늘 그도 연만할수록 작품의 변이를 토로하고 있음을 이미 말한 바 있다. 그러나 참된 문학의 요소는 고금에 불변하니 그도 <여신>에서 참 가치를 인정받고 있으며 <기로>에서 그 인생의 진실을 공감케 하고 있다.

3장 쭈샹(朱湘)의 신시관과 시의 회화미

　이 글은 10년 전에 쓴 것으로 그 동안 이 작가에 대한 새로운 연구 자료가 많이 나왔으리라 믿는다. 그래서 이 글은 일차적으로는 원래의 글을 바탕으로 해서 필자의 최근 의견을 첨가하는 정도에서 정리해 나가고자 한다.

　굴원(屈原 343~277? BC)을 추앙하고 타협할 줄 몰랐던 강직한 짧은 삶을 1933년 12월5일 아침 6시경 상해에서 남경으로 가는 길화윤선(吉和輪船)에서 몸을 던져 의연히 마감하고만 쭈샹(朱湘, 1904~1933 자는 子沅)을 가지고 그의 시문학을 살펴보려니, 필자의 삶 자체가 먼저 허무한 듯 내력이 절로 부끄러워짐을 금할 수 없다. 한 요절한 시인으로서는 태연자약하기까지 보이니, 그 토로되지 못한 한을 어찌 다 이해할 수 있겠는가. 필자는 현대시에 대한 적지 않은 흥취 때문에 간간히 체계는 없다 하여도 문집을 숙독하곤 한다. 이런 중에 초기현대시단에 섬광처럼 나타나서 시계의 과도기적인 시중유화(詩中有畵)적 시를 창출하다가 간 시인을 발견하고는 두 눈이 환히 트이는 것을 느꼈다. 이가 곧 쭈샹인 것이다. 비록 여기에서는 그의 문학에 대한 심도 있는 고찰은 못한다해도 그에 대한 언급이라도 하지 않을 수 없는 강한 열망을 떨칠 수 없기에 부족하나마 이제 그에 대한 것을 개관해 보고자 한다. 필자는 여름의 열기 속에서 며칠이고 쭈샹의 맑고 순수한, 그리고 섬세하며 그림 같은 시들에 깊이 심취되어 있었고, 더구나 그 격조가 살아있는 음악과 같은 시의 선율에 깊이 젖어들곤 한다. 따라서 서두에 밝혀 두는 바이지만, 이 글은 쭈샹에 대한 필자의 주관적인 작품 감상 형식이 될 수도 있을 것이다. 무엇보다도 감동적인 것은 그의 벗이자, 특히 속문학(曲·彈鼓·詞) 등 연구에 큰 공을 세운 짜오징선(趙景深)에 의해 쭈샹이 투신자살한지 일주일도 되지 않은 같은 해 12월 11일에 쓰여진 수기를 읽으면서 필자는 너무도 인간적인 면에서 진실한 글이라고 생각하면서 감동을 이길 수가 없었다. 이제 그 일단을 보고자 한다.[1]

이 회사의 이층에 이르니 주부인은 마침 의자에 앉아서 통곡하고 있었으며 옆에는 그녀의 동료라든가 봉제를 같이 배우던 이들이 그녀를 위로하고 있었다. 그녀는 너무도 구슬프게 울고 있었다; 「자원! 당신은 늑대 같은 마음! 자원, 당신은 늑대 같은 마음! 우리는 두 아이가 있잖아요!」 촛불만도 못한 전등도 너무 처량한 듯 어두운 빛을 번득이고 있었다. …… 「저는 그가 이같이 추운 날 홑옷을 입고 있는 걸 보고 마음이 실로 견딜 수 없었어요. 그래, 서둘러 속적삼 두벌을 만들어 아직 단추도 달지 않았는데 뉘 알았나요. 그가 죽은 줄을!」라 말하고는 목 놓아 울기 시작하였다. 「그는 직장을 그만 둔지 일년 반이나 되어서 그가 어디 있든 어려우리라는 것을 알고서 늘상 우편으로 솜옷, 가죽옷을 보내드리면 그걸 가져다가 전당잡힌 거였어요. 이제는 백금룡 담배를 하루에 50개피나 피우셨으니. 좀 줄이라고 권했

_____

1) 이 글은 趙景深의 「朱湘」이란 散文에서 실린 것으로 朱湘이 죽은 직후인1933년 12월 11일에 쓰여졌음.(中國新文學續編6)

지만 피지 않으면 글을 쓸 수 없다는 거였어요. ……

　　이번에 이 달 4일 남경에 가시는데 곧 돌아오신다고 하시며 삼일
내에 편지하신다고 하시더니, 과연, 오늘 배 회계실의 편지가 왔군요.
전에 들어서 못 알아 들었는데 이제 생각해보니 모든 게 분명해요!
생각할수록 마음이 아파요! 그는 이미 자살하려는 마음이 있었지요!
조선생님, 사모님, 시체도 못 찾았나요?」 그녀는 또 울었다.2)

　　짜오징선의 이 글은 70여 년 전에 쓰여졌지만, 보는 이로 하여금 생생
하게 절감되어오는 실화인 것이다. 쭈샹의 투신은 가난과 좌절, 그리고
삶에 대한 염세의식이 계획적으로 죽음을 자행하게 만든 것임을 알 수
있다. 짜오징선은 이 글 끝머리에서 그의 죽음은 당시의 상황에서 그의
성격상 불가피했음을 자인하고 있다.

　　내가 알고 있는 쭈샹은 한 성정이 고고한 시인이요, 순수한 시인
이라는 것이다. 그는 「태어나길 미쁘게 보일 상이 아니길래」, 이에서
용납할 수 없었으며 맑은 강가에 나아가 물에 빠져 죽고 만 것이다.
……3)

---

2) 到了這公司的樓上, 朱夫人正坐在椅子上痛哭, 旁邊站了幾個她的女同事或同是學習
　　縫紉者在那裏勸他. 她悽慘的哭着;「子沅, 作好狼的心呢! 子沅, 你好狼的心哪! 我們
　　還有兩個孫子呀! 一盞燭光不大的電燈也好像甚爲悽凉, 閃出幽暗的光 ……」「我看
　　他這樣冷的天, 還穿夾抱子, 心裏實在難過, 所以我替他做了兩件襯衫還, 沒有釘
　　上鈕釦, 誰知他已死了!」說着她鳴咽起來;「他失業了一年半, 我知道他處境爲難, 時常
　　從郵局裏寄棉袍子, 皮袍子給他,他掌到手就當了. 現在他還要吸白金龍香煙, 一天吸
　　五十技. 我勸他節省一點, 他就說不吸就做不出文章. ……這一次, 本月四號他說要
　　到南京去, 說是不久回來, 三天以內就有信來, 果然, 今天輪船賬房的信是在三天以
　　內來的. 而以前我所聽不懂的話, 現在一想,全都明白了! 我愈想, 心裏愈痛!唉, 他早
　　有自殺的心了! 趙先生,趙師母, 屍首找不找得了呢? 說時她又哭了.
3) 我所認識的朱湘是一個性情孤高的詩人, 一個純粹的詩人, 他「生無媚骨」, 不能容於
　　斯世, 他奔赴清流, 他投江自殺. ……

쭈샹의 이 같은 인생과 그의 시에 깃들어 있는 사상에 어떠한 상관성이 있을까하는 상정도 할 수 있을 것이다. 이제 이 글을 위해 그의 ≪석문집(石門集)≫(上海商務, 1934), ≪여름(夏天)≫(상동, 1925), ≪초망집(草莽集)≫(上海開明, 1927), ≪영언집(永言集)≫(上海時代, 1936), ≪중서집(中書集)≫(上海生活書店, 1934), ≪교우학한담(交友學閑談)≫(上海北新, 1943) 등에서 시 220수와 산문시 3수, 그리고 시극 1편을 살펴보고 ≪朱湘≫(中國現代作家選集) (孫玉石編, 香港三聯書店, 1983)에 실린 쭈샹의 친우 뤄니엔성(羅念生)의 서(1982)와 선충원(沈從文), 쑤쉐린(蘇雪林), 쑨위스(孫玉石) 등의 평문들이 많은 도움을 주는 것이다.

I. 쭈샹과 그 시의 창작 연대

쭈샹의 출생 시기는 1904년으로 낳기는 호남(湖南) 원릉현(沅陵縣)에서이지만 조부 때 호북(湖北)에서 안휘(安徽) 태호(太湖)로 이사한 후 아버지 쭈옌시(朱延熙)가 청대 한림학사로 강서학대(江西學臺)를 세우므로 해서 쭈샹의 출생지도 원릉(沅陵)이 된 것이다.[4] 3세까지 부모를 모두 잃고 11남매의 막내로서 고아처럼 성장하였으나 6세에 「용무편영(龍文鞭影)」(「我的童年」에 기술)부터 시작하여 8·9세에는 사서와 좌전을 이미 독파하고 시경의 처량한 정조에 눈물까지 흘렸을 만큼 감정이 풍부한 소년기를 보냈다. 특히 15세 이후로는 두보시의 내용, 음조에 깊이 몰두

---

4) 朱湘의 年表는 孫玉石이 三聯書店香港分店 人民文學出版社에서 발생한 中國現代作家選集 「朱湘」(284쪽 以下)에 첨부했음. 父 朱延熙가 翰林職으로 江西學臺로 간 시기는 淸代 光緒丙戌(1886)이다.

하였다. 15세에 청화학교(淸華學校)에 입학하여 형수 시에치잉(薛琪瑛)이 학비를 부담하면서 쭈샹의 시심은 17세부터 트인다. 18세에 ≪소설월보 (小說月報)≫에 처녀작 <폐원(廢園)>이 발표되고 문학연구회에 가입하 였다. 성정이 괴팍한 쭈샹은 퇴학과 재입학을 반복하면서 23세(1927)에 야 청화학교를 졸업하면서 제2시집인 ≪초망집(草莽集)≫을 출판하며, 그 해 8월 류우왕(柳無忘)과 같이 도미하여 위스콘신주 로렌스 대학에서 서양문학을 공부하다가 불어책에 중국인을 「猴子」(졸개)라 부른 것을 보 고 분개하여 이듬해(1928) 시카코대학으로 옮겨 독일과 희랍문학을 연구 하면서 외국시를 번역하고 또 중국시를 영역하기도 하였다. 이 사이에 리우니쮠(劉霓君)과 결혼하고(1925), 같은 해 첫 시집 ≪여름(夏天)≫을 내놓으며 그의 장편 서사시 <왕교(王矯)>를 ≪소설월보≫에 발표하기 도 한다(1926).

1929년(25세)에 원이두어(聞一多)의 요청으로 귀국하여 안휘대학 영문 과 주임교수로 부임하고 아울러 번역집인 ≪영국근대소설집≫을 출판한 다. 28세에 안휘대학과 불화로 인해 사직하고 뇌충혈병에 걸리면서 심신 의 고통과 생활의 빈곤으로 염세하기 시작하여 29세인 1933년 12월 5일 남경 가는 배에서 투신자살하고 말았다. 죽은 후 시신도 찾지 못한 것이 다.

쭈샹은 성품이 조급하고 외지며 오만하면서 고집이 강하여 외모는 차 가우면서도 내심은 불덩이 같았으며, 생활태도는 진실하고 충후하면서 과묵한 편이었다. 그의 이런 성격과 그의 삶이 문학과는 불가분의 관계 가 있음을 유추할 수 있다.[5] 그의 괴벽 때문에 교우관계도 한정되어 있

---

5) 朱湘의 성격에 관해서 기록된 자료료서 羅念生은 ≪朱湘≫序(1982, 北京)에서 「朱 湘性情孤僻, 傲慢,暴烈, 倔强, 表面上冷若永想, 內心裏却是一團火. 他對知心的朋友 很熱誠, 直爽, 忠厚, 從來沒有對無忌, 噯嵐和我流露出不豫之色. …… 他對生活非

었으니, 청화학교 시절의 소위 「청화사자(清華四子)」들 즉 쑨따위(孫大雨)・라오멍칸(饒孟侃)・양스언(楊世恩) 등과 절친하였고 리우우왕(柳無忌)・루오아이란(羅皚嵐)・루오니엔생(羅念生)・쩡전두어(鄭振鐸)・선충원(沈從文)・쉬위엔두(徐元度)・짜오징선(趙景深)・스저춘(施蟄存) 등과 죽을 때까지 좋은 사이였다. 단지 신월파(新月派)에 가입하여 활동하는 중에 스승인 원이두어(聞一多)와 쉬즈모(徐志摩)에 모욕을 준 일로 관계가 소원해지면서 탈퇴하던 일이며 말년에 안휘대학과의 관계에서 「영문문학계」를 동의 없이 「영문학계」로 고친 것으로 해서 실업상태에서 유랑하다가 자존심으로 인해 자살을 하는 결과까지 간 것은 모두 쭈샹 자신의 타협하지 않는 성격과 관계가 깊다. 이제 그의 10년 간의 창작활동을 특성에 따라 시기를 분류해 보고자 한다.

제1기(1922~1925)는 시작의 시험기라 하겠다. 이 시기는 ≪여름(夏天)≫(1925)에 담긴 26수의 시를 통하여 볼 때, 인생과 자연을 관찰하는 시심이 청정하며 기교는 부족하지만 화해어린 음율을 활용하고 있다. 이들은 개인적이며 내향적인 소재를 다루고 있으면서도 신선한 표현을 느끼게 한다. 그러길래, 쭈샹은 이 시집의 서에서도 기술하기를,

> 쭈샹의 유랑하는 생활은 이미 끝나고 분투의 생활이 시작되었다. 이에 2년 반동안 쓴 시를 골라서 반 수 가량인 26수를 가지고 하나의

常認眞, 做人純潔二又善良. 他的弱點是個人奮闘, 孤軍作戰必然歸於失敗.」라 하고, 朱湘 자신도 「說自我」에서 「這一個孱弱, 矛盾的自我, 客觀的看來, 它是多麼渺小, 短促, 無價值; 不過, 主觀的看來, 它却便是一個永恒只一個寶貝, 一個納有須彌的芥子了.」라 한 것과 「說說話」에도 「我是一個口齒極鈍的人, 連普通的應酬我都不能够對付……」라 自評하였으며, 趙景深도 「朱湘」에서 그에 대해 말하기를 「他給我的印象仍是'不苟'二字他說話很文靜, 每每要略加思索方才說出來. 說話的聲音很低, 擧動很緩慢, 帶着十足的虔敬……」라 자세히 설명하고 있어, 쭈샹의 성격을 이해하는 데 도움이 된다.

소책자를 찍어 「夏天」이라 이름 붙였다. 청춘은 이미 지나고 성인기에 든 의미를 취한 것이다. 나의 시, 그대들 가 보세! 자연의 풍우에 머물러 버티면 그대는 살지만, 서있지 못하면 죽어버린다.[6]

라고 하여 그 시기가 학습기인 것을 자처하고 있다. 그러나 이 시기는 중국신시의 초기에 해당하는 만큼, 소박한 묘사와 단순한 의상의 관점에서 볼 때 상당한 성취이며[7] 고시사의 운율을 바탕으로 한 시체의 구성은 독특한 맛을 준다. 예를 들면, 처녀작인 <버려진 뜰(廢院)>을 보면,

> 바람 불 때 백양나무는 쓸쓸히 떨고 있고,
> 바람 없을 때 백양나무는 쓸쓸히 떨고 있다;
> 쓸쓸히 떨고 있는 외엔 더 아무 것도 들리지 않는다;
> 들꽃이 쓸쓸히 피었다가,
> 들꽃이 쓸쓸히 지는데
> 쓸쓸한 외엔 뜰엔 아무 것도 없다.[8]

이 시는 단조로운 의상 속에 쓸쓸한 폐허화된 뜰의 정경을 적절히 생동하게 묘사하면서도 전래의 모의적인 구성이 엿보이며, <폭죽(爆竹)>을 보면

> 높은 구름 위에 뛰어 올라서

---

6) 朱湘優遊的生活旣終, 奮鬪的生活開始, 乃檢兩年半來所作的詩, 選之, 存可半數, 得二十六首, 印一小冊子, 命名夏天, 取靑春已過, 入了成人期的意思, 我的詩, 你們去罷! 站得住自然的風雨, 你們就生存, 站不住, 死了也罷.

7) 沈從文은 「論朱湘的詩」에서 「使詩的要求, 是樸實的描寫, 單純的想, 天眞的唱, 爲第一期中國新詩所能開拓的土境 ……」라 함.

8) 有風時白揚蕭蕭着, 無風時白揚蕭蕭着; 蕭蕭外更不聽到什麼; 野花悄悄的發了, 野花悄悄的謝了; 悄悄外園裏更沒什麼.

놀라게 하는 외마디 울음;
죽은 뼈마디 떨어뜨리곤
영혼은 날개 돋아 올랐어라.9)

이 시는 4언체의 고시라 할 만큼 구식이 정제하고 율격이 갖추어져 있으며 운이 상통한다. 다음 제2기(1925~1926)는 창작의 성숙기에 해당하는데, 1924년 말부터 1926 4월까지의 작품을 모은 ≪초망집(草莽集)≫에 실린 작품을 두고 분류한 것이다. 이 시기는 쭈샹에게는 신시사상 가장 가치 있는 수확을 제시한 작품들이라고 평가받는다. 선충원(沈從文)은 <쭈샹의 시를 논함(論朱湘的詩)>에서 극찬하기를,

초망집은 1927년에 나왔는데 이 시집은 대단히 불행하게도 당시의 주의를 끌었던 초국은의 「야곡」이나 갱우의 ≪새벽빛 앞≫에는 미치지 못하였다. ≪초망집≫은 작자의 신시 방면에서의 성공을 대표할 수 있는 것으로 외형적인 완정함과 음조의 유화함에 있어 일반시인이 따를 수 없는 높은 위치에 도달한 것이다. 시의 최고의 힘이 그 형식과 음절을 조금도 소홀히 할 수 없는 것이라면 쭈샹은 ≪초망집≫의 시들에서 그 모든 시험을 거쳐 이미 대단한 성공을 이루었다고 할 수 있다.10)

라 하니, 선씨의 이 말은 적절한 평이다. 신시단에서전통중국시의 율격을 가장 엄격히 지켜서 신시에 삽입시키려고 한 노고를 인정하고 있다.

---

9) 跳上高雲, 驚人的一鳴; 落下屍骨, 羽化了靈魂

10)「草莽集」出於一九二七年, 這集子幸得很, 在當時, 使人注意處, 尚不及焦菊隱的「夜哭」同于虜處的「晨曦之前」.「草莽集」才能代表作者在新詩一方面成就, 於外形的完整與言調的柔和上, 達到一個爲一般詩人所不及的高點. 詩的最高力, 若果是不能完全疏忽了那形式同音節, 則朱湘在「草莽集」各詩上, 所有的試驗, 是已經得到了非常成功的.

선씨는 이어서 같은 글에서 말하기를,

> 꿔모러의 어느 한 부분의 시가를 말하자면 중국 옛 시의 공허한
> 과장과 호방을 지니고 있는데, 쭈샹의 시는 중국 옛 사의 운율과 절
> 주의 혼을 지니고 있으면서 사의 고정적인 조직을 타파하면서도 그
> 조직의 미를 완전히 배제하지 않고 있으니 ≪초망집≫의 시를 읽을
> 때면 유화적인 율조가 귀에 익어서 기이하다거나 생소한 점이 없는
> 것이다.11)

라고 그 가치를 높이 평가하였다. 사실상 ≪초망집≫에는 <비오는 경치
(雨景)>시 외에는 전부가 격율시로 모아져 있는 것이다. 그의 <나를 장
례 치르고(葬我)>는 3절로 구성되어 있는데, 그 제2절을 보면,

> 나를 자귀나무 아래에 장사지내고
> 길이 향기론 꿈을 꾸었지.
> 나를 태산 꼭대기에 장사지내고
> 바람소리 슬피 울며 외론 솔 지나가지.

> 葬我在馬纓花下,
> 仄仄仄仄平平仄

> 永作着芬芳的夢
> 平仄仄平平仄平(冬韻)

> 葬我在泰山之巓,
> 仄仄仄仄平平平

---

11) 若說郭沫若某一部分的詩歌, 保留的是中國舊詩空泛的誇張與豪放, 則朱湘的時,
　　保留的是「中國舊詞音律節奏的靈魂」, 破壞了詞的固定組織, 却幷不完全放置那組
　　織的美, 所以「草莽集」的詩, 讀及時皆以柔和的調子入耳, 無眩奇處, 無生澁處.

風聲嗚咽過孤松
平平平仄仄平平(東韻)

　　이 시의 용운(用韻)이 당시 칠언절구의 수구불용운(首句不用韻)의 측
기격평성운(仄起格平聲韻: 첫 구에 운을 쓰지 않음)을 써서 2·4구의
'夢'과 '松'은 '東·冬'으로 통운(通韻)하고 있다. 제1·3구외 사측(四仄)
은 삼평(三平)과 더불어 흔히 쓰이는 고절법(古絶法)이기도 하니 쭈샹의
이 시가 주는 의미는 신시의 고시격율(古詩格律)의 적용을 강구하고자
한 데 있다. 또 <연꽃을 따며(採蓮曲)>의 일단을 보면(제1절),

　　　　　쪽배야! 가벼이 날듯 달리고
　　　　　버들아! 바람 속에 하늘대고
　　　　　연꽃잎아! 푸른 덮개 내밀고
　　　　　연꽃아! 사람처럼 교태롭구나
　　　　　해는 지고,
　　　　　찰랑대는 물결,
　　　　　금실 번득이며 냇물을 스치네.
　　　　　좌로 가고,
　　　　　우로 튕기고,
　　　　　연꽃쪽배 위에서 노랫소리 우러나네.[12]

　　이 시의 「남향자(南鄕子)」의 사조를 빌리고 있으니, 「남향자」가 「5·
7·7·2·7」의 쌍조(雙調)이지만, 이 시는 단조로서 48자, 즉 사의 소령조
(小令調)에 맞추고 있다. 이 시가 「5·7·5·7·2·2·7·2·2·7」조로 되어 있음
은 「남향자」의 조를 중첩하여 음운미의 효과를 높혔으며, 용운은 삼운

---

12) 少船呀輕飄. 揚柳呀風裏顚搖; 荷葉呀翠蓋, 荷花呀人樣嬌嬈. 日落, 微波, 金絲閃動
　　過小河 左行, 右撑 蓮舟上湘揚起歌聲.

환(三韻換)하여 「飄・搖・嬈」(下平簫韻)과 「落」(入聲藥韻), 「波, 河」(下平歌韻), 그리고 「行・撐・聲」(下平庚韻) 등과 같이 환운되어 시사의 용운을 신시에 정격으로 활용하고 있음을 알 수 있다.

그리고 제3기(1927-1933)라면 창작상 한 변환기라 할 수 있으니, 그의 사후에 나온 ≪石門集≫(1934)과 ≪永言集≫(1936)에서 그 면모를 찾을 수가 있을 것이다. 쮸샹이 미국에 유학하고 귀국한 후에는 구미의 시체와 사조를 그의 시에 도입하고 있음이 이 시기의 특징이 되고 있다. 서양시체의 2행, 4행, 삼첩영(三疊令), 회환조(迴環調), 발라드(Ballade), 론도(Rondeau), 이태리와 영국의 14행시 등 다양하다. 운각(韻脚)도 엄격히 운용하였으니, 중국신시의 서양시체화를 시도한 최초의 사람이 된다. 거기에다 말년의 불우를 비감으로 표출한 정조는 더욱 시취를 일게 한다. 상세한 격식분석은 뒤에 서술하기로 하고 여기에서는 그의 <십사행의체 십오 동상(十四行意體; 十五凍瘡)>한 편을 음미하고자 한다.

> 만나본 지 십여 년, 우리 다시 만났네,
> 이 끊을 수 없는 절친함 여전히 전과 같으니……
> 오로지 다른 것은, 지금 나는 그리움을 알고서
> 시든 속에 너의 품을 그리는 거네.
> 이 사이에 수다한 열정 벌써 높이 날라 갔고;
> 수다한 희망도 벌써 웃는 얼굴 가리었네……
> 나 하나 남아서 이 텅 빈 겨울에 있네.
> 내버린 반생을 생각노라면, 근심과 상심, 고뇌와 후회
> 봄날 나는 그것을 보지 않으려네;
> 그 따뜻한 바람이 나의 얼굴을 긁으며 낮은 소리로 놀려대면서,
> 말하기를, 청춘, 행복, 지금 거리에서
> 떠났다네라고!
> 여전히 너는 다정하고 따뜻하고

또 처량하기도 하지.
나를 잊지 말게나. 쓸쓸히 내 곁에 와서,
잔잔히 불을 돋구어, 기억을 불붙여 주게나.[13]

II. 쭈샹의 신시관

1920년대라면 후스(胡適)가 ≪상시집(嘗試集)≫(1920)을 발표한 직후인
데, 쭈샹은 그 전후 10년을 창작하다가 요절하고만 기인의 자취를 남기
고 있다. 그의 시작활동시기를 보아 그의 사후 70년이 지났는데도 아직
단편적인 평어 이외에[14] 시 자체에 대한 본격적인 연구가 미진한 것은
그의 시격의 온고(溫古)와 의구미적(擬歐美的) 경향이 짙은 반면, 시상(詩
想)이 그에 미흡하지 않는가 하는 선입관이 들기도 한다. 그러나 자세히
살피면, 쭈샹 시에는 간과할 수 없는 시형 못지 않은 시상의 특성이 들
어 있음을 알게 된다. 이제 그의 신시에 대한 관점을 먼저 살펴보기로
한다.

쭈샹의 시에 대한 기본관점은 동서양의 양면성을 공유하고 있는 것이
다. 그는 유년기에 시경을 벌을 받으면서 외우던 일이며 시경의 처량한
정조에 끌리던 일에서[15] 그의 시관 형성에 많은 영향을 받은 것을 알 수

---

13) 不見十多年了, 我們又重會, 這切膚的親熱還一似當先; 不同的是, 如今我知道留戀
在冷落中留戀着你的胸懷. 這期間, 有許多熱已經高飛; 有許多希望已經遮起笑臉
……剩下我一人, 在這空的冬天. 相着抛去的半生, 憂傷,懊悔. 春天我不要瞧見它: 那
曖風 會來搔我的臉皮, 低聲嘲弄. 說, 靑春, 幸福, 如今去了那裏! 還是你多情, 又溫
曖, 又淒涼, 不忘記我, 悄然的來到身旁, 將沈滯排動了, 點燃起記憶.

14) 쭈샹 詩에 관한 글로서는 沈從文의 「論朱湘的詩」(文藝月刊·1931년 1월), 蘇雪林
의「論朱湘的詩」(靑年界·1934년 2월), 그리고 孫玉石의 「朱湘傳略及其作品」(1982
년 3월) 등 개괄적인 범위를 넘지 않고 있다.

있다. 그리고 굴원에 대한 애착이 강하여 그의 시에 소체(騷體)의 여음이
남아 있기도 하며 결국 종말을 같은 방법으로 마치기도 하였으니 고전
문학의 근원에서부터 쭈샹의 시관이 연관되어 있다고 본다.16)

그의 시는 그 후대의 도연명(陶淵明)과 왕유(王維), 두보(杜甫)에게서도
영향을 받았다.17) 특히 왕유의 시중유화(詩中有畵)적인 풍격과 두시의
음조를 본받으려고 노력한 것을 볼 수 있다. 특히 두보에 대한 심취는
남달랐음을 그의 <나의 어린 시절(我的童年)>의 다음 일단에서 확인하
게 된다.

> 두보의 시를 나는 애독한다. 그러나 본대로 말하자면 그의 시를
> 나는 네 번 읽어보면서도 어디 한번 완독한 적이 없다. 첫 번째는
> ≪당시별재집≫에서 골라 읽었고, 두 번째는 전집의 일부분을 숙독
> 하였으며, 세 번 째는 「두시」 과목을 이수하였고, 네 번째는 전집의
> 반을 보았다. 15세 이후에는 두보 시의 음조를 좋아하였고, 20세
> 전후에는 두보 시의 묘사를 모방하였으며, 30세 때에는 두보의 정
> 조에 깊이 감흥을 받았다.18)

---

15) 朱湘은 散文 「我的童年」에서 「讀詩經的當口, 我不知道是那一頁書, 再也背不出來,
  老師罰我, 非得要背出來, 才放我下學」라든가 또 「十幾年以後, 我每逢相起詩經這
  一部書的時候, 總是在心頭逗引起了一種淒涼的情調,想必便是爲了這個緣故.」라 하
  였고, 旣說한 바이지만 4言體의 시로서 「爆竹」을 보면, 「跳上高雲, 驚人的一鳴;
  落下屍骨, 羽化了靈魂」에서 그 연원을 시경체로 추리할 수 있다.

16) 羅念生은 朱湘選集의 序에서 「離騷」에 관한 論文(淸華學報)을 발표하였으
  며 그리고 「屈原是朱湘最喜愛的詩人之一, 騷體的黃鐘大呂在他的詩裏留下了
  餘音.」라 기술함.

17) 陶淵明에 대한 朱湘의 觀念은 「以後, 也曾經想作過 <桃花源記>式的文章, 可是
  屢次都沒有寫成.」(我的童年)에서 알 수 있으며, 王維에게서 얻은 詩想의 예로서
  朱湘의 <落日>에서 「蒼涼, 大漠的落日, 筆直的烟連着雲 ……」구는 王維의 「大漠
  孤烟直, 長河落日圓.」구 바로 그것이다.

18) 杜甫的詩我是愛讀的. 不過, 正式的說來, 他的詩我只讀過四次; 幷且, 每次, 我都不
  曾讀完. 第一次是由 「唐詩別裁集」裏讀的一個選輯, 第二次是讀了, 熟誦了全集的很

이처럼 쭈샹은 신문학이 온고적 바탕 위에서 건설되어야 한다는 자세를 그의 문학의 근거에 두었다.[19] 그러면 쭈샹은 신시 발달에 장애적 요인을 무엇이라 지적하였겠는가? 그는 다음 <북해유기(北海遊記)> 글에서 두 가지 면을 명쾌하게 거론하고 있다.

나는 생각하기를 주요 요인이 두 가지가 있다고 본다. 즉 옅은 맛의 경향과 서정에의 편중인 것이다. 내가 말하는 옅은 맛 가진 자로 본래가 종신 토록 시에 전력하지 않고 단지 일시적인 기분에 따라 약간의 틈을 내어 시험삼아 써보는 사람을 들 수 있다. 그들 중에는 전혀 시적인 재능, 소양, 견해, 의지 등이 있는 자가 없다고 말할 수는 없어도 좀 있다고 해도 깊은 맛이 없다. 좀 열심과 인내로 애쓰는가 하면 그들은 금새 소리도 없이 자취를 감추고 만다. 시란 다른 학문이나 예술처럼 하나의 종신사업이지 옅은 맛에 따라 감흥이나 불러일으키는 것이 결코 아닌 것이다. 가장 한심스러운 것은 이들 옅은 맛에 물든 자 중에는 조그마한 자각조차도 전혀 못하는 사람이 있다는 점인데 그들이야말로 황당한 주장을 고집하며 천박한 작품에 탐익하여 진정으로 막 싹터 오르는 신시에 대해 가혹한 매도와 냉소를 가하면서 더구나 신시를 쓰는 선배들 간판을 걸어놓고 대중을 몽매하고 있으니 이것이 신시 발달에 있어 커다란 한 장애인 것이다. 그리고 다른 하나의 장애는 후스의 천박하고도 가소로운 주장인 것이니, 그의 말로는 현대의 시는 응당히 서정적인 면에 편중해야 만이 나쁜 현대인의 요구에 적응할 수 있다고 하지만 이는 시의 장단과 그 요구시의 다과와는 조금도 비례해서 말할 수 없다는 사실은 전혀 모르고 하는 말이다. …… 상술한 두 가지 현상에서 서정적인 편중은 시의 다방면의 발전을 못하게 하며, 옅은 맛의 경향은 시의 깊고 풍

少一部分, 第三次是上「杜詩」課, 第四次是看了全集的一大牛. 十五歲以後, 喜歡杜詩的音調; 二十歲左右, 揣摹杜詩描寫; 三十歲的時侯, 深刻的受感於杜的情調.

19) 그는 「我的童年」에서 新舊文學의 관계를 다음과 같이 밝히고 있다. 「新文學與舊文學, 在當初看來, 雖然是勢不兩立, 在現在看來, 它們之間, 却也未嘗沒有一貫的道理. 新文學不過是我國文學的最後一個浪頭罷了.」

부한 터를 다지게 할 수 없다는 점에서 신시가 발전하지 못하는 두 가지의 요인이라 하겠다.[20]

이 긴 글의 핵심은 신시 발달의 장애요인으로 의식의 천박과 신시에 대한 성실, 그리고 서정에 대한 편중이 작시상의 다양한 발전을 저해한 다는 것이다. 그러면 쭈샹이 신시에 대한 나름의 견해를 어떻게 가지고 있었는지를 다음 그의 글에서 다시 유추할 수 있다.

시의 본질은 오래두고 새로이 바꿀 수 없는 것으로 곧 인생이라 하겠다. 시의 형태는 세대에 따라 그에 맞는 것이 있어서 어떤 형태 의 장점이 발전하고 나면 또 다른 하나의 형태를 창조해 내어 대체 해 나가곤 하는 것이다. 어떤 형태가 그 시대에 있어 나타난 장단점 은 전적으로 이런 형태가 지닌 특성의 대소에 따라 정해진다는 것이 다. 시의 본질은 내적 발전에 둔다면, 시의 형태는 외적 발전에 둔다 고 하겠다.[21]

---

20) 我覺着主要的緣因另有兩個: 淺嘗的傾向, 抒情的偏重. 我所說的淺嘗者, 便是那 班本來不打算終身致力於詩, 不過因了一時的風氣而捨些工夫來此嘗試一下的人. 他們嘗中雖然不能說是竟無一人有詩的稟賦, 涵養, 見解, 毅力, 但是卽使有的時侯, 也不深, 等到這一點子熱心與能耐用完之後, 他們也就從此初聲匿適了. 詩,興旁的 學問旁的藝術一般, 是一種終身的事業, 并非搞了淺嘗可以興盛得起來的. 最可恨 的便是這些淺嘗者之中有人居然一點自之知明都沒有, 他們居然堅執着他們的荒謬 主張, 溺愛着他們的淺陋作品, 對於眞正的方在萌芽的新詩加以熱篤與冷嘲, 并且 掛起他們的新詩老前輩的招牌來蒙弊大衆: 這是新詩發達上的一個大阻梗還有一個 阻梗便是胡適的一種淺薄可笑的主張, 他說, 現代的詩應當偏重抒情的一方面, 庶 幾可以適應忙碌的現代人的需要. 殊不知詩之長短與其需時之多寡當中毫無比例可 言. ……上述的兩種現象, 抒情的偏重, 使詩不能作多方面的發展, 淺嘗的傾向, 使 詩不能作到深宏與豐富的田地, 便是新詩之所以不興旺的兩個主因.(≪北海紀遊≫)

21) 詩的本質是一成不變萬古長新的, 它便是人性. 詩的形體則是一代有一代的; 一種形 體的長處發展完了, 便應當另外創造一種形體來代替; 一種形體的時代之長短完全由 這種形體的含性之大小而定. 詩的本質是向內發展的; 詩的形體是向外發展的.(≪北 海紀遊≫)

여기서 쭈샹은 시의 본질은 인생과 같아서 변하지 않지만, 시의 형식은 시대에 따라 발전되어야 함을 역설하고 있다. 시의 형식은 시대에 맞는 다양한 변화를 가해야 하며, 서양의 체재도 참고해야 한다는 것이다. 신시를 쓰는 긍지와 학문과 예능의 능력과 열성이 있을 때만 신시 나름의 독창성과 효용성이 인정되며 여기 삼아 하는 소외적 의식도 불식할 수 있다는 것이 그의 신시를 쓰는 관념에 내재되어 있다.

Ⅲ. 신구시(新舊詩)의 조화: 시어와 전고(典故)

앞에서 이미 서술하였지만, 쭈샹은 구시와 사의 체례를 중시하여 신시에 이동시키려 하였다. 그의 <지는 해(落日)>는 왕유의 「큰 사막에 외로운 연기 곧게 오르고, 긴 강의 지는 해는 둥글다.(大漠孤烟直, 長河落日圓.)」과 한대 악부(樂府)의 「용맹한 기병은 싸우다가 죽고, 노한 말은 배회하며 운다.(梟騎格鬪死, 怒馬徘徊鳴.)」, 그리고 잠삼(岑參)의 「윤대의 구월의 바람은 밤에 소리치니, 냇물의 부서진 돌이 되박처럼 큰데, 바람 따라 땅 가득히 돌이 어지러이 구른다.(輪台九月風夜吼, 一川碎石大如斗, 隨風滿地石亂走.)」구절에서 차입한 것이며, 그의 <열정(熱情)>에서 묘사한 것을 다음에 보면,

> 우리는 유성의 흰 깃 화살을 쏘아서
> 추한 두꺼비를 악한 개를 쏘아 죽인다.
> 우리는 혜성의 대비를 쥐고 청소하고
> 남녘 키를 가져다가 모든 더러움 쓸어가리.

우리는 아홉의 태양을 모두 걸어서
하나의 한가운데, 여덟 개는 팔방에 밝게 비추리:
우리는 세상에 다시는 한냉함이 없게 하겠고,
우리는 모든 흑암에 빛을 다시 맞게 하리.
우리는 북두를 가져다가 은하수를 마시고,
우리 자신의 성공을 경하하리라.
강물에서 다 마시고 나면
견우와 직녀가 영원히 만나겠지.22)

라고 한 이 부분은 ≪초사(楚辭)≫ 구가(九歌)의 <동군(東君)>에 나오는
「푸른 구름 저고리와 흰 무지개 치마 입고서 긴 화살을 들고서 천낭을
쏘는도다. 나의 활을 잡고 서방으로 내려가니, 북두를 끌어다가 계주를
마시도다.」23)구 등에서 시상을 차입한 것을 알 수 있다. 그리고 중당대
의 노동(盧仝)의 <월식시(月蝕詩)>에서24) 시취와 시어의 혼용을 또한
간과할 수 없는 것이다. 한편 <환향(還鄕)>의 줄거리는 완전히 시경풍
의 <동산(東山)>에서 참용한 것이니, 비교해 보면, 어느 한 군인이 전쟁
에서 돌아왔을 때 아버지는 죽고, 아내도 죽었으며, 어머니는 장님이 된
처참한 정경이 벌어진 상황을 노래한 것으로서, 먼저 쭈샹 시의 일단을
보면,

대문 밖의 하늘빛 참으로 몽롱한데,
대문 안의 사람도 참으로 잔잔하네.

---

22) 我們發出流星的白羽箭 射死醜的蟾蜍,惡的天拘. 我們揮慧星的蒂帚掃除, 拿南箕撮
去一切的汚朽. 我們把九個太陽都掛起, 一個正中,八個照亮八方; 我們要世間不再有
寒冷, 我們要一切節黑暗重光, 我們拿北斗酉的天河的水, 來慶賀我們自己的成功. 在
河水酉的飮完了的時候, 牛郎同織女便永遠相逢(≪草莽集≫)
23) 青雲衣兮白霓裳, 擧長矢兮射天狼, 操余弧兮反淪降, 援北斗兮酉的桂將木.
24) 盧仝의 「月蝕詩」는 全唐詩 第六函 第七冊에 수록.

툭탁, 툭탁, 네가 두드리는 많은 메아리 소리.
너의 음성은 허공만을 두드리는 것이려니.
......
아이냐? 네가 집 떠난 지 이십 여 년,
살아있는 사람 세상에 어디 또 있는지?
아! 알았다네, 이 어미 너무도 고생하다보니,
너에게 종이돈 태워줄 힘이 어디 있겠지?

아이야, 너 군대에 가서 타향에서 죽었다하여
너의 아버지, 처도 따라서 죽었다지.
아이야, 너희 셋이 날 버려 이 고생을 하다보니,
이 세상에 나 홀로 남아 슬픔에 젖어 왔지!
......
손들어 너 좀 만져보자꾸나
어째서 너의 얼굴 이리도 말랐더냐?
아이야, 너는 들었지, 밤바람 마른 풀을 스치는 것을,
아직 문에 들어와 거센 물결 식혀주지 않겠느냐?
사립문 밖의 날은 벌써 어두운 데
하늘에는 달이며 별이 보이지 않고
오로지 몽롱한 빛만이 어른거리고
보이나니 풀에 덮힌 두개의 거친 무덤이여.25)

위의 구들은 <東山>시의 다음과 의미가 상통함을 엿볼 수 있다.

---

25) 大門外的天光眞正朦朧; 大門裏的人也眞正從容, 剝啄, 剝啄, 任你敲的多響. 你的聲音只算敲進虛空. ......兒嗎? 爾出門了二十多年, 哪裏還有活人存在世間? 哦, 知道了, 但娘窮苦的很, 哪有力量給你多燒紙錢? 兒呀, 自你當兵死在他鄕, 你的父親妻子跟着身亡; 兒呀, 爾們三個抛得我苦, 留我一人在這世上悲傷! ...... 讓我拿起水來摸你一摸 爲何你的臉上庾了許多? 兒呀, 爾聽夜風吹過枯草, 還不走進門來歇下奔波? 紫門外的天氣已經昏沈, 天空裏面不見月與星亮, 只是在朦朧的光亮之內 瞧見草兒掩着雨開荒墳.(≪草莽集≫)

동산에 끌려 나와
오래도록 돌아오지 못했는데
동에서 돌아올 때는
보슬비 내렸도다.
동에서 돌아갈 날 생각하며
서쪽 생각에 나는 슬퍼라.
저 평복으로 갈아입고서
다시는 군대에 종사하지 않겠노라.
……
동쪽에서 돌아올 때는
보슬비 내렸도다.
개미 둑에선 황새가 울고
아내는 집에서 홀로 걱정하며
쓸고 닦아 집안 깨끗이 치우고
출정한 내가 돌아왔었지.
둥근 오이 씁쓸한 것이
장적 더미 위에 매달려 있네.
내가 보지 못한지
이제 삼 년이나 되도다.[26]

이상의 작품에서 전장에서의 귀환의 비애와 혐오를 짙게 풍겨주는데, 쭈샹은 그 착상에서부터 시화하는데 그 근거를 이 작품에 두고 있음을 본다.[27] 그리고 쭈샹에서 가장 전고의 시작화에 성공한 것은 장편시 <왕교(王嬌)>를 들 수 있다. 이 시의 통속소설의 하나인 ≪금고기관(今古奇觀)≫ 제35권 「왕교란의 백년의 긴 원한(王嬌鸞百年長恨)」의 내용을 바탕으로 하여 시작한 것이다. 이 소설의 줄거리는 왕교란이 주정장(周

---

26) 我徂東山 慆慆不歸 我來自東 零雨其濛 我東日歸 我心西悲 制彼裳衣 勿士行枚 …… 我來自東 零雨其濛 鸛鳴于垤 婦歎于室 洒掃穹室 我征聿至 有敦瓜苦 烝在栗薪 自我不見 于今三年

27) 蘇雪林의 「論朱湘的詩」 참조.

廷章)을 사랑하며 결혼을 약속하고 깊은 연정에 빠지지만, 「(여자가 남자를 배신하면 벼락으로 죽고 남자가 여자를 배신하면 어지러운 화살에 죽는다.(女若負男, 疾雷震死, 男若負女, 亂箭身亡.)」라는 굳은 서약을 어기고 주정장은 위씨녀(魏氏女)와 결혼하고 왕교란은 배신당한 후 절명시 32수, 장한가 1편을 남기고 목매달아 21세로 자살하고 만다. 주정장은 고발되어 죽판(竹板)으로 맞아 죽게된다는 비극이다. 그런데 쭈샹의 시에서는 모두 7장으로 나누어 왕교란의 고사를 절실하게 묘사하고 있다. 제1장에서는 상등절(上燈節)의 풍치를 그리면서 왕교란의 자태를 묘사하기를,

마침 그 앞에 서 있는
이가 사람인가? 신선인가?
한 묘령의 여인?
그녀의 얼굴 둥근 달이 중천에 걸린 듯.[28]

라 하였으며, 제2장에서는 성년이 되었는데도 혼사가 없는데 대한 부모의 관심과 본인의 고뇌를 그리면서 노래한 대목을 보면,

딸도 야사의 시편들을 보았듯이
어디 박명한 젊은인들 못 만나리오;
아버지 늙으시고 너무도 외로우시니
나는 아버지 곁에 늘 있고 뿐이어요.[29]

---

28) 正站在他的面前 這是凡人呀還是神仙? 是一個妙齡女子; 她的臉像圓月掛中天.

29) 女兒也看過些野史詩篇, 無處不逢到薄命的紅顏; 何況爹老了, 又孤單的很, 我只要常跟在爹的身邊

라고 토로하고 있는 것이다. 그리고 제3장에서는 왕교란이 한 남자를 만나서 정을 나누게 되는데 그 예구를 다음에 보면,

> 그녀는 서리의 모습을 보고서
> 불현듯 마음에 깜짝 놀랐네.
> 이 마침 정월대보름날 저녁에
> 그녀를 구한 젊은이:
> 그녀는 아련히 물었다:「존함은 무엇인지요?」
>
> 「나의 이름은 하문매요.」
> 「이 발음은 그 날 저녁과 정말 같네!」
> 그녀는 하인이 방밖을 나가는 걸 보고서는,
> 어느 새 뺨에 발그레한 홍조를 띄운다.30)

라고 하여 남녀의 연정을 느끼는 왕교의 환경적인 변화를 보여 주고 있으며 제4장에서는 남녀의 깊은 정분을 나누며 제5장에서 장래를 약속하는 경지에까지 들어간다.

> *방 속엔 단지 그들 둘만이.
> 그녀는 머리 숙이고 몸은 창가에 기대었네.
> 그녀의 가슴은 거의 불어터질 듯
> 놀라움이 그녀의 마음을 채웠다네.
>
> 그는 정신을 차리고 사방을 둘러보니,
> 촛불에는 가물거리는 불빛이 남았을 뿐,
> 잠자는 신발이 의자 위에 놓였고,

---

30) 她瞧見書吏的模樣, 不覺心中暗吃一驚, 這正是燈節的晚上 把她救了的少年人: 她遲疑的問道:「尊姓大名?」「我的名字是何文邁.」「這口音與那晚正同!」她見僕人走出房外, 不覺腮中暈起微紅.

드리워진 침상 커텐이 보인다네.

......

그는 창을 밀치고서, 쌍성이 하늘에

떠있는 모습 보고

문을 닫으니, 아름답고 수줍어하는

미인을 맞대하네.

그녀는 다소곳 서서

움직이질 않네.

단지 그의 따스함을 느끼고 있을 뿐[31]

*여인은 추운게 두려워, 그의 어깨에 비스듬히 기대니,

열기와 정분이 그녀의 가슴에 차네.

눈은 아스라히 졸리운 듯

꿈 같은 정다운 말 그의 귓전에 울리네.[32]

   그러나 제6장에 이르러서 원작의 내용처럼 주생(周生)은 약속을 어기고 왕교를 버리고서 변심을 하며, 왕교는 깊은 사랑의 결과로 마음의 상처와 임신이라는 지울 수 없는 현실에 빠지고 만다. 기다려도 오지 않는 배신감과 삶의 허무를 제7장에서는 절명으로서 마감하고 나니, 이 시의 줄거리와 시의 의취가 위의 소설과 완전히 일치하고 있음을 알 수 있다. 그 예문을 보건대

---

31) 房中只剩他們兩個. 她垂下頭, 身倚窗檻; 她的胸膛幾乎漲破, 驚慌充滿了她的心. 他定了神四下觀望, 瞧見蠟燭之剩殘輝, 瞧見睡鞋扯放在椅上, 瞧見垂下了的床帷. ……他推窓, 見雙星在空, 閉窓, 對嬌羞的美人. 她依然站着, 沒有動. 但是覺到他的微溫(이상 제4장의 일단)

32) 女郎怕冷, 斜靠着他的肩, 溫熱與情在她的胸內, 眼睛半開半閉的將睡, 如夢的情話響在他耳邊.(이상 제5장의 일단)

아버지는 그녀가 애인이
있는 줄 모르신다.
그녀가 이미 수태한 것도 모르신다.
주공자를 기다리다 끝내 보이지 않으니,
어제 손호를 보내어 그를 찾도록 했으나
오늘 돌아올 수 있을지 모른다.
그가 핍박당하거나 변심했다면
그녀는 무슨 낮으로 아버지와 육친을 볼 것인가?[33]

*「아내는 떠나가고 딸아이도 음부로 돌아갔도다.
내 이 세상에 이제부터 외로운 몸, 이렇게 살아서 무슨 재미있으
랴?
기다리게! 그대들과 같이 가리라!」

그의 울음소리에 화답은 오직 처량일뿐.
판막 위에 한 줄기 파문이 일면서
이어서 많은 낙엽이 창호지에 스친다.
나뭇가지 사이에 바람의 슬픈 신음이 인다.[34]

이 시는 비극적인 장편서사시로서 전고를 바탕으로 한 쭈샹이 평소에
지니고 있던 비애적인 인생관을 엿보게 한다고 볼 수 있는 것이다.

---

33) 父親不知道她已有情人, 也不知道她已經懷了胎, 儘等周公子總是不見來, 昨天派孫
虎去侯府找他, 不知道今天可能够回家. 萬一他被逼或是變了心, 她拿什麽見爹與六
親?(이상 6장의 일단)

34) 妻子去了,女兒也已歸陰. 我在人世上從此是孤零, 這樣生活着有什麽滋味? 等着罷,
等我與你們同行! 回答他哭聲的只有淒淸. 靈幃上搖顫過一線波紋, 接着許多落葉麗
上窓紙, 樹枝間醒起了風的悲吟.(이상 7장의 일단)

Ⅳ. 쭈샹 시의 회화미

소동파는 왕유시를 두고 「시 속에 그림이 있고 그림 속에 시가 있다
(詩中有畵, 畵中有詩.)」(≪東坡志林≫)라고 평한 것은 시의 회화미를 예술
적으로 승화시킨 특성을 단적으로 말은 명언으로서, 그 이후에 시의 예
술성을 다루는 기본논리가 되고 있다. 그의 시는 왕유에게 그 회화적 기
법을 본받은 것을 엿볼 수 있다.35) 쑨위스(孫玉石)은 쭈샹의 시를 두고서
평하기를,

> 그는 원래 상아탑의 유미주의적인 시인이 아니었다. 그는 시종 지
> 치지 않고 신시의 예술미를 추구하였다. 이러한 미는 당연히 각 방면
> 에 나타났다. 작품구상의 기교, 의상의 참신, 서정적 의미의 심원함
> 등은 그 중에 드러난 특징이다.36)

라고 하여 쭈샹 시의 미적 표현의 특성을 간과하지 않고 있다. 사실, 그
의 시를 회화의 선재(選材)적 기법에서 본다면, 시재(詩材)의 선정이 회
화적인 측면과 연관하여 살펴볼 수 있다는 것이다. 명대의 동기창(董其
昌)은 ≪화안(畵眼))≫에서 서술하기를,

> 깊이 살펴보면 저절로 정신이 통해진다. 정신이 통하는 것은 속마
> 음이 겉으로 나타남이니 겉모습과 마음이 서로 어울려 망아의 지경
> 에 드는 것이 정신에의 기탁인 것이다.37)

---

35) 王摩詰全集箋注卷末附錄河嶽英靈集引文.

36) 他從來不是象牙之塔裏唯美主義的詩人. 但他却始終不倦地追求新詩的藝術美. 這種
美當然表現在各個方面. 講究構思的巧妙, 意象的新奇, 抒情意味的深遠, 就是其中
突出的特點(「朱湘傳略及其作品」)

라고 하였는데 이러한 회화상의 관찰과 체회(體會)가 시에서도 표출된다는 면에서 그 시흥은 더욱 의미를 지닌다. 그 대표적인 예로서 왕유시를 먼저 보자면, 그는 시의 포착력과 그 나타난 형상이 자연의 경색이나 비경색의 작품에서 모두 구사되고 있다. <변새에 이르러(使至塞上)>(≪王摩詰全集箋注≫권9)의 일단을 보면,

　　　　큰 사막에 외줄기 연기 곧게 오르고
　　　　긴 강에 지는 해 둥글도다.[38]

　여기에서 보면, 변방 밖의 경물에 대한 묘사가 마치 황량한 화면과 호방한 시적인 기식이 융화되어 츤영(襯映)작용을 하고 있다. ‘孤烟直’의 세밀한 관찰과 ‘落日圓’의 심묘한 체회는 곧 포착과 창조의 표징이다. 그리고 왕유의 <山居秋暝>(동권1)을 보면,

　　　　대나무 스치며 빨래하는 여인 돌아가고,
　　　　연꽃 출렁이며 고깃배 지나가네.[39]

　윗 구에서는 향거(鄕居)생활의 동태를 관찰한 것이며, 그리고 <송별(送別)>(동권3)을 보면,

　　　　멀리 나무에 가는 길손 걸려 있고
　　　　외론 성엔 지는 노을 드리운다.[40]

---

37) 看得熟, 自然傳神, 傳神者心以形, 形與心乎, 相湊而相忘, 神之所託也.
38) 大漠孤烟直, 長河落日圓.
39) 竹喧歸浣女, 蓮動下漁舟.
40) 遠樹帶行客, 孤城當落暉.

윗 구에서 '帶'와 '當'자는 삼매경에서 체득된 연의(煉意)의 표현이기
도 하다. 그리고 비경색 작품을 보면, 왕유의 <소년행(少年行)>(동권14)
의 제1수의 일단을 보면,

신풍의 단술 많기도 하고
함양의 노니는 젊은이 많기도 하네.
서로 뜻이 맞아 더불어 마실 적에
말 맨 높은 누대엔 수양버들 늘어진다41)

여기서 제1구의 '美酒', 제2구의 '少年'을 제3구의 '意氣'와 유대시키
어 미주와 소년을 자연스러이 결합시키고 있다. 그리고 '意氣'어는 제2
구의 '遊俠'에서 비롯되고 있어서 전시의 틀이 갖추어지고 정의가 표달
되어 있다. 그리하여 그 정의는 제4구에서 소년의 신태(神態)와 상합하여
화적인 상상과 체미(體味), 그리고 허실을 강구하여 동기창(董其昌)의 전
신적(傳神的) 작용을 적절히 묘사해내고 있다. 그러면, 쭈샹의 시에서는
어떻게 표출되고 있는가? 그의 <가을(秋)>(≪초망집≫)을 보면

어쩌다 지는 붉은 단풍잎은
찬란히 하늘에서 미친 듯 춤추다가
남쪽으로 날아가는 기러기 따라서
만리 길 바람을 타고 있구나!42)

이 시에서 제1구와 제3구가 가을의 경색을 사실대로 관찰한 위에 제
2・4구에서 작자의 느낀 체회를 가벼이 묘사하여 자연현상과 시심의 융

---

41) 新豊美酒斗十千, 咸陽遊俠多少年. 相逢意氣爲君飮, 繫馬高樓垂柳邊.
42) 寧可死個楓葉的紅, 燦爛的狂舞天空, 去追向南飛的鴻雁, 駕着萬里的長風!

화를 화폭에 담은 듯이 그려 내놓았다. 그리고 <북쪽 땅에 아침 봄비 개이고(北地早春雨霽)>(≪夏天集≫)을 보면,

> 태양은 뭉게구름 위에 뜬 흰 쟁반일 뿐,
> 그의 광명은 맑고 밝은 공중에 스며들어서,
> 땅 위에 빗물 오목 고인 위에 되 비추인다.
> 검붉은 가지진 버들은 한가로이 서서,
> 그 무엇인가를 기다리고 있는 듯.
> 원근의 사방에서는 수없이 지저귀는 새소리,
> 강물이 콸콸 일어난다.43)

여기서 제1~4구는 비 오던 하늘이 개이면서 태양이 뜨는데 의젓이 버드나무 한 그루가 서있는 경치를 그리면서 제5~7구에서는 시인의 체회를 가지고 무엇인가 기다리고 있는 외로우면서도 희망이 있는 시심이 나타나 있는 것이다. 한편, 비경색작으로 <꿈에 답하며(答夢)>(≪草莽集≫)의 일단을 보면,

> 마음은 세월 따라 더 뜨거워가고
> 산길은 아름다움이 갈수록 더해간다.
> 종려나무의 푸르름이 더욱 사랑스러운데,
> 길떠난 나그네 누런 모랫길 지나누나.
> 사랑이여, 내 대신 말해다오.
> 내 어찌 그녀를 놓아줄 수 있겠냐고?44)

---

43) 太陽只是灰雲上一個白盤罷了, 他的光明却浸透了淸朗的空中, 反映在地上雨水凹的上面. 黑幹赭條的柳樹安閑的立着, 防彿等候着什麽似的. 遠近四處聽到無數爭暄的鳥聲, 河水也活活起來了.

44) 情隨着時光增加熱度, 正如山的美隨遠增加; 棕櫚的綠陰更爲可愛, 當流浪人度過了黃沙; 愛情呀, 你替我回話, 我怎麽能把她放下?

여기서 제1~4구는 세심한 감정으로 사물의 현상을 관찰하면서 제5~6구에서 떨칠 수 없는 간절한 애정적 의향을 꿈속의 환상으로 재회시키면서 강렬한 정분을 묘사하고 있는 것이다. 말구를 낙점으로 하여 헤어질 수 없는 애정의 호소가 화적으로 전신의 의표로써 나타나게 한 것이다. 또 <꿈(夢)>의 일단을 보면(≪草莽集≫),

    이 인생에 어이 꿈만이 공허하리?
    인생이 꿈과 무엇이 다르리오?
    그대 보았지! 부귀영화 다 거친 두덩에
    파묻힌 것을
    꿈이여!
    좋은 꿈꾸고 나면, 그 맛 또한 짜릿하지![45)

이 시구에서 3구까지는 인생은 꿈과 같이 허무하다는 점을 관찰하면서 꿈일 수밖에 없는 인생이길래 꿈이나마 달게 누려 보자는 체념과 자위의 체회를 표현하고 있어서 쭈샹 시의 회화적 착상의 면모를 엿볼 수 있는 것이다.

다음으로 시어의 회화적 구사능력이 쭈샹에게 강렬하게 나타난다. 왕유에게서도 이 점은 예외가 아니다. 당대 은반(殷璠)은 이르기를,

    왕유의 시는 시어가 빼어나고 음조가 온아하고 시의가 새롭고 이치에 맞아서 샘에서는 진주가 되고 벽에 걸면 그림이 되니 한 자 한 귀가 범상한 경지가 아니다.46)

---

45) 這人生內豈惟夢是虛空? 人生比起夢來有何不同? 你瞧當貴繁華入了荒塚; 夢罷, 作到了好夢呀味也深濃!

46) 伍蠡甫 ≪談藝錄≫ 86쪽(臺灣商務印書館).

라 하여 왕유시어의 회화적 감각을 비평한 것인데, 특히 경색시 부분에서 사물에 대한 의경을 색채감각에 의해 묘사하고, 그 위에 성(聲), 광(光), 태(態)의 입체의식을 가미하여 시의 예술성을 보여 주었다. 예컨대, <사냥 구경(觀獵)>(동권8)의 시구를 보면,

> 바람 세차게 활이 울리며
> 장군이 위성에서 사냥한다.[47]

여기에서 '弓鳴'에서 '風勁'이 드러나서 수렵하는 기세를 묘사하였으며 장군이 수렵하는 자태를 가미해 바람과 활의 소리(聲)와 장군의 자태(態)를 표출하고 있으며, 그리고 <망천별장(輞川別業)>(동권10)의 일단을 보면,

> 빗속에 풀빛 짙푸르게 물들었고,
> 물 위의 복사꽃 붉게 타오른다.[48]

여기에서 밑줄 친 전후 3자는 녹색과 홍색의 색, 「물든다」, 「불탄다」의 태, 그리고 불 탄다의 광 등이 혼합되어 있는 회화적인 기법의 극치라 할 것이다. 그러면 쭈샹의 시에서는 어떻게 표출되어 있는지 보고자 한다. 쭈샹은 입체감이 넘치는 살아있는 한 폭의 그림 같은 시를 많이 짓고 있음을 본다. 예를 들면, <봄(春)>(≪夏天集≫)을 보면,

> 화가여,

---

47) 風勁角弓鳴, 將軍獵渭城.
48) 雨中草色綠堪染, 水上桃花紅欲然.

한 밤에 봄의 여신이 가랑비의 붓을
가벼이 건들여서
대지를 한 조각 푸른 비단으로 물들여 놓았네.
비단 위에 한 폭의 그림을 그려 놓았네.
바다, 붓을 씻어, 푸른 파도를 일으켰구나.49)

이 시는 글자 그대로 한 폭의 그림이며 회화적 의식을 가지고 봄을 노래한 시의 화폭인 것이다. 그리고 생동하는 그림 이상의 강렬한 표현을 구사한 <폭죽(爆竹)>(≪夏天集≫)을 보면,

깜짝 놀랄 외마디 울음;
높은 구름으로 뛰어올랐다가,
시체로 떨어져서,
영혼으로 화하였구나.50)

단지 18자의 시, 전2구의 성과 태에 어린 공중에서 터지는 불꽃 묘사, 후2구의 태만이 보이는 승화된 시심의 탈태는 시의 화화가 아니고서는 꾸며내기 쉽지 않은 것이다. 그러면 쭈샹의 시에서 표현된 시어의 회화적 묘사의 예구를 몇 개 들고자 한다.

有風時白楊蕭蕭着(廢園·夏天)- 聲, 色, 態
你的笑聲是我的鳥鳴(春·夏天)- 聲

---

49) 畫師的 一夜裏春神輕拂雨絲的毛筆, 將大地染成了一片綠絹 絹上畫了一幅彩畫;
海,伊的筆洗,也被伊攪起綠波了.

50) 警人的一鳴; 跳上高雲, 落下屍骨, 羽化了靈魂.

黑樹影靜立在灰色晚天的前面(寧靜的夏晚·夏天)- 色, 光, 態
啞啞爭枝的鳥啼已經倦的低下去了(上同)- 聲, 態
炊烟鑪香似的筆直升入空際(上同)- 光態
遠田邊農夫的黑影扛着鋤頭回來了(上同)- 光, 態
太陽只是灰雲上一個白盤罷了(北址早春雨霽·夏天)- 色
他的光明却浸透了清朗的空中(上同)- 光
晚飯榮樹下炒着(回憶·夏天)- 光
好一片有望的聲音(上同)- 聲
江南的山鮮艷如出浴的美人(南歸·夏天)- 態
這裏的永遠披着灰土的舊衣(上同)- 色
陰陰春雨中(小河·夏天)- 光
遠處的泉聲活活了(小河·夏天)- 聲
黃金染遍了千家白屋頂上(霽雪春陽頌·夏天)
惺忪的月亮微睨着夜神(夏夜·永言集)- 光
林木悄然而臥不動分紋(上同)- 態
遠田內有群蛙高聲笑樂(上同)- 聲
葉底的螢光一瞥目傳情(上同)- 光

쭈샹 시의 시어상의 회화기법은 거의 그의 시의 일반성이다시피 보편적으로 쓰이고 있으며 경색, 비경색의 구분 없이 비유와 풍자적으로 다용되고 있음을 본다. 이런 기법은 자연색인 「白·靑·紅·黃」 등이 주로 색채화에 쓰이고 있어 그의 영혼이 휴식할 곳, 동경하는 세계를 추구하는 일면을 엿볼 수도 있다.51)

쭈샹은 짧지만 깊고 큰 삶을 영위하다가 떠난 시인인가 보다. 시 하나마다 구슬 같은 열매가 맺혀 있고 아름다운 색채가 영롱하게 스며나고 있다. 그런 한 편에는 뤄니엔성(羅念生)은 「쭈샹」서에서 다음과 같이 서

---

51) 朱湘이 王維를 본받은 면을 趙景深은 「朱湘」 글에서 이미 밝히고 있다. 「中國文學研究也有他的幾文章, 其中王維一篇所論尤精.」 「以前我說他的詩像王維」 등.

술하고 있다.

> 그는 강렬한 애국사상과 민족자존심을 지니고 있었다. 그는 구사
> 회의 흑암에 매우 분개하였고 군벌의 통치에 대해 비할 수 없으리
> 만큼 증오하였으며, 외세의 침략에 대해 결연히 반항하였다.[52]

위의 말처럼 세상사와 나라의 안위에 항상 강개심을 토로한 면도 간
과할 수 없는 점이다. 그의 <손중산을 애도하며(哭孫中山)>의 일단을
본다.(≪草莽集≫)

> 울음을 그쳐라! 다섯 민족 탄식을 그쳐라!
> 들어라: 황화강에서 슬픈 외침을 외쳐라!
> 죽은 자의 영령으로 죽은 자를 위로케 하고,
> 산 자의 음악일랑 싸움의 북을 울리게 하여라!
>
> 울음을 그쳐라! 사백 조의 북을 울리게 하여라!
> 보아라 : 쓰러진 깃발은 이미 높이 펄럭인다!
> 보아라 : 구주 예수는 무덤에서 나오셨고
> 중국의 넋은 벌써 부활의 빛을 찾았도다![53]

이 얼마나 절규가 어린 애국심의 발로이며 그 속에 담긴 우국의 염려
가 나타남인가! 쭈샹은 피압박, 피지배자의 대변자로서도 거침없는 독설
과 동정을 토로한 것이다. <환향(還鄉)>의 일단을 보면,

---

52) 他有强烈的愛國思想和民族自尊心. 他對舊社會的黑暗十分憤慨. 對軍閥的統治無比
憎恨, 對外來的侵略決反抗.

53) 但停住哭! 停住五族的獻欷! 聽哪:黃花崗上揚起了悲啼. 讓死者的英靈去歌悼死者,
生人的音樂該是戰鼓征鼙! 停住哭! 停住四百兆的悲傷! 看哪: 倒下的旗已經又高張!
看哪: 救主耶穌走出了墳墓, 華夏之魂已到復活的辰光!

아이야! 네가 군대가서 타향에서 죽은 뒤에,
너의 아버지와 처자는 따라서 떠나가고;
아이야! 너희들 셋은 나에게 고통을 남기고,
나 한사람 이 세상에 슬픔을 남겼네!54)

전쟁의 참상과 민생의 고통을 동시에 적나라하게 그리어 놓고 있다.
이 점은 쭈샹의 시에서 또한 간과할 수 없는 부분이기에 여기에서 잠시
그 일면을 살펴본 것이다. 쭈샹은 신시 초기 시인이지만 고전시와 신시
의 과도기적 시기에 전통시학의 맥락을 이어가면서 신시의 새로운 지평
을 개척하고 신시에서도 서정성의 중요성을 직접 시를 통하여 길을 열
어준 역할을 한 것이다. 그의 시는 현당대 시단에 면면히 흘러와서 1980
년대 몽롱시를 이어서 나온 제3세대 시인과 선봉시인들의 사표가 되었
고 특히 요절한 하이즈(海子)나 뤄이허(駱一禾) 같은 천재시인이며 초탈
적 의식의 상징들이 본받아 그 뒤를 따라가는 태양과 같은 존재임을 덧
붙여서 밝혀둔다. 그에 관한 연구가 적은 만큼 그의 요절 후 70년이 넘
어서도 그의 신시단에의 전통성 유지와 새 율격의 정립을 위한 동서양
의 시율도입시도 등에 관한 가치를 높이 인정해 주어야 된다고 본다.

---

54) 兒呀, 自你當兵死在他鄉, 你的父親妻子跟着身亡; 兒呀, 你們三個抛得我苦, 留我一
人在這世上悲傷!(≪草莽集≫)

4장 옥중시에 나타난 아이칭(艾青)의 의식 세계

아이칭은 그의 시론(詩論)에서

> 시인은 자신의 느낌에 충실해야 한다. 느낌이란 객관세계에 대한
> 반영이다. 시가 모두 자기 자신을 묘사하는 건 결코 아니다. 그러나
> 모든 시는 시인으로부터 쓰여진─다시 말해 자신의 마음속을 거쳐
> 쓰여지는 것이다.

라고 하여 시의 생명력은 시인의 감수성을 어떻게 여과하여 표출하였는
지에 달려 있음을 강조하였다. 아이칭은 시의 세계를 가장 참된 마음의
표현에서 찾지 않으면 안 되는 것으로 간주하였다. 중국의 당시(唐詩)가
높이 평가되는 이유도 바로 시의 정적인 진실이 그 어느 시대보다 강하
기 때문인 것처럼 아이칭 시는 그 자체가 곧 시심(詩心) 그대로인 것이
다. 그는 시인이기 이전에 화가라는 점에서 시의 자화상을 늘 염두에 둔
것이다. 그래서 그는 ≪시론(詩論)≫ 「기술(技術)」 8조에서 이르기를,

> 시인은 거울과 같은 신속하고도 정확한 감각능력이 있어야 하며,
> 화가처럼 자신의 감정을 그대로 스며들게 하여 표현하는 구도를 가

지고 있어야 한다.[1]

또 위의 자료의 「기술(技術)」이르기를,

　　시 짓는데 무슨 비결이 있겠는가? — 정직하고 천진스런 눈으로
세상을 보면서 당신이 이해하는 것 느낀 것을 소박한 형상의 언어로
표현해 내라.[2]

라고 솔직한 작시의 자세를 토로하고 있는 것이다.

　아이칭의 옥중시 25수는 1932년부터 1935년 사이에 중국좌익미술작가
연맹에 가입하였다는 죄명으로 옥중생활을 하는 속에서 주로 쓰여진 그
의 대표적인 초기작으로 진심 어린 대언자적인 작품이다. 이 옥중시에
대해 조우홍싱(周洪興)의 <애청의 옥중시> 등 논평이 나와 있으나, 여
기에서는 아이칭의 삶 자체를 기반으로 하여 그의 시심을 이 옥중시에
서 집약하려는 것이다.

I. 생에 대한 좌절

　아이칭은 1932년 봄에 마르세이유로부터 미술수업을 하다가 귀국한
다. 그 해 5월 좌익미술가연맹에 가담하고 장펑(江豊)·리이앙(力揚) 등
과 함께 춘지(春地)미술연구소를 창설하고서 미술평론을 쓰고 춘지화전

---

1) 詩人應該有和鏡子一樣迅速而確定的感覺力, --而且更應該有如畫家一樣的滲合自己
情感的構圖.
2) 寫詩有甚麽秘訣呢? 用正直而天眞的眼看着世界, 把你所理解的, 所感覺的, 用朴素的
形象的語言表達出來.

(春地畵展)을 개최하는 등의 활동을 하다가 동년 7월 12일 아이칭은 도인 12명과 함께 체포되면서부터 그의 세계는 미술에서 시로의 전환을 시도하는 계기가 된 것이다. 그는 <어미 오리는 왜 오리알을 낳는가>(≪人物≫ 제3기 1980)라는 글에서,

> 나는 회화에서 시로 전환하기로 결정하여 암탉이 오리알을 낳도록 한 관건을 만들었으니 이는 곧 감옥생활에서이다. 나는 시를 빌려서 사고하고, 호소하고, 항의한다.……시는 나의 신념을, 나의 고무하는 힘을, 나의 세계관의 솔직한 메아리를 일게 하였다.3)

라고 하여 그의 시작활동이 이 옥중생활에서 본격화되었음을 알 수 있다. 이제 옥중시의 특징을 보면서 아이칭의 창작원류를 파악하고 그의 삶의 의지를 엿볼 수 있을 것이다.

구습에 빠져 있는 민예(民藝)의 의식을 선도하려는 사명감 속에서 예술을 통한 의식개혁을 시도하고 사상적으로 계급과 봉건의식에서의 탈피를 갈구하던 아이칭이 1932년 파리로부터 귀국하는 직후에 옥살이라는 상상 밖의 일을 당하면서 급전하는 자신의 신세에 대한 갈등을 감내하기 어려웠던 것이다. 그는 감방에서 깊은 사색과 번뇌를 하게 되었고 그의 회의적인 삶의 길을 <감방의 밤(監房的夜)>에서 다음과 같이 토로하고 있다.

> 파도 끊이지 않는 바다 끝에 사는 듯
> 바람소리 자신의 회상을 듣는 듯
> 마음은 낡은 배처럼 흔들려

---

3) 決定我從繪畵轉變到詩, 使母鷄下起鴨蛋的關鍵, 是監獄生活. 我借詩思考, 回憶, 控訴, 抗議---詩成了我的信念, 我的鼓舞力量, 我的世界觀的直率的回聲.

영원히 파도와 파도 속을 표류한다.

밤을 지키는 발걸음은 대낮보다 길고
오랜 별빛을 싫어하듯 철창만을 바라보고
밤새도록 우는 수력발전소의 소음
나의 그 거대한 흐름 같은 생활을 중창하고 있다.

옛날 나는 그 노래 속에 누워
철근과 철골을 갖추고
창조자의 영광도 갖추었다.

오늘밤 그대 노래는 나를 야유한다.
— 사랑하는 사람 나를 버리고 멀리 가듯
적의 품속에 탐닉하고 있다.[4] (1934년 3월)

이러한 아이칭의 감회는 난파선을 탄 마음의 동요와 회한의 표현이며
실의적인 심적 갈등인 것이다. 그리고 <경청(聆聽)>에서 이르기를,

콸콸
콸콸
프랑스 남부 수력발전소의 포효
밤새 울고 있고, 밤은
감방 속에 잠겨
진동하는
난우의 코고는 소리에 섞여
큰 기선처럼

---

4) 像棲息在海浪不絶的海角上/ 聽風嘯有如聽我自己的回想/ 心顚扑的陳年的破舊的船
隻/ 永遠在海浪與海浪之間飄蕩/ 看夜的步伐比白日更要漫長/ 守望鐵窓像嫌厭久了
的辰光/ 水電廠的徹宵的囂喧震顚着/ 在把我那巨流般的生活重唱/ 昔日我曾寢臥在
它的歌唱裏/ 而且也具有創造者的光榮/ 今宵它的歌像有意向我揶揄/ --如愛者 棄我
遠去/ 沈溺的浸淫在敵人的懷中

질푸른 해양에서
전속력으로 물결을 가르며
밤은
전진하고 있다······5)(1932. 上海)

이처럼 아이칭은 상상의 나래를 펴고 갇힌 울안에서 더욱 거센 반항의 외침을 토해내고 현실에 대한 조명으로 그에 대한 삶의 끝을 정의하려고 시도하였다. 이 끝이란 결말이 주는 삶의 단절은 삶에 대한 더한 갈망을 불러일으켜 주는 것이다. 그의 <절규(叫喊)>의 일단을 보면,

밤새 소리에
태양은 햇불 눈을 뜨고
밤새 소리에
바람은 부드러운 팔을 뻗어
밤새 소리에
도시는 깨어난다······

이것은 봄
이것은 봄의 오전
······
나는 어두운 곳에서
하이얗게 밝은
파도처럼 도약하는 우주를
구슬프게 바라본다.
그것은 생활의 절규하는 바다.6)(1933. 3)

---

5) 馳蕩呀/ 馳蕩呀/ 法南水電廠的吼聲/ 徹叫着: 夜/ 沈在監獄的房裏/ 震搖的/ 夾着難友的鼾聲呀/ 像大航輪般/ 在深藍的海洋上/ 以速力鉆開了水波/ 夜/ 它前進着---

6) 在徹響聲裏/ 太陽張開了炬光的眼,/ 在徹響聲裏/ 風伸出溫柔的臂,/ 在徹響聲裏/ 城市醒來-/ 這是春/ 這是春的上午,/----我從陰暗處/ 悵望着/ 白的亮的/ 波濤般跳躍着的宇宙,/ 那是生活的叫喊着的海呀!

"그것은 생활의 절규하는 바다"라고 한 아이칭의 마음은 단순한 외침만은 아니었다. 흑에서 백을 바라보는 심정으로 슬픔에 맺혀 생명의 소중함을 우짖는 절규인 것이다. 살아있는 명(命)이 살 수 없게 하는 피동의 사(死)에로 향하는 노정에 섰을 때 아무도 삶에 대한 애착을 떨칠 수 없는 것이다. 아이칭은 바로 그 마음을 여기서 토로하고 있는 것이다. 단순한 좌절이 아니라 회생에의 기대를 건 것이다. 이 속에 오히려 애틋한 추억과 회고와 함께 낭만과 애상이 깃들여 있는 것이다. <따옌허(大堰河)>는 추억과 낭만이 깃들인 삶에의 자서(自序)라 하겠다. 아이칭의 대표작인 이 시를 보노라면 저절로 흘러내리는 눈물을 금할 수 없는 것은 시인의 진실하고 원천적인 삶의 참맛이 깃들어 있기 때문이다. 장편이지만 여기에 전시를 열거하여 음미하고자 한다.

> 따옌허는 나의 유모
> 그녀의 이름은 그녀를 낳은 마을의 이름
> 그녀는 민며느리
> 따옌허는 나의 유모
>
> 나는 지주의 아이
> 따옌허의 젖 먹고 자라난
> 따옌허의 아이
> 따옌허는 나를 키우고 그녀의 가정을 꾸리고
> 나는 그녀의 젖을 먹고 자랐습니다
> 따옌허, 나의 유모
>
> 따옌허, 오늘 나는 눈(雪)을 보며 당신을 생각합니다
> 눈에 덮인 당신의 풀 속의 무덤을
> 당신의 닫힌 옛집 추녀에 말라죽은 순무풀을
> 당신의 저당 잡힌 한 자 넓이의 뜰을

당신의 문전에 푸른 이끼 낀 돌 의자를
따옌허, 오늘 나는 눈을 보며 당신을 생각합니다

당신은 당신의 도타운 손으로 나를 품에 안고서 어루만졌습니다
당신은 부엌 불을 지핀 후에
당신은 치마의 먼지를 턴 후에
당신은 밥 익었는지 맛본 후에
당신은 검은 장 종지를 검은 식탁 위에 놓은 후에
당신은 아이들의 산마루 가시에 찢긴 옷을 꿰맨 후에
당신은 아이의 낫에 다친 손을 싸맨 후에
당신은 남편과 아이들 속옷의 이를 하나하나 눌러 죽인 후에
당신은 오늘의 첫 달걀을 꺼낸 후에
당신은 당신의 도타운 손으로 나를 품에 안고서 어루만졌습니다.

나는 지주의 아이
나는 당신 따옌허의 젖을 다 먹은 후에
나는 나를 낳은 부모를 따라 나의 집에 돌아왔습니다.
아, 따옌허 당신은 왜 울려고 했던가요?

나는 나를 낳은 부모 집의 새 손님이 되었습니다!
나는 붉은 칠 꽃무늬의 가구 만지며
나는 부모의 침대에 새긴 금빛 꽃무늬 만지며

나는 처마 밑의 「천륜서락(天倫敍樂)」*이란 알지 못할 액자를 물끄
러미 쳐다보며
나는 새로 갈아입은 옷의 수실과 자개단추를 만지며
나는 어머니 품속의 낯모르는 누이동생을 바라보며
나는 기름 바른 화로 놓인 온돌에 앉아 있으며
나는 세 번 찧은 쌀밥을 먹으면서
그러나 나는 그렇게 마음이 불안하였습니다
나는 나를 낳은 부모 집의 새 손님 되었기에
따옌허, 살기 위하여

그녀는 그녀의 젖을 다 흘린 후에
그녀는 나를 안았던 두 팔로 일하기 시작했습니다
그녀는 웃음 머금고, 우리 옷을 빨며
그녀는 웃음 머금고, 나물바구니 들고서
동구 밖의 얼어붙은 연못으로 가며
그녀는 웃음 머금고, 얼어붙은 무를 썰며
그녀는 웃음 머금고, 손으로 돼지 뜨물 만지며
그녀는 웃음 머금고, 고기 굽는 화로의 불 지피며
그녀는 웃음 머금고, 둥근 키 메고 큰 마당에서 콩과 밀 말리며
따옌허, 살기 위해서
그녀는 그녀의 젖을 다 흘린 후에
그녀는 나를 안았던 두 팔로 일을 했습니다

따옌허, 그녀의 젖먹이를 깊이 사랑하여
설에는 그를 위해 서둘러 쌀엿 자르고
늘 몰래 동구 밖 그녀의 집에 가곤 하던 그를 위해
그녀 옆으로 가서 『엄마』하고 부르던 그를 위해
따옌허, 그가 그린 붉고 푸른 관운장(關雲長)을 부엌 벽에 붙이고
따옌허는 그녀의 이웃에 그녀의 젖먹이를 자랑하였습니다
따옌허는 일찍이 남에게 말할 수 없었던 꿈을 꾸었었습니다
꿈속에서 그녀는 그녀 젖먹이의 혼례술[婚酒]을 마시며
눈부신 채색띠 둘린 마루에 앉으니
그녀의 예쁜 며느리 친절하게 "어머니" 하고 불렀죠
…………
따옌허는 그녀의 젖먹이를 깊이 사랑하였습니다!

따옌허는 그녀의 꿈에서 깨어나기 전에 이미 죽었습니다
그녀가 죽을 때, 젖먹이는 그녀의 곁에 없었고
그녀가 죽을 때, 평시 그녀를 구박하던 남편도 눈물 흘렸고
다섯 아이는 저마다 슬피 울었고

그녀는 죽을 때, 나지막이 그녀의 젖먹이 이름을 불렀습니다

따옌허, 그녀는 이미 죽었고,
그녀 죽을 때, 젖먹이는 그녀 곁에 없었습니다
따옌허, 그녀는 눈물 머금고 갔습니다!
사십여 년의 인생살이 수모와 함께
헤아릴 수 없는 노예의 처참한 고통과 함께
4원짜리의 관목과 몇 단의 볏짚과 함께
관 묻은 몇 자의 땅과 함께
한 줌 지전의 재와 함께
따옌허, 그녀는 눈물 머금고 갔습니다!

이것은 따옌허가 알지 못하는 것들
그녀의 술취한 남편은 이미 죽었고
큰아이는 토적(土賊)이 되었고
둘째는 포화의 연기 속에 죽었고
셋째, 넷째, 다섯째는
나으리와 지주의 꾸지람 속에 나날을 보내고
그리고 나, 나는 이 불공평한 세계에 줄 주문(呪文)을 쓰고 있습니다
내가 길고 긴 유랑에서 고향으로 돌아올 때
산등성에서, 들에서
형제들 만날 땐, 6·7년 전보다 더 친밀하리라!
이것은 당신, 조용히 잠든 따옌허가 알지 못하는 것입니다

따옌허, 오늘 당신의 젖먹이는 옥에 갇혀서
당신께 드리는 찬미시 한 수를 써서
황토 아래 누워 있는 당신의 보랏빛 영혼에게 드립니다
당신이 나를 안았던 벌린 손에 드립니다
당신이 나를 입맞췄던 입술에 드립니다
당신의 검고 온유한 얼굴에 드립니다
당신이 나를 기른 젖가슴에 드립니다
대지 위의 모든 이들,
나의 따옌허 같은 유모와 그녀들의 아이에게 드립니다

날 사랑하길 자신의 아이 사랑하듯 한 따옌허에게 드립니다
따옌허
나는 당신의 젖을 먹고 자라난
당신의 아이
나는 당신을 존경하며
당신을 사랑합니다!7)(1933. 1)

---

7) 大堰河, 是我的保姆./ 她的名字就是生她的村莊的名字,/ 她是童養媳,/ 大堰河, 是我的保姆./ 我是地主的兒子;/ 也是吃了大堰河的奶而長大了的/ 大堰河的兒子./ 大堰河以養育我而養育她的家,/ 而我, 是吃了你的奶而被養育了的,/ 大堰河啊, 我的保姆./ 大堰河, 今天我看到雪使我想起了你:/ 你的被雪壓着的草蓋的墳墓,/ 你的關閉了的故居檐頭的枯死的瓦菲,/ 你的被典押了的一丈平方的園地,/ 你的門前的長了青苔的石椅,/ 大堰河, 今天我看到雪使我想起了你./ 你用厚大的手掌我抱在懷裏, 撫摸我;/ 在你搭好了竈火之後,/ 在你拍去了圍裙上的炭灰之後,/ 在你嘗到飯已煮熟了之後,/ 在你把烏黑的醬碗放到烏黑的卓子上之後,/ 在你補好了兒子們的爲山腰叶的莉棘扯破的衣服之後,/ 在你把小兒被柴刀砍傷了的手包好之後,/ 在你把夫兒們的襯衣上的虱子一顆顆的掐死之後,/ 在你拿起了今天的第一顆鷄蛋之後,/ 你用你厚大的手掌把我抱在懷裏, 撫摸我./ 我是地主的兒子,/ 在我吃光了你大堰河的奶之後,/ 我被生我的父母領回到自己的家裏,/ 啊, 大堰河, 你爲甚麼要哭?/ 我做了生我的父母家裏的新客了!/ 我摸着紅漆雕花的家具,/ 我摸着父母的睡床金色的花紋,/ 我 呆呆地看着檐頭的我不認得的天倫叙樂的匾,/ 我摸着新換上的衣服的絲綢和貝殼的鈕扣,/ 我看着母親懷裏的不熟識的妹妹,/ 我坐着油漆過的安了火鉢的炕凳,/ 我吃着 碾了三番的白米的飯,/ 但, 我是這般忸怩不安! 因爲我 我做了生我的父母家裏做新客了!/ 大堰河, 爲了生活/ 在她流盡了她的乳液之後,/ 她就開始用抱過我的兩臂勞動了,/ 她含着笑, 洗着我們的衣服,/ 她含着笑, 提着菜籃到村邊的結氷的池塘去,/ 她含着笑, 切着氷屑窸索的夢卜,/ 她含着笑, 用手掏着猪吃的麥糟,/ 她含着笑, 扇着炖肉的爐子的火,/ 她含着笑, 背了團箕到廣場上去/ 晒好那些大豆和小麥,/ 大堰河, 爲了生活,/ 在她流盡了她的乳液之後,/ 她就用抱過我的兩臂, 勞動了./ 大堰河, 深愛着她的乳兒;/ 在年節裏, 爲了他, 忙着切那冬米的糖,/ 爲了他, 常悄悄地走到村邊的她的家裏去,/ 爲了他, 走到他的身邊叫一聲媽,/ 大堰河, 把他畵的大紅大綠的關雲長/ 貼在竈邊的牆上,/ 大堰河, 會對她的隣居夸口讚美她的乳兒;/ 大堰河曾做了一個不能對人說的夢:/ 在夢裏, 她吃着她的乳兒的婚酒,/ 坐在輝煌的結彩的堂上,/ 而她的嬌美的媳婦親切的叫她婆婆/ 大堰河, 深愛她的乳兒!/ 大堰河, 在她的夢沒有做醒的時候已死了!/ 她死時, 乳兒不在她的旁側,/ 她死時, 平時打罵她的丈夫也爲她流淚,/ 五個兒子, 個個哭得很悲,/ 她死時, 輕輕地呼着她的乳兒的名字,/ 大堰河, 已死了,/ 她死時, 乳兒不在她的旁側./ 大堰河, 含淚的去了!/ 同着四十幾年的人世生活的凌侮,/ 同着數不盡的奴隷的凄苦,/ 同着四塊錢的棺材和幾束稻草,/ 同着幾尺長方的埋棺材的土地,/ 同着一手把的紙錢的灰,/ 大堰河, 她含淚的去了./ 這是大堰河所不知道的:/ 她的醉酒的丈夫已死去,/ 大

지난날을 생각할 때 가장 고맙고 그리웠던 은인을 상기하면서 자기의 유모인 따옌허를 그리면서 노래하고 있다. 단순한 노래가 아니라 하나의 위기에서 오는 귀소의식과 엄마의 품과 같은 안식처를 희구하고 있다. 옥중에서 그리움에 찬 평화의 품을 노래하던 시인은 평생을 두고 그 품을 찾아다녀야 하였고 결국은 찾지 못하고 1996년 5월 영원한 안식처로 떠난 것이다.

한편 아이칭은 자신의 고통을 마치 순교자적인 위치에서 그리스도의 사랑의 희생을 노래하면서 자위하려 하였다. <한 나사렛인의 죽음(一個拿薩勒人的死)>의 일단에서 아이칭은 예수의 고초를 상기하면서 자신도 희생적인 옥중생활의 의미를 부여하려 하였다.

> 지금
> 나귀 등 위에서 — 미소짓는
> 사람들에게 '이스라엘 왕'이라 환호 받는
> 나사렛인은 이미 알고 있었다.
> 그 자신 이 세상에서의
> 목숨의 가치를.
> 유월절 전날 밤
> 흥분한 만찬의 자리에서
> 그 가롯 유다가

兄做了土匪,/ 第二個死在炮火的烟裏,/ 第三, 第四, 第五/ 在師傅和地主的叱罵聲裏過着日子./ 而我, 我是在寫着給予這不公道的世界的咒語./ 當我經了長長的漂泊回到故土時,/ 在山腰裏, 田野上,/ 兄弟們碰見時, 是比六七年前更要親密!/ 這, 這是爲你, 靜靜的睡着的大堰河/ 所不知道的啊!/ 大堰河, 今天, 你的乳兒是在監獄,/ 寫着一首呈給你的讚美詩,/ 呈給你黃土下紫色的靈魂/ 呈給你抱擁過我的直伸着的手/ 呈給你吻過我的脣/ 呈給你泥黑的溫柔的臉顔/ 呈給你養育我的乳房/ 呈給你的兒子們, 我的兄弟們,/ 呈給大地上的一切的,/ 我的大堰河般的保姆和她們的兒子,/ 呈給愛我如愛她自己的兒子般的大堰河./ 大堰河,/ 我是吃了你的奶而長大了的/ 你的兒子,/ 我敬你/ 愛你!

그에게 내쳐져
돈궤를 갖고 나간 후에,
그는 스스로 세상에 있을 날 다 됐음을 알고
그를 경모하는 그 열한 제자들에게 사랑의 계명을 주고서
가라사대 :
"영광이 그 수난 받은 인자(人子)에게 올지어다
……슬퍼 말며 근심하지 말라![8](1933. 6. 16)

　아이칭은 이 시의 서두에서 요한복음 제12장의 말씀인 '한 알의 밀이
땅에 떨어져 죽지 않으면 한 알 그대로 있고 죽으면 많은 열매를 맺느니
라.'라는 구절을 인용하였으니, 이것은 이 시의 주요한 골자이다. 종교적
인 내재율(內在律)과 순교자의 죽음을 가지고 부조리의 모순과 포악을
완곡하게 비유한 것이다. 아이칭은 이같이 옥중의 고통을 자긍과 재생의
요소로 삼고, 불타는 작가적 역량을 배양하는 긍정적인 도장으로 활용한
것이다. 그것이 아이칭의 남다른 세계이며 추구하여 이른 바 오득(悟得)
하는 시정(詩情)을 진술하게 읊었다. 이것은 청대 왕사정(王士禎)이 「시
어는 다 표현하였으되 시의는 끝이 없다(言有盡而意無窮)」[9]이라고 한 시
의 영적 경계와 왕국유(王國維)가 유아(有我)와 무아(無我)의 세계를 동시
에 터득하는 것이 시의 궁극적인 경지에 이르는 의식(≪人間詞話≫)이라
는 점을 각각 주장한 것이 아이칭 시의 연원과 상관된다고 본다.

---

8) 如今/ 在驢背上的--微笑的/ 被人們歡呼做以色列王的/ 拿薩勒人, 已知道了/ 他自己
　在這世界上的/ 生命之最後的價格./ 逾越節的前晚/ 在興騰的晚席上/ 當那加略人猶
　大/ 受了他的遺髮/ 帶着錢袋出去之後/ 他爲自己在世之日的短促/ 以愛的教言遺贈
　給/ 那十一個敬慕他的門人/ 并張開了兩臂/ 申言着/ 榮耀將歸于那遭難的人之子的/
　---不要悲哀, 不要懊喪!
9) ≪唐賢三昧集≫ 序:「嚴滄浪論詩云; 盛唐諸人唯在興趣---言有盡而意無窮, 司空表聖
　論詩亦云; 妙在酸鹹之外.」

Ⅱ. 현실의 고발

　어느 문인에게나 처해진 사실에 대해 역의적(逆意的)인 관념으로 보려
는 성향이 있음을 부인할 수 없다. 아이칭도 이에서 예외라고 볼 수 없
다. 그는 이에 대한 그 무엇 보다 강한 의지로 해서 투옥의 계기가 되었
는지도 모른다. 아이칭은 루쉰(魯迅)을 존경하였고 그의 영향을 깊이 받
았음을 알 수 있다. 현실에 대한 반항과 구습으로부터 탈피하려는 의식
은 유럽에서의 회화 수업을 통하여 더욱 굳어졌고 서양사조에 의해 중
국 본래의 기질을 수정하고픈 의지를 불태웠다. 루쉰의 서거 4주년을 기
념하여 쓴 <씨뿌리는 자(播種者)>의 일단을 보면,

　　　　수십 년을 하루같이
　　　　농민의 소박함으로
　　　　이 땅을 사랑하고
　　　　강인한 손으로
　　　　만년의 암석과 천년의 형극을 쳐냈다.
　　　　핏방울 엉킨 손가락에
　　　　비애의 전율을 띠고
　　　　당신 몸소 가꾸어온
　　　　폭풍우에 잘리어진
　　　　부드러운 새싹을 도닥거린다.10)(1940. 12)

라고 하여 루쉰의 애민정신을 자신의 것에서도 찾으려 하였다. 아이칭으
로서는 루쉰이 의학에서 문예활동으로 진로를 바꾼 이유를 모를 리 없

---

10) 幾十年如一日,/ 你以一個農民的朴直/ 頑强的手也曾劈擊過/ 萬年的岩石和千年的荊
　　棘;/ 又以凝聚着血滴的手指/ 帶着悲哀的顫慄/ 扶理過你親手所培植的/ 被暴風雨的
　　打擊所摧絶的/ 稚嫩的新苗

었고 그 이유가 중국인의 정신개조를 위한 것임을 흠모하며 자기의 투옥생활도 그 개선을 위한 인고의 과정이라고 인정하였던 것이다. 그래서 그의 작품은 특히 옥중시에서 민생의 불만과 모순을 대언하는데 주저하지 않았다. 그는 ≪시론(詩論)≫「복역(服役)」 35장에서 서술하기를,

시인과 혁명가는 하나같이 때를 슬퍼하며 만민을 불쌍히 여기는 사람이며 그들은 또 이런 생각을 똑같이 행동으로 옮기는 사람들이다. ─ 큰 시대가 도래할 때마다 이들 두 사람은 반드시 형제처럼 손을 마주잡는다.[11]

라고 하여 사명감 있는 시인과 혁명가적인 시인이 참된 의미의 시인의 자세임을 밝혔고 나아가서는 시를 창조하는 목적까지도 여기에서 연유해야 함을 역설하기를,

시인이 시를 창조함은 인류의 제반생활에 대해 깊은 관찰과 비판, 권유, 경계, 고무, 찬양을 보내는 것이다.(<시인론>창조2)

라고 말한 데서 아이칭의 작시의식을 엿볼 수 있다. 그 의미가 강인하고 도전적이기까지 하다. 그의 <병감(病監)>을 보기로 한다.

나 폐결핵의 온상이여

붕대는 부용꽃
취객의 내음
사신(死神)은 날개를 떨치며 너를 쫓고

---

11) 詩人和革命者, 同樣是悲天憫人者, 而且他們又同樣把這種悲天憫人的思想化爲行動的人--每個大時代來臨的時候, 他們必携手如兄弟.

꿀벌처럼 붕붕 소리 목모(牧姆)의 미사

아침 이슬방울은
죽은 자 이마 위의 성수

철책은 고목 숲처럼 웅장하고
철책은 우리와 인간 세상의 분계선

사람은 "우리는 모두
우리의 고통을 대신 짊어진 예수를 포용하고 있다"하네
우리는 붉은 두 입술을 내밀어
우리의 마음속에 흐르는 피고름을 빤다

얼굴에는 폼페이(Pompeii)의 구름이 떠올라
그래서 목모(牧姆)는 온도계를
우리 화산구에 꽂아 넣었다

검은 고양이 소리 없이 지나갈 때
사람들은 죽은 자의 염을 하기에 바빠

나는 폐결핵의 온상
그곳은 150도의 온도
라일락 같은 폐엽에서
나는 예쁘고 처량한 붉은 꽃을 토한다[12](1934. 5)

---

12) 我肺結核的暖花房呀./ 繡紗布爲芙蓉花./ 而蘊有醉人的氣息;/ 死神震翼的逡巡着你,/
蜜蜂般嗡嗡的是牧姆的彌薩./ 淸晨的露珠/ 遂充做亡人額上的聖水./ 鐵柵如喬木的
林子般叢簇./ 鐵柵是我們和人世的界線./ 人將說: 我們都是擁抱着/ 我們的痛苦的基
督./ 我們伸着兩片紅脣./ 吮吻我們心中流出的膿血./ 臉上浮起的雲彩了./ 于是牧姆
把寒熱表,/ 揷進了我的火山口./ 黑猫無聲地溜過時,/ 人們忙于收殮死者的臥榻了./
我肺結核的暖花房呀;/ 那裏在150。的溫度上,/ 從紫丁香般的肺葉,/ 我吐出了艶凄的
紅花.

아이칭이 옥중에서 폐병에 걸려 중병죄수를 위한 병동에 수감되어 쓴 시이다. 성실한 기독교인이 자신의 신앙에 충실하듯이 그는 죽음에 직면한 신세에서도 강렬한 욕구와 낙관적인 심정을 표현하였으며 애국청년을 탄압하는 비열한 당국의 행패를 고발하고 있다. 그리고 <투명한 밤(透明的夜)>에서는 깊은 잠에 빠진 들판과 마음을 몰려다니는 술꾼, 부랑자들의 작태를 묘사하면서 불행한 자들의 방랑, 걱정을 초월한 생활의식을 부각하여 저항적인 힘의 과시를 보이고 있다.

　　　1
　　　투명한 밤

　　　…… 껄껄 웃는 소리 밭 두렁에서 나더니……
　　　한 떼의 술꾼
　　　깊이 잠든 마을을 보며
　　　와작지껄 지나는데……
　　　마을
　　　개 짖는 소리
　　　온 하늘의 성근 별을 불러 흔든다.

　　　마을
　　　깊이 잠든 거리
　　　깊이 잠든 광장
　　　깨어 있는 주막에 들이닥친다.

　　　술, 등불, 취한 얼굴
　　　방탕한 웃음 한데 어우러져……
　　　"가자
　　　도살장으로
　　　쇠고기 국 마시러……"

2

술꾼들, 동구 밖으로 가서
한 줄기 불빛 스며 나오는 문으로 들이닥치니
피의 냄새, 고깃덩이,
쇠가죽의 뜨거운 비린내……
떠드는 소리, 떠들썩한 소리

등잔불이 들불처럼
초원에서 살고 있는
진흙 빛 여남은 얼굴을 비춘다
여기는 우리의 오락장
그들은 모두 낯익은 얼굴들
김 오르는 소뼈를 들고
크게 입벌려 물어뜯고 뜯으며……
"술, 술, 술
마셔보자"
등잔불은 들불처럼
소의 피, 피묻은 백정의 팔뚝
핏자국 맺힌
백정의 이마를 비춘다.

등잔불은 들불처럼,
우리 불같은 살갗 그리고
— 그 속의 —
고통과 분노, 원한의 힘을 비춘다.

등잔불은 들불처럼
— 이 구석 저 구석의 —
밤의 깨어 있는 자들
주정꾼
방랑자
지나가는 도둑

소도둑을 비춘다……

"술, 술, 술
마셔보자"

3
…………
"별빛 타고, 떨면서
우리는 간다"
껄껄 웃는 소리 밭 두렁에서 일더니……
한 무리 술꾼
깊이 잠든 마을을 떠나
깊이 잠든 들을 향해
와작지껄 지나간다……

밤
투명한 밤![13](1932. 9. 10)

참으로 아랑곳하지 않은 거침없는 표현이다. 현실의 불만을 대변하는
한 무리의 한밤중의 데모는 바로 아이칭 자신의 데모인 것이며 지성인

---

13) (1)透明的夜./ --闊笑從田堤上煽起--/ 一群酒徒, 望/ 沈睡的村, 嘩然地走去--/ 村,/ 狗
的吠聲, 叫醒了/ 滿天的疏星./ 村,/ 沈睡的街 沈睡的廣場, 冲進了/ 醒的酒坊./ 酒,
燈光, 醉了的臉/ 放蕩的笑在一團--/ 走/ 到殺牛場, 去/ 喝牛肉湯--/(2)酒徒們, 走向村
邊/ 進了一道燈光敞開的門,/ 血的氣息, 肉的堆, 牛皮的/ 熱的腥酸--/ 人的囂喧,
人的囂喧./ 油燈像野火一樣, 映出/ 十幾個生活在草原上的/ 泥色的臉. 這裏是我們
的娛樂場./ 那些是多諳熟的面相/ 我們拿起/ 熱氣蒸騰的牛骨/ 大開着嘴, 咬着, 咬着
--/ 酒, 酒, 酒/ 我們要喝/ 油燈像野火一樣, 映出/ 牛的血, 血染的屠夫的手臂,/ 濺有
血點的/ 屠夫的頭額./ 油燈像野火一樣, 映出/ 我們和一般的肌肉, 以及/ -那裏面的-/
痛苦, 憤怒和仇恨的力./ 油燈像野火一樣, 映出/-從各個角落來的-/ 夜的醒者/ 醉漢.
浪客/ 過路的盜/ 偷牛的賊---/ 酒, 酒, 酒/ 我們要喝./(3)---/ 趁着星光, 發抖/ 我們走--/
闊笑在田堤上煽起--/ 一群酒徒, 離了/ 沈睡的村, 向/ 沈睡的原野/ 嘩然地走去--/ 夜,
透明的/ 夜!

들의 심적 갈등을 대신하는 처절한 호소인 것이다. 이것을 은유적이며 풍자적으로 묘사한 것이다. 이 시에 대해서 후펑(胡風)은 평하기를,

　　　가장 이채로운 것은 <투명한 밤>이다. 이것은 한 폭의 그림이며 한 곡의 노래이다. 그는 명랑한 곡조로 신선한 힘을 노래하여 낙관적이며 야심적인 인생으로 차서 넘친다. 비록 여기에서 우리는 직접적으로 작자와의 정서와 접촉하기 쉽지 않고 의욕의 원대한 방향을 내다볼 수 없지만 작자의 또 다른 시각과 정신의 건재를 예고해 주었다.[14](≪文學≫ 제8권 제1기, 1937. 1)

라고 한 것을 보아도 이 시에서 시사하는 바가 현실생활의 불만자의 절규가 아닐 수 없다.

　그리고 그와 같은 묘법으로 비록 시대를 달리하지만 진시황 시절의 진승(陳勝)과 오광(吳廣)이 일으킨 농민봉기를 간접적으로 현실에 비유하면서 노래한 <구백 사람(九百個)>은 장편 서사시로서 수난 받는 민중의 노래라고 할 수 있다. 모두 7장 중에서 제6장의 일부를 여기에 보기로 한다.

　　　오늘 그들은 영원한 음락을
　　　누리기 위해
　　　우리 — 구백 사람의 목숨은
　　　베이기를 기다리는 잡초처럼
　　　군법의 희생자가 되리라.
　　　형제들이여
　　　대지 위에 살면서

---

14) 最得異彩的是透明的夜. 這是一幅色畵, 一曲高歌, 他用着明朗的調子唱出了新鮮的力量, 充溢着樂觀空氣的野心的人生. 雖然在這裏我們不容易直接和作者的情緒相觸, 也看不到情慾去向的遠景, 但却豫告了作者的另一視角和心神的健旺了.

우리에겐 행복이 없었다.
그러나 하늘이 너와 나를 보내준 이상
그들과 다를 바가 무엇 있을까?

구백 사람
물 붇듯 빗줄기 속에
일제히 고함친다.
어양에 가지 말자.
진황제를 타도하자.15)

이것은 단순한 고발이나 폭로를 넘어서서 추방과 철퇴를 주장하는 저
돌성을 보인다. 아이칭은 화가이며 시인이므로 잔잔한 심태이지만 갇혀
진 현실에서 분노와 복수심이 없을 수 없다.

Ⅲ. 자유에 대한 갈구

무엇이 아이칭을 철창 속의 인생으로 만들었던 간에 쓸쓸한 감방에서
그의 시계는 오히려 차원을 높이는 역작용을 한다. 하나의 초점으로 온
힘이 모아질 때 레이저 광선처럼 관통의 한계는 상상을 초월할 수 있다.
자유라는 목표를 향하여 내뱉는 시의 분출은 시 세계에 있어서는 하나
의 절정인 것이며 경계에 든 것이다. 거친 의미의 극치이든 고운 맛의
클라이맥스든 간에 절실한 내심의 변이 있기에 아이칭 시의 가치를 고

---

15) 今天, 他們爲了維持/ 他們永久的淫逸,/ 我們--九百個的生命/ 像野草等待刈割/ 將成
   了他們軍法的犧牲!/ 兄弟們啊!/ 在大地上/ 我們從來沒有幸福,/ 但, 天生了你我/ 有
   甚麽和他們兩樣?/ 九百個/ 在傾盆的雨聲裏/ 一齊地喊着:/ 反對到漁陽!/ 打倒秦皇!

양시킬 수 있다. 그는 유럽생활에서 참된 자유의 맛을 실감하고 모국에서도 그것을 찾기를 희구한 것이다. 물질적으로는 빈곤하였지만 정신적으로는 자유를 구가할 수 있는 유학시기를 배제할 수 없었던 것이다. 아이칭은 그의 <나는 어째서 시를 쓰는가(我怎樣寫詩的)>라는 글에서 다음과 같이 회상하고 있다.

> 나는 매우 고독하였다. 그러나 나의 마음은 오히려 더욱 풍부한 세계에 의해 깨어났다. 나는 생활에 대해, 세상에 대해서도 강하게 생각하고 나의 사고에 따라서 나는 나의 그림과 속기록에 나의 생활의 경구를 기록하였다. — 이런 경구는 하나의 순진한 영혼이 세상에 대해 비난을 제기할 때 가장 순진한 시적 언어가 되어야 할 것이다.16)
>
> (≪學習生活≫ 9·10期 合刊, 1941)

이렇듯 아이칭은 자유가 있는 의식세계에서만이 참된 창작의 절정을 느낄 수 있었던 것이다. 그래서 희망을 가지고 자유를 찾으려는 발돋움을 시에서 찾아볼 수 있다. 다음 <오렌지>의 일단을 보기로 한다.

> ………
> 나에게 상기시킨다.
> 우리 이 오렌지 같은 지구와
> 그의 또 다른
> 나의 그 오렌지처럼 즐거운 소녀
> 우리는 이별의 날이 가까웠을 때
> 나누어 먹었다

---

16) 我很孤獨. 而我的心却被更豊富的世界驚醒了. 我對生活, 對人世都很倔强地思考者, 緊隨着我的思考, 我在我的畵本和速寫簿上記下了我的生活的警句--這些警句, 産生於一個純眞的靈魂之對於世界提出責難的時候, 應該是最純眞的詩的語言.

둥근-타오르는
오렌지 한 개
오렌지는 — 내 마음의 비유.[17](1933. 7. 17)

시인은 조그만 오렌지를 통해 태양, 소녀, 노래, 아름다운 세계를 그려 놓고 있다. 시인은 오렌지를 자신의 마음에 비유하여 타오르는 태양처럼 둥근 유리창을 밝히고자 자유와 희망을 갈망하였다. 따라서 <철창 안에서(鐵窓裏)>에서는 절망에서 생명의 약동을 느끼는 고귀한 작가정신을 읽을 수 있다. 그 끝 부분을 보기로 한다.

> 이 하나밖에 없는 창을 통해
> 나는 환상의 추파를 보낼 수 있다.
> 모든 새로운 바람을 맞이하고
> 황혼 속에 흰 달과 뭇별을 바라고
> 깊은 밤 새벽을 바라며
> 뜨거운 여름 서늘한 가을 바라며
> 엄동에 신춘을 바란다.
> 이 끝없는 바람에,
> 세상의 존재를 실감했고
> 나에게 많은 생명의 힘을 주었다.
> 이렇게
> 나는 지날 수 있었다.
> 새벽과 황혼, 황혼과 여명
> 봄 · 여름 · 가을 · 겨울 · 가을 · 겨울 · 봄 · 여름
> 망망한 시간의 대해.[18](1934. 12. 1)

---

17) 使我想起了:/ 我的這Orange般的地球/ 和它的另一面的/ 我的那Orange般快樂的姑娘/ 我們曾在靠近離別的日子/ 分吃過一個/ 圓圓的---燃燒着的/ Orange/ Orange--是我心的比喩

18) 只能通過這唯一的窗,/ 我才能擧起仰視的幻想的眼液,/ 在迎迓一切新的希冀--/ 在黃昏裏希冀皓月與繁星,/ 在深夜希冀着黎明./ 在炎夏希冀凉秋,/ 在嚴冬又希冀新春,/

시인은 하나뿐인 창문에서 새로운 희망을 그렸고 그 희망, 즉 자유에의 갈망을 자연의 여러 현상처럼 자연스러운 구속 없는 꿈으로 승화시키려 하였다. 좁은 감방과 넓은 세상, 갇혀진 불행과 지난날의 아름다운 사념, 그리고 미래에의 동경을 하나뿐인 창으로 연결하여 불의에 굽히지 않고 암흑에 좌절하지 않으려는 강한 자기와의 투쟁의 역사를 예비하고 있는 듯하다. 그의 작시의 궁극적 목표는 불행에서 이겨낼 수 있는 신념과 열망을 불어넣고자 하는 데 있었다고 강조할 수 있다. 그의 시는 패배 같지만 승리를, 좌절 같지만 극복을 지시하는 흐름을 타고 항해하고 있었다.

　　그리고 시 <아듀>는 투옥된 시인의 이유 없는 번뇌 속에서 처절한 심정과 자유에의 갈망을 표현하고 있다.

　　　　　까닭 모를 번뇌를 버리고
　　　　　걸어가는 모든 것
　　　　　모두 정해진 방향이 있다 —
　　　　　가랑비는 달팽이 다리를 적시고
　　　　　재 빛 인도를 잡아당긴다 ;
　　　　　눈은 저 멀리 전신주 위로부터
　　　　　나지막한 음절을 노래한다.
　　　　　오동나무 높은 담 옆
　　　　　새벽 안개 허리를 지나
　　　　　되바라진 비단 반바지
　　　　　축축한 꿈, 권태와 어우러져
　　　　　나귀의 귀를 축 늘어뜨리고
　　　　　떨어져 나온 날

這不斷的希冀啊,/ 使我感觸到世界的存在;/ 帶給我多量的生命的力./ 這樣,/ 我才能跨過--/ 這黎明黃昏, 黃昏黎明, 春夏秋冬, 秋冬春夏的茫茫的時間的大海啊.

해와 달은 나의 세 쪽 하얀 원고지를
여기서 가져가 버렸다.……
　　굳게 닫힌 주인 없는 창
　　익숙한 것은 낯선 것으로 화하고
　　텅 빈 긴 거리 슬프게 바라보고 있다.
　　북쪽의 지평선을 향해
　　열차는 울부짖으며 달려간다……
　　갑자기 이 달팽이의 더듬이가
　　지남철처럼 또 다른 소리의 출현을
　　예고하고 있다.
　　아, 여로의 너를!19)(1934년 7월)

　이 시는 부제를 '나의 R의 먼 여행을 전송하며'라고 붙였듯이 떠나가
는 벗에 대한 정을 가지고 쓴 것이다. 그러나 그 내면에는 상징적인 수
법으로 비유와 상상을 가지고 작자 자신의 현실과 강렬한 현실로부터의
탈피, 그리고 희망을 그려놓은 것이다.
　아이칭의 옥중시는 의식의 흐름을 중시하면서도 회화적인 기법을 강
구하여 추상적인 개념을 구체적으로 형상화하고 있는 점이 또한 시적
가치를 더하여 준다. 조우홍싱은 아이칭의 이런 면을 두고서,

　　아이칭은 그의 시창작과 시의 미학 속에 형상의 사유문제를 대단
　히 중시하였다. 그는 말하기를 "형상의 사유가 곧 시이며 모든 문학

---

19) 除開無端緒的煩惱,/ 一切在走着的東西/ 都有它一定的方向--/ 細雨沾着蝸牛的腿,/
　拉長了灰的人行道;/ 眼從遠處的燈柱上,/ 撩起了低沈的音節;/ 梧桐樹, 在高橋邊旁,/
　晨霧從它腰際, 卸去/ 輕薄的, 綢紗的短褲;/ 濡濕的夢, 和着倦意/ 壓垂了驢子的耳
　朵./ 隔離着出來的日子,/ 年月, 在這裏已帶走/ 我三頁虛白的稿紙;/ 緊掩的, 是無主
　的窗,/ 稔熟的, 逐變成陌生;/ 空闊的長街, 悵望着,/ 朝向北邊的地平線/ 列車高喊的
　馳去了---/ 忽然, 這蝸牛的觸角,/ 像一支磁針般指着/ 另一個聲音的出現:/ 噫, 那在旅
　程中的你!

예술창작의 기본 방법이다. 시가가 사람을 감동시켜 형상의 맡겨 표현되는데 형상의 사유를 떠난다면 시를 얘기할 도리가 없는 것이다." 시에 형상의 사유가 없고 형상이 없다면 딱딱한 시체에 불과하듯이 아이칭이 감옥에서 쓴 20여 편의 시는 예술형상을 운용하여 정감의 미학을 추구한다.[20](<아이칭의 옥중시>)

라고 분석한 것은 적절한 표현이라 할 것이다. 아이칭은 필자에게 보낸 글에서도 시를 쓰는 이유와 목적이 오로지 인류의 심령 속에 자유에의 갈망을 심기 위해서라고 일관된 시심을 토로하고 있다. 아이칭의 옥중시 25수는 그의 출세작이기도 하지만 시의 미학적 가치와 시의 사상적 근거를 일생을 통해 확고히 한 작품이라는 점에서 높이 평가할 수 있다.

---

20)≪艾靑≫, 237~238쪽(人民文學出版社 1982)

5장 리찌(李季)의 순천유(順天游) 민가풍〈왕귀와 이향향(王貴與李香香)〉

리찌(李季, 1922~1980)가 이 장편서사시를 1945년 11월에 「태양은 서쪽에서 떠오를 수 있는가?(太陽會從西邊出來嗎?)」라는 원제로 완성하고 1946년 9월 22일(24일까지)에는 <王貴與李香香>이라는 제하로 해방일보에 발표하면서부터[1] 그의 명성은 위로는 위정자로부터 서민에 이르기까지 일시에 드날리게 된다. 그의 나이 25세의 청년이 삼변(三邊)지구의 행정공서 교육과(行政公署敎育科)에서 교재를 편찬하다가 염지현(鹽池縣) 정부의 비서로 가서 민정과 풍습을 상세히 접할 수 있는 기회가 많아지면서 소위 「順天游」라는 섬서성(陝西省) 북부인 섬북(陝北)지역의 민가에 흥미를 갖고 수집하는 일에 몰두하여 그 결과의 하나로 창작된 것이[2] 바로 <王貴與李香香>이니, 오히려 궁벽한 지역에 처하여 주목받는

---

1) 黎辛은 「李季永遠和我們在一起」(羊城晚報, 1980년 4월 13일)에서 회고하기를 「解放以後, 王貴與李香香印單行本, 他去掉了副標題『三邊民間革命歷史故事』. 馮牧說起詩的標題原叫.『太陽會從西邊出來嗎』. 詩我們和作者商量改成『王貴與李香香』的, 我回憶好久才想起這件事.」

2) 趙明의 李季評傳에 이 시를 쓰기 전에 이미 발표한 民俗을 제재로 한 작품에 대해

시를 남길 줄을 타인은 물론 자신도 상상하지 못했을 것이다.[3]

이 시가 발표되면서 전 대륙을 떠들썩하게 한 것은 마오쩌뚱(毛澤東)의 「연안문예강화(延安文藝講話)」의 취지에 부합되는 반국민당항일(反國民黨抗日) 의식이 노동자들에게 크게 호소력이 있으며, 그리고 시의 형식이 문학의 시라기보다는 민속의 노래라는 것과 그전에는 농민이나 혁명을 주제로 한 작품이 거의 빈곤과 비참이라는 비극성을 내포한 데에 비하여 이 시는 희극적이며 역사와 문학을 접목시킨 실화로서의 서사시라는 이유 때문이었다. 그러기에, 선배대가들까지 이구동성으로 찬사를 아끼지 않았으니, 꿔모뤄(郭沫若)는 홍콩판의 이 시집 서언의 끝머리에서,

> 중국은 지금 인민 탈바꿈의 시기이며 동시에 문예 탈바꿈의 시기
> 이기도 하다. 여기 이 시는 더욱 우렁찬 신호인 것이다.[4]

라 하였으며, 루띵이(陸定一)는 초간본인 ≪시 한 수를 읽고(讀了一首詩)≫ (華北新華書店, 1946년 12월)의 서두에서,

---

서 「……并用民間通俗的說唱形式寫出了. 『卜掌村演義』(說書)·『老陰陽怒打蟲郎爺』(短篇小說)和『救命墻』(民間故事)等作品」라 함.(≪中國現代作家評傳≫第4卷 p.556)

3) 李季는 僻地인 三邊과 그의 문학관계에 대해 「我和三邊·玉門」(≪文藝報≫1959年第18期)에서 「三邊和玉門, 是我的生活源泉, 也是我的詩的源泉, 回順這幾十年來, 我所寫的幾百首短詩和幾部長詩, 幾乎每一首都和它們有着直接間接的關係. 這些詩, 大多是直接寫它們的, 少數吟頌其他地區生活的詩, 也多半是以三邊·玉門的生活寫間接的基礎.」

4) 中國的目前是人民飜身的時候, 同時也就是文藝飜身的時候. 這兒的這首詩, 更是響亮的信號.

나는 더할 수 없는 기쁨으로 「왕귀와 이향향」을 읽었다. 왜냐하면
　　이것은 한 수의 시이기 때문이다.5)

라 하였고, 마오뚠(茅盾)은 <리찌의 왕귀와 이향향을 말함(談李季的王貴
與李香香)>(≪大衆文藝叢刊≫ 제1집, 1948)에서,

　　　「왕귀와 이향향」또한 그렇다. 이것은 서사장편시이지만 두 행을
　　한 운으로 하는 격식은 섬서 북부 민가인 순천유의 가락이다. 그것은
　　탁월한 창조이며 민족형식의 역사시라 해도 지나치지 않다.6)

라고 찬사를 기술하였다. 이와 같이 한 편의 장편시를 놓고 대륙에서는
리찌의 능력과 위상을 높게 세우고, 이 시를 금세기의 시경이라든가,
<孔雀東南飛>·<長恨歌>·<木蘭詩> 등의 서사시와 비교시키기까
지7) 하는 평가를 내리고 있다. 이것은 다분히 정치적 색채를 의식한 내
용상의 표현을 지적할 수도 있으나, 이 시가 갖는 최대의 특징이 민가풍
의 시라는 점에서 그 이유를 찾아야 할 줄 안다. 따라서, 이 시의 내용이
나 구성, 그리고 표현법 등에 대해서는 이미 서술 자료가 적지 않으므
로8), 여기에서는 단지 민가인 '順天游'와 연관된 격조를 중심으로 한 형

---

5) 我以極大的喜悅讀了「王貴與李香香」. 因爲這是一首詩.

6) 王貴與李香香亦然. 這是一首敍事長詩, 但它以兩行爲一韻的格式用的是陝北民歌順
　　天游的調子, 它是一個卓絶的創造, 就說它是民族形式的史詩, 似乎也不算過分.

7) 鐘敬文의 「從民謠角度看王貴與李香香」(≪香港≫≪海燕≫ 1948年 5月)이나 王敬文
　　의 「王貴與李香香的藝術特色」(≪哈爾濱師範學院學報≫ 1964年 第2期)에서 기술.

8) 이 시에 관한 중요 연구자료로는 「試談李季的詩歌創作」(卓如)「讀李季詩歌創作漫
　　筆」(馬鐵丁)·「談王貴與李香香談起」(解淸)·「從王貴與李香香談學習民歌」(賈芝)·「
　　王貴與李香香藝術特色」(小全)·「王貴與李香香中比興的運用」(代一)·「王貴與李香
　　香和信天游」(劉守華)·「王貴與李香香的比興手法」(余之) 등 많이 있음. 이들은 대
　　개 ≪李季作品評論論集≫(李少爲編, 時代文藝出版社, 1986)과 ≪李季硏究全集≫(張

식을 살펴보고자 한다. 여기서 제목에서 '順天游'라 한 것은 섭북지방에서 산가(山歌)를 통칭하여 '信天游'라 하지만 리찌 자신이 <순천유집자소인(順天游輯者小引)>(1950) 등의 글에서 사용한 명칭을 따랐음을 덧붙여 밝혀둔다.

I. 섭북(陝北) 민가의 배경

앞에서 언급하였지만 리찌는 섭북삼변(陝北三邊)지구에 파견되어 근무하는 가운데, 자칭 3,000 수에 가까운 '順天游' 민가를 수집하였고, 또 그에 심취하였다.[9] 그것은 리찌로 하여금 평생 이들 민가에 매이게 하였으며, 그로 인해 그의 문집을 별개의 평가대상이 되게 하였다. 리찌 자신도 민가에 대해서 <나는 어떻게 민가를 배웠는가(我是怎樣學習民歌的)>에서 다음과 같이 피력하고 있다.

당시에 내가 읽었던 해방구의 인민생활을 묘사한 신문예 작품 중에서 이처럼 단순하여 이해하기 쉽고 또 깊이 감동적인 것은 본 적이 없다. 이로부터 나는 민가에 대해 강렬한 흥취가 생겼다. 나는 일하는 여가를 이용하여 부단히 민가수집작업을 진행하였다. 가장 많이 채록한 것이 순천유이며 수집한 것이 많을수록 나도 홀린 듯이 그것을 더 좋아하게 되었다.[10]

器友・王宗法編, 海峽文藝出版社, 1985)에 게재되어 있다.
9) 李季 자신이 민가의 수집에 대해서 「最後, 寫一點我自己收集民歌的方法. 這有兩種方法：一種是直接的, 一種是間接的. 我自己是採用前一方法較多的. 在我所收集到的近三千首順天游中, 除去部分是抄子其他同志筆記中的以外, 大部分都是我親自聽唱, 邊聽邊記下來的.」(「我是怎樣學習民歌的」≪文藝報≫一卷 六期, 1949)

이와 같이 리찌는 광적으로 몰두를 하고 거기에서 민족의식의 진실성을 목도하며 자신의 갈 길이 무엇인지 절실하게 인식하였다. 리찌는 시와 가곡과의 불가분의 관계를 절감하면서 시의 음악화라는 관점에서 작시를 시도한 것이 독자의 심금을 울릴 수 있었으며 시의 대중화가 가능했던 것이다. 이 점은 왕귀(王貴)와 이향향(李香香) 두 연인의 애정을 바탕으로 한 소위 구국애민과 불의를 배제하는 것을 주제로 한 내용 전개와 시어의 활용상의 통속성을 논외로 할 때, 이 시의 음악적(민가) 구성이 시의 바탕인 것이 시의 예술성과 일치되어 돋보인다고 할 수 있다.

중국의 신시사상 최초의 민가풍의 시인으로 리우따빠이(劉大白)을 들 수 있지만 그것은 진정한 민요체라 할 수 없고,[11] 그에 심취하고 깊은 조예를 지녔던 까닭에 그에 맞는 민가시를 쓸 수 있었던 자는 오직 리찌이며, 따라서 이 시의 민가풍적 성격을 구명함이 또한 중요한 것이다. 이것은 곧 「順天游」와의 관계를 개관하는 데에서 보다 구체적인 배경설명이 가능할 것이다.

먼저 이 시의 주제를 볼 때, 제재의 선택·고사정절의 안배, 인물성격 등이 순천유의 정가를 바탕으로 한 애정이나 혁명과 상통한다. 대부분의 순천유가 남녀의 진지한 애정과 봉건세력에 대한 서민의식의 흥기, 그리고 2구를 1수로 한 즉흥가창형식을 취하고 있다. 예컨대 섬북의 한족의

---

10) 在當時, 我所讀過的描述解放區人民生活的新文藝作品中, 我還從沒有見過如此單純易解而又深刻感人的東西. 從此, 我對民歌發生了强烈的興趣. 我利用工作餘暇, 不間斷的進行民歌收集工作. 輯錄得最多的是順天游, 收集得越多, 我也就越發入迷的愛好它. (文藝報 1卷 6期, 1949)

11) 寒山碧의 「王貴與李香香在中國新詩壇我的地位」(이 詩集의 後尾, 海洋書屋, 1947)에 「在中國詩史上劉大白是最早嘗試寫歌謠體新詩的人, 他的 「賣布謠」發表於一九二〇年五月. ……賣布謠雖然有多少歌謠的韻味, 但却未能把民間生猛的語言特色表現出來.」

민가인 <홰나무가 꽃 핀다(槐樹開花)>를 보면 모두 7수의 양구(兩句) 일수체(一首體)이며 매구 7언으로 되어 있는데, 그 중에서 제1수와 제5수를 들어보면,12)

    홰나무 꽃피었다가 부서져 흩날리는데
    백성들은 팔로군을 옹호하네.(제1수)13)

    송백나무의 잎 만년 두고 푸른데
    신정권은 영원히 백성을 위한다네.14)(제5수)

그리고 <그대를 생각하며(想你)>를 보면,

    그대 생각하고 그대 생각하며 진실로 그대 생각느라,
    사흘이나 쌀 한 톨 먹지 않았네.15)

---

12) 「槐樹開花」는 陝北의 漢族民歌로서 樂譜는 다음과 같다.
   1 6 5 / 1 2 / 3 3 2 1 3 / 2 - /
   槐 樹 開 花   碎紛   紛
   23 6 5 6 / 1 2 / 2 6 1 6 / 5 - / / (1=C2/4·中速)
   老 百姓 擁護 八 路 軍
   (≪中國民歌集≫1卷, 文化部 文學藝術研究院 音樂研究所編, 上海文藝出版社, 1980)
   그리고 「想你」의 악보도 다음과 같다.
   1 2 5 / 5 4 5 / 4 2 5 2 / 7 - /
   想 你 想 你 實 想 你
   1 2 3 / 2 5 4 2 / b3 1 2 7 / 5 - / / (2/4)
   三 天   沒   喫   顆 米 一
   (≪陝甘寧老根據地民歌選≫, 中國民間文藝研究會編, 新音樂出版社. 1953, p.142)
13) 槐樹開花碎紛紛, 老百姓擁護八路軍. (其一)
14) 松柏樹葉萬年靑, 新政權永遠爲人民. (其五)
15) 想你想你實想你, 三天沒喫一顆米.

이들 순천유에서 전자의 경우는 혁명을 고취하며, 후자의 경우는 애정을 노래하고 있다. 그리고 감숙(甘肅)의 화지(華池)에서 유행하던 <왔다갔다 잘 만난다(來來往往好見面)>를 보면,

> 하나의 산 다가오고 한 줄기 강물이 흐르니
> 산 넘고 강 건너서 그녀를 만나네.
> 남자는 노새 급히 타고 그녀는 문간에 나와
> 왔다갔다 서로 만나네.16)

이것도 순수한 연정을 토로한 전통민가이다. 이러한 민가의 주제 하에서 리찌는 공산화적 의식 즉 그들이 말하는 바 혁명의식을 가미하여 한 지주(崔二爺)의 비인간적인 언행을 부각시켜서 그들의 영웅시로 추켜 놓았다. 이것은 앞에서 언급하였지만 이 시가 지닌 내용상의 가치를 높이 사기보다는 시의 민가풍적 요소에 그 가치를 부여하는 것이 가당하다고 본다. 사실 내용상의 특징은 평범하며 문학적 의미도 소탈하다. 어떻게 보면 경천동지하게 거론된 시라 보기에는 내용이나 시구의 묘사가 너무도 구어적이다. 뒤에 거론하겠지만 시어와 시구가 민가로부터의 차용이 빈번하여 통속적이기까지 하다. 그러나 이 시의 요체는 시의 곡조화, 즉 민가적 격조에 있음을 주시한다. 그것이 곧 순천유에 근거한 중요한 면으로, 그 언어형식과 함께 거론할 수 있다. 이것을 개괄적으로 서술하자면 첫째로 시구의 전개를 순천유의 양행위일(兩行爲一)의 단위에서 채용했다는 것이다. 이것은 양구일절(兩句一節)의 형식을 취하였으며 서정·서사, 그리고 경치묘사(寫景)에 있어서 순천유의 시구가 다수 인용되어 있음을 알 수 있다. 예컨대,

---

16) 一架架山來一道道水, 飜山渡水, 看妹妹. 哥趕上騾子妹開上店, 來來往往好見面.

산은 빨갛게 꽃이 피어 온 산이 붉고
홍군이 오거니 밝은 하늘 쳐다보네.17)

이 시구는 리찌 시 중에서,

산은 빨갛게 꽃이 피어 붉고 고우며
향향의 재주는 매우 뛰어나네.18)

에 인용되었으며, 다음 순천유의 시구를 보면,

그릇을 다듬으며 그대 생각하니
눈물이 밥그릇에 방울지네.19)

이 시구는 다음 리찌 시 즉,

밥그릇 다듬으며 그대 생각하니
눈물이 밥그릇에 지는구나.20)

위의 양구가 그대로 인용되고 있으며, 또 다음을 보면,

말이 가지 않아 채찍질해 떠나는데
벗은 오지 않고 두 마디 말만 남기네.21)

---

17) 山丹丹開花紅滿山, 紅軍來了盼晴天. (順天游咱們的紅軍勢力衆·第五節)
18) 山丹丹開花紅姣姣, 香香人材長的好. (掏苦菜)
19) 端起碗來想起掏你, 眼淚滴在飯碗裏. (順天游之二十)
20) 端起碗來想起了你, 眼淚滴到飯碗裏. (羊肚子手巾)
21) 馬兒不走鞭子打, 朋友不來捎上兩句話. (羊肚子手巾)

이 시구는 리찌 시 중에서 다음 구를 보면,

> 말이 가지 않아 채찍질해 떠났는데
> 님은 오지 않고 아련히 두 마디 말만 남기네.22)

위의 시구는 앞의 시에서 단지 시어변화만을 강구하고 있다. 이와 같이 시어는 물론 시구도 모방하듯 인용할 만큼 시인의 이 시가 순천유와 깊이 밀접되어 있음을 볼 수 있다.

다음으로는 순천유의 격조와 비흥(比興)의 표현을 들 수 있다. 여기서 격조는 시의 곡율에 한하여 범위에 두고자 한다. 리찌 시의 격조는 이미 민가화된 곡조가 있으므로 주목할 필요가 있다.23) 예컨대, 순천유 곡조의 일반유형(섬서 민가)이24) 두 종류인데 그 제1구를 보면,

$$3 \ 2 \ 5 \ / \ 6 \ 1 \ 2 \ 3 \ / \ 2 \ — \ /$$
①　　　　②

그리고 다음 제2구를 보면,

$$1 \ 6 \ 5 \ / \ 1 \ 2 \ / \ 3 \ 3 \ 2 \ 1 \ 3 \ / \ 2 \ — \ /$$
③　　　　　　　④

---

22) 馬兒不走鞭子打, 人不能回來捎上兩句話. (羊肚子手巾)

23) 李季의 이 시는 ≪西北民歌集≫(第一冊, 陝甘寧之部, 商務印書館, 1950)의 附錄之一에 七場三十八曲으로 수록되어 있어 비교된다.

24) 이 자료는 ≪中國民歌≫(제1권, 上海文藝, 1980)의 pp.9~17 그리고 pp.99~103 pp.153~156 부분을 참고하였음

위의 형식을 취하는데, 이 시의 경우는 충현(忠賢)의 편곡인 총보(總譜)에서 예를 들어서 ①의 경우를 보면,

/ 3 2 1 5 /
沒　有

그리고 ②의 경우를 보면,

/ 6 1　2 3 /
洗　衣

다음으로 ③의 경우를 보면,

/ 1 6 5 6 1 /
誰　也

그리고 ④의 경우를 보면,

/ 3 2 1 3 / 2 — /
又　扛　　着槍

위에서와 같이 신곡의 곡조가 민가의 것에 근거하고 있는 것이다. 그리고 이 시의 표현기교상의 특징인 비흥법은 전구와 후구에서 자연스러이 드러난다. 순천유의 비흥법은 거의 모든 종류에 쓰인다. 예컨대,

　　靑楊柳樹十八條川, 出門容易回家難. (其二十 第九節)
　　　　ⓐ　　　　ⓑ　　　　　ⓒ　　ⓓ

푸른 버들이 선 열 여덟 가닥의 냇물인데
문 나서기 쉬우나 돌아오기 어렵구나.

紅豆豆角角熬南瓜, 革命得成功再回家. (橫上里下來些游擊隊)
 ⓐ   ⓑ   ⓒ   ⓓ
팥이며 강낭콩 물고 호박을 끓이는데
혁명이 성공하여 다시 고향에 돌아왔네.

　앞의 시에서 ⓐ는 봄날에 버들가지 파릇하니 문밖으로 나가고 싶은
마음을 비유하여 ⓒ의 뜻에 이어놓았으며, ⓑ에서 열여덟 가닥의 냇물을
가지고 ⓓ의 뜻에 비유하고 있다. 그리고 뒤의 시에서 ⓐ의 팥과 강낭콩
이 다닥다닥 열려 있으니 ⓒ의 혁명성공을 의미하겠고, ⓑ는 호박을 삶
는다는 표현으로 고향집에 돌아간 뜻으로 비유하고 있다. 이와 같이 리
찌의 이 시도 구절마다 비흥의 수법이 표현되어 있으니 그 예를 보면,

太陽出來滿天紅, 革命帶來好光景. (自由結婚)
 ⓐ   ⓑ   ⓒ   ⓓ
태양이 떠오르니 온 하늘이 붉고
혁명이 다가오니 정경이 아름답네.

天氣越冷風越緊, 人越有錢心越狼.
 ⓐ   ⓑ   ⓒ   ⓓ
날씨가 추울수록 바람은 더 세차고
사람이 돈 있을수록 마음은 더 늑대라네.

　앞의 시의 ⓐ에서 해가 뜨니 ⓒ의 혁명이 일고, ⓑ에서 온 하늘이 붉
으니 경치가 아름다워서 편한 세상을 비유하며, 뒤의 시에서는 ⓐ의 날
씨가 찬 것과 ⓑ의 바람이 매서운 것을 ⓒ의 돈과 ⓓ의 늑대같은 탐심에

비유하였다. 순천유는 리찌 시의 형식과 음율에 근간이 되고 있음은 더이상 부연을 필요치 아니한다.

II. 순천유(順天游)의 곡조

순천유란 원래 섬북지구의 산가를 통칭하는 것이지만 일반적으로 지금 포함되는 지역은 광범위하게 되어 있다. 그 성격이 산가라는 점에서는 공통되어서 지역적으로 보아, 내몽고(內蒙古)의 인접지역, 감숙(甘肅)의 화지(華池)·회현(璟縣)·합수현(合水縣)과 영하(寧夏)의 염지(鹽池)·영무(靈武)·동심(同心) 지구 등을 포함시킨다. 지역에 따라 그 곡조가 다양하여서 통일시킬 수 없지만 대개 다음 몇 가지로 집약할 수 있다.

1. 섬북(陝北) 순천유(順天游)

이 가사의 기본 격식은 상하구 결구의 양구체로 상구에서 기흥(起興)하고 하구에서 점제(點題)를 쓰고 절주가 선명하며 운각(韻脚)이 균일하지 아니하다. 이 지역의 곡조는 100종이 넘지만 대개 치(徵)·상(商)·우(羽) 3종의 5성조를 쓰고 있다. 이 지역의 곡조를 크게 2종으로 나누어 보면 그 하나는 절주가 분방하며 선율의 기복이 크고 연창(演唱)에 고강(高腔)을 많이 사용한다. 그리고 다른 한 종은 결구가 엄근(嚴謹)하고 절주가 규칙적이며 선율이 평온하여 평강연창(平腔演唱)을 많이 하니, 이들의 기본곡조를 도시하면 다음과 같다.

(其一의 ①)[25]

3 2 5 / 6 1   / 6 1   2 3 / 2 - /
3 2 1 / 6 5   6 / 1   2 1 / 6 5 //

(其一의 ②)[26]

2 2 2   2 2 / 2 2   / 3 2   1 7 6 / 5 4 /
2 3 2 1 / 6 1 6 1 / 1 5 6   5 4 3 / 2 - //

(其二)

1 6   5 / 1   2 / 3 3 2   1 3 / 2 - /
槐樹開花碎紛紛
2 3 6   5 6 / 1   2 / 2 6   1 6 / 5 - //
老百姓 擁 護 八 路   軍 (槐樹開花)

2. 섬남(陝南) 순천유(順天游)

섬남의 산가는 통상 4·5·6구를 일절로 구성하며 한 구가 7자를 기
본격식으로 한다. 이 곡조는 4구 두식(頭式)의 단악단(單樂段)이며 치
(徵)·우(羽)의 5성격식(聲格式)을 쓴다. 이 곡은 특히 츤구(襯句, 號子)를
가미하는 것이 유별나다. 곡조유형을 도시하면 다음과 같다.

---

25) 이 曲調에 合致한 民歌를 찾기 어렵지만, 陝北의 府谷의 「走西口之一」의 이 곡조
　　에 기준하고 있다. (≪中國民歌≫上海文學, P.79)
　　3 2 3 2 16 / 1 5 / 2 2 3 2 2 3 / 532
　　哥 哥 (喲) 走西 口 妹妹(呀)   犯了(這)愁
　　2 23 6 5 5 / 3536 1 3 / 3 2 1 65 61 / 5 - //
　　提起 哥哥(喲)走西 口 (哎) 妹妹 (這) 淚 長 流
26) 이 곡조의 예도 「對花」(齊·합창)에서 유사함을 본다.(상동 p.86)
　　2 1 / 2   5 / 6 1 6 1 / 2 - /
　　楞僧 楞 僧 豈不楞登兒僧
　　6 2   6 5 / 6 2   6 5 / 4 5   1 3 / 2 - //
　　那正 月裏 花兒 是 開   裏個 紅

(其一)[27]

2 3 2 1 1 / 2 3 2 1   21 6 / 1 2   23 / 1 2 /
231 2 2 1 2 1 / 2 3   2 1 / 1 2   6   1 /
6 6 1   2 / 2 3 6   1 6 6 / 5 - //

이 형식은 절주가 자유롭고 정서가 흘러넘친다. 그리고 또 다른 유형을 보면,[28]

3 3 5   3 / 3 1   6 / 3 2 / 3 2 1 /
6 12 1 / 6   16   5 / 61   6 1 6 / 6 56 1 6 5 //

이 형은 절주가 균일하며 흐름이 서정적이다.

3. 영하(寧夏) 순천유(順天游)

이 지역의 곡조는 상하 결구가 양구체로 상구 홍기, 하구 점제를 띠며

---

27) 例曲을 들기 어렵지만, 「推炒麵」이나 「女娃擔水」의 長短이 이 類型을 바탕으로 하고 있다. (≪陝北寧老根據地民歌選≫新音樂出版, p.49, p.111)
    2 31 2 / 2 32 1 6 / 6 2 / 6 ……(前例)
    女 娃   流 今 年 一 十 八
    2 3 2 1 / 2 1 6 5 / 2 1 2 3 / 2 ……(後例)
    柳 木 擔 子 哎咳哎咳 喲
28) 역시 비슷한 曲調를 본다면, 「順天游(之九)」(上同書 p.131)
    2 2   3 1 / 2   1 / 2 1 6 5 / 2 - /
    人憑   衣 衫 馬 憑   鞍
    1 1   3 / 2 1 5 / 6 1 6 / 5 - //
    婆姨   憑的   男子   漢
    또 「審錄」(同 p.284)에서
    ……/ 3 3 5 3 / 6 5 3 2 / ……
        淚珠 兒 滾 心

소박한 언어에 생동감이 넘쳐서 삼변(섬북의 定邊·安邊·靖邊)의 호방함과 상통한다. 곡조유형을 제시하면 다음과 같다.

(其一)29)
1 6 5 5 / 5 5 / 5 4 2 / 1 - /
1 7 1 / 2 5 / 1 2 6 / 5 - //

(其二)30)
5 5 6 6 / 5 4 2 / 5 4 2 4 / 5 - /
5 5 6 6 / 5 4 2 / 2 1 7 5 / 1 - //

Ⅲ. 시총보(詩總譜)의 「順天游」식 곡조

앞 절에서 언급한 바와 같이 리찌의 이 시는 「서북민가집(西北民歌集)」제1책섬감영지부(陝甘寧之部)의 부록에 수록된 것인데, 기주(寄洲) 편극에 충현(忠賢) 편곡으로 총 38곡을 만들어 가창극으로 1947년 10월 진수임현사개선전대(晉綏臨縣士改宣傳隊)에 의해 공연된 바 있다.(商務印書

---

29) 其一에 바탕을 둔 曲調로서 「地主長的是虎狼心」(≪中國民歌≫第一卷, p.180)을 들 수 있다.
   2 6 5 5 / 5 5 / 4 5 5 4 2 / 1 - /
   墻頭 呀栽花 扎不 下 根
   5 4 5 / 2 4 7 1 / 1 2 6 / 5 - /
   地主   長 的是虎狼   心
30) 其二의 例로는 「幸福大路共産黨開」(上同 p.158)을 들 수 있다.
   5 5 6 6 / 5 5 4 2 / 5 4 2 4 / 5 - /
   走(呀) 過(那個) 一山(呀) 又 - 梁
   5 5 6 6 6 / 5 5 4 2 5 / 2 / 6 5 / 1 - //
   幸福 的 (那個) 道路 (呀) 寬 又 長

館, 1950) 여기에서는 그 총보를 근거로 하여 순천유의 곡조가 여하히 차용되고 있는지 대조하면서 이 시의 순천유풍을 확인하고자 한다.

　리찌의 시를 곡조화하여 창극형식을 취한 것은 이 시에 대한 대중적 호응이 그만큼 지대했다는 의미가 된다. 이 시의 줄거리를 요약하고 중요한 시구에 창극(散板)의 주된 곡조를 부쳐서 모두 7장(場)과 38곡으로 꾸며 놓은 것이 바로 시의 음악화이다. 이것은 대중화에 접근함을 의미한다. 따라서 이 창극에서 인술된 시구에 부친 곡조가 어떠한 민가조를 따르고 있는지를 살펴보아서 리찌 시의 특징을 보다 분명히 할 수 있을 것이다. 다음에 총 15곡조의 민가원류를 제시하고자 한다.[31]

(1) ⓐ (四曲) / 2 1 7 / 6 5 1 3 / 5 0 / 2 7 6 5 / 1 0 /
　　　　　在民國　十　八年　　　雨水　　少
　　　/ 2 7 6 5 / 1 3 5 / 5 0 0 / 3 5 6 1 6 5 / 3 5 3 2 //
　　　莊稼就　像　　　　炭火　　　燒 (崔二爺收租)
　　ⓑ / 2 1 7 6 / 5 5 2 / (玩花燈·慶陽流行)
　　　　來　　正月
　　　/ 7 1 7 4 / 2 1 7 6 5 / 7 7 2 4 2 / 2 1 7 6 5 /
　　　日頭當頂 哎 咳上 先生放午 哎 咳 學 (放午學之三·新寧流行)

(2) ⓐ (五曲) 2　5 4 3 / 2 1 2 5 / 4 3 2 1 5
　　　　　天氣雖　　冷風越緊
　　　/ 2 5 1 / 6 5 1 / 4 3 2 3 / 5 0 /
　　　人越是 有 錢 心 越　壞 (崔二爺收租)
　　ⓑ / 2 1 2 4 5 5 /
　　　水喲水上漂喲 (凍冰之一·華池流行)
　　　/ 2 5 1 2 /

---

31) 여기서 ⓐ는 總譜의 曲과 詩句이며, ⓑ는 詩句가 借用한 民歌曲調의 例가 된다. 이 民歌曲은 旣引한 ≪陝北寧老根據地民歌選≫本에서 찾은 것이다.

好模樣 (許鳳英·流行地不詳)
/ 6 5 5 1 4 /
　生的那好人 (走東跨西·陝北流行)
/ 4 3 2 3 2 / 2 -
　燈咿呀咳嗬 (玩花燈·隴東流行)

(3) ⓐ (八曲) / 1 6 5 6 1 / 3 2 1 5 / 1 2 3 6 / 5 3 5 / 1 6 5 6 1 /
　　　　　大路　　伴　上的 靈芝　草　　誰 也
　　　　　3 2　　1 5 / 1 2 3 5 / 1 6 1 /
　　　　　沒　有　妹 妹　　好 (掏苦荣)
　　ⓑ / 2 1 6 1 / 5
　　哭開　　了 (信天游之二十二·定邊流行)
　　5 3 2 / 1 5 /
　　一對對 鴨子 (信天游之二十二·定邊流行)
　　/ 1 6 5 / 1 2 /
　　一碗碗 凉水 (信天游之四·定邊流行)

(4) ⓐ (九曲) / 6 5 4 / 6 5 2 / 1 2 1 6 / 5 3 5 / 3 1 6 5 /
　　　　　馬裹挑馬不一般高人裹頭
　　　　　4 3 2 / 3 5 5 6 / 1 //
　　　　　挑人　就數哥哥 好 (掏苦荣)
　　ⓑ / 6 5 4 5 / 2
　　我看 下　你 (信天游之八·義合鎮流行)
　　/ 1 2 1 6 / 5 -
　　馬憑　　鞍 (信天游之四·陝北一帶流行)
　　/ 3 1 6 / 5 -
　　開咿嗬　咳 (來程拜年·延安流行)
　　/ 6 5 2 / 5 0
　　家呀喲　嗬 (想娘家之二·米脂流行)
　　/ 3 5 5 6 /
　　咳　　喲 (尿牀娃·流行地不詳)

(5) ⓐ (十四曲) / 1 0 1 / 7 6 7 6 3 / (53) 0 5 / 1 2 3 7 6 / (53) 0 6 /
　　　　　　你你　提不動　　　　我　來　提　　　繡
　　　　　　3 5 2 7 / 6 7 5
　　　　　　花手扌磨 壞 了 (兩塊洋錢)

　　ⓑ / 2 3 1 0 1 /
　　　　噢咳喲　咳 (延安工人打勞之一 · 延安流行)
　　/ 6 7 6 5 3 / 6 7 6 / 6 -
　　　　靑綠綠那個　藍綠綠 (藍花花之一 · 綏德流行)
　　/ 6 5 3 2 3 5 / 2 7 1
　　　　綾　　　　　猛聽得 (調兵曲之一 · 綏德 · 米脂流行)
　　/ 2 2 6 7 / 6 5 6
　　　　是呀新　　年 (掛紅燈 · 鎭原流行)

(6) ⓐ(十五曲) / 2 3 2 2 / 6 2 6 / 5 3 5 / 6 1 6 5 / 2 3 5 //
　　　　　　崔二爺呵 呵 要 守規矩 毛手毛足 幹甚哩 (兩塊洋錢)
　　ⓑ / 2 3 2 2 2 / 1 7 6 /
　　　　十四上那個　引 (送親 · 流行地不詳)
　　/ 6 2 1 6 / 5 - /
　　　　到處都走　盡 (賣雜貨之五 · 合水流行)
　　/ 5 3 5 /
　　　　請問 (十杯酒之一 · 淳耀流行)
　　/ 6 1 6 5 / 6 1 6 5 /
　　　　一片　　　　家　鄉 (賣雜貨之三 · 延安流行)
　　/ 1　 2 3 5 /
　　　　愛　人　兒 (九連環 · 楡林流行)

(7) (十六曲) ; (5)의 十四曲과 同一.

(8) ⓐ (十八曲) / 6 5 5 / 2 5 5 / 5 2 1 /
　　　　　　活活的　打死我 老父親 (鬧革命)
　　ⓑ / 6 5 5 /
　　　　紅, 俺 (信天游之二十四綏德 · 米脂流行)

/ 5 3 5   2 5 5 /
金裏　　銀來 (觀花燈・米脂流行)
/ 5 2 1　　6 1 / 2 -
靠　　　邊　牆 (信天游之十六・靖邊流行)

(9) ⓐ (十八曲之一) / 2 2 2 1 1   2 2 1   6 5 5 2 5 5 5 2 1 0
　　　　　　　　我牛馬當了 四年整 你沒有給過我一分銅 (鬧革命)

　　ⓑ 2 2 2 / 5 6
　　目　頭　出來 (信天游之二十七・陝北一帶流行)
　　/ 2 2 1 /
　　拜　成 (信天游之八・義合鎭流行)

(10) ⓐ (十八曲之三) / 2 5 5 2 1 7 1 2 5 /
　　　　　　　　　麻繩繩捆我去當兵 (太陽會從西邊出來嗎)

　　ⓑ / 2 1 7 1 0 /
　　篩　　(十杯酒之二・陝北流行)

(11) ⓐ (二十四曲) / 6 5 5 4 3 2 3 5 1 2　　5　　4 3 2 3 2 1
　　　　　　　　　一陣陣黃　風　　　一　陣　沙
/ 0 5 1 2 / 1 7 6 5 / 5 6 2 6 / 5 0 2 / 1 2 3 1 / 2 0 5 /
/ 我香香　心中　如刀　扎一　陣陣打　顫一
4 5 6 5 / 4 4 5 / 1 2 1 7 / 6 5 5 6 / 2 6 5
陣陣麻　打　貴哥好　比 把 我 打 (太陽會從西邊出來嗎)
　　ⓑ / 2 1 6 5 / 5
　　這呀親親 (信天游之三十一・陝北流行)
　　/ 5　1 / 2 -
　　來　拜　年 (張先生拜年之三・合水流行)
　　/ 5 6 2 / 6 5 4
　　上　了　南　坡 (出東門・西華池流行)
　　/ 2 1 2 3 /
　　都　說 (信天游之三十・隴東流行)
　　/ 4 5 6 5 /

戴　　啲 (烏綾子手帕之一・米脂流行)

／１２１７８５／

爹　　　爹 (小叮嘴・楡林流行)

　２６／５　　／２６５

看我來　　呀兒鎮 (繡荷包之八・隴東流行)

(12) ⓐ (二十五曲) １／７６７６／３ (53)／０５１２／３７６／

　　　　　　黃 銅 煙　燈　玻璃　罩 (紅旗挿到死羊灣)

　ⓑ／２６２７／５７６０／

二里墩來吧呀 (送郎之一・淸澗流行)

／５１２／

來呀哈 (捎手帕・米脂流行)

／２３７６５３５／

　小　　袖　袖 (走西口之六・綏德米脂流行)

(13) ⓐ (三十一曲)／５１２／３２３／３６５２／３－／５５６／

　　　　　　滿天的 雲彩 風 吹　亂　好好的
　　　　　　５４３５／６４３５２／１－
　　　　　　夫 妻　被 人擾　散 (羊肚子手巾)

　ⓑ／５１２／

擺動 (繡荷包之五・陝北流行)

／３２３／１１

羊肚子　手巾 (信天游之六・陝北流行)

／３６５／

哎哎啲 (擗白荣之一・綏德米脂流行)

(14) ⓐ (三十一曲之三)／５１３／３２３／２３２７／６１２／５５３／

　　　　　　望着那 月 亮 淚汪　汪 人裏頭
　　　　　　／６１３２／１７６１５６／１
　　　　　　數不過咱兩口悽　　　惶 (羊肚子手巾)

　ⓑ／５５５ ５５３／

　一更子　裏來 (五更想郎・志丹流行)

／ 2 5 6 1 3 ／ 2

賣貨度 營　生 (賣雜貨之六・隴東流行)

／ 1 7 6　6 5 -

强來叫　親親 (信天游之三十一・綏德米脂流行)

(15) ⓐ (三十三曲) ／ 2 2 1 1 5 2　　1 7 6 5 4 ／ 2 5 5　　5 5 5

　　　　　　有朝一日隨　　了我的　願 小刀子　扎我的

　　　　　　　　5 2 1 ／

　　　　　　　　　沒深淺 (團圓)

ⓑ ／ 2 2 1 ／ 1 6 ／

擔子的　擔過 (賣花線之一・隴東流行)

／ 7 6 5 ／

掛紅燈 (五哥放羊之九・鹽池流行)

／ 2 5 5 ／

十人就 (十愛姐之二・華池流行)

　이상과 같은 15조의 총보 곡조의 연원을 추출해 보았다. 이 도표가 객
관성을 결여하고 있으며, 리찌의 시구 일부만이 곡조화되어 있기 때문에
전체의 민가풍으로 일률화 시킬 수는 없다. 그러나 리찌는 자신이 민가
에 대해서 다음과 같은 시와는 불가분의 관계를 인식했기 때문에 이러
한 리찌의 악곡에서 철저한 민가곡의 차용을 입증할 수 있는 것이다.

　　이러한 객관적인 역사안목으로 민가를 연구하여, 민가에 대한 발
　전적 인식이 민가의 진정한 역사적 가치를 이해하는데 큰 도움이 되
　었다. 마침 이런 인식으로 해서 나에게 민가 순천유의 형식을 가지고
　새로운 사회의 현실생활을 표현하고 전달하는 마음과 용기를 주게
　된 것이다.[32]

---

32) 這種用客觀的歷史眼光, 去硏究民歌, 以及對民歌是發展的認識, 是大大有助于你去
　　理解民歌的眞正歷史價値的. 正是由于這種認識, 才給了我以用民歌順天游的形式,

리찌에게는 그의 시를 민가에 근거하지 않고서는 그가 원하는 승화된 시세계, 그리고 대중의 문학을 추구할 수 없으며 대중의 사상적이며 문화적인 계몽이 힘들다고 본 것이다. 따라서 이러한 도시는 단순한 연원적 의미보다는 오히려 당시에 부각된 민심의 혁명적(살기 위한 새로운 변화) 의식과 생활의 참상을 고발하면서 공산화된 사회 현실에 대한 비판적 의도도 가미된 것으로 본다.[33] 리찌는 <난주시화(蘭州詩話)>(≪紅旗手≫1960년 제5기) 21장에서,

> 서사시는 반드시 고사와 정절이 있어야 한다. 그러나 이런 고사나 정절 자체가 결코 목적이 아니다. 목적은 사람을 묘사하는 데 있다. 고사와 정절은 단지 사람을 묘사하는 이 목적을 달성하기 위해서 갖추는 수단일 따름이다.[34]

라고 하였듯이 사실상 리찌로서는 「爲人」(사람됨)이 작시의 핵인 것을 밝히고 있다. 리찌는 민가적 시가를 통해서 그의 인본주의적 가치관을 최대한 제시했으며 그러기에 리찌를 흔히 평가하여 정치의식의 이용이

來表達傳述新社會現實生活的身心和勇氣. (我是怎樣學習民歌的)

33) 이 부분은 필자의 斷定的인 의견이다. 리찌는 민중의 고통을 三邊의 民歌를 수집하면서 보고 같이 나누었다. 그래서 민중의 대변자로서 역시 민가적 詩를 민가적 내용을 담아서 諷刺告發 했다고 본다. 다음의 리찌의 글은 그 모든 것을 제시해 준다. 「剛到三邊工作時, 我曾相當長時間的弄不淸楚“走西口”“繡荷包” 這兩支古老的民歌, 爲甚麼傳布得如是之廣, 人們爲甚麼總是把它掛在咀上？ …… 我明白了它的原因：原來在革命前, 豪紳地主常常把農民們剝削厭榨得家破人亡, 使他們不能在這塊土地主生活不去, 使他們不能不離鄕別井, 丢棄妻子兒女, 砲到包頭(卽所謂西口)等地尋求生活. …… 他們雖然 “走了口外”, 他們的妻子兒女却仍在三邊, 于是. “捎書帶信”, “繡個荷包袋”就成了他們維系感情的主要形式和工具. 附着對于這時代痛苦地回憶, 人們就一直地歌唱着這兩支民歌.(我是怎樣學習民歌的)」

34) 敍事詩必要有故事, 有情節. 但這故事, 這情節本身, 并不是目的, 目的是寫人. 故事, 情節只不過是爲要達到寫人這個目的而採取的手段而已.

나 마오쩌둥 노선의 추종이라고 하는 데에는 동의하지 않는다.35) 그의 시세계는 「眞實」하다는 한 마디로 매듭지을 수 있다.

리찌의 이 장편서사시는 1940년대의 대표작으로 수다한 논구의 대상이 되었음을 이미 밝힌 바 있다. 따라서 이 시가 중국 신시단에 제시해 주는 다음 몇 가지 점을 유의할 필요가 있다. 첫째는 이 시가 대중의 심성을 대변하면서 대중문예의 획(劃)을 그었다는 점이다. 대중의 생활과 마음의 의취를 예술(民歌)과 창작상의 기교(比興)를 겸비시켜서 적절히 반영하고 있다. 둘째로는 시의 참신성(斬新性)이다. 이것은 곧 루쉰(魯迅)이 말한 바, 「구형식은 채집했다가 반드시 버려야 할 것이 있다. 이미 버렸다가도 반드시 이익되는 바가 있을 것이다. 이 결과는 신형식의 출현이며 곧 변혁인 것이다.(舊形式是采取, 必有所削除, 必有所增益, 這結果是新形式的出現, 也就是變革.)」(「論舊形式的采用」)라는 의미와도 상통한다. 외양상으로 모방한 듯 하지만, 사실은 오고지신(溫故知新)과 같은 새로운 작시상의 시도이며 성공이다. 수식과 기교보다는 풍유(諷諭)와 생동이 있고 살아있는 언어가 넘친다. 이것은 방언이 다용된 것으로서 확인된다. 예컨대, ‘一滿高’(높고 높다)・‘黑裏’(밤에)・‘邇刻’(지금)・‘胡日弄’(제멋대로 나쁜 짓을 하다)・‘糞爬牛’(쇠똥구리)・‘骨泉 樣子’(귀신같은 놈) 등은 주해가 없으면 독자가 이해 못할 섬북 방언이다. 셋째로 계시된 것은 이 시의 핵심적 가치인 섬북의 민가를 이 시의 리듬의 바탕으로 삼았다는 것이다. 이 시의 시구는 모두 752구로서 양구 일체의 형식을 가지고 매 양구 마다 동운(同韻)으로 압운시키고 있다. 이 시를 창극화하여 주요 시구를 삽입시켰고 그 곡조의 민가풍도 주지하는 바와 같

---

35) 代表的인 例文으로서 「寒山碧」의 다음 글을 들 수 있다(出處旣說). 「海外論者偶而談到這部作品時, 往往因爲它的主題是歌頌共産黨和土地革命的, 便一棒子打死全盤否定. 其 實王貴與李香香的藝術價値是不應該否定, 而且也是否定不了的.」

다. 여기에서 내용보다는 격조면에 치중하여 살펴본 이유도 시의 개성의
비중을 여기에 두었기 때문이다. 비록 주마간산격이며 피상적인 글이지
만 이러한 가설이 있음으로 해서 차후의 정설이 나올 수 있는 것이며,
이 시에 있어서는 민가풍의 다각적인 분석이 필히 가해져야만 시의 예
술성이 바르게 짚어질 것으로 본다.

6장 리잉(李瑛) 시의 순수성과 생동감

중국의 현대시단을 살펴보면 특히 정치의 조류와 상관되어서 그 특성이 점철되는 경우를 강하게 인식한다. 마오쩌뚱(毛澤東)이 공산정권을 수립하고서 초기 10년 간 그의 「문예강화(文藝講話)」(1942)에 의한 그 시대의 문예정책을 확정하고서 문예노선을 선도한 시기이다. 이 정책은 중국 공산당이 지향하는 중국 문예운동의 기본방침이 되고 모든 문예방향을 농공과 혁명의 동맹을 위한 인생관과 방법론이 되도록 해야 한다는 것이다. 일체의 문예는 일정한 계급, 일정한 정치노선에 구속당하고 예술을 위한 예술은 구두선에 지나지 않게 된다. 1940~50년대의 현대문학은 여하튼 숙청이라는 일방적인 억압수단 때문에 인위적으로 정하여진 노선을 지켜야 하며 그에게 탈피하기란 심히 어려웠다. 문학과 정치의 상호 굴레적인 역학관계를 강요하는 시점이었던 것이다.

이 시기의 시단은 1949년을 전후한 10년 간에 다음 세 가지 개성을 보여준다. 첫째는 국민당정권을 무너뜨린 해방전쟁의 승리와 신중국의 탄생을 애국적인 감정으로 토로하였으며, 둘째는 낭만과 거리가 먼 현실생활과 밀접한 창작생활을 지향해야 한다는 것이었고, 셋째는 다양한 시체의 형식이 발달했다고 볼 수 있다. 그 비근한 예로 허찡즈(賀敬之)의 <레이펑의 노래(雷鋒之歌)>의 일단을 보면

> 그대의 나이는
> 이십이 세
> 나의 젊은 아우여
> 그대의 생명은
> 이처럼 빛나리
> 또한 나의
> 비할 수 없이 높고 큰
> 형님이여![1]

이 싯구는 단순한 레이펑의 노래이지만 무산계급의 전사를 주제로 한 영웅시의 하나인 것이다. 모든 시제의 대상은 정치권력에의 치하와 격려로 결론되어져야 할 것이다. 그리고 사회의 건설에 역점을 두어야 했다. 이러한 관념의 생활은 시가창작의 원천이라는 기본의식에서 도출되게 했기 때문이다. 허치팡(何其芳)은 말하기를,

> 생활의 강렬한 힘만이 우리의 심령을 뛰게 하여 시가의 날개를 펼 수 있으며 시가의 피리에서 황홀한 곡조를 낼 수 있다.[2]

라고 강조한 것은 마오쩌뚱의 성실한 추종자인 허치팡 만의 편견은 아니었다. 꿔모뤄(郭沫若)가 말한 바,

---

1) 你的年紀 二十二歲 是我年輕的弟弟啊 這的光輝 却是我 無比高大的 長兄!

2) ≪詩歌欣賞≫(人民文學出版社, 1978)

신민가의 장점은 국한성에 있으며, 작자는 국한 속에서 장점을 표
현하는 데 오묘함이 있다.[3]

라고 한 것이라든가 쪼우양(周揚)이 말한 바,

5 · 4이래의 신시는 구시의 격률의 쇠고랑을 부수고 신체의 대해방
을 실현시켜서 많은 우수한 혁명시인을 산출시켰다.[4]

라고 역설한 것은 모두 일맥상통하는 그 당시의 문예창작의 지침이라
하겠다. 따라서 순수문예적 입장에서 평가한다면 시단의 암흑기라 할 수
있으며, 또 실지로 가치 있는 시단의 활동이 미약하였다고도 볼 수 있다.
그러나 1950년대에서 1960년대 초반에는 그 이전에 비해 사상적으로 시
의 표현이 깊어지고 기법도 은유법이 다양하게 구사되었음을 간과할 수
없다. 1966년부터 시작된 「文革」이 기다리고 있었기에 지금의 시점에서
매우 중요한 한 시기라고 의미를 부여해야 할 것이다.

리잉(李瑛, 1926~)을[5] 본문의 소재로 택한 데에는 기타 시인들처럼
전투생활을 반영한 대표작가라고 평한 면도 간과할 수 없지만,[6] 사실은
그의 시에 흐르는 생동하는 삶의 원기를 무엇보다 우선 살펴보는 자세

---

3) 「就當前詩歌中的主要問題答『詩刊』社問」(≪詩刊≫, 1959年 1月號)

4) 「新民歌開拓了詩歌的新道路」(≪紅旗≫, 1958年 創刊號)

5) 李瑛, 河北省 豊潤人. 詩集「野戰詩集」,「戰場上的範日」,「天安文四的紅燈」,「友
   誼的花束」,「時代紀事」,「寄自海防前線的詩」,「靜靜的哨所」,「紅花滿山」,「北疆紅
   似火」,「早農」,「花的原野」,「紅柳集」,「棗林村集」,「獻給火的年代」,「站起來的人
   民」,「難忘的一九七六」,「進軍集」,長詩「頌歌」 등이 있음.

6) ≪中國當代文學史≫(二), P.312,「反映部隊戰鬪生活的, 以李瑛的詩作爲代表. 他
   的『戰鬪的喜報』,『我們的村莊』,『瞭望』,『出港』,『茫茫雪線上』 等以滿腔激情, 從
   各個角度, 抒發了革命戰士的豪情, 表達了戰士們的心聲」(福建人民出版社, 1981) 李
   瑛에 관한 자료가 극소함.

가 필요하다고 본 것이다. 리잉의 시적 안목이 다양한 시어를 구사하여 그의 시대적인 감성을 적절히 표출하고 있으며, 그의 생활의식이나 조국애를 묘사하고 있지만, 그의 시에서 특히 중요한 점은 시가 섬세하면서도 운치가 넘치는 기법상의 장점과 기운찬 시정의 표현이라 할 수 있다.[7] 다시 말하면 리잉은 생활 속에서 풍부한 시의의 형상을 포착하여 상상력을 대담하게 가미시켜서 미적인 의경을 창조해 낸 것이다. 이러한 리잉의 신시에서 서정적인 면이 자연스럽게 표현될 수 있었다. 그 당시의 시정이 낭만적인 서정을 중시하지 않았으나, 시가 갖는 흥취는 중국시의 전통적인 시경인 만큼 리잉의 시에서도 이 점을 간과해서는 안될 것이다. 따라서 본문에서는 그의 서정적인 시에 보이는 다음과 같은 몇 가지 측면을 소감의 일단으로 감상해 보고자 한다.

Ⅰ. 자연 속의 교훈

시에서의 자연미는 중국의 산수전원의 소재에서 나오는 전통적인 풍격이다. 위진(魏晉)의 산수전원시나 성당의 은일낭만시가 시단의 제1의[8]가 된다는 시론상의 의미는 바로 이 자연미의 토로에 있기 때문이다. 이 제일의의 시는 남송대의 엄우(嚴羽)의 다음 말에서 자명해진다. 즉 시의 묘오론(妙悟論)이다. 이 묘오는 시의 자연미가 배제되어서는 터득될 수가 없는 것이다.

---

7) ≪中國當代文學史≫(二), P.350, 「李瑛的詩細膩精致」
8) 嚴羽의 ≪滄浪詩話≫ 詩辨에 나오는 말

선가류에는 대소의 승이 있고 남북의 종이 있으며 정사의 도가 있으니 학습자는 모름지기 최상의 승을 따라 바른 법안을 갖추어 제1의를 깨달아야 한다. 소승선이라면 성문승과 벽지승 따위인데 모두 바르지 않다. 시를 논함은 선을 논함과 같으니 한위진과 성당의 시가 바로 제일의이다. …… 대개 선도는 묘오에 있으니 시도 또한 묘오에 있는 것이다. 또한 맹호연의 학력이 한유보다 매우 떨어지지만 그 시만은 한유 위에 빼어난 것은 오직 묘오를 맛보기 때문이다. 오직 悟는 곧 마땅히 갈 길이요 본색이 되는 것이다.9)

이와 같은 논리는 시의 논리성보다는 자연성 즉 인간이 갖는 성정 자체를 더욱 강조한 것이라 하겠다. 리잉의 시에서 자연의 현상을 소재로 한 것이 적은 편이지만 계절미에 대한 묘사에서 시인 자신의 숨겨진 의식이 강렬하게 부각된다. 먼저 <뻐꾸기의 이야기(播谷鳥的故事)>를 보기로 한다.10)

뻐꾸기-쉴새없이 노래를 하며
씨앗뿌리라 재촉하네.
황폐한 토지 일구는 이 없고
기아의 시대는 너마저 짓밟는구나.
뻐꾸기 눈물 삼킨 채 들녘을 서성이며
외치고 있네. 외치고 있네.

빽빽한 숲 오솔길에서
밭갈이 나무수레 잃어버려!

---

9) 禪家者流, 乘有小大, 宗有南北, 道有邪正; 學者須從最上乘, 具正法眼, 悟第一義. 若小乘禪, 聲聞辟支果, 皆非正也. 論詩如論禪; 漢魏晉與盛唐之詩, 則第一義也. …… 大抵禪道惟在妙悟, 詩道亦在妙悟. 且孟襄陽學力下韓退之遠甚, 而其詩獨出退之上者, 一味妙悟而已. 惟悟乃爲當行, 乃爲本色.

10) 이하에 引述되는 李瑛의 시는 모두 ≪李瑛詩集≫(人民文學出版社, 1980)에서 인용된 것임.

나 다시는 둥지 원하는 마음 품지 않으리.

뻐꾸기 눈물 떨어뜨려도
아직 씨앗 뿌릴 사람 없구나.

쓰디쓴 눈물, 마르고 마른 토지에
(뻐꾸기는 무덤 가에서 지쳐 죽었다)
여름이 장차 가고 나면
나방이 날고 누리도 날면
우리는 베갯머리에서
주리고 지친 꿈 하나 펼쳐보리.11)(1943)

이 시는 단순한 뻐꾸기의 노래를 통하여 근면과 현실에 대한 불만을 담고자 하였다. 진솔하고 가식 없는 시의를 토로하려고 하였으며 시인 자신의 안타까운 현실상황에 대한 문제점을 훈계하고자 상징적으로 비유하고 있다. 그러면 <봄의 교훈(春的告誡)>을 보고자 한다.

진부한 자태는 모두 버리고
압력에 견디지 못하는 것은 빨리 타파하여서
산 자의 강인한 폭발로 토지를 개척케 하고
죽은 자는 묻히어 그 빈자리를 메꾸게 하라.
아, 저 빛과 열을 갈구하는 이들이여
내 너희들에게 젊음의 시간을 주리라.
지나간 시간은 다시 오지 않나니!

11) 播谷—忙着唱, 忙着催人播種吧. 荒蕪的土地沒人收拾, 飢餓的時代將你蹂躪, 播谷喚着淚, 佇立在田野, 呼喚着, 呼喚着.
　　叢林的小徑, 失却耕耘的木車: 我不願再懷求栖之心. 播谷鳥滴落淚了, 仍沒有人來撒下種籽.
　　辛酸的淚, 枯槁的土地, (播谷鳥竭死在墓旁)夏將老去—螟虫在飛, 蝗蟲也在飛, 我們的枕畔, 鋪一個饑荒的夢……

지나간 시간은 다시 오지 않나니!

소리낼 수 있는 건 모두 끝없이 퍼져가고
빛 바랜 것은 모두 새로이 빛을 내라.
모든 건 적나라한 생활 속에 있나니
지혜는 일의 편, 일에 복종하리라.
아, 저 빛과 일을 갈구하는 이들이여!
내 그대들에게 젊음의 시간을 주리라.
지나간 시간은 다시 오지 않나니!
지나간 시간은 다시 오지 않나니

시인은 다시 맞는 봄을 가지고 청춘에 비교하면서 무정한 세월의 흐름을 경계하고 있다. 역시 시간을 다지기 위해 복종하는 근면성을 강조하고 잠시 머물다가 가는 여관인 역여(逆旅)와 같은 세상에서 자신들이 지킬 수 있는 삶의 영원성이란 시간의 가치를 깊이 인식하는데 있다는 사실을 피력하고 있다. 이어서 <봄(春天)>을 보면, 봄을 느끼는 시심이 전쟁터에서 우러나게 소재를 모았다. 사망의 전쟁과 결부된 상황 하에서 새 생명의 소생을 의미하는 봄이 주는 상징성은 삶에 대한 소중함을 인식케 해주는 시이다.

이건 조선이 겪은 전쟁이었다.
전선에서 창마다에 새겨진 것은 모두가 녹슨 쇠, 뜨거운 포화
무서운 폐허와 포탄의 흔적

---

12) 凡是陳舊的姿態都該改變, 凡是不堪積壓的都急速突破, 讓生者倔强的爆裂開土地, 讓死者埋下去填補他的空位. 呵, 那些渴求着光和熱的, 我給你們年輕的時間, 過時不再! 過時不再!
所有能發聲音的都發到無限, 所有褪失顔色的都重新閃光. 一切都在赤裸的生活中, 智慧屬于工作, 向它服從. 呵, 那些渴求着光和熱的, 我給你們年輕的時間, 過時不再! 過時不再!

그러나 우리 사단 지휘소 안
창 밖에는 아름다운 꽃병이 놓여 있었다.
그건 녹색 탄피,
여기 꽂힌 꽃이 빨갛게 피어 있었다.

우리가 탄피에 씨를 뿌렸더니,
봄꽃이 여기에 피었구나.
사단장은 항상 전투휴식시간에
이런 일을 전사들에게 들려주었다.
이건 나라를 떠난 후에 터진 최초의 포탄이니
대지에 여명을 가져온 것이다.
당시엔 무수한 침략자들이 쳐들어와
우리도 총칼을 든 것이다.

내게 미련 있는 게 아니다.
이 위대한 시대에 내 마음은 항상
끓어올랐고
몇 개월 주야로 고전한 뒤에
어느 날 새벽, 홀연히 깨어나 보니,
내 옆에 한 송이 야생화가 아주
붉게 피어 있었다.
희생된 동료 옆에 피어 있으니 노기가 풀렸고,
그때서야 이것이 얼마나 여명인가를 알았다.

이제 봄도 영웅의 땅에 강림하고 있으니
이 꽃은 불후의 상징인 것 같다.
인류가 짊어질 책임
내 마음의 감각도 과거와 달라졌다.
지금 이 꽃병 앞에 서 있으니
저 포화가 발 밑에서 쾅쾅거리고 있는 것 같다.
평화를 위해 우린 목숨 바쳐 침략자를 무찔러
생명이 다시 이 폐허 속에서 소생토록 해야 하리라.(1953)

전쟁은 무섭지만 탄피에 뿌린 씨가 꽃이 될 줄은 상상할 수 있었을까. 강인한 생명력은 봄이라는 계절만이 가능케 한다. 한국동란에서 얻어진 시인의 산 경험이며 자신의 생명에 대한 경건을 재인식시키는 계기가 된 것이다. 탄피에 핀 빨간 꽃에서 시인은 성쇠의 묘리를 터득했을 것이며 윤회의 생성론을 음미해 보았을 것이다. 리잉의 시에서 현실의 반영은 곧 내심의 갈등과 확신의 표현이기도 하다. 봄을 단순한 봄이 아니라 봄에 의한 현실의 난관극복을 암시하는 것에 더욱 초점을 맞추고 있다.

자연의 섭리는 인간에게 무한한 가능성을 계시해 주며 역경을 극복하는 매체로서 시인을 이해하고 있다. 봄이 왔기에 탄피에 씨가 꽃피울 수 있듯이 삶의 순리도 고난 속이지만 봄과 같은 희망을 지녔기에 승리의 창조력을 발휘할 수 있다는 것이다. 리잉의 자연소재는 의지와 심성의 의식화된 표현으로 인위화시키는 단계로 끌어올리고 있다. 단순한 자연 자체의 묘사에서 한정하지 않고 삶의 심적 세계로 내입시키고 있는 데에, 순수성이 결여된다고 보겠지만 「理」와 「情」의 조화, 좀더 보편적으로 보자면, 「정경교융(情景交融)」이란 서정적 기법을 감지할 수 있다.

Ⅱ. 영물에 의한 흥취

영물은 내심의 것을 사물을 차용하여 표현하는 기탁의 풍자라고 할 수 있다. 중국의 시에는 시경 이래로 일반화되어 있는 가장 다용되는 작시법이다. 이것이 곧 비(比)요, 흥(興)과 상통되는 것이다. 영물시 자체는 연원상으로 시경까지 소급하면서 실체화되기는 부체(賦體)에서 시의 제재가 확대되어 진송 간의 산수시를 계승한 것인데[13] 유협(劉勰)은 ≪문

심조룡(文心雕龍)≫의 「물색편(物色篇)」에서 영물의 흥취(興趣)를 말하기를,

마음에 느낀 바를 읊으면 생각이 깊고 넓어지고 사물을 몸소 느껴 깊은 데로 나가며 그 드러나는 성취는 은근한 기탁에 두고 있다.[14]

라고 하여 영물의 특성을 백묘(白描)가 아니라 숨겨서 나타내는 은근하고 풍유적인 데에 두고자 함을 알 수 있다. 그리고 명대의 위경지(魏慶之)는 영물시의 묘미를 더욱 분명히 밝혀서,

영물시는 확실히 다 드러내지 않고 모습을 비슷하게 묘사 만하여 그 가장 깊은 면을 드러낼 뿐이다.[15]

라고 설명하고 있으며 청대의 시보화(施補華)는 영물시는 반드시 기탁이 있어야 하는 요건을 강조하고 있는 데에서 영물시의 특색을 유추할 수 있다.[16] 그러면 리잉의 시에 있어서 영물의 기흥(寄興)은 어떤 것인가? 한 마디로 강렬한 열정이 넘치는 기탁이다. <꽃, 과실, 종자(花, 果實, 種子)>를 보기로 한다.

제1의 군중
식물이 자라고 있을 때
우린 당연히 과실을 찬미하지 않을 수 없다.

---

13) 紀庸의 「唐詩之因革」

14) 吟詠所發, 志唯深遠, 體物爲妙, 功在密附.

15) 詠物詩不待分明說盡, 兄彷彿刑容, 便見妙處.)(≪詩人王屑≫券九)

16) 施補華는 ≪峴傭說詩≫에서 「詠物詩必須有寄託, 無寄託而詠物, 試帖體也.」

그 다음은 종자를, 또 그 다음은
꽃 떨기를 찬미한다.
나뭇가지에 달린 사과가 점차 붉어져
땅에 떨어지기까지는
온갖 비바람과 고통을 겪고나야
푸르고 탐스러운 종자를 갖게 되나니
살기 위해 죽는 걸 너무도 잘 알고 있도다.
우리는 생활과 투쟁을 노래하면서
우리는 과실도 노래를 한다.17)

제2의 군중
그러나 우리는 먼저 종자를 찬미해야 하나니
오로지 강인한 생장을 통해서만이
꽃과 과실을 맺을 수 있기에
한 톨의 종자가 수많은 종자를 맺을 수 있기에
종자마다 무한한 생기를 품고 있도다.
그리고 우리는 빛나는 햇빛, 애쓰는 빗물, 질박한 토지에 감사하노니
곧 세상의 열쇠라 해도 지나치지는 않으리라.
우리는 생명과 희망을 노래하면서
우리는 종자도 노래를 한다.18)

제3의 군중
처녀보다는, 나는 어머니를 찬미하고
종자보다는, 나는 꽃을 찬미한다.
나는 꽃의 적나라함과 지혜를 찬미하고

---

17) 在一棵植物的生長中, 我們不能不歌頌果實, 其次便是種子, 其次是花朶. 因爲當一
   枝苹果在樹梢轉紅而跌落草地的時候, 曾經過多少風雨和苦痛, 它携帶着孕育飽滿的
   種子, 更淸楚地了解爲生而死. 我們歌唱生活和鬪爭, 我們便歌唱果實.
18) 而我們, 我們首先要歌頌種子, 因爲只有它倔强的生長, 才會帶來花朶和果實; 一粒
   種子能結許多籽實, 每顆都孕育了無限生機; 幷且我們感謝燦爛的陽光, 感謝勤勞的
   雨水和質朴的土地, 我們說它是世界的鑰匙幷不過分. 我們歌唱生命和希望, 我們便
   歌唱種子.

그의 고민과 용감을 찬미한다.
그것은 숨김없이 가슴을 드러내어 벌 나비와 풍우의 잔혹을 견딘
다.
그의 영광은 그 어느 자산보다 풍부하고
내일의 과실을 위해 기쁘게 열어 놓는다.
우리는 신념과 내일을 노래하면서
우리는 꽃도 노래를 한다.19)(1947)

　　시인의 자연의 식물을 대상으로 자신의 삶의 한 모퉁이에 몰아놓고
절규한다. 아이칭(艾靑)이 그의 ≪시론(詩論)≫ 시(詩)(제7조)에서 서술하
기를,

　　　　시속에 존재하는 美는 시인의 정감을 거쳐 표출된 것이며, 인류의
　　　상승하는 정신의 섬광인 것이다. 이 섬광은 암흑 속에서 날아 오르는
　　　불꽃과 같고 꿀과 도끼로 암석을 쪼갤 때 일어나는 스파크와도 같
　　　다.20)

라고 하였듯이 섬광 같은 시의 정신이 살아 넘치는 박동감이 있다. 「제1
군중」에서는 영물하면서 그에 대한 찬미를, 「제2군중」에서는 생물의 생
장과정의 인내와 투지를 찬미하며, 「제3군중」에서는 과정을 거치고 나
서의 결실을 찬미한다. 세 가지 생물을 대상으로 삶의 과정에 기탁하는
기법을 쓰고 있다. 이것은 아이칭(艾靑)이 ≪시론≫(技術) 17조에서 말한
바,

---

19) 比較處女, 我歌頌母親, 比較種子, 我歌頌花朶; 我歌頌它的赤裸和智慧, 歌頌它的苦
心和勇敢, 它多麽喜悅地袒露着胸膛, 忍受蜂蝶和風雨的摧殘; 它的光榮比任何資産
都富有, 爲了明天的果實而愉快地開放. 我們歌唱信念和明天, 我們便歌唱花朶.

20) 存在于詩裏的美, 是通過詩人的情感所表達出來的, 人類向上精神的一種閃灼. 這種
閃灼猶如飛濺在黑暗裏的一些火花, 也猶如用鑿與斧打擊在岩上所迸射的火花.

시인은 이러할 때에 그의 예술수양을 드러낸다. 그가 묘사하는 사물이 뚜렷한 윤곽을 주는 외에, 사람으로 하여금 어떤 유의 색깔과 소리가 그 작품과 더불어 분리될 수 없이 함께 융합되어 있음을 느낄 수 있게 한다. 많은 작품들이 분명한 색깔을 가지고 있고, 동시에 들을 수 있는 소리도 가지고 있음을 우리는 안다.[21]

라고 한 내용의 한 예증이 될 것이다. 그리고 <창(窓)>을 소재로 한 다음의 작품을 모두 9장으로 된 장시인데 그 중에서 몇 개의 장을 보도록 한다.

(1)
우리가 사는 이 땅은
춥고 그늘져 눅눅하니
우리의 마음 속까지
우리의 피부와 뼛속까지도
겨울이면 흙담에 하얀 서리 엉겨있고
여름이면 곰팡이 핀 이끼
그리하여 지혜로운 이가 일어나서
창 하나 낼 것을 생각했다.

그래 창 하나 내니
밝고도, 넓으리라.
나의 벗들이여
자신의 마음에
창을 내라
그대 고난의 조국에서
창문 하나 내주게나.[22]

---

21) 詩人在這樣的時候, 顯出了他的藝術修養: 卽除了他所寫的事物給以明確的輪廓以外, 還能使人感到有種顏色或聲音和那作品不可分離地融洽在一起. 我們知道, 很多作品是有顯然的顏色的, 同時也是有加以聽見的聲音的.

(3)
창 ——
생각나노니 저 감옥에 갇혀 있을 적에
미친 듯이 쇠 난간을 흔들었지
두 개골이 깨진 죄수들
생각나노니 저 높다란 담벽
수용소에 병든 채 갇혀 있던 포로들
그들이
창을 통해 얻은 계시.

그들은 처음
지붕의 쇠창가에서
한 마리의 푸른 매가 푸덕거리며
나는 것을 보았다.
찬란한 태양!
푸르른 하늘!
자유로운 구름!

이에 그들은 용감해졌고
불의 행렬이 흘러나올 때
그들은 수갑을 부숴 버리고
그들은 탈옥을 했다.
참으로 용감한 그대들이여!
참으로 아름다운 그대들이여!
참으로 장렬한 그대들이여!
우리는 환영회를 열리라!23)

---

22) 我們住的這間屋子, 又冷, 又陰濕, 甚至連我們的心, 甚至連我們的肌肉和骨頭; 冬天
   泥墻上凝滿了白霜, 夏天是發霉的草苔! 于是, 智慧的人站起來, 想起了開一面窗.

23) 窗— 使我想起了那囚禁在監獄裏的, 瘋狂的搖撼着鐵欄杆的, 撞破了頭骨的囚徒; 使
   我想起了那高高的墻壁, 集中營裏病着的俘虜; 我們, 爲窗而得的啓示. 當他們第一
   次, 從屋頂的鐵窗口, 看見一枝蒼鷹的風箏在飛…… 好亮的太陽呵! 好藍的天空呵!
   好自由的雲呵! 于是他們勇敢起來了, 在一個火的行列流來的時候, 他們敲開了鐐銬,

(6)
창——
내 생각나니
저 아이 막 몸을 일으키려 할 때
어둡고 어두운 창문틀 잡으려다
손바닥으로 구멍을 냈지.
어머니가 새로 바른 창호지에
찢어진 구멍으로
눈에 먼저 보인 것은
뜰 안에서 꼬꼬댁거리는 수탉
지붕 용마루보다 높은 풀 더미였지.
그 다음 눈에 보인 것은
자기 나이보다 어린 나무
저 뽕나무 저 잣나무
어느새 너무도 놀라와서
서로의 이름을 부르지 못하였다.24)

(8)
아, 친구여
내 정말 저 창을 사랑하고
내 저 보잘 것 없는 걸 사랑하는 것은
사람을 분노케 하는 일이리라.
저건 우리로 하여금 이를 갈며 눈물 흘리게 하는 것.
그리고 우리로 하여금 눈물겹도록
즐겁게 해 주는 일이기도 하리라.
태양은 너무 좋아, 감사하나니
방벽을 두드려 열었다.25)

他們越獄了. 好勇敢! 你們, 好美麗! 你們, 好壯烈! 你們, 讓我們開一個歡迎會!

24) 窗— 使我想起了: 那剛會站起身來的孩子, 扶着黑黑的窗框, 小手掌扑破 母親新糊
的窗紙; 于是, 從破洞, 他第一次看見了, 庭院裏唱着的雄鷄, 比房脊都高的草垛; 看
見了: 載着糧食的驢子, 載着輜重的馬匹; 看見了: 比他的生命還年輕的樹, 那家桑,
那扁柏; 他無知的感到驚奇, 喚不出來各各的名字.

(9)
깃발 만들고
돌 보루 세운다.
성냥을 긋는다.
잠시 자신을 생각한다.
잠시 내 조국을 생각한다.
조국이여! 조국이여!

그러나 지금
이렇게 어두운 방에
등불도 없이
차갑고, 음산하다.
우리 창문을 열어 보세.
사람이 살고 있으니
열을 받아야지!
빛을 받아야지!26)(1947)

　　여기에서 창에 대한 영물이 단순한 조영(照影)으로서 영물이 아니고
창을 매체로하여 (1)에서는 고난의 조국에게 빛이 드는 희망의 대상으로
창을 조명하였으며, (3)에서는 자유를 잃은 무리에게 자유와 광명을 의미
하는 것으로 묘사하였으며, (6)에서는 창을 통하여 회억(回憶)의 매개로
서 열락의 소년시절을 그리며 현실의 고통을 안위하였고, (8)에서는 태양
을 향한 고통을 씻어줄 수 있는 돌파구로서 창을 그렸으며, (9)에서는 이
제는 차갑고 음산한 등불 없는 비애의 방에 있지만 열과 빛을 받을 수

---

25) 唉, 朋友: 我真愛那些窗, 我也愛那些寒傖的, 使人忿怒的故事. 那使人咬着牙齒流淚
的, 和使人歡笑得流淚的故事呵. 陽光太好了, 感謝你, 敲開了屋子的墙壁.

26) 制一面旗. 建一座碉堡. 劃一根火柴. 想一會兒自己. 想一會兒自己的朋友. 想一會兒
自己的祖國…… 祖國呵! 祖國呵! 但. 現在 這麼黑的屋子, 沒有燈, 又冷, 又陰濕;
讓我們開一面窗吧! 讓我開一面窗吧! 因爲人活着, 需要熱! 需要光!

있는 창문을 찾아서 열어야 한다는 하나의 개혁적인 의상을 은유적으로 토로하고 있다. 창의 의미는 시인에게는 희망과 희열의 이미지이며 미래에의 지향을 계시해 주는 것이다.

다음의 <태양 아 태양(太陽, 啊! 太陽)>에서는 의인화한 수법으로 시인의 의식을 태양을 상대로 하여 토로하는 형식을 취하고 있다.

(1)
태양, 오! 태양이여
내게 숲과 바다를 주오.
내게 자유의 공기와 빛을 주오!

내 이 감옥에 갇힌 지
너무나 오래되고 오래되어
내 이미 인류에 속한 권리를 잊었소.

내 이미 잊었으니
하얀 날개 비둘기인들 어찌 날며
꽃인들 어찌 봉오리를 터뜨리며
과일인들 어찌 붉게 익으며
총총한 별인들 어디에서 나타나겠소?

내 이미 잊었으니
지구가 둥글다고 말한 이가 누구인지를
내 이미 잊었소.
누가 처음으로 성냥불을 켰는지 ……27)

---

27) 太陽, 啊! 太陽, 給我森林和海吧, 給我自由的空氣和光吧! 因爲我在這牢籠裏, 是太久太久了, 我已經忘却了屬于人類的權利. 我已經忘却了: 白羽的鴿子是怎樣飛起的, 花是怎樣掙扎着開放, 果子是怎樣變紅而成熟, 繁星從哪裏出現. 我已經忘却了: 說地球是圓形的人是誰, 我已經忘却了: 是誰燃起了第一根火柴……

(4)
태양이오, 오! 태양이여!
내 어찌 당신께 내 상념을 말하리오
당신이 떠오르기 전엔
내 곁에 걸려있는 줄 알았소
초토화된 성지며 적군의 보루
광대한 묘지며 무수한 교수대
담 위에서 죽음을 맞아 올리고 있던 폭풍 ……
난 그 소리를 모두 들었소.

나의 창인가?
나의 쇠망치며 낫인가?
나의 선혈로 물든 호각인가?
태양이여! 그대는
내게 금빛 찬란한 무수한 별들을 주었고
내게 쏟아져 나오는 불빛을 주었소.[28](1948)

리잉의 시는 구구절절이 호소와 애절이 넘치며 선구적인 자세가 깃들어 있다. (1)에서는 희망을 위해서 지난 일일랑 떨치고 새 세계를 향해 자유를 구가하고 하였으며, (4)에서는 절규하는 자유의 희구가 당신 곧 태양이 있으므로 가능한 것인데 그 가능성이 하나의 이상과 허구가 되어서는 안 되겠다는 의지가 스며 있다. 그리고 <장난감(玩具)>의 일단을 보면,

내가 완구점에 갈 때면

---

28) 太陽, 啊! 太陽, 我怎樣對你說我的想念, 當你還沒有升起之前, 我彷彿看見身邊懸掛的是: 焦土的城池和敵人的堡壘; 廣大的坟場和無數的絞架, 我的粗壁上涌卷着死亡的風暴…… 我簡直聽到它的聲音了. 我的槍呢? 我的鐵錘和鐮刀呢? 我的染着鮮血的號角呢? 太陽啊, 你—— 給我無數的金星, 給我那些迸出的火花!

의례 개구쟁이를 보게 된다.
엄마 무릎을 따라 가려 하지 않으니
쌓아놓은 나무를 사서 지붕을 올리려는 것이다.

작은 자동차를 사주면 가죽공을 더 사달라 하니
그들은 갓난애들과 친구가 되고 싶어하는 것이다.
아이들의 마음은 사랑스럽고 아름답고 또 따뜻한 것이다.
장난감을 보면 내 생각나는 것은
공포의 감옥이 검은 빛으로 다가오는 것이다.

뉘 알았으랴, 무서운 일이 일찍부터 도사리고 있을 줄을
그들이 오자, 독기가 냉큼 그들의 생명을 앗아간 것이다.
모든 세상은 암흑에 빠졌고
저 완구들은 그들의 손에서 빠져나간 것이다.

이제 이들 완구가 여기에 진열되니 마치 과거를 회상하고 있는 것
같다.
완구는 세상 사람들에게 묻고 있다.
친구여, 왜 돌아오지 않나?

매양 내 완구점에 들릴 때면
저 감옥이 내 마음을 짓누른다.
저 아이들이 예나 다름없이 기뻐하며, 웃으며, 뛰며 상점에서 완구
를 사가지고
뛰어나오는 걸 보는 듯하다.(1954)

이 시는 다른 시와는 달리 직설적이며 사실적인 표현을 하고 있다. 장
난감을 보면 친근감이 가기도 하는가 하면 두렵기도 하며, 한편으로 가
식이 없는 천진함, 이런 것들이 어린 아이의 벗이 되는 요소가 된다. 시
인은 고난의 와중에서도 장난감을 가지고 놀던 어린이의 세계, 지나간

시대, 다시 갈 수 없는 시대, 그 시대를 회상하며 맑고 고운 인간의 심성을 장난감에서 조명해 보고자 시도한다. 이미 순수함을 빼앗긴 시인의 시각에서 순진으로 회귀하고픈 강한 의지를 토로한다. 리잉의 시에서 사물의 묘사가 심성의 풍자적인 표출이라는 데에 그 근거를 두고 있는 것이다.

Ⅲ. 우국의 상념

리잉은 앞머리에서 이미 지적하였듯이 전장에서 전쟁의 참상을 직접 목도하고 국가의 안위에 무엇이 필요한 것인지를 깊이 인식하고 있었다. 그러므로 그의 시는 아름답지만 그 드러내는 의미를 강렬하고 굳세다. 이러한 예는 당대의 두목(杜牧 803~852)에게서 이미 보인 전통적인 기법이다. 두목은 그 자신이 시를 쓰는데 있어서

> 고매하고 준일함을 찾아야 하며 기이하고 화려함을 힘쓰지 말며
> 속된 습성을 따르지 말라.[29]

라고 이미 설파하였다. 두목은 만당의 유미주의적인 시풍을 구사하여 유대걸(劉大杰)은 두목을 색정문학이라고까지 혹평하였지만, 그의 시의 이면에는 호방하고 건전한 우국적인 풍격을 제시했다.[30] 지금에 와서 리잉을 보자면 종군시인이나 변새시인이라고 해야 할 것 같다. 절절히 넘쳐

---

29) 本求高絶, 不務奇麗, 不涉習俗.)《樊川文集》卷十六,「獻詩啓」

30) 高棅은 《唐時品彙》에서「杜牧之之豪健」이라 하고 楊愼은 《升菴詩話》(卷五)에서「宋人評其詩豪而艶, 宕而麗……」라 함.

나오는 교훈적인 애국우국의 이념이 강하게 부각되어 있기 때문이다. 다음에 열거하는 시들도 그 예에서 벗어나지 않는다. 먼저 <산보하는 밤 (散步的夜)>을 보면,

십이월 위엄 있는 가슴을 드러내니
난폭한 사자가 툭 튀어 나왔다.
한밤에 신음과 알 수 없는 초조감을 끌고
주린 이와 그들 가족의 썰렁한 시체를 이끌고
낙엽이 꽁꽁 얼어붙은 빙하 위로
산보를 했다.

냉혹한 빙하의 경사면엔
몰락한 황성의 밤이 떠 있었다.
창백하게 굳어져버린 황성의 밤에
안개바다를 이루어 유령의 그림자가
가물거렸다.
그 날 밤 낙엽이 꽁꽁 얼어붙은 빙하 위로 산보를 했다.

바람 세차게 불어대던 소리
그건 처량한 산야의 울부짖음이었다.
기아의 난민이 유랑을 시작했다.
비분, 반항을 품고 살길을 찾으면서
그 날 밤 낙엽이 꽁꽁 얼어붙은
빙하 위로 산보를 했다.

무명의 시체 나뭇가지 사이에 걸려있고
무수한 시체 끊어진 다리 밑에 뒹굴고 있었다.
냉혹한 밤은 잔인한 일을 끝내고 소름치게 웃으며 내일을 바라보고 있었다.
그 날 밤 낙엽이 꽁꽁 얼어붙은 빙하 위로 산보를 했다.[31](1944)

아무도 없는 황폐한 폐허에서 찾을 수 있는 의미는 무엇인가. 비분과 냉혹만이 깃들고 극복해야 할 의무와 책임마저 가누기 힘들다.

다시 걷고 싶지 않은 산야이기를 은근히 기대해본다. 시인은 당산에서 항일전쟁말기의 참상을 보며 그린 시이다. 당산에서 지은 연관된 <옛장성(古長城)>을 보면 그 당시의 리잉은 우국의 깊은 시름을 떨칠 수 없는 우수의 시기였음을 알 수 있다.

> 석양이 어두운 상념을 펼치면
> 마른 풀에서 옛날의 얘기를 뒤적인다.
> 성루아래 백골이 애원하니,
> 담벼락엔 퇴색한 기억으로 얼룩진다.
>
> 피와 눈물은 역사의 페이지를 쌓아가고
> 벽돌담 위엔 고난의 그림이 찍혀있다.
> 달이 지자 호마의 구슬픈 소리 들려오니
> 내일은 처량한 비바람 몰아치리라[32] (1944)

여기서 전쟁의 참담한 모습으로 「백골이 애원하니」라든가 피와 눈물은 역사의 페이지이며 고난의 그림 등의 표현은 시인의 도피적 의식이

---

31) 十二月袒着威嚴的胸脯, 露出殘暴的肢體; 夜, 携着呻吟和數不清的焦慮, 携着飢餓的人和他們家族冰冷的屍體, 散步在凍結了落葉的氷河上. 冷酷的氷河的傾斜面, 浮游着沒落的荒城夜; 僵落了慘白的荒城夜, 霧之海, 點點幽靈的影子; 夜 散步在凍結了落葉的氷河上. 風。吹着尖厲的口哨, 那是凄厲的山野的嗥叫; 飢餓的難民開始流離了, 懷着悲憤, 反抗和尋找; 夜 散步在凍結了落葉的氷河上. 無名的屍身掛在樹枝間, 無數的屍體橫在斷橋下; 冷酷的夜完成殘忍的工作, 獰笑的望着明天(他不知明天是什麽樣子); 夜 散步在凍結了落葉的氷河上……

32) 夕陽鋪起了暗淡的思緒, 向枯草探詢昔日的故事; 城堡下有白骨訴說哀怨, 墙堞間涂滿褪色的記憶. 血和淚疊着歷史的冊頁, 磚垣上印着苦楚的圖案; 聆一陣月落胡馬的悲嘶, 怕明天會有凄楚的風雨.

아닌 적극적인 삶의 자세이며, 구국을 갈구하는 절규라 할 수 있다. 다음 시 <조선전쟁터의 어느 저녁(朝鮮戰場的一個晩上)>의 일단은 시인이 한국동란에 중공군의 일원으로 직접 참전하여 지은 것으로 평화를 희구 하고 희생자에 대한 애도를 노래하고 있다.

> 내 영원히 잊을 수 없는 것은
> 조선 전쟁터의 어느 날 저녁
> 윙윙대는 바람은 포화를 번뜩 움직이고 있었고
> 눈송이는 철조망을 잡은 채 걸려 있었다.
>
> 우리가 앞으로 추격하면서 이곳을 거쳤을 땐
> 이곳은 이미 묘지로 변해 버렸다.
> 칠흑 같은 어둠 속에 내 홀연히 본 것은
> 폐허 속에 번뜩이는 불빛이었다.
>
> 불 더미 옆으로 여아 넷이 붙어 있었다.
> 몸을 움츠린 채 떨고 걸친 건 얇은 홑옷 뿐
> 눈물이 없는 것은 아니었지만, 울지 않았고
> 고개 들면 준엄한 눈빛을 쏘아대고 있었다.
>
> 아! 밤이 이토록 짙고
> 대지는 이토록 아득하거늘
> 뉘 어린 소녀들이 이곳에 살고 있는 줄 알리오?
> ------
> 이 폐허를 기억하고 기억하면서
> 우린 꼭 이곳으로 돌아와야 돼.
> 누군가가 말했다. 돌아와야 돼! 우린 반드시 돌아와야 돼! 이 어린
> 것을 찾으러!
>
> 우린 꼭 돌아와서 반드시 그곳에 광명이 깃들게 해야 돼.

돌아와서 반드시 사방에서 연기가 피어오르는 마을로 만들어야
돼.
　이곳은 내 조국이 아니지만 우리에겐 친애하는 고향과 다름없
다.(1952)

　이 시의 말구처럼 고향 땅은 아니지만 고향과 다름없는 조선 땅에서
처지를 체험하면서 광명이 깃들게 할 수 있는 길을 모색해야 하는 화평
의 터전이 오기를 노래한다. 평화주의자요, 정감이 넘치는 선량한 한 시
인의 섬세한 의식을 거침없이 묘사하고 있다. 비록 남의 나라에 원정한
신세이지만 자국의 젊은이가 죽어가고 정의의 투쟁이 아닌 탐욕자의 희
생물이 되는 것이 못마땅했기에 그는 무모한 전쟁에 대한 혐오감을 토
로하고 있다.
　그러나 리잉은 영토보존과 내침에 대한 방위정신이 충일한 시인이다.
그 일면을 그의 <소등나팔(熄燈號)>에 적절히 표현하고 있다.

하늘의 별들 총총해져 알알이 바다 위에 떠 있고
내 산꼭대기에서 나팔을 부니
조국과 내가 하루를 또 넘긴 것이요.

조국이여 잠드소서.
당신은 하루를 바삐 보냈으니 지쳤겠구려.
내 나팔소리는 전우들 잠자라 다그치는 게 아니고
당신에게 국경의 평안을 알리는 거요.
저녁내 편히 지내구려, 동쪽 바다의 어선이여!
저녁내 편히 지내구려, 북쪽 푸른 설산이여!
저녁내 편히 지내구려, 서쪽 시끄러운 소리여!
남해섬 전사가 당신께 문안드리오.

아, 우리 아름답고 영광스런 북경이여.
당신도 고요히 고요히 눈을 붙이소서.
남해섬 전사가 당신께 문안드리오.

아, 우리 아름답고 영광스런 북경이여.
당신도 고요히 고요히 눈을 붙이소서.
남해섬 전사가 소등나팔 불 때면
저녁 무렵 이 나팔의 금빛이 번뜩거리는 걸 볼 수 있을 거요.

우리는 오늘의 일기 벌써 썼으니
조국의 성장에 또 표점을 찍은 거요.
나팔소리 또 한 페이지가 넘기라 다그치니
내일이면 더욱 힘차게 진지하게 될 거요.

소등 나팔 소리 그치자 별들 모두 출현하고
막사 용마루 위엔 달빛 비친다.
잡시다, 잡시다, 친애하는 동지여.
자더라도 칼과 탄환은 깨워둬야 하오!33)(1956)

이 시는 호국의 넘이 넘치는 작품이다. 애국심이 넘치는 시이다. 「조
국과 나」, 「조국의 평강」, 「조국의 성장」 등이 구절마다 스며있다. 자더
라도 방위의 태세를 갖추어야 한다고 이 시를 끝맺는다. 이 모두가 우국
의 시정을 바탕으로 삼고 있다. 조국해방에서 중공정권의 수립과 안정의

---

33) 天空的星越出越密, 一顆顆, 浮滿海面; 我在山巔把軍號吹響, 祖國和我一起又度完
　　一天. 祖國呵, 請你睡眠, 你忙碌了一天, 已經疲倦; 我的號聲不是催戰友去睡, 是向
　　你報告國境的平安. 一晩安, 東方海裏的漁船! 一晩安, 北方藍色的雪山! 一晩安, 西
　　方喧騰的草地! 南海島上的戰士向你問安. 呵, 我們美麗尊榮的北京, 也請你輕輕地,
　　輕輕地闔眼; 當你聽見海島戰士熄燈的號聲, 也定會看見傍晚這銅號的金光一閃. 我
　　們今天的日記, 已經寫完, 祖國的成長又打下一個標點; 號聲催我們又翻過一頁, 明
　　天, 我們將更奮發地跨步向前. 熄燈號吹過, 星斗出全, 營房的屋脊上, 月光一片; 睡
　　吧, 睡吧, 親愛的同志, 睡呀, 却要醒着刺刀和子彈!

과도기에 서론에 언급했듯이 이 같은 조국과 민족에 대한 의식적이든, 적극적이든(본의와는 관계없이) 회념하는 창작활동을 해야 하며, 그 주어진 여건이 자발적으로 하고픈 의욕에서 산출된 우국시는 리잉에게 있어서도 주어진 입지와 시명의 유지에 이데올로기적인 상념 하에서는 다소간 도움이 되었으리라 유추하게 된다. 리잉 당시의 사회상에 거역할만한 용기가 있다하여도 시인은 한 국민으로서 사회의 안정과 발전을 위해 처해진 현실에 순응한다고 볼 수 있다. 그러나 아이칭(艾青)이 말한 바,

> 시인의 영역 안에서 모든 사물의 가치는 인류의 숭고한 정조를 향상시킬 수 있나 없나를 그 표준으로 삼는 것이다.[34]

라는 내용을 음미해 볼 때 초연할 수 있는 대인의 풍모가 아쉽기도 하다.

리잉은 혼란과 안정의 중간선에 있던 과도기적인 시인이다. 조직화된 체제를 탈피할 수 없으며, 그 자신이 웅하여 그 속박에 맞는 창작활동을 영위하였다. 따라서 그 시대의 시인 중에는 이렇다 할 가치 있는 창작이 드문 것도 우연이 아니다.

리잉은 속박의 테두리에 살면서도 다른 시인보다는 다양한 시가를 남기고 있는 것이다. 그의 시에는 자연시가 있으며 영물의 기탁도 해보고 노동계급을 고무하는 시만이 아니라 진정한 애국애족과 인류애의 정신을 담은 시들도 적지 않다는 것을 소중하게 여겨야 할 것이다. 중국현대 문단에 참된 순수작가를 찾을 수 없음은 사회주의 기틀에서 삶을 영위하는 풍토 때문이라는 것을 재삼 췌언할 필요가 없다. 그러나 리잉은 그

---

34) 艾青 「詩人論」 19章

런 체제를 극복하고 시 자체의 생명을 위해 나름대로 노력한 면들을 본론의 예시들로부터 감상하면서 엿볼 수 있었다. 따라서 리잉의 시를 두고 총체적으로 설명하기를,

> 리잉의 시는 섬세하고 정밀하다. 그러나 웅대하고 장려한 건설장
> 면을 재현한 것이 부족하다.[35]

라고 한 평가는 리잉 시에 대한 재인식을 요구하는 대목이라 할 것이다. 리잉은 지금도 노년을 맞아서 열성적인 창작활동을 하고 있으며 그의 만년시는 청년기와는 달리 관조와 초탈을 추구하는 안정된 시풍을 보여주고 있다.

---

35) 李瑛的詩細膩精致, 但再現宏偉壯麗的建設場景不夠. ≪中國當代文學史≫ II, p.350

7장 마오쩌둥(毛澤東) 시대의 신시풍

  5·4 문학운동 이래로 중국의 현당대문학사조는 국내외적인 영향에 따라 끝없이 유동을 해 온 것은 시대의 흐름에 따라 사조가 변화한다는 상식에서라도 당연한 이치일 것이다. 청대까지의 고전문학의 울타리에서 현대문학이라는 기치를 들고 20세기가 시작함과 동시에 일어난 신문학은 엄청난 변혁이라고 해도 과언이 아니었을 것이다. 초기의 문학사조가 정치적으로 국민당 정권이 구심점을 잃어가면서 한 면으로 공산사상이 중국에 들어오고 공산당이 생기고 그 사상을 추종하는 지식인이 각계에 위상을 다지면서 문학도 예외가 아니었다. 이런 사조의 급변이 1930년대에 들어서 공산사상과 정치적으로 공산당이 발흥하고 그 중심세력이 사회변화를 주도하는 양상을 보이면서 신흥세력으로서 마오쩌둥(毛澤東)을 주시하게 된 것이다.

  그 마오쩌둥은 정치일각에서 장지에스(蔣介石) 정부와 투쟁하면서 민심의 호응을 얻게 되고 특히 루쉰(魯迅)과 꿔모뤄(郭沫若) 등의 문학인들의 지지를 바탕으로 상당한 영향력을 발휘하게 된 것이다. 그리하여

1942년 5월에 들어서 마침내 「문예좌담회(文藝座談會)」를 소집하여 「문예강화(文藝講話)」라는 것을 선포함으로써 중국의 문예정책을 확정하기에 이르렀다. 이 정책이 중국공산당이 지향하는 소위 「중국문예운동」의 기본 방침이 되고 모든 문예방향을 농공과 그들이 말하는 혁명의 동맹자를 위한 인생관과 방법론이 되도록 해야 함을 밝히고 있다. 이로써 일체의 문예는 일정한 계급, 일정한 정치노선에 구속당하고 예술을 위한 예술은 구두선에 불과하게 된 것이다. 이러한 상황 하에서 1949년 마오쩌둥의 공산정권이 대륙을 통치하게 되면서 외양으로는 신체제와 신생활이란 기치를 가지고 창작여건을 자유화시키게 되었으나 내면은 위에 말한 제약의 굴레가 잠재되어 있었다.

이 글은 필자에게 주어진 테마상 즉 1949년부터 1966년 문화혁명의 시작 전까지 마오쩌둥의 통치시대에 명멸했던 나름대로의 신시 사조를 일견하는 내용으로 전개해 나가고자 한다. 당시의 시 사조의 성격상 마오 시대를 전기(1949~1956)와 후기(1957~1965)의 두 갈래로 나누어 서술하고자 한다.

I. 전기의 현실과 이상의 갈등

이 시기의 시단은 아무래도 정치의식이 짙게 스며있는 특성을 배제할 수 없다. 그 몇 가지 특성을 짚어 본다면 첫째로 인민의 심성과 시대의 큰 소리를 노래하여 그들 나름의 해방전쟁(蔣介石의 국민당 정부의 몰락)의 승리와 신중국의 탄생을 애국적인 감정으로 표현하였다. 허치팡(何其芳, 1912~1978)의 <우리의 가장 위대한 날(我們最偉大的節日)>이

나 꿔모뤄(郭沫若, 1892~1978)의 <신화송(新華頌)>같은 것은 그런 류의 대표적인 송가라 하겠으니 허치팡의 다음 시구에서 그 실상을 알 수 있다.

중화인민공화국
쟁쟁 울리는 우레 소리 속에서 탄생하다.
……
그대 새로운 중국, 인민의 중국!
그대 마침내 구중국의 모체에서
낳아서 자라고 성숙하니,
그대 이 동방의 거인이 마침내 탄생했다.[1]

그리고 삶을 위해 작가들은 당을 찬양하는 창작도 서슴치 않았으니 허찡즈(賀敬之)는 1956년에 당제8차대표대회(黨第八次代表大會)와 건국 7주년에 때맞춰 <소리내어 노래한다(放聲歌唱)>이란 장편서정시를 발표하여 혁명의 승리와 건설을 칭송하였는데, 그 시의 일단을 보면

우리의 당
술잔과 생화에 둘러싸여
깊이 취하지 않았다.
당
진정 비 오듯 땀을 닦누나
일하고 있다-
공화국 빌딩의 건축 받침대에서![2]

---

1) 中華人民共和國 在隆隆的雷聲中誕生 …… 你新的中國, 人民的中國啊 你終于在舊中國的母體內, 生長, 壯大, 成熟, 你這個東方的巨人終于誕生了.
2) 我們的黨 沒有 在酒杯和鮮花的包圍中 醉意沈沈 黨 正揮汗如雨! 工作着- 在共和國大廈的 建築架上

라고 하여 격정에 찬 기백으로 고무하고 있으며 꿔샤오촨(郭小川)의
<청년 공민에게(致靑年公民)>에는 조국 인민에 대한 사랑을 노래하고
있는 것을 볼 수 있다. 보건대,

> 천만의 노래 불러야 한다.
> 우리의 인민을
> 찬미하자
> 찬미하자
> 그들의 게으르지 않는 노고와 영웅같이 두려워하지 않음을[3]
>
> 천만의 그림을 그려야 한다.
> 우리의 인민을
> 그리자
> 그리자
> 그들의 모습의 장엄함과 심령의 고귀함을.[4]

이 얼마나 의도적이고 과장된 노래인가! 그들 사회에서는 어쩔 수
없는 풍조라 하겠다. 필자가 중국을 자주 왕래하는 입장이지만 많이 개
화되고 개방된 중국사회라고는 하나 아직도 정치체재와 교육풍토로 보
아 자아개발과 활동이 보이지 않게 제약되어 있음을 보면서 그 당시의
의식구조를 충분히 짐작할 만하다. 그래서 문인의 손에서 이런 선동적
구호 같은 노래가 가능한 것이다. 둘째로 낭만이나 이상과는 거리가 있
는 상황에서 자연히 현실생활과 밀접한 창작활동을 할 수밖에 없는 점
을 들어야 할 것이다. 여기에 관한 시는 국가의 건설이나 사회주의에의
개조, 미국이나, 한국동란을 다루거나 농공인민이나 전군(戰軍) 등을 소

---

3) 應當作千萬幅畵 把我們的人民 描繪 描繪 他們的外表的莊嚴和心靈的高貴
4) 應當作千萬幅畵 把我們的人民 描繪 描繪 他們的外表的莊嚴和心靈的高貴

재로 하였다. 문학은 현실생활의 반영이어야 한다고 시에멘(謝冕)이 회고한 점은 바로 이 시대의 대변이라 할 것이다.[5]

세 번째의 특징은 다양한 시체의 형식이 발달한 점이다. 시에 있어 자유시, 격률시, 민가체, 그리고 누제체(樓梯體 사다리체), 구시체 등이 다투어 발달하여 꿔샤오촨(郭小川)과 리찌(李季) 등은 작품마다 다른 형식의 시를 구사하곤 하였다. 아울러 정치서정시와 서사시, 민가풍의 시도 유행하는 추세를 보이곤 하였다. 이 시기에는 수다한 시인들이 있었지만 여기에선 원찌에(聞捷), 아이칭(艾青), 텐젠(田間), 그리고 량상쳰(梁上泉), 웨이양(未央) 등 비교적 개성이 강한 작가를 중심으로 그 특성을 살펴보고자 한다.

원찌에(1923~1971)는 원명이 자오원지에(趙文節)이며 강소성(江蘇省) 단도현(丹徒縣)인이다. 1955년에 인민문학에 <천산목가(天山牧歌)>를 발표하면서 시명을 떨치기 의 당대의 시단을 풍미하였고 1959년부터 1964년 사이에 장편서사시인 <복수의 화염(復讐的火焰)>을 제1부 <움직이는 시대(動蕩的年代)>(1959년), 제2부 <반란의 초원(叛亂的草原)>(1962), 제3부 <각성하는 사람들(覺醒的人們)>(1964) 등으로 나누어 창작한다. 이 작품은 민족적인 격조를 심어 주면서 불같이 강렬한 시정을 일깨워 주고 있는 사시(史詩)로서 원찌에를 대표하는 가치 있는 시집이다. 이제 원찌에의 <천산목가(天山牧歌)>를 가지고 그의 시풍을 엿보면,

　　　　나는 동에서 서로, 북에서 남으로,

---

5) 謝冕의 「和新中國一起歌唱─建國三十年詩歌創作的簡單回顧」(≪文學評論≫, 1979年 제4기)

곳곳에서 진주를 토해내는 샘을 보았네.
각 민족의 생활변천을 기록하니,
어찌 인민의 시를 노래하지 않으리오?6)

라고 하여 신강(新疆)에서 신화사(新華社)의 신강분사장을 지내면서(1950
년), 보고 느꼈던 그 지역의 생활상을 동족애에 넘치는 정열로 묘사한 것
은 우연이 아닌 매우 의의 있는 결과물이라고 하겠다. 그의 <천산목가>
중에는 애정시가 큰 비중을 차지하고 있는데 그 애정의 대상은 바로 애
족의식이라 할 것이다. 또 <투루판 정가(吐魯番情歌)>나 <구어즈고우
산요(果子泃山謠)>같은 시는 우미하면서도 깊은 사려가 담긴 송가가 되
겠으며 <애정(愛情)>은 순박한 시골아가씨가 폐인이 된 연인에 대해 절
개 어린 애정을 보여주고 있어서 감동적인 작품이 되겠다. 그녀의 연인
은 원래 뛰어난 사수이지만 전쟁터에서 왼손을 잃은 채 훈장을 달고 귀
향한다. 이미 연인은 자신의 불행한 신세에 비관하여 그녀에 대해 냉담
해진다. 그러나 그녀는 여전히 불변의 사랑을 보여준다. 그 시의 일단을
보면,

맑은 아침, 나는 한 사발 신선한 양젖을 껴안고,
살그머니 그의 창가 선반에 올려놓는다;
오직 그가 나의 사랑을 기억해 주기만 바라면서,
사발 속의 젖처럼 결백하다.

깊은 밤, 나는 커튼 친 문에 기대어,
차분히 그의 창살을 뚫어 본다;
오직 그가 잠 못 드는 등불을 대하고서,

---

6) 我從東到西, 從北到南, 處處看到噴吐珍珠的源泉. 記載下各民族生活的變遷, 豈不就
是謳歌人民的詩篇?

이 잠 잃은 마음 생각해 주기 바란다.[7]

아가씨(姑娘)는 초조와 고민 속에 연인의 마음이 다른 소녀에게 가 있는가 하고 한때 의심해 보았지만 연인의 그녀를 사랑하는 진심을 확인했을 때의 그 우러나는 마음은 다음과 같이 굳어지고 희망에 넘친다.

작은 강가의 자작나무숲 속에서
나는 그의 고통 어린 마음의 고동을 들었다.
그는 속삭였다, 지난날 보다 더욱 날 사랑한다고.
그래서 나의 청춘을 더욱 아낀다.

그는 나에게 잊어달라고 하고
나더러 한 건강한 사람을 사랑하라 했건만
운명이 이미 이렇게 결정되고
사랑은 이미 내 마음에 뿌리내렸다.[8]

여기서 시인의 강렬한 시대의식이 표출되어 있음을 알 수 있다. 남녀의 애정에서 한 지역의 독특한 사랑과 생활을 찬송하며 노래하고 있기 때문이다. 원찌에는 이 시집 전편을 통하여 진지한 감정과 의경을 참신하게 묘사하였고 나아가서 포도·사과·꾀꼬리·무도회·맑은 샘(淸泉)·작은 강(小河)·자작나무숲(樺木林)·오이밭 등을 인간에 비의(比擬)하여 감동적인 애정도로 부각시켜 놓고 있다. 이는 곧 시와 그림이 일체

---

7) 淸晨, 我擠一碗鮮羊奶, 輕輕地放上他的窓台 ： 但願他記起我的愛情, 和碗裏的奶子一樣潔白. 深夜, 我依着帳蓬的門, 緊緊地瞪着他的窓欞; 但願他對着不眠的燈, 想到我這顆失眠的心.

8) 在小河邊的白樺林中, 我聽到他痛苦的心躍動, 他說他比過去更愛我, 所以更珍惜我的青春, 他請求我把他忘記, 祝福我愛上一個健全的人, 然而命運早已這樣決定, 愛情已在我心中生根.

화된 묘법이라 할 것이다. 그리고 이 시집은 신강 지역의 풍속을 정밀하게 그린 면에서도 시의 현실감각을 잘 살린 예라 하겠다.

한편 아이칭(艾靑 1910~1996)은 화가의 예술적 소양 위에 시를 그려 놓은 작가로서 1933년에 옥중에서 그 유명한 <따옌허, 나의 유모(大堰河！我的襟姆)>를 발표하면서부터 수많은 명시를 남겨 놓았고[9], 1949년 이후에는 ≪환호집(歡呼集)≫・≪보석의 붉은 양(寶石的紅量)≫・≪봄(春天)≫・≪바다 곳에서(海岬上)≫ 및 장시 ≪검은 장어(黑鰻)≫ 등을 발표한다. 아이칭의 이 시기의 작풍은 직관에 의한 현실묘사와 환상에 의한 계시를 보여준다. 그러면서 평화를 노래하고 애국사상을 고취시키고 있다. 아울러 이 시기에도 그의 예술성을 찬란히 발휘하였으니 <암초(礁石)>(1954년)를 보면,

> 파도가 하나씩, 하나씩
> 쉬지 않고 부딪쳐 와
> 모두 그 발아래
> 부서져 흩어진다……
>
> 그의 얼굴과 몸 위에
> 칼날처럼 갈라져도
> 의연히 거기 서서
> 미소를 머금고 바다를 바라본다.[10]

이 얼마나 맛이 섬세하고 뜻이 맑은가！ 미적 추구를 다하고 있다. 그

---

9) 필자의 졸역서 ≪들판에 불을 놓아≫, 한울사 1986; ≪아이칭 시≫, 한국외대출판부 2003 참조

10) 一個浪, 一個浪 無休止地撲過來 每一個浪都在它脚下 被他成碎沫, 散開…… 它的臉上和身上 像刀砍過的一樣 但他依然站在那裏 含着微笑, 看着海洋……

리고 희망과 평화를 갈구하고 있다. 또 <어느 흑인 아가씨의 노래(一個黑人姑娘在歌唱)>(1954년 7월)을 보면, 선명한 흑백의 대조를 통해 미적 묘법을 강구하면서 현실의 부조리와 불공평의 구조를 풍자하고 있다. 그 시를 보면,

저 계단 옆에
한 흑인 아가씨,
너무도 아름답구나,
걸으면서 노래하는데

그녀 마음엔 무슨 기쁨이 있음인가?
부르는 건 사랑노래인가?
그녀, 갓난아이 안고,
부르는 건 자장가라네.

그녀의 아이가 아니네.
그녀의 동생도 아니네.
이는 그녀의 어린 주인,
그녀는 다른 이의 아일 돌보는 거라네.

그녀는 그토록 검어,
검기가 자단목 같고,
아이는 그토록 희어,
희기가 목화솜 같네.

하나는 너무도 편안한데,
오히려 쉬잖고 울어대고,
하나는 너무도 가련한데,
오히려 환락의 노래 부르네[11].

---

11) 在那樓梯的邊上, 有一個黑人姑娘, 她長得十分美麗 一邊走一邊歌唱…… 她心裏有

아이칭의 시는 마오 시대의 후기는 물론 1987년 이후까지도 창작되었으며 1985년 이후 매년 노벨문학상의 최종후보로 거론되었으니 그 문학적 가치를 주목하지 않을 수 없다. 필자는 그 시집을 4권으로 번역하여 출간한 바 있는데 그의 시가 이론적 의미보다는 감정적이며 미학적인 흥취를 강하게 불러일으키기 때문이다.

텐쩬(田間 1916~)은 시집 ≪기적(汽笛)≫에서 항일전쟁의 생활상을 다루고 ≪마두금가곡(馬頭琴歌集)≫은 1956년부터 1년간 내몽고·운남(雲南)을 다니면서 그들의 생활과 이상을 시화하였는데 그 중에 <노루(鹿)>는 고대의 신화전설을 현실생활과 조화시켜 그들의 사회주의 의식을 찬송하는 내용이지만, 그 묘법은 한 폭의 그림과 같다. 그 일단을 보면,

> 뭇 노루 이미 초원을 떠나서
> 보라, 얼마나 빨리 달려나가는지,
> 이제 그 사면에
> 사면에는 불빛·천둥소리
> 그 지나가는 길에는
> 건설자가 야영을 쳤네.
> 그들은 하나하나 초원을 파서
> 강철같은 성을 쌓았다네.12)

이 시의 구성이 공교하고 시어 표현이 강렬한 내몽고 초원의 색채

甚麼歡樂？ 她唱的可是情歌？ 她抱着一個嬰兒, 唱的是催眠的歌. 這不是她的兒子, 也不是她的弟弟; 這是她的小主人, 她給人看管孩子; 一個是那樣黑, 黑得像紫檀木, 一個是那樣白, 白得像棉絮;一個多麼舒舒服, 却在不住地哭; 一個多麼可憐, 却要唱歡樂的歌.

12) 群鹿已經離開草原, 看它逃得多麼迅速, 現在在它的四面, 四面是火光雷聲. 在它走過的路上, 建設者扎下野營. 他們把一一塊草原, 變成了一座鋼城.

를 풍겨주고 있다. 톈젠의 시는 내용이 전투적 미각을 주고 형식이 짧으며 급촉(急促)한 절주를 구사하여 독특한 시정으로까지 승화시켜 나간다.

그리고 당시의 청년작가인 량상첸(梁上泉, 1931~)과 웨이양(未央, 1930~)은 강인한 사상적 무장을 갖춘 위에 조국애를 거침없이 시작화하고 있어 당시의 애국시인으로서 청년의 호응을 받은 작품을 남겼다는 데에 유의할 만하다. 먼저 량상첸의 시는 민가와 고전 시사의 영향을 받아 독자적인 시계를 개척하고 있으니, <채색어린 강물(彩色的下流)>의 일단을 보면,

　　　　백리나 되는 산골짜기,
　　　　백리나 되는 강물,
　　　　백리나 되는 푸른 대숲,
　　　　백리나 되는 홍매화,
　　　　백리나 되는 복숭아밭, 귤밭,
　　　　한 층 한 층 마다 더욱 아름답네.[13]

이 시는 앞의 네 구가 4언의 민가풍으로 뒤의 두 구가 7언의 율시풍으로 조화되어 있어서 의경이 청신하고 음율이 맑고 우렁찬 단시형식이지만, 이는 한 폭의 파산촉수(巴山蜀水)의 풍경을 다 묘사한 장점을 지니고 있다. 호탕한 기세로 현실을 실감 있게 그리면서도 조탁(彫琢)이 단순한 데서 아쉬운 면을 간과할 수 없다. 그리고 여류시인 웨이양은 서정시 <조국, 나는 돌아왔네(祖國, 我回來了)>에서 불타는 감정으로 사람의 심금을 울리곤 하였으니 그 일단을 보면,

---

13) 百里山谷, 百里河水, 百里綠竹, 百里紅梅, 百里蜜桃百里橘 一層更比一層美.

차가 압록강을 지나
날 듯이 달립니다.
조국, 나는 돌아왔습니다.
조국, 나의 친어머니,
나는 당신을 봅니다.
마침 멀리 떠난 아들을 부르고 계신 것을.14)

이 시는 조국에의 애착과 진심을 느끼게 한다. 그녀의 시는 대체로 절
박하고 자연스런 맛을 풍기면서도 이면에는 불처럼 독자마저 태워버릴
듯한 강렬한 동화력을 발휘하는 특성을 지니고 있다.15)

Ⅱ. 후기의 정치사상의 표현 도구

전기의 작풍이 중국 초기인 만큼 유화적(柔和的)인 서정이 많이 허용
되는 사조였다면 이 시기에는 이른바 철저한 당성과 그들 정책을 옹호
하는 방향을 따르지 않으면 안 되었던 것이다. 비록 시의 제재가 광범해
졌다고 하여도 그 소재는 여전히 사회건설의 찬양에 치우치지 않을 수
없었던 점을 먼저 지적해야 할 것이다. 허찡즈(賀敬之)의 <십년송가(十
年頌歌)>와 꿔샤오촨(郭小川)의 <설조 풍년(雪兆豊年)>그리고 리찌(李
季)의 <석유시(石油詩)> 등은 공산당과 그들의 영수 및 공업건설을 노
래한 대표적인 주역들이며 작품들이다.

---

14) 車過鴨綠江, 好像飛一樣. 祖國, 我回來了, 祖國, 我的親娘. 我看見你正在 向你遠離
膝下的兒子招手.

15) 何其芳은 ≪詩歌欣賞≫에서 「有一種火一樣能夠灼傷人的東西」(人民文學出版社
1962)라 함.

이 시기의 또 하나의 특성은 전기보다 시의 사상이 깊어진 점을 지적할 수 있다. 작시의 목적이 한정되고 분명한 데에서 오는 사로(斜路, 본심에서 우러나오는 작자의 양식)에의 접근을 시도하고자 하는 결과가 아닐까하고 유추해 본다. 곧 은유(隱喩)의 기법을 구사할 수밖에 없는 당시의 현실을 벗어날 수 없었기에 말이다. 따라서 이 후기의 창작성향이란 정치적 기미를 풍겨야 하는 속박으로부터 음성적이요, 일시적으로 탈피할 수 있는 유일한 방도로 택할 수밖에 없었다. 허찡즈의 <레이펑의 노래(雷鋒之歌)>의 일단을 보면,

> 인간이여,
> 마땅히,
> 이렇게 살아야지 !
> 길이여,
> 마땅히,
> 이렇게 가야지!16)

라고 하여 인생행로의 정도를 걷고 싶은 부조리한 의식을 이처럼 강인하게 그려 놓았다.

한편, 이 시기에는 시가형식도 더욱 다양해져서 리찌의 <양고전(楊高傳)>은 「신천유(信天游)」(또는 「順天游」) 등의 민가를 바탕으로 고사(鼓詞)의 견법(牽法)을 채용하였고 꿔샤오촨의 <장군삼부곡(將軍三部曲)>은 원대산곡(元代散曲), 명청의 민가를 섞어서 형식상의 기법을 새로이하였다. 특히 서정시에 있어는 민가체를 많이 활용하여 반복영창법(反復詠唱法)을 써서 시의 소박성과 친근감을 더하고 있다. 그리고 각 지역의 민족시인들이 대거 출현하여 그 민족에 맞는 품격을 남기고 있으니 장

---

16) 人阿, 應該, 這樣生! 路阿, 應該, 這樣行!

족(藏族)시인 라오제빠상(饒階巴桑)의 시집 <한 다발 산차꽃(一束山茶花)>, 몽고시인 뿌린삐에허(布林貝赫, 1928~)의 <생명의 꽃불(生命的禮花)>, 하사크족 시인 아리(阿里)의 <작은 담요방에서 전세계를 향해간다(從小氈房走向全世界)>, 조선족 시인 이욱(李旭)의 <연변의 노래(延邊之歌)> 등은 그 대표적인 예라 할 것이다. 이제 이 시기의 대표적인 시인과 그 시를 살펴보고자 한다.

먼저 허찡즈(1924~)를 보면, 그는 1941년에 중국공산당에 이미 가입한 시인이므로 정치와 밀접한 관계를 맺고 시작활동을 하였다. 그의 시는 시종 정치성을 띠고 있어, <소리내어 노래한다(放聲歌唱)>과 <레이펑의 노래(雷鋒之歌)>를 대표작으로 들 수 있는데, 전자는 비교적 회화적인 예술미를 보여 주지만, 후자는 「레이펑」이라는 무산계급의 전사를 주제로 한 장편서정시이므로 하나의 영웅시라고도 할 수 있다. 이 시의 흐름은,

> 그대의 나이는
> 이십 이 세-
> 나의 젊은 아우여,
> 그대의 생명은
> 이처럼 빛나리-
> 또한 나의
> 비할 수 없이 높고 큰
> 형님이여 ! 17)

이렇게 폭발적인 감정을 뿜어낸다. 허찡즈의 시 자체는 확실히 정치시

---

17) 你的年紀, 二十二歲- 是我年輕的弟弟啊, 你的生命 如此光輝- 却是我 無比高大的 長兄 !

를 구사하지만 웅혼하고 강렬한 시대감각을 거침없이 토로하였다는 데
그 시대적 가치를 찾을 수 있을 것이다.

다음, 꿔샤오촨(1919~1976)은 전가적인 고무시에 능하면서 깊은 철리
와 같은 시정을 교묘히 접합하는 면을 지니고 있다. 그러나 그도 현실로
부터의 탈피는 불가능하였던 바, 신생활의 구어를 쓰고 자기의 사상감정
을 쉽게 표현하려는 대중적 사명감을 인정하고 있다.18) <사탕수수밭—
푸른 비단 커튼(甘蔗林—青紗帳)>의 일단을 보면,

> 남방의 사탕수수 숲, 남방의 사탕수수 숲이여!
> 그대 어찌도 이처럼 달고 향기롭고,
> 또 어찌도 이처럼 꿋꿋한지?
> 북방의 청사 커튼이여, 북방의 청사 커튼이여,
> 너는 어찌도 아득히 멀고, 또 어찌도 이처럼 친근한지?19)

이 시귀는 사탕수수밭과 푸른 비단 커튼의 전혀 상이한 형상을 빌려
서 두 시대인의 의식을 연계시키려는 형이상적인 시도이다. 샤오촨 시의
풍격에서 서사에 자연미를 대비시키는 묘미를 빼놓을 수 없다.

다음 리찌(1988~1980)는 「석유시인」이라 할 만큼 당시의 사회건설을
시작화 하는데 주력하였고 영웅정신을 고취시키는 서사시를 남겼는데,
대표작 <양까오전(楊高傳)>이 그것이다. 이는 양까오(楊高)라는 전사의

---

18) 李季는 「十年的探索和嘗試」(1959)에서 「以民歌爲基調, 吸收更多的在生活中湧現
出來的, 適宜于表現新生活的口語來寫詩. 在形式上, 也較多地采用了更易于表達複
雜思想感情的四行體.」(민가를 기조로 하여, 보다 많이 생활속에서 용솟는 것을 흡
수하고 적절히 신생활의 구어를 표현하여 시를 썼다. 형식상으로는, 복잡한 사상
감정을 표현하기에 보다 쉬운 사행체를 비교적 많이 활용하였다.)라 한데서 그
作法을 볼 수 있다.

19) 南方的甘蔗林哪, 南方的甘蔗林. 你爲甚麽這樣香甛, 又爲甚麽那樣嚴峻? 北方的青
紗帳啊, 北方的青紗帳啊, 你爲甚麽那樣遙遠, 又爲甚麽這樣親近?

영웅적 생애를 시대의 변천과 상응하며 서술하였다. 양까오의 혁명아적 기질을 묘사하기를,

> 나는 못쓰게 될 만큼 쉬지 않고,
> 당을 위해 온 몸에 상처 남겼다네.
> 골육은 부러지고 마음은 부서져도,
> 나의 이 붉은 마음엔 아직 꽃을 꽂지 않았다네![20]

라 하여 백절불굴의 충성심을 표현하였다. 마오뚠(茅盾)은 이 시에 대해 「시어가 소박하면서 강인하며 과장법을 많이 쓰지 않았는데도 형상이 선명하고 정서가 강렬하다. 생소한 시귀를 쓰지 않고 절주감을 추구하고 음조가 조화된다. 이것이 모두 리찌의 독특한 풍격이다.」[21]라고 재미있는 품평을 하고 있다. 리찌는 또한 「석유시인」이라 할 만큼 공업건설을 시화하는데 심혈을 기울여서 사회주의의 시인역할을 담당한 멤버이기도 하다.

그 외에 짱커쟈(臧克家, 1905~2000)는 함축적이며, 자연미 넘치는 현실을 소재로 한 시를 쓰는데 힘썼다. 그의 <삼대(三代)> 시를 보면,

> 아이는
> 흙 속에서 목욕하고,
> 아비는
> 흙 속에서 땀 흘리고
> 할아버지는
> 땅 속에 묻히었다.[22]

---

20) 我是個殘廢這不假, 爲了黨我留下遍身傷疤. 骨折肉爛心不碎, 我這顆鮮紅的心還沒掛花.
21) 茅盾의 「反映社會主義躍進的時代, 推動社會主義時代的躍進」文에 기술.

단 세 귀의 시이지만 세 폭의 상황이 내재적으로 관련되어 우러나는 그림으로 그려져서 구시대 농민의 고난상을 선명하게 묘사하였다. 여기에서도 작가의 소박하고 자연적인 정취를 내재시키려는 고심을 읽을 수 있는 것이다.

비록 기법상의 차이는 있어도 이 시기의 시가 지닌 공통점은 한결같이 정치현실과 그 시대의 정신을 대변하고 강조하는 데서 작가의 양식을 묻어둔 사조를 불식시킬 수 없었다고 부언할 수 있을 것이다.

마오쩌뚱이 집권하던 16년 간의 시단은 진정한 의미의 문학의 시라고 보기에는 어렵다. 시의 정치화·사회화, 나아가서는 구속화의 시대라고 할 것이다. 낭만과 이상이 있다해도 현실의 상황으로 귀결시켜야 발표할 수 있는 창작이기 때문이다. 진실한 문예를 위한 문예라고 기치를 내세우면서 내면은 상반되어 있었다. 그러나 변방을 소재로 한 민요풍의 시가창작은 특기할만하다. 이 시기의 전기에는 <아시마(阿詩瑪)>같은 이족(彝族)의 장편 서사시라든가, 내몽고의 작가들이 쓴 영웅사시인 <커다매화숲(夏達梅林)>이 나왔는데, <아시마>의 경우는 수사법과 내용서술이 일세를 덮을 만하여 그 문학적 가치를 인정한다. 그리고 후기에는 꿔모뤄(郭沫若)·쩌우양(周揚) 등이 중심이 되어 1958년에 나온 신민가인 <홍기가요(紅旗歌謠)>를 들 수 있다. 그 일단을 보면,

> 사막에서 공산당을 노래한다.
> 아득한 모래땅에서 벼 물결이 인다.
>
> 산언덕에서 공산당을 칭송한다.
> 냇물은 산언덕에서 웃고 있다.

---

22) 孩子 在土裏洗澡; 爸爸 在土裏流汗; 爺爺 在土裏葬埋,

늪이 공산당을 노래한다.
잉어가 연꽃에서 놀고 있다.

강가에서 공산당을 노래한다.
모터가 웅웅 전등을 밝힌다.[23]

이 가요는 역시 신사회의 광명을 추구하는 내용을 주제로 하는 일종의 정치적인 민가라 할 수 있어 그의 문학적 의미는 낮게 보아도 가당할 것이다. 아울러 마오쩌뚱 자신의 시도 작풍이 웅혼·호방·장미하다느니, 미학사상이 깃들어 있다느니, 시의 구성이 정교하다든가, 경계적인 정신을 중시한다라는 등의 칭찬을 가하고 있지만(≪中國當代文學史 2≫ p.85~112), 문학 본령의 가치기준에 올바르게 평가할 수 있는 객관적 연구태도에 의해서만 가치평가가 가능하리라 본다. 시의 바른 창작과 이해는 오로지 순수한 문학적 의식에서만 이루어져야 한다면, 이 마오 시대의 시가 갖는 객관적인 의미는 만감이 교차되는 모호감을 금할 수 없다. 그러나 그 시대에는 그 시대 나름의 문학을 긍정해 줄 수 있어야 하지 않을까 하고 생각하는 것이다.

---

23)沙漠裏歌唱共産黨, 白茫沙地飜稻浪. 山丘上歌頌共産黨, 溪水笑着上山崗; 沼澤地歌
   唱共産黨, 鯉魚兒浮游荷花香; 江河旁邊唱共産黨, 馬達兒隆隆電燈亮.

8장 아이칭(艾靑) 만년의 시 세계

중국 현대문단에 길이 그 이름이 남을 아이칭(艾靑·1910~1996)! 인류의 심령 속에 자유에 대한 갈망과 신념의 씨앗을 뿌리기 위하여 한 평생을 오직 고난의 역경만을 겪다가 간 아이칭. 한결같이 시인의 외길을 살다가 간 아이칭은 1932년에 첫 작품 <회합(會合)>을 시발점으로 해서 50여 년 동안 감옥에서나 황무지로의 숙청과 감금의 시련에서도 시심(詩心)만은 잠시라도 식혀본 적이 없었다. 아이칭은 1988년 봄에 필자가 번역한 ≪구백사람(九百個)≫ 한국어판의 서문 편지에서,

> 나의 인생은 역경의 길이었습니다. 그러나 나의 신념은 전혀 흔들린 적이 없습니다. 나는 시종일관 인민과 함께 해 왔습니다. 인류의 심령 속에 자유에 대한 갈망과 신념의 씨앗을 뿌리기 위하여 노래할 것입니다.

라고 하였으니, 1958년부터 20년 간의 타의에 의한 절필시기를 포함해서 1930년대초 상하이(上海)에서의 미술전람회 사건으로 좌익으로 몰려서 3

년 동안 옥고를 치른 후부터 그의 평생은 하루도 편안한 날이 없었던 것이다. 아이칭은 오직 무저항의 곧은 마음으로 자유를 향한 시의 깃발을 높이 세우고 거칠 것 없이 고통 어린 인생항로를 「자유가 있는 곳이라면 어디든 가리라」고 외치면서 뇌종양 수술로 인한 후유증으로 1996년 5월에 이 세상을 떠날 때까지 아주 멋있게, 그리고 사나이답게 살다가 간 것이다. 1993년 7월 21일 오후 3시 반에 필자가 베이징(北京)의 그의 집을 방문하였을 때에 그의 부인 까오잉(高瑛)의 부축을 받으며 응접실에 나타난 그 의연한 자태는 영원히 잊을 수 없다. 그 간에 필자가 국내에서 번역한 세 권의 아이칭 시집을 받아들고서 필자의 손을 잡으며 마치 독백 같은 말을 이어 나갔다.

> 베이따황(北大荒)에 갇혀 있던 1958년부터 20년 간에 쓴 시가 수백 수도 더 되지요. 모두 뺏겨서 지금은 한 수도 남아 있지 않아요. 마음에 드는 시가 많았는데요.

과연 그러하다. 그러니까 아이칭의 시는 초년 작과 만년 작만 남아 있고 중년 작은 없다고 해야 할 것이다. 1985년 이후 매년 9월만 되면 노벨문학상 발표에 대비하여 미리 녹화하려는 각 방송사의 요구에 응하느라고 분주했던 시절이 새삼 생각나는 것이다. 그러나 아이칭은 이미 고인이 되었으며 그의 의연한 모습을 다시는 볼 수 없게 되었다.

요즈음에 중국에 대한 관심이 고조됨에 따라서 중국문학의 세계에도 적지 않은 궁금증이 나리라고 보아서, 중국의 현대시단에서 살아있는 역사처럼 오래 살며 시대적 격동과 함께 파란만장한 길을 걸어 온 아이칭의 만년시대의 시 세계를 적게나마 알리는 기회를 갖게 되어서 기쁘다. 그의 만년 작이라면 아무래도 소위 문화대혁명(文化大革命)이 끝나는

1976년 이후 형식적이나마 자유인의 몸이 된 시기부터 발표된 시를 가지고 보는 것이 타당할 것이다. 그러니까 그의 <붉은 깃발(紅旗)>(1978)에서부터 <경례·프랑스(敬禮·法蘭西)>(1984) 등에 이르기까지의 시들을 중심으로 그의 시 의식을 살펴보아야 할 것이다. 안타깝게도 아이칭은 1988년 뇌종양 수술을 받았기 때문에 그 전후의 시는 발표된 것이 없는 것이다.

I. 1978년 숙청에서 복권

20년 간의 절필은 아이칭에게는 가장 고난의 시기였다. 시인에게 시가 없으니 산들 산다고 할 수 없기 때문이다. 1958년부터 1961년까지 우파분자(右派分子)로 몰려서 헤이룽장성(黑龍江省)의 베이따황(北大荒)과 신지앙성(新疆省) 위그루 자치구에서 은둔생활을 하였으며, 1967년부터 1978년까지 사인방(四人幇)이 물러나고 떵사오핑(鄧少平)이 등장할 때까지 문화대혁명이라는 지식인의 숙청과 문화말살 운동으로 또다시 노동생활을 영위하였다. 아이칭은 1958년 4월 당시의 농간부(農墾部) 부장 왕전(王震)의 배려로 우파분자로서 헤이룽장성 미산현(密山縣)의 825농장의 임장(林場)의 부장장 직분을 맡아서 배속된다. 아이칭은 여기서 1959년 11월까지 지냈는데 이 때를 전후하여 그는 다시 신지앙성으로의 긴 고난의 여행을 시작한다. 그는 농촌 출신이면서 의외의 강제적인 농촌생활로의 회귀를 강행한 것이다. 그는 이 시기의 심정을 <개척자의 노래(墾荒者之歌)>(1958년)의 일단에서 다음과 같이 묘사하고 있다.

나의 집은 첸탕(錢塘)강 가인데
거긴 살기 좋은 마을.
동지여, 말 좀 해주오,
고향이 어디인가?
………

뭐 서쪽으로 이앙관(陽關)을 나서니
친구는 안 보인다는 말대로
옛 전우 모두 국영농장에 있구나―
뉘는 난니만에서 오고
뉘는 베이따황에서 오고 ;

우리 아주 먼 곳을 지나서
궁벽한 터에 왔지―
하이난(海南) 섬에서 헤이룽강으로
헤이룽강에서 신지앙으로.
………

들판아 ! 참 넓기도 하다.
하늘아 ! 참 밝기도 하다.
말 타고 경쾌히 노래한다 ;
"우리가 사랑하는 고향이라고…"1)

  아이칭은 강압된 농장생활 속에서도 조국애와 농민에 대한 동정을 피
력하고 있다. 그리고 농촌에 대한 정경을 보다 긍정적이면서 적극적으로
노래하기도 한다. 그의 <들판에 불을 놓아(燒荒)>(1958년)을 보면,

     작디작은 성냥 한 개비

---

1) 我的家在錢塘江上,/ 那兒是魚米之鄕;/ 同志, 請你告訴我;/ 哪兒是你的家鄕?---說甚
   麽西出陽關無故人,/ 老戰友都在國營農場;/ 有的來自南泥灣,/ 有的來自北大荒;/ 我
   們走過天涯海角,/ 我們到過窮鄕僻裏/ 從海南島到黑龍江,/ 從黑龍江到新疆,/ ---田
   野呵多少遙闊,/ 天空呵多少晴朗,/ 騎着馬兒輕輕地唱;/ 我們可愛的家鄕---

새 세계를 열었네—

얼마나 큰불인가,
황량한 들이 불바다로 !

불꽃 날아 돌아, 춤추며,
불기둥 하늘 높이 구름 위로 치솟네 !

불꽃은 금빛 노루인양 달리네,
바람 보다 더 빨리 !

햇빛 속에 솟는 연기
현란한 층층 구름인양 !

불꽃은 미친 듯 웃으면서, 치달아,
가시덤불 쳐내니, 얼마나 통쾌한가 !

불의 행렬 대진군하니,
이리, 늑대, 여우, 토끼 모두 번뜩 날뛰네 !

들불은 끝없이 타오르고
볏모는 일어서지 못하네 !

우리들의 쟁기 어서 벼루어,
새로운 시대를 갈아 보자꾸나 ! 2)

풍부한 상상력과 교묘한 비유, 그리고 현란한 색채감을 가지고 불놓은

---

2) 小小的一根火柴,/ 劃開了一個新的境界-/ 好大的火呵,/ 荒原成了火海!/ 火花飛舞着,
旋轉着,/ 火柱直冲到九霄雲外!/ 火焰像金色的鹿,/ 奔跑得比風還快!/ 騰起的烟在陽
光裏,/ 像層層絢麗的雲彩!/ 火焰狂笑着, 奔跑着,/ 披荊斬棘, 多麽痛快!/ 火的隊伍大
進軍,/ 豺狼狐兎齊閃開!/ 野草不燒盡,/ 禾苗起不來!/ 快磨亮我們的犁刀,/ 犁開一個
新的時代!

봄 들판의 장관을 묘사하고 있다. 제2의 행선지인 신지앙성 수창푸공작(蘇長福工作)의 이영삼련(二營三連)에 도착한 것은 1960년 봄이다. 그는 여기서 1년여의 생활 속에서 황무지의 개척자적 의식을 지니게 되고 그에 대한 강한 애착을 토로한다. <젊은 성(年輕的城)>(1958년)의 일단을 보기로 한다.

>   내가 가 본 많은 곳에서
>   이 도시가 가장 젊다오
>   정말 아름다워서
>   마음이 쏠리기도 하지
>   바다의 신기루는 아니고
>   봉래산의 선경도 아니고
>   풀 하나 나무 하나도
>   모두 피와 땀이 맺혀 있다.
>   그 도시는
>   전원의 경치 있다고
>   시골은
>   많은 공장이 있다고 했지
>   ………
>   그건 개척자처럼
>   온 몸은 햇빛으로 목욕하고
>   천리 길 고비사막을 대하고서
>   두 눈은 희망을 번쩍이고 있다.3)

황량한 서북방의 벌판이지만 조국의 땅이기에, 그리고 자신이 가꾼 터

---

3) 我到過的許多地方/ 數這個城市最年輕/ 它是這樣漂亮/ 令人一見傾心/ 不是瀚海蜃樓/ 不是蓬萊仙境/ 它的一草一木/ 都由血汗凝成/ 你說它是城市/ 却有田園風光/ 你說它是鄉村/ 却有許多工廠/ ---/ 它像一個拓荒者/ 全身都浴着陽光/ 面對着千里戈壁/ 兩眼閃耀着希望

이기에 애정어린 마음이 깃들어 있다. 1961년에 베이징(北京)에 돌아왔으나 그의 창작활동은 여의하지 않았다. 1967년 5월 19일 아이칭 일가는 대우파(大右派)로 다시 낙인찍히면서 소시베리아의 144단(團) 2영(營) 8연(連)에 배속되어 노동과 모욕의 나날을 보낸 것이다. 1972년 11월에는 오른쪽 눈이 실명하게 되며 1973년에는 치료받으려 베이징에 돌아온다. 압박 받는 중에 그의 제수 원지엔(雯娟)에게 보낸 다음 편지는 아이칭이 숙청생활 속의 망향(望鄉)의 정이 넘치는 것을 알 수 있다.

> 귀향하여 친한 사람 만나는 것이 나의 여러 해의 소망입니다. 다만 지금 실현할 수 없으니 여러 친구들에게 밤낮 그리워한다고 하며 부담을 주어서 마음에 실로 미안하게 생각하고 있습니다. 그러나 나는 믿기를, 조만 간에 반드시 기회를 내어 더불어 함께 보낼 날을 가지게 될 것입니다.[4]

아이칭은 1975년에 왼쪽 눈마저 시력이 감퇴되어 동년 5월 5일 다시 베이징에 들어가서 치료를 받게 됨에 따라 복권될 때까지 베이징에 체류하게 된다. 그 간에 1976년 1월 8일 쪼우언라이(周恩來)가 서거하니, 젊은 시절 옌안(延安)에 체류했을 때의 관계를 회상하면서, 그는 <청명절에 비는 흩날리고(淸明時節雨紛紛)>에서 자신의 처지에 대한 울분과 쪼우언라이에 대한 추념을 위해 시의 일단에서 다음과 같이 서술한 것이다.

> 영구차 한 대가 왔다.

---

4) 周紅興 ≪艾靑的跋涉≫ 477쪽:「回鄉探望親人, 是我多年來的願望, 唯至今未能實現, 害得諸親友日夜盼望, 心裏實在過意不去. 但我相信, 早晚一定能有機會和你們團聚些日子.」(文化藝術出版社 1988)

너무도 천천히 간다. 너무도 천천히
모든 사람의 마음을 이끌고서

차 위에 검은 휘장 씌었다.
차창엔 창 커텐이 둘렸다.
긴 장송의 차
가을에 남으로 나는 기러기 같구나.

십리 긴 거리에
사람이 가득 서 있다.
영구차를 맞으며 흐느끼는 소리
영구차를 보내며 흐느끼는 소리

텐안먼에서
빠바오산까지
길 양편에 온통 눈물 흘리는 사람
베이징 사람의 눈물로
한 위대한 사람을 고별한다
　　한 광명한 사람을
　　한 순수한 사람을5)

　　1976년 10월 6일 4인방이 심판대에 오르면서 아이칭은 제 2차 해방을
맞게 된다. 해방과 더불어 쓴 첫 작품이 <나는 그의 노래를 사랑한다(我
愛她的歌聲)>(1977년 5월 1일)이다. 이 시는 당시의 가수인 구어란잉(郭
蘭英)을 위해 쓴 것이지만 예술가의 비참한 삶을 깊이 이해하면서 해방
의 승리감을 기지고 자신의 당시의 심정을 토로하고 있다.

---

5) 一輛靈車來了/ 開得很慢, 很慢/ 牽動着所有人的心/ 車上披着黑紗/ 車窗蒙着窗帑/
　　一長列送殯的車/ 好像秋天南飛的大雁/ 十里長街/ 街邊站滿了人/ 迎接靈車的是咽
　　泣聲/ 送走靈車的是咽泣聲/ 從天安門/ 到八寶山/ 兩邊盡是流淚人/ 北京人用眼淚/
　　告別了一個偉大的人/ 一個光明的人/ 一個純粹的人

......
벌꿀처럼 달고
단술처럼 취하게 하고
흙처럼 순박하고
보리싹처럼 파릇하다.

이 노랫소리 백성에게서 나온다
갓 쟁기질한 진흙의 숨결을 지니고
뜨거운 불처럼 불타면서
고난과 항쟁을 노래한다.
......
사인방을 타도하고
갇힌 데서 해방된 노랫소리를
그녀는 진정 기뻐서 노래하였다.
징과 북, 날나리에 맞추어서
환희를 푸른 하늘에 잔뜩 뿌리며
팔 억 인민의 마음을 노래하였다.6)

　아이칭은 20년이란 긴 압박에서 실명하면서도 죽지 않고 살아 있다는
데에 대해서 자신도 의아해 하면서 마치 자화상 같은 <물소(水牛)>(1980)
시를 써놓고 있다.

자네 성질 참 좋기도 해
물을 무서워 않고, 진흙탕도 무서워 않고
조용히 발걸음 내디뎌서

---

6) 好像蜂蜜一樣甛/ 好像美酒一樣醉人/ 好像土地一樣純朴/ 好像麥苗一樣清新/ 這歌聲
來自民間/ 有剛犁開的泥土的氣息/ 好像烈火一樣熾熱/ 唱出了苦難和抗爭/----/ 自從
打倒了四人幇/ 解放了被禁錮的歌聲/ 她唱出了由衷的高興/ 鑼鼓和嗩吶伴奏着/ 把
歡欣撒滿藍天/ 唱出了八億人民的心---

고개 숙이고 대지를 갈고 있으니

보이는 건 늘 진흙탕
등위에는 늘 채찍 잡은 사람인데
살면서 고생만 하고
고생하면서도 화 한번 안내니…7)

아이칭은 물소처럼 묵묵히 고난을 이기며 자기의 목적을 추구해 왔다
고 스스로 토로한 것이다. 그가 프랑스 파리에서 미술 공부하다가 귀국
직후에 겪은 젊은 날의(1933년) 필화사건으로 3년 간 옥고를 치렀고 만
년에는 숙청생활로 얼룩진 삶을 돌아보면서 아이칭은 복수라도 하듯이
복권 후에도 끊임없는 창작활동을 지속한다. 그의 내면세계에서 너무도
긴 타의에 의한 창작활동의 제한이란 침묵시간에 대한 무한한 아쉬움이
다음 <나도 젊은 날이 있었다오(我也曾經是靑年)>(1981)에 깊게 스미어
있다.

해마다 봄이 하나 있지요
봄은 갔다가 다시 오지만
인생은 청춘이 한 번뿐
청춘은 갔다가 다시 오지 않지요

내게도 젊은 날이 있었지만
어디 가서 청춘을 찾아야 할지
유랑 · 실업 · 수감
남은 건 봉홧불, 연기뿐이오

---

7) 你的脾氣眞好--/ 不怕水, 不怕爛泥/ 從容地邁着步子/ 低着頭耕犁大地/ 看見的老是
爛泥/ 背上老是挨鞭子/ 活着爲了吃苦/ 再苦也不吭氣---

1958년
봄에 나는 베이따황에 갔었고
1959년
겨울에 나는 신장에 갔었다오

어떤 이는 내가 유배간 거라 하지만
나는 역시 신장사람 된 거라오
저 멀리 고비사막에서
꼬박 20년을 보냈다오

육체에서는 젊음을 찾지 못하고
나는 이미 어쩌다가 늙고 말았다오
누구든 남의 목숨 늘리어서
풍전등화 같은 여생을 갖고 싶겠지.8)

　이렇게 마지막 삶을 통해 그의 일관된 신념을 가지고 싶었던 것이다.
현실을 인정해야 하면서도 자기가 바라던 현실은 지나갔고 이미 노년의
경지에 들은 아이칭에게는 현실로부터의 초탈을 지향하기 시작한다. 그
래서 그는 우선 현실을 떠나보고 싶은 것이다. 미국·홍콩·싱가폴·이
탈리아·독일 등 1983년까지 해외여행의 길을 택하면서 자신의 맺힌 앙
금과 신천지에 대한 마음의 감흥을 토로하게 된다. 특히 1980년 이후의
작품들이 여행에서의 심상을 노래한 시들이 주류를 이루고 있는 것은
우연한 현상만이 아니다. 자신의 현실도피 의식과 나아가서는 초탈적 심
성의 일면이 내재되어 있는 것이다. 사회적 투사(시로서 본분을 지킴)이

---

8) 年年都有一個春天/ 春天去了能回還/ 人生只有一度靑春/ 靑春去了不復返/ 我也曾經
是靑年/ 不知哪兒去找靑春/ 流浪, 失業, 坐牢監/ 剩下的是烽火, 硝烟/ 一九五八年/
春天我到北大荒/ 一九五九年/ 冬天我到新疆/ 有人說我是流放/ 我還當做是新疆人/
在遙遠的戈壁灘/ 整整度過了二十年/ 肉體裏找不見年輕/ 我已匆匆忙忙到老年/ 誰願
意苟延殘喘/ 挨過這風燭殘年

기 위해서는 재충전의 기력이 필요한 것이며, 노년에서 삶을 관조하는
초월적 관념이 또한 깃들어 있는 것이다.

Ⅱ. 함축미 있는 의경(意境)

　진정한 시는 심령을 노래해야 한다. 20년의 침묵 후에 아이칭은 재생
의 시심(詩心)을 불태운다. 빛의 찬가를 부르고 태양의 노래를 부르기 시
작한다.9) 그의 <붉은 깃발(紅旗)>(1978)의 일단을 보기로 한다.

　　　불은 붉다
　　　피는 붉다
　　　산수유는 붉다
　　　막 떠오르는 태양은 붉다

　　　가장 아름답구나
　　　전진 속에서 바람에 휘날리는 붉은 깃발 !

　　　붉은 깃발 !
　　　추위와 굶주림이 엇갈리는 속에서 탄생하고,
　　　천년의 조롱에서 탄생하고
　　　그건 진리를 위해 싸운다.
　　　금빛의 낫,
　　　금빛의 망치,
　　　노동의 영광을

---

9) 아이칭은 복권 후에 희망과 열정을 상징하는 「光」을 소재로 하는 작품들을 쓰고
　있는데, 「電」, 「東方是怎樣紅起來的」, 「光的讚歌」(1978), 「光榮的冠冕」(1979), 「北
　京的早晨」, 「尼斯的早晨」(1980), 「美的展覽」(1981) 등.

농공 단결의 승리를 알린다.

아 !

진리 위해 싸워 온 깃발,

노예를 위해 해방을 추구해온 깃발,

영광의 깃발,

승리의 깃발,

바람맞아 펄럭이는

위무 당당한 깃발,

장엄한 깃발 ;

천만 얼굴의 홍기,

붉은 색의 물보라처럼

영원히 우리 앞에서

우리를 인도하고,

승리의 환호를 머금고

공산주의를 향해 달린다……10)

현실은 어쩔 수 없기에 그 속에서 복권의 기쁨을 외친다. 자신이 공산주의자라는 것을 인정하며 또 그럴 수밖에 없었을 것이다. 그리고 인민의 고통을 더욱 깊이 연민하게 된다. 그의 초지일관된 집념은 단순하고도 집중적으로 표출된다. 아이칭은 《시론(詩論)》 미학 12조에서 이르기를

---

10) 火是紅的,/ 血是紅的,/ 山丹丹是紅的,/ 初升的太陽是紅的;/ 最美的是在前進中迎風飄揚的紅旗!/ 紅旗/ 從饑寒交迫中誕生,/ 從千年的牢籠裏誕生,/ 它爲眞理而鬪爭,/ 金色的鎌刀,/ 金色的錘子,/ 宣告勞動的光榮,/ 工農團結的勝利./----/ 啊,/ 爲眞理而鬪爭的旗,/ 爲奴隷求解放的旗,/ 光榮的旗,/ 勝利的旗,/ 迎風招展的/ 威武的旗,/ 壓嚴的旗,/ 千萬面紅旗,/ 像紅色的浪花,/ 永遠在我們前面,/ 引導着我們,/ 帶着勝利的歡呼/ 奔向共産主義--

단순이란 사상에 대한 시인의 태도의 긍정이며, 관찰의 정확성이며, 사상의 전체에서 얻어질 수 있는 통일된 표현이다. 그것은 독자가 시에 대해서 포만된 느낌과 집약된 이해에 도달하게끔 인도한다.[11]

아이칭은 사상의 단순성을 통하여 자신의 시 세계를 일관되게 추구할 수 있으며 이것이 시에서는 정감적이고 낭만적인 섬세한 시정성을 풍겨준다. 하나의 실체를 가지고 구체적인 미감(美感)을 표출하고, 희열과 희망이 담긴 함축적인 의표(意表)를 그려 놓은 것이다. <눈 같이 흰 연꽃(雪蓮)>(1980)을 보면,

봄바람 여기에 불지 않고
낭떠러지에서 떨어질까 두려워 않아야
너의 광채를 볼 수 있지;

얼음과 눈의 화신(化身)
희고, 곱고, 의젓함;
너를 향한 강렬한 사랑이 없으면
너의 향기를 맡을 수 없지.[12]

시인은 단순한 소재를 가지고 속 깊은 의경(意境)을 그리고 있다. 앞단에서는 용기와 집착(執着)에서 빛나는 모습을 암시해 주고, 후단에서는 연꽃의 외양에서 풍기는 인상을 통하여 새로운 과업을 추진해 나가야 함을 계시해 주고 있다. 하나의 화초에서 세밀한 생활의식을 느끼고, 그

---

11) 單純是詩人對于事象的態度的肯定, 觀察的正確, 與在事象全體能取得統一的表現. 它能引導讀者對于詩得到飽滿的感受和集中的理解.

12) 春風吹不到這兒/ 燕子也不會來-/ 不怕從懸崖摔下來/ 才能看見你的光彩;/ 冰與雪的化身-/ 潔白, 美麗, 大方;/ 沒有對你强烈的愛,/ 聞不到你的芬芳.

것이 마치 자기 표상의 전부인 양, 큰 대상으로 부각(浮刻)시켜 놓은 상태에서, 그 효용성과 자기감성의 응집으로 승화시켜서 균형과 조화의 미(美)를 창출해낸다. 이러한 기법은 아이칭의 초기 시에는 찾아보기가 쉽지 않다. 의식의 직설적인 표현물로서의 시였기 때문이다. 평생을 자유다운 자유를 구가해 보지 못한 시인의 내면 세계에서는 진정한 자유의 맛을 늦게나마 만끽하고 싶은 것이다. 만년의 정신세계는 구속과 억압이 곧 삶을 의미한다고도 간주했을 것이다. 한 송이의 설연이지만 그것이 얼마나 고결한 겉과 속이 같은 사물인지 솔직하게 묘사하고 있다. 그것은 자신뿐만이 아니라, 중국인민, 아니 세계인류가 모두 겉과 속이 같은 참사람(眞人)의 모습을 지니기를 희망하는 것이다. 사실 그대로를 보이고 싶은 참 자유가 만년의 아이칭에게는 가장 소중한 것이다. 이제는 두렵고 무서운 것이란 없는 것이다. 그는 자유의 가치에 대해서 ≪시론(詩論)·시의 정신(詩的精神)≫ 11조에서 말하기를,

> 시는 자유의 사자로서, 인류에게 영원히 충직하게 위안과 격려를 주고 있으며, 인류의 마음 속에 자유에 대한 갈망과 굳은 신념의 씨앗을 뿌린다. 시의 소리는 곧 자유의 소리며 시의 미소는 곧 자유의 미소이다.13)

라고 밝히고 있다. 은폐된 어려운 시기를 거치면서 자유의 참가치를 깊이 음미한 것이다.

한편, 아이칭의 만년 작에는 시의 내용에 있어서 명랑성과 심각성이 동시에 함축되어서 나타나고 있는데, 이 두 양면성(兩面性)이 하나의 핵

---

13) 詩是自由的使者, 永遠忠實地給人類以慰勉, 在人類的心裏, 播散對于自由的渴望與堅信的種子. 詩的聲音, 就是自由的聲音; 詩的笑, 就是自由的笑.

으로 「집중」되어서 시적 효과가 극대화된다. 그 자신이 양면성의 함축미인 집중력에 대해서,

> 혼돈과 몽롱을 함축이라고 할 수 없다. 함축은 일종의 포만된 매장이며, 총대 속에 장전된 채 침묵하고 있는 총알이다.[14](《詩論》詩學 15조)

라고 정의를 내리고 있듯이 이 속에서 아이칭은 시적 예술성을 더욱 자유로이 표현할 수 있었다. 서독을 방문하여 동서독의 장벽을 보고서 쓴 <담(墻)>(1979)을 보기로 한다.

> 담은 한 자루 칼인 양
> 도시 하나를 두 동강내었으니
> 한 편은 동쪽
> 한 편은 서쪽
>
> 담은 얼마나 높은 것일까?
> 얼마나 두꺼울까?
> 얼마나 길까?
> 더 높고, 더 두껍고, 더 길어도
> 중국의 장성에 비할 수 없다
> 더욱 높고, 더욱 두껍고, 더욱 길어도
> 그건 단지 역사의 자취
> 민족의 상처일 따름
> 누구도 이 같은 담을 좋아하지 않으니
> 3 미터 높이로 뭘 한다는 건가?
> 45 킬로 길이로 뭘 한다는 건가?
> 천 배를 더 높이

---

14) 不能把混沌與朦朧指爲含蓄; 含蓄是一種飽滿的蘊藏, 是子彈在槍膛裏的沈默.

천 배를 더 두껍게
천 배를 더 길게 한다 해도

어찌 막을 수 있겠는가?
하늘의 구름, 바람, 비와 햇빛을

또 어찌 막을 손가?
나는 새의 날개와 나이팅게일의 노래를

또 어찌 막을 손가?
흐르는 물과 공기를

또 어찌 막을 수 있겠는가?
천만인의
바람보다 더 자유스런 사상을
땅보다 더 두터운 의지를
시간보다 더 긴 소원을[15]

    여기서 '담'이라는 기본형상을 통하여 여덟 가지의 구체적인 사물을 집약시켜 놓고 있는데, 물, 공기, 바람, 구름, 햇빛, 날아가는 새 날개와 노랫소리 등은 시인의 감정에 한 뭉치로 응결되어 세밀한 표현으로 승화되어 있다. 특히 시의 말미에서 세 가지의 비유법(比喩法)을 써서 독일 국민의 통일에의 소원을 집중시키고 시인의 동정과 분노심을 강렬하게

---

15) 一堵墙, 像一把刀/ 把一個城市切成兩片/ 一半在東方/ 一半在西方/ 墙有多高?/ 有多厚?/ 有多長?/ 再高, 再厚, 再長/ 也不可能比中國的長城/ 更高, 更厚, 更長/ 它也只是歷史的陳跡/ 民族的創傷/ 誰也不喜歡這樣的墙/ 三米高算得了甚麼/ 五十厘米厚算得了甚麼/ 四十五公里長算得了甚麼/ 再高一千倍/ 再厚一千倍/ 再長一千倍/ 又怎能阻擋/ 天上的雲彩, 風. 雨和陽光?/ 又怎能阻擋/ 飛鳥的翅膀和夜鶯的歌唱?/ 又怎能阻擋/ 流動的水和空氣?/ 又怎能阻擋/ 千百萬人的/ 比風更自由的思想?/ 比土地更深厚的意志?/ 比時間更漫長的願望?

반영시키고 있다. 이런 집중화의 시가 예술은 구체적인 데서 추상성을 찾아서 주제의 부각을 시도하고, 또 추상적이면서 실질적인 표현이 가능케하는 작법(作法)을 보여준다. 형상사유(形象思惟)의 방법이란 추상과 구상(具象)의 사이에서 상호 보충해 주는 방법을 말하는 것인데, 「시론. 형상」에서 시인이 말한 바, 「구체적일수록 더욱 형상적이며 추상적일수록 더욱 개념적이다.」라든가, 「형상을 만들어 조작해 나가는 과정은 곧 시인이 현실을 인식하는 과정이다.」라는 의미와 상통한다. 여기에 <희망(希望)>(1979)을 들어보기로 한다.

꿈의 친구
환상의 자매

알고 보니 우리들의 그림자
늘 우리 앞에 걸어간다.

형상 없기 빛과 같고
정처 없기 바람 같다.

그녀와 우리는
언제나 떨어져 있으니

창밖에 날아가는 새인 양
하늘에 흘러가는 구름인 양

강변의 나비인 양
얄밉고도 아름답구나

네가 올라가면, 그녀는 날아가고
네가 모른 체 하면, 그녀는 쫓아오고

그녀는 영원히 너와 짝하리니
너의 호흡이 멈출 때까지.16)

　시인은 희망이라는 추상적 관념으로 동적인 그림을 그리고 또 정적인
사고를 유발시켜서 그림과 사고를 한 데로 결합하여 결국은 희망이라는
「그녀」와 하나가 되는 정점에까지 끌어올리고 있다. 그 비유와 기탁이
극히 조화를 이룬다. 자연의 여러 현상에서 우리의 집약된 꿈을 뽑아낼
수 있는 시인의 힘이 만년의 완숙한 시적 예술미를 더해 준다.

Ⅲ. 간결미(簡潔美) 있는 묘사

　아이칭의 시는 일반적으로 시어와 시구의 활용에 있어서 소박하면서
도 평이하다고 본다. 시라고 하기보다는 하나의 산문이요, 독백(獨白)어
린 민가(民歌)와도 같이 보인다. 그러나 정결하고 친숙한 맛이 배어 있는
것이다. 저항적인 시이든, 낭만이 깃들어 있든 간에 기괴한 말을 찾아볼
수가 없다. 동요 같기도 하며, 때로는 기도문같이 간절한 내적 호소력이
강렬하게 스며 나오기도 한다. 우울을 노래하는 데도 그 맛은 역시 밝은
면이 담겨져 있는 것이다. 진솔하고 가식이 없기에 감동을 주며 그 시가
주는 의취(意趣)가 맑고 밝은 것이다. <바닷물과 눈물(海水和淚)>(1979)
를 보기로 한다.

---

16) 夢的朋友/ 幻想的姉妹/ 原是自己的影子/ 却老走在你前面/ 像光一樣無形/ 像風一樣
　　不安定/ 她和你之間/ 始終有距離/ 像窗外的飛鳥/ 像天上的流雲/ 像河邊的蝴蝶/ 既
　　狡猾而美麗/ 你上去, 她就飛/ 你不理她, 她撞你/ 她永遠陪伴你/ 一直到你終止呼吸

바닷물은 짜지
눈물도 짜지.

바닷물이 눈물이 되었나?
눈물이 바닷물이 되었나?

억만년의 눈물이
모여 바닷물이 되었지.

어느 날엔
바닷물과 눈물이 모두 달게 될 테지.17)

이 시는 자연의 경물을 가지고 인간의 심리 현상에 맞추어서 쓴 작품이다. 절박한 시어에는 침통한 감개가 깃들어 있어서 그 시대의 상황을 엿보게 한다. 마지막 시구에서는 강렬한 반사회주의적인 의지를 비쳐주고 있다. 아이칭은 그의 ≪시론(언어)≫10조에서, 「시의 말에는 사상과 감정이 있어야 하며, 언어에는 암시성과 계시성을 풍부히 지녀야 한다.」18)라고 하였으며 같은 16조에서는,

시인은 모름지기 언어를 감별하는 능력이 있어야 한다. 해학적인 것, 반발적인 것, 넌지시 가리키는 것, 솔직한 것, 그리고 선의적인 것과 악의적인 것에 이르기까지 …… 마치 화가가 제각기 다른 느낌을 자아내는 색채를 감별하여 부르는 것과도 같이; 언어가 풍부한 사람은 정확하고 잘 배합된 색채를 사용하여 생활을 그대로 그려 낼 수 있다.19)

---

17) 海水是鹹的/ 淚也是鹹的/ 是海水變成淚?/ 是淚流成海水?/ 億萬年的淚/ 滙聚成海水/ 終有一天/ 海水和淚都是話的

18) 詩的語言必須飽含思想與情感, 語言裏面也必須富有暗示性和啓示性.

19) 詩人必須有鑑別語言的能力: 詼諧的, 反撥的, 暗射的, 直率的, 以及善意的和惡意的

라고 강조하면서 시어의 구사력을 배양하고 시어의 예술적 감각을 중시
해야 함을 기술한다. 따라서 그의 시는 후기로 갈수록 시의 색감과 미적
인 의상(意象)이 돋보인다. <빛의 찬가(光的讚歌)>(1978)의 일단을 보면,

> ......
> 사람은 모두 하나의 생명.
> 인간세상, 은하계, 별, 구름 가운데
> 하나의 작은 티끌.
> 티끌마다 자신의 능력을 지녔으니
> 무수한 티끌 모아져 한 조각 광명 이룬다.
> 사람은 저마다 홀로 이지만
> 서로 비춘다.
> 지구와 함께 우주에서 돈다.
> 우리는 돌면서 타오른다.
> 우리의 생명은 타오른다.
> 우리는 자신의 시대에서
> 축제날의 불꽃처럼
> 환호하며 고공을 향해 쏘아야 한다.
> 그러면 찬란한 빛을 뿜어내리라.[20]
> ......

여기에서 생명을 축제날의 불꽃처럼 비유하여 감성색채(感性色彩)의
특징을 풍부하게 한다. 그리고 <백조의 호수(天鵝湖)>(1980)를 보면,

---一如畫家之鑑別喚起各種不同的反應的色彩一樣; 語言豊富的人, 能以準確而調和
的色彩描畫生活.

20) 每一個人都是一個生命/ 人世銀河星雲中的一粒微塵/ 每一粒微塵都有自己的能量/
無數的微塵滙集成一片光明/ 每一個人旣是獨立的/ 而又互相照耀/ 在互相照耀中不
停地運轉/ 和地球一同在太空中運轉/ 我們在運轉中燃燒/ 我們的生命就是燃燒/ 我
們在自己的時代/ 應該像節日的焰火/ 帶着歡呼射向高空/ 然後迸發出璀璨的光

날개의 떨림은
포착키 어려운 경쾌함.
결백의 도약은
숲 사이로 빛이 나는 듯하네.

사랑스레 뒤쫓고
수줍은 듯 도망치고
환희의 전율
깊은 정이 이끄네.

부드럽기 황혼의 호수 같고
몽롱하기 호수를 두른 숲과 같고,
별 빛 밤하늘에 반짝이듯
음계처럼 홀연히.21)

　　여기에서도 회화적(繪畵的)인 색감의식(色感意識)을 교묘히 구사하여
빛과 소리의 조화를 구성하고 백조의 자태와 그에 대한 사랑의 감정을
경쾌하고도 생기 있게 묘사한다. 아이칭의 후기 시 특성은 인생을 달관
한 면을 보여준다. 그는 현실과의 먼 경계를 직접 찾아가려는 듯 해외여
행 속에서 탈속(脫俗)의 의식, 그리고 만족과 포만의 심성을 보여 주며,
더구나 낭만적인 서정성(抒情性)을 추구하고 있다. 이것은 삶을 머지않
아 마감할 늙은 시인의 심정이기도 하지만 자연으로 돌아갈 수밖에 없
는 미약한 인간의 종말적 심리 현상이라고도 볼 수 있는 것이다.
　　아이칭은 1996년 5월에 베이징의 집에서 역경　어린 긴 생애를 마쳤
다. 복권된 후의 아이칭은 중국문예작가협회 부주석이란 직함으로 정부

---

21) 羽毛的振動/ 難愚捕捉的輕盈/ 潔白的跳躍/ 如光在林間飛奔/ 愛情的追逐/ 羞澁的逃
　　逸/ 歡愉的顫抖/ 深情的牽引/ 柔軟如黃昏的湖水/ 朦朧如環湖的樹林/ 像星光在夜
　　空閃動/ 音符似的飄忽不定

로부터 보상(?)이라도 받느양 그의 만년을 그런 대로 평강하게 휴식하면서 보냈다. 필자가 방문했을 때, 부인 까오잉(高瑛)의 보살핌 속에 철저한 노후의 섭생을 하고 있었지만 젊어서 겪은 심신의 고통이 결국은 실명과 뇌종양이란 후유증을 낳게 한 것이다. 아이칭의 연구가인 쪼우홍싱(周紅興) 교수는 그의 저서 ≪아이칭의 발자취(艾靑的跋涉)≫(1989)를 통하여 아이칭의 전 생애를 정리하였으며 특히 1987년까지의 아이칭의 주변과 그의 문학의식을 소개하고 정리하려고 하였다. 조우홍싱 교수는 아이칭을 두고 「정직한 사람(正直的人)」, 「반드시 참된 말만 한다(必須說眞話)」라고 최종적인 평가를 내리고 있다. 그리고 아이칭은 시에 대한 집념이 죽는 순간까지도 불타고 있었다는 사실을 입증(立證)이라도 하듯이 자신의 사작(寫作) 심정을 다음과 같이 피력하고 있다.

> 나는 영원히 창작을 갈구한다. 매일 나는 농부처럼 새벽에 일어나서, 나의 시속의 인물과 내가 써야 할 언어를 생각해 본다. …… 휴식하면서도 나의 미래는 시를 위해 움직이고 있다. 밥 먹을 때나, 길을 갈 때에도.(「승리를 위하여—삼년간의 창작보고」)

아이칭의 노년은 그의 시적인 가치가 더해 가면서 더욱 존중되고 다양한 문학적 평가를 높이 받았다고 본다. 노벨문학상이 중국 작가에게 수여된다면 빠진(巴金 1902~2001)이나 짱커쟈(臧克家 1905~2000) 등과 함께 가장 가능성이 많았던 아이칭이었는데 이제는 그도 다시는 보이지 않게 되었다. 삼가 아이칭의 명복을 진심으로 기원하면서 이 글의 말미에 그가 필자에게 보낸 글을 덧붙인다.

류성준(柳晟俊) 선생

북경 ≪민족문학≫ 편집부의 한창희(韓昌熙) 선생께서 나에게 선생의 친절한 안부 인사를 전해 주시고 아울러 선생께서 번역하신 또 한 권의 나의 시집을 출판하신다는 말씀이 있었습니다. 우리는 서로 거리가 너무 멀어서 만나기 실로 어렵습니다. 나는 선생께 경의를 표하면서, 나의 작품을 한국인에게 소개해 주시는 데 대해 또한 감사드립니다.

나의 작품은 일찍이 영어·불어·러시아어·일어·스페인어·포르투갈어·이태리어 등 20여 개 국어로 번역되었습니다. 나는 나의 작품이 세계 각 국의 독자를 갖고 있는 데 대해 긍지를 느낍니다. 먼저 나의 작품을 잘 아시고 아껴 주시는 번역자에게 깊이 감사드립니다. 그분들의 노력으로 나의 작품이 각 국 독자와 만날 수 있는 기회를 갖게 됩니다. 이로 인해 나는 나를 위해 고생하시는 역자에 대해서 감격 어린 마음이 충만 되어 있으며 선생께도 같은 마음을 갖고 있습니다.

나의 일생은 역경의 길이었습니다. 그러나 나의 신념은 전혀 흔들린 적이 없습니다. 나는 시종일관 국민과 함께 해 왔습니다. 인류의 심령 속에 자유에 대한 갈망과 신념의 씨앗을 뿌리기 위하여 노래할 것입니다. 삼가 인사드립니다.

1988년 3월 베이징에서
아이칭[22]

---

22) 柳晟俊先生: 北京民族文學編輯部的韓昌熙先生向我轉述您的親切問候, 並告訴我由您飜譯的又一本我的詩集卽將出版. 我們相距甚遠, 會見實難. 我除了向您表示敬意之外, 還要感謝您把我的作品介紹給朝鮮人民. 我的作品, 曾被譯成英文 法文, 俄文, 日文, 西班牙文, 葡萄牙文, 意文等二十多種文字. 我爲我的作品擁有世界讀者而感到自豪. 這首先說感謝熟悉與熱愛我的作品的翻譯家. 由于他們的努力, 才使我的作品說以與各國讀者見面之機會. 爲此, 我對爲我付辛苦的譯者充滿了感激之情, 當然也包括您. 我的一生坎坷. 但是我的信念從來未動搖過. 我始終和人民在一起 爲在人類的心靈裏播散對自由的渴望與堅信的種子而歌唱! 謹此問候 艾靑 1988年3月

〈아이칭의 연표〉

*1910년 3월 27일 저지앙성(浙江省) 진후아현(金華縣) 판티엔짱촌(畈田蔣村)에서 출생. 이름은 지앙쩡한(蔣正涵), 자는 양이웬(養源), 호는 하이쩡(海澄).
*1929년 프랑스 파리로 유학.
*1932~1935년 첫 시 「회합(會合)」을 월간지 ≪북두(北斗)≫에 발표. 상하이에서 중국좌익미술가연맹에 가입하고 춘지(春地)미술연구소를 설립하였으나 프랑스 조계 경찰에 의해 체포되어 징역 6년을 언도 받음. 옥중에서 옥중시 25수를 씀.
*1936년 첫 시집 ≪따옌허(大堰河)≫를 출판.
*1939년 두 번째 시집 ≪북방(北方)≫을 출판.
*1945년 루쉰(魯迅) 문학예술원에서 강의. 8월 화북(華北) 문예공작단 단장에 취임.
*1953년 시집 ≪보석의 붉은 별≫을 출판. 전국작가협회 이사로 선임.
*1956년 까오잉(高瑛)과 결혼. 논문집 ≪詩論≫ 출판.
*1958년 우파분자로 분류되어 모든 직무를 박탈당하고 동북 지방의 베이따황(北大荒)으로 감.
*1967년 문화대혁명으로 144사단 2대대 8중대에서 노동함.
*1978년 복권되어 작가활동을 시작함.
*1979년 중국작가협회 부주석으로 선임됨.
*1981년 시집 ≪落葉集≫을 출간.
*1985년 이후 매년 노벨 문학상 후보에 오름.
*1996년 5월 베이징에서 서거함.

9장 아이칭(艾靑) 시의 기독교 사조

　중국의 저명한 시인이며 화가인 아이칭(艾靑 1910~1996)은 1932년 전
후에 프랑스에 유학했던 만큼 서양문물에 적응된 의식과 가치관을 지닌
작가이므로 그의 시에는 중국 전통적인 문예관을 바탕으로 한 서양의
여러 사상을 포용한 풍격을 찾아 볼 수 있다. 따라서 그의 시에는 다소
간의 기독교적 의식을 담은 작품과 그 내용을 간과할 수 없기에 본문에
서 10여 편의 시를 통하여 아이칭이 지녔던 기독의식을 살피고자 한다.
중국문학에서 기독교사상을 찾아보기란 용이치 않은데 그 이유는 중국
나름의 전통종교사상인 유교와 도교, 그리고 전래된 불교가 서로 융화하
여 소위 삼교혼융(三敎混融)의 풍토 속에서 서양종교의 이입은 힘들고
특히 문학적 관념으로 보아서 보수적이며 배타적인 우월적 민족관을 지
닌 중국문학에의 접목은 거의 불가능하다고 할 것이다. 더구나 현재의
사회주의 체제 하에서의 기독교 정착은 조직적 불화라는 걸림돌마저 추
가되어 있어서 더 어려운 풍토라고 하겠다. 그러면서도 아이칭은 사회적
다양한 불협화음을 조화시키려는 뜻을 시도한 것을 볼 수 있다. 그리고

아이칭은 시의 세계를 가장 참된 마음의 표현에서 찾지 않으면 안 되는 것으로 간주하였다. 아이칭은 상당히 공평성 있는 문학관을 추구하려함을 보게 된다. 그것은 시가 지닌 진실성을 강조함이다. 중국의 당시(唐詩)가 높이 평가되는 이유도 바로 시의 정적인 진실이 그 어느 시대보다 강하기 때문인 것처럼 아이칭 시는 그 자체가 곧 시심(詩心) 그대로인 것으로 보았다. 그는 시인이기 이전에 화가라는 점에서 시의 자화상을 늘 염두에 둔 것이다. 그래서 그는 ≪시론≫ 기술 19조에서 이르기를,

> 시 짓는데 무슨 비결이 있겠는가? — 정직하고 천진스런 눈으로 세상을 보면서 당신이 이해하는 것 느낀 것을 소박한 형상의 언어로 표현해 내라.[1]

라고 솔직한 작시의 자세를 토로하고 있는 것이다. 아이칭의 삶 자체가 하나의 드라마와 같이 기복과 곡선의 폭이 큰 시인이다. 앞의 시에서 보듯이 1958년부터 약 20년 간 숙청되어 감금된 생활 속에서 지은 시는 거의 발표되지 못한 상태인 것이다. 그것은 어쩌면 만인평등의 인권의식 즉 기독교적 사랑이 저절로 잠재된 상태가 스스로 고초를 자초케 한 것으로도 본다. 이런 시각에서 그의 시에서 기독교적 내용을 노래한 부분만을 골라서 그 서술된 깊은 뜻을 음미하기로 한다.

---

1) 寫詩有甚麼秘訣呢? 用正直而天眞的眼看着世界, 把你所理解的, 所感覺的, 用朴素的 形象的語言表達出來.

I. 성서(聖書) 소재의 직접 비유

아이칭은 기독교인이 아니다. 필자는 1993년 7월 베이징의 아이칭 자택을 방문한 적이 있었다. 그 때에 필자는 직접 아이칭에게 기독교관에 관하여 질문할 기회가 있었는 바, 그는 자신이 불교신자라는 점과 기독교를 긍정적으로 이해한다는 점을 밝힌 것이다. 그런 그가 400여 편의 시에서 기독교적 성격의 시제를 택한 것이 5편이 있으니 그 시제를 열거하자면, <한 나사렛인의 죽음(一個拿撒勒人的死)>(1933), <말구유(馬槽)>(1936), <새로운 에덴집(新的伊甸集)>(1940), <사람과 하나님(人和上帝)>(1980), <하나님은 어디 계신가(上帝在哪)>(1988) 등이며, 기독교적 내용을 담고 있는 것이 5편이 있으니 그 시제를 열거하면, <병감(病監)>(1933), <그는 그 다음에 죽다(他死在第二次)>(1939), <미사도 없이(沒有彌撒)>(1940), <횃불(火把)>(1940), <씨 뿌리는 사람(播種者)>(1940), <고로마의 대투기장(古羅馬的大鬪技場)>(1979) 등이다. 위의 작품들을 거론하면서 단편적이나마 그의 시속에 스며들어 있는 기독사상을 엿보면서 중국문학 속의 서양종교관을 살피려 한다.

아이칭은 기독교인은 아니지만 서양문물을 접한 자이므로 그의 시에는 성서의 말씀을 시의 소재로 삼아서 그 자신의 입장을 상징화한 경우를 보게 된다. 먼저 <한 나사렛인의 죽음(一個那撒勒人的死)>[2]을 본다.

---

2)『艾青詩全編』上卷 p.48:「朝向耶路撒冷 "和散那! 和散那!" 的呼聲 像歸巢的群鴉般 聒叫着 成百成千的群衆 擁着那騎在驢背上的拿撒勒人 望宏偉的城門 前進着…… 拿撒勒人 在淸癯的臉上 露着仁慈的笑容. 那微笑裏 他記憶起 昨天在伯大尼的宴席上 當瑪利亞 倒了哪噠香膏在他脚背上的時候, 同席的加略猶大的言語 "這香膏 爲甚麼不賣三十兩銀子 周濟周濟窮人呢?" 一他說時, 露着狡猾的貪婪的光一 (중간생략) 不要懊喪, 不要悲哀! 穿過黑色之夜 他和他的十一個門徒 經了汲淪溪 進入那慣常聚集的果園裏時 看到了 從小徑的那邊 閃着燈籠和火把的光 兵士, 祭司長, 法利

예루살렘을 향하여

"호산나! 호산나!" 외치는 소리

둥지로 돌아가는 까마귀들처럼 외치며

천백의 군중들

저 나귀등에 탄 나사렛인을 둘러싸고

웅장한 성문을 바라보며

전진하는데……

나사렛인은 야윈 얼굴에 인자한 웃음을 띠고 있다.

저 미소 속에

그는 기억하고 있다.

어제 베다니의 잔치에서

마리아가 나드 향유를 그의 발에 부었을 때

같이 있던 가룟 유다의 말이

"이 향유를 어찌하여 삼백 데나리온에 팔아

가난한 자들에게 주지 아니하였느냐?"

— 그들은 말할 때, 교활한 탐욕의 빛을 드러내니 —

(중간생략)

근심하지 말고 슬퍼하지 말지라!"

캄캄한 밤을 지나

그의 열 한 제자들과

賽人的差役 隨着那加略人猶大 向這邊走來…… "拿撒勒人 在哪裏?"(중간생략)
大笑的喊着: "拿撒勒人 恭禧你呵!" 在到哥爾哥察山的道上 兵士們把十字架壓在
他的肩上 —那是創傷了的肩膀— 苦苦的强迫他背負起來 用苦膽調和的酒 要他去
嘗. 在他的後面 跟着一大陣的群衆 一半是懷着好奇 一半是帶着同情 有些信他的婦
女 爲他而號啕痛哭 于是他回過頭來 斷斷續續地說: "耶路撒冷的衆女子呵 請不要
爲我哭泣……" 髑髏地到了! 他被兵士們按到十字架上 從他的手掌和脚背 敲進了
四枚長大的釘子…… 再把十字架在山坡上竪立起. 他的袍子已被撕成四分 兵士們用
它來拈鬮: 衆人站在遠處觀望着 有的說他是聖者 有的笑他荒唐 有的搖首冷嘲 "要
救人的 如今却不能救自己了." 落日照着崎嶇的山坡 大地無言的默着, 只有原野的
遠處 傳來颶風的吼叫, 整個的蒼穹下 聚集着恐怖的雲霞…… 白日呵, 將要去了! 在
這最後的瞬間 從地平線的彼方 射出一道巨光 這巨光裏映出 三個黑暗的十字架上
的 三具尸身— 二個盜匪相伴着 中間的那個 頭上釘着一塊牌子 那上面 寫着三種文
字的罪狀: "耶蘇, 猶太人的王."

기드온 시내를 건너
그 항상 모이던 동산에 들어갔을 때
그는 보았노라.
작은 길 저편에서
등불과 횃불을 밝히고
병사, 제사장, 바리새인의 하인들이
가룟 유다를 따라서
그리로 오는 것이……
"나사렛인은 어디 있는가?"
(중간생략)
희롱하여 가로되 :
"나사렛인아
축하하네!"
골고다 산으로 가는 길에서
군병들 십자가로 그의 어깨를 짓누르니
— 그 상처 입은 어깨를 —
다그쳐 젊어진 고통 속에
쓸개 탄 포도주마저
맛보게 했도다.
그의 뒤에는 뒤따르는 대군중들
반은 호기 어려서
반은 동정을 갖고서
그를 믿는 여인들
그를 위해 소리쳐 통곡하니
그가 고개를 돌려
이을 듯 말 듯 일렀노라 :
"예루살렘의 딸들아
나를 위하여 울지 말라……"
해골의 곳에 이르렀다네!
군병들 그를 십자가에 달리우고
그의 손바닥과 발등에
네 개의 긴 못을 박고……

다시 십자가를 언덕 위에 우뚝 세웠더라.
그의 홍포는 벌써 네 갈래로 찢기었고
군병들이 그것을 제비뽑아 나눴더라.
사람들이 멀리서 바라보면서
어떤 이는 그를 성자(聖者)라 하고
어떤 이는 그를 황당하다 비웃고
어떤 이는 고개 흔들며 냉소하도다.
"남을 구원하려는 자
이제 자기조차 구원할 수 없도다"
지는 해가 험한 언덕 비치는데
땅은 말없이 고요하고
오직 들판 저 멀리서
태풍의 거센 소리만 들려오고
온 하늘엔
무서운 구름노을이 뭉게뭉게……
온 하늘엔
무서운 구름노을이 뭉게뭉게……
태양이여, 가버리려는가!
이 최후의 순간에 지평선 저곳에서
한 줄기 거대한 빛 쏘아 나오고
이 거대한 빛 속에 비추이는
세 개의 검은 십자가 위의
세 구의 시체 —
두 도적이 짝짓고 있는 가운데의 저 시체
머리엔 죄패를 못박고서
그 위에
세 마디의 죄목을 써 놓았노라 :
"예수, 유대인의 왕"

　이 시는 1933년 6월 16일 시인이 옥중에서 병중에 지은 150행의 서사
시이다. 시의 내용이 신약성서 마태, 마가, 누가 그리고 요한 등 복음서

의 예수 죽음을 소재로 한 서술인데 이 중에는 가룟 유다가 말한 향유 삼백 데나리온 문구는 요한복음 12장 5절을 인용한 것이고 시 말미에서 유대인의 왕이란 시구도 마가복음 16장 26절을 인용한 것이다. 이 시는 한편의 성서의 말씀을 재조직해놓은 감을 줄만큼 성시(聖詩)적 격조를 지닌다. 중국의 시에서 고금을 통해 이처럼 솔직한 성서적 표현은 없었다고 본다. 이것은 아이칭이 피압박자로서의 예수의 생애를 빌어서 자신의 불우와 감옥생활, 그리고 숙청 등으로 점철된 청년작가의 심경으로 풍유하고자 한 것이다.3) 그러므로 이 시는 시인 자신의 자기상황의 대언이라 할 것이다. 시인은 후에 이 시를 거론하면서 옥중에서 병중에 유서로 쓴 것이다라고 피력한 바가 있다.4) 아이칭은 자신의 고통을 마치 순교자적인 위치에서 그리스도의 사랑의 희생을 노래하면서 자위하려 하였다. 그래서 아이칭은 예수의 고초를 상기하면서 자신도 희생적인 옥중생활의 의미를 부여하려 하였다. 아이칭은 이 시의 서두에서 '한 알의 밀이 땅에 떨어져 죽지 않으면 한 알 그대로 있고 죽으면 많은 열매를 맺느니라.'라는 구절을 인용하였으니, 이것은 이 시의 주요한 골자이다. 종교적인 내재율(內在律)과 순교자의 죽음을 가지고 부조리의 모순과 포악을 완곡하게 비유한 것이다. 아이칭은 이같이 옥중의 고통을 자긍과 재생의 요소로 삼고, 불타는 작가적 역량을 배양하는 긍적적인 도장으로 활용한 것이다. 그것이 아이칭의 남다른 세계이며 추구하여 이른 바 오득(悟得)하는 시정(詩情)을 진술하게 읊었다.

다음으로 예수의 탄생을 소재로 한 <말구유(馬槽)>5) 시도 역시 모욕

---

3) 周洪興, 『艾靑的跋涉』, 文化藝術出版社 1988, p.61.

4) 『靑年詩壇』 艾靑談敍事詩, 1983, 제1기

5) 상게서 p.109: 「爲甚麽又下雪呢? 木柵上的麻雀看着天 天是這麽陰暗 有人走過馬槽 馬槽裏有女性的哭泣 似乎已一夜了 任你流盡恥辱的淚 也不能潤濕 冬的枯乾的土

받고 피해 당하는 자에 대한 시인의 연민과 찬양의 심정을 토로한 것이다.

> 왜 눈이 내리지 않을까?
> 목책 위에 참새 하늘을 보고
> 하늘은 이처럼 어두워
> 누군가 구유를 지나고
> 구유 속 여인의 흐느낌은
> 밤새
> 네가 치욕의 눈물을 다 흘려도
> 겨울 메마른 토지를
>   적실 수 없다
> 누군가 구유를 지나자
> 구유 속에서 들려오는 가슴을 찢는 애절한 외침
> 아, 수많은 손가락으로
> 온 사람들은 부정한 여인을 가리키며
> 말똥처럼 더러운 년이라 욕하고
> 대야 하나 갖다주는 이 없고
>   따뜻한 물 한 통 부어주는 이 없다
> 바람은 토담의 구멍으로

地呀 有人走過馬槽 馬槽裏傳出了裂心的哀叫 噫, 用無數手指 衆人指着不貞的少婦 叱罵她就像馬尿一樣汚穢 沒有肯給她拿一呎血盆 或是倒一桶溫水的. 風從泥牆的破孔 發出寒冷的嘲笑 她掙扎掙扎掙扎 把頭抵住了木柵 看, 那蓬鬆的散髮間的 兩顆閃着瘋狂的光輝的眼 這伯利恒被棄的女子 遂有了道德上的傲慢 給輕蔑她的人群以憤恨的反抗 周身都被汗浸濕了 風 再吹得潑剌些吧 爲甚麼又靜寂了呢 聽, 嫩弱的尖音從下面發出了 産婦的血 在永不開花的馬槽裏 散下了最艶麗的花朵 那小生命延續了母親的餘力 在稻草堆裏伸動着四肢 有人走過馬槽 擲來了斜視的眼光 有人走過馬槽 捏着鼻子 有人走過馬槽 發出冰冷的笑 初生的嬰孩 帶着惶恐的哭叫 來認識這陌生的世界了 昏暈過去的 瑪利亞重新清醒過來 俯下了蒼白的臉 她的話伴着眼淚 斷續地滾下 "孩子呀 在伯利恒 我們將要被逐的 我們去 流浪會把你養大 今天起 你記住自己是 馬槽裏 一個被棄的女子的兒子 痛苦與迫害誕生了你 等你有能力了 須要用自己的眼淚 洗去衆人的罪惡" 她困苦的起來 把新生的裹進懷裏 帶着悲傷離開了馬槽 雪花飄上她的散髮 無聲地 她去了」

차가운 조소를 드러내고
그녀는 몸부림, 몸부림, 몸부림친다
머리로 목책을 박고
보라, 그 흐트러진 산발 사이로
　　미친 듯 빛나는 두 눈
베들레헴에서 버려진 여인
도덕적인 오만은 있어
그녀를 경멸하는 사람들에게 분노의 반항으로
온 몸을 땀으로 적셨다
바람, 다시 세차게 불어라
왜 고요해졌는가
들어라, 연약하고 날카로운 소리 따라
흘러내리는 산부의 피
꽃필 줄 모르던 구유 속에서
가장 선염한 꽃을 뿌렸다
그 작은 생명은
어머니의 남은 힘을 잇고
볏짚더미에서 사지를 편다
구유를 지나는 사람
경멸의 눈빛을 던지고
구유를 지나는 사람
코를 틀어막고
구유를 지나는 사람
차가운 냉소를 보내고
갓 태어난 아기
두려움에 울며
낯선 세상을 맞이한다
졸도해버린
마리아 다시 깨어나
창백한 얼굴을 내려다보고
그녀의 맑은 눈물과 함께
계속 흐른다

"아이야
베들레헴에서
우리는 추방될 거야
우리 가자
유랑하며 너를 키울 거야
오늘부터 너는 자신이
구유 속에서
버림받은 여인의 아들임을
기억해야지
고통과 박해가 너를 낳았으니
네가 능력이 있거든
자신의 눈물로
민중의 죄악을 씻어라"
그녀는 힘겹게 일어나
갓난아이를 품에 안고
비애와 슬픔으로 구유를 떠나
눈송이는 그녀의 산발에 날리고
소리 없이
그녀는 떠났다

이 시는 1936년 성탄절에 지은 것인데 그 소재가 정절을 잃은 한 여인이라고 군중의 질책을 받는 가운데 한냉하고 어두운 밤에 말구유에서 아이를 낳는 부분에 한정되어 있다. 이 여인은 실제로는 중국의 가련한 민중이며 여성을 의식하면서 반항적 의식을 담아서 풍유한 것이다. 아이칭이 기독교적 사실을 성경으로부터 빌려서 자신과 민중의 문제로 삼은 것은 매우 이례적인 경우에 해당된다. 그리고 다음 <새로운 에덴집(新的伊甸集)>[6]은 에덴동산에서 아담과 하와를 추방하는 여호와 하나님의

---

6) 『艾青詩全編』 上卷 p.440:「"耕種他所自出之土", 用自己的堅固的意志之犁. 在神與惡魔的妬視之下, 十年, 廿年, 勞動在黑土上開花. 遍地是金果與自由的笑!" "生命的

말씀을 가지고 러시아의 농촌현실을 풍자한 시이다. 이 시는 <새로운 에덴>, <인조비>, <둥근 쟁기>, <새로운 경전> 등의 소제목으로 나뉘어 창작된 바, 그 중에 <새로운 에덴(新的伊甸)>을 제시하여 시인의 심정을 유추하고자 한다.

> "그 근본된 토지를 갈게 하시니",
> 자신의 굳은 의지의 쟁기를 쓴다.
> 신과 악마의 질시 하에
> 십 년, 이십 년, 일하여 검은 흙 위에 꽃이 핀다.
> 온 땅이 황금과실과 자유의 웃음이다!
>
> 생명나무는 천상에 있지 않고,
> 그건 이미 그 근본된 토지에 무성하고,
> 열린 에덴을 지키기 위해서,
> 사람의 시조가 이미 사방에 놓인 화염검을 안다—
> 곧, 신과 악마는 투기의 불에 의해 타죽어,
> 온 천하에 에덴의 노래가 충만하리라.

이 시는 아이칭이 구약 창세기 3장 23절 말씀에 의거하여 지은 것으로 아이칭은 이 시의 서두에 그 성경말씀 "여호와 하나님이 에덴동산에서 그 사람을 내어 보내어 그의 근본된 토지를 갈게 하시니라. 이같이 하나님이 그 사람을 쫓아내시고"를 인용하고 있다. 1940년 11월 러시아의 농업전람회를 관람하고서 농촌의 피폐된 현상을 풍유한 것이다. 그것은 중국의 농촌을 비유하기도 한 것이다. 이 시의 제8수 <새로운 경전(新的經典)>을 보면,

---

樹" 不在天上, 它已繁茂在人所自出之土, 爲了把守開創的伊甸, 人的始祖已知道在四周安設火劍— 不久, 神與惡魔將被妬忌之火燒死, 普天下將充溢伊甸之歌.」

경건한 손으로 그것을 열고,
경건한 눈으로 그것을 보고,
경건한 입으로 그것을 낮게 읊고,
경건한 마음으로 그것을 감격한다-
저 몇 명의 유태인 농민이
묵묵히 무엇을 열독하고 있는가?
그들이 열독하는 것은 무슨 성서가 아니고,
그들이 열독하는 것은 토지영유법령이다.[7]

Ⅱ. 성서적 의식의 간접 비유

아이칭의 시에는 직접 성서적 내용은 다루지 않으나 간접적인 인용방법을 통하여 시의 의취를 표출하는 경우를 볼 수 있으니, 이것은 역시 시의 기독교적 잠재의식이라 할 것이다. 그 예로서 루쉰의 서거 4주년을 기념하여 쓴 <씨뿌리는 사람(播種者)>[8]의 일단을 보기로 한다. 아이칭은 문호 루쉰(魯迅 1881~1936)을 존경하였고 그의 영향을 깊이 받았음을 알 수 있다. 현실에 대한 반항과 구습으로부터 탈피하려는 의식은 유럽에서의 회화 수업을 통하여 더욱 굳어졌고 서양사조에 의해 중국 본래의 기질을 수정하고픈 의지를 불태웠다.

---

7) 用敬虔的手翻開它,/ 用敬虔的眼睛看着它,/ 用敬虔的嘴低誦它,/ 用敬虔的心感激它--/ 那幾個猶太的農民/ 默默地在閱讀甚麼呢?/ 他們閱讀的不是甚麼聖書,/ 他們閱讀的是土地永有法令.

8) 상게서 p. 423:「幾十年如一日, 你以一個農民的朴直 愛護這片土地, 頑强的手也曾劈擊過 萬年的巖石和千年的荊棘; 又以凝聚着血滿的手指 帶着悲哀的顫栗, 扶理過你親手所培植的 被暴風雨的打擊所摧折的 稚嫩的新苗;」

수십 년을 하루같이,
농민의 소박함으로
이 땅을 사랑하고,

강인한 손으로
만년의 암석과 천년의 형극을 쳐냈다;
핏방울 엉킨 손가락에
비애의 전율을 띠고,
당신 몸소 가꾸어온
폭풍우에 잘리어진
부드러운 새싹을 도닥거린다;(1940. 12)

라고 하여 루쉰의 애민정신을 자신의 것에서도 찾으려 하였다. 아이칭으로서는 루쉰이 의학에서 문예활동으로 진로를 바꾼 이유를 모를 리 없었고 그 이유가 중국인의 정신개조를 위한 것임을 흠모하며 자기의 투옥생활도 그 개선을 위한 인고의 과정이라고 인정하였던 것이다. 그래서 그의 작품은 특히 옥중시에서 민생의 불만과 모순을 대언하는데 주저하지 않았다. 그는 ≪시론(詩論)≫ 35장에서,

    시인과 혁명가는 하나같이 때를 슬퍼하며 만민을 불쌍히 여기는 사람이며 그들은 또 이런 생각을 똑같이 행동으로 옮기는 사람들이다. ― 큰 시대가 도래할 때마다 이들 두 사람은 반드시 형제처럼 손을 마주잡는다.

라고 하여 사명감 있는 시인과 혁명가적인 시인이 참된 의미의 시인의 자세임을 밝혔고 나아가서는 시를 창조하는 목적까지도 여기에서 연유해야 함을 역설하기를,

시인이 시를 창조함은 인류의 제반생활에 대해 깊은 관찰과 비판, 권유, 경계, 고무, 찬양을 보내는 것이다.(≪시인론≫ 창조2)

라고 말한 데서 아이칭의 작시의식을 엿볼 수 있다. 그 의미가 강인하고 도전적이기까지 하다. 이어서 <병감(病監)>9)의 일단을 보기로 한다.

　　　　나 폐결핵의 온상이여.
　　　　붕대는 부용꽃.
　　　　취객의 내음;
　　　　사신은 날개를 떨치고 너를 쫓고,
　　　　꿀벌처럼 붕붕 소리 목모의 미사.

　　　　아침 이슬방울은,
　　　　죽은 자 이마 위의 성수.

　　　　철책은 교목 숲처럼 웅장하고,
　　　　철책은 우리와 인간 세상의 분계선.
　　　　사람은 '우리 모두
　　　　우리의 고통을 대신 짊어진 예수를 포용하고 있다'하네.
　　　　우리는 붉은 두 입술을 내밀어,
　　　　우리의 마음속에 흐르는 피를 빤다.(1934. 5)

아이칭이 옥중에서 폐병에 걸려 중병죄수를 위한 병동에 수감되어 쓴 시이다. 성실한 기독교인이 자신의 신앙에 충실하듯이 그는 죽음에 직면한 신세에서도 강렬한 욕구와 낙관적인 심정을 표현하였으며 애국청년

---

9) 상게서 p.40: 「我肺結核的暖花房呀. 繃紗布爲芙蓉花. 而蘊有醉人的氣息; 死神震翼的逶巡着你, 蜜蜂般嗡嗡的是牧姆的彌撒. 淸晨的露珠, 遂充做亡人額上的聖水. 鐵柵如喬木的林子般叢簇, 鐵柵是我們和人世的界線. 人將說: "我們都是擁抱着我們的痛苦的基督." 我們伸着兩片紅脣, 吮吻我們心中流出的膿血.」

을 탄압하는 비열한 당국의 행패를 고발하고 있다.

아이칭은 1996년 5월에 베이징의 집에서 역경 어린 긴 생애를 마쳤다. 복권된 후의 아이칭은 중국문예작가협회 부주석이란 직함으로 정부로부터 보상이라도 받는 양 그의 만년을 그런 대로 평강하게 휴식하면서 보냈다. 필자가 방문했을 때, 부인 가오잉의 보살핌 속에 철저한 노후의 섭생을 하고 있었지만 젊어서 겪은 심신의 고통이 결국은 실명과 뇌종양이란 후유증을 낳게 한 것이다. 아이칭의 연구가인 조우홍성 교수는 그의 저서 ≪아이칭의 발자취(艾靑的跋涉)≫(1989)를 통하여 아이칭의 전 생애를 정리하였으며 특히 1987년까지의 아이칭의 주변과 그의 문학의식을 소개하고 정리하려고 하였다. 조우홍성 교수는 아이칭을 두고 '정직한 사람(正直的人)', '반드시 참된 말만 한다(必須說眞話)'라고 최종적인 평가를 내리고 있다. 그리고 아이칭은 시에 대한 집념이 죽는 순간까지도 불타고 있었다는 사실을 입증이라도 하듯이 자신의 사작(寫作) 심정을 다음과 같이 피력하고 있다.

나는 영원히 창작을 갈구한다. 매일 나는 농부처럼 새벽에 일어나서, 나의 시속의 인물과 내가 써야 할 언어를 생각해 본다.…… 휴식하면서도 나의 미래는 시를 위해 움직이고 있다. 밥 먹을 때나, 길을 갈 때에도.(<승리를 위하여 ─ 삼년 간의 창작보고>)

아이칭의 노년은 그의 시적인 가치가 더해 가면서 더욱 존중되고 다양한 문학적 평가를 높이 받았다고 본다. 중국의 작가가 성경의 말씀을 바탕으로 자신과 중국민족을 연민하고 암울한 현실로부터 이상향을 추구하며 소망하는 근거로 기독교적 소재를 사용한 것은 매우 드문 일로서 향후 중국 작가의 의식세계에 신경지를 제시한 것으로 평가할 수 있다.

10장 문혁(文革) 이후 상흔(傷痕) 문학의 시

　　1976년 10월 소위 4인방이 몰락하면서 문화혁명이란 전통 문화의 말살 운동은 오히려 더 짙은 전통에의 회귀를 초래하였고, 노자(老子)가 말한 바 「굳고 강한 것은 죽음의 현상이다.(堅强者死之從)」라고 한 것 같이 강제가 반작용의 결과를 낳고 말았다. 30여 년 간 내재되었던 애상과 분만(憤懣)이 일시에 폭발하듯 솟구쳐 나오기 시작했고, 그것을 문학으로 표현하여 고발하게 되자, 이를 두고 폭로문학 또는 상흔문학이라 부르게 된 것이다. 이 문학은 확실히 35년만의 대전환이었으나 1942년 5월 마오쩌뚱(毛澤東)이 발표한 연안(延安)에서의 「문예강화」이래 견지해 온 문예노선을 회전시킨 것이기 때문이다.

Ⅰ. 문혁까지의 문예사조

　　마오(毛)의 「문예강화」에서 강조된 문예가 지향해야 할 관점을 부연

설명한 쪼우양(周揚)의 다음 글은 상당히 의미 있는 논조라 할 것이다.1)

마오쩌뚱 동지의 연안문예좌담에서의 강화는 혁명 문예의 새 방향
을 지시한 것으로, 이 강화는 중국 혁명 문학사와 사상사의 한 시대
를 긋는 문헌이며, 마르크스주의 문예과학과 문예정책의 통속화 및
구체화의 개관이다.

여기서 문예창작 활동을 마르크스주의적인 정통성이라는 굴레에 속박
시키고, 그것을 위해 사상개조운동인 소위 정풍운동(整風運動)을 전개하
는 근거를 두고자 한 점을 알 수 있다. 그러면 마오의 문예강화의 요점
을 열거해 보기로 한다.

① 문제의 유일한 원천은 인민생활이므로 인민이란 공농병(工農兵)과
   소자산 계급이다.
② 공농병의 생활을 작품에 쓰고 그들의 언어를 익히고 가까이 해야
   한다.
③ 작자는 마르크스 레닌주의의 세계관을 학습하고 자산계급과 무자
   산계급의 대립을 인식하며, 무산계급은 반드시 성공한다는 생각을
   가져야 한다.
④ 작자는 무산계급의 입장에서 그의 대변인이 되며, 작품 속에 적의
   결점을 폭로한다.
⑤ 문예는 일정한 계급에 속하므로 무산계급의 문예는 무산계급 전
   혁명사업의 일부이다.
⑥ 문예비평의 표준은 정치표준을 우선으로 하고, 예술표준은 그 다
   음이다. 계급의 인성(人性)과 애(愛)만 있다.

이같은 노선은 작자의 문학활동에 한 기준이 되었고, 1976년까지의 사

---

1) 周揚, ≪馬克思主義與文藝≫(上海解放社, 1950)

조에 불변하는 원천으로 삼는 계기가 되었다.

대개 문혁까지의 30년을 시대별로 3단계로 구분하여 정리하면 다음과 같다.[2]

제1기(1949~1956): 마오의 정권을 정립하기 위해 사회주의 작품을 장려하는 한편 자본주의적 유심론과 봉건주의적 잔재를 숙청하고 비판하던 시기이다. 따라서 이 7년은 비판과 투쟁의 연속으로서, 예컨대 1952년 4월의 영화 「무훈전(武訓傳)」 비판, 1954년 9월의 위핑뽀(兪平伯)의 ≪홍루몽연구(紅樓夢研究)≫ 비판, 동년 10월의 후스(胡適) 비판, 동년 11월의 ≪문예보(文藝報)≫ 편집부의 부르조아 경향 비판, 동년 12월의 고전문학의 평가 재검토, 1955년 5월 후펑(胡風) 비판 등을 들 수 있다. 이중에 후펑 집단에 대한 숙청은 소위 마오의 반문예강화에 대한 제거 작업이었다. 후펑은 현실주의를 마르크스주의에 우선해야 예술 자체를 보호하며, 진실을 써야 한다고 주장했었다. 이 시기에는 띵링(丁玲), 라오서(老舍), 빠이화(白樺), 빠진(巴金), 후펑(胡風), 왕멍(王蒙) 등의 작품 활동이 두드러진다.

제 2기(1956~1965): 문학의 자유를 지향한 명방운동(鳴放運動)이 활발히 전개되고, 이를 제어하기 위해 반우파(反右派) 숙청이 가해지는 변화무쌍한 문학의 전성기라 하겠다. 루띵이(陸定一)의 <百花齊放, 百家爭鳴>(백화가 다 피고, 백가가 다투어 운다)라는 제목의 연설(1956년 6월)은 문예와 과학 활동에서의 사고의 독립, 창작 비평의 자유 등을 강조하였는데, 이것이 계기가 되어 소위 「쌍백(雙百)」 운동(陸氏의 연설 제목의 준말)이 전개되었다. 이 운동으로 풍자적인 단편 소설, 산문, 시가 양산

---

2) ≪中國當代文學史≫(福建人民出版社, 1980)의 구분을 따르고, 竹內實의 ≪現代中國の文學≫(研究社叢書)를 참고할 것.

되어 황치우쫜(黃秋轉) 같은 작가는 정의감과 사명 의식이 충만한 활동을 하였으며, 류삔옌(劉賓雁)은 고발 작품을 창작하여 정의의 기치를 올렸다.

이같이 자유의 물결이 거세지자, 1957년 문예계에는 반우파의 숙청 손길이 닿기 시작했다. 이들의 주요 대상은 띵링과 천치사(陳企霞) 집단이었는데, 이로 인해 백여 명의 작가가 숙청되었다. 이 강경한 소위 우파의 주관은 당의 문예방침과 마오의 문예강화를 수정하고 교조주의적 문예 활동과 작품의 공식 및 제한을 반대하는 명백한 의식을 지닌 투쟁이었기 때문에, 목숨을 건 투쟁이었다.

1959년에서 1962년까지는 일종의 문학상의 해빙기를 맞이하였는데, 그 예로 류사오치(劉少奇)의 「문예십조(文藝十條)」와 쪼우양(周揚)이 주도한 「파관문학(罷官文學)」을 들 수 있다.

류의 주장은 문학의 독자성, 테마의 다양성, 민족 문학의 계승, 작가의 배양 등으로서 마오의 노선에 대한 반기이며, 파관문학 중 1960년 우한(吳晗)이 쓴 극본 <해서파관(海瑞罷官)>은 명대의 고사를 테마로 해서 삼면홍기(三面紅旗)를 반대한 작품인데, 이것은 반공문학이라는 의미에서, 이후 10년 간의 문화대혁명이란 비참한 전통문화 파괴를 유도한 불씨가 되었다. 이 시기의 문학은 자신의 반성과 자아확립 및 자유회복을 희원하는 진정한 문학에의 노정을 향한 투쟁과 그것을 억압하려는 박해의 시기였다.

제 3기(1966~1976): 린삐아오(林彪)와 사인방(四人幇)의 주도 하에 과거의 작품은 모두 독초가 되고, 작가들은 모두 「흑선인물(黑線人物)」로 몰린 문화의 암흑기이다. 이 시기엔 1930년대의 국방문학 작가 톈한(田漢), 쪼우양 등과 국내외 고전문학을 공격하고 파괴하는데 초점을 두고 나아가서 중국 고유문화를 파괴하려 했는데, 「비공(批孔)」(공자 비판)과 「게진(揭秦)」(진시황 찬양)이란 반윤리적 행위까지 자행했던 것이다.

문혁은 본래 수정주의 및 주자파(走資派)인 당권파를 타도하는 정치투쟁 속에, 소위 진부한 구문화, 구사상, 구풍습을 혁신하려는 의도에서 시작된 것으로 전통 문화의 파괴와 창작의 전폐까지 초래했다.

II. 상흔문학의 출현과 그 전개

상흔문학은 중국 문예노선의 변화에서 왔고, 또 문예노선의 변화는 중공당 중앙권력의 전이에 기인한다. 1976년 당 중앙권력이 중공정권 설립 이래 최대의 변화를 맞게 되었는데, 그 해 1월 국무원 총리인 쪼우언라이(周恩來)가 병사하고 4월에는 베이징의 천안문에서 항폭(抗暴) 유혈충돌이 있었으며, 9월에는 마오쩌뚱이 병사한 데다, 10월에는 짱칭(江靑), 야오원웬(姚文元), 왕홍원(王洪文), 짱춘차오(張春橋) 등 소위 사인방이 체포되면서 1966년 이후 10년 간의 문화대혁명이 막을 내리고 만다. 이로부터 사인방 비판은 중공 당혁명의 주임무가 되고, 문예노선도 사인방 비판으로 전개되었으며, 닫힌 사회체제에서 온 심리적인 억압과 현실의 갈등이 토로되기 시작했다. 상흔문학의 주내용이 된 이런 비극의 원인에 대해 중공의 사회과학원 외국문학연구소가 분석한 바를[3] 종합해 보면 다음과 같다.

---

3) 1978년 12월 14일에서 26일까지 당 연구소는 華中師範學院과 「馬列文藝論述學術討論會」를 열어 토론했음.(≪華中師範學報≫, 1979, 제1기)

① 계급모순과 계급투쟁
② 사회주의제도 자체의 불건전성, 예컨대 법제의 모순과 관료주의
③ 무산계급 체제하의 주관인식 결여
④ 낡은 사상의식과 무지몽매

이상과 같은 자가당착적 구속 의식에서 오는 비극성이 문학의 시경시대부터 루쉰(魯迅)에 이르기까지 이어져 왔지만, 중국 정치체제처럼 철저한 공포, 잔악, 그리고 기만이 팽배한 시대는 없었다는 점에서 이 시기의 중국 자체 내에서 일어난 상흔문학, 즉 비극성 토로는 중국문학사에 굵고 짙은 획을 남긴 것이 확실하다.

이러한 문예사조의 변혁은 다음 몇 가지 시기별 사건으로 더욱 심화되고, 그에 상응하는 숙청된 작가의 복권과 창작물의 출현이 있게 되었다. 즉 1977년 화꿔펑(華國鋒)이 발표한 「인민문학」 제사에서 마오의 혁명문예노선을 견지하고, 쌍백(雙百)의 방침을 관철하여 사회주의문예창작을 위해 투쟁한다고 역설하여 문예 활동의 전기를 제시하였다.

1978년 5월 문연(文聯)이 소집한 「제3차전위회 제3차 확대회의」에서 문화부장인 황쩐(黃鎭)이 무산계급의 문예화와 순수문예창작과 외국과의 문화 교류를 정책화한다고 발표하고 토론 결과로는 사인방의 분쇄와 문예흑선전정론(文藝黑線專政論)의 타파를 결의하면서 사인방의 타파가 문예창작의 정신이 되게 되었다. 이때부터 상흔문학은 노골화하여 문학의 몽롱성이 인정되고 영웅 인물 대신에 중간 인물이 등장하며, 인도성이 강조되고 농공병의 개념이 약화되면서 애정의 표현이 가능해졌다.

더구나 1978년 8월 11일 상해에서 ≪문회보(文匯報)≫가 루신화(盧新華)의 단편 소설 「상흔」을 발표하면서 사인방과 상흔이란 문학 내용이 공식화하여 상흔문학이 완전히 중공 문예창작의 주류로 정착되었다.

이어서 1978년부터는 당정부의 검열을 받아야하는 상흔문학에 반발하고 나온 상흔문학 지하 간행물은 사인방에만 국한하지 않고 중공당의 영도자와 사회주의로 인한 창상(創傷)까지 가식 없이 반영하고 나왔다. 이 지하간물의 요지는 귀주(貴州)의 「해동사(解凍社)」의 다음 선언에서 소상히 알 수 있다.[4]

> 현실 세계에서 인간은 투쟁을 싫어하고 평화를 원하며 보복을 반대하고 이성과 양심의 지시를 따른다.

라 하고, 이어서

> 인류의 일체진보사상, 특히 루소의 인권 사상과 쑨원(孫文)의 민주학설을 선양한다. 정치·사상·예술·생활·개성의 다원화를 요구하며 일체의 공화란 외투를 입은 군주제를 반대하고, 일체의 민주란 면사포를 쓴 개인 독재를 반대한다. 마르크스주의 현실에 부적응한 성분의 수정과 계급투쟁, 폭력혁명 및 일체의 형식적인 전정의 취소를 요구한다.

여기서 이들이 상흔문학이 단순히 중국 문예노선의 틀에서 벗어나 중국 자체의 진상을 반영하는 경지에까지 진출할 것을 주장했다는 것을 알 수 있다.

1978년 말 이후 출현한 지하간물은 수십 종에 달하는데, 자유 세계에 알려진 것으로는[5] ≪探索≫, ≪北京之春≫, ≪四五論壇≫, ≪中國人權報≫, ≪民主與時代≫, ≪群衆參考消息≫, ≪今天≫, ≪沃土≫,

---

4) ≪中國大陸地下刊物 第一輯≫(香港明皇出版社)

5) 吳禮興, ≪中國大陸的傷痕文學≫, p.42 참고.

≪秋實≫, ≪求是報≫, ≪人民論壇≫, ≪中國人權同盟≫, ≪廣州人權協會≫, ≪啓蒙≫, ≪海凍≫ 등이 있었다. 이들 간행물은 정론성 작품이 대부분으로 관방간행의 상흔문학과 비교하여 당국을 당황케 하며 억압의 손길을 뻗치기 시작하였다. 상흔문학은 완전한 자유의 문학이 아니며, 현체제의 존폐와 함께 부침하는 운명을 지닌 것이다.

Ⅲ. 상흔문학의 시 그리고 소설

1. 시

사인방이 몰락하면서 등장한 자유의 기치가 1978년 말부터 관방의 간물로는 작가의 의도를 은폐하여 간설적으로 풍자하는 형식의 몽롱시, 고괴시가 발표되고, 지하간물들은 저항시를 발표하기 시작했다.

1976년에서 1977년까지 2년 간은 문혁 이후의 혼란 시기였으므로 짱커자(臧克家)의 <향양을 추억하며(憶向陽)>와 웨이깡엔(魏鋼焰)의 <장정가(長征歌)>외엔 이렇다 할 것이 없었고, 1978년부터 위의 두 특성의 시들이 발표되게 된다.

먼저 몽롱시를 보면, 이 시는 작자가 자기의 사상과 생활에서 얻은 인상, 자기혼란과 무질서의 의식 등을 표현하고 있는데, 표현 방법은 시대적 상황을 몽롱한 예술적 기법으로 난해하고 괴상하게 서술하고 있다.

이 몽롱시의 선도자는 시에미엔(謝冕)으로서, 이 시를 새로운 돌출의 표상이라고 하여 시적 기교를 강조하고, 개성의 회복과 희망을 구가하는 기본 의식을 강조하였다. 이런 난해한 기법으로 속박에서 벗어나려는 의

취를 표출하게 되자 인민성·현실성을 결부해야 한다는 사회주의 문예
관에 입각한 절충론이 나와 쨩커자는 낭만주의는 현실주의를 바탕으로
해야 한다고 강조하게 되었다.

특히 팡삥(方冰)은 몽롱시가 중국 신시 발전에 문제되는 것은 이 시가
민중과 이탈되었기 때문이라고 역설하였고, 몽롱시를 반대하는 대표적
인 인물인 사오엔시앙(邵燕祥)은 시가 소극적이며 비관적·절망적·무
병신음적인 요소를 지녀서는 안 된다고 극언하였다.[6]

중국의 사회 여건에서 추상어를 구사하여 시의 예술성과 사회 폭로의
도구로 삼은 조류로서의 몽롱시의 등장은 상흔문학의 내적 고발 형식이
예술성을 동반한 유형으로 볼 수 있다.

그 대표적인 시로서 뚜원시에(杜運燮)의 <가을(秋)>(詩刊, 1980), 팡한
(方含)의 <길에서(在路上)>, 수팅(舒婷)의 <사월의 황혼(四月的黃昏)>,
망커(芒克)의 <태양은 지다(太陽落了)> 등을(≪中國大陸詩歌選≫, 1983,
臺灣幼獅文化 들 수 있는데, <가을(秋)>의 경우[7]를 보면, 이미지의 도
입이 반질서적이며 언어의 구사가 반논리적인 데 특성이 있고, <길에서
(在路上)>는 6단의 소재를 전개하는 가운데 동처(同處)에 동류(同類)의
시어를 구사하고, 동수(同數)의 자구를 배열한 시각적 미감을 발휘하였
고, 시의 의취는 인생의 희망 상실과 고통의 역경을 대륙 전체에 놓고
부각시키고 있다. 그 <길에서(在路上)>를 보기로 한다.

　　　　베이징에서 붉은 투루판까지
　　　　나는 한 단의 포도를 가져간다

---

6) ≪文藝報≫, 1981. 16期

7) 시「秋」는 ≪中國研究≫ 6집, 許世旭, <중공문학의 현대화> 참고(1982, 外大 中國
　問題研究所刊)

그것은 나의 눈물
보라색과 녹색의 것이
온통 시큼한 이슬방울을 머금었네.(제1단)

　베이징에서 투루판까지
　눈물이 길 위에 뿌려졌다.

베이징에서 남색의 우루무치까지
나는 한 단의 장미를 갖고 간다
그것은 나의 청춘
빨갛고 달콤한 것이
소녀의 마음에서 시들고 있네.(제2단)

　베이징에서 우루무치까지
　청춘이 길 위에서 사라진다.

베이징에서 금색의 찌우췐까지
나는 한 개의 야광배를 갖고 간다.
그것은 나의 애정
맑고도 수정같이 빛나는 것이
별 같은 눈동자를 번쩍인다.(제3단)

　베이징에서 찌우췐까지
　애정은 길 위에 머물러 있다.

베이징에서 푸른 라싸까지
나는 한 필의 하따수건을 갖고 간다.
그것은 나의 몽상
소박하고 결백한 것이
흰 학의 날개를 꽂고 있다.(제4단)

　베이징에서 라싸까지

몽상이 길 위에 버려져 있다.

베이징에서 흰색의 따리까지
나는 공작석 하나를 갖고 간다
그것은 나의 근심
시뻘겋고 짙푸른 것이
피와 눈물로 맺혀 있다(제5단)

  베이징에서 따리까지
  근심이 길에 내던져 있다.

베이징에서 녹색의 시쌍빤나까지
나는 한 마리 나비를 갖고 간다.
그것은 나의 세월
미려하고 깡마른 것이
시간의 페이지에 끼여 있다(제6단)

  베이징에서 시쌍빤나까지
  세월은 길에서 소모되었다.8)

여기에서 제1단을 보면 같은 성질의 시어들이 시 전체에 등장하며, 거리감과 색감을 조화하여 시의 질량감을 더하고 있다.

---

8) 從北京到紅色的吐魯番 我帶回一串葡萄 它是我的眼淚 紫色的·綠色的 飽含著辛酸的露水(제1단) 從北京到吐魯番 眼淚灑在了路上 從北京到藍色的烏魯木齊 我帶回一束玫瑰 它是我的靑春 火紅的·甛蜜的 在少女的心房枯萎(제2단) 從北京到烏魯木齊 靑春消逝在路上 從北京到金色的酒泉 我帶回一隻夜光杯 它是我的愛情 淸澈的·晶瑩的 閃爍著星星的眼睛(제3단) 從北京到酒泉 愛情留在了路上 從北京到靑色的拉薩 我帶回一匹哈達 它是我的夢想 樸素的·潔白的 揷著白鶴的翅膀(제4단) 從北京到拉薩 夢想丟在了路上 從北京到白色的大理 我帶回一捧孔雀石 它是我的憂傷 猩紅的·碧綠的 沾滿了血和淚(제5단) 從北京到大理 憂傷抛在了路上 從北京到綠色的西雙版納 我帶回一隻蝴蝶 它是我的歲月 美麗的·乾枯的 夾進了時間的書頁(제6단) 從北京到西雙版納 歲月消失在路上

다음으로 저항시를 보면, 이 시류는 노골적인 반전제·반탄압과 자유에의 투쟁과 현실 고발을 노래하고 있다. 이 시는 지하간행물인 민간이 주축이 되어 활약한 시인들에 의해 씌어졌다. 즉 황샹(黃翔)(<青春, 聽我唱支絶望的歌>, <長城的自由>, <不, 你沒有死去> 등), 망커(<心事> 등), 팡한(<竟>, <人民> 등), 쨩허(江河)(<기념비>, <장례> 등), 꿔루성(郭路生)(<相信生命>, <這是一顆心> 등), 닝삥(凌冰)(<給你>) 등이 있고, 아울러 쑨징쉔(孫靜軒)(<一個幽靈在中國大地上遊蕩>), 예원푸(葉文福)(<將軍, 不能這樣做>), 슝사오쩡(熊召政)(<請擧起森林一般的手, 制止>) 등은 현대 시단에 획기적인 돌풍을 몰고 와서 인간의 도구화에 반기를 들고 인간의 존엄과 기본 권리 및 자유를 쟁취하는 예봉을 휘둘렀다.

여기서 쑨찡쉔과 예원푸의 작품을 살펴보건대, 이들 시는 장시로서 당대의 문제작이 아닐 수 없다. 예의 시 <장군, 그러하면 안 됩니다> (1976. 6)는 어느 장군의 부패성을 고발한 것으로, 그 시를 쓰게 된 동기를 서에서 밝혔는데 그 내용을 요약하면, 「사인방에 의해 축출된 어느 고급 군인이 복권된 후, 유치원을 없애고 10만 원의 외화를 들였다고 한다」라는 것이다. 이 시는 사인방 이후의 현실을 비판한 대표작으로 속칭 이 장군시리즈는 정치적으로 문제가 되었고, 문학의 허구성이 존재할 수 있는지를 따지는 상황에까지 갔었다. 그 시의 일단을 보고자 한다.

> 나는 뭘 말할까?
> 나는 어떻게 말할까?……
> 그대는—
> 남에게 존경받는 선배,
>   나는 나중에 태어난 자.

그대와 나 사이에
　연기 가득히 끼여 있어서
　　삼십 년대
　　　사십 년대,
그대를 비평하다―
　나는 본디
　　생각지도 못했었지.
왜냐하면
　아마도 정말 그대는
　　기관총을 안고서
　　　구세계를 향하여 맹렬하게 쏘아대는 손으로
내 척추 위의 채찍을 뽑아들고
그대는 나를 끌고 있다.
온통 피범벅
　　그리고 뜨거운 땀이 덮힌 가슴 앞에
　　큰 방울의 눈물이
　　뚝뚝 떨어진다!
그대는 흐느끼며
　　어루만진다
　　나의 온 몸의 상처를,
두터운 입술을
　　떨면서,
그대는 말했지……
「아이야,
　　우리가
　　풀어주리―」
　　이리하여
　　나는 맨발벗고
작은 다리로
　　그대를 밟고서
　　　깊고 큰 발바닥으로
　　　달려간다

그리고 쑨찡쉔의 「한 유령이 중국 땅에서 떠돌고 있네」(≪長安文藝≫, 1980. 1)의 경우, 유령은 마오쩌뚱을 지칭한다. 그것 때문에 큰 파문까지는 일지 않았으나, 그 해 11월 쑨은 이로 인해 사천성에서 공개 자기비판을 받았다. 이 시는 터부시해 오던 마오쩌뚱에 대한 비판으로 시구의 상당수를 마오 어록에서 인용하고 있다. 모두 170행에 달하는 장시이면서도 한 행마다 긴장과 초조가 일고 핵심을 찌르는 철저한 폭로의식은 가히 상흔문학의 시에서 압권이라 해도 과언이 아닐 것이다. 그 시의 일부를 보면,

> 오! 여러분 그대는
> 한 유령이 중국 땅에서 노니는 것을 본 적이 있는가?
>
> 오! 여러분, 말하지 마라!
> 땅이 이렇게 아름답고 하늘이 이렇게 맑고 밝은데
> 저 그 유령은 바람처럼 한 올의 연기처럼
> 자유자재로 중국 땅에서 노닐고 있다.
> 그 어마하게 큰 것이 농민의 집에 파고 들어가고
> 기고만장하게 목자의 방에 뛰어 들어가서
> 호령을 치고 교만하게 세상을 휘젓네.
> 한 유령이 중국의 땅에서 노니는데
> 옛 로마의 시저대제처럼

---

9) 我說甚麼? 我衷麼說?…… 你—是愛人尊敬的前輩, 我是後之來者。你我之間 隔著硝煙彌漫的 三十年代 四十年代 批評你—我從來, 沒有想過。因爲 也許正是你用抱著機關槍 向舊世界猛烈掃射的手, 把抽在我脊梁上的皮鞭 一把奪過— 你把我摟在 滿是血汚 和熱汗的胸前, 大滴的 淚水 硏然而落! 你抽泣著 撫摸我 渾身的傷痕, 厚厚的嘴脣 哆嗦著, 你說……孩子, 我們 解—放—於是, 了—我赤著脚, 小小的脚丫 踩著你 又深又大的脚窩 走進了 新中國……

우리의 각자의 운명을 장악한 것처럼
우리의 모든 것이 그의 은전의 하사품이라네.

오! 여러분, 그대들은 벌써 본 적이 있는가?
하나의 유령이 중국의 땅에서 노니는 것을.

지금은 20세기, 인류는 원자시대에 진입했는데
유령을 다시 말하다니 아마도 너무 황당하다.
그러나 결국 두렵고 슬픈 사실인 것이다.
저 그 유령은 바람처럼, 한 올의 연기처럼
정말 자유자재로 중국의 땅에서 놀고 있네
그것은 그림자처럼 그대를 따라다니는데
그대는 어째서 그저 형체 없이 손에서 벗어날 수 없는가.
그것은 살살 그대의 혈액과 골수를 빨아먹으며
그것은 그대의 행동을 지배하고 그대의 사상을 제압하고 있다.
그것은 멋대로 그대의 인격을 굽게 할 수 있으며
그대의 고운 요구와 사랑의 욕망을 꺾을 수 있다
단지 그것은 몰래 암시한다.
긴 세월 그대를 칠흙의 감방에 가둘 수 있으며
그것은 그대를 죽게도 하고 죽은 후에
또 치욕을 당하게도 한다
그것은 그대를 살리게도 하나 살아도 억울할 뿐
결국 그대는 그것의 노예이며 그것의 신하이다
그대는 그것의 권위에 대해 조금도 거역할 수 없다……(이하 생
략)10)

---

10) 噢, 人們, 你可曾看見 一個幽靈在中國大地上遊蕩? 噢, 人們, 不要說……大地是這
般秀麗, 天空是這般晴朗 他, 那個幽靈, 就像一陣風. 一縷煙 自由自在地遊蕩在中國
的土地上 他大模大樣地闖進農民的家裏, 趾高氣揚地走進牧民的氈房 發號施令, 驕
橫不可一世 一個幽靈在中國大地上遊蕩 就像古羅馬凱撒大帝一樣 好像掌握着我們
每個人的命運 我們的一切全都是他的恩典賜賞 噢, 人們, 你們可曾看見 一個幽靈在
中國大地上遊蕩? 如今是二十世紀, 人類已進入原子時代 再談論幽靈, 也許過於荒唐
但畢竟是一個可啊而又可悲的事實怕 他, 那個幽靈, 就像一陣風. 一縷煙 正自由自
在地遊蕩在中國的土地上 他就像你的影子一樣追隨着你 你怎樣也無法擺脫他那無

2. 소설

상흔문학에서의 소설은 테마에 따라 넷으로 분류할 수 있다.

① 문혁 시기의 견책류, ② 문혁 당시의 병폐 폭로류, ③ 공산화 이전의 인도주의 동경류, ④ 사회주의에 대한 부정류, 이를 근거로 그 특성을 집약해 보기로 한다.[11]

① 류로는 류신우(劉心武)의 <담임선생(班主任)>(≪人民文學≫, 1977)과 루신화(盧新華)의 <상흔>(≪文藝報≫, 1978), 왕야핑(王亞平)의 <신성한 사명(神聖的使命)>(≪人民文學≫, 1978), 류홍(劉鴻)의 <고시전야(考試前夜)>(≪光明日報≫, 1981) 등을 대표작으로 들 수 있는데, ≪人民文學≫이 주최한 「전국우수단편소설평선」에 일등으로 당선되고 상흔문학의 핵심적 작용을 한 <담임선생(班主任)>과 상흔문학이란 칭호를 낳게 한 <상흔>이 주목되었다.

<班主任>은 폭로문학의 효시로서, 15년의 학교 교사와 10년의 담임을 지낸 경험을 바탕으로 불량 소년인 쏭빠오치(宋寶琦)와 당에 충성하는 시에후이민(謝惠敏)을 모델로 등장시켜, 문혁에 의해 본래의 신심을 왜곡 당하는 과정을 묘사하였다. 이 소설은 당중앙의 사인방 비판에 부합하는 내용이었기에 당국의 환영을 받았으며, 당시의 창작 범례가 되다시피 하였다. 작자는 스스로 창작 동기를 다음과 같이 토로했다.

形的掌 他悄悄地吸吮着你的血液和骨髓 他支配你的行動, 控制着你的思想 他可以隨意地扭曲你的人格 可以摧毁你美的要求, 愛的慾望 只要他稍稍暗示一下 就可以長年累月地把你關進漆黑的牢房 他可以讓你死, 死後還要蒙受恥辱 他可以讓你活, 活又活得窩窩囊囊 總之, 你是他的奴隸, 他的臣民 你對他的權威不能有半黑違抗……(이하 생략)

11) 吳豊興, ≪中國大陸的傷痕文學≫, p.84 참조(臺北, 幼獅文化公司, 1981)

사인방 타도 이후, 사인방의 비판이 심화하자 나의 인식도 교육의 책임을 통감하여 사인방의 독소하의 사회상을 반영하고, 문제 해결의 길을 제시하며 미래를 전망하게 하고자 쓰게 되었다.[12]

그의 뜻대로 이 소설은 기대 이상으로 성공하고 파문을 던져, 그는 문혁 이후의 최대 작가로 등장하였다. 이제 그 소설의 일부를 소개하겠다.

그는 이전의 그 어느 때보다도 더욱 조국을 사랑하고 있음을 느꼈다. 그는 조국의 미래를 생각했다. 이 세기가 끝나고 다음 세기가 시작될 때, 그는 곧 조국을 모독하고 희롱하는 자와 조국의 미래를 말살하고 질식시키는 자는 어느 누구도 용납하지 않겠다는 강렬한 감정이 생겨났다. 그는 자신의 직책 - 선생, 담임선생 -을 생각했다. 그가 배양한 것은 단지 학생들이요, 꽃봉오리들이라고 말해서는 안 된다. 그것은 분명히 조국의 미래요, 바로 중화민족으로 하여금 960만 평방 킬로미터의 토지 위에서 강성하게 지속되고 발전되어 세계 민족의 수풀 속에 우뚝 솟아 있게 할 미래가 아닌가!

그는 이전의 그 어느 때보다도 더욱 심각하게 국가와 민족에게 재앙을 가져온 사인방이라는 독충에 대해 원한을 품었다. 단지 사인방이 국민 경제에 끼친 유형의 피해만을 볼 것이 아니라, 수많은 영혼들에게 묻혀 놓은 무형의 더러움도 보아야 한다. 단지 사인방이 배양한 '머리에는 긴 뿔, 온몸에는 가시'라는 쟝티에썽 식의 추물(醜物)들만을 주의할 것이 아니라, 얼마나 많은 쑹빠오치 식의 '기형아'가 이미 생겨났는지에 대해서도 주의를 기울여야 하는 것이다. 심지어 시에후이민과 같이 본질이 순수한 아이의 몸에까지도 사인방이 잔혹한 우민정책으로 찍어놓은 흑색 낙인이 있으니…… 사인방은 중화민족의 현재만을 짓밟은 것이 아니라 미래까지도 해치지 않았는가!

추물들에 대한 증오는 인민들에 대한 사랑을 더욱 깊게 했고, 인민들에 대한 사랑은 추물들에 대한 증오를 더욱 깊게 했다. 사랑과 원한이 함께 엇갈릴 때, 사람들은 진리를 위한 투쟁의 무궁한 용기가

---

12) 劉心武, ≪生活的創造者說, 走這條路≫(≪文學評論≫, 1978, 제5기) 참조.

생겨나고, 희생을 두려워하지 않고 승리를 탈취하는 무궁한 힘이 생겨난다.

짱 선생은 갑자기 일어서서 시계를 보았다. 7시 15분이었다. 그는 저녁밥을 생각했다. 시장기를 느낀 것이 아니고, 자신이 집에 저녁을 먹으러 돌아가야 한다는 사실을 깨달은 것이다. 그는 자신이 저녁을 먹어야 한다는 사실조차 까맣게 잊고 있었던 것이다. 그는 직접 몇몇 학생들의 집으로 찾아가 쑹빠오치가 3학년 3반에 오는 것에 대한 그들의 반응을 알아보려고 마음먹었다. 지금 학생들은 집에서 식사를 하고 있을 것이며, 식사를 하는데 가정 방문을 하는 것은 적당하지 않다고 그는 생각했다. 그는 뒷짐지고 작은 공원 안을 거닐면서 결심했다.

'7시 30분경에 이곳에서 떠나리라.'

라일락 향기가 더욱 짙어졌다. 짙은 향기는 사람들로 하여금 가장 만족스러웠던 일을 연상하게 한다. 짱 선생은 사인방이 이미 제거되어 쓰레기통에 들어갔음을 생각했고, 후와 주석이 우두머리로 있는 당중앙이 반년이라는 짧은 기간 내에 참신한 국면을 맞게 될 것을 생각했으며, 친애하는 조국에 오늘날 믿을 만한 보증이 있고, 미래 또한 더욱 더 희망에 가득 차 있음을 생각했다. 그는 쑹빠오치가 결코 썩어서 조각할 수 없는 부패된 나무가 아니며, 시에후이민의 어리석음과 자신에 대한 오해와 반감의 문제에 있어서도 그녀의 몸은 숨겨져 있는 우수한 소질과 사회주의 적극성을 검토해 볼 때 전혀 녹기 어려운 빙설은 아니라고 느끼게 되었다.」

이 작품에서 광명중학교 3학년 담임을 맡고 있는 짱쥔스(張俊石) 선생이 전학온 불량학생 쑹빠오치를 교육시켜 나가는 과정에서 사인방이 청소년에게 준 나쁜 영향을 감지케 한다. 이 소설에서는 쑹빠오치와 시에후이민을 통해 사회 환경의 오염이 젊은 세대의 정신을 마멸시킨다고 경고하였다.

<상흔>은 「반도(叛徒)」 엄마와 딸이 문혁을 비판하여 격리되었다가 엄마가 죽고 난 다음에야 만나게 되는 과정을 묘사한 작품이다. 딸 왕샤

오화(王曉華)가 죽은 엄마를 대하고 울부짖는 대목을 보면,

> 아! 우리 엄마 — 벌써 9년이나 헤어졌던 엄마!
> 아! 우리 엄마 — 지금은 영원히 헤어진 엄마!
> 그녀의 마르고 푸르죽죽한, 흰머리로 가려진 얼굴에 패인 주름엔 상처가 드러났고 눈은 평안히 반쯤 뜨고서 무엇을 기다리기라도 하는 듯했다.
> 엄마! 엄마! 엄마! 가슴을 찢는 외침이 이어졌다. 엄마! 봐요, 봐요, 봐요, 나 돌아왔어, 엄마—
> 딸은 엄마의 어깨를 맹렬히 흔들었다. 그러나 다시는 아무런 대답이 없었다.

작가는 가정과 사회의 비극의 원인을 문혁이란 사회 문제로 보고 그 원인을 분석하고 반성을 촉구하고 있다. 이는 그때까지 터부시되어 오던 것이었다.

② 류로는 관리의 부패를 폭로한 작품으로 류삔옌(劉賓雁)의 <인요의 사이(人妖之間)>(≪人民文學≫, 1979), 쨩쯔룽(蔣子龍)의 <차오창장의 부임기(喬廠長上任記)>(≪人民文學≫, 1979), 왕멍(王蒙)의 <아득한 작은 마음(悠悠寸草心)>(≪上海文學≫, 1979), 쑨찌옌(孫劍)이 <행운아>(≪春潮≫, 1979)를 들 수 있고, 암흑 사회의 고발을 테마로 한 작품으로 어느 공장에서 일어나는 인사의 갈등, 공원의 낙태, 청탁부정 등 사회 모순을 그린 왕멍의 <설객영문(說客盈門)>(≪人民文學≫, 1980), 관직의 남용을 고발한 사오화(韶華)의 <위와 아래(在上面和在下面)>(≪人民文學≫, 1980)을 들 수 있다.

여기서 <인요의 사이(人妖之間)>은 1979년 봄 흑룡강성의 빈현(賓縣)에서 있었던, 왕소우신(王守信)이란 여성이 직권을 이용하여 문혁기간

중에 막대한 돈을 횡령한 독직 사건의 실상을 작품화한 르포문학이다. 작자는 이 소설에서 쓰기를,

> 사회 풍기의 부패는 점차 합법화되어 도덕 타락현상은 상습이 되었다. 이런 현상은 우선 왕소우신의 범죄 활동을 옹호하였다.

라고 하여 당시의 사회의 오류를 지적하고서,

> 어째서 공산당 영도하의 사회주의적인 빈현이 이런 인요를 사인방 몰락 후 3년이나 된 오늘에도 처리하지 못했을까?

라고 하여 당 내부의 모순을 무섭게 매도라고 있다. 이 소설은 신문기사식의 1인칭 문장으로 기술하여 집중감과 신선미를 주는 특성을 지니고 있다.

<悠悠寸草心>은 뤼(呂)라는 이용사가 보고 겪는 사회 실상을 그렸는데, 문혁으로 고생하는 탕(唐)이란 고급 관리의 양심과 예의에 초점을 맞추어 개선되는 관료 사회의 풍토를 갈망하고 있다. 그 일단을 보고자 한다.

> 한 무리가 가면 다른 한 무리가 둘러싸 모두들 지시·보고를 원하였는데, 그들은 탕 서기와의 면담을 즐거운 일로 여기고 있었다
> 반시간이 지나고, 한 시간이 지나서야 그 주위의 사람이 점차 적어졌다. 그는 피로한 기색으로 몸을 돌려 가려고 하였다.
> "라오탕!"
> 나는 그를 불렀다. 그는 나를 보면서도 피로가 그의 몸과 눈을 압박하고 있었는지 망연히 바라보다가 눈을 번쩍 뜨고서 말했다.
> "아, 아, 쉬(許)형, 오셨소?"

그러고는 다가와서 힘없이 내 손을 잡았다.

"내 성을 잊으셨나요?"

나는 나무라듯이 그를 바라보았다.

"맞아, 맞아! 아, 맞아, 리(李)형! 아니, 뤼 형이야, 뤼 사부! 나좀 봐, 정말 늙은 모양이군."

그는 자신을 원망하며 고개를 떨구었다. 이마의 깊은 주름과 늘어난 백발이 더욱 눈에 띄었다.

"안녕하십니까? 머리 어지러운 증세는 좀……"

"좋아요, 좋아, 바빠서, 너무 바빠서 정말 어쩔 수 없네요……"

원문으로 들어오던 네댓 명의 사람들 중에서 회색 제복을 입고 발엔 검은 새 구두를 신은 사람이 느긋한 남방 어조로 말하였다.

"라오탕, 우리 산보 좀 합시다……"

나는 이들이 성위의 지도동지들임을 간파하였다. 탕씨는 응낙하고 바쁘게 내 손을 잡으려 말했다.

"좀 계시오. 다시 얘기합시다."

나는 앞으로 한 걸음 걸어갔다. 탕씨를 놓칠까 심히 두려운 듯이.

"라오탕, 나 한 마디만 얘기할 게 있습니다."

나의 음성은 떨렸다.

탕씨는 머리를 되돌려 친절하고 정성껏 나를 바라보았다.

"여러분, 소매부……."

내 말이 채 끝나기도 전에 그는 손짓으로 한 젊은 동지를 불렀다.

"이분에게 물품 구입증 두 개 발급해 드리고 거처를 안내해 드려……."

그가 가 버리자 나는 정신이 멍해졌다. 나도 가 버리려고 나를 잡은 그 젊은 동지의 손을 뿌리쳤다.

성도읍으로 돌아와서 가까운 친구들에게 탕씨를 보러 갔던 사정을 이야기하였다. 다들 나를 위로해 주었다.

"자네 정말 그랬군! 그분도 나이가 있으시니까. 게다가 바쁘시니까 한가하실 때 다시 한 번 뵙는 게 좋겠네."

그러나 내 아들(죽어야 할 놈)의 반응은 석 자뿐이었다.

"아무렴!"

1979년 춘절에 탕씨 부부는 사람을 통해 우리에게 편지와 비닐 포

장한 미젠꿔푸(꿀에 절여 말린 과일)를 보내 왔다. 물론 편지 봉투에
는 틀림없이 '뤼사부 귀하'라고 씌어 있었고, 편지에는 재차 우리를 S
시로 놀러오라고 초청하였으며, 지난 번 회의에 바빠서 즐거이 환담
할 수조차 없었던 일을 깊이 사과하는 말도 씌여 있었다. 글씨를 보
니 그의 친필인 것을 알겠고, 그의 진실하고 친절하며 공평한 접대에
깊이 감동하지 않을 수 없었다. 그때 불유쾌한 방문을 회상하면서 나
자신을 원망하였다. 어찌 그렇게 조급하며 문제를 파악하는 것이 단
편적이고 표면적일 수 있을까? 바쁜 것이 그분들의 결점일까? 상관의
기사에게 관심을 두는 것도 나쁜 일이 아니다. 그의 부인이 화내는
것은 그 부인 본인의 사정이다. 내가 그를 온당치 않게 보았던 것은
아이스케이크의 가격 건인데 — 나 자신도 하나 먹었으면서. 최근 중
앙에서 공고되기를, 각급에 기율검사위원회를 설립토록 했으니 S시의
초대소에서 아마 다신 이런 6문짜리 아이스케이크를 팔지 않겠지?
나는 생각한다. 한 사회는 '관(官)'이 없을 수 없는 것이며, '관'을 전
부 타도하면 도처가 대변과 회충으로 가득 찰 것이다. 그러면 누가
'관'을 맡을까? 나는 짜오 모씨를 반대하고, 부패한 '사령(司令)'과
'근무원'을 반대하며, 나 자신은 감당할 수도, 결코 '관'을 맡을 생각
도 없다. 나는 탕찌우엔을 옹호한다. 그분을 이해해야 한다. 세 가지
'정강'도 그분에게 실행할 시간을 주어야 한다.」

왕멍에게 영향을 준 작가는 삥신(冰心)과 빠진(巴金)이다 그들은 왕멍
에게 문예 창작에의 열정과 귀중함을 일깨워주었고, 왕멍은 나름대로 창
작의 예술성을 창조하려고 노력하였다. 왕멍은 스스로 자유로운 환경에
서 올바른 감정 표현을 할 수 있다고 믿고 과거와 현재의 여러 실상들을
하나의 주제 하에 사실적으로 묘사한 것이다.

③ 류로는 천꿔카이(陳國凱)의 <나는 어떻게 말해야 하나(我應該怎
麽辯)>(≪作品≫, 1979)을 들 수 있는데, 정치적으로 잃은 남편의 귀가
가 한 여인에게 주는 비극을 묘사하였고, 그 외에 <나는 누구인가(我

是誰)>(≪長春≫, 1979)과 따이호우잉(戴厚英)의 <사람아 사람(人啊!人)>(廣東出版社, 1981)을 부기할 수 있으며, ④ 류로 쨩쉔(張弦)의 「기억」(≪人民文學≫, 1979)과 찐허(金河)의 <다시 만나다(重逢)>(≪上海文學≫, 1979) 등은 역사의 새 인식과 당에 대한 회의감을 토로하고 있다.

상흔문학은 공산 사상의 모순성을 평가하고 현실의 진지한 대변자로서의 기능을 반항적으로 보여준 중국 문예의 사생아라 할 것이다.

11장 태양의 아들 하이즈(海子)와 그의 시세계

천재시인이며 25세의 청년으로 요절한 중국당대문학의 기이한 한 젊은이 하이즈(海子 1964~1989)를 연상하면 참된 삶의 의미와 가치가 무엇인지를 다시 깊이 생각하게 된다. 1980년대 중국시단이 몽롱시대를 거치고 소위 선봉시대 즉 제3세대의 사조를 형성하던 길목에 서 있을 때에 현실적이고 사실을 추구하는 시 흐름과는 상반된 초월적 의식세계를 추구하는 베이징(北京)대학 삼검객(三劍客)이라고 불리우는 젊은 시인들 시추안(西川), 뤄이허(駱—禾)와 함께 자연과 환상의식 등 역류하는 시의 소재를 즐겨 쓰는 핵심에 서 있던 하이즈를 주목할 필요가 있는 것이다. 이것이 한국에 처음으로 소개하는 주된 이유이며 하이즈의 사상과 시의 성격으로 보아 마치 한국의 이상(李箱)보다 더 강렬한 삶의 원천을 파혜치려 하였고 그리고 가장 과감한 처신으로 삶을 마감한 자살자라는 점을 시에서 직접 확인하고 중국시단의 새로운 사조를 탄생시킨 계기를 만들었다는 점도 강조하려는 것이다.

Ⅰ. 하이즈의 생애와 죽음의 갈등

1. 삶의 길

하이즈(海子 1964~1989)의 원명은 차하이성(査海生), 1964년 5월 안휘(安徽)성 회녕(懷寧)현 고하사만(高河査灣)에서 태어났으며 어린 시절을 농촌에서 보냈다. 이해를 돕기 위해서 하이즈의 삶을 전기1964~1979)와 후기(1979~1989)로 나누어 서술하려 한다.

1.1 삶의 전기(1964~1979)

하이즈는 문화대혁명이 일어나기 바로 직전인 1964년에 태어났는데 이 시기의 농촌 생활은 매우 빈곤하였고 부친은 무학인 재봉사였으며, 모친은 초등학교 5년까지 다닌 적이 있는 다소 배움이 있는 농촌 여자였다. 집안이 가난해서 두 누나를 일찍 여의고 집안의 맏아들로서 더욱 귀히 여겨 그의 부모는 아들이 하늘이 그들에게 부여한 타고난 복이라 여겼다. 그 당시의 생활이 매우 어려웠지만 그의 부모는 근검절약하며 최선을 다해서 아들 양육에 심혈을 기울였다. 그의 모친은 한가한 시간을 이용하여 오래되고 허름한 신문들을 주워서 천성적으로 타고난 하이즈의 지혜와 지식 탐구욕망에 맞추어 항상 매우 빠르게 신문의 문장을 읽고 내용의 단문을 하나하나 엮어서 아들에게 들려주었다. 비록 어린 아들이 엄마의 이야기의 뜻을 이해할 수 없었지만 이것이 항상 보고 듣고 습관이 되어서 후천적으로 그에게는 나름의 문화계몽으로 받아들이게 된 셈이었다. 이렇게 어머니의 자녀 교육에 있어, 말과 행동으로 가르친 교육은 은연중에 훗날 하이즈에게 문장을 이해하는 능력에 비범성을 갖추는데 큰 영향을 주었다고 할 것이다. 또한 4살 때 그 지역에서 모택동의 어록을 외우는 대회가 있었는데 하이즈는 그때 1등을 하였고 사람들은 그를 신동이라 불렀다. 하이즈가 유년 시절을 보낸 안칭(安慶) 농촌은 끝없이 펼쳐지는 높은 산, 강물뿐이며 도시에 있는 미끄럼틀, 그네와 놀이기구는 찾아 볼 수가 없고 눈에 보이는 것은 논과 채소밭, 그리고 숲뿐이었다. 어린 시절 그는 그 곳에서 고기잡이와 전쟁놀이를 하였다. 이러한 놀이를 한 그는 소꿉친구들을 거느리고 산과 강을 오르내리며 그 아이들 무리에서 우두머리 노릇을 하였다. 하이즈는 어릴 적에 총명하여 고향사람들의 칭찬을 받았으며 그리고 같은 나이 또래에서 공부는 잘하는 것은 물론이고 상급생을 능가하는 천재성과 자신감을 키워 나갔다. 훗날 하이즈는 자신의 시에서 여러 번 나오는 "王"이라는 이 글자에 매혹되어 있었는데, 이것은 천하를 가슴에 품은 왕자(王者)의 패기와 관용적인 심리상태와 그에게 형성된 정신적 기질이 그 요인이 되는 것이다. 하이즈의 의식에 잠재되어 있는 왕자적 성격의 일면을 다음 <가을(秋)> 시의 일단에서 확인할 수 있다.

> 가을이 깊은데, 왕이 시 쓰고 있다
> 이 세계에 가을이 깊었다
> 얻어야 할 것은 아직 얻지 못하고
> 잃어야 할 것은 벌써 잃었다[1](1987)

농촌에서 자라난 하이즈는 토지, 대자연에 대한 순박한 정감을 작품 속에 표현했다. 산, 강물, 푸른 풀밭의 숨결, 하늘에 붙어있는 대자연의

---

1) 秋天深了./ 王在寫詩/ 該得到的尙未得到/ 該喪失的早已喪失(374쪽) *海子詩 인용은 모두 ≪海子詩全編≫(著者; 海子. 編者; 西川 生活. 讀書. 新知 上海三聯書店 1997. 2)에 의거하는 바, 시의 출전은 생략한다.

요소들이 모두 하이즈의 기억 속에서의 깊은 뿌리가 되어 그의 일생에서 지울 수 없는 고향의 정감이 되었다. 하이즈는 대지의 사랑은 사심이 없으며 넓고 큰 관용을 가진 영원한 삶의 터전이란 사실을 절실히 느낀 것이다. 그는 아름답고 다정한 환경과, 아버지의 질박하고 착한 품성 그리고 정직하고 너그럽고 후한 사랑 속에서 자라났다. 이러한 기억들은 시간이 흐른 후에 그의 시 창작에서 끊을 수 없는 정서의 원천으로 변하여 시의 개성을 갖추는 동기가 된 것이다.

1.2 삶의 후기(1979~1989)

이 시기는 하이즈가 베이징(北京)대학에 입학하면서부터 시작된다. 하이즈는 15세에 베이징대학 법률계(法律系)에 입학하게 되는데 하이즈는 문학을 공부하고 싶었지만 부모님은 이공계에서 공부하기를 원하였다. 15세에 우수한 성적으로 대학에 입학한 하이즈는 자신이 자란 농촌생활과 공부의 환경이 완전히 다른 것을 접하게 된다. 그는 그 곳에서 정신적 기질과 시의 이상을 형성하는 기회를 갖는다. 그는 총명하고 지혜롭기 때문에 부지런히 자기의 전공을 공부하는 것 외에 기타 서적을 통해 미술, 문학, 철학 등에도 통달했고 특히 문학과 철학은 그가 가장 심취했던 공부이다. 철학적인 방면에서 하이즈는 헤겔, 소크라테스, 하이데거 등의 서양철학계의 저작 특히 니이체, 칼 야스퍼스, 하이데거 세 사람의 존재주의 철학은 그의 세계관과 시가 이상에 절대적인 영향을 끼쳤다. 이때 누적이 된 지식은 뒷날 그의 시가 창작에 풍부하고 두터운 이론의 기초와 지식이 되었다. 이렇게 대학에 입학한 후에 깊고 두터운 지식의 축적은 학문을 배양하는 근원이 되었으며 "자기의 생명을 예술화" 하여 이상을 추구하는 근거를 심어 주었다. 하이즈에 있어 15세 전의 생활 경험은 그의 착하고 순박한 성격을 형성하고, 자기를 강하게 만들고 자신을 믿는 품성을 배양하였고, 성인이 되어서는 경건하고 진지하게 세계와 인생의 포부를 대하고, 인류에 대한 뜨거운 사랑, 어린아이와 같은 마음을 형성하는 기반이 된 것이다. 대학에서의 공부와 교육은 그에게 견고한 지식 기반을 다졌고, 어린아이 같은 정서 위에서 형성된 사명관으로 시의 이상을 만들어낸 그의 작품을 보면 "생명의 존재는 그 자신에게 관심을 가지는 것에서"에서부터 출발함을 보여준다. 또한 그는 대학에서 훗날 깊은 인연이 되어주는 뤄이허(駱一禾) 와 시추안(西川)을 만나게 되는데 이들이 곧 베이징대의 삼검객(三劍客)인 것이다. 이 두 사람은 하이즈가 죽은 후에 그가 남긴 작품을 정리해 출판을 해주게 되는 것이다. 시추안은 처음 하이즈를 만났을 때를 이렇게 기억한다.

> 하이즈가 들어왔다. 작은 키, 둥근 얼굴에 커다란 안경을 쓰고 있었는데 완전한 아이의 모습이었다.(수염은 후에 기른 것이다.) 그때 겨우 19살이었는데 곧 졸업을 할 때가 되었었다. 그때 어떠한 내용의 말을 하였는지 지금은 기억이 잘 나지 않지만 그가 "하이데거" 이야기를 꺼낸 것으로 기억하며 나로 하여금 맹목적으로 존경하는 마음이 우러나도록 하였다. …… 졸업 후에 그는 정법대학으로 발령을 받았으며 처음에는 학교의 간행물 펴내는 곳에서 일을 했고 훗날 철학과 연구실로 옮겨서 학생들에게 공제론, 계통론과 미학과정을 개설하였다.[2]

하이즈는 1983년부터 시 창작을 하게 되는데 그가 쓴 첫 번째의 시는 ≪東方山脈≫과 ≪農耕民族≫이며 이어서 1984년에 ≪歷史≫, ≪龍≫, ≪中國樂器≫, ≪亞州銅≫ 등을 지었다. 이 시기는 이미 습작의 시기를

---

2) 西川 <懷念>(代序二)(≪海子詩全編≫ pp.9~10)

넘어서 창작시기의 첫 번째 단계로 접어들었다고 볼 수 있다. 그 후 7년 동안 그가 남긴 작품은 200만 자 이상이 된다. 그러나 그의 시가 시단에 발표된 것은 사천(四川)지역의 민간시간, 국가 간행물, 뤄이허가 편집을 맡고 있는 ≪十月≫, ≪山西文學≫, 내몽고의 ≪草原≫, ≪詩選刊≫에서 겨우 발간했을 뿐이며 안휘의 ≪詩歌報≫와 북경의 ≪詩刊≫ 등에 겨우 20수에 불과하다.3) 하이즈는 북경의 작가협회 회원도 아니었고 자신이 쓴 시도 마음껏 발표 할 수 있는 공간이 없었다. 또한 하이즈는 생활면에서도 어려움을 겪게 되는데 그의 창평(昌平)에서의 생활은 상당히 폐쇄적이고 매우 적막했다. 매우 적은 월급으로 본인이 쓰는 기본 생활 외에 책 사고 시 원고를 복사하는 것 외에 농촌 부모님에게 비료비, 종자비(씨앗)를 드리고 동생의 학비를 보내주곤 했다. 그가 창평에서 거주하면서 창작활동을 치열하게 전개하였는데, 이 기간의 그의 심경은 고독과 빈곤, 그리고 초탈적 현실의식에 심취한 시기였다. 다음 <창평에서의 고독(在昌平的孤獨)> 시는 그의 창평에서의 생활단면을 이해하는 예시가 된다.

> 고독은 물고기 광주리이다
> 물고기 광주리 속의 샘물이다
> 샘물 속에 놓여 있다
>
> 고독은 샘물에서 잠자는 노루왕이다
> 꿈에 본 노루 사냥꾼은
> 그 물고기 광주리로 물을 뜨는 사람이다
> .....
> 언덕 위로 끌어내는 것은 물고기 광주리이다

---

3) 燎原 ≪海子評傳≫, 8쪽 (時代文藝出版社 2006.1)

고독은 말할 수 없다4) 1986

이렇게 하이즈는 경제적인 면에서의 빈곤과 인간관계에서 겪는 적막과 고독은 그가 죽음을 맞기까지 함께 한 것이다. 다음은 하이즈의 가장 가까운 친구 뤄이허가 하이즈가 죽은 직후 1989년 5월 16일에 추모하는 마음으로 남긴 글로서 많은 것을 이해하는 자료가 되리가 본다.

하이즈는 하나의 사건이며 일종의 비극이어서 마치 술과 양식과의 관계와 같고, 이런 비극은 사건을 정화한다. 하이즈는 일종의 비극이며 하나의 정신적 분위기이어서, 그와 연구하고 논쟁을 한 사람은 모두 기억하기를 마치 새로운 땅에서 농밀하여 분별하기 어려움과 맹렬한 집중, 질량의 방대, 기세 등등을 상기시키는 것 같다. 그래서 그의 작품을 읽은 사람은 마치 이런 분위기가 필요로 하는 사유적 속도와 시간을 이해할 것 같은 느낌이 든다. 오늘, 하이즈가 세상을 떠난 후, 우리는 그를 인식하고 어렴풋이 한 변화에서 여전히 솟구쳐서 올라 마치 비트겐스타인이 말한 바, 「단지 정신이 먼지 땅을 덮는다」와 같다. 하이즈는 7년 중 즉 1984-1989년의 5년 중, 200여 수 높은 수준의 서정시와 7부 장시를 써서 그는 이 장시를 ≪太陽≫에 넣으려 했다. 전서가 완성되지 않았으나 7부의 제품은 주관성이 있어서 ≪太陽七部書≫라 부를 수 있고 그의 생과 사는 모두 ≪태양칠부서≫와 관련이 있다. 이 점에서 그의 생애는 아서왕 전기중 가장 휘황찬란하게 성스런 잔을 취하는 젊은 기사와 같다. 이 젊은이는 오직 성스런 잔을 얻기 위하여 갑자기 나타나는데 오직 그 청춘의 손이 성스런 잔을 내려놓자 갑자기 죽어 일생은 완결을 고한다. ---하이즈는 서정시영역에서 금세기를 향해 도전적으로 홀로 낭만주의 기치를 올려서 남에 의해 태양신의 아들이라 호칭된다. 그는 단명한 천재, 서정시중에 선명한 자전성을 지닌 웅혼, 사시형태에 대한 이행, 웅장한 도전, 절명시중 탁월한 단장성질 등의 특점을 지니고 있다.(「海子生涯」

---

4) 孤獨是一隻魚筐/ 是魚筐中的泉水/ 放在泉水中/ 孤獨是泉水中睡着的鹿王/ 夢見的獵鹿人/ 就是那用魚筐提水的人/……/ 拉到岸上還是一隻魚筐/ 孤獨不可言說(107쪽)

≪海子詩全編≫ p.1-2 1989. 5. 16)

2. 죽음의 콤프렉스

하이즈 시의 존재가치는 그의 죽음 때문이며 그의 죽음과 시가는 서로 깊은 연관이 있다. 하이즈의 단시는 단순하고, 예민하며, 창조성이 풍부하며 동시에 조급하고 상처를 쉽게 받으며 황량한 진흙에 빠지는 이미지를 준다.

심리적 각도에서 보면, 하이즈 신상의 강렬한 죽음의식은 그 자신의 선명한 "아니마(阿尼瑪)" 기질(예컨대, 제3대 여성시인 이레이(伊蕾), 루이민(陸憶敏), 하이난(海男) 등이 자각적 혹은 자발적 죽음의식이 있음)에서 근원한다. 그의 죽음태도는 심미화 죽음태도, 해탈과 귀의를 추구하는 죽음태도, 이상을 위해 헌신하는 죽음태도로 구분된다.

2.1 심미식(審美式) 죽음태도

죽음태도는 하이즈의 서정시에서 주로 표현된다. 심미식의 죽음태도는 그의 미에 대한 정신적 가치의 일관된 추구에서 기원하는데 낭만주의 시인이 현실과 생존을 미화하기를 좋아하는 천성의 하나이다. 비극적인 죽음태도는 그에게 정신상의 긴장과 초조를 가져다주고 따라서 심리 상태의 완화와 안정을 가질 필요가 있는데 이것은 그의 죽음의 잔혹한 진상에 대한 회피와 엄폐심리를 반영하는 것이다. 심미적 태도는 그의 죽음에 대한 공포정서를 없애주고 더하여 죽음의 은밀과 희열에 대한 추세를 유발한다. 그는 "죽음은 음악과 같고 그것은 달고 부드러운 갈구이다"라고 한 것이다. 하이즈의 의식은 죽음에 대해 매우 짙은 감상과 찬성을 가지고 공포의 죽음현장도 인위적인 미적 빛으로 덮으려 하고 있으니 예컨대 그의 <모찰트는 진혼곡에서 말한다(莫扎特在安魂曲中說)>의 일단에서 정결한 소녀에게 다음과 같은 죽음의 청구를 한다.

> 보리밭에서
> 나의 뼈를 잘 처리해주오
> 한 다발 갈대꽃 같은 뼈
> 그것을 거문고상자에 담아서 가져와 주오
> ······
> 나의 그 어지러운 뼈를 잘 정리해 주오
> 그 암홍색의 작은 나무상자에 넣어서, 그것을 가지고 돌아와 주오
> 너희들 부유한 혼수품을 가지고 돌아오듯이5)

하이즈는 갈대꽃과 부유한 혼수품 같은 의상으로 죽음의 은유를 표현하고 죽음의 공포색채를 없애고 죽음을 고도로 심미화하였다.

2.2 해탈식(解脫式) 죽음태도

하이즈는 생명과 생활에 대한 순진하고 치열한 이상을 이상논리에 의해 진행하고 때론 시인의 낭만적인 정감논리를 조롱하여 시인의 취약한 심령이 부단한 상처를 받게 되며 이상과 현실의 오랜 대치로 인해 일종의 권태심태를 낳게 하니 이런 권태심태는 염세적 심리를 이끌어 내는 것으로 본 것이다. 하이즈의 절필작 <봄 열 명의 하이즈(春天, 十個海子)> 중에서 그는 이런 곤혹과 당황의 자문을 한다. "너는 이렇게 오랜

---

5) 請在麥地之中/ 請理好我的骨頭/ 如一束蘆花的骨頭/ 把它裝在琴箱裏帶回/······/ 請整理好我那零亂的骨頭/ 放入那暗紅色的小木櫃, 帶回它/ 像帶回你們富裕的嫁妝 (149쪽)

동안 깊이 잠자는데 결국 어째서인가?" 시 중의 "침수(沈睡)"는 생명의 죽음상태이다. 이런 죽음에 대한 거역할 수 없는 곤혹과 당황은 깊은 심리층면에서 무정한 현실을 보는 시인에 대한 심리적 상처 정도를 토로하는 것이다. 사랑이 결핍된 현실은 하이즈 심령의 수난의 주요근원이된다. 그래서 시인은 다음 <나는 바란다: 비(我請求: 雨)>일단에서와 같은 죽음청구를 할 수 있는 것이다:

> 나는 불끄기를 바란다
> 생철의 빛, 애인의 빛과 햇빛
> 나는 비 오기를 바란다
> 나는 바란다
> 밤에 죽기를[6]

이런 청구는 하이즈가 순결하고 고상함을 추구하는 정신생활과 생명 중에서 최고 가치로 보는 사상이 서로 깊이 연관된다. 사랑이 결핍하면 고통과 고난이 심령의 현실 앞에 쌓이니 하이즈는 죽음을 청구하고 차고 무정한 현실로부터 해탈하기를 청구하는 것이다.

2.3 회귀식(回歸式) 죽음태도

이런 죽음태도는 앞에 언급한 죽음태도와 관계가 밀접하다. 해탈은 회귀의 전제이며 원인으로서, 회귀는 해탈의 목표이며 필연적인 결과이다. 여기서 말하는 회귀는 대지로 회귀함을 가리킨다. 대지는 이미 인류의 탄생이며 생존의 처소이며, 인류생명의 최종 귀착지이다. 하이즈는 죽음의식을 「대지의 속박력」이라 부른다. 하이즈로서는 온 심신이 대지에의

---

6) 我請求熄滅/ 生鐵的光, 愛人的光和陽光/ 我請求下雨/ 我請求/ 在夜裏死去(72쪽)

회귀를 추구함은 그가 심령의 위로와 정신적 기탁을 찾고 자유와 행복의 마지막 가장 믿을만한 보증을 찾음을 의미한다. 그에게는 「家鄕, 家園, 村莊」 등 어휘이미지가 대지의 의미와 상통하므로 그것들이 일체를 수용하는 모성의 흉금과 모성의 정감을 대표한다. 따라서 대지에 대해서 하이즈는 죽음을 달콤한 침수(沈睡)로 보았고 강한 위로감과 행복감으로 충만되어 있었다. 그러나 하이즈의 회귀는 일종의 성취감을 지니고 있어서, 이런 성취감은 그 스스로 창조적 활동을 통해 인류의 생존에 의미를 부여한다는 의식을 표현한다. 그래서 만족감과 긍지심을 표현한다.

2.4 순도식(殉道式) 죽음태도

하이즈에게서 최고의 도는 그의 애(愛)의 이상이다(박애, 세속적 의미의 애가 아님). 애의 이상은 하이즈 개체생명 행복가치의 중요내용을 구성하며 그는 시종 애를 생명 중 가장 진귀하고 풀기 어려운 것으로 본 것이니, 그의 <태양 시극(太陽. 詩劇)> 장시 일단에서 담백하게 묘사하고 있다.

> 나는 인류의 끝에 왔다
> 인류의 기미가 있다——
> 나는 사랑한다. 인류의 끝 낭떠러지에서 그 첫마디 말:
> 일체 모두가 애정에 근원한다[7]

하이즈의 애에 대한 집착과 추구는 강렬한 죽음충동을 낳게 하였고 자각적 죽음의식을 낳게 하였다. 사랑과 죽음이 자연적인 관계가 있고

---

7) 我走到人類的盡頭/ 也有人類的氣味—/ 我還愛着. 在人類盡頭的懸崖上那第一句話 是:/ 一切都源于愛情.(772쪽)

사랑의 감정이 생명의 깊은 곳에 이르를 때 오직 죽음만이 그것을 이겨낼 수 있다. 하이즈는 죽음성질의 애를 숭상하는데 그가 숭배하고 추구하는 애는 고도로 여성화하였으니 그의 애의 대상은 여성이며 정감도 완전 여성화하였다.

2.5 부활의 신념

죽음 속에서 생을 바라는 항쟁은 하이즈로 하여금 부활을 생각케 한다. 육체는 소실되지 않고 재생할 수 있다. 이 재생은 우리가 보면 정신상의 불후이나, 하이즈가 보면 육체가 무덤에서 거듭 새로이 서는 것이다. 광명과 흑암(黑暗)이 격렬하게 싸우는 시각에 하이즈는 황혼에 죽었으나 그는 여명에 부활하기를 갈망한다. 그가 죽기 전에 쓴 시에서 태양과 흑암은 여명, 서광이다. 나와 가자, 머리를 던지고 뜨거운 피에 다 씻는다. 여명의 새로운 하루가 다가온다. 그가 자살할 때 몸에 지닌 네 권 책 중의 하나는 성경이다. 그는 응당 예수의 수난과 부활의 장을 읽으면서 철도에 누웠을 것이다. 그가 눈을 감는 순간, 그는 새벽빛이 사방에 드리우고 태양의 아들로 탄생하는 것을 자아의식하려 한 것이다. 다음에 <여명: 한 수의 작은 시(黎明:一首小詩)>를 본다.

여명
나는 애써 벗어난다
도자기통
혹은 대지의 언저리를

나의 두 손은   강물을 향해 날아간다
나는 보리 이삭이 새긴 도자기통을 애써 벗어난다   태양
나는 자신의 얼굴을 본다   화염

여명의 바람 속에서 가라앉지 않는다

나는 자신의 얼굴을 본다
화염   한 조각 하늘로 올라가는 대해처럼
조용한 천마처럼
강물을 향해 날아간다8)

                        1985 초고 1987 고침

　신이 되고, 태양이 되고, 소녀들의 애인이 되는 것이 그의 자살이란 혁
명의 목표이어서 그는 자신의 두개골을 열어놓는 것을 아까워하지 않았
다. 대지는 영웅의 숙소이며 희망이니, 그래서 대지여, 너는 나를 매장했
다. 오늘도 나를 부활하게 한다라고 한 것이다. 그 실예를 <봄(春天)>에
서 보기로 한다.

　　봄의 시간에 하늘에 오른다
　　열 손가락의 선혈을 핥고 있다
　　봄은 텅 비어 있다
　　욕망을 배양한다　죽음을 고쳐한다

　　바람이 이렇게 크다
　　먼지가 이렇게 거세다
　　다시 매장하는 일 원치 않는다
　　많은 머리가 흙을 부수고 나온다
　　----(중략)---

　　나의 내심이 혼탁하지만 평안하다

---

8) 黎明/ 我掙脫/ 一隻陶罐/ 或大地的邊緣/ 我的雙手　向着河流飛翔/ 我掙脫一隻刻劃
　麥穗的陶罐　太陽/ 我看見自己的面容　火焰/ 在黎明的風中飄忽不定/ 我看見自己
　的面容/ 火焰　像一片升上天空的大海/ 像靜靜的天馬/ 向着河流飛翔(288쪽)

나는 여기에서 거칠지만 밝다
대지
너는 과거에 나를 매장하였다
오늘 또 나를 부활시킨다

봄과 함께
나의 내부에서 침묵한다
하늘의 불이 나의 내부에 있다
광야로 분다
자신이 밝게 비춘다

마지막 시간에   바다밑
마지막 여명 전에   그들은 어디로 갔는가?[9]

1987. 7 초고 1988. 2 2고침 1989. 3 3고침

2.6 생사환상의 분열

하이즈 최후의 시는 폭력경향을 드러내니 가장 온난하고 고운 복사꽃
도 그의 붓에는 비할 수 없이 폭발적이다. 다음에 <복사꽃(桃花)>을 보
면서 생각하기로 한다.

복사꽃이 핀다
나무우리(죄수 운송용)에 선혈이 흐르는 것처럼
두 도끼에 선혈이 흐르는 것처럼
사형집행인의 고향에
선혈이 흐르는 것처럼

---

9) 春天的時刻上登天空/ 舔着十指上的鮮血/ 春天空空蕩蕩/ 培養欲望 鼓吹死亡/ 風是
這樣大/ 塵土這樣強暴/ 再也不願從事埋葬/ 多少頭顱破土而出/ ……/ 我內心渾濁而
寧靜/ 我在這裏粗糙而光明/ 大地啊/ 你過去埋葬了我 今天又使我復活/ 和春天一起
/ 沈默在我內部/ 天空之火在我內部 吹向曠野/ 曠野自己照亮/ 在最後的時刻 海底/
在最後的黎明之前   他們去了何方?(460-463)

꽃이 왜 이렇게 붉은가
설산이 장려하게 불타는 것처럼

나의 나무우리에 불이 인다
나의 감옥이 무너진다
쇠사슬과 쇠꼬챙이에 불이 붙는다
사방의 어두운 고원을 향해 던진다10)
　　　　1987. 11. 1 초고 1988. 2. 5 고침

　복사꽃이 피 흘리는 항쟁의 형상이 된다. 나무우리, 도끼, 쇠사슬 등은
분명히 하이즈의 의상과 현실상황은 일종의 분열을 드러내니 그의 상상
은 사물본성에 어긋나서 이것은 그의 내심의 상황이 이미 환각상태에
진입했음을 반영한다. 자살 10일 전에 쓴 <봄 열명의 하이즈(春天, 十個
海子)> 시는 그의 부활의 희망과 의심이 분열된 글이다.

　봄, 열 명의 하이즈가 전부 부활한다
　밝은 경치 속에
　이 야만적이며 슬픈 하이즈를 비웃는다
　너의 이 오랜 숙면은 결국 어째서 인가?

　봄, 열 명의 하이즈가 낮게 노하여 소리친다
　너와 나를 에워싸고 춤추고, 노래한다
　너의 검은 머리칼을 멋대로 잡고, 너를 말에 태우고 날듯 달리며,
먼지를 날린다
　너의 쪼개진 아픔이 대지에 가득 넘친다

　봄에, 야만적이며 슬픈 하이즈

---

10) 桃花開放/ 像一座囚籠流盡了鮮血/ 像兩隻刀斧流盡了鮮血/ 像刀斧手的家園/ 流盡
　　了鮮血/ 花兒爲甚麽這樣紅/ 像一座雪山壯麗燃燒/ 我的囚籠起火/ 我的牢房坍塌/ 一
　　根根鎖鏈和鐵條　戴着火/ 投向四周黑暗的高原(448쪽)

이 하나를 남기고, 최후 한 개

이것은 검은 밤의 아이, 겨울에 잠기어, 죽음에 마음을 둔다

스스로 버릴 수 없어서, 공허하고 추운 시골을 뜨겁게 사랑한다

저기 곡물을 높이 쌓아서, 창문을 덮었다

그들은 반을 한 집 여섯 식구의 입으로 먹고 위에 쓰고 반은 농업,

그들 자신의 번식에 쓴다

큰바람이 동쪽에서 서쪽으로 불고, 북쪽에서 남쪽으로 불어서, 검
은 밤과 여명을 보지 못한다

네가 말하는 서광은 결국 무슨 의미인가[11]

1989. 3. 14 새벽 3시-4시

광명한 경색 중에 노래하고 춤추는 하이즈와 야만적이고 슬퍼하며 깊
이 잠자는 하이즈는 정신 단열의 양단으로 오랜 잠은 현실에 빠진 고난
의 생활이며 겨울, 사망, 공허, 한냉한 향촌과 곡물은 하이즈의 생존현상
을 암시한다. 그의 농촌생활은 지을 수 없는 기억이니, 그건 서광을 배척
하고, 여명을 거부한다. 긴 잠은 비상하는 영혼이 일어날 수 없는 침중한
대지이며 멍한 흑야이다.

3. 자살의 원인

하이즈의 시우 시추안(西川)은 <사망후기(死亡後記)>에서 그 나름의

---

11) 春天, 十個海子全部復活/ 在光明的景色中/ 嘲笑這一個野蠻而悲傷的海子/ 你這麼
長久地沈睡究竟爲了甚麼?/ 春天, 十個海子低低地怒吼/ 圍着你和我跳舞, 唱歌/ 扯
亂你的黑頭髮, 騎上你飛奔而去, 塵土飛揚/ 你被劈開的疼痛在大地彌漫/ 在春天, 野
蠻而悲傷的海子/ 就剩下這一個, 最後一個/ 這是一個黑夜的海子, 沈浸于冬天, 傾心
死亡/ 不能自拔, 熱愛着空虛而寒冷的鄉村/ 那裏的穀物高高堆起, 遮住了窗戶/ 他們
把一半用于一家六口人的嘴, 吃和胃/ 一半用于農業, 他們自己的繁殖/ 大風從東刮
到西, 從北刮到南, 無視黑夜和黎明/ 你所說的曙光究竟是甚麼意思(470쪽)

인식과 추측에 의해서 하이즈가 자살한 원인에 대해서 다음과 같이 7가지로 분류하여 그 의견을 제시하고 있는 바, 참고로 여기에 그 내용을 정리하여 적고자 한다.

1. 자살 콤플렉스: 하이즈가 1986년 써놓은 한편의 일기는 그가 첫 번째 자살을 실패한 직후의 글이다. 그리고 시속에서 자살에 대하여 써놓은 것도 많으니 예를 들어 ≪10월≫ 1기와 2기에 실렸던 ≪太陽. 詩劇≫과 <太陽. 斷頭篇> 등에서 하이즈 자살의 정신적인 실마리를 찾아 낼 수 있다. 그는 시속에서 구체적으로 죽음에 대하여 반복하여 이야기하고 있으니, 죽음과 농업, 죽음과 진흙, 죽음과 천당, 내지 붉은 피, 두개골, 시체 등등의 시어를 찾아 볼 수 있는 것이다. 하이즈의 사망에 대한 이야기는 그가 쓴 작품 속에서만 있는 것이 아니다. 그가 죽은 후에 친구들은 그가 생전에 했던 말들을 기억해 보면서 그때 그의 말을 유의하지 않은 것을 깊이 후회한다. 하이즈가 창핑(昌平)에 있을 때 그는 심지어 한 친구에게 자살의 방식을 이야기했다고 한다. 하이즈는 비행기에서 떨어져 자살하는 것, 기차철로에서 자살하는 것 등 여러 가지 자살 방식 중에서 기차 철로에서 죽는 것을 택하게 되는데 이 방법은 가장 편리하고, 가장 깨끗하고, 가장 존엄한 방식이라고 생각하게 된 것이다. 하이즈는 그 자신의 죽음을 암시하는 의식이 있으니 즉 "천재는 단명한다"는 것이다. 작가와, 예술가의 창작과 천명의 신비한 관계를 재분석한 후에 하이즈는 하나의 결론을 얻어냈다. 그는 그 단명한 천재들을 존칭하여 "빛나고 정결한 왕자"로 불렀다. 때로는 하이즈는 그들과 더불어 심리와 창작에서 동일한 인식을 가지고 있었다. 그리하여 단명은 그의 생명과 창작 방식에 대하여 커다란 압력을 준 것이다.

하이즈의 죽음을 형이상학적으로 이해 해본다면 그것은 바로 "道家폭력"이다. 하이즈는 도(道)를 머리 위에 걸어놓은 날카로운 도끼로 형상화시켜서 1987년 이후에 그의 시에서 모성과 수질에 대한 사랑을 버리고 부성으로, 사나운 불길과 같은 복수로 전향했다. 그는 복수의 도끼, 도의 그 도끼를 휘둘렀는데 하늘의 매서운 "아버님"처럼 휘두르기 시작했다. 그러나 그는 그 예리한 도끼를 다른 사람을 향해 휘두르지 않고 자기를 향해 휘둘렀으며 먼저 자기를 향한 복수를 시작한 것이다. 하이즈는 "자기를 용서하는" 서정시를 멸시하였다.

2. 하이즈의 성격은 순결하고, 단순하고, 편집(偏執)스럽고, 고집스럽고, 민감하며, 깨끗함을 좋아하고, 아름답고 보배로운 여자를 좋아했으며 때로는 비애에 잠기고 때로는 고통 속에 잠기어 스스로 벗어나지 못하였다. 그는 다른 사람을 대할 때 양과 같이 온순하였다. 그의 성격의 후천적인 요인으로는 자연과 그 농업환경을 가리킬 수 있다. 하이즈는 농민의 아들로서 흙에 대한 연민, 그리고 시대의 발전에 따라 사라져 가는 것들에 슬픔을 간직하고 있었다.

3. 하이즈의 생활 방식을 보면 상당히 폐쇄적이었다라고 볼 수 있는데, 그는 마치 폐쇄적 생활방식을 바꾸기를 원하지 않는 것 같았다. 1988년 말 이허(一禾)와 시추안(西川)이 결혼을 했다. 하이즈는 그 당시 창핑의 문화관에서 일을 하던 여자와 교재를 하던 중이었다. 그 여자는 하이즈와 결혼을 원했지만 거절을 했을 뿐더러 오히려 두 친구에게도 결혼하지 말 것을 권유했다. 그의 그러한 태도로 인하여 그의 여자는 떠난 것이다. 어느 날 그는 창핑의 어느 식당에 들어가 주인에게 말한다.

"내가 모두에게 나의 시를 낭독해주겠소. 당신들은 나에게 술을 줄 수 있습니까" 식당 주인은 니이체와 같은 낭만이 없었으므로 그가 말하기를 "당신에게 술을 주겠소. 그러나 시 낭독을 하지 마시오."12)

　　세상 사람들의 무미건조함이 낭만적인 하이즈와는 잘 융합이 되지 않았던 것이다. 그 때문에 폐쇄적이고 무미건조한 생활이 그를 죽게 한 것이라고 본다. 비록 가족들 간의 관계가 좋았다고 할지라도 그의 가족 또한 그 사상과 그의 작품을 이해하지 못했다. 농부인 그의 아버지조차 그와 이야기하는 것을 주저하였는데 그것은 그가 대학의 선생님이었기 때문이었다. 하이즈의 죽음은 사람들의 생활 방식에 대하여 많은 느낌을 갖도록 한다. 때로는 누구든지 하나의 그물 안에 같이 엎어지게 되는 데 이 그물은 바로 사회관계의 그물인 것이다. 그 그물은 사람들로 하여금 생활의 순결성을 박탈하고, 사람들은 그 그물 속에서 바삐 뛰어다녀 지쳤지만 마음을 안정시키기는 어렵다. 혈연관계를 막론하고 결혼관계, 사회관계는 모두 한 손에 꼭 쥔 것처럼 사람들의 어깨를 붙잡는다. 사람들이 비록 떠나려 해도 쉽지 않은데 왜냐하면 이런 손들이 사람들로 하여금 확실히 안주 할 수 있도록 한다. 그러나 하이즈의 자살에서 드러나는 것은 분명히 그의 어깨를 힘껏 눌러주는 손이 없었다.

　　4. 명예문제인데, 하이즈는 두 가지 방면의 저항을 받고 있었는데 사회가 시인들에 대한 불신임과 권력에 같이 동조하여 구문학을 지키고 선봉문학에 대한 저항이며. 다른 한편으로는 억압받는 선봉문학 내부에서 서로를 불신하고, 서로를 이해하지 않고, 서로를 배척하였다. 하이즈

---

12) ≪海子詩全編≫ 西川「死亡後記」, p.925.

는 생전에 깊은 마음의 상처를 입었다고 볼 수 있다. 몇 명의 친구들은 하이즈의 재능과 작품의 가치를 알았지만 사실상 1989년 이전 대부분의 청년 시인들은 하이즈의 시를 보존하는 것을 견제하는 태도였다. 어떤 시인들은 하이즈의 시를 "과장이 너무 심하다"고 비평하는 편지를 보냈으며, 베이징의 "행존자(幸存者)"라 부르는 시가단체의 구성원들은 하이즈의 장시에 대하여 지탄을 가하며 그가 쓴 장시는 시대성의 착오를 범하였다고 비난하였다. 하이즈가 남에게 상처를 받은 일화 두 편을 보도록 한다. 1987년 하이즈는 남쪽으로 여행을 한번 다녀왔다. 베이징에 돌아온 후 뤄이허에게 말하기를 "시인 JK는 아주 훌륭하다. 우리들이 베이징에서 그를 도와야 한다." 그러나 시간이 얼마 되지 않아 하이즈는 민간 시 간행물에서 JK가 올린 한 편의 글을 읽게 된다.

> 북방에서 온 아픔의 시인이 가방 안에서 많은 시 원고 뭉치를 꺼냈다…… 이어서 "인류에게는 단테 한 사람이면 충분하다. 하이즈는 지금은 나의 친구이지만 아마 미래에는 나의 적이 될 것이다."[13]

하이즈는 이 글을 읽고 크게 상심했으며, 다른 일화는 베이징의 작가협회가 베이징의 서산(西山)에서 창작회의를 열었는데 놀랍게도 하이즈에게 "신낭만주의(新浪漫主義)"를 내세우고 장시를 썼다는 두 개의 죄명을 열거하였다. 하이즈는 작가협회 회원이 아니라서 당연히 그 회의에 참가 할 수 없었기 때문에 그 견해 대하여 반론을 제게 할 수 없었다. 하이즈는 생전에 작품 발표가 결코 순조롭지 않았다. 그래서 그는 잘 써진 시를 인쇄해서 각지에 있는 친구들에게 보내는 것을 좋아했는데 그

---

13) 西川 <死亡後記>, p.926 (≪海子詩全編≫)

당시 유명한 시인 LMN이 모두 표절하였으며 더 나아가서 하이즈 시를 시 잡지에 발표까지 한 것이다.

5. 기공(氣功)의 문제인데 기공 연습을 하는 시인이나 화가는 그들의 창작에 비범한 느낌을 주어 도움이 된다고 말을 하는 사람도 있었다. 한때 하이즈가 기공에 사로잡혔던 때에 그는 기공을 연습하는 동안 무엇을 얻은 것 같다면서 자기는 이미 작은 하늘을 열었다고 한 적이 있다. 그는 환청을 듣기 시작했는데 늘 어떤 사람이 그의 귓가에서 속삭이기 때문에 글을 쓸 방법이 없다는 것이다. 하이즈가 글을 쓸 방법이 없다는 것은 철저히 그의 생활을 잃어버린다는 것이다. 또한 하이즈는 자기의 몸에 약간의 환각이 생겨나서 이미 폐가 썩어서 못쓰게 되었다고 느꼈다는 것이다. 그는 3차례에 걸쳐 유서를 쓰게 되는데 그 중 그의 부모에게 남긴 유서가 가장 혼란스러웠다. 어떤 사람이 자기를 죽이려 하니 부모에게 복수해 줄 것을 말하였다. 그러나 그가 죽던 날 몸에 지녔던 세 번째 유서에서는 "나의 죽음은 누구와도 관계없다"라 하였다. 그가 죽은 후에 의사는 사망진단서를 "정신분열증"이라 하였다. 그가 있던 학교에서는 의사의 사망진단서에 의거하여 그의 자살 사건을 처리하였다.

6. 애정문제를 생각하게 되는데 사랑은 어쩌면 가장 중요할 것이다. 자살하기 전 금요일에 하이즈는 초련의 여자 친구를 만났다. 그 여자는 1987년 중국 정법대학을 졸업했는데 학생시절에 그는 하이즈의 시를 사랑하였다. 그녀는 이미 세상을 떠난 내몽고시인 시에징저(薛景澤)와 친적 관계인 것이다. 하이즈의 초기시 대부분은 내몽고의 정기 간행물에 실렸는데 아마도 그녀와 관계가 있을 것이다. 그녀는 하이즈가 일생동안

깊이 사랑한 여인이다. 하이즈는 그녀를 위해 많은 애정시를 썼으니 예를 들어 ≪半截的詩≫와 ≪肉體之二≫등의 80여 수가 있다. 광기가 발동하기 시작하면 한 통의 연애편지를 거의 2만 자 이상 썼다. 하이즈가 최후로 그녀를 만났을 때 그녀는 이미 선전(深圳)에서 가정을 이루었으며 그녀의 태도 또한 아주 냉담하였다. 그 날 밤 하이즈는 그의 동료와 많은 술을 마시고 당시 그녀 사이에 있었던 많은 일을 이야기한 것이다.

7. 하이즈의 글 쓰기 방법과 글쓰기의 이상(理想) 문제인데, 글 쓰기는 마치 하나의 검은 동굴과 같다고 말하는데 하이즈는 이런 각도에 대하여 완전히 동의하였다. 하이즈는 글 쓰기에 몸을 바쳤으며 그의 생활은 글 쓰기와 하나가 되었다. 하이즈는 이 어두운 동굴에 의하여 빨려 들어갔다. 그는 하룻밤에 수 백 줄의 시를 쓰기도 하였다. 시인들의 습작 방법은 모두 다르지만 하이즈의 글 쓰기는 바로 청춘의 열정을 태우는 것으로 독일의 문학의 문구 "광풍돌진(狂飈突進)"을 생각나게 한다. 그러나 하이즈 몽상 속에서 이룬 것은 오히려 진정으로 우러러보고 사모하는 것은 대 시인 괴테이다. 때문에 여기에서 하나의 모순을 가지고 있다. 괴테의 ≪파우스트≫는 조용히 60년을 썼으며 결코 단번에 이루어진 것이 아닌데 그러나 하이즈는 오히려 격정적인 방식으로 그의 <태양>을 완성하였다. 그는 낭만주의적 입장에서 고전주의의 괴테를 뛰어넘어 의외로 그는 낭만주의와 고전주의의 사이에 끼어있는 횔더린의 몸 위에 떨어졌다. 하이즈가 쓴 마지막 한편의 시학문장인 <내가 열애하는 시인--횔더린(我所熱愛的詩人-荷而德林)>은 횔더린에 대한 경의가 담겨 있는데 횔더린은 결국 미쳤으며 하이즈도 자살로써 자기의 명을 마쳤다. 그 속에 어떤 우연히 일치하는 운명이 있는지 모르겠다. 그의 습작의 방법

과 습작의 목표간에는 거의 뛰어넘을 수 없는 한계가 옆으로 길게 누워 있다.

Ⅱ. 1980년대 중국시단의 사조배경

1970년대 후기에 시작한 신시기의 시사조류가 1983년 전후에 퇴조를 보이기 시작하였다. 이 시기에 몽롱시인들은 출판이 원활치 않은 데다가, 소위 정신오염의 제거(淸除精神汚染) 운동의 추세에 공격받는 처지였다. 그리고 신시조의 후계자로서 베이따오(北島)와 수팅(舒婷) 등은 몽롱시의 합법성 문제로 논란이 일고 있는 시점에 혁명의 대상이 되기도 하였다. 이런 시사조의 퇴조는 시가조류 자체 발생의 변화를 지칭하는 것은 물론, 사회생활, 현실정치, 여러 정서심리와의 관계조절을 시사하는 것이다. 이리하여 몽롱시에 반기를 든 더 젊은 세대는 80년대 후기에 더 격렬하게 '斷裂'이라는 특징의 시가폭동을 전개한 것이다. 80년대 후기 시가의 또 다른 특징은 창작상 새로운 가능성을 찾아서 진행하는 광범위한 실험이라는 것이다. 시가실험의 실행은 쩡민(鄭敏), 니우한(牛漢) 등 기성시인이 깊은 인상을 주었는데 이것이 소위 제3세대작가에게는 실험이 곧 창작의 동의어가 되었고 실험 자체가 풍부한 성과를 반드시 낳지 않았지만, 후에 여러 통로를 열어 놓았고 90년대 시가 창작을 위한 경험을 축적하게 되었다.

당대 선봉(先鋒)시가는 몽롱시(朦朧詩)(70년대말 80년대초)로 기점을 삼는다. 몽롱시 이후 당대시단은 극렬한 분화와 조합의 상황에 처하였는데 80년대에 그런 현상이 특히 현저하다. 새로운 일대의 시인이 몽롱시인을 초월하여 새로운 시가사 형상을 찾고 그들은 당시에 'Pass北島'의 구호를 제기한 것이다. 문학세대의 교체과정에 신세대가 역사무대에 등장하려면 전세대를 공격하고 전세대를 추태화하는 것이 일반적인 전략이어서 이런 점은 이상하지 않다. 그러나 중시할 것은 몽롱시인의 신상에 존재하는 두 개 문제점을 제시하고 있다는 것이다. 그 하나는 역사대변인 자세이다. 몽롱시인의 작품에는 영웅수난의 자아상상이 있는데 이런 자아상상에 의해서 시인이 역사에 대해 반성과 고소를 행하고 있어 베이따오의 명작 <회답(回答)>이 그 한 예가 된다. 다른 하나는 의상주의적 경향이다. 몽롱시가 미학상의 선봉혁명이지만 표현방식에서 아직 신시의 전통적 양식을 벗지 못하였으니 예컨대 문학적이며 상징색채적인 의상을 사용하는 것, 이것이 그들 창작에 내재적인 기존의 규칙을 지키게 하였는데 이 기존의 규칙을 타파하고 새로운 언어활력을 찾으려는 것이 당대시가의 내재된 요구가 된 것이다.

　'Pass北島' 이후에 80년대 선봉시단은 군웅할거 시대에 진입하여 각지에서 대소 각종 시가 군락이 출현한다. 한 편, 격정적인 실험충동이 광범하게 일고 다른 면으로는 중국민간문화의 초원 정신이 환기되어 시인들은 자신의 선언을 포기하여 시단은 마치 요란한 강호와 같았다. 선봉시단의 풍운이 감도는 경치를 전시하기 위하여 1986년에 선전청년보(深圳靑年報), 시가보(詩歌報)가 「中國詩壇1986現代詩群體大展」을 추진하였다. 여기서 ≪中國現代主義詩群大觀≫(1986～1988)이 출판되어 귀중한 자료역할을 한 것이다. 이 선집은 많은 참신한 시가기교와 실험적 대관을 담고 있어서 젊은 시인의 입문수책이 될 뿐 아니라, 수십 개 유파와 백 명에 가까운 시인의 역작을 모아 놓았고 각 시가예술의 자가 해석 그리고 여러 체재에 대한 간략한 해설 등 배경자료를 담고 있어서 당시의 크고 작은 시가유파를 두루 다루었다고 할 수 있다. 그 중에 유명한 유파로는 페이페이(非非), 타먼(他們), 망한(莽漢) 등이 있고 이름 없는 시가군체(詩歌群體)까지 담아놓았다.[14] 이들 유파의 시가 취향은 각기 서로 달라서, 언어형식에 대한 극단적인 관심을 놓고 시인 한둥(韓東)은 「시는 언어에서 그친다.(詩到語言爲止)」라는 구호를 내세우기도 한다. 이들은 또 전문화(前文化), 전언어(前言語) 감각에 대한 근원을 추구하여 망한파(莽漢派) 같은 유파는 반발적, 파괴적 방식으로 시가의 신성성(神聖性)을 해소하려 하니, 이런 반문화, 반숭고, 반시가적 풍토가 유행한 것이다. 이들 전복성이 있는 시가실험은 표면상으로는 서로 상관하지 않으나 그 배후에는 나름의 공통적인 포부가 있어서 지난 시가사적 시의 인식을 타파하고 더 개방적이며 더 복잡한 공간 속에서 시가의 길을 모색하려 한 것이다. 시인 찌앙티에(臧棣)는 이런 포부를 개괄하기를; 「가능성에 대한 추구(對可能性的追求)」라 하였다. 가능성의 포부란 시가창작이 다시는 어떤 기설의 시가표준이나 미학규범을 만족시키기 위해서가 아니고 시가를 언어의 모험으로 만들어 가는 것을 의미하는 것이다.

하이즈의 시가창작은 위의 배경 속에서 나온 것인 데도 그를 공전출세의 시가천재이면서 본질적 의미의 서정시인으로 만들었다. 시가방식으로 말하면, 하이즈와 그 시대는 심각한 불상통점을 지니고 있다. 우선, 그의 시가에 대한 이해는 극단의 낭만주의 같으며 낭만주의 이후의 많은 현대주의문학에 대해서 그는 기본적으로 부정적 태도를 유지하여 경험의 파편화와 분열화의 산물이라고 생각하는데 이것은 80년대의 현대주의에 대한 열광과는 극히 비협조적이다. 다음으로, 시가의 제재, 구성과 수법에 있어 하이즈도 80년대의 구어화, 평민화 그리고 언어의 과도

---

14) 洪自誠, 劉登翰 ≪中國當代新詩史≫ pp.212~213 (北京大學出版社 2005. 4)

한 실험과 거리를 두고, 그의 서정단시는 대부분 향촌경험을 배경전개로 삼아서 서정적 문자로 하나의 질박하고 몽환 같은 세계를 구성하니, 주요 의상은 하늘, 강물, 토지, 전통적 낭만성을 갖추고 있어 당대의 선봉적 실험과는 아주 상이하다. 그러나 이것은 표면적인 인상일 뿐, 내재적 각도에서 보면, 하이즈의 시가생애, 혹자가 말하는 순시(殉詩) 역정은 당대시가의 전개와는 관련이 없으며, 오히려 격렬한 방식으로 당대시가를 응집하였으니 이는 특별히 80년대 시가의 포부, 용기와 말 못할 고충인 것이다.

Ⅲ. 하이즈의 시가 관념

하이즈의 시가관념은 생명관념과 일치한다. 철학적 영향은 니체, 야스파스, 하이데거 등 존재주의 철학가로부터 크다. 생명기질과 언설 풍격으로 보면 하이즈는 니체과 흡사하다. 니체의 저술에 항상 미친 사람(瘋子)의 비유가 등장하는데 하이즈에게도 이 미친 사람(瘋子)이 내심에 잠재한다. 니체는 죽음을 희원하면서 "나의 벗이여, 나는 나의 죽음으로 해서 너로 하여금 더욱 대지를 사랑하게 한다; 나는 흙으로 돌아가서 나를 낳은 토지에서 안식할 것이다---이것은 자유로운 죽음이니, 내가 그것을 필요할 때 그것은 나에게로 온다."(니체「자유의 죽음을 논함」, ≪존재철학≫)라고 하였다. 하이즈는 행동으로 이러한 의식을 실천한다. 니체가 하나님에 대한 부정으로 자기 내심의 신성이상을 파괴하였는데 하이즈는 세계에 대한 신성체험을 가지고 격정과 환상을 더욱 충만시키고 죽음을 향한 용기를 내게 한다.

시학관념상으로 하이즈는 야스파스의 관념과 궤를 같이 한다. 야스파스는 위대한 예술가의 생존은 특정상황 중의 역사 일차성적인 생존이라는 관점으로 휠더린, 반호, 다빈치를 추숭한 바, 이들은 인격과 예술을 통일화한 사람들이기 때문이다. 하이즈도 위대한 시가는 주체인류는 원시적 힘 속의 일차성 시가행동이라는 의식 속에 역시 반고호, 토스토예프스키, 휠더린, 예세닌 등을 추숭한 것이다. 하이즈는 자신의 정신결구와 창작으로 야스파스의 관점을 증명하려 한다. 하이즈가 생전에 가장 집착한 사람은 반고호와 휠더린인데 정신분열적 환각상태에서 그림을 그린 화가를 '마른 형(瘦哥哥)'이라 하면서 생명을 창작의 결과를 생각 안 하는(不計後果) 방식으로 시에 이입시키고, 휠더린에 대해서는 <내가 열애하는 시인-휠더린>에서 하이즈가 미친 휠더린, 자살한 휠더린을 추구하며 동일한 운명으로 의식화한다. 야스파스적 각도에서 보면, 하이즈는 생명기질과 심령결구상 반고호와 휠더린과 똑같은 사람인 것이다. 내심의 체험방식, 감수방식, 생명의 신성귀속 등에서 보면, 하이즈는 하이데거와 가깝다. 하이즈와 하이데거의 공통점은 이미 세계에 소실된 신성한 광채의 탐구라는 것이다. 하이데거는 빈천한 시대에 여러 신이 이 세계를 떠났고 하나님도 결석이라는 것이다. 그러나 제신(諸神)의 사라짐은 종적을 남기지 않았다는 곳이 아닌 만큼 시인의 사명은 그 종적은 찾아야 한다는 것이다. 그래서 하이즈는 신성의 통로를 찾으려 하고 그것을 원시적 존재인 자연현상에서 모색한다. 하이즈는 초범오성(超凡悟性)과 신화어의적인 창작으로 시대의 시가경계를 제고시킨다.

　　그의 시가는 질박한 서정역량을 지니고 있는 동시에 풍부한 잡다성이나 기이, 골계, 폭발, 맹렬로 충만하여 일종의 잔향(殘響)식의 우렁찬 소리효과가 있다. 이런 시가언어와 상상에 대한 소모성과 창조성 사용은 신시사상 매우 보기 드문 것이다. 80년대 시가의 배경에서 이런 형식의 창조성은 고립적이 아닐 뿐 아니라 오히려 80년대 시가의 전체 이상과 내재적으로 일치하고 있다.

하이즈의 시가창작은 80년대의 전체 분위기에서 성장하기 시작하여 최초의 영향은 몽롱시인의 탐색인데 두 가지 면을 지닌다. 하나는 지앙 허(江河), 이앙리엔(楊煉) 등의 기세가 크고, 문화, 전설, 신화에 입각한 사시성(史詩性) 창작이 그의 시가의 출발점이 되고, 사시의 정절이 곧장 하이즈의 시가의 길을 지배하였다. 다른 하나는 고성이 하이즈의 다른 출발점이니 고성시가의 투명하고 순수한 동화풍격과 자유신통한 기세가 모두 하이즈의 창작에 대해서 내재적 영향을 낳았고 그의 시가에서 늘 장난기 심한 아이 기질과 자유유희적인 정신이 넘치는데 이 점이 평론 자에게 소홀시 되고 있다.

80년대 시가는 과도한 실험적 시가로서 시인들은 현대 시가는 먼저 한 바탕 언어와의 투쟁이며 한 바탕 언어가능성을 추구하는 모험이라고 인식하기 시작했다. 하이즈의 시가성취는 바로 이 점에서 체현한다. 일반적 이해로는 서정이란 자발적 행위인데 근본적으로는 수사, 기교에 대한 반동이니 하이즈도 다음과 같이 말한다. 「시가는 한 바탕 뜨거운 불이고 수사연습이 아니다.」 그러나 문학적 구성으로 말하면 서정과 수사 사이에는 결코 진정한 대립은 존재하지 않는다. 하이즈의 일부 단시는 비록 단순하고, 질박하며, 사람의 마음을 직설하는 힘이 있어도 그렇다고 그것들이 시가의 기예를 포기한 것이라고 할 수 없고 오히려 많은 작품에서 조탁이 세밀하고 대담한 실험이 충만하여 언어층면에서 시가의 가능성을 개척하였다.

풍격상 말처럼 평범하고 순백하여 시인의 서정적 독백일 따름인데도 극대화된 감염력을 지니고 있다. 이 시에서 하이즈는 언어성질상 특수한 민감을 보여주고 이 민감을 창조성으로 전환시킨 것이다. 시의 표제에서 시제목이 일반적으로 대속(大俗)이라는 평범한 의미를 주지만 기이한 감수성을 지니고 있어 독자로 하여금 면전에 한 짝의 창문을 밀쳐 열면 따뜻한 광명의 세계가 나타나는 것 같은 감흥을 준다.

하이즈 시를 개괄하면 신계(神啓), 대지, 사망 등 3개 모티프로 개관한다. 신계는 세계로 향한 열림을 상징하고 세계에 대한 인지할 수 있는 능력과 그 파악을 상징하며, 대지는 존재와 생명격정의 원천을 상징하고 서정과 언설(言說)의 대상을 상징하며 신의 처소와 그와 대화하는 어경(語境)을 상징하며 자신의 최종적인 모체, 안식의 귀소를 상징한다. 사망은 존재의 주동적 체험의 자각과 용기를 상징한다. 하이데거가 말하는 "존재란 미리 와 있는 사망이다"라는 의미로 보면 하이즈로서는 사망은 그의 신화세계로 나가는 필연적인 길을 의미한다고 본다. 여기서 신계에 대해 좀더 거론한다면, 신계는 일종의 추상적 설법이며 실질적으로 초월경험방식과 사유과정의 직각상태를 말한다. 정상인의 사유습관의 허구성과 차폐성(遮蔽性)에서 인류의 원시경험을 볼 수 없게 하고 분열중환자로 하여금 반논리적 직각과 위장, 처리, 가공, 판단을 거치지 않은 원시경험을 다시 접근케 한다. 하이즈는 이런 원시경험 상태에서 창작한 것이다. <가을(秋)>시에서 솔개의 출현은 직각의 상징과 비유이다. 그의 다음 <하이즈 소야곡(海子小夜曲)>에서 하이즈의 이런 일반 독자의 세속경험으로는 감지할 수 없는 초월경험과 논리의 감지방식을 증명할 수 있을 것 같다.

이전의 밤에 우리는 조용히 앉아 있다

우리는 두 무릎이 나무 같다
우리는 귀를 세웠다
우리는 평원의 물과 시가를 듣는다
이것은 우리 자신의 평원, 밤과 시가이다

지금 다만 나 하나만 남았다
다만 나 하나만 두 무릎이 나무 같다
다만 나 하나만 귀를 세웠다
다만 나 하나만 평원의 물과
　　　시가 중의 물을 듣는다
이 비 오는 밤에
지금 다만 나 하나만 남았다
너를 위해 시가를 쓰고 있다
이것은 우리 공동의 평원과 물이다
이것은 우리 공동의 밤과 시가이다

누가 이렇게 바닷물을 말했는가
가려한다　　도처에서 보려한다
우리는 벌써 여기에 앉았다15)
　　　　　　1986. 8

　　신계는 일체사물이 하이즈의 시에서는 다 신령의 성이 번쩍이는 것을
표현한다. 이것은 스피노자의 범신론과 같다. 그러나 신령은 하이즈에서
는 상징과 비유가 아니라 본체이며 신의 세계의 살아있는 부분이다. 다
음에 <산풀명자나무(山楂樹)>를 보면 천재적 상상력을 보여준다.

---

15) 以前的夜裏我們靜靜地坐着/ 我們雙膝如木/ 我們支起了耳朶/ 我們聽得見平原上的
　　水和詩歌/ 這是我們自己的平原, 夜晚和詩歌/ 如今只剩下我一個/ 只有我一個雙膝
　　如木/ 只有我一個支起了耳朶/ 只有我一個聽得見平原上的水/ 詩歌中的水/ 在這個
　　下雨的夜晚/ 如今只剩下我一個/ 爲你寫着詩歌/ 這是我們共同的平原和詩歌/ 這是
　　我們共同的夜晚和詩歌/ 是誰這麽說過 海水/ 要走了 要到處看看/ 我們曾在這兒坐
　　過(157쪽)

오늘밤 나는 너를 볼 수 없다
오늘밤 나는 세상의 모든 걸 보았다
그러나 너를 볼 수 없다

한 그루 여름의 마지막
불같이 붉은 산풀명자나무
마치 높고 큰 여신의 자전거 같고
마치 여자아이가 여러 산을 무서워하고 두려워함 같다
멍하니 문 입구에 서고
그녀는 나를 향해
달려오지 못한다!

 나는 황혼으로 간다
마치 바람이 먼 곳의 평원으로 부는 것 같다
나는 저녁에 한 그루 고독한 나무줄기를 안는다
산풀명자나무! 번쩍하고 지나간다   아! 산풀명자

나는 너의 불같이 붉은 유방 아래에 날 밝을 때까지 앉아 있다.
작고 아름다운 산풀명자의 유방이
높고 큰 여신의 자전거 위에 있다
농촌노예의 손위에 있다
밤에 불 끄려는 데에 있다16)

1988. 6. 8-10

신계의 영성이 없다면 어찌 산풀명자나무를 가지고 이러한 감동적이
며 미려한 표현이 가능할 가! 시 사어의 신성색채는 하이즈 시의 신계

---

16) 今夜我不會遇見你/ 今夜我遇見了世上的一切/ 但不會遇見你/ 一棵夏季最後/ 火紅
   的山楂樹/ 像一輛高大女神的自行車/ 像一個女孩 畏懼群山/ 呆呆站在門口/ 她不會
   向我/ 跑來/ 我走過黃昏/ 像風吹向遠處的平原/ 我將在暮色中抱住一棵孤獨的樹幹/
   山楂樹! 一閃而過 啊! 山楂/ 我要在你火紅的乳房坐到天亮/ 又小又美麗的山楂的
   乳房/ 在高大女神的自行車上/ 在農奴的手上/ 在夜晚就要熄滅(422쪽)

의미의 내재원인을 풍부하게 한다. 어사가 신성한 오경(悟境)에서는 원래의 의미 이상의 마력을 나타낸다. 신령은 어사를 마력 있게 하는 마법사이다. 하이즈 시는 신화의 오경에 들어가서 신령이 출입하는 장소를 만들었고 특정한 마법 같은 흡인력을 형성한다.

Ⅳ. 하이즈 시의 낭만정신의 표현방향

낭만정신은 하이즈에 있어 가장 분명하고 특출한 정신과 기질로서 그의 시가본문을 통해서 강하게 드러난다. 낭만정신이 하이즈의 시가창작을 위해 강한 내구력과 다하지 않는 에너지를 제공했고 하이즈 창작활력의 왕성함을 보증하고 하이즈 시가의 심미가치의 생성과 창조를 추진시켰다. 하이즈의 낭만정신은 그의 서정시 중에서 더욱 전형적이면서 충분한 표현이다.

1. 개체행복의 무한한 동경

행복의 동경은 서양낭만주의 시인 전부의 정신적 추구의 출발점이며 목적지이고 그들이 창작에서 일관되게 유지하는 시가의 모티브이다. 낭만파사상의 아버지로 존경받는 피히트가 제시한 순수자아학설과 독일 낭만파시인이 개인의 무한한 중요성을 주장한 기독교신학관념의 신앙은 모두 독일 낭만파 시인이 열렬히 개체생명존재의 행복가치를 추구하여 강력한 사상과 정신적 지지를 제공했다.

20세기말 중국시단에 등장한 낭만주의 서정시인 하이즈는 먼 시공간의 거리가 있지만, 19세기 독일 낭만파 시인과 강렬한 정신적 공감을 일으켰으니, 이런 상황은 어느 면에서 하이즈의 기질과 부합되지만 더 중요하고 내재적인 원인은 하이즈가 기독교문화정신에 심취한 것이다. 하이즈의 휠더린이란 신의 자취를 추구하는 신성시인에 대한 열애와 무한한 흠모가 하나의 분명한 예증이다.

하이즈의 개인주의적 사작 입장은 깊은 인본주의사상에서 근원하니, 일체 허위적인 의식형태의 정신속박에서 벗어나려 했다. 그의 서정시가 강렬한 자아표현 색채를 지니지만 그 선배 몽롱시인 작품의 자아표현과는 질적 차이가 있다. 왜냐하면 몽롱시인의 작품에는 1인칭 '나'를 민족을 대변하는 대아(大我)의 형상과 관련하지만 하이즈의 순수개인화된 문화와 정신의 입장이 결핍되어 있다.

하이즈는 생명존재의 인본주의입장에서 출발하여 개체생명의 행복을 강렬하게 추구한다. 그의 관점은 오직 사랑(愛) 만이 개체생명에 주는 최대의 행복이다. 그의 모든 서정시에서 애를 주제로 한 작품이 많으니 <애정시집(愛情詩集)>, <애정이야기(愛情故事)> 등이 있다. 하이즈의 애의 대상은 여성이 많아서 「少女, 愛人, 新娘, 姐姐, 妹妹, 未婚妻, 母親, 女兒」 등은 신분이 다른 인물의상을 표시한다. 그의 여성에 대한 열애태도는 여성숭배적 심리경향이 나타난다. 그러나 그의 애심을 생명본능적 애로만 이해한다면, 그가 숭상하는 애의 성질을 왜곡하고 그의 애의 이상적인 의미와 가치를 저상시키는 것이다. 사실, 그가 흠모하는 최고의 애는 기독교적 애 - 박애이다. 그는 <햇빛이 지상에 쪼인다(歌: 陽光打在 地上)>시 후반일단에서 이런 위대한 애의 감성체험이 표현된다.

　　　　이 지상에

소녀들이 많은 것이 마치
내가 진정 이 많은 딸을 가진 것 같다
정말 벌써 이러한 행복은
국자를 써서
작은 콩, 시금치, 유채를 써서
그것들을 잘 기른다
햇빛이 땅에 때린다17)

　여기서 하이즈가 추구하는 애 즉 박애성질은 「누나, 오늘밤 나는 인류에 관심이 있는 것이 아니라 나는 오직 당신만을 생각한다.」(<日記>)라는 순수한 애정독백처럼 깊은 박애의식을 사출하니 이것은 프라톤적 색채를 지닌 것이라 본다. 정신적 애는 물질과 육체의 애를 멀리하여 세속적 색채를 배제한 초자연적이며, 정결하고 신성한 애인 것이다. 하이즈의 이런 애적 이상은 제3세대 시인의 세속적 애의 관념과 충돌관계가 있다. 애의 이상이 하이즈의 개체생명의 행복가치의 요소이며 다른 중요한 요소는 미의 이상이다. 그의 시에서 미, 미려 등 의미 상통하는 시어와 이미지가 허다한데 이것은 낭만주의 시인이 지니는 전형적인 심태이며 가치의향추구를 반영한다. 미는 외계사물의 속성이며 객관적 가치이며 시인의 주체심령의 발현과 조명을 필요로 한다. 애는 주관적 가치이며 매우 활동적인 심리능력이다. 미화현실의 경향은 낭만주의 시인의 이상 사물과 행복경계에 대한 열광적인 추구를 반영한다. 하이즈 시에 나타나는 미의 이상도 같은 심리특징을 지닌다. 그러나 그의 미에는 특수한 의미가 내포되어 있으니 순수한 감관 의미상의 시각적 효과가 아니라, 순결과 성결 등 기독교적 도덕과 정감의 의미를 내포한다. 그는 애의 이상

---

17) 這地上/ 小女們多得好像/ 我眞有這麼多女兒/ 眞的曾經這樣幸福/ 用一根水勺子/ 用
　　小豆, 菠菜, 油菜/ 把它們養大/ 陽光打在地上(106쪽)

과 미의 이상을 상당히 하나로 결합한 것이다. 시에서 구체적으로 보면, 애로 미를 올려 세우고 미로 애를 충실하게 하고 있으니 <사포에게(給薩福)>18)시의 전반부를 보기로 한다.

아름답기 화원의 여시인들 같다
서로 열애하여, 곡창에 앉아서
입술로 다른 입술을 딴다

나는 청년 중에 때때로 전하는 말을 듣는다: 사포

한 마리 떼를 잃은
열쇠 아래의 푸른 앵무새와
같은 이름. 덮었다
나의 술잔을

토스카의 아름다운 여인
초약과 여명의 여인
잔을 잡은 자의 여인

너 들꽃의 이름
마치 남색 얼음덩이 위의
옅은 남색 맑은 물이 흘러 넘치는 것 같다

사포 사포
붉은 색의 구름이 머리 위에 감돈다
입술이 날지 못하는 새를 붉게 물들었다
너의 몸 향내를 뿌린
구두끈이 바람에 의해 끊어졌다19)

---

18) 역자 주:사포-그리스 여류시인(6세기)

......

위의 시에서 "붉은 색의 구름이 머리 위에 감돈다"라 하여 용모가 아름다운 고대 희랍 여시인에게 "나를 한 번 가까이 해 주오(親我一下)"라는 뜨거운 간구를 제시하는데 사포는 여기서 애와 미의 이중적 화신이며 하이즈의 생명이상을 표현한다. 애와 미는 숭고한 정신가치이며 그의 개체생명의 행복가치의 중요한 내용이 된다.

2. 도망의 충동

하이즈가 애와 미의 이상에 대해 삶의 행복인 유토피아를 가설하였는데 잔혹한 현실이 그의 취약한 정신적 유토피아 보루에 침입하여 깊은 정신적 타격을 주곤 한다. 그는 삶의 행복을 추구하면서 오는 허망함을 의식하여, "행복은 등불이 아니다./ 행복은 대지를 밝게 비출 수 없다(幸福不是燈火/幸福不能照亮大地)"(<麥地或遙遠>)라고 한다. 이 이상과 현실의 충돌과 대립은 그에게 강렬한 도망충동을 일으켜 준다.

첫째; 도망충동은 현실생존에서 오는 불만, 부정, 내지는 도피적 의향은 현실에 대한 항의적 성격으로 최고의 정신적 가치로서 애를 중시하면서 예외 없이 현실의 조롱과 타격을 받고 애가 결핍된 데서 오는 고독의 고통을 토로하고(<在昌平的孤獨>시의 경우), 정신적인 지음인 반 고호를 끌어내어 이해와 동정을 받으려 한다.(<阿爾的太陽>시의 경우) 이

---

19) 美麗如同花園的女詩人們/ 相互熱愛, 坐在穀倉中/ 用一隻嘴脣的摘取另一隻嘴脣/ 我聽見靑年中時時傳言道: 薩福/ 一隻失群的/ 鑰匙下的綠鵝/ 一樣的名字. 盖住/ 我的杯子/ 托斯伕爾的美麗的女兒/ 草藥和黎明的女兒/ 執杯者的女兒/ 你野花/ 的名字/ 就像藍色的冰塊上/ 淡藍色水淸的溢出/ 薩福薩福/ 紅色的雲纏在頭上/ 嘴脣染紅了每一片飛過的鳥兒/ 你散着身體香味的/ 鞋帶被風吹斷/ 在泥土裏(138쪽)

것은 하이즈의 인도주의적 이상을 표출한 것이다. 하이즈는 <나는 초원의 하늘을 두루 날아다닌다(我飛遍草原的天空)>시의 후반일단에서 사망과 죄악의 초원에 대해 격렬한 호소를 한다.

......
초원의 귀신을 용서할 수 없다
살인의 칼과 총을 용서할 수 없다
사람 묻는 돌을 용서할 수 없다
더욱 하늘을 용서할 수 없다

나는 대해에서 지는 해의 한 가운데에서
하늘을 두루 날며 잠시 머물 곳을 찾지 못 한다
오늘 양식이 있어서 굶주림이 없다
오늘의 양식이 하늘을 두루 날아다닌다

굶주리는 배를 찾지 못 한다
굶주림을 양식으로 돌본다
더욱 굶주려서, 숨이 넘어가 죽을 듯하다
초원의 하늘은 막을 수 없다

오늘 집이 있는 사람은 반드시 집으로 돌아가야 한다
오늘 책이 있는 사람은 반드시 독서를 해야 한다
오늘 칼이 있는 사람은 반드시 살인해야 한다
초원의 하늘은 막을 수 없다[20]

1988. 8. 13 라사

---

20) 不可饒恕草原上的鬼魂/ 不可饒恕殺人的刀槍/ 不可饒恕埋人的石頭/ 更不可饒恕天空/ 我從大海來到落日的正中央/ 飛遍了天空找不到一塊落脚之地/ 今日有糧食却沒有饑餓/ 今天的糧食飛遍了天空/ 找不到一隻饑餓的腹部/ 饑餓用糧食喂養/ 更加饑餓。奄奄一息/ 草原的天空不可阻擋/ 今天有家的 必須回家/ 今天有書的 必須讀書/ 今天有刀的 必須殺人/ 草原的天空不可阻擋(407쪽)

둘째; 하이즈의 도망충동은 자연적이며 강렬한 내재적 수요로 나타난다. 낭만주의 시인은 모두 현실생존의 단조로움, 궁핍함에 불만을 품고 신비와 미지의 사물을 추구하여 정신적 풍성함을 구하려 한다. 하이즈는 "먼 곳의 충성스런 아들"과 "물질의 짧은 애인"(<祖國-或以夢爲馬>시)이 되어서 그가 자유와 희망, 행복, 그리고 정신적으로 무한 가능한 이상주의적 인생태도를 추구하려 한다. <홑날개새(單翅鳥)>, <들비둘기(野鴿子)>, <검은 날개 새(黑翅鳥)>, <백조(天鵝)> 등의 일련의 시에서 날개와 비상의 이미지를 표현하여 평소 현실생존상황에 대한 강렬한 불만심리를 토로한다. 그는 심지어 <여명- 한 수의 작은 시(黎明-一首小詩)>에서 이 정신상의 강렬한 도망충동을 반영하고 있고, 그의 <일기(日記)>에서 말하기를,

> 나는 이처럼 흑암을 중시하여 나는 흑야를 시제로 삼는다. 이것은 진정 위대한 시, 위대한 시이어야 한다. 흑야에서 나는 날아가는 과거의 밤, 야행하는 화물차와 열차, 여정의 피로와 불안한 이동, 불안한 광야로의 치달림 같은 혼란한 마음을 회고하며, 밤의 집 없는 상태를 갈망한다.[21]

라고 한 것이다. 따라서 하이즈의 일련의 검은 밤(黑夜)을 표제로 하는 내용의 시에는 흑야가 가져오는 「黑暗, 荒凉, 空虛」 상태에서 전혀 질식감이 없고 오히려 이상한 위로와 행복을 느끼게 하는 것이다. 그의 흑야벽은 현실도피의 심리경향이며 현실생존의 의미가 결핍되는 데서 오는 하이즈의 심태의 굴곡과 상실감을 보여준다.

셋째; 하이즈의 도망충동은 하이즈 자신의 이성인식, 이해 그리고 선

---

21) ≪海子詩全編≫, p.884.

택태도를 언급해 준다. 인성은 수성(獸性)과 신성(神性)으로 양분되는데 수성은 인류생명의 육체욕망을 대표하며 신성은 인류생명의 정신적 갈망을 대표한다. 기독교문화정신을 영향을 깊이 받은 하이즈의 생명존재에 대한 욕망화, 육체화 상황을 배척하고 생명의 승화와 정신생존에 대해서 긍정과 추구의 태도를 견지한 것이다. 그의 생명이상과 생명본능의 충동은 항상 모순적 충돌을 야기시켜서 심지어는 영육(靈肉)분리의 첨예한 대항상태에 이르러서 그로서는 영육충돌로 해서 생기는 절망적 정서를 느낀 것으로 <여명(黎明 之一)>에서 그 면을 생동하게 묘사하고 있다. 그러나 그는 인성의 타락을 용인하지 않고 의지의 힘으로 육체의 굴레를 벗어나서 인성과 정신의 이중승화에 도달한 것이다. <죽음의 시(死亡之詩:之二, 采摘葵花)>시는 영육분열을 해결하려는 자살우언시라 하겠다.

    비 오는 밤에 소도둑이
    나의 창문으로 기어 들어와서
    나의 꿈꾸는 몸 위에서
    해바라기를 딴다

    나는 여전히 깊이 잠자고 있는데
    나의 꿈꾸고 있는 몸 위에서
    채색의 해바라기가 피었다
    그 두 개의 따는 손은
    여전히 해바라기 밭에 있는
    아름다우면서 우둔한 오리 같다

    비 오는 밤에 소도둑이
    나를 인류의
    몸으로부터 훔쳐간다

나는 여전히 깊이 잠자고 있다
나는 신체 밖으로 끌려간다
해바라기 밖. 나는 세상에
첫 번째 어미 소(죽음의 황후)이다
내가 느끼는 자신은 너무 예쁘다
나는 여전히 깊이 잠자고 있다

비 오는 밤에 소도둑이
이에 너무 좋아한다
스스로 또 다른 채색 어미 소로 변하였다
나의 신체에서
강렬하게 뛰어 달린다22)

　이 자살과정의 묘사는 하이즈의 자아분열 시의 상상적인 해결방식을
반영하여 그의 고상한 생명이상을 보호하려는 의지를 보여준다.

3. 전원의 정서

　하이즈의 애와 미의 이상은 현실생활에서 역경에 처하게 되고 도망충
동으로 이어져서 심령의 피로로 축적되므로 영혼의 귀소를 찾기 어려운
것이다. 그렇다고 그 의지를 포기할 수 없으므로 그 귀착점이 전원(鄕村)
이라는 귀의처로 결정된 것이다. 전원이란 향촌생활을 가리키며 전체 자
연계를 가리킨다. 그래서 전원정서는 현대도시공업화 현상이 침투되지

---

22) 雨夜像牛的人/ 爬進了我的窓戶/ 在我做夢的身子上/ 采摘葵花/ 我仍在沈睡/ 在我睡
夢的身子上/ 開放了彩色的葵花/ 那雙采摘的手/ 仍像葵花田中/ 美麗笨拙的鴿子/ 雨
夜像牛的人/ 把我從人類/ 身體上像走/ 我仍在沈睡/ 我被帶到身體之外/ 葵花之外,
我是世界上/ 第一頭母牛(死的皇后)/ 我覺得自己很美/ 我仍在沈睡/ 雨夜像牛的人/
于是非常高興/ 自己變成了另外的彩色母牛/ 在我的身體中/ 興高彩烈地奔跑(134쪽)

않은 향촌정감과 자연정감을 가리킨다. 이것은 하이즈가 안휘 회녕현의 농가에서 15년 간 성장과정을 거치면서 형성된 농촌의 다양한 풍토가 각인되어 나타난 시적 의식이다. 그의 마음에는 향촌이 영혼과 정감의 기탁소가 되고 그의 정신적 고향이 된다. 그리고 도시는 그의 영혼의 냉혹한 추방지이며 타향이 된 것이다. 그가 러시아 시인 예세닝을 흠모한 것도 주어진 환경에 동반자적 동질성을 느꼈기 때문이겠다. 시추안(西川)이 하이즈의 전원정감을 말하기를,

> 하이즈는 농민의 아들로서 그는 진흙을 사랑하고 시대에 따라서 발전하고 사라지는 것에 대해서 자연히 마음에 아파한 것이다.(<死亡後記>)

라고 한 것이다. 하이즈는 보리밭(麥地)에서 심령의 교감과 영혼의 기탁을 찾았다. 보리밭은 우리 이 농경민족의 공동생명의 배경이지만 그에게는 보리밭에 실질적 물질(양식)이 있고 상징적 심령의 정신이 있는 것이다. 양식과 진실생존에 대한 중시는 하이즈로 하여금 보리밭에서 원수와 악수하며 화해하게 하고, 정신에 대한 무한한 추구는 하이즈로 하여금 보리밭에서 여러 형제를 위해 중국시사를 읊어주게 하는 것이다. 다음에 <5월의 보리밭(五月的麥地)>을 본다.

> 전 세계의 형제들
> 보리밭에서 포옹한다
> 동방, 남방, 북방과 서방
> 보리밭의 네 형제, 좋은 형제
> 옛날을 회고하고
> 각자의 시가를 외우며

보리밭에서 포옹한다

때론 나는 고독하게 혼자 앉아서
오월의 보리밭에서 여러 형제를 꿈에 생각한다
고향의 자갈이 강에 가득 굴러가는 걸 본다
황혼이 항상 활 모양의 하늘에 남아서
대지 위에 슬픈 마을을 가득 채우게 한다
때론 나는 고독하게 혼자 보리밭에 앉아서 여러 형제를 위해 중국
시가를 외운다
눈이 없고 입술도 없다[23) 1987. 5

　여기서 보리밭과 시가는 지극히 성결하고 아름다운 정감을 상징한다. 하이즈는 정신의미상의 보리밭을 더 중시한다. 보리밭의 온난함과 미려함이 뿌려주는 정신적 빛은 그의 취약한 심령에 깊은 위로를 가져다주고 그로 하여금 대지의 모성의 온난함과 돌봄을 맛보게 하며 그의 현실생존의 고독과 고통의 처지를 잊게 한다. 하이즈에 있어서, 전원이 전통적으로 중국문인(시인)이 추구하고 숭상하는 안락과 우아한 향촌생활환경을 지칭하는 것이 아니라 풍부하고 정감어린 객체적 대상인 것이다. 하이즈의 전원은 가난과 황량, 정적이라는 특성을 보여주는데 이런 점은 질식할 정도로 결함이 큰 전원풍경이 되지만, 하이즈에 있어서는 오히려 열렬한 정감반응을 격발시키며 강렬한 이정(移情)작용을 통해서 그의 심령이 풍성하게 하고 행복과 위안을 맛보게 하는 것이다.

---

23) 全世界的兄弟們/ 要在麥地裏擁抱/ 東方, 南方, 北方和西方/ 麥地裏的四兄弟, 好兄弟/ 有時我孤獨一人坐下/ 在五月的麥地　夢想衆兄弟/ 看到家鄕的卵石滾滿了河灘/ 黃昏常存弧形的天空/ 讓大地布滿哀傷的村莊/ 有時我孤獨一人坐在麥地爲衆兄弟背誦中國詩歌/ 沒有了眼睛也沒有了嘴脣(353쪽)

Ⅴ. 하이즈 시의 유토피아 의식

물질과 정신의 비극적 대항의 주제는 하이즈 시가생애를 시종 관통하고 있다. 하이즈 내심이 격렬하여 보통 속도를 넘어서 마을유토피아, 시가유토피아, 보리유토피아, 유토피아환멸 4개 심리시기로 들어갔다. 우리가 보건대 시인은 어떻게 이 4시기 중에 참으며 물러나서 이상을 내리고 마지막으로 돌연 폭발하여 철저하게 절망에 이르렀는지, 이것이 하이즈 시가의 제일 무거운 비극이다.

1. 마을(村莊) 유토피아

이것은 하이즈 시가의 제1심리시기이며 시인의 가장 완미한 경지이다. 이 경지에서 시인은 보리와 시가, 물질과 정신을 마을과 강물에 통일시키려고 시도한다--이것은 하이즈 시가의 제3류 의상이며 시가와 보리의 거주지이다. 공간과 시간개념을 내포하는 지칭물로 삼아서 그것들은 시인의 기대와 인내심을 보여주었다. 시인은 다시 마을에서 보리와 시가가 함께 조화를 이루기를 바랬다. <보리밭(麥地)>에서 시인은 "보리밭을 찬양할 때에/ 나는 달을 찬양하련다."라고 노래한다. 이제 그 시를 보기로 한다.

> 보리 먹고 자라서
> 달 아래에서 큰그릇을 내밀고 있다
> 그릇 안의 달
> 그리고 보리가
> 줄곧 소리가 없다

너희들과 다르게
보리밭을 찬양할 때에
나는 달을 찬양하련다

달 아래에
밤에도 보리 심는 아버지
몸이 움직이는 금 같다

달 아래에
열두 마리 새가 있어
보리밭에 날아다닌다
어떤 것은 한 톨 보리 알을 물고
어떤 것은 곧 바람을 맞으며 춤추고, 완강히 부인한다

보리를 볼 때 나는 땅에서 잔다
달이 나를 비추는데 마치 우물을 비추는 것 같이
고향의 바람
고향의 구름
날개를 거두어
나의 어깨에서 잔다

보리물결—
천당의 탁자
밭에 놓여 있다
한 덩이 보리밭

수확의 계절
보리물결과 달빛
예리한 낫을 씻고 있다

달은 나를 안다
때론 진흙보다 더 쌓인다

그리고 수줍어 머뭇대는 애인이
눈앞에 눈부시게 움직인다
보리짚

우리는 보리밭의 마음속 사람이다
보리 거두는 이날 나는 원수와
손잡고 말한다
우리는 함께 일을 끝낸다
눈을 감고, 숙명적인 일체를
이 때 우리는 마음에 만족하며 받아들인다

아내들은 흥분하여
쉬지 않고 흰 앞치마로
손을 닦는다

이 때 마침 달빛이 대지를 두루 비춘다
우리는 각자 거느린다
니뤄강, 바빌론 혹은 황하의
아이를 강물 양 언덕에서
벌떼가 날며 춤추는 섬이나 평원에서
손을 씻고
밥 먹을 준비한다

나로 이같이 너희들을 안고 오게 하라
나로 이렇게 말하게 한다
달은 결코 우울하지 않다
달 아래
모두 두 사람이 있다
가난한 사람과 부유한 사람
뉴욕과 예루살렘
또 내가 있다
우리 세 사람이

같이 시내 밖의 보리밭을 꿈꾼다
백양나무가 둘러싼
건강한 보리밭
건강한 보리는
나의 생명의 아내를 기른다24)

1985. 6

　시인이 여기서 전개하는 상상은 완전히 시가와 보리밭이 공존하는 화해(和諧)상태에 처한다. 보리 심고, 보리 보고, 보리 자르고, 보리 먹을 때의 과정이 모두 달빛이 비치는 아래에 놓이고 끝에는 달 아래에서 건강한 보리밭의 그림을 표현한다.

　여기에서 시인은 세계가 보리와 시가의 동체공동의 전체 존재 상태에 충분히 처할 수 있다고 확신하지만, 우울한 천성은 시인을 침통한 속으로 끌어들인다. 남을 성토하는데 천박하지 않는 무리라면 자기를 속이고 남을 속이는 낙관주의에 빠져서 절망에 들지 않을 것이다. 그는 시인의 선량, 단순과 집착으로 그의 경험상 부단한 이상을 충격 주는 상황 하에서, 그가 물질과 정신이 대항하는 것을 보는 상황 하에서 의연하고 완강

---

24) 吃麥子長大的/ 在月亮下端着大碗/ 碗內的月亮/ 和麥子/ 一直沒有聲響/ 和你倆不一樣/ 在歌頌麥地時/ 我要歌頌月亮/ 月亮下/ 連夜種麥的父親/ 身上像流動金子/ 月亮下/ 有十二隻鳥/ 飛過麥田/ 有的銜起一顆麥粒/ 有的則迎風起舞, 矢口否認/ 看麥子時我睡在地裏/ 月亮照我如照一口井/ 家鄉的風/ 家鄉的雲/ 收聚翅膀/ 睡在我的雙臂/ 麥浪一/ 天堂的卓子/ 擺在田野上/ 一塊麥地/ 收割季節/ 麥浪和月光/ 洗着快鐮刀/ 月亮知道我/ 有時比泥土還要累/ 而羞澁的情人/ 眼前晃動着/ 麥秸/ 我們是麥地的心上人/ 收麥這天我和仇人/ 握手言和/ 我們一起幹完活/ 合上眼睛, 命中注定的一切/ 此刻我們心滿意足地接受/ 妻子們興奮地/ 不停用白圍裙/ 擦手/ 這時正當月光普照大地/ 我們各自領着/ 尼羅河, 巴比倫或黃河/ 的孩子　在河流兩岸/ 在群蜂飛舞的島嶼或平原/ 洗了手/ 準備吃飯/ 就讓我這樣把你們包括進來吧/ 讓我這樣說/ 月亮幷不憂傷/ 月亮下/ 一共有兩個人/ 窮人和富人/ 紐約和耶路撒冷/ 還有我/ 我們三個人/ 一同夢到了城市外面的麥地/ 白楊樹圍住的/ 健康的麥地/ 健康的麥子/ 養我性命的妻子!(100-102쪽)

하게 이상을 칭송하고 그의 마을 유토피아를 칭송하는데 다만 이 때에 경험의 현실이 시가에 들어가서 침중한 고통감을 가져오게 된 것이다. 이 고통감은 시인이 우리에게 보여주는 안정, 그리고 화해의 그림 속에 보이다가 돌연 불협화음이 나타나서 우리에게 완전히 상반된 시인의 내심에 깊은 곳의 정서와 정감을 암시한다. 사망의상이 통상 시가에 들어가서 글자 아래의 정서의 돌연한 중단과 종지부를 조성하고 강대한 장력을 형성한다. 사망이 창조하는 어경(語境)은 급히 안정과 화해의 진술을 압박하여 시가의 심층언어로 하여금 표층언어의 반향을 향해 빠른 상승을 함유한다. 이 사망은 시인의 정성으로 그린 화면을 뒤엎고 시인의 환상을 때려 부수었다. 시인은 여기서 유한하고 영원한 대항을 빌려 물질과 정신의 대항을 암시하고 이 대항 중에서 영원과 정신은 이미 적이 아니며 사망과 물질에 패배한 것이다.

2. 시가(詩歌) 유토피아

시인은 물질과 정신을 조화시킬 힘이 없어서 시인의 최고이상을 보여주고 있다-마을 유토피아의 환멸. 환멸의 근원은 물질적 존재의 시인에 대한 괴롭힘이다; 동시에 시인은 이미 시가를 생명으로 삼는 최고의의를 보고, 그는 시가를 버리지 못한다. 이에 그는 토지를 던지고 보리를 던져서, 물질과 정신이 대항하는 존재를 완전히 무시하고 오직 시가의 환상 속에 들어가서 그의 시가유토피아를 세우려는 것이다. 시인은 이미 보리 타작장으로 향하지 않고 햇빛이 보리밭에 두루 비추는 위에서 이미 "달빛이 달빛을 비추는" 것으로 변하고 "오늘밤 아름다운 달빛이 함께 어울려 흘러간다." 여기서 <달빛(月光)>을 보면 시인은 마을 유토피아 시기에 이미 시작한 단순한 소망에서 아이러니로의 변화는 이미 그의 이상을 실현할 수 없는 사실에 대한 통찰을 암시한다.

오늘밤 아름다운 달빛　너는 보기에 좋겠구나!
달빛이 비춘다
물과 소금을 마시는 말과
소리

오늘밤 아름다운 달빛　너는 보기에 너무 아름답다
양떼 중에　생명과 사망의 고요한 소리를
나는 경청하고 있다!

이것은 대지와 물의 가요, 달빛!

말하지 말라　너는 등불 중의 등불　달빛!

마음속에 한 곳이 있다고 말하지 마라
그것은 내가 줄곧 감히 꿈에 못 보는 곳
묻지 마라　복숭아의 복사꽃에 대한 소중한 보존을
묻지 마라　보리밭타작 처녀 계수나무 꽃과 마을을
오늘밤 아름다운 달빛　너는 보기에 좋겠구나

사망의 촛불이 왜 기울어져야 하는지를 말하지 마라
생명은 여전히 우수의 강물에서 자란다
달빛은 달빛을 비추고　달빛은 두루 비춘다
오늘밤 아름다운 달빛이 하나 되어 흐른다[25]

---

25) 今夜美麗的月光　你看多好!/ 照着月光/ 飮水和鹽的馬/ 和聲音/ 今夜美麗的月光
你看多美麗/ 羊群中　生命和死亡寧靜的聲音/ 我在傾聽!/ 這是一隻大地和水的歌謠,
月光!/ 不要說　你是燈中之燈　月光!/ 不要說心中有一個地方/ 那是我一直不敢夢
見的地方/ 不要問 桃子對桃花的珍藏/ 不要問 打麥大地　處女 桂花和村鎭/ 今夜
美麗的月光　你看多好!/ 不要說死亡的燭光何須傾倒/ 生命依然生長在憂愁的河水上
/ 月光照着月光　月光普照/ 今夜美麗的月光合在一起流淌(339쪽)

시인은 아이러니를 운용하여 그것으로 세계를 파악하고 세계를 표현하는 방식으로 삼는다. 그것은 시인 내심의 심각한 고통을 폭로하고 시인의 세계, 시가, 물질과 정신대항에 대한 기본관점을 폭로한다. 아이러니에서 보면, 한 편으로는, 시인이 인식의 본질이--물질적 존재의 결핍--시종 시인을 괴롭혀서 완고하고 주동적으로 그의 시가 속에 들어가서 그로 하여금 시가가 홀로 존재할 수 없음을 보게 한다. <조국(祖國)>, 조시 <가을(秋)>에서 시인은 그의 시가에 대한 영원한 충정을 전달하고 또 다시 "가을이 벌써 왔다"라고 비탄하니, 시가의 이런 "멀리 먼 곳의 바람은 먼 곳보다 더 멀다" 하면서 전하기 어려운 것이다. <가을(秋)> 시를 본다.

> 가을이 깊은데, 신의 집에는 매가 모여 있다
> 신의 고향에 매가 말하고 있다
> 가을이 깊은데, 왕이 시 쓰고 있다
> 이 세계에 가을이 깊다
> 얻을 것은 아직 얻지 못하고
> 잃어야 할 것은 벌써 잃었다[26]
>   1987

시인은 아울러 그의 고통이 곧 그의 시가와 진리에 대한 열애에 근원하고 있음을 의식한다-- 거문고는 나의 병상이다.(<琴>) 이것은 시인이 자신을 한 세속적인 사람으로서 존재하는 내재적 장애의 심각한 성찰과

---

26) 秋天深了, 神的家中鷹在集合/ 神的故鄉鷹在言語. 秋天深了,/ 王在寫詩/ 該得到的 尚未得到/ 該喪失的早已喪失(374쪽)

인식을 형성한다. 이에 시인은 반주동적이고 반압박 받는 입장에서 다시 물러서서, 시가를 버리고, 물질적 생존을 선택한다.

3. 보리(麥子) 유토피아

이 시기에 들어서, 시인은 다시 이상적으로 큰 퇴보를 하고 시인은 가장 비참하고 가장 비장한 큰 퇴보를 한다. 그는 시인의 지위를 반드시 버려야 하기 때문에 단지 "속세에서 행복을 얻는다."(<面朝大海, 春暖花開>) 이 소위 행복은 고통과 인내의 눈물로 가득하다. 시인은 물 위에서 지혜를 버리고, 긴 하늘을 바라보는 것을 멈추도록 압박 받아서, 생존을 위해 굴욕의 눈물을 흘리고, 가서 고향의 고요한 과수원에 물을 준다. 시인은 보리밭의 척박함이 생명에 대한 피해임을 통감하여 그래서 그는 시가를 버리는 것으로 대가를 삼기를 바란다. <보리가 익었다(熟了麥子)>를 본다.

> 그 해에
> 란조우(蘭州) 일대의 새보리가
> 익었다
>
> 수면 위에는
> 삼십 여 년을 함께 하신 아버지가
> 집으로 돌아온다
>
> 양가죽 뗏목에 앉아서
> 집으로 돌아왔다
>
> 누군가 양식을 메고서

밤에 문을 밀치고 들어온다

기름 등불 아래
셋째 숙부가 분명하다

형 둘
한밤에 말이 없다

단지 수연솥27)이 있을 따름이다
데굴데굴

누구의 심사도
반 자 두께의 황토
보리가 익었구나!28) 1985. 1 20

　심사와 지혜를 버린다. 만일 보리알을 가져올 수 없다면 성실한 대지
에 대해 침묵을 지켜 주기 바란다. 이 때, 시인이 유일하게 지닌 자기기
만과 남을 기만하는 것, 자아유랑과 자기 속죄의 안위는 오직 두 손으로
노동하여 심령을 위로하는 것으로 남는 것이 가련하다. 그래서 하이즈는
농촌의 황폐를 아쉬워한다. <고향을 다시 세운다(重建家國)>를 본다.

　　　물 위에서 지혜를 버리고
　　　멈춰서 긴 하늘을 쳐다본다
　　　생존을 위해 너는 굴욕의 눈물을 흘리며
　　　고향에 물을 준다

---

27) 水烟鍋- 물담뱃대로 피우는 살담배.

28) 那一年/ 蘭州一帶的新麥/ 熟了/ 在水面上/ 混了三十多年的父親/ 回家來/ 坐着羊皮
筏子/ 有人背着糧食/ 夜裏推門進來/ 油燈下/ 認淸是三叔/ 老哥倆/ 一宵無言/ 只有
水烟鍋/ 咕嚕咕嚕/ 誰的心思也是/ 半尺厚的黃土/ 熟了麥子呀!(68쪽)

생존은 통찰이 필요 없다
대지는 스스로 드러낸다
행복을 써서, 또 고통을 써서
고향의 지붕을 다시 꾸린다

깊은 생각과 지혜를 버리고
보리알을 가져올 수 없다면
성실한 대지에 대해
침묵과 너의 그 그윽한 본성을 지켜다오

바람이 인가에 불면
과수원은 나의 몸 곁에서 조용히 외친다
"두 손으로 일하라
심령을 위로하라"[29]

1987

이 퇴보는 시인의 생존곤경에 대한 강렬한 감지와 토지에 대한 애착을 보여주니, 왜냐하면 시가를 버림은 곧 이상을 버림을 의미하며 단지 세속적인 사람만이 세속적 행복 혹은 불행을 지지고 있기 때문이다. 그러나 시인은 최종으로 그가 이 점을 해내지 못함을 발견하니 즉 그는 시가가 없는 상황에서 개인이 존재할 수 없는 것이다. 이리하여, 그는 그의 최후의 심리시기로 들어갔다.

---

29) 在水上　放棄智慧/ 停止仰望長空/ 爲了生存你要流下屈辱的淚水/ 來澆灌家園/
生存無須洞察/ 大地自己呈現/ 用幸福也用痛苦/ 來重建家鄉的屋頂/
放棄沈思和智慧/　如果不能帶來麥粒/ 請對誠實的大地/ 保持緘默/
和你那幽暗的本性/ 風吹炊烟/ 果園就在我身旁靜靜叫喊/ 雙手·勞動/
慰籍心靈(358쪽)

4. 유토피아의 환멸(幻滅)

유토피아 환멸은 이상주의자 하이즈에게는 분명히 치명적이다. 시인은 물질과 정신의 대항에서 시작하여 세 개 심리시기를 거쳐서, 이 대항을 조화하거나 도피하기를 시도하지만, 그는 최종적으로 이 대항의 기점으로 돌아왔다. 기점부터 시작하여 기점으로 돌아오면 시인은 이미 모든 가능한 길을 다해 버려서 그는 대항을 해제할 수 없고 시가에 숨어들거나 보리밭으로 숨어들어서 그는 단지 최후로 사망을 선택하는 것만 남는다. 다음 <나는 청구한다: 비(我請求:雨)>에서 확인한다.

> 나는 불끄기를 바란다
> 무쇠의 빛, 애인의 빛과 햇빛
> 나는 비 오기를 바란다
> 나는 바란다
> 밤에 죽기를
>
> 나는 아침에 바란다
> 너는 우연히 만난다
> 나를 묻은 사람을
>
> 세월의 먼지는 끝이 없다
> 가을
> 나는 바란다:
> 한 바탕 비가 와서
> 나의 뼈를 깨끗이 씻기를
>
> 나의 눈을 감는다
> 나는 바란다:
> 비

비는 일생의 과오
비는 슬픔과 기쁨, 이별과 만남30) 1985. 3

그는 이미 물질의 생존, 세속의 행복과 시가를 버리기로 결의한 것이다. 그는 한 면으론 얻었고, 한 면으론 잃었다. 불꺼기의 바람은 이상 환멸의 고통에서 나오며 시인의 시가와 보리에 대한 사망충정을 표명한다. 힘없는 시인은 단지 자책으로 그의 시가와 보리에 대한 감사로 삼을 수 있다.

VI. 하이즈 시의 시어 이미지

1. 보리밭(麥地)

본문에서 지칭하는 보리밭 의상(麥地意象)은 그 구성원소가 보리밭에서 나오는 일연의 단어-「麥子, 土地, 黃土地, 原野」 등을 포함한다. 그것들은 이처럼 평범하나, 天, 地, 人 삼자의 정수를 농축하였으니 하이즈의 시가에서 이런 시어를 손쉽게 얻는다. 하이즈의 보리밭에 대한 체험은 복잡하다; 「우리는 보리밭을 사랑하는 사람이다」<麥地>) 그리고 보리는 「건강한 보리/나의 생명을 길러주는 보리」이다.(<麥地>) 달빛 아래의 보리밭은 편안하다; 「보리 먹고 자란/ 달빛 아래에서 큰그릇을 단정히 든다/ 그릇 안의 달/ 보리와 함께/ 줄곧 소리가 없다」(상동) 「보리밭은

---

30) 我請求熄滅/ 生鐵的光, 愛人的光和陽光/ 我請求下雨/ 我請求/ 在夜裏死去/
我請求在早上/ 你碰見/ 埋我的人/ 歲月的塵埃無邊/ 秋天/ 我請求:/
下一場雨/洗淸我的骨頭/我的眼睛合上/ 我請求: 雨/ 雨是一生過錯/
雨是悲歡離合(72쪽)

황량한 것이니,/ 풍성한 수확 후에 황량한 대지는/ 사람들은 일년의 수확을 취하러 간다」(<黑夜的獻詩- 獻給黑夜的女兒>) 하이즈는 보리밭에 감사하며 보리밭을 노래하는(麥地) 동시에 그도 덮을 수 없는 첨예한 충돌을 느껴서, 「시인, 너는 상환할 힘이 없다/ 보리밭과 빛의 인정과 의리를」(<訊問>)라 한다. 그 중에 우연히 조각난 환락의 정서가 있다, 「전세계의 형제들/ 보리밭에서 껴안는다」 이런 낙관은 왕왕 초연적이다, 「만일 내가 이 보리 다발에 앉아서 돌아갈 수 없다면 / 나의 어지러운 뼈를 정리해 주오/ 붉은 작은 나무 상자에 담아서 집으로 가져다 주오/ 너희들 부유한 혼수품을 가지고 돌아가듯이」(<莫扎特在安魂曲中說>) 그러나 그것의 본질에는 우울한 의미가 있다, 「풍성한 수확 후에 황량한 대지는/ 흑야가 너의 내부로부터 상승한다」 고독한 묵상은 신속히 이 환락을 잠기운다, 「대지에 슬픈 마을로 가득하게 한다/ 때론 나 고독한 한 사람이 보리밭에 앉아서 여러 형제를 위해 중국시가를 외운다」(<五月的麥地>) 보리밭은 하이즈 사상의 케리어이며 보리는 하이즈 사상의 칼끝이다.--「금색의 보리가 잘린다 해도 보리싹은 날카롭다.」 자신의 애정을 쓰는데 있어, 하이즈도 그의 보리밭과 보리를 떠나지 않는다, 「네 자매가 한 그루 껴안는다/ 이 공기 속의 보리/ 어제의 큰 눈을 안고, 오늘의 빗물/ 내일의 양식과 재/ 이것은 절망의 보리/ 네 자매에게 말해 주오; 이것은 절망의 보리이다.」(四姐妹) 보리밭 의상의 뜻은 복잡하니 하이즈 생명본체의 모순과 충돌이 그렇게 한다.

1.1 향촌의 낙인과 대사(大師)의 계시

하이즈 시가의 보리밭 의상의 탄생과 성숙은 결코 우연이 아니니, 그것은 하이즈의 생활경로와 심적과정의 이중적 작용의 결과이다. 하이즈는 안휘성 회녕현 시골에서 태어나서 그는 시골에서 15년 생활하며 그의 어린 시절과 소년 시절을 맨발로 넓은 보리밭을 건너다녀서 보리밭에 어느새 몸이 배어 수많은 기억이 깊게 그의 뇌리에 각인된 것이다. 이런 잠재기억은 그의 천재적인 문학능력의 가공과 승화를 거쳐서 점점 신기루 같은 시골유토피아--생명의 기탁과 정신적 고향으로 부각된 것이다. 한 편, 하이즈는 보리밭에 대한 활기차고 아름다운 추억을 지니고 있어서 자신이 철저하게 깨끗한 검은 흙덩이라고 보고, 다른 면으로는 하이즈는 보리밭을 이해하기를, 위대한 봉헌자이며 담당자의 질박, 인내, 관용 및 저층의 고난, 상처로 본 것이다. 그의 고향과의 관계는 루펀(蘆焚)이 말한 대로 "나는 나의 고향을 좋아하지 않는다, 그러나 그 넓은 들을 생각한다." 그의 자칭대로 그는 전형적인 향촌지식분자이다. 그는 시골인물과 환경의 시의와 순박한 서정으로써 시골지식분자의 사명을 완성한 것이다. 하이즈는 15세 이후 베이징에서의 공부와 일에 있어 직접 도시생활을 묘사한 시가 거의 없다. 반대로, 그의 애와 미의 이상은 현실생활에서 거의 곤란한 상황에 처해 있었기에 그를 정신적으로 도망충돌을 일으키게 하였으나 정신적 도망은 심령의 무한한 피곤을 가져오고 영혼의 귀소를 찾을 수 없었다. 이리하여 도시에 사는 하이즈는 눈을 전원으로 돌릴 때 짙은 전원정감이 억제할 수 없이 싹튼 것이다.

뤄이허는 생각하기를, 하이즈는 세계의 안광을 지닌 시인이라는 것이다. 하이즈 시가와 창작관념에서 보면, 그의 중국에 대한 전복과 반발을 진행하고 더구나 해외 문예이론을 받아들이는 경향이 있다. 그의 세계안광은 휠더린, 반 고호, 니체, 하이데거 등의 창작이론을 지닌 것인데 앞의 두 사람은 그의 가장 사랑하는 시인과 예술가이다. 1988년 하이즈는 논문 <내가 열애하는 시인- 휠더린(我熱愛的詩人- 荷爾德林)>에서 그의 가장 중요한 시학관념을 제시하였다; 1) 서정시인을 두 분류한다; 하나는 그가 생명을 열애하나, 그가 열애하는 것은 생명중의 자아이며 그는 생각하기를 생명은 다만 자아의 관능의 경련과 내분비이다. 다른 하나는 풍경을 열애하나, 그가 풍경을 묘당으로 삼아 대우주신비의 일부분으로 열애한다. 2) 풍경을 열애하는 사람은 풍경에서 원소의 생명성질을 발견하고 원소의 호흡과 언어를 찾는다. 하이즈는 풍경을 열애하는 시인에 속하며 보리는 그가 열애하는 풍경 중 신성의 빛이 번쩍이는 독특한 식물이고 보리에서 그가 발굴한 것은 단순한 경색뿐 아니라 보리밭의 담겨진 내용과 민족정신, 생명과 자연의 연관이 있다는 것이다.

반 고호는 특수한 기질의 예술가로서 전기문학가 오엔 스톤은 그의 명작 ≪반고호전≫에서 세계에서 가장 고독한 사람이라 하였다. 생전에 고독한 반고호는 20세기 80년대 중국시단에 한 진지하게 집착한 자--하이즈를 가지고 있었다. 하이즈는 반 고호를 열애하여 그를 마른 형이라 칭하였다. 두 사람 간에 행위는 물론이고 정신면에서도 놀랄만하게 비슷하다; 그들은 백양좌(白羊座)에 속한다. 모두 고독하고 어눌하고, 멍하고 사회에 적응 못하였다; 반 고호는 초라하여 생전에 남에게 받아들여지지 못하고 미친 화가라 칭해졌다. 하이즈는 편파적이고 억세고 단순하여 그가 살아가는 자리 하나도 찾을 행복한 곳이 없었다. 둘 다 정신분열증이 있었다. 반 고호는 자신의 귀를 잘라서 기녀에게 선물로 주었고 하이즈는 기공에 빠져 불에 들고 마귀에 들었다. 모두 자살방식으로 생명을 마쳤다. 반 고호는 주기적인 정신병을 앓은 후에 총을 늑골에 대고 자살하고 하이즈는 산해관 철도에 누워 자살한 것이다. 반 고호의 정신세계와 예술행위의 독특한 기질은 모두 하이즈 시가창작에 지대한 영감과 원동력을 주었다.

반 고호는 식물에서 생명의 신비한 빛의 전형을 찾았는데 해바라기가 반 고호가 가장 사랑하는 신비한 식물이다. 해바라기는 예술가들이 고통 연소의 인생과 치열한 예술이상에 대한 이해와 심리취향을 밝혀 준다. 천재 하이즈는 벗 뤄이화와 함께 반 고호의 예술사유형식을 본받아 중국의 해바라기--보리를 창조했고, 이 의상은 많이 깨달은 청년시인의 고심을 통하여 찾다가 하이즈와 뤄이허에 의해 먼저 찾아서 말하게 된 것이다. 보리, 보리밭, 호미, 마을, 땀의 자연적인 연결은 하이즈 시가의 보리밭의상을 형성시킨 것이다.

하이즈의 보리밭의상은 거의 중화민족본질의 역사여정과 현재의 심리정감을 포괄한다. 보리는 우리 농경민족 공동의 생명배경이며 그것은 우리 생명의 과정에서 보리밭 같은 고통을 드러내고 시가에 들어간 후에 우리 생명정감을 쏘아주는 섬광의 처소가 되고 빈궁하고 숭고한 생존자의 생명사실이 된다.

1.2 신성체험과 생명이념

보리밭은 형상된 대지의 은유이며 노동이며 창조와 생존의 통일로서 그건 인류에 대해 다중적 속성이 있다. 대지는 인류의 영원한 거주지이며 짧은 인생을 위해 생명의 유동감을 준다. 하이즈는 보리밭에 대해 감정이 깊어서 보리밭이 그에 대해 일반적인 거주지만이 아니라 정신적으로 버리기 어려운 고향이고 보리밭의 호흡과 사상을 느낀다. 보리밭은 온화하고 친절한 것, 그리고 위기와 초조가 넘치는 것이다. 휠더린의 계시를 받아서 하이즈의 대지는 휠더린처럼 신성의 대지이며 아울러 신성으로 대지의 내재척도를 삼는다.

신성체험은 사람과 자연, 사람과 세계에 대한 본질관계의 회복과 환원이다. 하이즈의 보리밭 의상은 시인이 고통 받고 환락을 서술하는 가장 민감하고 세밀한 신경세포이다. 중국농촌은 가난한데 거기서 나서 자란 하이즈로서는 보리는 안위와 동화가 아니고 양심에 대한 추구와 시험이다. 가난한 토지와 부유한 격정이 하이즈 보리밭 정감의 두 근본 확장력을 구성한다.

하이즈의 보리밭 서정시는 1985년-1988년 간에 쓰여졌다. 그 당시는 경제 공업 문화 등의 여러 분야에 변화가 일어서 제3세대는 거의 농촌향토의 시는 쓰지 않았다. 그러나 하이즈와 뤄이허는 보리밭을 소재로 한 창작에 몰두하여 보리와 민족정신의 본질의식과 시가, 영혼, 생명의 내재관계를 탐구하여 하이즈는 보리밭의 갓난아이 신분으로 보리밭의 신성에 대한 경외와 대자연의 신성한 원소에 대한 귀의와 감동을 노래한 것이다. 하이즈의 보리밭 의상이 화면에 솟아오름은 개인의 은일적 혈통이 아니고 생명이 훼멸하는 중에 생장하고 연소하는 원소이다.

1.3 보리밭 창작의 중지와 연속

하이즈가 자살한 후 상당수 평론가는 보리밭시가의 종지부로 여겼다. 그러나 그 중지는 일시적이고 잠시 중단이지 다시 새로운 시작의 서막이다. 시추안(西川)은 <회념(懷念)>31)에서 말하기를; 「이번 고향행은 그에게 커다란 황량감을 가져다주었다. 네가 익숙한 것은 찾지 못하였다. 너는 고향에서 완전히 낯선 사람으로 변해 있었다.」 이 자백은 대단히 비통한 것으로 고향에 대한 생소감은 하이즈가 고심하며 세우려던 향촌 유토피아에 대한 환멸을 일으켰고 시인은 사회와 고향에 의해 이중으로 추방당하는 사람이 된 것이다. 사회에 의해 추방당한 것이 몸의 유랑이

---

31) ≪海子詩全編≫, p.6(상동)

라면, 고향에 의한 것은 마음의 의탁할 곳이 없다는 의미가 된다. <대해를 마주하고, 봄이 따뜻하고 꽃이 핀다(面朝大海, 春暖花開)> 시는 가장 널리 유행하는 시이다.

　　　　　내일부터, 행복한 사람이 된다
　　　　　말을 기르고, 땔나무를 쪼개고, 세계를 두루 노닌다
　　　　　내일부터, 양식과 채소에 관심을 둔다
　　　　　나는 집 한 채를 가지고 있는데, 대해를 마주 보니, 봄이 따뜻하고
　　　　꽃이 핀다

　　　　　내일부터, 다정한 사람과 통신한다
　　　　　그들에게 나의 행복을 말해준다
　　　　　그 행복의 번개가 나에게 말해주는 것을
　　　　　나는 매 사람에게 말해 주려 한다

　　　　　모든 강과 산에게 따뜻한 이름을 지어 준다
　　　　　낯선 사람, 나도 너를 위해 축복한다
　　　　　네가 찬란한 앞길이 있기를 바란다
　　　　　네가 사랑하는 사람이 있어 평생 가족이 되기를 바란다
　　　　　네가 속세에서 행복을 얻기 바란다
　　　　　나는 오직 대해를 대하고, 봄이 따뜻하고 꽃이 피기를 바란다[32]
　　　1989. 1. 13

　이 시는 그의 자살 한 달 전에 쓴 것인데 이것은 시인의 깊은 내심의 독백이다. 하이즈는 정신유랑과 탐험을 거친 후에 평범한 속세생활로 돌

---

32) 從明天起, 做一個幸福的人/ 喂馬, 劈柴, 周游世界/ 從明天起, 關心糧食和蔬菜/ 我有一所房子, 面朝大海, 春暖花開/ 從明天起, 和每一個親人通信/ 告訴他們我的幸福/ 那幸福的閃電告訴我的/ 我將告訴每一個人/ 給每一條河每一座山取一個溫暖的名字/ 陌生人, 我也爲你祝福/ 願你有一個燦爛的前程/ 願你有情人終成眷屬/ 願你在塵世獲得幸福/ 我只願面朝大海, 春暖花開(436쪽)

아가길 바랬으나 이것은 시의 지혜를 버리고 영혼의 초탈과 구속을 버리는 것을 의미하는데 시를 생명으로 삼는 히이즈로서는 불가능한 선택이다. 속세의 행복한 생활과 위대한 시가이상 사이에서 그는 양난의 경지에 빠지고 최후에 그는 시가제단으로 나가서 뤄이허가 말한 대로 "시가열사"가 된 것이다.

하이즈의 보리밭창작은 당대시단에 관망이나 자아구속(自我救贖)의 최후영지를 제공했다. 보리밭의상의 독창성은 모방할 수 없는 것으로 꺼마이(戈麥), 시추안(西川) 및 양식 있는 시인에 이어져서 시가시대의 상징이 되었다. 하이즈는 진지하게 생명으로 보리의 빛을 바꾸었으니 생명은 즉 시요, 시는 즉 생명이라는 이 독특한 현상은 지금 시단에 보이지 않는다. 이런 생명은 하이즈의 보리밭 시가로 하여금 입체감과 중후감을 갖게 하였다.

2. 태양(太陽)

물(水)과 흙(土)은 생명의 어머니이고, 불(火)과 빛(光)은 생명의 아버지이다. 사계절은 불이 흙에 생존하고 호흡하고 혈액이 순환하고, 생식하여 재와 재생의 절주가 된다. 불은 생명의 내용과 형식이며 그는 만물을 비추는 햇빛(陽光)에 대해서 경외와 감은을 표현하였다. 햇빛의 시구는 우리에게 햇빛에 대해 고초와 감격의 정을 불러일으킨다. <햇빛(日光)>을 보면,

배꽃
토담 위에 미끄러진다
소 방울 소리

숙모가 두 어린 사촌동생을 끌고
나의 면전에 서 있다
마치 두 토막 검은 연탄처럼
햇빛이 정말 너무 강하다
일종의 만물이 자라는 채찍과 피!33)

   일광의 채찍은 모든 야생의 건강한 혈맥이다. 그리고 다음 <여름의 태양(夏天的太陽)>을 보면,

여름
만일 이 길에 제화공이 없다면

나는 맨발로 걸면서
태양 아래 서서 태양을 본다

나는 대낮에 태어난 아이를 생각한다
반드시 일부러 하는 것이다

네가 세상에 한 번 오면
너는 태양을 보게 된다

너의 마음에 있는 사람과
함께 길에서 간다

그녀를 이해하고
또 태양을 이해한다

(한 무리의 건강한 일꾼이 정오에 담배를 피우고 있다)

---

33) 梨花/ 在土墻上滑動/ 牛鐸聲聲/ 大嬸拉過兩位小堂弟/ 站在我面前/ 像兩截黑炭/ 日光其實很强/ 一種萬物生長的鞭子和血!(61쪽)

여름의 태양
태양

그 해에 그리스도가 세상에 와서
이 햇빛아래에서 자랐다[34] 1985. 1

　태양신 숭배는 자아의 숭배이다. 하이즈는 자신이 태양에 대한 제사에
서 최후의 승리자이기를 희망한다. 태양의 분신은 최종적으로 태양의 화
신이 된다. <太陽.詩劇>은 태양을 향한 장시다. 시극의 시간은 오늘이
며 혹 오천 년 전이나 오천 년 후의 고통의 날이다. 이것은 전에 고인을
보지 않고 후에 올 사람을 보지 않는 영원이다. 장소는 적도이며 태양신
에 막을 알리는 사람- 눈먼 시인으로 충당하는 사회자가 있다. 이들 형
상은 하이즈 형상의 화신이며 그 자신 분열의 다른 형상이고 자아정신
의 변화이다. 눈먼 시인은 인류 가장자리 낭떠러지에서 신의 계시 같은
소리를 듣는다. 일체는 모두 애정에서 근원한다. 애정은 생활을 죽게 한
다. 진리는 생활을 죽게 한다. 차라리 죽는 것이 사는 것 보다 낫다. 하이
즈의 애정은 그에게 치명적인 재난을 주지만, 그는 사망의 화염과 재 속
에서 다시 살기를 바란다.

---

34)　夏天/ 如果這條街沒有鞋匠/ 我就打赤脚/ 站到太陽下看太陽/ 我想到在白天出生赤
　　孩子/ 一定是出于故意/ 你來人間一趟/ 你要看看太陽/ 和你的心上人/ 一起走在街上
　　/ 了解她/ 也要了解太陽/ (一組健康的工人/ 正午抽着紙烟)/ 夏天的太陽/ 太陽/ 當年
　　基督入世/ 也在這陽光下長大(53쪽)

3. 밤빛(夜色)의 세 단계 의미

3.1 대자연의 야색

<밤빛(夜色)> 시는 1988년 2월 28일에 제2차 티베트로 가는 도중에 쓴 것이다. 이것은 하이즈의 시인 자신에 대한 제1차 자아인식, 자아증명, 자아표현이다. 시인은 3차 수난과 3종 행복을 겪었다. 수난-유랑, 애정, 생존 행복-시가, 왕좌, 태양 시구가 간단하고 직설적이며 수식과 조탁이 전혀 없다. 시를 본다.

> 밤빛 속에
> 나는 세 번의 수난이 있다: 유랑, 애정, 생존
> 나는 세 번의 행복이 있다: 시가, 왕위, 태양[35] 1988. 2. 28 밤

이 시 말미에 2월 28일 밤이라 밝히고 있다. 밤빛은 대자연의 밤빛이며 이 시를 쓸 때 몸이 밤빛에 처해 있다. 시의 뒤 두 구는 이런 기본적인 정경과 분위기- 밤빛에 맞추고 있다. 야색(夜色)은 흑야(黑夜), 밤(夜晚), 흑암(黑暗)과 연결되어 돌출적이며 예민한 감수성과 낭만주의 기질에서 시인의 공통성을 지닌다. 왜 시인에게 이러한 점이 나타나는지 다음 <죽음의 시(死亡之詩)>의 1, 2의 일부를 인용하면서 밤을 살피고자 한다.

> 칠 흙의 밤에 웃음소리 있어 나의 무덤의 목판을 웃으며 끊는다
> 너는 알 수 있다. 이것은 한 조각 호랑이를 묻은 토지이다(1)[36]

---

35) 在夜色中/ 我有三次受難: 流浪, 愛情, 生存/ 我有三種幸福: 詩歌, 王位, 太陽
36) 漆黑的夜裏有一種笑聲笑斷我墳墓的木板/ 你可知道, 這是一片坤葬老虎的土地(133

비 오는 밤에 소도둑이
　　나의 창문으로 기어 들어와서
　　나의 꿈꾸는 몸 위에서
　　해바라기를 딴다(2)[37]

　　하이즈를 낭만주의 시인이라고 하는데 극히 부분적일 뿐 그의 시가의 진실된 위상을 가리고 있다. 추구해 보면 하이즈는 반낭만파적이며 낭만파의 강렬한 주관 내지는 병적 기질을 반대한다. 흑야에 대한 감수성에 있어, 하이즈와 낭만파시인은 질적으로 다르다. 이것은 하이즈 특유의 공헌이다. 하이즈 조기시중 가장 저명한 시 <아시아의 동(亞洲銅)>의 일단을 본다.

　　아시아의 동, 아시아의 동
　　북을 친 후에, 우리는 어둠에서 춤추는 심장을 달이라 부른다
　　이 달은 주로 너로 인해 구성된다[38]

　　여기서 춤추는 심장은 흑야와 흑암을 통하여 영사하여 천상의 달이 된다. 영사는 하이데거가 사물에서 사용한 스필렌(Spielen; 映射)의 의미이다. 스필렌은 세계(Welt) 중 天, 地, 人, 神 사방의 상호영사를 지칭하고, 상호영사 중에 사방 중 어느 한 곳이 나머지 세 곳의 현신 본질을 영사한다. 이 사방이 상호 영사하면서 유희하여 순일한 세계를 형성한다. 하이즈의 이 시에서 상호영사하는 것은 심장과 달이고 이 둘의 상호영

　　쪽)

37)　雨夜偸牛的人/ 爬進了我的窗戶/ 在我做夢的身子上/ 采摘葵花(134쪽)

38)　亞洲銅, 亞洲銅/ 擊鼓之後, 我們把在黑暗中跳舞的心臟叫做月亮/ 這月亮主要由你構成(3쪽)

사와 유희는 흑야를 통하여 진행되며 이 삼자 즉 심장, 달, 흑야는 그윽하고 깊은 의경을 구성한다.

중요한 것은 춤추는 심장이다. 이 심장은 단순히 서정 주체의 심장으로 이해할 수 없고, 시구에서 '我們'이 지칭하는 것은 '인민의 마음'이다. 그래서 시추안(西川)은 「인민의 마음이 유일한 시인이다(人民的心是唯一的詩人)」라고 한 것이다. 이 점에서 하이즈와 낭만파를 구별한다. 하이즈 시가에서 추구하는 위치는 자기 하나와 주체에 있지 아니하고 보다 더 근본적이며 원시적인 곳에 있다. 달과 심장은 하이즈 조기시가의 두 가지 특유한 시어로서 이 둘은 흑야를 통해서 연결되는 것이다. 흑야에 시인의 심장을 춤출 수 있다. 이 춤추는 심장은 영사하여 달이 될 수 있다. 심장은 무엇인가? 심장 의 시어적 본질은 '춤'의 심장이며 '격동'의 심장이다. 춤과 격동의 심장은 '血液'과 직접 연계된다. 다음 하이즈의 <민간주제(民間主題)>의 일단을 본다.

　　새로운 혈액은 일찍 우리를 부를 수 있다. 종자와 강물은 이런 큰 바람을 필요로 한다. 이 바람은 아마도 밤에 올 것이니 혈액이 밤에 오는 것처럼. 이것은 잉태 중 비밀의 과정이다. 어머니는 미소 지으며 신생자의 힘을 감수한다. 이것은 휘황찬란한 순간이다. 나와 나의 짝들이 지키고 있다. 어떤 구는 긍정적으로 우리 사이에 존재하고; 어떤 것은 막 고통하며 탄생한다-- 그들은 가슴에서 이 피같이 붉은 것을 토해 낸다; 또 어떤 것은 한 조각 내일에 남겨주는 공백일 뿐이다. 그 친구들에게 주는 노래는 이미 이렇게 부른다: 「달은 밤에 쌓여야 한다 달은 동방에 쌓여야 한다」혈액에 대해 말하면, 격동과 청정은 동일한 과정인가?[39]

---

39) ≪海子詩全編≫ 民間主題(≪傳說≫ 原序), p.874.

혈액은 밤에서 나오는 혈액이다. 혈액은 또 신생자의 혈액이다. 이 신생자는 무엇인가? 구는 --시가의 시구이다. 시가의 시구는 혈액에서 탄생하고 혈액은 또 밤에 나온다. 시가의 시구의 탄생은 가벼운 멋대로의 일이 아니라 그것은 태와 태교를 필요로 하고 고통을 필요로 하니 그의 탄생은 휘황찬란한 순간이다. 달은 무엇인가?

달은 본래 지구 위성으로서의 달이 아니며 우주인이 우주선을 타고 낙하하는 달이 아니고 그건 본래 인민 생존 속의 달--대자연 속의 달이다. 백주에 태양의 강한 빛과 다르니 밤의 달은 항상 유한하게 사물을 비추고 동시에 몽롱과 비밀을 지킨다. 이런 몽롱과 비밀은 태교와 탄생에 적용된다. 하이즈의 시어에서 달은 시가언어의 탄생과 함께 연관된다. 1986년 8월의 일기에서 하이즈는 분명히 이 점을 지적한다.

> 그렇다, 중국 지금의 시는 대개 실험단계에 처해 있고, 기본적으로 아직 언어에 들어서지 않았다. 나는 생각한다, 지금 중국현대시가의 의상에 대한 관심은 그 언어요구를 덜고 위태롭게 했다. 밤의 하늘은 너무 높고 달은 아직 떠오르지 않았다. 달의 의상은 자신과 외물과 관련된 상징물이거나 문자상의 아름다운 표현이어서 시가에서 읊는 자체를 대표할 수 없다. 그것은 오직 문자의 언덕에 살아서 흐르는 언어의 작은 냇물에 장애가 된다. 그러나 구언어 구시가의 평평하고 기복 있는 절주와 가창은 거의 이미 죽었다. 시체는 땅에서 나오지 못하니 문제는 무덤 위의 꽃가지와 푸른 풀에 있다. 새로운 미학과 새 언어 신시의 탄생은 감성의 재창조에서 얻어질 뿐 아니라 의상과 노래의 합일에서 얻는다. 의상의 평민은 반드시 노래하는 귀족 위로 높이 올라가야 한다. 언어의 친척은 이 푸른 달의 밤에 즉, 사람들이 언어 자체를 주시하고 살펴야 하고, 그 보석, 물 속의 왕, 유일한 사람, 로라 로라[40]

---

40) ≪海子詩全編≫ 880쪽(상동)

위에서 생각할 것은 심장, 혈액, 달, 언어 등의 사어가 서로 연결되면서 대자연의 밤을 통하여 통일된다. 이 관련과 통일의 비결은 여러 변화의 형식으로 하이즈 후기 시에서 출현한다. <하이즈 소야곡(海子小夜曲)>의 일단을 보면,

> 이전의 밤에 우리는 조용히 앉아 있다
> 우리는 두 무릎이 나무 같다
> 우리는 귀를 세웠다
> 우리는 평원 위의 물과 시가를 듣는다
> 이것은 우리 자신의 평원, 밤과 시가이다[41]

이 시에서 어둠 속에 춤추는 심장이 뛰고 있는데 이 심장은 달의 영사로 인해 평원과 평원의 물과 시가로 변한다. 이 시에서 나무 같은 두 무릎과 세운 귀는 밤의 고요함을 더욱 짙게 전달해 준다. 이 밤이 밤 되는 응집력은 심장인데 그건 자아의 심장이 아니라 우리의 심장이다. 무엇이 밤인가? 무엇이 밤이 밤 되는 것인가? 다음 소야곡의 일단을 본다.

> 이 비 오는 밤에
> 지금 다만 나 하나만 남아서
> 너를 위해 시가를 쓰고 있다
> 이것은 우리 공동의 평원과 물이고
> 이것은 우리 공동의 밤과 시가이다[42]

---

41) 以前的夜裏我們靜靜地坐着/ 我們雙膝如木/ 我們支起了耳朵/ 我們聽得見平原上的 水和詩歌/ 這是我們自己的平原, 夜晚和詩歌(157쪽)
42) 在這個下雨的夜晚/ 如今只剩下我一個/ 爲你寫着詩歌/ 這是我們共同的平原和水/ 這是我們共同的夜晚和詩歌

너와 나의 애정의 밤은 시인 한 사람의 노래하는 밤으로 변한다. 이 시에서 중요한 것은 밤, 평원, 물 이런 자연 사물의 관련을 지적하는 것이 아니라, 하이즈가 이 자연 사물과 시가 사이의 연관을 독창적으로 지적하고 있는 것이다. 물은 평원의 물이요 시가 속의 물이다. 똑같이 평원과 밤은 그것 자체이며 시가 속의 평원과 밤이기도 하다. 이상 시구에서 우리가 볼 수 있는 것은 밤과 시가의 상호귀속 관계이다. 왜 이 둘은 상호 귀속하는가? 하이즈는 말하기를; 「이 밤낮의 윤회는 내가 신봉하는 철학이다.(這日夜的輪回是我信奉的哲學)」[43] 하이즈의 검은 밤에 대한 긍정은 철학의 경지에 올라 있다. 하이즈는 말한다:

시가의 생존하는 극치는 자연 혹은 어머니, 혹은 검은 밤이다.[44]

이 말의 비밀은 자연, 어머니, 검은 밤 삼자간의 심오한 연관성에 두어야 한다.

3.2. 어둠(黑暗)의 밤빛(夜色)

하이즈의 밤(黑夜, 黑暗을 포함)에 대한 미련과 감수는 생명고통의 가열과 창작속도의 제고에 따라서, 외계경색인 밤의 서정으로부터 내심의 깊은 연못인 흑암으로 향하는 통찰력을 더하게 된다. 하이즈는 '연소(燃燒)'에 대해 말하기를,

그 화염의 큰 새: 연소-이 시가의 어사, ----나의 연소는 맹목적인

---

43) ≪海子詩全編≫ <太陽. 斷頭篇> p.517.

44) ≪海子詩全編≫ <詩學>朝霞, p.902.

것 같고, 연소는 마음 속 청춘의 제전 같다. 연소는 일체를 지향하고, 일체를 포용하며, 일체를 포기하며, 일체를 겁탈한다. 생활도 갈수록 겁탈하고 전투하니, 맹렬(烈) 같다. 생명의 불, 청춘의 불이 탈수록 왕성해짐에 따라 내재하는 생명이 갈수록 왕성해지고 맹목적으로 된다. 따라서 연소도 흑암이다. 심지어 흑암의 중심이며 지옥의 중심이다.[45]

이 말은 1987년 11월 14일의 일기로서 하이즈는 이미 장시 <土地>를 완성한다. 하이즈는 연소를 시가의 어사라 한 바, 하이즈의 다른 하나의 중요한 시어인 것을 알 수 있다. 그러면 무엇이 화염의 연소인가? 하이데거는 독일의 상징시인 게오르그 트라클의 시를 말하기를, 「정신이 화염이고 화염만 되면 정신은 가벼운 물건이다. 트라클은 정신을 성령으로 이해하고 심지(心智)로 이해하며 그리고 그걸 화염으로 이해하여 그것이 활활 연소하여 위로 오르고 끊임없이 움직이며 쉬지 않고 변화한다. 화염은 치열한 섬광이다. 연소가 자신을 떠나서 밝게 비추고 번쩍 빛을 내지만 동시에 부단히 일체를 삼켜 백색의 재로 만든다.」(≪언어를 향한 길≫ 「시가 중의 언어」)라고 하였다.

연소는 정신적 연소이다. 정신만 있으면 연소할 수 있다. 그래서 정신이 화염으로 이해되면 정신의 연소는 자아보존하지 못하고 자신으로부터 떨어져 나간다. 나의 마른 형 고호에게 주는 시 <아얼의 태양(阿爾的太陽)>을 보면,

> 너의 혈액에는 연인과 봄이 없고
> 달이 없다
> 빵조차 부족하고

---

45) ≪海子詩全編≫ <日記>, p.883.

친구는 더욱 적다
오직 한 무리의 고통스런 이 아들만이,
일체를 삼킨다
메마른 형 반. 고흐, 반. 고흐
지하에서 세차게 뿜어 나오는
화산처럼 뒷일을 생각치 않는 것은
실삼나무와 보리밭
그리고 너 자신
남은 생명을 뿜어내는 시간
사실, 너의 한 눈동자는 세계를 맑게 비출 수 있다
그러나 당신은 다시 제3의 눈을 쓰려 하오, 아얼의 태양[46]

여기서 하이즈는 연소를 분출로 생각하여 하이데거의 말처럼 "과도한
용솟음"이니 시인은 과도한 용솟음으로 나와서 존재의 뿌리와 중심으로
들어간다. 이런 연소, 이런 분출, 그리고 과도한 용솟음이 조화되어 나
타난다. 그래서 하이즈는 「연소도 흑암이다- 심지어 흑암의 중심이며
지옥의 중심이다.(燃燒也就是黑暗--甚至是黑暗的中心, 地獄的中心.)」(日
記 1987年 11月 14日)라고 한 것이다. 하이즈가 말하는 새(鳥)는 화염의
새이며 정신이다. 그의 시어에는 새가 정령(精靈)이니, 새는 정신과 정령
인 점을 그의 문론 <수원과 새(源頭和鳥)>의 일단에서 보게 된다.

　　마지막으로 나는 새를 말한다. 영성이 충만한다. 나는 것은 초월할
　　수 없다. 비행은 체력과 지력으로 해결할 수 없는 것이다. 그것은 일
　　차의 기적이다. 새의 행렬을 넘어 들어가면 너는 적막을 느낄 수 있

---

46) 你的血液裏沒有情人和春天/ 沒有月亮/ 面包甚至都不夠/ 朋友更少/ 只有一群苦痛
　　的孩子, 呑噬一切/ 瘦哥哥凡·高, 凡·高啊/ 從地下强勁噴出的/ 火山一樣不計後果
　　的/ 是絲衫和麥田/ 還是你自己/ 噴出多餘的活命的時間/ 其實, 你的一隻眼睛就可以
　　照亮世界/ 但你還要使用第三隻眼, 阿爾的太陽……(4쪽)

다. 너의 심장이 따뜻한 털에서 신축하고 있다. 너의 심장은 방범을 위한 것이 아니라 비행을 위해 생긴 것이다. 지상의 총구가 너를 쉽게 조준한다. 그 푸른 상심의 천막에서 너는 날고 있고, 가슴에는 삼킨 종자를 달고, 날며, 적막하며, 시름하며, 심지어 속된 것에 대한 원한을 띠고 있다.47)

정령이 된 새는 날아도 넘을 수 없고 기적이며, 그 직접상대자는 범속(凡俗)이다. 범속은 생활 속에서 찾는다. 범속만이 생활의 안정을 보증한다. 그러나 정신(새, 화염)이 비행하고 연소하면 오히려 범속을 원수로보고 그로 인해 적막, 고독, 심지어 상처를 입는다. 하이즈의 <백조(天鵝)>에서 이 점을 확인한다.

> 밤에, 나는 먼 곳에서 백조가 다리로 날아가는 소리를 듣는다
> 내 몸의 강물이
> 그녀들에 호응하고 있다
>
> 그녀들이 생일의 진흙과, 황혼의 진흙을 날아가는데
> 백조 한 마리가 다쳤다
> 사실 단지 아름답게 불어대는 바람만이 알고 있다
> 그녀는 이미 다쳤다. 그녀는 여전히 날아간다
>
> 그리고 내 몸의 강물은 오히려 너무 무겁다
> 방위에 걸려있는 문짝처럼 무겁다
> 그녀들이 먼 곳의 다리로 날아간다
> 나는 아름다운 비행으로 그녀들에 호응한다
>
> 그녀들은 큰 눈이 묘지를 날듯이
> 대설 속에 오히려 나의 방문으로 향한 통로가 없다

---

47) ≪海子詩全編≫ <源頭和鳥>(≪河流≫ 原代後記), p.871.

—몸은 문이 없다— 단지 손가락만이 있다
묘지에 선다, 열 개 동상한 양초처럼

나의 진흙 위에
생일의 진흙 위에
한 마리 백조가 다쳤다
마침 민요가수가 노래하는 것처럼48)

　여기서 새는 백조로 전화(轉化)한다. 백조의 비행도 정신(靈性)의 비행
이다. 나는 정신(白鳥)가 아니니, 그런고로 본질적으로 나는 날 수 없다.
그러나 한 편, 나도 날기를 갈망하고 나 자신의 비행으로 정신의 비행에
호응하기를 갈망한다. 그래서 나의 비행은 단지 호응을 위한 비행일 뿐
정신 자체와는 다르다. 나의 이 비행은 곧 시가창작이다. 창작만이 시인
을 비행 상태로 들게 한다. 그래서 창작은 본질적으로 일종의 비행이며
그것은 정신에 호응하는 비행이다. 창작은 비행이며 호응이다. 하이즈는
정신(새, 백조)으로 시가의 본질을 생각한다. 시가의 본질은 정신적인 것
이다. 시학문장 <나의 열애하는 시인－횔더린(我所熱愛的詩人－荷爾德
林)>에서 시가의 본질을 정신적인 것으로 보고 있다.

　　시가는 시각이 아니다. 심지어 언어가 아니다. 그녀는 정신적 안정
　이며 신비의 중심이다. 그녀는 수사 속에서 둥지를 짓지 않는다. 그
　녀는 고요한 본질일 뿐이며, 속인이 그녀를 어지럽히기를 원치 않는

---

48) 夜裏, 我聽見遠處天鵝飛越橋梁的聲音/ 我身體裏的河水/ 呼應着她們/ 當她們飛越
　　生日的泥土, 黃昏的泥土/ 有一隻天鵝受傷/ 其實只有美麗吹動的風才知道/ 她已受
　　傷. 她仍在飛行/ 而我身體裏的河水却很沈重/ 就像房屋上挂着的門扇一樣沈重/ 當
　　她們飛過一座遠方的橋梁/ 我不能用優美的飛行來呼應她們/ 當她們像大雪飛過墓地/
　　大雪中却沒有路通向我的房門/ 一身體沒有門－只有手指/ 竪在墓地, 如同十根凍傷
　　的蠟燭/ 在我的泥土上/ 在生日的泥土上/ 有一隻天鵝受傷/ 正如民歌手所唱(150쪽)

다. 그녀는 단순하며 자신의 영토와 왕좌가 있다. 그녀는 고요하고, 그녀 자신의 호흡이 있다.[49]

그리고 하이즈는 시가창작을 한 바탕의 뜨거운 불길(烈火)로 생각해서 위의 글에서 서술했다;

> 휠더린으로부터 나는 배우니, 시가는 한 바탕의 뜨거운 불길이며 수사의 훈련은 아니다.[50]

시가창작은 한 바탕의 열화인가? 우리는 창작을 정신에 호응하는 비행이라고 생각하지 않는가? 분명한 것은, 시가창작은 정신에 호응하는 비행이며 그리고 한 바탕의 열화이다. 그러면, 이 두 설법의 차이는 어떻게 협조하는가? 여기에 두 개의 주요한 시학용어를 언급하자면 곧 정신과 영혼이다. 위의 백조 시에서 우리가 주의할 것은, 정신(즉 백조)에 호응하는 비행이라는 것은, 시인의 작시활동은 아니다. 시인은 분명히 말한다. "나는 아름다운 비행으로 그녀들에 호응한다." 진정으로 정신에 호응하는 비행은 "내 몸 안의 강물"이다.

우리는 앞에서 이미 분석했듯이, 정신의 본질을 새(백조)이며, 새가 되면, 정신이 비로소 그 유연하고 향상하는 본질을 얻으니, 이것이 곧 비행하는 본질이다. 강물의 본질은 무겁고, 중력법칙 하에 강물은 대지에서 흘러간다. "내 몸 안의 강물은 오히려 너무 무겁다/ 마치 집 위에 걸린 문짝처럼 무겁다(而我身體裏的河水却很沈重/就像房屋上抽着的門扇一樣沈重)" 그러면, 하이즈가 사용한 강물(河水)이란 시어는 무엇을 가리키는

---

49) ≪海子詩全編≫, p.917.

50) 상동

가? 만일 비행이 정신적이라면, 정신의 유연한 본질에 속하고, 그러면 강물(河水)의 무거움은 영혼에 속하는 것이다. 강물은 영혼이다. 정신과 영혼에 관해서 이 둘의 관계는 하이데거의 <시가 중의 언어-트라클 시에 대한 탐토> 글을 보기로 한다.

> 정신의 본질이 연소하기 때문에 정신은 길을 열고 이 길을 밝게 비추며, 이 길을 밟는다. 화염이 되면 정신은 곧 하늘로 솟구치고 하나님의 광풍을 쫓는다
> 영혼은 정신의 선물이다. 정신은 영혼의 수여자다. 그러나 영혼이 돌아와서 정신을 보호한다. 이것이 근본적인 것이니 만일 영혼이 없으면 정신은 아마도 영원히 그 정신이 될 수 없다. 영혼은 정신을 기른다. 어떻게 기르는가? 영혼이 그 본질이 지닌 화염을 정신에 주어 지배하면 어떠한가? 이 화염은 곧 우울의 출발이며 고독한 영혼의 온후함인 것이다.[51]

여기서 결론적으로 말하면, 영혼이 없으면 정신은 결코 참된 정신을 지키기 어려우므로 영혼이 정신을 보호하고 기르는 요소가 된다. 영혼 속에 매개체인 화염이 있으니 원래 화염은 본질적으로 영혼에 속하는 것이다. 영혼과 정신의 역학관계로 보아 정신의 본질은 연소하고 있으며 정신은 영혼의 화염에 의해서만 연소할 수 있다는 것이다. 이 영혼의 화염은 무엇인가? 이것은 하이데거의 말에 의하면 "우울의 출발(憂鬱之進發)"이다. 영혼은 영원히 우울한 영혼이고 고독한 영혼이며, 거처를 찾지 못하는 대지의 영혼이다. 하이즈 백조시의 말구에서 이 고독한 영혼의 우울을 본다.

---

51) 하이데거 ≪언어를 향한 길≫ 「시가중의 언어」 付軍龍: 「歌唱生命的痛苦- 海子詩歌的精神世界」에서 재인용(≪文藝評論≫ 2003. 6)

그녀들은 큰 눈이 묘지를 날듯이
대설 속에 오히려 나의 방문으로 향한 통로가 없다
-몸은 문이 없다- 단지 손가락만이 있다
묘지에 선다, 열 개 동상한 양초처럼

　고독한 영혼은 자유로이 노니는 영혼이며, "그 내심의 열정이 반드시 무거운 운명을 지고 자유로이 노닐어야 한다--영혼을 정신으로 향하게 한다."

　고독한 영혼이 자유로이 노닐다가 자신의 본질로 깊이 들어가서, 영혼의 우울이 치열하게 연소한다. 연소 중에 영혼은 결코 전혀 눈먼 상태가 아니라, 연소하고 있는 관찰을 진행한다. <아얼의 태양(阿爾的太陽)>의 말구를 다시 보면,

　　사실, 너의 한 눈동자는 세계를 맑게 비출 수 있다
　　그러나 당신은 다시 제3의 눈을 쓰려 하오,

　연소하는 관찰은 고통이며, 고통과 연소하는 관찰은 영혼의 위대함을 결정하고 영혼의 위대함을 저울질하는 척도는 어떻게 연소하는 관찰을 진행시킬 수 있는가 인데--영혼은 이 관찰에 의해 고통 중에 아름답게 변화한다. 영혼의 고통과 연소하는 관찰을 통해서만 정신의 화염의 섬광이 비로소 발생할 수 있다. 이런 연소하는 관찰은 창작의 본질이다. 창작의 본질을 정신에 호응하는 비행으로 여긴 것은 다시 한바탕의 열화이다. 이 둘이 연소하는 관찰 중에 통일되기 시작한다. 대지에서 노니는 영혼이 정신에 호응하는 비행은 정신의 의해 쫓기고 인도되어, 더욱 그 노니는 본질의 광대한 범위 속으로 깊이 들어간다. 영혼은 고독과 우울로

인해 더욱 치열하게 연소하여 마침내 한 바탕의 큰불로 변한다. 시가창
작은 가장 청백하여 사악하지 않는 일이지만 한편 가장 위험한 활동이
기도 하다. 시인은 신명(神明)의 번개 속에 폭로한다.--지나친 밝음은 시
인을 흑암으로 몰고 간다.

3.3 대지의 밤빛(夜色)

1987년 11월 14일의 일기에서 하이즈는 기록하기를,

> 나는 이처럼 흑암을 중시하여 검은 밤(黑夜)로 시제를 삼으려 한
> 다. 이것은 진정 위대한 시, 위대한 서정시이어야 한다.[52]

하이즈는 죽기 몇 달 전에 일연의 흑야에게 바치는 헌시를 썼다: <최
후의 한 밤과 첫째 날의 헌시>, <헌시>, <흑야의 헌시> 등. 흑야는 외
계경색이며, 내심경색, 그리고 대지경색이다. 다음 두 시를 보면, 먼저
<검은 밤의 헌시(黑夜的獻詩)>의 일단을 보면,

> 검은 밤이 대지로부터 올라온다
> 광명한 하늘을 덮는다
> 풍성한 수확 후에 황량한 대지
> 검은 밤이 너의 내부로부터 올라온다[53]

라 하고, 다음 <헌시(獻詩)>를 보면,

---

52) ≪海子詩全編≫ p.883.

53) 黑夜從大地上昇起/ 遮住了光明的天空/ 豊收後荒凉的大地/ 黑夜從你內部上昇(477
쪽)

검은 밤이 내려오고, 불이 일만 년 전의 불로 돌아간다
비밀에서 전해주는 불 그는 또 하얗게 타고 있다
불이 불로 돌아온다 검은 밤이 검은 밤으로 돌아간다 영원은 영원
으로 돌아간다
검은 밤이 대지로부터 상승하여 하늘을 막았다[54] 1989

라고 한 데, 위의 두 시에서 하늘(天空)과 대지는 하이즈의 중요한 시어
이다. 하늘(天空) – 대지의 기본대립은 천지간의 공간적 의미를 내포한다.
하이즈는 말하기를,

시인은 반드시 자신을 자아로부터 구해내는 힘이 있어야 한다, 백
성의 생존과 하늘, 땅은 노래의 원천이며 유일한 참된 시이기 때문이
다. 백성의 마음이 유일한 시인이다.[55]

백성의 생존은 하늘과 땅 즉 천지간에 있다. 시인 즉 백성의 마음도
이 사이에 있다. 시가가 진정한 시가로 되려면, 반드시 이 사이에서 나와
야 한다. 그 사이란 천지가 공간이다. 이 공간은 인류가 여기에서 생존하
는데 이 공간은 하나의 비밀인 것이다. 하이즈는 말하기를,

인류의 비밀을 열애하는 시인이 된다. 이 비밀은 이미 사람과 짐
승간의 비밀을 포함하고, 인신과 천지간의 비밀을 포함한다. 너는 반
드시 시간을 열애하는 비밀에 응답해야 한다.[56]

---

54) 黑夜降臨, 火回到一萬年前的火/ 來日秘密傳遞的火　他又是在白白地燃燒/ 火回到
　火　黑夜回到黑夜　永恒回到永恒/ 黑夜從大地上昇起　遮住了天空(476쪽)
55) 상동 詩學, p.904.
56) 상동

천지간은 비밀이다. 천지간의 비밀과 인수(人獸)간의 비밀이 일체에 속해야 이해가 가능하다. 하이데거는 생각하기를, 사람이 대지에 서서 하늘을 향해 쳐다보고(仰望) 천지간을 꿰뚫어 보는데(貫通) 천지는 이로부터 열려서 사람이 사는 곳으로 된다. 이런 관통은 사람에 있어 우연이 아니고 이 관통에 의해 사람이 비로소 근본적으로 사람이 된다. 이 앙망, 이 관통이 곧 측량인 것이다. 사람은 무엇으로 자신을 측량하는가? 하이데거는 말하기를,

> 신성은 사람이 대지 위와 하늘 아래에 있는 거처를 측량하는 척도
> 이다. 사람은 이 방식으로 그의 거처를 측량하므로써 그는 비로소 그
> 본질에 의해 존재할 수 있다.57)

사람은 반드시 신성으로 자신을 측량해야 한다. 사람이 천지간에 거하는데 이 삼자만으로는 부족하다. 사람이 사람되고 사람의 거처가 대지 위와 하늘 아래의 거처로 되는 데는 반드시 신성의 참여가 있어야 한다. 천지와 인신(人神)이 일체가 되는 세계가 되어야 완전한 세계가 될 수 있다. 거처를 잃은 대지의 인류는 하늘에의 앙망을 잃고 신도 도피한다. 이것이 하이데거가 말하는 세계의 몰락시대인 것이다. 하이데거는 말하기를,

> 지구상에서 지구를 감싸면서 마침 세계의 몰락이 발생하고 있다.
> 이 세계몰락의 본질은 여러 신의 도피, 지구의 파멸, 인류의 대중화,
> 평범한 무리의 우월지위이다.58)

---

57) 주(51)과 같음
58) 상동

대지의 상실과 제신의 도피가 하이즈에게는 횔더린, 하이데거처럼 심령과 사상면에 경험으로 다가온 것이다. 하이즈는 <시학; 대강(詩學: 提綱)>에서 말하기를,

신화는 시간의 형식이다. 생활은 시간의 육체와 내용이다. 나는 곡창 문 앞에 앉아서 내가
토론하려는 것은 시간과 생활 속에서 신에 대한 약탈이 가능한 것인가?[59]

대지의 상실은 어두움을 동반하고 허무를 가져온다. 대지에서 검은 밤이 주는 이미지는 고독과 두려움, 그리고 수확 후의 황량이다. <검은 밤의 헌시>의 일단을 다시 보면,

검은 밤이 대지로부터 올라온다
광명한 하늘을 가린다
풍성한 수확 후에 황량한 대지
검은 밤이 너의 내부로부터 올라온다

여기서 핵심어는 풍성한 수확(豊收)이다. 그래서 검은 밤이 대지로부터 올라오면, 풍성한 수확 이후에 대지는 너무 황량하다. <검은 밤의 헌시>의 끝 부분을 보면,

곡창 속은 너무 어둡고, 너무 조용하며, 너무 풍성하다
또 너무 황량하여, 나는 풍성한 수확 중에 염라대왕의 눈을 보았다[60]

---

59) ≪海子詩全編≫, p.890.
60) 穀倉中太黑暗, 太寂靜, 太豊收/ 也太荒凉, 我在豊收中看到了閻王的眼睛(477쪽)

풍성한 수확은 무슨 의미인가? 풍성한 수확은 대지의 풍성한 수확이고 풍성한 수확 후에 대지는 황량한 대지가 된다. 너무 풍성한 수확으로 인해 너무 어둡고, 고요하고, 너무 황량하니 이것은 죽음의 곡창이다.

12장 타이완(臺灣)의 1960년대 신시

1960년대의 타이완 문학은 다양한 문학 활동이 전개된 동시에 풍성한 수확의 시기이기도 하다. 그 이전의 작품들이 양적인 면에서 괄목하고 우수한 작품도 있기는 하였어도 대개 단조로우면서 내용과 기교상의 참신한 점이 결여되었다고 할 수밖에 없었다.[1]

1959년 이후에 ≪문성(文星)≫・≪문학잡지(文學雜誌)≫같은 간행물에서 문학창작의 기풍을 조성하기 시작하여 1960년 초 ≪현대문학≫이 나오면서부터 서양의 문학 사조를 소개하고 이에 대한 창작열이 고조되어 60년대의 대진군의 길을 연 것이다.

아울러 쑤쉐린(蘇雪林)이 ≪신시단 상징창시자 리진파(新詩壇象徵創始者李金髮)≫(≪自由靑年≫, 1959. 7)을 발표하면서 신구시 사이의 논전이 일게 되고 자가의 정립의식과 현실의 요망을 인식하게 되어 찌쉔(紀弦)과 딴즈하오(覃子豪) 등이 서양문학이론의 소개에 상당한 공헌을 하

---

[1] 이 시기는 文學理論의 정립이 적어서 任卓宣(葉青)이 三民主義的 文學論을 展開하고 李辰冬이 陶潛論을 제시했을 뿐 참다운 文學論이 대만에서는 없었다고 하겠다.

였다. 찌쉔은 특히 소위 현대주의를 강조하여 시상을 본질로 해서 지성을 중시할 것을 제시함으로써 60년대 시의 방향을 인도해 주었다고 할 것이다.

이와 함께 ≪순문학(純文學)≫(1967년 창간) 과 야쉔(瘂弦)이 주편한 ≪유사문예(幼獅文藝)≫ 등이 구미의 무신론적 실존주의를 소개하면서 사르트르의 ≪구토(嘔吐)≫, 카뮈의 ≪이방인(異邦人)≫과 카푸카의 ≪문학애호자(文學愛好者)≫를 번역 출판하게 되니 인습적인 자아관의 변화를 일으키고 그것이 작품에 융화되어 다양한 정신내적 갈등을 소재로 한 창작이 원활하여졌다.

이 같은 근저의 조류를 타고 전개된 60년대의 시에서 어떻게 그 대표적인 작가와 그 내용을 개관할 것인지를 본문에서 엮어보려 한다. 따라서 이 글은 분석 정리의 고찰이 아니라 그 시대의 주요사항을 집약하여 소개하려는 데 그 의미가 있는 것인 만큼 여기의 자료는 ≪문신(文訊)≫의 시리즈물을 활용하고 기타의 참고물을 다양하게 이용하고 아울러 그 당시의 소설도 부연하여 개관하고자 한다.

I. 60년대의 문학사조의 형성

이 시기의 사조라면 구미의 사상 유입에 의한 국내 문단에의 영향관계를 살펴봄이 타당할 방도일 것이다. 이 시기에는 50년대의 허무와 관조적 의식에서 탈피하여 모든 개체를 자기라는 데에 주제를 두고, 자기 생활의 본신을 중시하며 자아인식을 강조하는 경향을 보이면서 자아에 대한 실락, 분노, 초조 등이 작가의 심령에 주된 소재로 활용되었다. 이러한 내적 갈등을 조성하는 데 주요한 요소로 작용하고 이론적 설정이 가능토록 한 사조라면 프로이트의 정신분석학설과 초현실주의, 그리고 실존주의사상이라고 할 것이니, 이제 이들과 관련지어 이 시기의 문학 사조의 특성을 살펴보는 것도 적지 않는 의미가 있을 것이다.

먼저 프로이트의 학설이라면 주지하기 때문에 설명을 요치 않지만, 최소한 이 의식이 문학의 내재의의와 예술가적 개성을 심화시키는데 영향을 준 것으로 본다. 이 의식은 곧 타이완의 문단에 다음과 같은 평가를 가할 수 있을 만큼 작용했음을 알 수 있다. 즉 쨩모(張默)는 이르기를,

> 현대시에 표현된 것이 추상적 개념은 아니지만 순수함을 힘써 구하고 주관적인 의상 경험의 재현을 추구하면서 줄곧 하나의 내재적인 무성, 무색, 무형, 꿈같은 몽롱의 심리 변화 과정을 표현해 왔으며 시인은 자주 이런 신비한 감각 세계에서 헤매면서 방향을 잃곤 하였다.[2]

라고 하여 관념화된 작품의 출현을 인지하였으며, 이것이 실존주의의 산물인 까뮈·카프카·헤밍웨이·울프 등의 영향에 따른 이른바 의식류 소설이라는 특성 있는 작품이 일어서 의상의 중점을 중시하고 일상의 어법에서 벗어나는 추상적인 의식 세계에서의 즉흥적인 언어 구사를 추구하는 풍기를 보이기도 하였으니 수이찡(水晶)의 <슬픈 웃음 주름살(悲憫的笑紋)>, 왕원싱(王文興)의 <일력(日曆)>, <모친(母親)>, 치명성(七等生)의 <쥐의 방생(放生鼠)>과 <정신질환(精神病患)>, 그리고 쨩링(江玲)의 <갱속의 태양(坑裏的太陽)> 등은 그러한 예의 작품이라 하겠다.

---

2) 現代詩所賴代表現的雖不是抽象的槪念, 但在力求純粹以及實現主觀意象經驗的重現中, 却一直在表達出一個內在的無聲, 無色, 無形, 朦朧如夢的心理變化過程. 詩人往往在這種玄祕的感覺世界中迷戀忘返. (「六十年代詩選緖言」)

다음으로 초현실주의와의 관계에서 보면 이 주의는 문학에 있어 언어 조어에 논리적인 어법을 탈피하고 이른바 자동어언의 표현에 집중하므로 프로이트식의 인류의 잠재의식 세계 및 인류의 몽환유리(夢幻遊離) 세계를 배제하지 않으면서도 문학의 기교를 강조하는 면으로 유도하였다. 이것은 실존주의의 사조가 위주가 된 것과 비교된다. 이런 면이 60년대 타이완 문단에서 이해된 점을 다음 뤄푸(洛夫)의 「詩人之鏡」의 일단을 보면 알 수 있다.

초현실주의가 시에 대한 가장 큰 공헌은 곧 신성의 범위를 넓혔고, 의상의 강도를 농축시켰으며, 은유·상징·암시·여운·다양한 해석 등 중요한 시의 표현 기교를 극대화시켰다.[3]

여기서 시에 대한 이 주의의 관계를 분명히 설명하고 있으며 뤄푸 자신도 영향을 받았으며 찌홍(季紅), 상친(商禽), 예웨이리엔(葉維廉) 등이 깊이 심취하였다. 특히 뤄푸는 이 주의가 작품에 성공적인 결과를 가져온다면 독자에게 감동과 놀라움을 주며, 그것이 사물에 대한 관찰력이 승화되어 있기 때문이라는 견지에서 시는 「感」(느낌)이 요구될 뿐이지 「憧」(이해)이 필요한 것이 아니라는 점은 60년대의 작시에 상당한 흡인력을 지녔음을 알 수 있다.

60년대는 소용돌이치는 분분한 국내외적인 안정과 도약이 연속되는 문단에서의 전환기인만큼 그의 배경에 몰아친 구미의 사조와 자체내의 수준 향상으로 움직이는 문학의 번성기에 든 것으로 볼 수 있다.

---

3) 超現實主義對詩最大的貢獻乃在擴展了心象的範圍, 濃縮了意象的強度, 而使得隱喩, 象徵, 暗示, 餘弦, 岐義等重要詩的表現技巧能發揮最大的效果。(≪創世記≫詩刊, 1964. 12)

Ⅱ. 신시와 작가론

타이완에서의 신시는 역시 일본 식민지하에서는 별무한 상태이었다가 국민당 정부의 도대(渡臺)와 함께 태동하여 1949년부터 1959년까지를 타이완 시사상의 전기로 하여 맹아기(萌芽期)라 하겠으며, 1960년대에서 1970년까지를 중기로 하여 생장기(生長期)라 볼 수 있으며, 1971년부터 후기라 하여 수확기로 보아 대략 삼분할 수 있겠다.4)

본문은 그 중에서 생장기에 대해서 개관하면서 당시의 시 방면의 출판, 즉 시간(詩刊)·시집·시선·시론관계의 발표 활동 내용을 수집하고 10년 간의 신시 특색을 규정 지워 보면서 문단의 위치를 점한 작가의 시작을 논평하려고 한다.

1. 시작(詩作)의 출판 활동

먼저 시간 방면에서의 주요 발간 사항을 연별로 보면(≪문신월간(文訊月刊)≫제13기의 자료 참고),

> 「1961년」; ≪종횡시간(縱橫詩刊)≫(3월 창간, 劉國全 주편), ≪남성계간(藍星季刊)≫(6월 창간, 覃子豪 주편), ≪시. 산문. 목각계간(詩·散文·木刻季刊)≫(7월 창간, 朱嘯秋 주편)
>
> 「1962년」; ≪야화시간(野火詩刊)≫(5월 4일 창간, 連蒂·素跡 주편), ≪포도원시간(葡萄園詩刊)≫(7월 창간, 文曉村 주편), ≪해구시간(海鷗詩刊)≫(10월 창간, 陳錦標 주편)

---

4) 張健의 ≪中國現代詩≫의 「自由中國時期」 부분에서 전기(1949~1958)·중기(1959~1970)·후기(1971~1983) 등으로 분류했음.(五南圖書公司, 1984)

「1963년」; ≪신상(新象)≫(12월 창간, 古貝 주편)

「1964년」; ≪성좌시간(星座詩刊)≫(4월 창간, 陳慧樺 등 주편), ≪입시간
(笠詩刊)≫(6월 창간, 林亨泰・白荻 등 주편)

「1967년」; ≪남북적계간(南北笛季刊)≫(3월 창간, 羅行 주편)

「1968년」; ≪분천(噴泉)≫(1월 창간, 師大噴泉詩社 주편), ≪시대오쌍주
간(詩隊伍雙週刊)≫(7월 창간, 借青年戰士報版面・羊令野 주편)

「1969년」; ≪계관계간(桂冠季刊)≫(9월 창간, 劉建化 주편)

「1970년」; ≪풍격시간(風格詩刊)≫(1월 창간), ≪시종(詩宗)≫(1월 창간,
洛夫 주편), ≪설지렴(雪之臉)≫ 등 4기와 羊令野 주편의 제5기 이후
휴간)

이 외에 원로시간인 「현대시」, 「창세기」 등이 지속해서 발간되었고,
「문학잡지(文學雜誌)」, 「필회(筆滙)」, 「현대문학(現代文學)」, 「유사문예
(幼獅文藝)」, 「문학계간(文學季刊)」 등 종합지들이 시특집이나 시전호
를 다루어 시작 수준을 제고하는 데 큰 역할을 하였다.5)

시집방면으로는 린환창(林煥彰)의 통계 「근삼십년신시서목(近三十年
新詩書目)」(1974년)에 의하면 230여 종이라 하나 대표적인 것을 예거하
면 다음과 같다.

1960년; 이에산(葉珊)의 <木之湄>, 신위(辛鬱)의 <軍曹手記>
1961년; 룽즈(蓉子)의 <七月的南方>

---

5) ≪筆滙≫월간은 1960년 9월호에 詩特輯을 내어 시와 시론(梁宗之의「詩的貧困」, 余
光中의「釋一首現代詩」, 尉天驄의「論新詩的發展」등을 게재)을 다루었고, 鄭愁予・
瘂弦・柏谷・紀弦・彩雨・高禽 등의 시 소개. 그리고 ≪幼獅文藝≫月刊은 詩專號
를(瘂弦 주편) 마련하여(1969년 6월) 28인의 시와 曹西馬의「神話・傳說與個人」, 玄
默의「詩人在大陸」, 洛夫의「超現實主義和中國現代詩」, 山靈의「蓮的聯想者」등을
게재.「現代文學」은 第46期(1972년 3월 출판)에서 1950년에서 1970년까지의 현대시
발전의 회고와 반성을 다루었는데, 시는 十七家의 作과 작품과 평론에는 葉珊의「
寫在回顧專號的前面」, 余光中의「第十七個誕辰」, 楊牧의「關於紀弦的現代詩和現代
派」, 洛夫의「中國現代詩的成長」등을 실었다.

1962년; 단즈하오(覃子豪)의 <畫廊>
1963년; 팡화(方華)의 <膜拜>, 루어먼(羅門)의 <第九日的底流>, 이에웨이리엔(葉維廉)의「賦格」
1964년; 란링(藍菱)의 <露格>, 지앙모(張默)의 <紫的邊陲>
1965년; 뤄푸(洛夫)의 <石室之死亡>, 조우멍디에(周夢蝶)의 <還魂草>
1966년; 지앙지엔(張健)의 <春安·大地>, 왕룬화(王潤華)의 <患病的太陽>, 팡치(方旗)의 <哀歌二三>
1967년; 하오하오(翱翱)의 <死亡的觸角>
1968년; 중홍(敻虹)의 <金蛹>, 이양링이에(羊令野)의 <貝葉>, 정초우위(鄭愁予)의 <窓外的女奴>, 이아쉔(瘂弦)의 <深淵>
1969년; 빠이디(白荻)의 <天空象徵>, 상친(商禽)의 <夢或者黎明>, 시앙밍(向明)의 <狼煙>, 위꽝중(余光中)의 <敲打樂>, 화푸(桓夫)의 <野鹿>
1970년; 메이신(梅新)의 <再生的樹>

시선 방면에서는 ≪十年詩選≫(上官予 주편, 明華書局, 1960. 5), ≪六十年代詩選≫(張默, 瘂弦 주편, 大業書店, 1961. 1), ≪新詩集≫(鍾肇政 주편, 大學生雜誌社), ≪七人詩選≫(葡萄園詩社, 1965. 10), ≪大學生詩選≫(孫鍵政 주편, 大學生雜誌社, 1965), ≪中國現代詩選≫(張默, 瘂弦 주편, 創世記詩社, 1967. 2), ≪中國新詩選≫(綠蒂 주편, 中國新詩社, 1970. 5), ≪七十年代詩選≫(洛夫, 張默, 瘂弦 주편, 大業書店, 1967. 9), ≪1970詩選≫(洛夫 주편, 仙人掌社, 1971. 3)가 있다.

다음으로 중국 신시가 외국어로 번역된 집본으로는 ≪New Chinese Poetry≫(余光中 역, 美 Heritage Press, 1961), ≪La Poesie Chinoise≫(胡品淸 역, 프랑스 Seghers Edireur Paris, 1962), ≪華麗島詩集≫(笠詩社策劃, 日本 東京若樹書房, 1970), ≪Modern Chinese Poetry≫(葉維廉 역, 美 University of Iowa Press, 1970), ≪中國名詩選≫(許世旭 역, 韓國同和出版公司, 1972),

≪Modern Verse from Taiwan≫(榮之穎 역, 美 University of California Press, 1973) 등을 들겠고, 시론 방면의 평서로는 ≪論現代詩≫(覃子豪, 藍星詩社, 1960. 11), ≪掌上雨≫(余光中, 文星書店, 1964. 1), ≪現代人的悲劇精神與現代詩人≫(羅門, 藍星詩社, 1964. 6), ≪批評的視覺≫(李英豪, 文星書店, 1966. 1), ≪現代詩的投影≫(張默, 商務印書館, 1967. 10), ≪現代詩的基本精神≫(林亨泰, 笠詩社, 1968. 1), ≪中國現代詩論評≫(張健, 藍星詩社, 1968. 7), ≪詩人之鏡≫(洛夫, 大業書店, 1969. 5), ≪心靈訪問記≫(羅門, 藍星詩社, 1969. 11), ≪紀弦論現代詩≫(紀弦, 藍燈出版社, 1970. 1), ≪現代詩的欣賞≫(周乃伯, 三民書國, 1970. 4) 등을 들 수 있다. 70년대에 들어오면서 더욱 질량상의 풍성을 가져오지만 60년대의 단계적인 시단 활동은 타이완 문학의 중추적인 기반을 다져 놓은 것이다.6) 아울러 시단

---

6) 60년대의 詩作 활동에서 참고 될 만한 사항을 열거한다면(張默의 「從繁富到淸明」, ≪文訊≫月刊 제13期 참고), 다음과 같다.

(1) 詩獎

1962년: 余光中이 中國文藝協會의 제3회 文藝獎章新詩獎 받음.(5월)

1963년: 上官予가 中國文藝協會의 제4회 文藝獎章新詩獎 받음.(5월)

1964년: 管管이 「四季水流」로 1964년도 香港現代文學美術協會新詩獎 받음.(6월) 葉維廉과 金炳興이 「創世記」詩刊 創刊 10주년 詩創作獎 받음.(10월)

1965년: 瘂弦이 제1회 中國靑年文藝獎金新詩獎 받음.(3월) 王祿松이 中國文藝協會 제6회 文藝獎章新詩獎 받음.(5월) 古丁은 「革命之歌」史詩로 國軍 제1회 新文藝長詩金像獎을 받고 張騰蛟, 沈甸菩提 등이 短詩金銀銅獎을 받음.

1966년: 鄭愁丁이 長詩 「衣鉢」로 제2회 中國靑年文藝獎金新詩獎 받음.(3월) 蓉子가 필리핀 대통령 마르코스 金牌獎을 받음(5월). 古月, 喬林, 施善繼, 林煥彰이 본년도 優秀靑年詩人獎을 받음.

1967년: 辛牧, 艾雷, 楓堤가 본년도 優秀靑年詩人獎을 받음.(6월) 羅門이 「麥堅利堡」로써 마르코스 대통령 金牌獎을 받음(7월) 梅新이 救國團 제6회 靑年學藝大競賽最佳新詩獎을 받음.(10월)

1968년: 林錫嘉, 李弦, 林鋒雄, 陳慧樺가 본년도 優秀靑年詩人獎을 받음.(6월) 辛鬱, 文曉村이 國軍新文藝長詩銀銅獎을 받고, 孫家駿, 王祿松이 短詩銀銅獎을 받음.(10월)

의 정착단계인 만큼 시에 대한 견해에 따라 적지 않은 논쟁도 있어서 이
것들이 타이완 문학사조에 영향을 준 것만은 사실이다.[7]

2. 작가평술

60년대의 시단은 각자의 풍격이 안정되고 성숙하는 취향을 보여 각양
의 독특한 시경(詩境)을 개척하였다고 볼 수 있다. 이 시기의 대표적인

1969년: 鄭炯明, 陳明皇이 본년도 優秀青年詩人獎을 받음.(6월) 笠詩刊 創刊 5주
년 제1회 笠詩獎에서 創作獎에 周夢蝶의 「還魂草」, 評論獎에 朴英豪의 「批評的
視覺」, 飜譯獎에 陳千의 「日本現代詩選」이 수상함.(6월)
1970년: 林煥彰이 中國文藝協會의 제10회 文藝獎新詩獎 받음.(5월)

(2) 詩展
대표적인 전시회로는 1964년 5월 1일부터 15일까지 余光中이 계획하고 文星雜誌
가 찬조한 「水晶詩展」이 열렸고, 1966년 3월 29일 幼獅文藝, 現代文學, 笠, 劇場
등이 찬조하여 「露天現代詩展」을 열어 瘂弦 등 16인이 참가하였고, 1966년 3월
과 1967년 3월에 中國現代藝術季를 열었다.

(3) 시낭송과 좌담
1963년: 臺北에서 「追思詩人覃子豪遺作朗誦會」를 거행.(10월)
1964년: 藍星詩社와 現代文學社가 「現代詩朗誦會」를 거행하여 余光中이 주관하
여 胡品清, 張健, 高準, 劉延湘, 周夢蝶, 蓉子, 方華, 吳宏人, 王憲陽, 夏菁 등이 시
를 낭송함.(3월)
1967년: 幼獅文藝가 「新詩向何處去」좌담회를 개최하여 紀弦, 羊命野, 余光中, 商
禽, 鄭愁子, 楚戈, 辛鬱, 許世旭 등이 참여.(1월)
1968년: 師大英語科가 「中英詩朗誦會」를 열어 陳慧樺 주재하에 鄭愁子, 洛夫, 余
光中, 辛鬱, 羅門, 蓉子, 夐虹, 林綠 등 20여 인이 참가.(5월) 創世記詩社가 「詩人
與哲學家座談會」를 열어 成中英, 洛夫, 趙天儀 등 대가들이 참가.(7월)
1970년: 中國新詩學會가 건국 60주년을 경축하여 「新詩朗誦會」를 거행함.
7) 시논쟁의 대표적인 사건으로 言曦의 「新詩閑談」과 餘論에 나온 논쟁, 洛夫와 余光
中의 「天狼星」시에 대한 관점 논쟁, 笠詩社가 羅門의 「麥堅利堡」에 대한 평에서
나온 논장 등을 들 수 있다.

시인이라면 평가 기준에 따라 다소 다를 수 있지만 대개 양링예(羊令野), 정초우위(鄭愁予), 팡띠(方蒂), 쪼우멍디에(周夢蝶), 예웨이렌(葉維廉), 야쉔(瘂弦), 빠이띠(白荻), 상친(商禽), 위꽝쫑(余光中), 중홍(敻虹), 뤄먼(羅門), 뤄푸(洛夫), 꽌꽌(管管), 예싼(葉珊) 등 14인을 들겠으니(張默의 「從繁富到淸明」에 근거함), 이들을 시의 성향에 따라 구분하면서 개관하고자 한다.

먼저 완미파(婉美派)의 시인으로 양링예, 정초우위, 예싼을 들 수 있는데 양링예(1923~)는 ≪남북적(南北笛)≫(嘉義商工日報)와 ≪시대오(詩隊伍)≫(靑年戰士報)의 편집을 보면서 고전과 현대를 조화하면서 성율의 미를 터득하였는데 그의 ≪조개잎(貝葉)≫(「詩・散文・木刻」季刊, 1961) 제1엽의 후단을 보면,

> 너의 눈동자에서, 밤은 다시 녹슬지 않는다.
> 밤이 다시 녹슬지 않는다. 나의 마음 속에서
> 한 부도의 옥이 서고
> 한 조갯잎이 엎어지고
> 한 사리가 밝다
> 닫는다, 나의 마음
> 닫는다, 나의 눈동자
> 밤이 너무 곱고, 밤이 다시 녹슬지 않는다.8)

「夜不再銹」의 공령미(空靈美)를 통해 이 시의 묘법이 미화되고 승화되어 있다. 정초우위(1933~)는 ≪현대시≫ 잡지에서 출현하여 시풍이 온완(溫婉)하고 의상이 화미하여 인구에 회자한 작품을 많이 썼는데 ≪패

---

8) 在你瞳中, 夜不再銹 夜不再銹, 在我心中 一浮屠之玉立 一貝葉之覆載 一舍利之圓明 鎖住, 我心 鎖住, 我瞳 夜很美, 夜不再銹

산의 인상(覇山印象)≫(藍星詩社, 1962)을 보면,

동쪽으로 다시 올 수 없다. 발끝이 부드러운 배를 찰 가 두렵다
우리 물고기는 한 줄기 천낭 아래에 꿰어 있다
다시 서쪽으로 갈 수 없다. 서쪽은 극락이라

성근 옷을 걸친 어깨 위에
물소리가 별의 옛 고향까지 전해진다.
그리고 산꼭대기의 꽃 봉우리처럼 꽃을 묶어 놓아
우리의 발 아래에
앞으로 다신 갈 수 없다. 앞에는 낭떠러지

큰 소나무는 제비꽃처럼
땅을 덮은 흰 구름
성령 낚시 하나에 의지하고 오래 머문다해도
우리는 종내 남루한 오던 길을 잊기 어렵다

아득히 또 아득히 다시 머리 돌릴 기약 없다
문득 저 세계를 건너 이미 머리 돌릴 곳이 멀어졌구나9)

　물소리는 별의 옛 고향에 전하고 발 아래는 천애(天涯)가 보이며 큰
소나무는 연초(燕草) 같고 온통 덮힌 흰 구름 속에 아득히 피안(彼岸)의
세계를 보듯 작가는 미사(美辭)로써 초탈을 추구하는 경계를 묘사하였다.
그리고 예쏀(1940~　　)은 완약파(婉約派)의 대표로 지칭되어 ≪양무시집
(楊牧詩集)≫을 출판하고 장시시극까지 발표했다. 그의 <제2차의 텅빈

---

9) 不能再東, 怕足尖蹴入初陽軟軟的腹　我們魚貫在一線天廊下　不能再西　西側是極樂
　　限不打在粗布的肩上　水聲傳至星子的舊鄕　而峯巒蕾一樣地禁錮着花　在我們的跣足
　　下　不能再前　前方是天涯　巨松如燕草　還生滿地的白雲　縱可憑一釣而長住　我們總難
　　忘藍樓的來路　茫茫復茫茫　不期再回首　頃渡彼世界　已假回首處

문(第二次的空門)>(시집 ≪傳說≫, 1971)은 성율이 청초하고 의상이 유현(幽玄)하여 시감이 뛰어나다.

> 갈대꽃의 소리가 예같이
> 그 비단을 찢는 위세로
> 한 잔 좀 남은 술을 뒤척이고
> 길가에 기울어져 있다
> 여기 돌아오니 분명히 가벼이 흔들대는 풍설의
> 섣달의 달도 못 만나네
> 종이 울리는 곳에, 뭇 까마귀 다 모인다
> 날아와서 사원의 한 거칠은 요절을
> 탐문하니, 과연
>
> 너는 내 기억 속에 넘어진 석불이구나
> 미소는 여전히 있는데, 가시덤불이
> 이미 너의 몸 겨드랑 아래를
> 따라서 자라난 것이 분재처럼 요염하구나10)

　이 시인은 작풍이 시의 기상과 상상이 일출(逸出) 하고 언어가 풍부하고 감각이 유연하여 청년층의 호응이 컸다. 다음 담백파(淡白派)로서 팡신·예위이롄·충홍 등을 들 수 있는데, 팡신(1939～　)을 보면 ≪엎드려절함(膜拜)≫(1963) 시집을 내어 명성을 얻었다. 그의 단시 ≪달이 뜨다(月升)≫(≪現代文學≫, 1963)을 보면,

> 황혼의 하늘, 크고 오묘한 보조개

---

10) 依舊是蘆花的聲音 以其裂帛的威勢 輾過一杯殘酒, 街道傾斜 這歸來確實未逢上飄搖的風雪朧月 鐘鳴處, 群鴉畢至 飛來深間寺院中一草率的早殤, 果然 你竟是我記憶裏倒塔的一尊石佛 微笑仍在, 荊棘却已經從 你的身際腋下 生長如盆栽妖嬈……

홍작새 같은 개구쟁이가 뛰노는 지붕 위에
발에 치어 나온 달은
방금 다 먹은 파인애플 깡통
쨍그랑 소리를 낸다[11]

시인의 의상 세계가 사물의 의인화를 통해 자연의 현상을 인간의 안계에서 찾고 느끼려 하였으니 말구의 달에 대한 시각이 통조림이 울리는 소리로 부각된 것은 타인에게서는 보기 드문 감흥이라 하겠다. 예웨이렌(1937~)은 조년의 웅혼(雄渾)한 풍미에서 점차 염담(恬淡)한 경지를 추구한 점이 특이하니, 그의 <램의 노래(仰望之歌)>(≪創世記≫ 제18기, 1963) 제1절을 보기로 한다.

나의 목마는 파도 위에 있고
나의 방울은 말속에 있다
오는 것과 떠나는 것을 생각하니
지친 몸이 정거장으로 가고
불타는 침묵이 변방을 태운다
바람의 아이
구름의 아이
너희들은 논에서 어떻게 새 이삭으로 움켜잡히는지 알겠지[12]

그의 시는 핍진(逼眞)하고 예술적이며 이어지는 시의의 구조가 전시에서 넘치고 있다. 여류시인 중홍(1940~)은 ≪남성시간(藍星詩刊)≫을 통

---

11) 黃昏的天空, 龐大莫名的笑魘啊 在奔跑着紅髮雀斑頑童的屋頂上 被踢起來的月亮 是一隻剛吃光的鳳梨罐頭 鏗然作響

12) 我的木馬在凌波上 我的鈴兒在說話中 當欲念生下了來臨與離別 當疲色的形體通向車站 當燃燒的沈默毀去邊界 風的孩提 雲的孩提 你們可知道稻田怎樣被新穗所抓住

해 등단하여 시어가 담백하고 음조가 경유(輕柔)하면서 의상이 기현(奇
玄)한 풍격을 지녀서 서정성이 강하게 표출되곤 한다. 그의 <물 무늬(水
紋)>(≪金蛹≫, 1968)을 보면,

갑자기 네가 생각난다, 그러나 이 시각의 네가 아니다
이미 별꽃은 빛이 안 나고, 이미 비단 무늬가 아니다
가장 고운 꿈속이나 가장 꿈같은 고움이 아니다
갑자기 네가 생각난다
그러나 센티멘탈이 은은히 있다
멀리 가는 배처럼
뱃 가의 물 무늬……13)

이 시속에 깃든 감흥은 단순한 시의 그것 이상의 끊이지 않는 애소(哀
訴)와 우수가 서려있다 할 것이다.

다음으로 은유파(隱喩派)와 현실파(現實派)로 나눌 수 있겠는데, 먼저
은유파를 보면 야쉔·뤄먼 그리고 꽌꽌을 대표 작가로 들 수 있다. 야쉔
(1932~)은 본명이 왕칭린(王慶麟)으로 하남(河南) 남양인(南陽)인데, 문
학이론이 정연한 타이완의 대표적 문인이라 하겠다. 그는 1954년에 ≪창
세기≫를 창간하면서 시단에 등장하여 시집 ≪깊은 연못(深淵)≫은 주목
을 끈 독특한 경지를 토로한 문제작이었다. <하오(下午)>14)의 일단을
보면,

0시 45분 어느 죽은 자의 옷이 바다 밑에서

---

13) 忽然想起你, 但不是此刻的你 已不星華燦發, 已不錦繡 不在最美的夢中, 最夢的美
中 忽然想起你 但傷感是微微的了 如遠去的船 船邊的水紋……

14) 「下午」는 ≪創世記≫ 제20기에 原刊됨(1964년 6월)

가벼이 올라와서 그녀의 침상을 감싸니
희랍의 발굴보다 더한 것 같다.
오토바이의 모터소리 사라진 후에
에피쿠로스 학파가 노래를 시작한다

묘 속의 이빨이 이것을 화답할 수 있을까?
월요일, 화요일, 수요일, 모든 날들?15)

이 시는 희극효과를 살려서 서술하고 있는데, 특히 끝 두 구는 해학적인 용어를 써서 현상(玄想)의 의식을 경주(傾注)하였다고 본다.

뤄먼(1928~)은 본명이 한런춘(韓仁存)으로 광동(廣東) 문창(文昌)인이다. 그의 시풍은 현대물질문명이 인류의 정신을 오염시켜 가는 것을 비판하는 경향을 보여주고 있는데, 그의 <파편, 트론의 잘린 다리(彈片·TRON的斷腿)>16)는 월남전에 파편으로 상처받은 한 소녀를 통하여 현실 비판의 풍자를 강구(講究)하고 있다. 보건대,

한 장의 날아온 엽서가
열두 살의 트론을 부르며 돌길을 따라 달린다.
끊어진 나무에서 마천루의 아득한 데를 바라보는데
신부의 붉은 담요를 딛고 탄환을 직선으로 쏜다

만일 그것이 호수의 구름이라면
트론의 얼굴을 웃음지게 할텐데
만일 그것이 푸른 들에서 날아온 날개라면
트론새같은 나이에 꼭 맞을텐데

---

15) 零時三刻一個死人的衣服自海裡飄回 而抱她上床猶甚於 希臘之控掘 在電單單的馬達聲消失了之後 伊璧鳩魯學派開始唱歌 墓中的牙齒能回答這些碼? 星期一, 星期二, 星期三, 所有的日子?

16) 이 시는 ≪現代文學≫ 제37기에 실림(1969. 3)

그러나 그네가 올라갈 때 끈이 뚝 끊어졌다
온 하늘은 곧 태양의 등에 기울고
스케이트장과 발레 무대의 먼 곳처럼 돌다 넘어져
레코드판처럼 가지에서 끊어져 떨어졌다[17]

그리고 꽌꽌(1928~   )은 본명이 꽌윈롱(管運龍)으로 산동(山東) 교현(膠縣)인인데, 그의 시는 해학을 추구하여 상상력이 풍부하며 섬세한 면이 장점이 된다. 그의 <얼굴(臉)>[18]을 보면,

연애중인 그는 한 자루 봄빛 찬란한 작은 칼
한 자루 봄빛 찬란한 작은칼이 나의 살갗을 가르고 있다
갈라진 나무의 살갗에는 한 가닥 싹이 탄생하고 있다
그 새싹의 손가락은 한 자루 봄빛 찬란한 작은 칼
한 잎 봄빛 찬란한 작은칼 위에 꽃이 피고
한 방울 붉은 꽃에 푸른 과실이 맺으며
한 알의 고통하는 과실은 나의 얼굴
나의 얼굴은 한 자루 봄빛 찬란한 작은칼에 의해
갈라지고 있다!
갈라지고 있다![19]

---

17) 一張飛來的明信片 叫十二歲的 TRON沿着石級步 赤在斷樹望向摩天樓的漠然裏 而
神父步紅氈子彈跑直線 如果那是滑過湖面的一片雲 也會把TRON的臉滑出一種笑來
如果那是從綠野飛來的一隻翅膀 也正好飛入TRON鳥般的年齡 而當鞦韆盪昇起時一邊
繩子斷了 整坐藍天便斜入太陽的背面 旋轉不成? 水場與芭蕾舞臺的遠方 便唱盤般
磨在那枝斷針下

18) 이 시는 ≪花之聲≫(詩宗叢書 제3호, 1970. 5)에 실림

19) 戀愛中的伊是一柄春光燦爛的小刀 一柄春光燦爛的小刀割着吾的肌膚 被割之樹的
肌膚誕生着一簇簇嬰芽 伊邦芽的手指是一柄春光燦爛的小刀 一葉葉春光燦爛
的小刀上開着花 一滴滴紅花中結着一張張青菓 一張張痛苦的菓子是吾一枚枚的臉
吾那一枚枚的臉被伊一柄柄春光燦爛的小刀 割着! 割着!

현실파로는 상친, 위꽝중 등을 들 수 있다. 상친(1930~)은 본명이 뤄엔(羅硯)으로 사천(四川) 공현(珙縣)인이다. 그는 인생관을 중시하여 구속된 인성을 상정(想定)한 위에 인도주의적인 입장을 강조하면서 한편 초현실적인 의기를 불식할 수 없는 것은 역시 현대를 살아가는 인간이 이중적 내면성을 표출한 예라 하겠다. 그의 <비둘기(鴿子)>[20]를 보면,

> 지금 나는 왼손으로 가벼이 어루만지며 떨고 있다. 더욱이 그녀의 상처받은 짝을 서러워하는 것같이 말이다. 아! 한 마리 상심한 새여. 여기에, 나는 또 오른손으로 가벼이 왼손을 어루만지고 있다……. 하늘에 나는 것은 혹시 독수리인가, 혈기 잃은 하늘에는 참새 한 마리도 없다. 서로 의지하여 떨고 있고 일하고 또 일하며, 죽이면 종내는 또 죽임 당하는 것, 무고한 손으로 지금, 나는 너희들을 높이 들어, 나는 참으로 다친 참새 놓아주듯이 너희들을 나의 양팔에서 풀어주고 싶다.[21]

이 시는 산문시의 형식으로 서술되어 있어서 독특한 체식을 썼으며 비둘기라는 한 미물이 비천하게 보호받지 못하는 신세를 동정하면서 현실에서의 일탈을 엿보게 하는 작풍을 표출하였다.

위꽝중(1928~)은 복건(福建) 영춘(永春)인으로 타이완 시단의 대표적 작가이다. 예술의 다재한 시인으로 민족의식의 주체성을 강조한 시를 많이 발표하였다. 그의 <타악기를 치며(敲打樂)>[22]를 보면,

---

20) 「鴿子」는 ≪創世記≫(1966. 4)제24기에 실림.

21) 現在, 我用左手輕輕的愛撫着在顫抖着, 就更是像在悲憫着她受了傷的伴侶的, 啊, 一隻傷心的鳥. 于是, 我復用右手去輕輕地愛撫着左手, ……在天空中翱翔的說不定是鷹鷲. 在失血的天空中, 一隻雀鳥也沒有. 相互倚着而顫抖的, 工作過仍要工作, 殺戮過終也要被殺戮的, 無辜的手啊, 現在, 我將爾們高擧, 我是多麼想一如同放悼(對傷癒的雀鳥一樣)將你們從我雙臂釋放啊.

링컨이 해방시킨 구름 아래에
휘트만이 경축한 풀 위에
앉아서, 신선한 야외 식사를 대한다.
중국 중국 너는 나의 목구멍에 걸려서, 동방삭의
비관을 넘기기 어렵구나
스스로 젊은지, 이미 젊음이
지났는지 스스로 의아스럽다
(본디 젊음을 보내기도 전에 죽으니 슬프다)
국상일? 여전히 불쾌하다 자못 불쾌하다
너무 불쾌하다 불쾌하다
이렇게 우울하게 부화해 간다
대개 어떤 날개로는 부화 못하고
중국 중국 너는 나를 일찍 노쇠케 하누나[23]

조국이 있고 애국심이 일고 현실과 낭만 속에 이국에서 갖은 귀소감
(歸巢感)과 비애 어린 자성이 하나로 어울리면서 승화된 시정(詩情)이 표
출되어 있다.

3. 신시의 특성

1960년대 시의 특색이라면 크게 세 가지 관점에서 추려해 볼 수 있으
니, 먼저 시어의 신조(新造)와 활용을 들겠다. 이 특성은 과거의 습관적
으로 써 온 소위 전통언어에서 시대감각에 적합한 신조어의 시적 활용
을 의미하는 것이다. 이에는 새 경험, 새 감각, 새 전율(戰慄), 나아가서

---

22) 이 시는 《文學季刊》 창간호에 실림(1966. 10)

23) 在林肯解放了的雲下 惠特曼慶祝過的草上 坐下, 面對鮮美的野餐 中國中國你哽在
我喉間, 難以下燕 東方式的悲觀 懷疑自己是否年輕是否會輕年輕過 (從末年輕過便
死去是可悲的) 國殤日? 仍然不快樂啊頗不快樂極其不快樂不快樂 這樣鬱鬱地孵下
去 大概什麽翅膀也孵不出來 中國中國你令我早衰

새로운 미지의 환상도 새 언어의 감각으로 추출하기 위해서 이 시기의
시는 산고를 치렀던 것이다. 예컨대,

*적막 속에 드는 이 없는 추락소리 들린다(在沈寂中聆聽無人抬的墮落)
 (覃子豪, <隱花植物>시 말양구)
*그는 손지팡이에 기대어 천천히 피같이 붉은 지는 해를 향해 간다(他
 拐着手杖, 緩緩地走向血紅的落日)(紀弦, <過程>시 제1단 제1구)
*그런 즉 봄은 난간 밖에서 부끄러운 줄 모르고 걸어간다(然則春天在檻
 外不知恥地步着)(白荻, <然則>시 제1단 제1구)
*이념의 바다에서 놀라 깨어 모으는 눈 눈(從理念的海驚醒而聚合的眼眼
 眼睛)(錦連, <轉死>제5구)
*시간은 조각나 부서지고 생명은 시시각각 물러간다(時間片片碎裂, 生
 命刻刻逍退)(蓉子, <我們的城不再飛花>시 제10행)
*달빛이 흘러서 이미 가을이니 이미 가을이 오래구나(月光流着, 已秋了,
 已秋得很久很久了)(鄭愁予, <右邊的人>시 제1행)
*세월은 끊이지 않는 수풀(歲月是連綿不絶的叢林)(張健, <人像>시 제4
 단 제1행)
*전쟁은 어느 집 등불 아래에서 자서전을 쓰나(戰爭在哪家的燈下書寫自
 傳)(喬林, <宵禁>제2절 제1행)
*세계는 오직 하나의 부서진 병이다(世界只是一隻碎裂的瓶子)(辛牧,
 <變形花>제1절 제3행)

이상에서 비율과 기교적인 묘법을 쓰면서 진지한 물상을 묘사하였다.
1950년대의 시풍이 언어의 산문화와 개념화, 그리고 구어화에의 이 시대
는 짱모(張黙)가 말한 바, 「알맞은 어구·참신한 어구·긴밀한 어구·꾸
미지 않는 어구는 한 수의 시를 영생케 할 수 있다.」(確當的語言·創新
的語言·堅密的語言·不是裝飾的語言·可以使一首詩步上永恆。)라 한
표현대로 허상이 아닌 진상을 찾아 외치는 진실의 신시기라 할 것이다.
 다음으로 들 수 있는 특성은 시의 의상이 풍부하고 선명하다는 것이

다. 시어의 신조에 맞추어서 의상까지 다양하여져서 외표와 내실이 모두 지닌 성향을 보였다는 데서 이 시기의 의미가 큰 것이다. 따라서 상징과 은유, 비흥과 몰입, 그리고 초탈과 순수경험 등의 방법이 제기되어 시감의 풍만을 짙게 할 수 있었다. 그 예를 들어 살피고자 한다. 뤄잉(羅英)의 <달빛(月光)>의 일단을 보면,

> 공기의 유방 속에
> 꽃 떨기의 눈동자 속에
> 구름의 심장 속에
> 흘러간다 나와 나의 기대의 목으로
>
> 시간의 이마 위에
> 우수가 멋대로 피어있다24)

여기에서 언어의 나열부터가 점진적인 묘법을 강구하면서 의상의 심도가 짙어지고 있다. 달빛아래의 엄습하는 우수는 시공과 색채의 의취를 점입시키면서 詩化라는 함축미로 축약하였다. 그리고 천삥(詹冰)의 <물소 그림(水牛圖)>의 일단을 보면,

> 물소가 물 속에 있는데 그러나
> 아르키메데스의 원리를 모른다
> 각질의 소괄호의 사이로
> 곧장 사상의 바람이 불었다
> 물소는 눈물 속에 빠져서
> 안구가 하늘의 흰 구름을 쳐다보며

---

24) 空氣的乳房裏的 花藻的瞳孔裏的 雲彩的心臟裏的 流過我與我的期盼之頸項 在時間的額上 憂愁恣意地開放

겹위로 적막을 되씹는다[25]

여기서는 한 마리의 물소의 검은 뿔에 초점을 두어 적막감을 더욱 절박하게 묘사하고 있다.

다음으로 들 수 있는 특성으로는 시인의 안목과 시야가 높고 크다 할 것이다. 따라서 표현 내용이 풍부하고 제재가 다양해진 것이다. 그 주된 제재를 전쟁과 사망의 관계와 생명의 희비를 묘사하는데 둔 것은 시기적으로 타이완으로의 후퇴 이후에 대륙 광복을 각오하고 격려하는 소명의식을 강조하고자 한 데 있다. 찌쏀(紀弦)의 <아프뤄디의 죽음(阿富羅底之死)>, 위꽝중의 <잊은 내(忘川)>, 뤄푸의 <언덕 없는 강(無岸之河)>, 신위(辛鬱)의 <토양의 노래(土壤之歌)>, 껑초우위의 <풀이 언덕에 나다(草生原)>, 천삥의 <물소 그림(水牛圖)> 등은 시의 솔직성과 진실을 통해 독자의 시심을 광대하고도 열망적으로 유도해 나갔다. ≪현대시(現代詩)≫, ≪남성(藍星)≫, ≪창세기(創世記)≫, ≪삿갓(笠)≫ 등의 출간을 통하여 발표된 작품들이 바로 그 사회 현실을 풍자하고 대변해 준 것이니, 양무(楊牧)가 <타이완 현대시 30년을 말함(談臺灣現代詩三十年)>에서 피력한 다음 내용에서 그 단편을 확인할 수 있다. 곧, 사회적 여건에 대해서는 「예컨대 60년대 많은 군출신 시인이 작품에 묘사하고 토론한 것은 대개 그들 자신의 동포들의 매우 절실한 문제들 즉 향수의 발로, 사회 환경에 대한 비판 같은 것이었다.」[26]라 하고, 그 원인에 대해

---

25) 水牛浸在水中但 不懂得阿幾米得原理 角質的小括號之間 一直吹過思想的風 水牛以沈在淚中的 眼球看上太空白雲 以複胃反芻寂寞

26) 譬如說六十年代, 許多出身軍旅的詩人, 他們在作品中描寫, 討論, 就有很多是與他們自己同胞們非常切身的問題, 像鄉愁的抒發, 對週遭社會環境的批判等.

서는 「그 가장 큰 원인은 지금 같은 향토 문학의 시를 쓰지 못한다기보다는 그들이 그렇게 차마 쓸 수 없다는 것이다. 60년대 사회환경 조건의 제한 때문에 그들로서는 비교적 함축된 무언방식으로, 간접 표현방법을 가지고 그들의 비판을 표현하지 않으면 안 되었다.」27)라고 한데서 현실과 의식의 대비를 느끼게 한다. 시는 어느 시대든 자신의 갈등을 함축시킨 정지(情志)의 핵이어늘 이 시기의 시도 그에서 예외일 수 없었다.

지금 우리의 중국에 대한 초점이 밝아지고 있으며, 중국의 현대문학에의 관심도 점점 높아지고 있다. 특히 대륙의 현존작가들 가운데 빠진(巴金)이나 아이칭(艾青), 선총원(沈從文), 베이따오(北島) 등은 노벨문학상 후보에 올랐었고, 까오싱젠(高行健) 국적이 프랑스이지만 이미 그 상을 받았다. 물론 이런 경향을 마다하지 않지만 다만 가까운 곳, 분명한 대상에 대해 구명하는 자세도 중요하다. 이렇다면 우리의 현대문학 연구에서 타이완의 그것을 심층까지 다루어 주는 선행적 학구자세가 필요하다고 본다. 타이완은 국공합작의 실패로 인해 형성된 공산하 이전의 현대문학의 조류를 계승한 실질적인 정통맥락의 하나인 것을 잊어서는 안 된다.

---

27) 其中最大原因, 并非他們不會寫類似今天鄉土文學的詩, 而是他們不能這麼寫. 由於六十年代社會環境條件的限制, 使得他們必須以比較含蓄的寓言方式, 用間接表現方法表達他們的批判.(≪中國論壇≫, 제207기 1984. 5)

13장 1970년대 타이완(臺灣)의 시 사조

한국은 물론 국제학술계의 동향이 중국현대문학의 연구방향을 대륙의 자료에 의거하여 치중하고 있는 현실이다. 그것은 국공합작의 실패 후의 시기(1949년 이후)를 의미한다. 그러나 타이완의 현대문학은 대륙 못지 않게 질량면에서 괄목할 만하다. 1950년대부터 50여 년의 문학 활동은 독자적인 문학 세계를 형성해 왔다. 이 글의 목적도 이와 같은 가벼이 간과할 수 없는 부분을 소극적이지만 짚어보아야 하겠다고 생각한 데에 있다. 여기서는 1970년대의 시작에 나타나고 있는 작시 성향에 주안하여 그 특성을 살펴보고자 하며 참고로 10년 간에 출간된 시선류의 목록을 소개하는 점도 유용하리라 보아 첨부하려 한다. 이 글의 작품 자료본은 샤오샤오(蕭蕭) 등이 편선한 ≪中國當代新詩大展≫(1970〜1979) 3책(德華出版社, 1981)임을 아울러 밝혀 둔다.

Ⅰ. 70년대 신시의 특성

타이완에서 1960년대의 시가 시어와 의상면에서 예술성을 추구한 반면에, 1970년대의 10년 간은 소설의 향토적 제재의 영향을 받아서 시에서도 향수시가 강하게 대두하니, 거기에서 나타난 모순점도 간과할 수 없다. 따라서 이 시대의 신시를 풍격면에서 살펴보기 전에 모순점을 집약한다면, 먼저 향토적 시어 가지고는 전통적인 결정체를 소화해 낼 수 없으며, 둘째는 평범한 시어로는 시가 지닌 은근한 속뜻을 모두 포용할 수 없으며, 셋째로는 향토적 의식이 결여된 시인으로는 직접적이며 각별한 시적 감흥을 불러일으킬 수 없다는 문제점 때문에 70년대에 매우 주요한 시의식이면서도 시의 주류가 되기에는 다소의 이질적 요소가 되는 것이다. 이런 관점을 감안하면서 연도별로 총괄하는 의미에서 조명하려 한다.

1970년대에 들면서 정치적으로 타이완은 의외의 사건들이 연발하여 1970년 11월의 조어대(釣魚臺) 사건, 1971년 10월 25일의 유엔에서의 탈퇴, 1972년 2월 미국 닉슨의 중국방문, 동년 9월의 타이완과 일본의 외교단절, 1972년 타이완 경제 5개년계획 수립 등 굵직한 변화가 일어났다. 이에 따라, 서서히 타이완 자체의 주체 의식이 일기 시작했다. 1971년 3월 「용족(龍族)」이 나타나서 창간선언에 이르기를,

> 우리는 우리 자신의 징을 두드리며 우리 자신의 북을 치며, 우리 자신의 용춤을 춘다.1)2)

---

1) 「龍族」은 各期封面에 이 선언을 부기하였고, 이 詩刊의 주요 동인으로는 林佛兒, 林煥彰, 辛牧, 喬林, 施善繼, 陳芳明, 高上秦, 蕭蕭, 蘇紹連, 黃榮村 등임.

라고 하여 중국 전통으로 회귀하려는 시적 반향(反響)을 보이기 시작하였다. 이것이 서두에 언급한 바, 향토색으로 포용될 수도 있음직하다. 이 용족에 맞추어 나타난 시간으로 ≪주류(主流)≫와 ≪대지(大地)≫를 들 수 있는데,3) ≪대지≫의 발간사는 또한 신세대의 이상을 제시해 주는 한 본보기라 할 수 있다.

> 대지의 창간은 우리의 의식에 있어 결코 한 권의 동인 잡지를 출판하는 것만으로 끝나지 않는다. 우리는 물결을 일으키듯 하나의 운동을 조성하여 20여 년 간 횡적인 이식 속에 성장해온 현대시가 새로이 중국 전통문화와 현실 생활 속에서 필요로 하는 자양분을 얻어 재생하기를 바란다.4)

라고 하였다. 여기서 70년대 시단이 자기 각성을 하게 되고 후진에게 현대시의 재창출을 기대하고 있음을 알 수 있다.

한편, 1972년 꽌쩨밍(關傑明)(당시 싱가폴대학 영문과 교수)이 ≪인간≫에서 발표한 「중국현대시인의 곤경(中國現代詩人的困境)」과 「중국현대시의 환상적 경지(中國現代詩的幻境)」 등 두 편의 비평은 당시의 시 사조를 선도하는 역할을 하였으니,5) 전자의 비평에서,

---

2) 我們敲我們自己的鑼打我們自己的鼓舞我們自己的龍。

3) ≪主流≫의 주요 동인에는 黃進蓮, 羊子喬, 凱若, 杜皓暉, 德亮, 林南 등이 참여하고, ≪大地≫에는 王浩, 王潤華, 古添洪, 李弦, 余中生, 林明德, 翁國恩 등이 참여.

4) 大地的創刊, 在我們的意識上竝不僅僅是出版了一份同人雜誌而已, 我們希望能推波助瀾漸漸形成一股運動, 以期二十年來在橫的移植中生長起來的現代詩, 在重新正視中國傳統文化以及現實生活中獲得必要的滋潤和再生。

5) 關傑明의 비평문은 ≪中國時報≫「人間副刊」에 1972년 2월 28일, 그리고 동년 9월 10일, 11일자로 연재됨.

중국 작가들은 그들의 전통적인 문학을 소홀히 하고, 서방의 표준에 매달려 왔는데 설사 전통 기법의 위험을 피했다 하여도 구미 각지에서 들어온 새로운 것을 어설프게 삼킨 것을 고작 얻은 것이라 할는지![6]

라고 통박하였다. 그러나 하나의 시도는 또 하나의 저항을 낳는 것이어서, 1972년 12월에 출판된 ≪창세기≫ 31기에서의 「창세기서간」에서는 「꽌쩨밍 군의 언론은 지나치게 편파적이며 무단적이어서, 글귀마다 소리와 분노로 충만하여 붓 하나로 온 역사를 말살하려 한다고 생각한다」[7]라고 거센 반발이 일어났지만, 이와 때를 같이하여 소위 용족평론전호(龍族評論專號)(1973. 7)에서 「새로운 평가와 진실한 시 검토의 시도(意圖作一重新估價與認眞檢詩的試探)」라는 제하로 쓴 다음 내용은 자아의식의 재정립을 더욱 확실히 한 부분이다.

세심히 고찰해 보면 20년 간의 타이완 현대 시단은 진실로 적지 않은 현대 시인이 나와서 한발 한발 자기의 예술의 길을 가면서 그 원래의 전통과 사회에서 점점 멀어졌다. 고독한 심사와 각고의 창조 속에서 이미 자신이 군중 속에 살고 있음을 망각한 듯 하고, 또 자기의 작품이 결국 광대한 군중 속으로 돌아가야 한다는 것도 잊고 있었다. 그들은 자신의 작품, 자기에만 지나치게 몰두하여……외래사상, 어휘, 그리고 창작 이론을 대량으로 습용하여 자기 생활의 시공에 섞어 놓고 말았다. 간단히 그들은 뿌리내릴 진흙조차 상실한 듯하다.[8][9]

---

6) 中國作家們以忽視他們傳統的文學來達到西方標準, 雖然避免了因襲傳統技法的危險, 但所得到的, 不過是生呑活剝地將由歐美各地進口的新東西拼湊一番而已。

7) 均認爲關君言論過份偏激武斷, 字裏行間充滿了『聲音與憤怒』企圖一筆抹殺全部歷史。

8) 龍族詩社 主篇, ≪中國現代詩評論≫, 龍族評論專號, p.6

9) 細心考察, 二十年來的臺灣現代詩壇, 誠然有不少現代詩人, 在他們一步一步走向他個人的藝術道途上時, 是逐漸遠離了他所來自的那個傳統與社會; 在孤獨的沈思與刻意

이 얼마나 과감한 논박인가! 국민당 정부가 타이완으로 건너온 지 20 여 년 만에 참된 자성의 소리가 아닐 수 없다. 이러한 사조는 1970년대 의 시단에 주류를 이루고 귀속성(歸屬性)이란 입장에서 신시의 전환점을 맞이한다. 1970년대초 3년간에 있었던 자성의 소리는 이른바 「용족정신」 이라고도 할 수 있으니, ≪용족시선≫에 보면,

> 용족 정신은 개방의 정신이요, 수용과 함축의 정신이다. 그러나 용 족시간은 이미 일정한 풍격이 없으며, 또 당대의 각종 주의・유파를 제창하지도 않는다. 그 추구하는 방향은 무엇인가? 그 이상은 무엇인 가?…… 첫째 용족의 동인은 긍정적으로 이 때 이곳의 중국 풍격을 파악할 수 있을 것. 둘째, 성실하게 중국 문자로 자기의 사상을 표달 할 것. 셋째, 시는 진실되게 이 사회를 비판할 것. 그러나 또한 흉금 을 열어 이 사회로 하여금 우리의 시를 비판토록 할 것 등이다.10)11)

라고 하여 덮어둘 수 없는 변혁의 한계에 이르고 만 것이다. 이 변혁이 후퇴가 아닌 시단의 새 지표이며 발전의 단계인 것이다. 이것은 서두에 언급한 향토 문학과 연관된다. 특히 ≪시조(時潮)≫(1977. 5 창간)에서 민 족 정신을 발양하며, 서정의 본질을 파악하고, 민주 사회의 심상을 세우 며 표현의 기교에 관심을 둘 것 등 5개 목표를 제시하여 시단의 표본을

的創造中, 似已忘記了他仍生活在群衆中, 也忘記了他的作品最終仍要回到廣大的群 衆裏去。他們太傾心於自己的作品, 作品的字字句句了, ……而外來思想, 語彙, 與 創作理論的大量襲用, 又使他們混淆了自己生活的時空: 簡單的說, 他們似已失去根 植的泥土了。

10) ≪龍族詩選≫의 「現代詩導讀」(林白出版社)

11) 龍族情神, 也就是開放的情神, 兼容並蓄的情神。然而, 龍族詩刊既沒有一定的風 格。又不提倡當代的各種主義流派, 那麼, 它所追求的方向是甚麼呢? 它的理想又是 甚麼呢?……第一, 龍族同人能够肯定地把握住此時此地的中國風格, 第二, 誠誠懇懇 地運用中國文字表達自己的理想, 第三, 詩固然要批判這個社會, 但是, 也要敞開胸 懷讓這個社會來批判我們的詩。

만들려고 한 점은12) 1970년대의 시단에서 중요한 의미를 지닌 것이다.

따라서 60년대의 초현실주의의 사조에서 70년대의 현실주의에로 탈바꿈을 하면서 전통적인 시론에 다시 근거를 둘 필요를 느끼게 된다. 즉 시간상으로 전통과의 융화를, 공간상으로는 현실의 절실성을 현대시단이 요구하게 된 것이다. 이러한 관점에서 70년대의 타이완의 신시사조는 다음 몇 가지 특색을 보여준다. 이들 특색을 설정하는데 시앙양(向陽)의 「70년대 현대시풍조 시론(七十年代現代詩風潮試論)」(≪文訊≫12기)을 참고하였음을 부기한다.

1. 민족시풍의 발양

시의 정신에 있어 국적 있는 작품을 쓰고 「대구를 사용하며, 시속에서 중문의 특성을 적용시킨다.」13)와 「정성껏 중국 문자로 자신의 사상을 표현한다.」14)의 자세로15) 중국 본래의 문학 세계를 현대시에서 재창조하는 작시 태도를 견지한 것이다. 이 부류의 시들은 중국의 전설이나 신화를 소재로 하여 현실을 조명하거나, 옛 시인의 시구를 시제(詩題)로 하여 회고하는 시취(詩趣), 또는 그 시풍을 추종하여 자신의 소회에 비의(比擬)

---

12) 「爲詩潮答辯流言」(1978년 11월에 간행한 ≪文學與社會改造≫(德華出版社)에서 詩潮의 방향을 제시하는 부분에 다음과 같은 목표를 제창하였다. 「一. 要發揚民族情神, 創造爲廣大同胞所喜讀樂聞的民族風格與民族形式. 二. 要把握抒情本質, 以求眞求善求美的決心, 燃燒起眞誠熱烈的新生命. 三. 要建立民主心態, 在以普及爲原則的基礎上去提高, 以提高爲目標的方向上去普及. 四. 要關心社會民生, 以積極的浪漫主義與批判的現實主義, 意氣風發的寫出民衆的呼聲. 五. 也要注重表達的技巧, 須知一件沒有藝術性的作品, 思想性提高也是沒有用的。」

13) 不避用對仗, 及一切適用於詩中的中文特性.

14) 誠誠懇懇地運用中國文字表達自己的思想.

15) 瘂弦의 ≪中國新詩硏究≫(洪範書店, 1981), p.459

하는 시, 그리고 영물(詠物)을 통해 수난 당한 민족의 비애 등을 표현하는 예를 들 수 있다. 쪼우띵(周鼎)(1931~)[16]의 <항아(嫦娥)>(無景詩劇) 일단을 보면,

후예; 활이 있고, 화살이 있으며, 한착이 전처럼 나에게 충절한데, 나는 나의 항아를 잃었고 사랑과 영생을 잃었도다. 꼭 그 반역의 여인을 찾아서 응분의 죄로 다스리리라.

한착; 네, 네, 임금이여!

후예; 옛날을 생각하면 단숨에 아홉의 태양을 쏘아 떨어뜨려 천하에 임하니 이 얼마나 대단한 위풍이던가!

한착; 임금의 위풍은 예전만 못하지 않습니다.

후예; 그러나, 그러나 나의 영생하고픈 소원은 결국 한 여인의 손 안에 무너졌도다. 천부당만부당하오니 내 그런 여인을 믿었다니, 영약의 일을 그녀가 알게 하다니, 안될 일이야 — 여인은 모두 도적, 미인 중의 미인은 더구나 도적 중의 도적이야!

한착; 미천한 소신은 영원히 임금께 충성할 것이요.

후예; 나는 원망하도다, 나는 정말 원망하도다!

한착; 미천한 소신 이미 임금을 위해 네 명의 항아라고 이름하는 여자를 찾아 왔습니다.

후예; 나의 항아는 영약을 훔쳐 월궁으로 도망갔도다.

한착; 최근에 미국이 달 탐험에 성공하였는데, 그들 우주인이 말하기를 달 속에는 본래 항아 아씨라는 여인이 없다 합니다.

후예; 나의 항아가 월궁에 없다는 말이더냐!

한착; 미국인의 과학은 믿으셔야 합니다.

후예; 나는 정말 미국인의 귀신같은 과학이 어떻든 간에, 어찌 나의 활과 화살을 따를 수 있을 손가! 그렇다면, 나의 항아는 어디로 도망 갔단 말인가?

한착; 소신의 추측으로는 항아 아씨는 아마 달 속에 얼마간 살다가, 푸

---

16) 周鼎(1931~), 본명은 周春德. 湖南 岳陽人. 이 시극은 ≪創世記≫ 제45기(1977. 3)에 실림.

른 바다와 하늘의 적막함을 견디지 못하고서 인간 세계로 돌아온
줄 압니다. 소신이 임금님의 뜻을 잘 살펴서 인간 세계를 두루 찾
아서 이 네 아씨와 같은 이름의 여인들을 구해 왔습니다.
후예; 그녀들과 나를 배반한 그 천인과는 어떤 관계인가?
한착; 소신의 생각으로는 항아 아씨가 절로 화신하여 그들의 몸에 기
탁하여 임금의 눈을 피하려 한 것인가 합니다.
후예; 이러하다니!
한착; 네 명의 아씨와 이름이 같은 여자들이 앞에 있으니 임금께서 보
시기만 해도 이내 소신의 말이 진실인지 아실 것입니다.
후예; 좋도다.
항아1; 천인은 술집 여인으로「우예점」주점에서 술병을 따르고 있습니
다.
항아2; 천녀는 무녀이온데,「신세기」댄스홀에서 일합니다.
항아3; 천녀는 가녀이온데,「심심락」가무청에서 노래합니다.
항아4; 천녀는 기녀이온데, 만화보두리에서 손님을 접대합니다.17)

---

17) 后羿; 弓在, 箭在, 寒浞也仍舊忠貞於我, 我却失了我的嫦娥, 失去愛與永生。我一定
要找回那個叛逆的女人, 治以應得之罪。

寒浞; 是, 是, 君上!

后羿; 想當年我一口氣射落九個太陽, 君臨天下, 是何等的威風。

寒浞; 君上的雄風不減當年。

后羿; 可是, 可是我的永生之願, 竟毀在一個女人的手裏, 千不該萬不該,
我不該信任那個女人, 不該把靈藥的事讓他知道 ─ 女人都是賊,
美中之美的女人, 更是賊中之賊!

寒浞; 微臣永遠忠於君上。

后羿; 我恨, 我好恨!

寒浞; 微臣已爲君上找來四個名字叫嫦娥的女子。

后羿; 我的嫦娥了偸靈藥就逃到月宮裏去了。

寒浞; 最近美國探月成功, 他們的太空人說, 月亮裏根本沒有嫦娥娘娘這
個人。

后羿; 你說我的嫦娥不在月宮裏。

여기에서 항아의 전설을 주제로 하여 현세의 인간 심태를 상징하고 있는 작품이다. 후예와 한착이 현실 속에 살아서 나누는 대화는 많은 비판적 작가 의식이 노출되어 있다. 심지어 달에 있어야 할 신화적인 여인 항아는 네 여인으로 환생하여 주녀·무녀·가녀·기녀로 전신(轉身)되어 있는 현실 감각은 하나의 이상과 현실간의 인간 갈등의 일면을 제시해 주는 것이며, 이 문제를 중국의 전설 신화에서 연유시켜 풀어나가고 있다. 미국의 달 정복과 항아의 인간 환생은 비인간계에 대한 신성감이 현실적으로 무너지는 현상에 대한 자기파괴적 심상이며 꿈과 낭만이 결여된 현세태에 대한 고발이라고 할 수 있다. 후에는 미국의 과학인들 자기의 활과 화살을 당할 수 없으리라고 역설한다. 작자는 마지막 하나의 형이상적 정신 세계를 빼앗기지 않으려고 번민하며 나신화(裸身化)하는 내면적인 유토피아를 지키고픈 아쉬움을 표출시키고 있다. 그리고 샤오

寒浞; 美國人的科學應該信得過。

后羿; 我可不管甚麼美國人的鬼科學, 焉能比得上我的弓和箭。那麼說, 我的嫦娥到到那裏去了呢?

寒浞; 據微臣的推想, 嫦娥娘娘也許在月亮裏住過一段時日, 後來因耐不住碧海靑天的寂寞, 又回到人間來了。微臣善體君上的心竟, 遍搜人間, 找到這四個與娘娘同名的女子。

后羿; 她們與背叛我的賤人何關?

寒浞; 微臣認爲嫦娥娘娘將自身化整爲零, 寄附在他們的身上, 以圖逃避君上的眼目。

后羿; 有這等事!

寒浞; 四個與娘娘同名的女子就在當前, 但請君上過目, 便知微臣之言屬實。

后羿; 好。

嫦娥一; 好家是酒女, 在「午夜花」大酒家執壺。

嫦我二; 好家是舞女, 在「新世紀」大舞廳候敎。

嫦娥三; 好家是歌女, 在「心心樂」大歌廳駐唱。

航娥四; 好家麼, 好家是妓女, 在萬華寶斗里接客。

샤오(蕭蕭)18)의 <왕유와 선을 논함(與王維論禪)>을 보면,

> 우리는 긴 눈썹을 드리우고 마주 앉으니, 솔숲에는
> 오로지 맑은 샘이 졸졸졸
> 나풀나풀 회백의 머리 실이 바람맞아 흩어지네.
> 한 권의 망천시집은 아직도 펴지 않았는데
> 두세 조각 꽃 떨기 어느새 옷깃을 따라
> 가벼이 흩날리누나.
> 나, 정말 말을 하고자 한다.19)

이 시는 왕유(王維)(701~761)의 말년에 송지문(宋之問)의 별장이던 망
천(輞川)에서 배적(裴迪)과 화창하던 20수의 오언절구와 그에 담긴 왕유
의 시적 선경(禪境)을 이 시의 작자 심상에 비유하여 그린 것이다. 이 비
유는 「意在言外」한 것이지만 의념(意念)이 분명하고 혼돈이 없다. 작자
심태의 청정(淸淨)한 상태를 왕유의 세계에서 잠시 빌려 본 것이다. 그러
나 뿌리를 자신의 것에 두려하였다.

또 양쯔쩬(楊子澗)의 <옥산 구장(玉山九章)>도 귀소의식에서 나온
소재이다. 굴원(屈原)의 「구장(九章)」에서 시제(詩題)와 시취(詩趣)를 빌
려서 옥산에서의 심경을 묘사하고 있다. 「惜誦」·「涉江」·「哀郢」·「抽
思」·「思美人」·「惜往日」·「橘頌」·「悲回風」 등 구장의 장제를 빌려
서 옥산에 등산하면서 지은 것이니, 「밤의 굴원의 구장을 읽으며 또 무오
년 여름 팔통관 고도에서 옥산을 오르면서 감회를 씀」20)이라고 작자 자

---

18) 蕭蕭(1947~   ), 본명은 蕭水順, 타이완 彰化人. 시집으로 ≪擧目≫, 산문집으로
    ≪蕭蕭的心跳≫가 있고, 批評集으로 ≪鏡中鏡≫, ≪燈下燈≫ 등이 있음.

19) 我們垂着長眉對坐, 松林裏 只有淸泉細細 裊裊, 灰白的髮絲迎風披散 一本輞川集
    尙未翻開 三兩片花瓣先已順着衣襟 飄落 我, 正待開口。 (1979. 11)

20) 夜讀屈子九章又懷戊午夏自八通關古道登玉山有感而作。

신도 후기하고 있다. 이 중에서 <미인을 그리워 하며(思美人)>한 수를 들기로 한다.

　　　　밤새에 얼마나 많은 비바람이 내리쳤는지 아는가?
　　　　썩어 끊어진 다리에
　　　　강물이 거세게 구비친다.
　　　　내 강 골짜기 가로질러
　　　　한 몸에 물거품 휘두르고
　　　　멀리 산 뒤에 뜬 맑고 푸른 하늘 보노라니
　　　　밝은 해 유유히 떠 있고
　　　　옛 길은 쓸쓸한데
　　　　모든 게 돌연 정적 속에 빠져버린다.
　　　　길이 팔방으로 통하고
　　　　여린 파도는 출렁인다
　　　　흩어진 남은 보루
　　　　깃발이 휘날리듯 나부끼고
　　　　나는 기약 없이 우리의 약속을
　　　　생각하고 있다.[21]

　　굴원이 추방되어 삼려대부(三閭大夫)로서 초회왕(楚懷王)을 미인에 비의(比擬)하여 염려하는 주제를 설정하였는데, 이 시의 작자는 자연의 경관을 묘사하며 자신의 대상에 대한 약속을 재언하려고 하였다. 이러한 묘법은 굴원의 「思美人」에서의 「연꽃으로 매파를 삼는다」(因芙蓉而爲媒兮)라는 구의 홍탁법(烘托法)을 참고한 것을 알 수 있다. 그리고 쟌처(詹澈)[22]의 <설떡(年糕)>을 보면,

---

21) 夜來可知有多少風雨的飄打? 腐朽的斷橋; 江水急湍 我橫過河谷, 帶着一身水漬 遙看山後晴藍的天空 白日悠悠, 古道蕭蕭 一切突然陷落於無聲之中 衢通八方; 草浪洶湧 散落的殘堡似有旌旗的飛揚 我不期然地想起我們的誓約

22) 詹澈(1954～　), 본명은 詹朝立, 타이완 彰化人, 第二屆洪建全兒童詩奬을 획득.

찧는다, 찧어
태양이 농민의 얼굴을 찧었지
찧는다, 찧어
일본이 중국 땅을 찧었지

찧는다, 찧어
태양이 농민의 땀을 찧어낸다
찧는다, 찧어
일본이 중국의 피를 찧어낸다

전쟁의 불이 도피자의 다리를 태워 버렸지
도피자의 다리는 침략자의 자국을 밟는다
폭탄이 도피자의 눈을 쏘았지
도피자의 눈은 침략자의 얼굴을 흘기고 있다

찧는다, 찧어
그러나 찧지 못하리라
우리의 민족성일랑
쌀이 결코 물컹거리지 않는
푹찐 설떡이라[23]

   이 시에서 설떡을 소재로 하여 「磨」(갈다 · 빻다)의 의미를 표출시켜
일본에 짓밟혔던 중국의 과거를 명절에 먹는 떡을 보면서 고유의 풍습
을 지켜 온 애국의 심회를 그리고 있다. 설떡이란 이 영물시에서 민족혼
을 인식하는 시대적 의식의 발로를 볼 수 있다.

---

23) 磨呀磨 太陽磨過農人的臉 磨呀磨 日本磨過中國的土 磨呀磨 太陽磨出農人的汗 磨
呀磨 日本磨出中國的血 戰火燒過逃命的脚 逃命的脚踏出侵略者敗跡 子彈射過逃
命的眼 逃命的眼呀瞪侵略者的臉 磨呀磨 磨不掉 我們的民族性? 是稻米不甘屈辱的
炎熱的年糕的

2. 사회현실의 고발

이런 류의 시도 일종의 민족시풍적 흐름이 보이지만, 진일보하여 자신의 문지방을 넘어서 「나」외의 세계를 바라보고 생활의 들판에서 우리 주위의 사람들과 동고동락하면서 실시의 비바람을 시험해보는 현실 감각의 실체화가 곧 시이어야 한다는 의미로 보아야 한다. 일상생활의 언어를 시의 재료로 해야 한다는 것이다. 이는 곧,

> 평담한 가운데에서 가장 평범한 뜻을 표현하며 정확하게 새로운 언어를 사용하여 현대인의 감각을 표달한다.[24]

라는 기준에서 시의 서술을 사실화할 것을 강조하였다. 이는 즉 일종의 사실주의적인 사회시일 수 있다. 따라서 시인은 암호전문가이어서는 안 되며 그의 시집은 암호문서이어서는 더욱 안 된다는 것이다.[25]

이런 류의 시는 대개 단순한 민중의 질고를 대변하는 역할과 평범한 일상생활에서의 작은 테마를 통하여 생활 철학으로 승화시켜 삶의 애환을 반영하는 경우를 특징으로 한다. 먼저 위엔처난(袁則難)의 <굶주림(饑餓)>을 보고자 한다.[26]

> 더욱이 문에서도 여리게 신음하고 있네

---

24) 從平淡之中表現最平盈盈的涵意。精確的使用新的語言, 表達現代人的感覺(大地之歌)

25) ≪大地之歌≫(徐中生 등 동인시집, 1976. 3)에 「於是某一詩人形成某一密碼, 某一圈子形成一封閉世界。最後讀者視詩人爲密碼專家, 是詩集爲密碼秘本, 除却少數研究密碼的專家驚詫其中的張力・密度・大部分讀者却不願接受」라 한데서, 이 시대의 시가 대중의 의식과 함께하는 변화를 가져왔다는 점을 알 수 있다.

26) 袁則難(1949~), 본명은 袁志惠. 詩集 ≪飛鳴宿食圖≫가 있음.

나는 그 어두운 검은 밤을 밀쳐 열고서
지친 몸을 방안에 옮겨 넣는다
너는 기대에 가득 찬 얼굴로 고개를 돌린다
밤중에 나는 너의 젖을 본다
말라버린 두 개의 쭈글거리는 호리병박이다
아이는 젖을 배불리 못 먹고서
이미 울다가 지쳐 잠에 들었구나
탁상엔 오래도록 쓰지 않은 그릇이
조용히 저주를 내뱉고 있다
밥솥에는 공기만을 태우고
나는 너를 대하고
혐오의 웃음을 짓는다
삼십 여 리를 더 갔어도
여전히 야산의
마는 찾지 못하였네
……
지금 우리는 우선 풀을 먹는다
이후에 너는 여기를 지나며
내 심령의 좁고 검은 것을
환히 태우리라
어둠 속에서 굶주림은 너무 괴로우나
너는 결국 나의 여인
나에겐 유일하게 껴안고
나로 충실한 사람을 사랑할 수 있게 한다27)

여기서 작자는 생활의 저변을 적나라하게 묘사하고 있다. 민생의 간난

27) 甚至是門也軟弱地呻吟着 我推開那昏沈沈的黑夜 把疲憊的身體移進屋裏 你帶一臉
的期望回首 在夜裏, 我看見你底乳房 已瘦成兩個風乾了的葫蘆 孩子吃不飽奶 已哭
倦入睡 卓上很久沒有用的杯碗 靜靜地張大了咀 飯煲裏煮着一鍋空氣 我對你歉然笑
着 行了三十多里 仍找不到野山薯 ……現在我們就先吃草 然後爾過來這裏 燃亮我
心靈中的褊黑 在黑暗中捱餓是很苦的 已究竟是我的女人 是唯一我仍擁有 而能使我
愛到充實的人(≪現代文學≫ 復刊號 第14期)

을 노래하고 있는 것이다. 굶주려서 말라버린 젖꼭지와 배를 주리는 아이의 울음소리가 묘한 대조를 이룬다. 그러나 이러한 어두운 고통 속에서도 소유하고 사랑해야 하는 한 가닥의 안위와 진실을 추구하는 것이다. 흑암 중에 희망을 기대하는 현실로부터 발전적인 모색이 엿보인다. 그리고 예샹(葉香)[28]의 <그녀들은 울었다(她們哭了)>를 보면,

　　　그녀들은 울었다
　　　무대 위에 서서
　　　노래를 부르니
　　　사천 관중 열렬히 박수치는데
　　　그녀들은 오히려 울었다

　　　그녀들은 너무 어리다
　　　어려서 설익은 과일이 된 양
　　　난잡히 마구 팔다가
　　　그녀들은 너무 노쇠하였다
　　　노쇠하여 박수의 열려함을 못 받으니
　　　그녀들은 울었다
　　　·······
　　　오늘 저녁
　　　푸른 풀밭의 별이 뜬 하늘은
　　　너무도 찬란하다
　　　산천의 사람들이 이 땅을 둘러싸니
　　　(아마도 아직도 그치지 않고)
　　　영원히 잊지 못하리라
　　　이 이십의 여아이를 잊지 못하리
　　　흰 옷
　　　검은 치마

---

28) 葉香(1950~　　), 본명은 胡月香, 타이완 高雄人. 시집 ≪小螞蟻回家≫가 있음.

짧은 머리
청순하기 중학생 같다
(그녀들은 원래 중학교에 다녀야 하지만)
노래를 부르며
눈물을 흘린다

막혔다가 터진 신선한 노래를 부른다
메말랐다가 다시 차 넘치는 눈물을 흘린다[29)]

　작자는 이 시를 쓰게 된 동기에 대하여, 빈궁과 무지로 매춘하다가 경
찰에 의해 보호 조치된 부녀자들의 자선 합창 발표회를 개최한 것을 보
고 감동하였다고 부주(附註)에서 밝히고 있다.[30)] <그녀들이 울었다>는
바로 그들의 감동적인 합창이다. 이 합창은 민중의 고통을 말함이요, 작
가의 사무친 현실 참여인 것이다. 시의 표현이 단조롭지만, 그리고 사용
된 어휘가 평이하지만, 내면에서 우러나오는 진실된 호소는 독자의 심금
을 울리고 있다. 시의 진가는 진술해야 한다. 1970년대의 시단이 추구하
는 방향도 이 같은 맥락과 상통한다.
　한편, 이 시기에는 생활의 소재를 가지고 자기 반성이나 사회 교화를
목적으로 시를 짓는 성향도 일어났다. 고속도로에서 흔히 보는 교통 질

---

29) 她們哭了 站在臺上 唱出歌聲 四千位觀衆熱烈鼓掌 她們却哭了 她們太年幼 年幼得
　　被當做青澀的時果 草草拍賣 她們太衰老 衰老得經不起鼓掌的熱烈 她們哭了 ……
　　今天晚上 青草地的星空多麼燦爛 四千個人們圍坐這塊地 (也許還不止) 將永生不忘
　　記 不忘記這二十位女孩 白衣 黑裙 短髮 清純如國中生 (她們原應唸國中) 唱出歌
　　流下淚 唱出以爲瘖啞却再度鮮活的歌 流下以爲涸竭却重新澎湃的淚(≪中國時報≫,
　　1978)
30) 작자는 작품의 주에서 「廣慈博愛院的婦職所學院, 都是被貧窮與無知賣給娼戶而經
　　警方發現送往該所技訓三個月的, 年未十六年可憐女孩。六九年八月十六日, 青草
　　地義演籌二十萬元基金, 助她們添購謀生工具和縫紉車等。」이라 한 것에서 本詩
　　의 의도를 익히 알 수 있다.

서에 관한 표어에서 삶의 도리를 터득하는 안목이 시에서 표출될 수 있
다. 그 예를 들자면, 환푸(桓夫)[31]의 <고속도로(高速公路)>를 보면,

　　　　죽음에 직면하여
　　　　치달리는 차들 속에 끼어서
　　　　나는 갑자기 차의 속도를 줄인다
　　　　죽기가 두려워서가 아니다
　　　　확인하기 위하여
　　　　속도에 붙잡힌 운명을

　　　　차가 빨리 달린다
　　　　나를 긴장시키며
　　　　죽음을 좇아서 치달린다
　　　　죽음이 고속도로 저쪽에 멀리 피하여
　　　　차와 거리를 유지한다

　　　　오직 나와 나의 차가
　　　　조화를 잃지 않게 한다
　　　　죽음은 여전히 장엄하게
　　　　먼 지평선 상에 천천히 걸어간다[32]

　　시인은 인간이란 무엇인가에 있어서는 반드시 거리를 필요로 한다고
역설한다. 더하지도 덜하지도 않고 중용적인 인생을 영위해야 한다. 디
오니소스적인 의식을 절제하고 초자연적 오기도 조심해야 한다. 삶의 지

---

31) 桓夫(1922~), 본명은 陳千武, 시집으로는 ≪密林詩抄≫. ≪不眠的眼≫, ≪野鹿≫
　　등이 있음.

32) 面向著死 來雜在疾馳的車群裏 我忽而減慢車子的速度 不是怕死 是爲了確認 被速
　　度掌握的命運 車子跑得很快 使我緊張 追逐死而疾馳 死却躱避在高速公路遙遠 的
　　那邊 跟車子保持着距離 只要我和我的車子 不失去調和 死仍很莊嚴地 漫步在遙遠
　　的地平線上(1979年 新春)

혜는 교통 질서의 가장 기본적인 거리 유지에서 깊어질 수 있다는 시인의 사명의식을 보여주는 것이다. 작자는 시의 후기에서 「한 번은 시우인 쩐렌이 말하기를 공로국 객차 뒷면을 보면 『거리를 유지하여 안전을 도모하자』는 표어가 쓰여 있는데 매우 뜻이 있다고 본다라고 말하였다. 나도 동감이다. 우리가 살아가는데 거리를 유지해야 할 일이 너무 많다. 예컨대, 친구나, 연애, 상사, 정치, 사상, 돈, 죽음과의 관계에 있어서 적당한 거리를 유지할 수 있다면 귀찮은 일도 없으며 진정으로 평안을 얻을 수 있을 것이다.」[33] 라고 피력하였다.[34] 시인의 진심이라고 본다. 이 진심은 모든 시의 기본이다. 이 의식은 중국 전통 시의 정신임은 말할 나위 없다. 「시는 뜻을 말한다(詩言志)」(≪詩序≫)가 이것이다.

3. 귀소(歸巢)의식의 발로

이러한 풍조는 민족시풍의 발양이나 현실에 대한 관심의 부류와 유관하지만, 보다 더욱 소속의식을 짙게 표현하며 향토에 대한 애착을 시화(詩化)한 데 그 의미가 있다. 특히 타이완에 대한 재조명은 대륙에의 향수를 그리던 대륙에서 건너와서 20여 년 간 활동하다가 퇴진한 작가와 더불어 신진에게서 강렬히 대두되었다. 그들은 「우리가 생존하는 시대·지역은 20여 년 간의 보배로운 섬이다.」[35]라고 표방하였기 때문에

---

33) 有一次, 詩友錦連說, 看公路局大客車後面都寫着;『保持距離, 以策安全』的標語, 覺得很有意思, 我很同感, 我們要活下去, 必須小心保持距離的事情太多了。例如 跟朋友, 跟戀愛, 跟上司, 跟政治, 跟思想, 跟金錢, 跟死亡, 若能保持適當的距離, 就不會被找麻煩, 而眞正能得到平安。

34) ≪陽光小集≫10기 社論인 「在陽光下挺進一詩壇需要『不純』的詩雜誌」에서 인용함(1981. 10)

35) 我們生存的時代·地域是二十餘年的寶島土地(≪大地之歌≫, p.5)

그들은 창조의 정신을 타이완 땅에 바쳐야 한다고 스스로의 소명을 설정하였다. 따라서 「타이완 땅 위에 서서 대중과 함께 호흡하며 고락을 함께 한다.」36)라고 하면서 자기가 몸담고 있는 땅에 대한 희생정신마저 보인다. 이제 몇 수의 시를 보면서 다양한 애향심을 보고자 한다. 먼저 리쿠이셴(李魁賢)37)의 <야초(野草)>를 보면,

> 대지여, 너를 포옹할 때
> 온 몸에 떨리는 더운 열을 느낀다
> 나의 피가 있고 나의 땀이 있다
> 저 밑바닥에서 약동하는 생명이
> 나로 온 산천에 노래케 하며
> 태양을 맞아 내일의 서막을 환호케 한다
> ……38)

이 시는 피와 땀이 맺힌 대지의 생명을 느끼게 하는 충동을 주며, 짙은 「鄕」의 정취를 주는 시들도 적지 않은데, 그 중에서 수란(舒蘭)39)의 <향색주(鄕色酒)>을 보면,

> 삼십 년 전
> 너는 버들가지로 나를 보았지
> 나는 너무 어렸고

---

36) 站在臺灣的土地上, 與人群共呼吸, 共苦樂.

37) 李魁賢(1937~   ), 타이완 淡水人, 시집으로는 ≪南港詩抄≫, ≪赤裸的薔薇≫ 등이 있음.

38) 大地啊, 擁抱妳的時候 感到全身痙攣的溫熱 有我的血, 有我的汗 在底層躍動的生命 使我滿山遍地歌唱 迎着陽光, 歡呼明日的序幕 ……

39) 舒蘭(1932~   ), 본명은 戴書訓이며 江蘇 邱縣人. 시집으로는 ≪抒情集≫, ≪抗戰時期的新詩作家和作品≫ 등이 있음.

너는 둥글고
남도 둥글고

삼십 년 후
나는 야자수 가지로 너를 본다
너는 한 잔의 향색주로다
너는 가득
향수도 가득[40]

　　여기서 작가의 짙은 고향에 대한 향수의 노래를 들을 수 있으며, 뚜구
어칭(杜國淸)[41]의 <사향수(鄕思樹)>의 일단을 보면,

다른 땅에서
지난 세월의 남은 흙으로
혼몽 속의
한 그루 사향수를 심는다
내 마음 위에 심는다
밤낮 나는 추억으로 물 주었지
가지마다 무성한 노란 잎이 돋고
잎마다 쪽배 같은 섬들이 맺혔지
가지 잎에 흐르는 것은
옛 땅의 바람과 구름이요
조상의 엽록소로다
…………
나는 생명으로써
이 사향수를 기른다
뿌리에 나의 마음을 매었으니

---

40) 三十年前 你從柳樹梢頭望我 我正年少 你圓 人也圓 三十年後 我從椰樹梢頭望爾
　　你是一杯鄕色酒 你滿 鄕愁也滿(1978. 11)

41) 杜國淸(1941~), 타이완 臺中人, 시집으로 ≪蛙鳴集≫, ≪島與湖≫, ≪望月≫ 등
　　이 있음.

아무도 그것을 이식하진 못하리

……42)

여기서도 눈시울 붉어지는 시정이 넘친다. 꿈속의 고향을 그리는 나무를 심으며, 나뭇잎마다 조상의 얼이 넘치는 그리움을 비유적으로 묘사하였다. 그 고향 그리는 마음을 아무도 옮길 수 없다는 타향의 애수까지 깊게 스며있는 것이다. 작가가 일본과 미국에서 오랜 유학을 하면서 맺힌 시대적인 본능의 발로라 할 것이다. 누구나 모두 지니고 있는 본심의 승화된 표현을 가지고 인간만이 향유할 수 있는 회귀의 감격을 갈구하고 있다. 이 갈구는 이 시기에 있어서 자랑스럽지 않은 내 고향이지만 그 무엇보다 소중하다. 자신의 뿌리를 찾아서 새로운 뿌리를 내리고자 하는 이 시기의 시단의 동향임을 재인식하게 된다.

한편, 타이완에는 대륙에서 피난해 온 중국인의 수가 수백만이다. 따라서 시인 중엔 대륙 출신이 적지 않다. 사실상, 1950 · 1960년대의 시단은 이들이 주도한 것이다. 이들이 1970년대에도 중추를 이룬 것은 사실이다. 그러나 상당수가 연로하거나 해외에 거주하는 성향을 보였다. 그들의 작품들은 강한 향수를 시화하는데 있어서 남다른 감흥을 준다. 펑빵쩐(彭邦楨)43)의 <타이베이의 연정(臺北之戀)>의 일단을 보고자 한다.

　　　나는 생각난다; 여기의 새벽은 타이베이의 황혼
　　　왜 나는 뉴욕의 새벽에만 있고

---

42) 在異地 以往昔歲月的殘土 培植魂夢裏的 一棵鄕思樹 根植在我心上 日夜我以回憶 灌漑 每一枝頭都有茂密的黃葉 每一葉子都有如舟的島形 枝葉裏流動的是 故土的 風雲 祖先的葉黃素 ………我以生命供養 這棵鄕思樹 根纏着我的心 誰也不能將 它移植 ……

43) 彭邦楨(1919~　), 湖北 黃派人, 초기의 新詩 작가의 하나.

타이베이의 황혼에 있지 않은지?
초저녁에서 새벽까지
술 속에 빠져 술잔을 돌려 들어
이 속에 취하여 덧없이 떠드나니
………
나는 생각난다; 여기의 황혼이 타이베이의 새벽
이 때 찌룽강 가의 풍경이 너무도 고와서,
나로 천 가닥 꽃을 머금고, 강가에 서서 온갖 소리를 모든다.[44]

이 시는 뉴욕에서 타이베이를 그리면서 지은 것이다. 이 시는 압운(押韻)도 고려하였다. '黃昏'의 '昏'은 경운(庚韻)이 아니고 하평(下平)의 원운(元韻)이지만 고운(古韻)에서 상평(上平)의 진운(眞韻)과 통운이 되므로 가능하다. 작자는 이 시를 지은 배경을 놓고 「타이베이는 나의 제2의 고향이니 내가 여기에서 25년을 살았기 때문이다. 인생 백년이라면 그건 나에게 이미 사 분의 일을 살게 하였다. 따라서 출국 이후에도 매년 귀국하여 부모와 친구를 찾는다.」[45]라고 피력하고 있다. 그리고 뤄푸(洛夫)[46]의 <국경에서 고향을 바라보며(邊界望鄕)>는 처절한 감회마저 자아내게 한다. 그 일단을 보면,

………
안개가 뭉게 지어

---

44) 當我想起; 此刻的黎明正是臺北的黃昏 爲甚麼我只在紐約的黎明, 不在臺北的 黃昏? 且從一更走進五更, 走進酒中盟 擧杯輪盞, 醉在此間論縱橫 ……當我想起; 此刻的黃昏正是臺北的黎明 此時基隆河上的風景已千晴, 且讓我 千縷含英, 起在河邊把千聲

45) 臺北是我的第二故鄕, 因我在此住過二十五年, 如果人生百歲, 它已我有生的四分之一, 因此自出國以後, 每年都回國探親訪友.

46) 洛夫(1928~), 湖南 衡陽人, 타이완의 대표적인 시인. 시집으로 ≪靈河≫, ≪石室之死亡≫, ≪外外集≫, 시론집으로는 ≪詩人之鏡≫, ≪洛夫詩論選集≫이 있음.

우리는 아득히 말을 잡고
사방을 둘러본다
손바닥엔 땀이 나기 시작한다.
망원경 속에 수천 배로 커진 향수
어지러이 바람 속에 흩어진 머리카락처럼
거리를 가슴이 뛸 정도로
조정을 했다
먼 산 하나가 맞이하며 날아와서
나를 내리쳤다
심한 마음의 상처
........47)

라고 하여 단절된 고향을 향한 그리움을 망원경으로 볼 수 있지 않을까 하는(사실은 보이지 않지만), 부심(腐心)을 표출하고 있다. 망향의 시는 어느 시대에도 뚜렷이 부각되는 특징이지만 70년대의 것은 회향(回鄕)의 기대가 세월이 지남에 따라 희석되어 가는 현실에 대해 다가오는 처절감에서 강렬한 맛을 느끼게 한다.

4. 대중 심성(心聲)의 반영

시는 대중과 함께 살아간다. 시는 고고한 자의 소유물이 아니다. 시는 대중이 쓰는 것이다. 시의 소재는 서민에게 있다. 시가 나아갈 곳은 천상이나 지하가 아니라, 가시적인 우리들의 삶터인 것이다. 그러기에 양무(楊牧)는 다음과 같이 역설하였고 많은 동조를 얻었다.

---

47) ……霧正升起, 我們在茫然中勒馬四顧 …手掌開始生汗 望遠鏡中擴大數十倍的鄕愁 亂如風中的散髮 當距離調整到令人心跳的程度 一座遠山迎面飛來 把我撞成了嚴重的內傷 ……

시는 결코 최고의 예술이 아니다. 대중도 최저의 천민이 아니다.
……시인은 오직 대중과 함께 서로 교통하여야 문학사도 발전한다고
할 수 있다.[48]

    이처럼 70년대의 일부 시인은 현실에 대한 대상으로써 세속과 대중을 의식하였다. 시의 대중화는 시의 생활화를 보다 구체화시키는 것이기 때문이다. 따라서 「시의 대중화와 전문화에 대한 체험이 제일 요건이다.」[49]라는 말이라든가, 또는 「시인은 모든 사람의 내재적인 심령으로 파고 들 책임이 있으니 이는 지식인의 심령에 한정될 수만은 없다.」[50]라 하는 주장은 결코 우연의 소리가 아니었다. 70년대의 이런 성격은 대중적 시의 소재를 중요시할 필요가 있다. 린환창(林煥彰)[51]의 <가판에서 외치는 소리(小販叫賣的聲音)>을 보면,

> 사과, 우리는 사본 적이 없지만
> 아이들 꿈에서도 먹고 싶어할 것이지
> 그 고운 맛을
> 언제나 타이베이 역 앞을 지나노라면
> 노점의 파는 외침이 들린다
> 나는 멈추어 몇 개 사고 싶다
> 그러나 나는 손을 펴고
> 주머니를 매만지고 있다.

---

48) 詩, 並非是最高的藝術; 大衆, 也不是最低的賤民。……詩人唯有與大衆交互溝通, 然後文學史才有發展可言。(「關於紀弦的現代詩社與現代派」)

49) 體察到詩之大衆化與專業化是一而二.(≪現代導讀≫)

50) 詩人有責任向所有人的內在心靈控掘, 而不僅限於知識份子的心靈.(上同)

51) 林煥彰(1939~), 필명은 牧雲・多佛, 타이완 宜蘭縣人. 아동시집으로 ≪童年的夢≫, ≪妹妹的紅雨鞋≫, ≪小河有一首歌≫ 등이 있고, 산문집으로는 ≪做竺小夢≫이 있음.

나의 다리는 급히 지나친다
그 노점 앞으로. 다만
나의 등뒤엔 여전히 울려온다;
그들의 목쉰 외치는 소리가
얽힌 길을 뚫고
뱀들이 추격하듯이 나를 쫓는다.52)

여기서 과일 노점상의 행상을 자기 체험적 입장에서 느끼고 있다. 마치 스스로 지나치기에 죄스러운 것처럼 연민(憐憫)을 가지고 지나치고 있다. 지나치면서 작자는 세속의 가장 순수한 호소로 알려주고 있다. 그들의 쉰 목소리로 외치는 소리는 바로 대중의 소리이며, 인간의 진실한 삶의 참모습인 것이기에, 70년대의 시단에서 가장 역점을 두었다고 할 작자의 시각이었는데, 일부에 그치고 말았던 것이다. 그러나 신진들의 안목에는 생활 자체를 시의 소재화 하는데 게으르지 않았다. 사회의 저변을 묘사하는데 주저하지 않았다. 시의 대상은 항상 미화된 상태에만 국한해선 안 된다. 이것이 리창셴(李昌憲)53)의 <미혼 엄마(未婚媽媽)>의 일단에서 적절히 표현되어 있다.

사람 물결의 시끄러움은
피하면서도
이상한 눈빛을 피하지 못하고
겁에 질려 산부인과 병원에 들어간다
앉아서 불안스레 기다린다

---

52) 蘋果, 我們沒有買過 孩子必定會夢想着 它的慈味 每次經過臺北站前, 聽到小販叫賣的聲音, 我就想停下來, 買它幾個; 但當我伸手摸着口袋, 我的脚已急急走過 那一排攤販。只是 我的背後仍然響着; 他們斯聲吶喊的聲音 穿越擁擠的街道 群蛇追擊一般, 跟着我。(1978. 11)

53) 李昌憲(1954~), 타이완 南縣人. ≪也許詩刊≫, ≪綠地詩刊≫의 同人.

의사가 혈청과 소변을 검사하고는
나를 죽일 듯 흘기며
돌연 입 그물을 따고서
쌀쌀한 한 마디는
임신했구만
낙태시킬 수 있어요?
「벌써 4개월, 생명이 위험해!」
아니에요! 나는 낙태시켜야 해요!
나는 해야 해요— 나는—54)

이 시구는 어느 미혼모의 극적인 비통을 한 개의 구로 대변한 부분이
다. 사실적인 표현인 것이다. 낙태를 시켜달라고 간청하니 이미 4개월이
어서 생명에 위험이 있다고 하지만, 미혼모는 낙태시키겠다고 애원한다.
'我要—我'이것이다. 이것은 민중의 애타는 절규—즉 삶의 근원에서부터
울려 퍼지는 참 삶의 단면이며, 긴요한 사실의 묘사이다. 시는 사실을 사
실대로 가식 없이 묘사하는 데에 그 장점이 있는 것이며, 이 시도 같은
맥락에서 가치를 인정할 수 있다.

Ⅱ. 70년대의 시선집록(詩選集錄)

시선이라면 어느 한 시인 또는 여러 시인의 시를 연대별 · 풍격별 · 주
제별 등의 특성에 따라 임의로 편집하는 것을 의미할 것이다. 타이완에

---

54) 躲開人潮的喧嚷 躲不開詭異的眼光 忧忧進入婦産科醫院 坐立不安的等待 醫生驗血
尿, 死盯我 突然摘下口罩 冷冷一句 懷孕 能不能打掉「已有四個月, 有生命危險!」不!
我要打掉! 我要—我—(第五節部分)

국민당 정부가 들어선 지 어언 50여 년(1949년 이후)이니 그 후에서부터 시대적으로 정리한다 해도 50년의 시(時)와 공(空)이 채워진 것이니, 그에 담긴 시선 또한 시단의 성쇠와 불가분의 관계라고 할 것이다. 여기서는 1990년대까지 출간된 시선집에서 시대와 작가, 당시의 사회상과 사조 등의 명멸(明滅)을 파악할 수 있으며 주객관적인 기준이 시대와 인물에 따라 달리하므로 시선집 각자가 갖는 문학적 가치 또한 다양하다고 볼 수 있다. 시사(詩社) 자체에서 낸 시선으로 포도원시사(葡萄園詩社)의 ≪7인시선(七人詩選)≫(王幻편, 1965. 10), 입시사(笠詩社)의 ≪미려도시선(美麗島詩選)≫, 대지시사(大地詩社)의 ≪대지의 노래(大地之歌)≫, 산수시사(山水詩社)의 ≪산수시선(山水詩選)≫과 ≪산수의 노래(山水之歌)≫ 등은 선집의 주관성이 심대한 경향이 있으며, 선집의 출판에 공이 많은 대업(大業)·이아(爾雅) 양 서국은 특기할 일이다. 이러한 상황에서 여기에서 시도코자하는 주지가 1970년 이후에 출판한 시선류를 집중 소개함으로써 그간의 시단 및 그 시의 사조를 발견할 수 있는 자료로 삼을 것이다. 이 자료는 전적으로 ≪문신(文訊)≫월간 제20기(1984. 6)에 실린 쭝리후이(鍾麗慧)의 ≪근30년이래 현대시선집제요(近三十年來現代詩選集提要)≫에 의거하였음을 밝혀둔다.

1. 1970~1972년 출간시집

1) 1970년

(1) ≪中國新詩選≫: 뤼티(綠蒂) 주편, 중국신시사, 4월

이 시선은 1949년에서 1970년간의 시작품을 수집한 것이니, 선입된 시인의 명단은 다음과 같다: 이신(一信)·땅니(丁尼)·상꽌위(上官予)·팡

건(方艮)·팡쓰(方思)·팡신(方莘)·왕위(王渝)·왕루숭(王祿松)·왕시엔양(王憲陽)·꾸딩(古丁)·주어수핑(左曙萍)·티엔스(田湜)·빠이디(白荻)·야홍(亞紅)·위삔(宇彬)·판잉(帆影)·양링이에(羊令野)·아이레이(艾雷)·위광중(余光中)·우왕야오(吳望堯)·쪼우멍디에(周夢蝶)·리사(李莎)·리성루(李升如)·선디엔(沈甸)·사쥔(沙軍)·신무(辛牧)·신위(辛鬱)·찌홍(季紅)·린헝타이(林亨泰)·린링(林泠)·린환잉(林煥影)·린시지(林錫嘉)·호핀칭(胡品淸)·스산지(施善繼)·루어푸(洛夫)·시아칭(夏菁)·환푸(桓夫)·찌시쉔(紀弦)·상친(商禽)·지앙지엔(張健)·야쉔(瘂弦)·쑤지(素跡)·천민화(陳敏華)·까오준(高準)·치아오린(喬林)·펑빵정(彭邦楨)·이에산(葉珊)·꺼시엔닝(葛賢寧)·탄즈하오(賈子豪)·펑띠(楓堤)·양환(楊喚)·자오티엔이(趙天儀)·중홍(夐虹)·룽즈(蓉子)·꽌꽌(管管)·모런(墨人)·뤼티(綠蒂)·정초위(鄭愁予)·쫑딩원(鍾鼎文)·루민(魯蚊)·루어먼(羅門) 등 61인.

(2) 《第七度》: 대림(大林)서점, 12월

이 선집의 서「大林書店的話」에서「여기에 선정된 것은 시인들의 창작 풍격이(특별히 서정적 풍격) 기준이 되며, 동시에 중국 현대시의 기본 성격과 면모의 전시가 된다」[55]라고 하여 이 선집의 방향을 서정시에 집중하여 꾸몄음을 밝히고 있다. 여기에 선입된 명단은 다음과 같다. 중홍(夐虹)·후쥔(胡均)·룽즈(蓉子)·지앙링(江玲)·지앙시우야(張秀亞)·후핀칭(胡品淸)·싱츠(荊棘)·먼위이청(門偉誠)·리앙위에헝(梁月蘅)·게이주(桂珠)·잉즈(櫻子)·왕위(王渝)·리우페이(劉菲)·아이위(艾予)·시아칭(夏菁)·자오민더(趙民德)·왕수(王舒)·왕위즈(王裕之)·왕윈루(王運

---

55) 選收在這裏的, 更不僅是詩人們的創作風格(特別是抒情風格)的選樣, 同時也是中國現代詩的基本性格和面貌的一種展示.

如)·시앙밍(向明)·조우멍디에(周夢蝶)·황융(黃用)·왕카이(王愷)·우청(吳晟)·선디엔(沈甸)·위엔더싱(袁德星)·상뤼에(商略)·루어푸(洛夫)·조우잉슝(周英雄)·쾅중위(曠中玉)·란차이(藍采)·중시아티엔(鍾夏田)·리앙윈퍼(梁雲坡)·우성슝(吳勝雄)·차오펑푸(曹逢甫)·차오지에즈(曹介直)·왕펑(王蓬)·야쉔(瘂弦)·우왕야오(吳望堯)·루완낭(阮囊)·스산지(施善繼)·온지엔리우(溫建瑠)·이에산(葉珊)·위광중(余光中) 등 44인.

2) 1971년

≪一九七O詩選≫: 루어푸(洛夫)편, 선인(仙人掌) 출판사 3월

3) 1972년

≪中國現代文學大系詩第一, 二輯≫: 빠이디(白荻)·주시닝(朱西寧)·위광중(余光中)·루어푸(洛夫)·메이신(梅新)·야쉔(瘂弦)·이에웨이리엔(葉維廉)·샤오펑(曉風)·니에화링(聶華苓) 합편, 거인(巨人)출판사, 1월. 러푸(洛夫)는 서문에서 이르기를,

　　본 대계에 선정된 작품에서 우리가 강조한 점은 작가의 주요 풍격을 대표할 수 있고 동시에 예술상의 객관적인 기준 즉 창조성·순수성·풍부성 등에 도달할 수 있느냐는 것이었고, 그 다음으로 우리가 한 것은 시인의 단계별 발전을 고려하되, 가능한 한 초기 작품을 수집하여 그 중에서 비교적 우수한 것을 선정하였으니, 숫자는 적어도 독자들이 그 시선 가운데에서 시인의 정신과 풍격 그리고 언어상의 변화 과정을 파악할 수 있을 것이다.56)

---

56) 凡選入本大系的作品, 我們所强調者不僅能代表各個作者的主要風貌, 同時能達到藝術上的客觀標準, 例如創造性, 純粹性, 豊富性等, 其次我們才考慮到一個詩人各個

라고 하여 이 시집이 각 작가의 창조·순수·예술 등의 성격을 고려하여 기준을 삼았음을 밝히고 있다. 지쏀(紀弦)·위광중(余光中)·루어푸(洛夫)·사무(沙牧) 등 30인의 시를 제1집에 담고 추꽈(楚戈)·지안지엔(張健)·치아오린(喬林) 등 40인을 제2집에 실었다.

2. 1973～1975년 출간시집

1) 1973년

(1) 《六十年詩選集》: 왕란(王藍)·리우신황(劉心皇)·시에페이잉(謝非瑩) 등 합편, 정중(正中)서국, 4월

이 시집은 건국 60주년을 기념하여 편집한 것으로, 후스(胡適)를 위시하여   선인모(沈尹默)·리우푸(劉復)·리우다빠이(劉大白)·위핑버(俞平伯)·주즈칭(朱自淸)·쉬즈머(徐志摩)는 물론 따황(大荒)·지앙모(張默)·왕환(王幻) 등 123인의 600여 수를 담고 있다.

(2) 《龍族詩選》: 용복시사 편, 임백(林白)출판사, 6월

선입된   시인은 쑤시아오리엔(蘇紹連)·천팡밍(陳芳明)·황룽춘(黃榮村)·린중이엔(林忠彦)·스산지(施善繼)·리우링(劉玲)·천버하오(陳伯豪)·까오상친(高上秦)·신무(辛牧)·치아오린(喬林)·린푸어얼(林佛兒)·징샹(景翔)·린환창(林煥彰) 등 14인.

2) 1974년

《現代詩三百首》: 사링(沙靈)·시아오시아오(蕭蕭) 편, 대승(大昇)출판

階段不同的發展, 儘可能募集他早期的作品, 從中選出較佳者, 爲數雖少, 但讀者仍可由他的詩選中看出一個詩人情神上, 風格上和語言上演變成長的歷程。

사, 8월

3) 1975년

≪新銳的聲音≫: 쭈천둥(朱沈冬)·선린삔(沈臨彬)·지앙모(張默)·꽌꽌(管管) 합편, 삼신(三信)출판사, 3월이 시선의 부제는 「당대 25위 청년시인작품집(當代二十五位靑年詩人作品集)」인데, 쭈천둥(朱沈冬)은 서에서,

> 본 작품집의 주요 특색은 두 가지가 있다. 첫째는 창조성이 풍부한 청년 시인의 작품인데, 그들의 시가 종래 다른 시선집에 끼이지 않았다. 둘째는 각 시사에서 추천하거나 개인이 신작 20수를 선정해 온 것을 심사위원회에서 심사한 후에 본 작품집에 선정해 넣었다.[57]

라 하여 시의 창조성과 신작에 특색을 두고서 이 작품집을 꾸몄음을 밝히고 있다. 이들 시인은 모두 16세에서 28세까지의 신인으로서 리지아성(李家昇)·인판(尹凡)·양즈치아오(羊子喬)·위쑤(余素)·중링(鍾玲) 등 25인이 들어있다.

3. 1976~1978년 출간시집

1) 1976년

(1) ≪靑髮或者花臉≫(詩畵作品選集): 시인화회 편, 향초(香草)출판사, 4월

---

57) 本作品集主要特色有兩點: 一是富於創造的靑年詩人作品, 他們的詩作從未編入其他的詩選, 二是由各詩社推介或是個人將自己的新作選出二十首, 由評審委員會評審後, 選入本集.

이 집본은 동파가 왕유를 두고 한「詩中有畵, 畵中有詩.」의 의미를 살린 선집으로서 선린삔(沈臨彬)·린환창(林煥彰)·쑨미더(孫密德)·삐구어(碧果)·꽌꽌(管管)·더리앙(德亮)·란잉(藍影)의 작품을 실었고, 시인소전 및 시작년표와 생활 사진을 부기하였다.

(2) ≪八十年代詩選≫: 지쉔(紀弦)·양링이에(羊令野)·루우먼(羅門)·지앙한량(張漢良) 등 합편, 염미(濂美)출판사, 6월

지앙한량(張漢良)은 서문에서 밝히기를 이 시선은 전원의 각종 변주곡의 모음이라고 특색지었다.58)이는 현실적·문화적 측면과 심리적·형이상학적인 측면을 표방한 것이다. 여기엔 따황(大荒)·왕룬화(王潤華)·룽즈(蓉子) 등 59인의 시와 소전, 그리고 시관도 다루고 있다.

(3) ≪當代情詩選≫: 왕파이쥬(王牌主) 편, 염미출판사, 6월

정시는 심성의 깊은데서 진지하게 우러나오는 주어다. 왕파이(王牌)는 이렇게 편자의 서에서 변언을 하고 있다.59) 73인의 시를 실었다.

(4) ≪大地之歌≫: 대지시사 편, 동대원서(東大圓書)공사, 7월

이 선집은 중국 전통 문화와 현실생활에 유관한 것을 모으는데 주력하였다.60) 왕하오(王浩)·리쉔(李弦)·퉁산(童山) 등 23인의 시를 담았다.

(5) ≪中國現代文學年選≫(詩): 왕딩쥔(王鼎均)·위광중(余光中)·루어푸(洛夫) 등 합편, 거인출판사, 8월.

≪中外文學≫·≪幼獅文藝≫·≪創世記≫·≪藍星≫·≪笠≫·≪主

---

58) 序:「八十年代詩選顯示的特色之一是田園模式的各種變奏。」

59) 王牌云:「情詩是一個人心靈深處發出的語言, 最爲誠摯話珍貴。……如果說情詩是我國詩人最突出的表現, 當不爲過。」

60) 大地詩社의 詩觀;「我們希望能推派助瀾漸漸形成一般運動, 以期二十年來在橫的移植中生長起來的現代詩, 在重新正視中國傳統文化以及現實生活中獲得必要的滋潤和再生。」

流》・《龍族》・《大地》・《秋水》 등 시간의 50인의 시를 모아 놓았다.

(6) 《二十世紀中國現代詩大展》: 사링(沙靈) 집, 대승(大昇)출판사, 7월

2) 1977년

《中國當代十六詩人選集》: 지앙한량(張漢良)・지앙모(張默) 편, 원성(源成)문화도서공응사, 7월

10대 시인인 지쉔(紀弦)・양링이에(羊令野)・위광중(余光中)・루어푸(洛夫)・빠이디(白荻)・야쉔(瘂弦)・상친(商禽)・루어먼(羅門)・양무(楊牧)・이에웨이리엔(葉維廉) 등을 망라하였는데, 지앙한량(張漢良)은 이 서문에서 ① 질적으로 우수한 것, ② 역사성이 있는 창작인 것, ③ 영적 감흥이 있을 것, ④ 시가 독자와 문학에 영향력이 있을 것 등을 대시인의 조건이라고 하면서 인선하였다고 주장하고 있다.[61]

3) 1978년

《山水詩選》: 쭈천둥(朱沈冬)・푸둥(阜東)・지앙시우치(張繡綺)・빠이랑핑(白浪萍)・리삥(李冰) 합편, 중외도서공사, 1월

이것은 「산수시간」에 6년간 발표된 작품을 선집한 것이다. (이 시간은 1971. 10. 10 창간) 지앙총핑(江聰平)・빠이랑핑(白浪萍)・리삥(李冰)・리이엔(李彦)・오우쉐이에(歐雪月) 등 20인.

---

61) 序云;「對詩人似乎應具備下例條件;(一) 在質的方面, 必須是好詩人, 至少大部分作品是好的。(二) 創作有相當的歷史。(三) 具有靈視。(四) 就對讀者的關係與文學史的意義而言, 必須有相當的影響力。」

4. 1979~1981년 출간시집

1) 1979년

(1) ≪小詩三百首≫: 루어칭(羅靑) 편, 이아(爾雅)출판사, 5월

5·4 문학 운동에서 1979년까지의 소시를 305수 수록하였으니, 편자
는 선집의 성격을 다음과 같이 설명하고 있다.

> 선정의 기준은 원칙상 단편 작품의 예술 성취도에 따라서 결정하
> 였다. 그러나 때로는 소시 발전의 역사 및 사료의 보존성을 고려하였
> 다. 그리하여 가능한한 독자에게 높은 수준의 소시 창작에 대한 개괄
> 적인 이해와 60년간 소시 변천의 맥락에 대한 대략적인 인식을 하게
> 되었다.62)

라고 하여 선집 동기를 사료와 소시 변천에 대한 이해를 제고하는데 두
었음을 알 수 있다. 그리고 시체는 자유시와 격률시를 위주로 하고 분단
시·도상시를 부차로 하였다. 선입된 시인은 후스(胡適)·리루푸(劉復)·
위핑버(俞平伯)·따이왕수(戴望舒)·쉬즈머(徐志摩)·환푸(桓夫) 등 106
인이다.

(2) ≪現代名詩賞析≫: 유환(游喚) 주선, 심영(心影)출판사, 5월

27인의 47수의 시를 리쉔(李弦)·천치유(陳啓佑)·짜오멍나(趙夢娜)·
시아오시아오(蕭蕭)·린난(林南)·장진구어(莊金國)·천리(陳黎)·지엔안
량(簡安良)·차이신더蔡信德 등이 감상을 가하였다.

(3) ≪美麗島詩集≫: 입시사(笠詩社) 편, 6월

---

62) 編選取捨的標準, 原則上是依單篇作品的藝術成就而定, 但有時也兼及小詩發展的歷
　　史及史料的保存; 儘可能的讓讀者對高水準的小詩創作有一個概括的瞭解, 對六十
　　年來小詩演變的脈絡有一個約略的認識。

이 시집서에서 「笠」에 발표한 동인의 시를 족적·견증·감응·발언·장악 등의 주제하에 분류했다고 밝혔다.[63] 루어랑(羅浪)·천삥(詹冰O·황허성(黃荷)生·쉬다란(許達然)·린창취엔(林淸泉O·린와이(林外)·리민융(李敏勇) 등 36인의 작품을 담았다.

(4) ≪現代詩導讀·導讀篇≫: 시아오시아오(蕭蕭)·지앙한량(張漢良) 편, 고향출판사, 11월

도독편은 5책 중의 앞 3책에 속하며 117인의 시 작품을 실었다.

2) 1980년

(1) ≪中國情詩選≫: 치앙인(常茵) 편, 청산(靑山)출판사, 1월

당대의 250여 인의 정시를 54정시, 해외정시와 함께 수록하였다.

(2) ≪中國現代抒情詩一百首≫: 삐화(壁華) 편, 목탁출판사, 3월

眞·善·美를 선시의 기준으로 하여 1949년 이전의 30여 년 간의 시작을 자유시파·격률율시파·상징시파·항전시파로 분류하였고, 1949년 이후의 것은 대륙·대만·홍콩의 서정시로 선정해 놓았다.[64]

(3) ≪童詩百首≫: 린환창(林煥彰) 편, 이아(爾雅)출판사, 3월

100수 중 아동시 15수와 85수의 교사와 아동문학가의 시(66인)로 되어 있다.

---

63) 序云;「這一部詩選集, 是以目前笠詩社同人發表在笠詩雙月刊上的詩作爲選取的對象, 在五大主題; 足跡, 見證, 感應, 發言, 掌握的總目之中, 來加以分類地選擇。」

64) 編者 壁華云;「『眞善美』竝重是我們選詩時的唯一標準。」又云;「關於選詩的編排……只是將四九年以前的中國抒情詩, 四九年以後中國大陸的, 臺灣的, 香港的抒情詩作了大略的劃分; 至於四九年以前三十年間的詩作, 大致是按自由詩派, 格律詩派, 象徵詩派的詩, 及抗戰詩排列。」

(4) ≪中國新詩選≫: 린밍더(林明德)·리펑마오(李豊楙)·뤼정후이(呂正惠)·허지펑(何寄澎)·리우룽쉰(劉龍勳) 편, 장안출판사, 4월

이 책「전언」에서 편집 방침을 밝히기를,

> 1. 우리나라 신시 발전의 맥락을 중시하다보니 5·4부터 지금까지 신세대의 중요 시인의 작품까지 모두 선별하게 됨. 2. 작품 선정은 각가와 각파의 풍격을 따지고 아울러 독서 가능성을 고려함.65)

라고 하여 시대성과 풍격의 특성에 그 기본을 두었음을 알 수 있다. 전서는 4권인데, 제1권은「조기시인」으로 후스(胡適)·주즈칭(朱自淸)·리우다빠이(劉大白) 등 10인의 시를, 제2권은「신월파·상징파」로 쉬즈머(徐志摩)·리진파(李金髮)·따이왕수(戴望舒) 등 13인의 시를, 제3권은「藍星詩社」로 탄즈하오(覃子豪)·위광중(余光中)·양무(楊牧) 등 16인의 시를, 제4권은「龍族詩社」로 우융푸(巫永福)·환푸(桓夫)·시아양(向陽) 등 16인,「신생대시인」으로 왕룬화(王潤華)·루어칭(羅靑) 등 15인의 시를 수록하고 있다.

≪新詩評析一百首≫: 원시아오춘(文曉村) 편, 포곡(布穀)출판사, 4월

이 시선은「寫給靑少年的」(상하책)이라는 부제하에 나왔으니 상책에는 동물·식물·인물 풍경 그리고 친정으로 나누고, 하책에는「靑春之歌」·「山水小唱」·「鄕土吟」·「童話」 등으로 나누어 100수를 담았다. 편자는 선시 원칙을 내용이 건전하고 정취가 있고, 표현이 밝으며, 기교가 완미한 것에 비중을 두어 청소년의 독서물로 만들었다고 한다.66)

---

65) 一. 重視我國新詩發展之脈絡, 故自五四以至當前新生代重要詩人之作品, 皆在編選之列. 二. 凡選錄作品均力求代表各家各派之風格, 並兼顧可讀性.

66) 選詩原則; 一. 內容健康, 富有情趣, 有益靑少年思想情操之陶冶者. 二. 語言表達比較明朗, 易爲靑少年所能接受理解者. 三. 表達技巧比較完美, 可供靑少年及初習

(5) ≪中學白話詩選≫: 시아오시아오(蕭蕭)·양즈룬(楊子潤) 편, 고향출판사, 4월

후스(胡適)·쉬즈머(徐志摩)·주즈칭(朱自淸)·리우다빠이(劉大白)·따이왕수(戴望舒)·루어푸(洛夫)·양무(楊牧) 등 26인의 시를 실었다.

(6) ≪當代中國新文學大系(詩)≫: 야쉔(瘂弦) 편, 천시(天視)출판공사, 4월

150인의 시를 실으며 이 속에 싱가폴·말레이지아·필리핀·베트남·홍콩·미국 등지의 화교 시인의 것도 포함시켰다.

(7) ≪龍族的聲音≫: 양링이에(羊令野)·지앙모성(張默生) 주편, 여명(黎明)출판공사, 6월

전서는 「革命先烈史詩展」10수, 「永生不朽的國魂」18수, 「革命薪傳·永恆讀歌」20수, 「龍族的聲音」5수로 구분하였다.

3) 1981년

(1)≪中國新詩賞析≫: 린밍더(林明德)·리펑마오(李豊楙)·뤼정후이(呂正惠)·허지펑(何奇澎)·리우룽쉰(劉龍勳) 합편, 장안(長安)출판사, 4월

「難懂的現代詩」(난해한 현대시)를 「可懂的現代詩」(쉽게 알 수 있는 작품)으로 하기 위해 꾸민 책이다. 모두 3책인데, 제1책에는 후스(胡適)·리빤눙(劉半農)·팡쓰(方思) 등 16인, 제2책에는 탄즈하오(覃子豪)·위광중(余光中)·팡치(方旗) 등 11인, 제3책에는 야쉔(瘂弦)·루어푸(洛夫)·우청(吳晟) 등 14인의 작품을 담았다.

(2) ≪青青草原(現代小詩賞析)≫: 루어티(落蒂) 편, 청초지(青草地)잡지출판사, 4월

新詩朋友之範例者。

지쉔(紀弦)·루어먼(羅門)·시앙양(向陽) 등 39인의 64수.

(3) ≪兒童詩選讀≫: 린환창(林煥彰) 편, 이야(爾雅)출판사, 4월

14명의 아동의 시 100수. 6집으로 나누어 제1집은 「春天到了」24수, 제2집은 「和小鼓對話」19수, 제3집은 「奶奶的話」20수, 제4집은 「小提琴」13수, 제5집은 「火車」7수, 제6집은 「梅花鹿」17수를 수록.

(4) ≪剪成碧玉葉層層——現代女詩人選集≫: 지앙모(張默) 편, 이야(爾雅)출판사, 6월

시의 예술 가치와 명성에 두고서 선입하였는데, 지앙시우아(張秀亞)·룽즈(蓉子)·루어잉(羅英) 등 26인의 시를 수록.

(5) ≪中國當代新詩大展(1970∼1979)≫: 시아오시아오(蕭蕭)·천닝구이(陳寧貴)·시앙양(向陽) 편, 덕화(德華)출판사, 6월

이것은 1970년대의 시전으로 서사시·서정시·산문시·시극 등을 포함하였다. 시아오시아오(蕭蕭)는 서에서 1970년 작품의 특색을 향심이 표출된 경향에 두고 있다.

(6) ≪大家文學選≫(詩卷): 우청(吳晟) 주편, 명광(明光)출판사, 10월

선시의 중점을 「언어 명랑(語言明朗)」·「사법 평실(寫法平實)」·「낭독 적합(適合朗讀)」·「적극적인 교육 의의(有積極的教育意義)」에 두었다. 67수.

5. 1982∼1984년 출간시집

1) 1982년

(1) ≪亞洲現代詩選≫: 빠이디(白荻)·천치엔우(陳千武)(中)·구상(具常)·김광림(金光林)(韓)·秋谷豊·高橋喜久晴(日) 합편, 시보(時報)출판

공사, 1월 중국 시인 24인의 작.

(2) ≪情詩一百≫: 위리칭(喩麗淸) 편, 이야(爾雅)출판사, 5월
시의 유형상 민가·소시·낭만시에 의하여 꾸민 것이다.

(3) ≪抒情傳統(聯副三十年文學大系詩卷)≫: 연부30년문학대계(聯副三十年文學大系) 편집위원회 주편, 연경(聯經)출판사업공사, 6월
시단의 예술 성취를 선정한 50인의 작품집.

(4) ≪葡萄園詩選≫: 원시아오춘(文曉村) 주편, 자강(自强)출판사, 8월
≪포도원시간≫창간 20주년의 회고전으로 233인의 500여 수를 수록.

(5) ≪歲月吟風多少事─現代百家詩選≫: 지앙모(張默) 편, 이야(爾雅)출판사, 9월
103인의 233수의 작품을 수록. 1952년에서 1982년까지 30년 간의 서정시를 위주로 함.

2) 1983년

(1)≪中國現代精詩叢集≫(1·2冊): 사령 편, 일군(逸群)도서공사, 1월

(2)≪山林之歌≫: 리융(李永) 주편, 산림서국, 1월

(3)≪亞洲現代詩集≫(제2집): 아주현대시집 편집위원회 편, 입시사(笠詩社) 출판, 2월
원시아오춘(文曉村)·양즈치아오(羊子喬) 등 49인의 시.

(4)≪一九八二年臺灣詩選≫: 리쿠이시엔(李魁賢) 편, 전위출판사, 2월
55인의 55수. 주편인 리쿠이센(李魁賢)은 선정 방향을 다음과 같이 밝혔다.

1982년 타이완의 시선은 본토적이고, 현실적·사회적이며 예술적

이라 해도 평선의 방향은 이런 전제에 의했다. 그러나 어떤 시관에 얽매이지 않고 단지 표현상 시의 청아함 뜻의 표달이 정확한 것도 모두 심사대상에 넣었다.[67]

라고 하여 시의 가치를 위주로 하여 선정하였음을 알 수 있다.

(5) ≪七十一年詩選≫: 지앙모(張默) 편, 이아(爾雅)출판사, 3월

이 선집은 포용성과 다면성을 고려하여 선정하였으며, 리우커랑(劉克讓)·뤄잉(羅英)·정초우위(鄭愁予) 등 99인의 131편을 수록.

(6) ≪中國現代文學選集≫(제1책): 치빵위엔(齊邦媛) 주편, 이아(爾雅)출판사, 4월

탄즈하오(覃子豪)·지쉔(紀弦)·루어푸(洛夫) 등 22인의 193수를 수록.

3) 1984년

(1) ≪中國現代詩≫: 지앙지엔(張健) 편, 오남(五南)도서출판공사, 1월

리진파(李金髮)·지쉔(紀弦)·양환(楊喚) 등 59인의 40세 이상 작가의 작품을 수록.

(2) ≪七十二年詩選≫: 시아오시아오(蕭蕭) 주편, 이아(爾雅)출판사, 3월

페이마(非馬)·시앙밍(向明)·꽌꽌(管管) 등 65인의 75수를 수록. 부록으로 지앙모(張默)의 「七十二年詩壇大事記」와 「七十二年詩人特輯·專訪及詩論評目錄彙編」, 그리고 시아오시아오(蕭蕭)의 「七十二年全國報刊刊載詩作入選本書一覽表」및 「詩人小傳」을 실음.

(3) ≪一九八三臺灣詩選≫: 우청(吳晟) 주편, 전위출판사, 4월

---

67) 一九八二年臺灣詩選雖然是以本土的, 現實的, 社會的, 而且是藝術的, 這樣大前提做爲評選的方向, 但竝不刻意拘限於某種詩觀. 只要眞正有表現的, 詩中淸晰而且準確地表達了應有的意義, 都是列爲評審對象……。

6집으로 나누어 제1집 「有情人間」에 8수, 제2집 「關懷鄉土」에 11수, 제3집 「關切現實」에 10수, 제4집 「鄉關何處」에 8수, 제5집 「放眼天下」에 7수, 제6집 「思索人生」에 10수를 수록, 즉 향토 의식과 현실 생활을 주제로 한 작품을 선정.

(4) ≪春華與秋實七十年代創作選(詩卷)≫: 시양양(向陽) 주편, 문화대학 출판부, 5월

서에서 「70년대 시인의 작품과 그들의 풍격 및 그 지닌 정신을 드러내고자 했다.」(試着呈現七十年代詩人的作品與他們的風格及情神所在。)라 했듯이 작가의 문제 의식 중시하여 선시하였고, 시아오시아오(蕭蕭)·리민융(李敏勇) 등 31인의 작품을 수록하였다.

1970년대의 신시가 민족적이며 자아의식의 정립이 가능할 수 있었던 것은 1950·1960년대의 재외적이며 유랑하는 방황의 시단이 있었기 때문이다. 이 재정립의 바탕에는 전통적인 유불도(儒佛道)의 삼교 정신이 혼합되어 있기에 더욱 가능할 수 있었다. 이 같은 흐름이 70년대 시단에도 면면히 이어지고 있었으니, 쪼우몽띠에(周夢蝶)[68]의 <빈 수풀(空林)> 시의 일단을 보면,

> ……
> 전엔 마시는 재미와 취하는 이치를 몰랐었지;
> 머리 들어 쳐다보는 한 순간에
> 몸은 가벼이 나비같이
> 시원히 유마장실의 꽃향기처럼
> 퍼져 나온다.………[69]

---

68) 周夢蝶(1920~), 河南 浙川人.

라 하여 선적 탈속 경지를 자연의 경물과 상관시켜 묘사하니 엄창랑(嚴
滄浪)의 「以禪入詩」(≪滄浪詩話≫詩辮)가 인용되는 시계로서 70년대의
시단에 적지 않은 풍조를 조성하였다. 그 뿐 아니라 기독교사상까지 가
미되어 동서양의 대결합 같은 시대의 시단을 방불케 하였으니, 예컨대,
룽즈(蓉子)70)의 <시겁(詩劫)>의 일단에서,

> ....
> 뭐 「시는 궁하고 나서야 공교롭다」란 엉터리 말하지 말라
> ─배불리 먹고서야 다시 일하는 거다
> 「궁하다, 바쁘다」는 우리에겐 이중으로 재앙이야
> 왜냐고, 「땀이 얼굴에 가득 흘러야 입에 풀칠할 수 있다」는
> 에덴동산의 사건에서
> 하나님이 아담에게 주신 저주니까
> 결코 축복이 아닌 거다71)

라 하여 송대 매요신(梅堯臣)의 시론구를 인용하여 궁핍하여서 일의 발
전과 성과가 있다는 소위 궁즉통(窮則通)의 부정적 의식을 이 시의 작자
는 무책임한 말(風凉話)로 거부한다. 땀을 흘려야 살 수 있는 인간은 원
죄에 대한 신의 저주인 것이다. 삶의 고통을 원리로만 돌리지 말고 편히
먹고 일 잘하는 낙천적 삶의 기준을 요구하고 있다. 70년대의 시단은 자
기회귀의 긍정적 자세를 확립하였고, 이것이 이 시기에 향주시(鄕疇詩)

---

69) ……從不識飮之趣與醉之理; 在擧頭一仰而盡的一刹那 身輕似蝶, 泠泠然 若自維摩
    丈室的花香裏散出 ……

70) 蓉子(1928~　), 본명은 王蓉芷, 江蘇人, 시집으로 ≪靑鳥集≫, ≪七月的南方≫,≪
    日月集≫등이 있음.

71) ……就別說甚麼「詩窮而後工」的風凉話 一吃飽了, 再做工「窮‧忙」對吾輩乃雙重
    災厄 因爲「汗流滿面才得糊口」乃 伊甸園事故中 上帝對亞當的呪詛 竝非祝福。

의 이름을 낳을 수 있었다. 70년대의 타이완 신시는 80년대의 중국 고전에 바탕을 둔 경향과 서정시의 홍성을 예고하는 길을 제시하고 있다.

있었다. 이 같은 흐름이 70년대 시단에도 면면히 이어지고 있었으니,
쪼우몽띠에(周夢蝶)[72])의 <빈 수풀(空林)>시의 일단을 보면,

> ……
> 전엔 마시는 재미와 취하는 이치를 몰랐었지;
> 머리 들어 쳐다보는 한 순간에
> 몸은 가벼이 나비같이
> 시원히 유마장실의 꽃향기처럼
> 퍼져 나온다.………[73])

라 하여 선적 탈속 경지를 자연의 경물과 상관시켜 묘사하니 엄창랑(嚴
滄浪)의「以禪入詩」(≪滄浪詩話≫詩辯)가 인용되는 시계로서 70년대의 시
단에 적지 않은 풍조를 조성하였다. 그 뿐 아니라 기독교사상까지 가미
되어 동서양의 대결합 같은 시대의 시단을 방불케 하였으니, 예컨대, 룽
즈(蓉子)[74])의「시겁(詩劫)」의 일단에서,

> ………
> 뭐「시는 궁하고 나서야 공교롭다」란 엉터리 말하지 말라
> —배불리 먹고서야 다시 일하는 거다
> 「궁하다, 바쁘다」는 우리에겐 이중으로 재앙이야
> 왜냐고,「땀이 얼굴에 가득 흘러야 입에 풀칠할 수 있다」는
> 에덴동산의 사건에서
> 하나님이 아담에게 주신 저주니까

---

72) 周夢蝶(1920~   ), 河南 浙川人.

73) ……從不識飮之趣與醉之理; 在擧頭一仰而盡的一刹那 身輕似蝶, 泠泠然 若自維摩
丈室的花香裏散出 ……

74) 蓉子(1928~   ), 본명은 王蓉芷, 江蘇人, 시집으로≪靑鳥集≫, ≪七月的南方≫, ≪
日月集≫등이 있음.

결코 축복이 아닌 거다[75]

라 하여 송대 매요신(梅堯臣)의 시론구를 인용하여 궁핍하여서 일의 발전과 성과가 있다는 소위 궁즉통(窮則通)의 부정적 의식을 이 시의 작자는 무책임한 말(風涼話)로 거부한다. 땀을 흘려야 살 수 있는 인간은 원죄에 대한 신의 저주인 것이다. 삶의 고통을 원리로만 돌리지 말고 편히 먹고 일 잘하는 낙천적 삶의 기준을 요구하고 있다. 70년대의 시단은 자기회귀의 긍정적 자세를 확립하였고, 이것이 이 시기에 향주시(鄕疇詩)의 이름을 낳을 수 있었다. 70년대의 타이완 신시는 80년대의 중국 고전에 바탕을 둔 경향과 서정시의 흥성을 예고하는 길을 제시하고 있다.

---

75) ……就別說甚麼「詩窮而後工」的風涼話 一吃飽了, 再做工「窮·忙」對吾輩乃雙重災厄 因爲「汗流滿面才得糊口」乃 伊甸園事故中 上帝對亞當的咒詛 並非祝福。

14장 21세기 타이완(臺灣)의 5인방 시

21세기를 맞이하면서 우리에게는 지리와 역사, 그리고 문화의 관계로 보아서, 「中國」이 주는 이미지는 과거 그 어느 때보다 강렬한 것이다. 따라서 문학연구에 있어서 중국의 현대문학에 대한 연구비중이 국내외에 점차 커지고, 또 그 연구가치도 높이 평가되고 있다. 이런 중에 중국의 또 하나의 독자적인 현대문학세계를 형성한 「타이완문학」에 대한 관심과 고찰도 어느 면에서는 중국이라는 큰 울타리 안에서만 다루지 말고, 그에 대한 전문연구가를 필요로 하는 시점에 와 있다고 본다.

필자는 중국현대문학에 관한 주된 연구가도 아니며, 더구나 타이완문학에 대한 견식은 더욱 부족한 입장에 있다. 그럼에도 본문을 준비하는 이유는 중국 현대시와 고전시를 총괄해서 사조(思潮)적인 각도에서 시대적으로 집필하는 과정에 있기 때문이다.[1] 그래서 타이완의 현대시단에

_____

1) 필자는 1991년부터 ≪唐代詩史≫를 집필하기 시작하여 그 초고를 완료하고 출간을 기다리고 있으며, 현재는 중국시사 전체와 그와 관련된 현대시의 맥락을 정리하고 있음.

관한 개괄적인 글들을 단편적으로 발표하게 되었고,[2] 이번에 다시 그 바탕 위에서 재구성한 본문을 쓰게 된 것이다. 편협한 지식과 한정된 자료이지만, 타이완의 현존하는 40대 시인 5인의 시들을 감상적인 위치에서 소개하고 그 사조를 부연하므로써 타이완 시단의 미래를 예견할 수 있는 계기로 삼고자 한다.

이와 같이 타이완 시단에서 왕성한 시작활동을 하는 40대 시인들을 살펴보면서, 동시에 지금까지의 타이완 시단의 시기별 시 사조를 개관하는 과정이 필요하다고 보아서 그 간의 「타이완 시단의 연대별(年代別) 사조」부분을 먼저 기술하려고 한다. 그 까닭은 타이완의 신시(新詩)가 중국 현대시에서 차지하는 비중이 아직은 미약한 것이 사실이고, 그 문학적인 가치 역시 높게 평가되어 있지 않기 때문으로서, 후에 재정리의 기회를 갖게 되기를 바라는 바이다.

그리고 소위 「타이완 문단의 40대 시인 5인」의 선정은 필자 나름의 다음과 같은 기준에 의거하여 선정하였다. 첫째는 연령상 1950년대에 출생한 시인들을 대상으로 하였다. 현시점에서 볼 때, 그 이전 출생자는 대개왕성한 창작활동과 그 성향이 이미 21세기에 기대하기에는 고착화(固着化)되었고, 한편 1960년대 이후에 출생한 시인은 아직 그 완성도와 객관적인 평가면에서 부족하다고 보았다. 둘째는 시단에의 데뷔가 정당성을 지니고 있으며 사조상으로 중국문학의 기본소양을 바탕으로 하여 서양의 이론을 긍정적으로 보고 있는 자를 선정하였다. 그리고 셋째는 시풍이 이전 세대와 차별되어 개성이 강하고 1980년대와 1990년대에도 부단

---

[2] 필자는 타이완의 현대시에 관한 글을 발표한 바, <60년대 臺灣의 신시와 소설 개관>(1985.외대 ≪中國硏究≫ 9집)・<70년대 臺灣新詩 思潮考>(1988. ≪외대논문집≫ 21집)・<1980年代臺灣新詩考>(1997. ≪외대논문집≫ 30집) 등이 있다.

한 작가활동을 지속해 온 자들을 선정한 것이다. 그래서 그 선정한 5인을 보건대, 쑤시아오리엔(蘇紹連, 1950~)·찌엔정지언(簡政珍, 1950~)·시앙이앙(向陽, 1955~)·쿠링(苦苓, 1955~)·리우커낭(劉克襄, 1957~) 등이 되겠다. 서술방법은 이들 시인의 시풍격을 개관하고 그 대표작들을 거론하겠으며 주된 참고문집으로는 ≪臺灣新世代詩人大系≫上下本(書林出版公司·1990)과 쑤시아오리엔의 ≪驚心散文詩≫(1990)·≪河悲≫(1990), 찌엔정찌언의 ≪季節過後≫(1988)·≪歷史的騷味≫(1990), 시앙이앙의 ≪四季≫(1986)·≪心事≫(1987), 쿠링의 ≪不悔≫(1988), 리우커낭의 ≪小鼯鼠的看法≫(1990) 등이다.

I. 타이완 시단(詩壇)의 연대별 사조(思潮)

타이완의 현대문학 시기를 크게 양분한다면 지앙지에스(蔣介石)의 국민당 정부가 1949년에 타이완으로 건너온 시기를 기점으로 하여, 그 이전 시기는 1895년부터 일본의 지배와 소위 1945년부터 광복의 과정이었다면3), 그 이후 시기는 곧 주체적인 타이완문학의 기틀과 발전, 그리고 토착화(土着化)의 단계를 밟아온 역정이었다고 할 수 있다. 타이완의 문학운동사적 배경이 넓게는 중국현대문학에서 거론되지만, 좁게는 타이완 자체의 독자성을 인식하고 또 인정해야 하는 현시점에 서있는 것을 부인할 수 없다.

---

3) 빠오헝신(包恒新) ≪臺灣現代文學簡述≫ p.3(上海社會科學院出版社.1988)에는 타이완 현대문학의 역정을 다음 5분기로 분류하고 있다. 動員期(1919~1925), 推進期(1926~1930), 高潮期(1931~1936), 衰落期(1937~1945), 光復期(1945~1949)

타이완 문학사에서 신시사(新詩史)를 놓고 본다면, 찌앙우어쮠(張我軍)이 1925년 12월 28일에 펴낸 최초의 시집인 ≪亂都之戀≫에서부터 서술되어져야 할 것이다.4) 그리고 이앙호아(楊華, 1906~1936)는 1930년대에 가장 성공하고 영향을 준 시인이었다.5) 이앙호아의 시는 그 시대의 생활상을 짧은 구절과 간결한 언어를 구사하여 함축(含蓄)적이면서 은유(隱喩)적으로 묘사하였다. 그의 시집 ≪黑潮集≫ 중의 <빛바랜 종이 창문(褪黃的紙窓)>을 보면,

> 누런 종이 창문에
> 가을의 마음이 싸늘하게 투시된다.
> 그대가 보다시피
> 이 하나 하나의 작은 틈새에서,
> 가을은 전율하고 있고
> 바람은 가녀린 신음을 하고 있다. 6)

세심한 관찰력을 통하여 큰 뜻(小中見大)을 표현하고자 한 것이다. 시인의 내심에 맺힌 분만(憤懣)과 항일(抗日)의 강렬한 저항적인 울분을 담고 있다. 시라는 매체를 통하여 애국정신과 민족의식을 고취시킬 수 있다는 점을 택할 수밖에 없었기 때문이다7).

1949년 이후부터 대륙에서 건너온 일단의 문인과 학자들이 주도한 타이완의 신시단에는 1950년대에 이르러서야 허무(虛無)와 관조(觀照)적

---

4) 빠오형신의 상게서 pp.33~34 참조.

5) 빠오형신의 상게서 pp.110~113 참조.

6) 褪黃的紙窓, 凉透了秋心. 你看, 這一個一個的微隙, 秋在戰慄, 風在低吟.

7) 이에스타오(葉石濤)≪臺灣鄉土作家論集≫, p.32: 「漢詩和詩社在日據時代培養了本省人民的愛國精神維持了民族意識. 其功永垂,應該值得大書特書.」(臺灣遠景出版社. 1979)

인 의식이 주류를 이루었고, 일본의 식민지체재를 완전히 탈피한 중국 속의 타이완 시단의 소위 맹아기(萌芽期)인 전기(前期)시대에로 진입한 것이다.[8] 그러니까 타이완 시단이 본궤도에 올라서 나름의 독자적인 사조를 창출한 시기는 아무래도 1960년대부터라고 보는 것이 타당할 것이다. 따라서 21세기를 맞는 현시점까지의 시 흐름을 단계별로 개관하면서, 나아가서 이 시대의 타이완 시단의 40대 시인 5인방을 살펴봄이 온당하리라 본다.

1. 1960년대의 초현실의식(超現實意識)

1960년대의 문학사조는 구미에서 유입된 영향과 깊은 관계가 있다. 이 시기는 자기생활의 본체를 중시하여 자아에 대한 낙심, 분노, 그리고 초조 등이 작가의 심령에 주제로 등장하였다. 이러한 내적 갈등의 이론적 설정이 가능토록 한 사조가 프로이드의 정신분석학설과 초현실주의인 것이다. 프로이드의 학설은 문학의 내재의의(內在意義)면에서 타이완의 문단에 영향을 주었으니, 짱모(張默)는 다음과 같이 그 관계를 기술하고 있다.

> 현대시에 표현된 것이 추상적인 개념은 아니지만 순수함을 힘써 구하고 주관적인 의상경험의 재현을 추구하면서 줄곧 하나의 내재적인 무성, 무색, 무형, 꿈같은 몽롱의 심리변화과정을 표현해 왔으며, 시인은 왕왕 이런 신비로운 감각세계에서 헤매면서 방향을 잃곤 하였다.[9]

---

8) 찌앙지엔(張健) ≪中國現代詩≫ 「自由中國時期」에서 前期(1949~1958), 中期(1959~1970), 後期(1971~1983) 등으로 분류.(五南圖書公司. 1984)

라고 하여 관념화된 작품의 출현을 인지하였으며 일상의 어구에서 벗어
나는 추상적인 의식세계에서의 즉흥적인 언어구사를 추구하는 기풍을
보이기도 하였다. 예컨대, 팡신(方莘, 1939~)의 <달이 뜨고(月升)>
(≪現代文學≫, 1963년)를 보면,

> 황혼의 하늘, 크고 오묘한 보조개
> 홍작새 같은 개구쟁이가 뛰노는 지붕 위에
> 발에 치어 나온 달은
> 방금 다 먹은 파인애풀 깡통
> 쨍그랑 소리를 낸다.[10]

시인의 의상세계를 사물의 의인화(擬人化)를 통해서 인간적인 안계(眼
界)에서 찾으려 하였다. 그리고 초현실주의와의 관계를 보면, 이 사조는
언어의 조어(造語)에 있어서 논리적인 어법을 탈피하고 비논리적이지만
자연스러이 우러나는 소위 자동어언(自動語言)의 표현에 비중을 두고서,
인간의 잠재의식세계와 함께 현실과 유리된 몽환(夢幻)세계를 배제하지
않으면서 문학의 기교를 강조하는 방향으로 유도하였다. 60년대의 타이
완 문단에서의 이 사조와의 관계에 대해서 루어푸(洛夫)는 그의 <시인
의 거울(詩人之鏡)>이란 글에서 다음과 같이 기술하고 있다.

> 초현실주의의 시에 대한 가장 큰 공헌은 곧 심상의 범위를 넓히고,
> 의상의 강도를 농축하였다는데 있으며, 은유·상징·암시·여운·다

---

9) 現代詩所表現的雖不是抽象的槪念,　但在力求純粹以及實現主觀意象經驗的重現中,
　 却一直在表達出一個內在的無聲, 無色, 無形, 朦朧如夢的心理變化過程, 詩人往往
　 在這種玄秘的感覺世界中迷戀忘返.(≪六十年代詩選≫ 緖言)

10) 黃昏的天空, 龐大莫名的笑靨阿. 在奔跑着紅髮雀班頑童的屋頂上, 被踢起來的月亮,
　 是一隻剛吃光的鳳梨罐頭, 鏗然作響.

의 등 중요한 시의 표현기교를 극대화시켰다.[11]

이런 논조로 상친(商禽, 1930~)의 시 <비둘기(鴿子)>(≪創世記≫ 제 24기, 1966년 4월)를 보기로 한다.

　　지금 나는 왼 손으로 가벼이 어루만지며 떨고 있다. 더구나 그녀
의 상첩받은 짝을 서러워하는 것같이. 아! 한 마리 상심한 새야. 여
기에 나는 또 오른 손으로 가벼이 왼 손을 어루만지고 있다……하늘
에 나는 것은 혹시 독수리인가, 혈기 잃은 하늘에는 참새 한 마리도
없다. 서로 의지하여 떨고 있고 일하고 또 일하며 죽이면 끝내 죽임
당하는 것, 무고한 손으로 지금, 나는 너희들을 높이 들어, 나는 참으
로 다친 참새 놓아주듯이 너희들을 나의 양팔에서 풀어주고 싶다.[12]

이 시는 산문시의 형식으로 비둘기라는 한 미물이 비천하고 보호받지
못하는 신세를 동정하면서 현실에서의 일탈을 엿보게 하는 것이다.

2. 1970년대의 용족정신(龍族精神)

1970년대에 들면서 정치적으로 타이완은 의외의 사건들이 연발하여
1970년 11월의 띠아오위타이(釣魚臺)사건, 1971년 10월 25일의 유우엔에

---

11) 超現實主義對詩最大的貢獻乃在擴展了心象的範圍, 濃縮了意象的强度, 而使得隱
喩,象徵,暗示, 餘弦, 岐義等重要詩的表現技巧能發揮最大的效果.(≪創世記≫, 1964
년12월)

12) 現在, 我用左手輕輕的愛撫着在顫抖着, 就更是像在悲憫着她受了傷的伴侶的. 啊,
一隻傷心的鳥. 于是, 我復用右手去輕輕地愛撫着左手,……在天空中翱翔的說不定是
鷹鷲. 在失血的天空中, 一隻雀鳥也沒有, 相互倚着而顫抖的, 工作過仍要工作, 殺戮
過終也要被殺戮的, 無辜的手啊, 現在, 我將你們高擧, 我是多麼想一如同放掉對傷
癒的雀鳥一樣將你們從我雙臂釋放啊.

서의 탈퇴, 1972년 2월 닉슨의 중공방문, 동년 9월의 중일(中日) 외교단절, 1972년 타이완 경제 5개년 계획수립 등 굵직한 변화가 일어났다. 이에 따라 서서히 타이완 자체의 주체의식이 일기 시작하였다. 1971년 3월에 「용족시사」가 나타났으니, 그 창간선언에서 이르기를,

> 우리는 우리 자신의 징을 두드리며 우리 자신의 북을 치며, 우리 자신의 용춤을 춘다.[13]

라고 하여 중국전통으로 회귀하려는 시적인 반향을 보이기 시작하였다. 1970년대초 3년 간에 있었던 자성(自省)의 소리는 이른바 「용족정신」이라고 할 수 있으니 ≪용족시선≫을 보면,

> 용족정신은 개방의 정신이요, 수용과 함축의 정신이다. 그러나, 용족시간은 이미 일정한 풍격이 없으며, 또 당대의 각종 주의나 유파를 제창하지도 않는다. 그 추구하는 방향은 무엇인가? 그 이상은 또 무엇인가? 첫째 용족의 동인은 긍정적으로 이 때 이 곳의 중국 풍격을 파악할 수 있을 것. 둘째, 성실하게 중국문자로 자기의 사상을 표달할 것, 셋째, 시는 진실되게 이 사회를 비판할 것, 그러나 또한 흉금을 열어 이 사회로 하여금 우리의 시를 비판토록 할 것 등이다.[14]

이러한 변혁을 외치는 새로운 정신은 후퇴가 아닌 시단의 새 지표를

---

13) 「我們敲我們自己的鑼打我們自己的鼓舞我們自己的龍」이 詩刊에 참여한 주요동인은 林佛兒, 林煥彰, 辛牧, 陳芳明, 蕭蕭 등이다.

14) 「龍族精神, 也就是開放的精神, 兼容竝蓄的精神, 然而, 龍族詩刊既沒有一定的風格, 又不提倡當代的各種主義流派, 那麼, 它所追求的方向是甚麼呢? 它的現想又是甚麼呢?…… 第一, 龍族同仁能夠肯定地把握住此時此地的中國風格, 第二, 誠誠想想地運用中國文字表達自己的思想, 第三, 詩固然要批判這個社會, 但是, 也要敞開胸懷讓這個社會來批判我們的詩.」≪現代詩導讀≫(林白出版社.1973)

의미하며 또 하나의 발전의 단계를 제시한 것이다. 시아오시아오(蕭蕭,
1947~)의 <왕유와 선을 논함(與王維論禪)>(시집 ≪擧目≫)을 보면,

> 우리는 긴 눈썹을 드리우고 마주 앉으니, 솔숲에는
> 오로지 맑은 샘이 졸졸졸
> 나풀나풀 회백의 머리카락이 바람맞아 흩어지네.
> 한 권의 망천집을 아직도 펴지 않았는데
> 두세 조각 꽃 떨기 어느새 옷깃을 따라
> 가벼이 흩날리누나.
> 나, 정말 말을 하고자 한다.15)

이 시는 왕유(王維)(701~761)의 만년에 송지문(宋之問)의 별장이던 망
천장(輞川莊)에서 배적(裴迪)과 화창(和唱)하던 20수의 오언절구와 그에
담긴 왕유의 시적인 선경(禪境)을 이 시의 작자 심상(心象)에 비유하여
그린 것이다.16) 이 비유는 「시의 의취가 표현된 시어 보다 더 깊이 담기
어 있음(意在言外)」17)한 것이지만 의념(意念)이 분명하고 혼돈이 없다.
작자 심태의 청정(淸淨)한 상태를 왕유의 시세계에서 잠시 빌려 본 것이
다. 그러나 뿌리를 자신의 것에 두고자 하였다.

3. 1980년대의 현실위주(現實爲主)

세대가 바뀌면서 그 추구하는 목적은 어느 면에서는 가시적인 현실세

---

15) 我們垂着長眉對坐, 松林裏 只有清泉細細 裊裊, 灰白的髮絲迎風披散 一本輞川集
  尙未翻開
  三兩片花瓣先已順着衣襟 飄落 我, 正待開口.(1979.11)
16) 졸저 ≪王維詩比較硏究≫ 제5장 참고(北京京華出版社.1999)
17) 嚴羽 ≪滄浪詩話≫ 詩辨 참고

계에서의 성취에 있을 것이다. 이 시기는 전세대가 지녔던 귀소(歸巢)의 식을 현지(現地)의 향토(鄕土)의식으로 이해하고 융화시켜나가는 과정을 거쳐온 것이다. 이 시기는 일종의 정반합(正反合)의 과정처럼 이상의 가(家)와 현실의 가(家)가 상호 교차되는 의식세계에서 시인들은 현실세계의 가(家)를 선택하지 않을 수 없었으니, 이것은 가시적(可視的)인 현실세계와 불가시적(不可視的)인 심계(心界)에서의 기로에서 결국은 가시적인 것으로 방향을 잡은 것이다. 그들은 어떤 면에서 대륙 속의 타이완이라는 처해 있는 현실을 인정하는 포괄적인 안목을 추구한 것이다. ≪草根≫ 복간(復刊)의 <초근선언 제2호(草根宣言第二號 : 專靜與秩序)>에서 강조하기를,18)

> 시의 제재에 있어서 소아와 대아 그리고 타이완과 대륙 모두가 중요하다. 과거를 탐색하여 현재를 반영하고 미래를 전망할 때에 응당히 타이완과 대륙을 같은 측면에서 심각하게 고려해야 하는 것이다.19)

라고 선언하였다. 이것은 가시적인 것과 불가시적인 세계를 관념상 동일시하려는 의식이다. 즉 대륙과 타이완, 구세대와 신세대의 차이에도 불구하고 동일근(同一根)의 의미에서 볼 때 그들의 현실위주는 역시 타이완을 위주로 하지만 근원상 대륙을 배제하지 않는 것이다. 이것이 곧 「민족시풍을 다시 일으키고 현실생활에 마음을 두자.(重建民族詩風。關懷現實生活.)」의 구호인 것이다.20) 민족시풍(民族詩風)이란 「中

---

18) ≪草根≫ 復刊, (1985년 2월 1일)

19) 在詩的題材上, 要小我‧大我‧臺灣‧大陸竝重. 在探索過去, 反映現在, 展望未來時, 應把臺灣與大陸放在同一層面來探刻的思考.

20) 向陽 「七〇年代現代詩風潮試論」(≪文訊≫ 第十二期‧1984년 6월)

華民族」이란 개념을 바탕으로 한 것이기 때문에 지역적 구분을 초월하고 있다. 그러나 전세대가 사향(思鄕)의 경험을 작품 속에 혼융(混融)시켰다면 이 세대에 있어서는 그러한 사향의식이 투명하지 않고, 단지 문자나 형식상의 자각(自覺)에 주안점을 둔다는 것이다. 즉 시의 제재(題材)에 의하지 않고 표현방식에서 중국인이 중국의 문자로 중국의 현실 자체를 중국의 시율과 의상(意象)에 따라 묘사한다는 것이다. 따라서 전통적 관념을 재조명하거나 추구한다기보다는 그 안에서 현실에 있는 모습을 독자적으로 표현해야 한다는 전세대와의 이질화(異質化)현상의 추구이며, 그리하여 현실은 시의 제재를 더욱 풍부하게 할 수 있다는 것이다. 쑤시아오리엔(蘇紹連, 1950～)의 <봄을 바래며(春望)>(≪臺灣新世代詩人大系≫, p.25)를 보면,

산 산 강 강은 나라가 되어
있고,
풀 풀 나무 나무는 성이 되어
깊다.
시들어 떨어지는 꽃병 병 병 병 병 병 병 병
거기에 꽃이 피고
날아가는 조롱 롱 롱 롱 롱 롱 롱
거기에 새가 운다.

봉홧불에는 하루 하루 하루 하루의 시간만이 남아있고,
집의 편지에는 한 장 한 장 한 장 한 장의 우표만이 남아있다.
성근 머리카락의 흰 머리
긁으면 피 피 피 피 피 피 피
피가 나오니,
실라락
실가락 같은

붉은

붉은

피가 맺힌 머리카락 카락 카락 카락 카락 카락 카락 카락.[21]

이 시는 두보(711~770)의 <春望>[22]을 바탕으로 해서 타이완의 타향에서 대륙에의 귀향을 희원(希願)하는 절규를 담고 있다. 신세대의 시인들은 예리한 영감으로 인간사의 부허(浮虛)함을 꿰뚫고 있으며 평면이 아니라 입체적인 시를 구사하여 시의(詩意)를 구체화시키고 있다.

4. 1990년대의 자아발현(自我發現)

시인의 「我」에 대한 운용방식은 시의 성패(成敗)를 좌우할 만큼 중요하다. 왜냐하면 자아에서 타인으로의 정립은 서정에서 지성이라는 등식과 통하기 때문이다. 자아에서만 머문다면 그 시는 객관성이 결여될 것이며 만인의 시가 되기 어려울 것이다. 미묘한 관계이지만 자아를 극복해야 완전한 의미의 자아형성과 자아발현이 가능할 것이다. 이것은 주어진 자아를 시라는 예술에서 승화시켜 사인(私人)(personal)으로서의 자아가 아니라 인류의 공유적 개념으로서의 자아(individual)이어야 하는 것이다. 이 세대는 이것을 위해 부단한 실험과 고심을 한 것이다. 그들은 이를 위해 표현되는 언어를 매개체로 도입하였다. 그러므로 언어의 생명은 시인의 생명인양 되는 것이다. 곧 자아를 언어상의 「我」의 위에 놓기 위

---

21) 山山河河爲國 在, 草草木木爲城 深, 凋落的甁甁甁甁甁甁甁 是那陣花開, 飛起的籠籠籠籠籠籠籠 是那聲鳥叫. 烽火只剩一天一天一天一天的時間, 家書只剩一張一張一張一張的郵票. 尋髮的 白頭 搔出血血血血血血血血 絲絲 紅 紅 血流成的髮髮髮髮髮髮髮髮

22) 두보의 원시는 仇兆鰲의 ≪杜詩詳注≫권7을 참고.

해서는「他人」의 개념을 도입하게 된다. 그러다 보니 언어의 중성화(中性化)를 낳게 되었다. 나름대로의 색채나 개성이 없이 피동적인 단순한 표의자(表意者)의 역할이란 말이 나올 수 있는 것이다. 시인이 나름대로의 개성을 토로할 수 있느냐의 여부(與否)는 문학자체의 본령(本領)을 망각하느냐의 질문과도 같은 것이다. 이것의 부작용은 이 세대가 사려 깊은 의식이 부족한 상태에서 금기(禁忌)나 구속으로부터 벗어나서 현실에 집착하다가 내심의 진정을 놓칠 위험성이라는 것이다. 그래서 언어의 유희와 희극성이 자연히 시의 산문화(散文化)를 추구하는 경향을 낳았으니 리우커낭(劉克襄, 1957~)의 <연서를 쓰는 사람이 잠들었다(寫情書的人睡著了)>(시집 ≪在測天島≫)를 예로 들어 본다.

> 오늘 저녁, 사랑의 편지 쓰는 사람이 졸고 있다
> 사랑의 편지 기다리는 사람만이 깨어있다
> 하나의 빈 우편한, 나는
> 달빛 아래 광야에 있어
> 아무도 눈을 감고 있지 않다
> 또 아무도 나에게 숲으로 왁짝지껄 내달리게 않는다
> 과거를 생각해 보며 나는 마음에 미소짓는다
> 한편으로 아내의 짙은 코고는 소리 듣고 있다
> 벌써 알고 있다. 우리는 아마 영원히 사랑할거다
> 눈과 높은 산의 만날 약속 같이
> 사계절의 차례가 뚜렷한 것 같이
>
> 결혼은 우리의 유일한 착오이다
> 그래서, 전 세계의 남자 같이
> 오늘 밤, 몰래 일어나 한 통의 편지를 써서
> 죽은 지 오래된 애인에게 부친다
> 그녀는 우리가 예전에 놀던 곳마다에 누워있다

허허 ── 편지에 우표를 붙일 수 없다
아야, 저 빈 우편함에 던질 수밖에 없구나.23)

　이 시는 독백이며 넋두리이다. 이 시인의 시들이 이러한 산문시의 틀
을 지니고 있다. 그러나 심령의 정밀(靜謐)속에서 시를 쓰고 있다. 이것
도 하나의 언어를 통한 자아의 공유화(共有化)의 추구인 것이다. 외침이
침묵 속에 묻히었으나 시의 본질은 엄존하고 예술성은 더욱 짙게 표출
되어진다. 이 세대는 1990년대에 더욱 왕성한 자아발현을 추진해 나갔으
며 비록 시의 산문화 현상이 보인다하여도 의상사유(意象思惟)로서의 시
본질은 강하게 내연(內燃)되어 있는 것이다. 이 세대의 시 형식은 그들
자신의 의지에 따라 다양하였으며 시어의 구사는 그들 의식에 의해 시
공(時空)의 한계를 넘나들며 한결 자유롭고 광대해져 간 것이다. 자아의
발현은 그 시인과 그 시기에 따라 수다한 시행착오적인 모순을 드러내
면서 지속되고 진전되는 것이기 때문이다. 그 모순의 함정이 오히려 그
시대의 진정한 소리를 듣게 하며 침묵의 회응(回應)이 있을 수 있는 것이
다. 21세기에는 침묵의 소리(시와 그 속의 뜻)의 메아리가 끊이지 않아서
새로운 소리로 발전될 수 있기를 타이완 시단에게 기대를 걸고 있는 것
이다.

---

23) 今晚, 寫情書的人睡著了 只有等情書的人醒著 一個空信箱, 我 在月光下, 在曠野裏
沒有人來矇住眼睛了 也沒有人讓我哄騙到森林 想到過去, 我在心裏微笑 一邊聽著
妻子的濃鼾 早知道, 我們或許可以永遠相戀 像雪和高山的約會 有著四季的節序 結
婚是我們唯一的錯誤 所以, 像全世界的男人 今晚, 儘儘起床寫一封信 寄給死去很久
的愛人 她躺在我們往昔嬉戲的每個地方 噓 ── 不能貼郵的這封信 唉, 也只能投到
那空信箱裏

Ⅱ. 타이완의 5인방과 그 시의 세계

앞의 서두에서 이미 40대 시인 5인을 선정한 기준을 밝힌 바와 같이 이 선정은 필자의 주관적인 관점과 평가에 의한 것이므로, 본문의 내용 전개는 그 만큼 시도적인 서술이 될 것임을 양지하기 바란다.

1. 쑤시아오리엔(蘇紹連) 시의 「고시(古詩)의 현대시화」

필명은 쑤사오리엔(蘇少憐)으로 타이완 타이중(臺中)이며 「龍族詩社」·「後浪詩社」·「詩人季刊社」의 창립인으로 참여하였고 시집은 ≪茫茫集≫(1978)·≪童話遊行≫(1990)·≪驚心散文詩≫(1990)·≪河悲≫(1990) 등이 있다. 근래의 문학대중화 입장에서 보면, 그의 시는 직서적(直敍的)인 자연미를 추구하면서 개혁적인 시풍을 보여준다. 1987년에 나온 ≪茫茫集≫은 현대시의 발전사에 중요한 의미를 주는 시집이다. 그는 현실현상을 초현실화로, 고전의 소재를 현대화시키는 시도를 하고 있기 때문이다. 전자의 예로 <희미한 미립자(茫的微粒)2>(시집 ≪驚心散文詩≫)를 보면,

> 아득히 단절된 방 그 곳에 서서
> 환상의 호화와 형제들의 유물에 빠져있다
> 우리가 돌아오니, 열 창문이 없다
> 물어 볼 길이 없는데, 너희들 발자국은 늑대 뱃속에 들어갔는지
>
> 황사는 흉악하게 우리의 주야로 달리는 얼굴에 흩날린다
> 얼굴빛은 지는 햇빛 속에 어두어가고 사라져 간다
> 우리의 드러난 것 금세의 표정이나 내세의 표정이 보이지 않는다

정말 엄숙하고 정말 비장하다
온통 찾아보자, 누가 고향을 위해
눈물을 흘렸는가
또 누가 형제를 위해 달게 머리를 홀랑 깎아
칼끝이 점점 사막에서 빛나고 있다
해가 떠오른다. 아침 인사도 없는
우리에게 성지는 뭐며 지옥은 무엇인가
방향은 방향을 조여 가는데
우리는 칼은 굽은 면으로 푸른색의 지평선을 절단한다
상처 난 곳에서 한 가닥 외줄기 연기가 피어오른다

형제여! 고향을 잃은 이유를 말해다오
우리는 너희를 향해 달려간다 하나의 이정표에서 또 하나의 이정표로
마을을 불러댈 사람이 없다, 대지의 이름을 불러댈 사람도 없다
한 번에 측백나무 쓸어 뜨린
동시에 유전성을 강림시킨 시간 속에서
우리는 우리의 생명과 잠자고 있다.
깨었을 때, 우리의 얼굴은 유일하게 남아있는 유물[24]

이 시는 시속의 인물이 「나」와 「그」의 적대관계를 동등한 운명으로
받아들이고 있으며, 현실의 삶의 상처를 독자 내심(內心)의 고통으로 흡
수시켜서 감동을 준다. 이 시가 추구하는 삶은 부정적인 의식으로 부각

---

24) 茫然的站在房屋被折除的地方 流連着虛幻的豪華和兄弟們的遺物 我們回來, 沒窓
可開 沒路可問, 你們的脚印是否已步入狼肚裏 黃沙兇惡地漫揚在我們日夜奔馳的臉
上 臉色自落日中昏暗, 熄滅 看不見我們露出的是今世的表情或來世的表情 一定嚴
肅一定悲壯 總可猜出, 誰已爲家園流淚 或誰已爲兄弟們自甘燃亮頭髮 刀芒逐漸在
漠野中燦起 日出, 沒有早安的我們能朝向甚麼聖地甚麼獄門 方向擠着方向 我們用
刀的彎度切斷靑色的地平線 傷口處, 一縷孤煙直直冒升 兄弟啊, 請指示失去家園的
原因 我們向着你們奔去, 從一塊路標到一另塊路標 沒人能叫出一個村莊, 或叫出大
地的名字 在一次頹倒了柏樹的 同時降臨了遺傳性的時間裏 我們跟着我們的生命睡
去 醒時, 我們的臉是唯一所剩的遺物

되고, 허무와 초탈의 너울을 쓰게 한다. 우리가 돌아오니 열 창문이 없다. 물을 길이 없으니 그대들은 늑대 뱃속에 발을 들여놓은 건가! 이렇게 깊은 늪으로 독자를 유도한다. 칼끝은 점점 사막의 들판에서 빛난다. 해가 뜬다. 아침인사도 없는 우리는 어떤 성지로 가는가, 지옥으로 가는가. 방향이 방향을 붙잡고 있다. 우리는 칼의 굽은 면으로 청색의 지평선을 절단한다. 상처 난 곳에서 한 가닥 외줄기 연기가 곧게 올라간다. 이 부분은 방향을 잃은 우리의 삶이 꿈의 지평선마저 막혀서 방황하는데 방향이 방향을 잡는다란 갈 곳을 잃은 자가당착의 표출이다. 상처받은 삶의 고뇌를 가느다란 연기자락에 기대며 초현실의 탈출을 희구하고 있다. 그렇지만, 우리는 현실적 상황을 인정하지 않으면 안되기에 말구에서 「깨었을 때 우리의 얼굴은 유일하게 남아 있는 유물」과 같이 보이는 자화상을 되새길 수밖에 없는 인간으로서의 엄숙한 자신을 직시해 볼 것을 일깨워준다.

　이 시인의 다른 하나의 특징은 앞에서 거론하였듯이 고시의 현대시화 작업을 들 수 있다. 즉 고시의 「重寫」(다시 묘사)[25]인 것이다. 「重寫」는 일종의 재창조인 것이니, 당대(唐代) 유종원(柳宗元)의 오언절구 <江雪>[26]을 가지고 쑤시아오리엔은 제 1구에서 「千鳥慢慢地慢慢地展 趨逗引低飛的山」(해석은 뒤에 있음)이라고 하여 유종원의 「千山」을 「千鳥」라 바꾸고, 제 2구의 「萬徑」을 「萬人」이라고 바꾸어서 주체와 객체의 치환점(置換点)을 시취(詩趣)에 넣으려 하였다. 단지 말구에서 유종원의 「홀로 추운 강의 눈을 낚시질 하네(獨釣寒江雪)」를 「江血孤走, 獨弔而死」(해

---

25) ≪新世代詩人大系≫, p.19: 「≪茫茫集≫第四輯裡的詩大都是古詩的『重寫』, 如春望 · 江雪 · 月亮的民謠 等…」.

26) 柳宗元 「江雪」(≪全唐詩≫7函5冊): 「千山鳥飛絶, 萬徑人踪滅. 孤舟簑笠翁, 獨釣寒江雪.」

석은 뒤에 있음)라 한 것은 자연산수의 정적감(静寂感)을 강열한 현실투
쟁의식으로 전환시켰다고 할 것이다. 이제 <비익조(比翼鳥)>(시집 ≪河
悲≫)를 보기로 한다.

≪이아≫: 「남쪽의 비익조가 있는데,
암수 같이 아니하면 날지 않는다.」

눈물
흘리는
새는
모두
날아간다

눈물
흘리지
않는
것
또한
날아간다

　　모두 동남쪽으로 날아간다, 동남쪽에서 검은 구름 만난다, 검은 하
늘 따라간다
　　모두 서북쪽으로 날아간다, 서북쪽에서 밝은 구름 만난다, 밝은 하
늘 따라간다

　　모두 날아서 타이완에서 공중으로 모두 날아간다
　　모두 날아서 채색 구름 되어 모두 날아간다
　　어둡다
　　어둡다
　　밝다

밝다

곧장 하늘에서도 눈물 방울 떨군다[27]

이 시는 암수의 사이가 좋은 상징적인 새를 이미지로 하여 고사를 작품화하였다. 글자 하나에 의미를 부여하여 시의 시각적인 효과를 동시에 주고 있다. 이 시는 타이완에서 성장하였으나 대륙에 고향을 둔 시인의 망향심(望鄕心)이 후반에 짙게 스며드는 것이다.

그리고 이 시인의 시에 나타나는 구도상의 유의할 점이 보이는데, 그 하나가 실지(實地)명사와 추상(抽象)명사의 융합인 것이다. 실지에서 추상으로의 전이(轉移)는 실(實)에서 허(虛)로의 심적인 갈등과 번영의 실경(實景)에서 공허의 추상개념으로의 변화를 암시해 준다. 그 예로 <땅 위의 서리(地上霜)>(시집 ≪河悲≫)의 앞부분을 들 수 있다.

빙 날아도는 한 장의 유리종이가 처마 끝을 감싸 돌아 박쥐를 불러내어 문틈을 감돌게 하고 흰개미를 불러내어 그대 몸을 감돌게 하고, 두 다리를 불러내어 침상 앞을 감싸게 하고 결국 쓰러져 땅의 서리가 되었구나.

저기 울며 돌아가는 달빛. 너는 피의 난간에 의지하여,『별의 숲이 쓸쓸함을 삼키는 것과 돌의 누각이 공허함을 삼키는 것과 칼의 노래가 요원함을 삼키는 것을 보아라.』누가 돌아가지 않느냐? 나는 돌아가지 않는다, 나는 그대의 과거이다.

그대는 앞을 보아라, 달이 저 끝에 있고 그대는 이미 누렇게 된 잿덩이.[28]

---

27) ≪爾雅≫:「南方有比翼鳥, 不比不飛」落 淚 的 鳥 都 不 落 淚 的 也 飛 飛東南, 在東南遇雲暗, 隨後天暗 齊飛西北, 在西北遇雲亮, 隨後天亮 齊飛而都自臺灣升空 齊飛 齊飛而都化作雲彩齊飛 暗 暗 亮 亮 直到天也滴淚

28) 飛旋的一張單光玻璃紙, 繞過簷角, 叫出蝙蝠, 繞過門框, 叫出白蟻, 繞過你身, 叫出雙脚, 繞過床前, 意趺成一地的霜. 那是哭着要回去的月光. 你依着血欄, 看星的森林吞蕭條, 石的樓房吞空洞, 刀的歌聲吞遙遠. 誰不回去? 我是你的過去. 你向前看, 月

위에서 괄호(주석의 원문의 밑줄 부분을 참고) 친 구절이 「실지명사+동사+추상명사」의 형식을 강구하고 있다. 이러한 구사법은 대비법적(對比法的)인 시의(詩意)를 표달하여 「시인의 성정과 자연의 경물이 서로 융화됨(情景交融)」의 추상화를 시도한 것이다. 그리고 그의 시에서 다른 하나는 시어배열에 있어서 주객체(主客體)의 전도(顚倒)구사인 것이다. 이 것은 초현실적인 세계를 시어활용이라는 가시적인 방법으로 시도한 것이다. 예컨대, <넋(魂)>(≪驚心散文詩≫)의 앞부분을 보면,

> 나의 피가 신발 속에 내려가 있다. 내려가는 길에 나무와 집이 하늘 가득히 솟아있다. 올라가는 성좌에 나의 머리카락은 사망의 검은 고양이일수 없다. 무슨 일이 밤차에 있는가. 어느 강으로 배가 가는가. 웬 근심이 등불에 스며드는가. 산마루에서 어떤 정이 드는 가. 어느 땅에 그 나무가 있는가. 거문고에는 어떤 마음을 담는가.29)

위의 시에서 원문(주29)의 제 6구 이하의 구절에 대해서 찌엔정찌언(簡政珍)은 「夜車來了有甚麽事, 船隻渡甚麽水…」(밤차가 와서 무슨 일이 있고, 배가 어느 강을 건넜으며…)라고 묘사해야 하는 것을 도치법으로 활용했다는 것이다.30)

在極前, 你已是黃了的灰燼.

29) 我的血降在鞋裏. 就降下的路, 樹與房屋不得不升得滿天. 就升起的星座, 我的髮不得是窩死亡的黑猫. 甚麽事是夜車. 甚麽水是船隻. 甚麽愁是燈火. 甚麽愛是山嶺. 甚麽土是樹木. 甚麽心是琴棋.

30) 簡政珍의 「蘇紹連論」(≪新世代詩人大系≫)

2. 찌엔정찌언(簡政珍) 시의 「평담(平淡) 속의 기취(奇趣)」

1950년에 출생한 시인이 펴낸 ≪季節過後≫·≪紙上風雲≫·≪爆竹
飜臉≫그리고 ≪歷史的騷味≫ 등 시집은 모두 1988년 이후에 나왔으며
다른 시인에 비해 서양문학이론을 직접 접촉하고 박사학위까지 취득한
지식인인데, 그는 의외로 담백한 시를 쓰고 있어서 외적으로는 소박하지
만 시 내면에는 기취(奇趣)를 담고 있다고 하여 「평담한 가운데 기이함
을 보임(淡中見奇)」[31]라고 평가할 수 있다. 이것은 찰나적인 감흥을 응축
된 언어로 표출시킬 수 있음을 의미하는 것이다. 그 예로 <참모습(眞
象)>(시집 ≪季節過後≫)을 들어 보기로 한다.

① 情緒怎能佈局　　　　　정서를 어떻게 펼 수 있을까
② 冷氣機有時也難以　　　냉장고는 때때로 급변하는
③ 應付驟變的溫度　　　　온도에 대처하기 어렵다
④ 體內反芻的香味　　　　체내의 되새김질하는 향기론 맛
⑤ 在口中殘留部分的苦澀　입안에 좀 씁쓰름이 남아 있다
⑥ 言語在習俗的眼光中　　언어는 습관의 안광 속에
⑦ 躱躱藏藏, 直到　　　　숨어서 있다가 곧장
⑧ 我們俯視　　　　　　　우리를 내려다 본다
⑨ 地下室這一口井, 所有　지하실의 이 우물에는
⑩ 累積的眞象　　　　　　수많이 쌓인 진상들이
⑪ 盪漾開來, 被理性　　　출렁이며 헤치고 나오며
⑫ 禁錮的眞言　　　　　　이성으로 갇혔던 참된 말이
⑬ 扳開漸漸軟化的嘴角　　점점 부드러운 입술을 열고서
⑭ 在急促的呼吸中　　　　급작스런 호흡속에
⑮ 揭發自我的面目　　　　자아의 진면목을 들추어 낸다

---

31) 鄭明娟 「簡政珍論」(≪臺灣新世代詩人大系≫, p.59)

이 시는 묘사가 평담하지만 의취(意趣)는 입체감을 주어 色·聲·態·光이 조화되어 나타나고 있다. ①~⑤의 부분을 보면, ①은 설명식의 서술을 하여 정서의 변화를 예고해 주고 ②·③에서 냉장고와 온실의 관계를 직접 비유하면서 아래에 이어지는 ④·⑤의 구에 연상작용의 역할을 해주고 있다. 몸 안의 향미(香味)와 입안의 「씁쓰름」이 대조되어 묘사되면서 차 마시는 생리적인 감응이 재치 있게 냉장고의 물리(物理)적인 감응과 대조적 효과를 일으킨다. 이러한 논리상의 두 양상이 ①구의 서두를 되새기게 해주는 흥취를 일으킨다. 이것이 「담백한 가운데 기이함을 본다(淡中見奇)」적 묘사법이 될 것이다. 이 시는 ⑥~⑬구 사이에서 그 성조가 돌변하는 것을 보게 된다. 언어는 세속성을 지니고 있기에 세속성을 포장하기도 하지만 아울러 포장되어지기도 한다. 지하실의 한 우물에서 물이 솟아나듯 진상이 은유적으로 언어의 내면에 숨겨있다. 이것을 이성이라는 구속 속에 더욱 감추고 함축적으로 불태우고 있는 것이다. 그러니까 ⑮·⑯에서 그 진상이 「자아」라는 얼굴로 급격히 표출시켜진다. 인간의 일반적인 의식을 직유(直喩)와 은유(隱喩)의 묘사법으로 전개시키고 있다. 「奇」는 개성이며 독자성인 동시에 시인의 심적 갈등과 불만이기도 한 것이다. 이제 <나무(樹)>(시집≪歷史的騷味≫)를 보면,

어째서 전혀 안 믿는가
저 나무가 나이를 속이다가
그 몸이 벼락으로 쓰러져서야 드러났네
나무좀벌레는 둥글게 파먹어도 나이테를 못 찾는다
바짝 마른 껍질에서

족보를 잃은 나무가
꺾이어 끊어지는 찰나에

눈 깜짝할 사이에
발아래 펼쳐지는
변화무쌍한 뭉게뭉게 흰 구름32)

　여기서 시인은 벼락 맞아 쓰러지고 부러진 한 그루의 나무를 통하여
인간의 숨겨진 나상(裸像)과 담겨진 고뇌(苦惱)를 허무적으로 묘사하였
다. 시인의 시는 겉은 쉽게, 속은 깊게 표출하려는 인고(忍苦)와 의지를
짙게 보여주고 있는 것이다.

3. 시앙이앙(向陽) 시의 「십행체(十行體)의 자유시」

　시앙이앙(1955～)은 본명이 린치이앙(林淇瀁)으로 타이완 난토우인
(南投人)이다. 시집으로는 ≪銀杏的仰望≫(1977) · ≪種籽≫(1978) · ≪十
行集≫(1984) · ≪土地的歌≫(1985) · ≪四季≫(1986) · ≪心事≫(1987) 등
이 있다. 지금까지 사실시(寫實詩)를 다작하여 전통 시가의 유아(幽雅)한
풍격에서 벗어나고자 하는 반면, 한편으로는 고전 시가의 운율과 사조
(詞藻)에 얽매여 현대감각을 상실한 면도 있었다. 시인의「民族詩風」은
이른바 형식에 대한 자성(自省)이며 고전시 격율에 대한 반추(反芻)이기
도 한 것이다. 그 좋은 예가 바로 십행체시인 것이다. 시의 흥취를 십행
속에 담아야 한다. 그러나 행마다 이 운각(韻脚)이 있는 것이 아니며 현
대적 의식도 뚜렷이 표현되어 있다. 그러니까 자유백화시인 것이다. 제
재와 형식이 고전에서 완전 이탈하지 않으면서 의상이 치밀하게 묘사되
어 있는 것이다. 그의 <손금(掌紋)>(시집 ≪十行集≫)을 보기로 한다.

---

32) 怎麼都不相信 那棵樹虛報年歲 身分被雷電 擊倒時才暴露 虻蟲一圈圈找不到年輪
　　乾燥的皮膚 遺失家譜的樹 切斷的一刹那 仍瞥一眼 脚下的白雲蒼拘

산천을 이해하기 시작하고부터
세월은 등나무 키 닿는 속에
찼다가 기울도다. 우연히 누에 실을 뽑아내면서
언제나 의심이 간다
어느 베틀에서
집으로 가는 길로 실을 짜는 것인지를
이미 떠돌다 지친 별자리
바람 속에 낙엽 진 자취를 찾아서
밭이랑을 이리저리 헤매고
지도는 얼키설키 놓여있고
필시 손을 펴서 뒤집을라치면
언제나 쭉 뻗친 경치 속에
더풀대는 주막집 깃발과
맞부딪친다.[33]

　여기서 시는 제약된 행수에서 시흥을 표출시키고 시인의 의식이 완전
히 표현되도록 하는 묘미를 추구하고 있다. 제한된 낭만에서 현실의 문
제를 찾아야 하기도 한다. 시인의 시는 서정성에서 현실성을 추구한
다는 의도를 전제로 해서 십행시를 채택하고 있는 것 같다. 우선 이
시의 운율은 고시의 거성(去聲) 치운(寘韻)을 취하고 있다. 기계식의
압운(押韻)이 아니라, 가능한 부분에 가하는 운율을 말한다.[34] 이 시
의 「絲」·「途」·「跡」·「置」·「旗」가 그것이다. 자구와 압운의 곳이
자유롭다. 그러나 시의는 정제(整齊)하다. 손금의 형태와 삶의 기복을 낭

---

33) 自從開始了解山河 歲月就在蘿箕的廝磨中 盈缺, 偶爾剝繭抽絲 總會懷疑, 哪種機
　杼 紡得出回家的路途 已倦於流竄的星宿 在風中找我尋葉落的軌跡 阡陌縱橫, 輿地
　錯置 想必放手一翫, 總會並上 奔逐的景色裡殞棲的酒旗

34) 簡政珍 「向陽論」(上同 p. 405): 「十行集裡的七十二數詩仍是白話的自由詩. 現代詩
　捨棄機械式的押韻, 而力求詩行中可塑的韻律. 形式因此和內容融爲一體, 而非詩所
　攀附的框架. 向陽的十行集大抵保持這樣的風貌」

만과 현실이란 관점에 연계시키고 있다. 대조의 상(像)(盈缺·縱橫)과 7
구 이하의 격동하는 감정의 표출은 이 시가 지닌 내연성(內燃性)을 보여
주는 것이다. 이제 그의 <심사(心事)>(시집 ≪心事≫)를 보기로 한다.

> 뜬구름이 먼지가 뿌연 얼굴로
> 푸른 나무와 창공을 비쳐주는
> 작은 호수에 파고든다
> 작은 호수도 동글동글 동그스름한
> 주름들을 바람 따라서
> 놀고있는 물고기에게 보내준다
> 이른 바 이 내 마음은
> 수양버들이 작은 호수를
> 감싸고 배회하는 것
> 지나간 어젯밤에 곧 올 내일을 못 오게 했지만
> 낙엽은 안개 노을 속에 흩어져 날라 떨어지니
> 비애와 희락은 영원히 이처럼 침묵을 지키며 호수 위 다리에
> 거꾸로 비치어 걸려서 물고기가 낙엽을 보며 놀라워한다35)

이 시는 가을에 수양버들이 서 있는 작은 호수를 대상으로 시인의 내
심의 일단을 묘사하고 있다. 그의 심사는 갈등의 연속이다. 그래서 시인
은 낙엽 진 소슬함에서 호수에 드리워진 자화상을 보고 놀라는 것이다.
호수 같은 마음이 거꾸로 그림자 진 물 속의 광경처럼 울렁이고 있는 현
실적 번뇌가 역력하다는 것이다. 소호(小湖)에서 내심(內心)을 드러내 보
이는 경물에서의 낭만과 현실의 삶과의 괴리감이 노출되어 있는 것이다.

---

35) 浮雲把陰霾的顔面埋入 廻映碧樹蒼空的小湖 小湖又把圈圈圈不住的皺紋 隨風交給
   流魚去處理了 所謂心事是楊柳繞著少湖徘徊 逝去的昨夜挽留著將來的明天 落葉則
   在霧靄裡翩翩翩飄墜 而悲哀與喜樂永遠如此沈默 只敎湖上橋的倒影攔下 倒影裡魚和
   葉相見的驚訝

한편, 이 시인은 현재의 시공(時空) 관점에서 과거의 시공 사건을 관조하며 시공을 초월한 인간의 존엄성을 강조하려 하려고 하였다.[36] 그래서 이 같은 의식이 정치와 사회에 대한 관조적인 비판 의식을 강하게 그의 시에서 표현하고 있으니, <의원 나리 몸을 가만 두지 않고(議員仙仔無在厝)>(시집 ≪四季≫)의 일단을 보면,

> 의원 나리 몸을 가만 두지 않고
> 한 달 전에 마을 사람의 이익을 위해서
> 그는 집 문을 나서 현읍 내에 가서 힘써서
> 길을 넓힌 후에 교통이 편리해졌고
> 공장을 한 칸씩 일구어서
> 모두들 크게 돈을 벌었다
> ·················
> 그러나 의원 나리 몸을 가만두지 않고
> 새로 일군 한 칸의 공장이 폐수를 방류하여
> 논의 벼가 모조리 죽어 버렸으니 애석하다
> 의원 나리 한 달 전에 밖에 나가 싸워서
> 길 넓히고 공장 일구어 모두 큰 돈 벌게
> 되었건만 애석하다[37]

이것은 정치에 대한 풍자이며 예리한 현실 사회에 대한 우려를 내보여 주고 있는 것이다.

---

36) 向陽 「歲月後記」: 「透過現在的時空觀點, 來關照過去的時空事件, 而試圖鋪陳出我對於超越時空界域的人間尊嚴的肯定.」(≪歲月≫大地出版社·1985)

37) 議員仙仔無在厝 一個月前爲著村民的利益 他就出門去縣城努力 道路拓寬以後交通便利 工廠一間一間起大家大賺錢··········可惜議員仙仔無在厝 新起的一間工廠放廢水 田裡的稻仔攏總死死掉 可惜議員仙仔一個月前就出門去 爭取道路拓寬工廠起好大家大賺錢

4. 쿠링(苦苓) 시의 「산문시(散文詩)와 극시(劇詩)」

쿠링(1955~)의 본명은 왕위런(王裕仁)이며 러허(熱河)인이다. 타이완 대학 중문과를 졸업한 정통 문학도로서 《兩岸詩叢刊》의 창립인이다. 시집으로는 《李白的夢魘》(1975)·《緊偎著淋淋的雨意》(1981)·《臥在地上看星的人》(1983)·《每一句不滿都是愛》(1986)·《不悔》(1988) 등이 있다.

쿠링은 서정적인 심회를 가지고 현실 환경에 대한 탐색을 주도한 시인으로 풍자와 기교가 넘치는 정치 사회의 상황들을 시작화하고 있다. 러허가 원래 고향이나 타이완에서 생장했기에 대륙과 타이완의 두 지역에 대한 불만과 제도적인 정치 상황에 대해 반항심(反抗心)이 적지 않았다. 왜 두 개의 중국이 존재하며 상호간에 대치하여 사상적으로 민족적인 갈등을 겪어야 하는지에 대해 냉혹한 비판 의식이 잠재해 있었다. 그의 산문시 <땅에 누워 별 보는 사람(臥在地上看星的人)>(시집 《臥在地上看星的人》)의 일단을 보기로 한다.

> 나는 별 하나가 급속히 떨어지듯이
> 마침내 모국의 따뜻한 가슴에 파묻히었다
> 차거운 바닷바람은 나를 일깨웠으니
> 여기는 대지의 모서리로 백만 년 전에 분리되었다. 내가 흑암 속
> 에서
> 어머니의 배꼽 띠를 떠난 것처럼
> 마침내 자신의 험난한 인생을 걷게 된 것이다
>
> 나의 오른손에는 한 조각 침묵의
> 고구마 밭의 고구마, 이것은 삼십 년 전의 사람들의 주식으로
> 오늘은 있어도 되고, 없어도 되는 음식―
> 한 가닥 고구마가 땅바닥에서 그의 삼십 년의 신세를 생각한다.

줄기와 잎이 바람 속에 고함을 지른다. 마치 나의 죽음에 대해 전혀 무관심한 듯이.38)

이 시는 쿠링 자신의 개성 있는 문체와 주제가 강렬하게 이중적(雙重的)인 조화를 이루어, 타이완 계엄령 하에서의 정치 금지와 박해, 그리고 양안(兩岸) 문제 등에 대해 사실적으로 묘사하고 그에 대한 대담한 도전 의식을 표출해 내고 있다. 그리고 <충렬사대화록(忠烈祠對話錄)>(시집 ≪每一句不滿都是愛≫)은 4명의 열사가 독백 형식으로 자신의 위상을 무너뜨리고 자괴(自乖)의 상(像)을 보여준다. 여기서의 견책 대상은 열사의 비애와 골계적(滑稽的)인 자태에 있기보다는 「烈士」라는 이름의 허황된 역사성에 문제점을 부여하려 하였다.

> 열사갑: 「그들이 오는 회수가 훨씬 적어졌다
> 가을만은 산 가득히 피처럼 붉은
> 잎들이 하나의 전쟁의 기억을 불러일으킨다
> 평화에 대한 감격을 표시한다
> 평화를 위하여 그 해에
> 나는 열 여덟 대의 적기를 섬멸시켰다
> 서둘러서 역사 속으로 들어갔다
> 영광에 먼지가 가득 쌓인 후에
> 그 해에 한 대를 가격한 두 사람을 보니 가슴 가득히 훈장을 달고서
> 나를 제사지내고 있다
> 나를 더욱 후회케 하는구나
> 진작 알긴 했어도, 좀 더 오래 살 것을……」

---

38) 當我像一顆星星急速下墜, 終於落入母國溫暖的懷抱, 冷冽的海風提醒我這裡是大地的邊緣, 分離於百萬年前; 有如我在暗黑中離開母親的臍帶, 終於步上自己坎坷的一生. 我的右手邊是一片沈默的蕃薯田—蕃薯又名地瓜, 是三十年前人間的主食, 今日可有可無的餐點—一條蕃薯在地底思考他三十年的身世, 莖葉在風中喧呶, 似乎對我的死並不關心.

열사을:「열 네 살 때에 집을 떠나 장사하느라고
인생의 가장 먼 길을 걸었다
나는 오래도록 부대의 뒷 켠에서 따라갔다
다리가 짧아서 영웅의 발걸음을 쫓아갈 수 없었다
그들이 모두 쓰러진 후에
나 홀로 발이 삐어 시체 옆에서
흐느끼고 있었다
나보다 큰 보병총을 받쳐들었는데
문 앞의 저 의장대 같진 않아도
위풍이 늠름하다, 적을 본 적이 없어도
원정 가서 적을 토벌했으니 장렬하게
희생했느리란 말은 하지 말라
근년에 가장 생각나는 것은
내가 아직 아내가 없음이라……」

열사병:「여러 번 출진을 했으나
매 번 서로 다른 위치에 있었다
여기도 다른 사내와 같이
갈수록 답답해진다
위대한 전투 업적이 부족한데
병들어 죽고 사고 낸 사람 모두 나온다
아닌게 아니라 누구가 나를 나가라
하고 내 입장이 모호하다고 나무란다
사실, 남몰래 말하지만
본래 그들과 함께 전쟁에 따라다니지 않고
여기에서 단지
노인네·아이들·위문금이나 맡아 왔지만……」

열사정:「내가 무슨 혁명인지 알았겠는가
할아버지가 편안히 몸조심이나 하라 하셨고 나 때에 따라 양식이
나 갖추고 세금내고
노역 나가면 힘써 일했다

밖에는 펑펑펑펑 요란한 총소리 날 때에도
용춤을 추는 것을 생각했다
결과적으로 그들은 길에서 쫓고 쫓기었고
나는 처마 아래 누워서
손으로 달걀 광주리를 들고 있었다
이렇게 목숨을 잃고
또 이 음산한 곳으로 보내어졌다
그대는 말하겠지 내가 원망하느냐고」[39]

「열사갑」은 힘써 열 여덟 대의 적기를 섬멸한 진짜 영웅이지만, 가득히 가슴에 단 훈장을 보면서 쓸쓸히 위패만이 모셔진 자신의 사후의 모습을 개탄하고 있으며, 「열사을」은 가짜 열사의 독백으로 위풍당당하지만 적을 본 적이 없는 열 네 살의 장사꾼이 쓰러진 영웅 옆에서 울다가 죽어서 열사가 된 열사 아닌 열사임을 고백하고 있다. 「열사병」은 여러 번 출정하여 항일 투쟁한 타이완의 열사이지만 과연 공비인지 열사인지 분간하지 못하겠음을 독백하고 있으며, 「열사정」에서는 어떤 전쟁인지는

---

39) 烈士甲：「他們來的次數更少了 除非秋天, 滿山似血的紅葉 才喚起一點戰爭的記憶 來表示對和平的感激 爲了和平, 相當年 我力殲十八架敵機 急急忙忙走入了歷史 光榮堆滿了灰塵之後 看當年合打一架的兩人 戴了滿胸的勳章 來祭祀我, 令我懊悔 早知道, 活久一點……」
烈士乙：「十四歲出門賣菜 就走上一生最遠的路 我永遠是追在隊伍後面 因爲腿短, 跟不上英雄 脚步 他們都倒下後, 我只能 蹲在屍體旁哭泣 學著扛起比我高的步槍 不像門前那些儀隊 威風凜, 沒見過敵人 更別說是長征剿匪, 壯烈犧牲 這些年, 最想見的遠是 我沒過門的媳婦……」
烈士丙：「出出進進好幾回了 每次都在不同的位置 這裡也和外面的城市一樣 愈來愈除了 缺乏偉大的戰役 連病死·失事的都進來 難怪老有人要我出去 有人責怪我立場不清 其實, 像偸告訴你 本來就不跟他們一夥 賴在這裡只不過爲了 老婆·孩子·撫血金……」
烈士丁：「我那裡懂甚麼革命 祖父說要安分守己做人 我按時完糧·納稅 服勞役也很出力 外面乒乒乓乓響起來時 還以爲是舞龍哩 結果他們在街上追來追去 我躲在簷下, 手提著 買鷄蛋的藍子 就這樣送了命, 又被 送到這陰森森的地方來 你說, 我冤不冤一」

몰라도 그가 처마 아래 엎드려서 달걀 광주리를 손에 쥐고 있다가 죽음을 당해서 음침한 곳으로 보내진 신세를 독백하고 있다. 이들의 독백은 진위(眞僞) 여부를 떠나서 인간의 허구적인 군상(群像)이 드러나 있다. 황당한 독백에서 진짜란 하나도 없는 도덕성의 부재를 지탄하는 시극(詩劇) 형식의 이 시는 정치 폭력과 역사 비극이 초래한 일종의 정명(正名)에 반(反)하는 양상을 폭로하는 고발시인 것이다.

5. 리우커낭(劉克襄) 시의 「리얼리즘」

리우커낭(1957~)은 필명이 리우쯔쿠이(劉資愧)·리이엔삥(李鹽冰)이며 타이완 타이쭝(臺中)人이다. 중국문화대학 신방과를 졸업하고 시집으로는 ≪河下游≫(1978)·≪松鼠班比曹≫(1983)·≪漂島的故鄉≫(1984)·≪在測天島≫(1985)·≪小鼯鼠的看法≫(1988) 등이 있다. 리우커낭은 「寫實」이란 말에 가장 부합한 시를 쓰고 있다. 여기서의 「寫實」은 처리한 제재뿐 아니라, 풍격까지 포함되는 것이다. 그러길래, 그의 시는 산문 같고 평범하기까지 하다. 어떻게 보면 시어가 결핍된 듯하여, 소품문(小品文) 같은 천이(淺易)함마저 보인다. 그러나 그것이 그 사실적인 백묘법(白描法)이며 진실성의 상징인 것이다.

제재상으로 볼 때, 시의 소재 자체가 매우 현실감이 넘친다. 사회 비판을 소재로 한 <여공의 죽음(女工之死)>(시집 ≪松鼠班比曹≫)을 보면,

> 밤 자정, 작업원 천위호아가 서둘러 일을 끝내고
> 공장 문 입구에서 두 남자를 우연히 만났다
> 새벽에 그녀는 능욕을 당한 후
> 셋방에 돌아왔다

전화를 가족에 걸고 욕실로 들어가 토해냈다
집안 사람이 급히 와서 사건 신고를 못하게 하고
그녀는 왜 이렇게 늦게 귀가했냐고 나무랐다
그녀의 남자 친구는 쉬지 않고 머리를 감싸고 자신의 운명을 탄식
하고 있었다
공장 안에서 말소리가 들렸다
누군가 과일과 신선한 꽃을 보내왔다
이미 침상에 누운 채로 예배드렸다
남자 친구는 그녀의 두문불출과 결근을 원망하였다
그의 시도와 그의 열의를 그녀는 거절하였다
끝에 가선 받아들였다
남자 친구는 일종의 허탈하고 성난 눈으로 다가서려 하였다가
그가 간 후에 그녀는 거울 앞에 서서
얼굴을 쥐어 잡고, 한참을, 실성하여 소리쳤다[40]

여공인 천위호아(陳玉花)가 한밤에 일을 마치고 귀가하는 길에 두 남
자에게 능욕을 당하지만, 그것은 사회의 도덕성과 기강이 문란한 데에
원인을 돌리지 않고 그녀 자신의 불찰과 귀가 시간의 늦음에 두고자하
는 체념적인 인심, 나약하고 패배적인 의식과 무기력, 그리고 정의감의
상실 등을 이 시에서 고발하고 있다. 그리고 <작은 여관 902호실(小旅館
902房)>(≪在測天島≫)을 보면,

창구는 자취가 없고
문만 남았다. 잠겨져 있다
어느 콜걸이 왔었다

---

40) 午夜, 作業員陳玉花趕完工作 在工廠門口, 遭到兩名男子挾持 清晨, 她受凌辱後回
租屋 掛電話給家人, 走進浴室嘔吐 家裏的人趕來不准她報案 責怪她爲何這麽晚才回
家 她的男友不停地抱頭 感嘆著自己的命運 廠裏聽說了 遣人送來水果與鮮花 已經一
個禮拜臥床上 男友埋怨她不出門不上班 試圖和他親熱, 她拒絶了 最後還是接受 男
友以一種無奈又憤然的眼神接觸著 他走後, 她站立鏡前 捂著臉, 許久, 失聲叫喊

그것은 삼일 전이다
그녀는 항구로 가서
침상에 늘어져 **빠**이판 천사가 된다

한밤에서 새벽까지
그녀는 어머니요, 아내요
또 첫사랑의 애인이 된다
그런 후에는 온통 신음하는 장안이며
온통 미치광이 세계이다
그런 후에는 이 집은 한없이 넓어지고 넓어졌다
창구는 자취가 없다
문만 남아 있다. 잠겨져 있다

마침내 누가 와서 문을 열었다
나의 넓적 다리가 바람 따라 흔들거린다41)

　이 시는 달혀진 여관의 창구를 통하여 자유의 갈구를 표출하고 있다.
달혀진 사회 구조와 타이완의 정치 상황을 연계시켜서 볼 때, 이 시에서
신음하는 도시에는 미치광이의 세계와 같은 구속과 억압이 짓눌린 정상
인의 군상이 아니라는 것이다. 그러길래 방을 넓히고 달힌 창구를 열어
서 바람이 통하도록 하자는 열망(熱望)이 스며 있다. 그리고 <성인동화
(成人童話)>(시집 ≪小飀鼠的看法≫)를 보기로 한다.

　　그녀는 시내에서 작은 방 한 칸을 세 얻었다
　　그것은 월급의 반이다

---

41) 窓口失踪了 乘下門. 鎖著 有個應召女郎來過 那是三天前 她來自下港 慵睡在床上
　　呑食白板 從午夜到淸晨 先是母親是妻子 是初戀的情人 然後是整個呻吟的城市 整
　　個瘋狂的世界 然後, 這房子無限地擴大 擴大. 窓口失踪了 剩下門. 鎖著 終於有人
　　來開門 我的腿隨風擺盪

가구란 침상과 자신뿐이다
그녀는 기꺼이 이처럼 수시로 옮긴다
마음을 호젓이 가다듬고
머리를 파묻고 글을 쓴다
한 편의 성인 동화의 극본을 완성할 준비를 한다
우리가 항상 가는 술집에서
그녀가 아는 사람은 매우 많은데
그녀를 아는 사람은 하나도 없다
남들은 모두 우리가 매우 닮았다고 말한다
이것은 아마도 우리가 서로 흡인하는 이유일거다
우리는 단지 하나의 예배를 할 뿐이다
왜 헤어지느냐하는
이 문제는 너무도 무료하다
또한 그녀는 대학강사이다
나와 남자 친구는 강의를 들은 적이 있다[42]

이 시는 해학성이 짙게 배어 있다. 제 2, 3구는 경제 여건이 여의치 않음을 대변해 주는 예구가 된다. 시제(詩題) 자체가 해학적이어서 동화 같은 세계에서 볼 수 있는 논리에 맞지 않는 사회의식 구조에 대해 비판적 표현의 용어인 것이다. 현실 세계에서 이해될 수 없는 현실의 모습들이 극본동화(劇本童話)에서나 표현해 볼 수 있다는 것이다.

근래 50년간 문학풍토의 자리 매김이 있었기에 타이완 문학은 대륙과는 별개의 또 다른 하나의 문학세계로 독자적인 설정이 가능하다고 볼 수 있다. 1987년에 38년 간이란 긴 계엄령의 시대가 끝나고, 민의(民意)

---

42) 她在城裏租了間小套房 那是薪水的一半 家具只有床和自己 她喜歡這樣隨時可以離
開 心情簡單的感受 竝且埋首寫作 準備完成一篇成人童話的劇本 我們常去的酒館
裏 她認識的人很多 認識著的人一個也沒有 別人都說我們長得很像 這或許是我們
彼此吸引的原因 我們只好過一個禮拜 爲甚麼分手 這問題很無聊 還有, 她是大學講
師 我和男友聽過課 他也是劇本裏的人物 嗯? 警察先生, 您怎麼了

의 자유로운 토로가 가능하여지면서 타이완의 문학 풍토도 다양한 풍모를 보이게 되고 문학의 사회 참여와 르뽀 의식이 문학의 사상성과 예술성을 높여주고 문학이 사회를 유익하게 하기 위해서는 어떻게 해야 하나를 고민하게 되었다. 1980년대의 문학조류가 다음에 기술된 바와 같이 정치적으로 민주화를 주장할 수 있게 되고 그것이 문학작품에서 소재가 되면서 문학사상과 예술성의 다양화가 가능하게 되었다.

80년대의 타이완 정치문학의 발흥은 어떤 측면에서는 타이완 인민의 정치 민주화에 대한 강렬한 요구를 표현한 것이다. 그 출현은 다년간의 작가창작의 금지구역을 열어 놓았고 타이완 문학으로 하여금 보다 더 다양한 모습을 드러내게 하였다. 수다한 정치문학 작품 중에서 사상성과 예술성이 더 잘 결합하게 되었다.[43]

이와 같은 1980년대의 문학풍토가 1990년대에 와서 그 문학세계도 타이완의 정치와 사회의 자주성과 독립성을 주창하는 소위 「타이완 독립」 정신과 연결된다. 그리하여 1949년 이래로 50년 간 타이완을 통치해 온 국민당 정부는 퇴조하고 새로운 총통에 천수이삐엔(陳水扁)이 당선되는 시점에 이르게 되었다. 그러니까 21세기를 맞고 있는 오늘에서 볼 때, 당분간은 타이완 문학의 자주적이고 독창적인 성격을 강하게 부각시키는 창작활동이 전개될 것이며, 신시도 그 노선에서 맥락을 같이하는 풍격을 띄게 되리라 예견된다. 따라서 위에 열거한 5인방 시인들의 주도적인 역할을 기대하게 되며 그들의 활동 여하에 따라서 21세기초 타이완 시단의 조류가 좌우될 수 있다고 본다.

---

43) 80年代臺灣政治文學的勃興, 從一個側面表現臺灣人民對政治民主化的强烈要求. 它的出現打開了多年來作家創作中的一個禁區, 促使臺灣文學呈現出更爲多姿多彩的風貌. 在衆多的文學作品中, 有些思想性藝術性結合得較好. ≪臺灣新文學槪論≫ 「第十一章八十年代文學潮流」, p.594

20세기 중국신시의 연대별 주요기사

Ⅰ. 초기(1899~1940)

- 1917년 2월; 胡適이 ≪新靑年≫ 제2권 제6호에 <朋友> 등 백화시 8
  수 발표

- 1918년; 胡適의 <鴿子>, <一念>, 劉半農의 <相隔只有一層紙>, 沈
  尹默의 <月夜> 등 백화시를 ≪新靑年≫ 제4권 제1호에 발표

- 1919년 2월; 周作人은 〈小河〉를 ≪신청년≫ 제6권 제2호에 발표.
  동 10월; 호적은 〈談新詩〉를 지음.

- 1920년 1월 30~31일; 郭沫若의 <鳳凰涅槃>이 상해시사신보의 학
  등부간에 발표됨.

- 동 3월; 신문학사상 첫백화신시집인 후스의 ≪嘗試集≫이 상해아동
  도서관에서 출판.

• 동 5월; 郭沫若, 宗白華, 田壽昌 삼인시집(≪三葉集≫)이 상해아동도
　　　서관에서 출판.

• 1921년 8월; 郭沫若 시집 ≪女神≫이 상해태동서국에서 출판.

• 동 6월; 문학연구회가 편집한 시집 ≪雪朝≫를 출판. 이 시집에는
　　　朱自淸, 周作人, 徐玉諾, 郭紹虞, 葉紹鈞, 齊延陵, 鄭振鐸 등의
　　　시를 실음.

• 1923년 1월; 氷心 시집 ≪繁星≫을 상무인서관에서 출판. 동년 5월;
　　　氷心시집 ≪春水≫를 新潮社에서 출판.

• 동년 9월; 聞一多시집 ≪紅燭≫을 태동서국에서 출판.

• 1925년 9월; 徐志摩시집 ≪志摩的詩≫를 북신서국에서 출판.

• 동년 11월; 李金髮시집 ≪微雨≫를 북신서국에서 출판.

• 1926년 3월; 穆木天과 王獨淸이 ≪創造月刊≫1권 1기에 「譚詩-寄沫若
　　　的一封信」과「再譚詩-寄給木天, 伯奇」를 나누어 발표

• 동년 4월; 쉬즈머(徐志摩) 주편의 ≪晨報副刊·詩鐫≫가 창간되고, 창
　　　간호에 「詩刊弁言」을 실음.

• 동년 5월; 워이두어(聞一多)는 ≪晨報副刊·詩鐫≫ 7호에 「詩的格律
　　　」을 발표하여 新格律詩를 제창.

• 동년 11월; 李金髮시집≪爲幸福而歌≫를 상무인서관에서 출판.

• 동년 12월; 劉大白시집 ≪郵物≫이 개명서점에서 출판.

• 1927년 1월; 蔣光慈시집 ≪哀中國≫이 장강서국에서 출판.

• 동년 4월; 穆木天시집 ≪旅心≫이 창조사출판부에서 출판.

• 동년 4월; 馮至의 ≪昨日之歌≫를 북신서국에서 출판.

• 동년 4월; 李金髮의 ≪食客與凶年≫을 북신서국에서 출판.

• 동년 8월; 朱湘의 ≪草莽集≫이 상해 개명서점에서 출판.

• 동년 12월; 王獨淸시집 ≪聖母像前≫이 창조사출판부에서 출판.

• 1928년 1월; 聞一多시집 ≪死水≫가 신월서점에서 출판.

• 동년 4월; 馮乃超시집 ≪紅紗燈≫이 창조사출판부에서 출판.

• 동년 8월; 王獨淸시집 ≪威尼市≫가 창조사출판부에서 출판.

• 1929년 4월; 戴望舒시집 ≪我的記憶≫이 상해수말서점에서 출판.

• 동년 5월; 邵洵美시집 ≪花一般的罪惡≫이 금옥서점에서 출판.

• 동년 8월; 馮至시집 ≪北游及其他≫가 북평침종사에서 출판.

• 동년 9월; 徐志摩시집 ≪翡冷翠的一夜≫가 상해개명서점에서 출판.

• 1931년 1월; ≪詩刊≫ 잡지를 창간(먼저 徐志摩가 주편하고, 동년 9
　　　월부터 陳楚家가 주편.) 陳楚家시집 ≪楚家詩集≫이 상해신월
　　　서점에서 출판.

- 동년 9월; 陳楚家 편집의 ≪新月詩集≫이 상해 신월서점에서 출판. 陳楚家의 장편서언이 부기됨.

- 1932년; 施蟄存 주편의 ≪現代雜誌≫를 창간. 종합문학잡지에 戴望舒 등의 시가작품을 발표하고, 현대잡지를 중심으로 현대시파를 형성.

- 동년 11월; 戴望舒의 「詩論零札」을 현대에 발표.

- 1933년; 劉半農 주편의 초기백화시가고를 북평 성운당서점에서 영인본으로 출판. 이 시집은 초기백화신시의 제1차총집.

- 동년 8월; 戴望舒시집 ≪望舒草≫를 현대서국에서 출판.

- 동년 12월 5일; 朱湘이 장강에 투신자살.

- 1934년; 臧克家시집 ≪罪惡的黑手≫를 생활서점에서 출판.

- 1935년 8월; 朱自淸의 「中國新文學大系·詩集導言」이 ≪中國新文學大系·詩集≫에 수록되어 상해양우도서인쇄공사에서 출판.

- 동년 12월; 卞之琳詩集 ≪魚目集≫이 문화생활출판사에서 출판.

- 1936년; ≪新詩≫ 창간하고 卞之琳, 孫大雨, 梁宗岱, 戴望舒 등이 편집위원이 됨.

- 동년 10월; 徐遲시집 ≪二十歲人≫이 상해시대도서공사에서 출판.

- 동년 11월; 艾靑시집 ≪大堰河≫를 개인출판.

• 1937년 1월; 戴望舒시집 ≪望舒詩稿≫를 개인출판.

• 동년 7월; 路易士시집 ≪火災的城≫을 신시사에서 출판.

• 1940년 6월; 艾靑시집 ≪向太陽≫을 해연서점에서 출판.

• 동년 6월; 彭燕郊가 ≪半月新詩≫를 주편.

Ⅱ. 중기(1941~1970)

• 1941년; 艾靑과 戴望舒가 주편한 ≪頂點≫시간을 창간.

• 동년 9월; 艾靑의 ≪詩論≫을 계림삼호도서사에서 출판. 卞之琳시집
　　 ≪慰勞信集≫을 명일출판사에서 출판.

• 1942년; 胡風이 주편한 ≪七月詩叢≫을 출판개시.

• 동년 5월; 馮至시집 ≪十四行集≫을 계림문화공응사에서 출판. 卞之琳
　　 시집 ≪十年詩草≫를 명일출판사에서 출판.

• 1943년 5월; 艾靑시집 ≪黎明的通知≫를 계림문화공응사에서 출판.

• 동년 11월; 田間시집 ≪給戰鬪者≫를 남천출판사에서 출판.

• 1944년 11월; 馮文炳의 ≪談新詩≫를 북평신민인서관에서 출판.

• 동년 12월; 臧克家시집 ≪십년시선≫를 현대출판사에서 출판. 李廣田
　　 시론집 ≪詩的藝術≫를 현대출판사에서 출판.

• 1945년; 穆旦시집 ≪探險隊≫을 문취사에서 출판.

• 동년 2월; 何其芳시집 ≪預言≫을 문화생활출판사에서 출판.

• 동년 5월; 何其芳시집 ≪夜歌≫를 시문학출판사에서 출판.

• 1946년 9월; 李季의 ≪王貴與李香香≫을 해방일보에 발표.

• 동년 10월; 杜運燮시집 ≪詩四十首≫를 문화생활출판사에서 출판. 袁水拍시집 ≪馬凡陀山歌≫를 생활서점에서 출판.

• 1947년 5월; 穆旦시집 ≪穆旦詩選≫을 개인출판.

• 동년 7월; ≪詩創造≫월간을 출판하고 ≪創造詩叢≫ 12종을 출판. 朱自淸시론서 ≪新詩雜話≫를 작가서옥에서 출판.

• 1948년; 辛笛시집 ≪手掌集≫을 상해성군출판사에서 출판.

• 동년 2월; 穆旦시집 ≪旗≫를 상해문화생활출판사에서 출판.

• 동년 2월; 戴望舒시집 ≪災難的歲月≫을 상해성군출판사에서 출판.

• 동년 6월; ≪中國新詩≫월간을 창간하고 ≪森林詩叢≫을 출판. 聞一多가 편선한 ≪現代詩選≫을 상해 개명서점에서 출판.

• 1949년 3월; 鄭敏의 ≪詩集1942～1947≫을 상해 문화생활출판사에서 출판. 阮章竟의 ≪漳河水≫를 태행문예출판사에서 출판.

• 1951년 11월; 紀弦, 覃子豪 등이 臺灣 자립만보에 ≪新周詩刊≫을 시작.

• 1953년 2월; 紀弦이 ≪現代詩≫ 시간을 창간.

• 1954년; 何其芳이 조시 「回答」을 ≪人民文學≫ 1954년 제10기에 발표하고, 후에 비평을 받음.

• 동년 3월; 남성시사를 설립하고 覃子豪가 사장이 됨. ≪藍星詩頁≫과 ≪藍星周刊≫을 출판.

• 동년 10월; 張默, 洛夫, 瘂弦 등이 創世紀詩社를 발기하여 창립하고, ≪創世紀詩刊≫을 창간.

• 1955년; 臧克家가 편선한 ≪中國新詩選(1919-1949)≫를 중국청년출판사에서 출판하였는데, 서언 「五・四以來新詩發展的一個輪廓」을 실어, 그 당시의 시가관념을 대표적으로 반영함.

• 1956년 1월; 紀弦 등이 대북에서 "現代派"를 성립하고 "現代派六大信條"를 제시함. 후에 ≪現代詩≫제13기 표지에 올리고 「現代派信條釋文」을 발표

• 동년 9월; 聞捷시집 ≪天山牧歌≫를 작가출판사에서 출판.

• 1957년; 艾靑시 「在智利的海峽上」을 ≪詩刊≫ 창간호에 발표.

• 1958년; "新民歌"운동을 시작하고 "新詩發展道路"의 논쟁을 이끌어 냄.

• 동년 4월; 邵荃鱗의 글 「門外談詩」를 ≪詩刊≫1958년 제4기에 발표하고 "新詩發展道路"에 대한 논쟁을 종결함.

• 1959년; 郭沫若, 周揚이 편선한 ≪紅旗歌謠≫를 인민출판사에서 출

판. 田間의 장시 《趕車傳》(상권)을 작가출판사에서 출판.(하권은 1961년에 출판) 郭小川은 《人民文學》 동년제11, 12기에 「望星空」을 발표하고 후에 비평받음.

- 1960년; 《臧克家詩選》을 인민문학출판사에서 출판.

- 1961년 12월; 賀敬之시집 《放歌集》을 인민문학출판사에서 출판.

- 1962년; 臺灣 《葡萄園詩刊》을 창간하여 文曉村이 주편이 됨.

- 1964년 3월; 陳千武, 林亨泰 등이 笠詩社를 창립하고, 《笠詩刊》을 출판.

- 1967년 2월; 張默, 瘂弦 등이 주편한 《중국현대시선》을 창세기시사에서 출판.

- 1970년 11월; 葉維廉이 편역한 《중국현대시선》(영문본)을 미국 아이오아대학출판사에서 출판.

Ⅲ. 후기(1971~2000)

- 1972년 2월; 關杰明은 대만 《중국시보》 인간부간에 「中國現代詩人的困境」 등 3편의 글을 발표하여 대만시단의 논쟁을 일으켰음.

- 동년 3월; 洛夫가 편한 《中國現代文學大系》 시선부분 12책을 대만 거인출판사에서 출판.
- 동년 6월; 대지시사를 설립하여 《大地》를 격월로 출판.

• 1973년; 唐文標는 ≪文季≫, ≪龍族≫, ≪中外文學≫ 등에 「詩的沒
   落-臺灣新詩的歷史批判」,「僵斃的現代詩」 등 글을 발표하여,
   현대시에 대한 부정적 비판을 가하고 대만시단의 논쟁을 일
   으켰음.

• 1977년; 張漢良, 張默이 편선한 당대십대시인선집을 대만 원성문화
   도서공웅사에서 출판. 십대시인이란 紀弦, 羊令野, 余光中, 洛
   夫, 白荻, 瘂弦, 商禽, 羅門, 楊牧, 葉維廉 등이다.

• 1978년 12월 23일; 北島, 芒克 등이 ≪今天≫잡지를 창간. 창간호에
   北島의 「回答」과 芒克의 「天空」, 舒婷의 「致橡樹」 등을 게재.

• 1979년; 卞之琳시집 ≪雕虫紀歷≫을 인민문학출판사에서 출판.

• 1980년 1-4월; 芒克시집 ≪心事≫, 北島시집 ≪陌生的海洋≫, 江河시
   집 ≪從這裏開始≫를 금천총서로 개별출판.

•동년 2월; ≪福建文學≫에서 舒婷의 시가발전에 대한 토론.

•동년 4월; 南寧에서 전국시가토론회를 개최.

•동년 5월 7일; 謝冕의 글 「在新的崛起面前」을 ≪光明日報≫에 발표
   하여 崛起論의 우두머리로 지칭됨.

•동년 8월; 章明은 ≪詩刊≫제8기에 「令人氣悶的朦朧」을 발표하여
   詩史上 "朦朧詩派"라 명칭함.

•동년 10월; ≪詩刊≫에서 제1회 청춘시회를 개최하고 1980년제10기
   에서 집중적으로 舒婷, 江河, 顧城, 梁小斌 등 청년시인을 추
   천. 이 해에 謝冕이 주편한 시가이론간물 ≪詩探索≫을 창간.

창간호에서 「請聽聽我們的聲音」이란 주제로 江河, 舒婷, 顧城, 梁小斌, 徐敬亞 등의 필담을 실음. 艾青시집 ≪歸來的歌≫를 사천인민출판사에서 출판.

- 1981년 3월; 孫紹振은 ≪詩刊≫에 「新的美學原則在崛起」를 발표하여 제2의 굴기론을 제기함.

- 동년 7월; ≪九葉集≫을 강소인민출판사에서 출판. 여기에 辛笛, 陳敬容, 穆旦, 杜運燮, 鄭敏, 唐祈, 唐湜, 袁可嘉, 杭約赫 등 9인의 시를 실음. 綠原, 牛漢이 편선한 ≪白色花≫를 인민문학출판사에서 출판. 七月派 시인 阿壠, 魯藜, 孫鈿, 彭燕郊 등 20인의 시를 실음.

- 1982년; 蔡其矯시집 ≪福建集≫, ≪生活的歌≫를 복건인민출판사와 인민문학출판사에서 출판.

- 동년 2월; 舒婷시집 ≪雙桅船≫을 상해문예출판사에서 출판.

- 동년 5월; 대만 ≪中外文學≫잡지는 "現代詩三年回顧專號"를 편집 출판.

- 1983년; 徐敬亞의 논문 「崛起的詩群」이 ≪當代文藝思潮≫ 1983년 제1기에 발표되어 제3의 굴기론이 됨.

- 1985년; 老木이 편선한 ≪新詩潮詩集≫(상,하) "未名湖"총서의 하나로 개인출판. 韓東 등이 ≪他們≫문학잡지를 창간.

- 1986년; 北島, 舒婷, 顧城, 江河, 楊煉 등의 시가합집인 ≪五人詩選≫을 작가출판사에서 출판. 北島, 江河, 顧城의 첫시집 ≪北島詩選≫, ≪從這裏開始≫, ≪荒魂≫, ≪黑眼睛≫을 각각 출판. 彭

燕郊가 ≪國際詩壇≫의 주편을 맡고 北島와 羅洛이 부주편을 맡음. 牛漢이 주편인 ≪中國≫문학잡지는 집중적으로 몽롱시 시인보다 젊은 청년시인을 추천하고 이들을 신생대라 칭함.

• 동년 5월; 周倫佑, 藍馬, 楊黎 등이 ≪非非≫와 ≪非非年鑑≫을 편찬.

• 동년 10월; ≪深圳靑年報≫와 ≪詩歌報≫연합은 "中國詩壇1986現代詩群體大展"을 추진.

• 1987년 4월; 李元洛의 시론서 ≪詩美學≫을 강소문예출판사에서 출판.(1990년 2월 수정판이 대만 동대도서공사에서 출판)

• 동년 6월; 唐曉渡, 王家新 등이 편선한 ≪中國當代實驗詩選≫을 춘풍문예출판사에서 출판.

• 1988년 5월 25일; 穆旦 서거10주년기념일로서 북경에서 목단학술토론회를 거행.

• 동년 9월; ≪傾向≫을 창간. 徐敬亞, 孟浪 등이 편한 ≪中國現代主義詩群大觀≫ (1986~1988)을 제남대학출판사에서 출판.

• 1989년 3월 26일; 청년시인 海子가 山海關에서 철도 자살하매, 시단의 강렬한 반향과 쟁의를 일으킴.

• 동년 겨울; 彭燕郊가 24000자의 장시 「混沌初開」를 3년 만에 완성하여 반향을 보임.

• 1990년 6월; 李元洛의 장편시론 ≪중국시가종횡론≫을 시간1990년 제6,7,8기에 연재 발표하여 전통의 존중과 계승을 제기하고

또 그의 혁신과 창조를 주장.

- 1990년 7월; 卞之琳 80탄신을 기념하여 北京에서 "卞之琳學術討論會"를 거행하고 袁可嘉, 杜運燮, 巫寧坤이 주편한 ≪卞之琳與詩藝術≫을 출판.

- 동년 11월; 海子시집 ≪土地≫와 駱一禾시집 ≪世界的血≫이 인민문학출판사에서 출판.

- 1991년 7월; 周俊, 張維가 편한 ≪海子, 駱一禾作品集≫을 남경출판사에서 출판. 牛漢, 蔡其矯가 주편한 ≪東方金子塔-中國青年詩人13家≫를 안휘문예출판사에서 출판.

- 1992년; 由江堤, 陳惠芳, 彭國梁이 중심이 된 호남 신향토시파가 1987년에 창립된 이래 5년간 ≪世紀末的田園≫, ≪家園守望者≫, ≪兩棲人≫ 등 다수의 시집을 출판하여 향토시풍을 형성.

- 1993년; 洪子誠, 劉登翰의 ≪中國當代新詩史≫를 인민문학출판사에서 출판.

- 동년 3월; 歐陽江河가 「89國內詩歌寫作: 本土氣質, 中年特徵與知識分子身份」을 ≪南方詩志≫1993년 하계호에 발표.

- 동년 8월; 萬夏, 瀟瀟가 편선한 ≪後朦朧詩集≫이 사천교육출판사에서 출판. 謝冕, 唐曉渡가 주편한 "當代詩歌潮流回顧寫作藝術借鑑叢書"를 북경사범대학출판사에서 출판한 바, 그 5종은 다음과 같다. ≪在黎明的銅鏡中-朦朧詩卷≫, ≪以夢爲馬-新生代卷≫, ≪魚化石或懸崖邊的樹-歸來者詩卷≫, ≪與死亡對稱-長詩, 組詩卷≫, ≪蘋果上的豹-女性詩卷≫, ≪磁場與魔方-新潮詩卷≫

- 1994년; 謝冕, 楊匡漢, 吳思敬이 주편한 시가이론간행물 ≪詩探索≫ (계간)이 북경에서 복간.

- 동년 7월; ≪中國詩選≫이 성도과기대학출판사에서 출판. 伊沙시집 ≪餓死詩人≫이 중국화교출판사에서 출판.

- 1995년 7월; ≪韓作榮自選詩≫를 백화문예출판사에서 출판. 이 해에 대만시인 瀟瀟, 張默이 주편한 ≪新詩三百首≫를 구가출판사 에서 출판.

- 1996년 9월; 李方이 편선한 ≪穆旦詩全集≫이 중국문학출판사에서 출판.

- 1997년; ≪堅守現在詩系≫를 개혁출판사에서 출판하여 6종으로 구 성: 肖開愚≪動物園的狂喜≫, 孫文波≪地圖上的旅行≫, 西川 ≪隱秘的匯合≫, 歐陽江河≪透過詞語的玻璃≫, 陳東東≪海神 的一夜≫, 翟永明≪黑夜裏的素歌≫

- 동년 7월; 灰娃시집 ≪山鬼故家≫를 인민문학출판사에서 출판.

- 동년 10월; ≪詩探索≫이 "山鬼故家硏討會"를 주관하고 牛漢, 蔡其 矯, 謝冕, 何西來, 韓作榮, 莫文征, 王魯湘, 李兆忠 등 시인과 평론가가 참석하여 발언함.

- 동년 8월; ≪20世紀末中國詩人自選集≫을 호남문예출판사에서 출판.

- 1998년 2월; 程光煒가 주편한 시집 ≪歲月的遺照≫(90년대문학서계 의 하나)를 사회과학문헌출판사에서 출판. 그 후에 논쟁을 불 러옴.

- 동년 3월; 洪子誠이 주편한 90년대중국시가를 서유문화예술출판사에서 출판. 張曙光, 張棗, 孫文波, 臧棣, 西渡, 黃燦 등 시집 6종을 담음.

- 1998년; 小海, 楊克이 편선한 ≪他們·10年詩選≫을 이강출판사에서 출판. 林莽, 劉福春이 편선한 ≪詩探索金庫·食指卷≫을 작가출판사에서 출판.

- 1999년 1월; ≪芙蓉≫을 개정출판하여 "신시인" 항목을 특별히 개설하고 청년시인의 작품을 중점추천하여 시단의 반향을 일으킴.

- 동년 2월; 楊克이 주편한 ≪1998년중국신시연감≫을 화성출판사에서 출판하여 논쟁을 일으킴. 黃梁이 주편한 ≪대륙선봉시총≫을 대만 당산출판사에서 출판, 여기에 馬永波, 余怒, 周倫佑, 于堅, 虹影, 孟浪, 柏樺 등 9인 시인의 시집과 9인 시론합권인 ≪地下的光脈≫을 수록.

- 동년 4월 16-18일; 북경시작가협회와 ≪詩探索≫ 등이 연합하여 北京市 平谷縣 盤峰賓館에서 "世紀之交: 中國詩歌創作態勢與理論建設硏討會"를 거행한 바, 여기에 참여한 시인과 평론가들이 열렬한 논쟁을 전개하고 이후에 시단에서 논쟁을 계속함.

- 동년 6월; 彭燕郊 80탄신과 창작생애 60주년을 경축하기 위해서, 상담대학과 호남시가계가 팽연교경축회와 학술연토회를 거행.

- 동년 9월; 譚五昌이 편선한 ≪중국신시삼백수≫를 북경출판사에서 출판.

- 동년 12월; 譙達摩, 莫非가 공동주관한 ≪구인시선≫을 중국문연출판사에서 출판. 여기에 莫非, 車前子, 簡寧, 席君秋, 樹才, 殷

龍龍, 小海, 尹麗川, 譙達摩 등 9인의 작품을 수록하고, "第3條 道路寫作"이 중국시단에 출현하다라고 표기함.

• 2000년 1월; 牛漢, 謝冕이 주편한 ≪신시삼백수≫를 중국청년출판사 에서 출판.

• 동년 12월 2인; 卞之琳이 북경에서 서거; 12월 7일은 卞之琳 90탄신 이어서 중국사회과학원 외국문학연구소가 북경에서 卞之琳 추모회를 거행.

• 동년 12월 31일; ≪新詩界≫를 북경에서 창간.

찾아보기

■ 저자 류성준(柳晟俊) 약력

1943년 서울 출생
서울대학교 중문과 졸업
서울대학교 대학원 중문과 문학석사
國立臺灣師範大學 國文硏究所 문학박사

공군사관학교 교수부 조교수
계명대학교 중국학연구소 소장
한국외국어대학교 중국문제연구소 소장
한국외국어대학교 언어연구소 소장
미국 Harvard 대학교 교환교수
한국중어중문학회 회장
한국외국어대학교 동양학대학 학장
한국외국어대학교 중국연구소 소장
北京大學 객좌교수
한국외국어대학교 대학원 원장

현재: 한국외국어대학교 중국어과 교수, 동방시화학회 회장

논문: <王維詩 考>, <李商隱詩風 考>, <全唐詩所載新羅人詩>, <寒山과 그 詩
    考>, <滄浪詩話詩辨考>, <鄭燮詩 考>, <李達과 王維의 詩比較 考>, <王梵志
    詩 考>, <戴叔倫의 五律 考>, <皮日休詩 考> 등 240여 편

저서: ≪申緯作品集≫, ≪唐詩選註解≫, ≪清詩話硏究≫, ≪王維詩比較硏究≫, ≪楚辭≫,
    ≪中國唐詩硏究≫, ≪唐詩論考≫, ≪中國詩歌硏究≫, ≪中國 現代詩의理解≫, ≪初唐
    詩와 盛唐詩 硏究≫, ≪韓國漢詩와 唐詩의 比較≫, ≪中國 詩話의 詩論≫, ≪中國 詩
    歌論의 展開≫, ≪唐詩의 작가론적 이해≫ 등 100여 권

중국 현당대시가론

2006년 10월 20일 1판 1쇄 인쇄
2006년 10월 25일 1판 1쇄 발행

지은이 ● 류 성 준
펴낸이 ● 한 봉 숙
펴낸곳 ● 푸른사상사

등록 제2-2876호
서울시 중구 을지로3가 296-10 장양B/D 701호
대표전화 02) 2268-8706(7) 팩시밀리 02) 2268-8708
메일 prun21c@yahoo.co.kr / prun21c@hanmail.net
홈페이지 //www.prun21c.com

ⓒ 2006, 류성준

ISBN 89-5640-503-4-93820

값 24,000원

*저자와의 협의에 의해 인지는 생략함.
21세기 출판문화를 창조하는 푸른사상이 되겠습니다.